KB031229

이퇴계 선생의 生活과 시

『가서家書』와 시집 읽기

이장우 저

明文堂

_ 1

이 책은 필자가 여러 해 동안 이퇴계 선생께서 아드님께 보내셨던 편지와, 몇몇 사람들에게 지어준 시들을 번역 주석하는 과정에서 틈틈이 써 보았던 이런저런 형식의 보잘것없는 글들을 몇 가지 모은 것이다.

_ 2

특히 아드님께 보냈던 편지 내용은 대부분 문집에도 실리지 않았고, 공개되지도 않았던, 퇴계 선생의 사생활에 관련된 내용이 아주 많을 뿐만 아니라, 지금껏 일반상식처럼 알려진 퇴계 선생의 모습과도 자못 다른 점이 많이 나타나므로, 이러한 점을 함부로 공공연하게 이야기하기가 매우 어렵게 느껴지기도 한다. 그러나 필자가, 무슨 색다른 이야기를 끄집어내어 어떤 풍파를 일으켜 보려 하거나, 어떤 불손한 생각으로 이러한 이야기를 세상에 알리고자 하는 것은 절대로 아니다.

필자는 다만 선생께서 친필(초서)로 적어두셨고, 그 종가에서 보존하고 있다가, 지금 안동의 국학진흥원에 위탁 보관하고 있는 『가서家書, 선조유묵先祖遺墨』이라는 매우 희귀한 자료집을, 그 기관의 위탁을 받아서 초서로 된 원문을 정자로 바꾸고, 번역하고 주석하여 내는, 매우 힘들지만 뜻있는 연구를 한 적이 있다. 그것이 동기가 되어, 국학진흥원 이름으로도 『가서, 선조유묵』이라는 매우 중후한 책을 만들어내었고, 또 다른 출판사에서도 그 일부를 번역하여 낸 것이 동기가 되어, 이러한 남들은 잘 모르는 이야기들을 가끔 할 기회가 있었다.

_ 3

이러한 진귀한 자료집을 읽고, 연구하고, 번역하는 것이 잘못된 일은 아니라고 생각한다. 지금 서울의 퇴계학연구원에서도 막대한 국비를 받아서 만들고 있는 『정본定本 퇴계전서』와, 그 정본을 바탕으로 새롭게 번역하여 내려는 신국역 『퇴계전서』[1]에도 이 『가서』 내용이 모두 수록되고, 또 완역된다고도 한다.

그러니 이 가서 내용은 앞으로 누구나 더욱 손쉽게 읽을 수 있는 날이 오게 될 것이다. 다만 필자가 이러한 책을 누구보다도 먼저 꼼꼼하게 읽어보고 번역하고, 글로 쓰기 시작하였을 뿐이다.

_ 4

이 가서를 공부하기 전부터 필자는 이퇴계 선생의 많은 한시 (약 2,200수)를 공역자 한 사람과 30년 동안 번역하기 시작하였다. 이 작업을 지속하여 매우 상세한 국역본[2]을 내기도 하면서 이퇴계 선생의 한시에 관련된 부족하나마 글 몇 편을 적어 보기도 하였다.

그러나, 지금 보면 번역이나 주석에 미비한 점도 더러 보이고, 더구나 퇴계 선생의 시가 구체적으로 어떤 특징을 지니며, 어떠한 면이 아름다운가 하는 수준 높은 학술적인 연구는 제대로 할 엄두도 내지 못하고 있다. 선생의 학문, 특히 철학과 헤아리기조차 힘든 인품의 깊이를 필자는 잘 모르고, 쉽게 가늠할 수도 없기 때문이다.

---

1) 35책 분량. 한국고전번역원과 협동 작업으로 번역문의 전산화까지 동시에 진행된다고 함.
2) 『퇴계시 풀이』 9권. 장세후 박사와 공역, 영남대 출판부, 2019년 완간.

이 점은 필자의 역량의 한계로 생각하며 매우 부끄럽게 생각한다. 이 책에 수록한 시와 관련된 몇 편 글의 내용은 대개 선생께서 다른 사람과 주고받은 시에 내용에 대한 소개나, 저작 연대에 대한 고증 정도에 그치고 있을 뿐이다.

_ 5

"무일자무내력無一字無來歷〔한 글자도 근거나 전고 없이 쓴 것이 없다〕"이라는 말이 있다. 비록 이 책에 쓴 내용이 보잘것없는 수준이라 할지라도, 필자가 아무 근거 없이 선현先賢에 대하여, 더구나 우리나라 역사에서 가장 빛나는 업적을 이룩하셨고, 필자의 조상님들도 남다른 존경을 이어온 이 큰 어른에 대하여, 이러니저러니 함부로 말할 수는 없는 일이다.

다만 그러한 훌륭한 어른에게도 보통 사람들과 별 다를 바 없는 평범하고 일상적인 사생활도 있었던 것을 읽게 되면, 오히려 선생의 인간적인 면모에 친근한 마음이 들지 않을까 생각한다.

끝으로 한 가지 더 밝힐 것은, 필자는 무슨 글이든 될 수 있으면 매우 평이하게 적어, 많은 사람이 쉽게 접할 수 있게 될 것을 바란다.

이 난고亂藁를 다시 타자하고 다듬어 준 필자의 일가 어른 이승발 교수, 동향同鄕 후학 남옥주 씨, 전문 편집인 이은주 씨 등에게 감사를 표하며, 무엇보다도 책을 내어주는 명문당 김동구 사장님께 감사를 드린다.

2021년 동지 다음날 새벽
진관동에서 이장우李章佑 적음

차례

Ⅲ. 문집을 어떻게 주석할 것인가　335

IV. 퇴계 시문 논고 375

V. 퇴계 시 다시 읽기 507

가까이서 만나본 이퇴계

[이퇴계 신 평전]

1. 이야기를 시작하면서

퇴계 이황 선생의 삶에 관하여서 쓴 글은 매우 많다. 돌아가신 뒤에 여러 제자가 적은 언행록(言行錄)과 행장, 비문, 연보 같은 글도 있고, 근세에 와서 여러 학자가 쓴 퇴계 선생에 관한 연구와 평전 같은 책들도 많다. 그러나 나는 이러한 글들을 접할 때마다 늘 한결같은 아쉬움이 가시지 않았다. 그러한 글들은 대개가 퇴계 선생의 '공생활'에 관하여서는 매우 상세하게 언급하면서도, 선생의 '사생활'에 관하여선 거의 언급이 없기 때문이다. 그러니 선생에 관한 이야기가 별 생동감도 없고, 대개는 이미 잘 알려진 이야기를 재탕, 삼탕 하는 식이다.

예를 들면 선생이 벼슬길에 나아갔던 이야기와 그것을 버리고 돌아온 이야기 같은 것, 은퇴하여 제자들을 가르친 이야기, 선생의 많은 저술 같은 것에 관한 이야기는 분명한 기록이 많이 남아 있기 때문인지, 매우 소상하고 또 비교적 정확하게 이야기하고 있다. 그러나 선생의 재산이 얼마나 되었는지, 공부하는 데나 관리로서 청렴도를 유지하는 데 필요한 경제적인 뒷받침은 있었는지, 평생 건강이 좋지 못하여 많은 병을 앓았다고 하는데 어떻게 그 많은 저술을 하고, 70세까지 장수할 수 있었는지, 두 번이나 상처하였으며 더구나 재취 부인은 '백치'에 가까운 지적 장애였다고도 하는데, 이러한 병약한 선비를 곁에서 잘 받들어 준 특별한 내조자는 또 별도로 있었는지, 이러한 점들에 자못 의문이 생겼다.

또한, 필자는 선생의 시를 많이 읽고 번역하였는데, 시에 나오는 선생의 보금자리는 늘 '춥고', '가난한' 모습으로만 나타나고, 또 당시의 선생의 친구들이나 제자들이 쓴 선생의 거처도 역시 매우 소박하고 빈한한 모습으로만 나타난다. 그렇다면 이러한 것이 모두 정말로 그러하였는지. 이러한 이야기는 비단 퇴계 선생 한 분에게만 적용되는 것이 아니라, 중국이나 한국의 거의 모든 문인에게 비슷하게 나타나고 있다.

필자가 근간에 받은 조선 후기 영남의 한 특출한 여류 문인의 평전 서문은 다음과 같이 시작하고 있다.

> 오랜 망설임 끝에 이 글을 썼다. 참으로 부끄럽고 걱정한다.
> 무엇보다도 조상이 내려주신 상당한 재산이 상속되었다는 기록, 즉 분재기가 있고, 이를 토대로 한 연구논문과 문헌이 있음에도, 매우 청빈한 어려움 속에서 선비의 자태를 흩트리지 않았던 〔ㅇㅇ 같은 분들이〕 시대를 초월한 존경을 받고 있는 점에 대하여 그 이유를 설명하기 어려웠다. …가난한 생활이 〔그 부군의〕 문집에 잘 나타나 있다.
> 그 많은 상속이 있는데도 왜 그토록 가난하게 살았을까? 이유는 단순했다.… 상속받은 재산을 고스란히 두고 분가했기 때문이다.
> — 정동주 지음 『장계향 평전』, 경북여성정책계발원, 2011, 4쪽.

이 서문에서 큰집에서 받은 재산을 하나도 가지지 않았다는 것도 믿기 어려운 추측이고, 더구나 그 부군의 문집을 보니 그렇게 믿을 수밖에 없다는 말도 너무나 추상적으로 들린다. 그 이유를 다음에 밝히겠다.

필자도 이 집안의 한 방계 자손이기는 하나, 이 집안 후손들은 어찌 된 영문인지 자기네 직계 조상의 훌륭한 점을 자랑할 때 늘, "가난하게 사셨다."라는 점을 특별히 힘주어 말한다. 그렇게 가난하기만 하였다면, 어떻게 본인들도 내외분 모두 저술을 남기고, 여러 자식까지도 두루 큰 학자로 만들 수가 있었을까?

단순히 인품이 탁월하고, 두뇌만 명석하다고 하여 누구나 쉽사리 큰 학자가 되는 것은 아니다.

다른 유형의 인물이라면 몰라도, 적어도 오랜 수련 기간이 필요한 직종인 학자가 되려면, 그러한 좋은 바탕 위에다 좋은 재질을 키울 수 있는 경제적인 뒷받침이 지속적으로 뒤따라야만 한다는 것은 고금의 통례이다. 이러한 통례를 무시하고서 '가난을 이기고서' 큰 성취를 하였다고 하는 것은, 어떤 학자의 '위대함'을 선양하기 위한 극적인 효과를 기대하는 아주 그럴듯한 수사적 과장은 될 수 있을지언정, 대개가 사실과는 부합하지 않음을 자주 볼 수 있다.

정말로 자신들이 정당하게 차지한 몫의 재산까지 모두 다 큰집에 되돌려주고, 10명에 가까운 여러 자녀와 한결같이 가난하게만 살았을까? 그렇게 가난하게만 살았다면 어떻게, 그 전기(傳記)에서 힘주어 이야기하였듯이 흉년이 들었을 때는 주변의 빈민들을 구제하는 데 앞장서서 그들을 먹여 살리고, 가난한 친정 식구들까지 데리고 와서 돌보아주며, 그 집에 논을 '열다섯 두락'이나 기증할 수 있었을까?

더욱 납득하기 어려운 점은, 그렇게 어렵게만 살았다면 어떻게 그 부인이 지은 요리책에서, 곰 발바닥 요리를 위시하여 궁중에서나 만들 수 있는 최고급의 요리들이 수두룩하게 소개되고, 수십 가지의 고급술이 소개될 수 있었을까?

그렇게 '가난하게만 살았다고 하는 것'보다는 오히려 "큰집으로부터 분재(分財) 받은 것을 잘 활용하여, 이렇게 좋은 일을 여러 가지로 훌륭하게 성취해 내는 것이 가능할 수 있었다."라고 하는 것이 오히려 납득할 만한 이야기가 아니겠는가?

작가는 그렇게 가난하게 살았다는 증거로 그 부군이 남긴 문집에 실린 작품의 내용을 증거로 삼고 있는데, 이 점이야말로 정말 한시나 한문학의 특징을 잘 모르고 하는 이야기다. 중국이나 우리나라의 옛 문인들은 거의 모두가 토지를 소유한 지주 출신이다. 그러나 그들이 쓴 글을 보면 대개가 조그마하고 보잘것없는 '초가집〔초려草廬, 또는 모옥茅屋이라고 부름〕'에 살았고, "나물 먹고 물 마시는 것"을 낙으로 삼고 있는 진나라 때의 은자 도연명(陶淵明)이나, 공자의 제자 안연(顏淵)과 같은 모습으로만 나타난다.

이러한 모습으로 사는 것을 고귀하게 여겼고, 또 그러한 마음가짐을 가지고자 하였을 것이다. 물론 그러한 마음가짐은 고귀하다. 요즘 졸부들이 좋은 차, 명품 가방, 호화로운 외국 여행 같은 것을 자랑으로 삼는 가벼운 모습과 비교한다면…. 옛사람의 그러한 표현은 어디까지나 마음속의 한 지표요, 문학 작품 속의 어떤 이상을 나타내는 것이지, 실제로 그들이 '초가집'에만 살고, 끼니를 잇기 힘들어 "나물 먹고 물 마시고"만 산 것은 아니다.

실제로 그러한 '초가집'은 본집이 아니라 별채, 요즘 말로 하면 퇴직한 친구들이 집필을 위하여 마련한 오피스텔, 또는 시골에 마련한 주말 농가 같은 것일 것이며, 정말 늘 끼니를 잇기도 힘들어 "나물 먹고 물 마시는" 어려운 처지에서라면, 오히려 그러한 '별채'를 마련하기조차 힘들었을 것이며, 더구나 오랫동안 학문만을 계속하기가 힘들 것이다. 물론 아주 드문 예외는 있을 수도 있겠지만….

한문으로 기록된 선비들의 작품에는 몇 가지 금기로 여기는 내용이 있다. 돈, 재산, 애인 이야기 같은 것이라든가, 도시의 화려한 모습 같은 것 등등…. 대신에 벼슬을 버리고 시골로 물러나서 호젓하게 사는 것, 뜻이 맞는 〔남자〕 친구들과 사귀는 것, 그러한 친구들과 어울리거나, 또는 혼자서 즐겁게 술을 마시면서 자연과 인생을 즐기는 것 같은 일들은 매주 자랑스럽게 묘사되고 있다.

옛사람의 필독서인 『소학(小學)』을 보면 송나라 때 유학자 범충(范冲, 1067-1141)이 쓴 훈계 말[좌우계座右戒]에, "재물과 이익이 많고 적음이나, 가난을 싫어하거나 부를 구하는 말을 하지 말라.(不言財利多少, 厭貧求富.)"라고 한 것이 있는데, 이런 말을 중국 선비들도 매우 좋아하였다고 하며, 퇴계 선생도 역시 이 글을 매우 좋아하여 선생이 편집한 『고경중마방(古鏡重磨方)』이라는 좌우명 모음 책에도 수록하고 있다.

필자는 이 말을 보니, 앞에서 인용한 조선 후기의 우리 집안 어른의 시문이 생각난다. 그분이 쓴 시에서는 재리(財利)나 부(富)를 이야기한 적이 없다. 옛 선비들은 집을 팔고 땅을 팔 때도 문서에 자신의 이름이 들어가는 것을 꺼려서 집의 종을 내세워 그 이름으로 매매 계약서를 만들지 않았던가?

그러니 만약 그들이 쓴 글에 그러한 금기 사항이 조금이라도 나타난다면, 그분의 명성은 허물어지고, 그 문집은 보잘것없는 것이 될 것이다. 이러한 면은 중국이나 조선의 선비들에게 공통된 점이다. 그런데 이러한 옛 어른들의 특수한 관행이나, 표현 습관 같은 것을 잘 알지 못하고, 문면에 나타나는 자못 추상적인 표현만 보고서, 실제로 그러한 분들이 모두 한결같이 그렇듯이 가난하게만 살았다고 속단하는 것은 정말 옛날 문화를 잘 이해하지 못하기 때문이라고 여길 수밖에 없다.

그런데 요즘 역사학자들이 그러한 내용을 잘 알면서도 이제까지 함부로 이야기하기를 꺼리던 '양반가의 재산 경영' 같은 글을 힘들여 새롭게 밝힌 명백한 사실들조차 거들떠보지도 않고서, 추상적인 그러한 표현들을 바로 '그대로의 모습'이라고만 믿는단 말인가?

또 다른 예를 하나만 더 들기로 한다. 고산 윤선도(尹善道)의 시조를 읽어본 사람은 아마도 선생 역시 매우 청빈한 선비로만 알 것이다. 그러나 윤선도의 유적지를 직접 찾아가 본 사람들은 선생이 얼마나 넓은 토지와 큰 집을 지니고 살았는지를 알 수 있을 것이다.

필자의 고향 이웃 고을에 '초당(草堂)'이라고 부르는 명문가가 있다. 글자 그대로라면 '초가집'이라는 뜻이다. 그러나 직접 가 보니 넓은 뜰이 있는 기와집 곁에 조그마한 정자를 한 채 지어 지붕만 짚으로 이은 것이었다. 필자가 살았던, 지금은 국가의 중요 민속문화재로 지정된 고가에도 중수하기 이전에는 역시 이러한 '초당'이 있었다고 전한다. 옛 선비들이 즐겨 묘사한 '초려'나 '모옥'은 대부분 이러한 것이었음을 분명하게 알 수 있다.

그러면, 우리가 알고 싶어 하는 퇴계 선생의 집은 과연 어떤 모습이었을까?

> 학문의 흐름은 공자의 수수와 사수의 물결에서
> 나뉘어져 나왔고,
> 우뚝한 학문의 성취는 주자의 무이산이
> 빼어난 것과 같으시네.
> 살림이라고는 경전 천 권뿐이요,
> 숨어 사심에 집은 몇 칸뿐일세.
> 마음씨는 마치 비 갠 뒤의 맑은 달과 같고,
> 담소하시는 사이에도 이단의 물결을 그치게 하시네.
> 보잘것없는 제가 도를 얻어들으러 온 것이지,
> 반나절 한가함을 빼앗고자 함은 아닐세.
> 溪分洙泗派　峰秀武夷山.
> 活計經千卷　行藏屋數間.
> 襟懷開霽月　談笑止狂瀾.

小子求聞道　非偸半日閒.

이 시는 『율곡전서』 권1에 있는 「예안을 지나는 길에 퇴계 이
황 선생을 찾아뵙고 이에 율시 1수를 바친다(過禮安謁退溪李
先生滉, 仍呈一律)」이다. 23세의 청년 율곡이 58세의 노대가
퇴계 선생을 만나자마자 이렇게 칭송하는 시를 지어 올린 것이
다. 이 시에서 당시 퇴계 선생을 만났던 곳을 "숨어 사심에 집
은 몇 칸뿐일세(行藏屋數間)"라고 적고 있다.

아래 사진은 실제로 율곡 선생이 방문하여 사흘이나 묵고 갔다
는 집터를 복원한 것이다. 사진 왼쪽에 보이는 조그마한 집은
제자들이 찾아오면 글을 가르치던 '계당(溪堂)'이라고 부르던 집
이고, 가운데 있는 집은 '한서암(寒棲庵)'이라고 부르던, 이 사
진에는 나타나지 않은 본집 이외의 별채 같은 집이며, 오른쪽
에 보이는 집은 이 두 집의 생활을 지원하는 부엌이 딸린 집이
었다고 한다.

그런데 퇴계 선생의 시문에 나타나는 집은 가운데 있는 이 조
그마하고 보잘것없는, 이름조차도 "빈한하게 머문다(寒棲)"라는 별

채의 집뿐인데, 지금은 복원하면서 관리상의 편의를 위하여 기와지붕을 얹었는데 원래는 초가집이었다고 한다. 그의 아들 손자들이 많은 종을 거느리고 살고 있던 기와집은 이보다는 훨씬 규모가 큰 집이었던 것을 퇴계 선생이 아들에게 보낸 사신(私信)을 보면 잘 알 수 있는데, 선생이 남에게 보내어 뒷날 문집에도 수록되면서 공개된 시문에서는 거의 나오지 않는다.

지금까지 이퇴계를 연구하였다고 하는 사람들은, 일부 역사학자들을 제외하고는, 대개 이렇게 문집에 실린 공개된 내용만 가지고 이야기를 전개하였다. 그러나 필자는 이러한 공개된 내용은 말할 것도 없고, 지금껏 미공개된 사신[가서家書]까지 많이 보았다. 퇴계 선생에 관하여 이야기한 사람들은 모두가 이렇게 공개한 글만 읽고, 선생에 관한 언행록도 적고, 평전도 지어내었으나, 나는 이러한 사신들과 역사학자들이 주목한 자료들까지 두루 참고하여 좀 더 퇴계 선생 곁으로 가까이 다가가서 선생의 본래의 여러 가지 모습을, 공생활 부분이든 사생활 부분이든 간에 두루 살펴보고자 한다.

이렇게 함으로써, 한국 선비 연구에 한 새로운 지표를 마련해 보고 싶은 것이 필자의 솔직한 마음이다. 비록 그러한 일이 쉽지는 않을 것을 알고는 있지만 말이다.

지금까지 나온 몇 가지 자료에 대한 소개와 검증

한문 자료에 대한 전문적인 이야기는 접어두고 한글로 나온 자료에 국한하여 이야기해 보고자 한다. 우선 고 권오봉 교수(포항공대)가 지은 『예던 길』(1988), 『퇴계 선생 일대기』(1997), 정석태 박사(부산대 점필재연구소)가 지은 『퇴계 선생 연표월일조록』(4책, 색인 1권, 1989) 같은 책들을 먼저 생각할 수가 있다. 이 두 사람은 이퇴계에 관련된 자료를 근래에 와서 누구보다도 많이 보고서, 매우 유용한 원전 자료집을 정리해 내기도 하였다. 그러나 이 사람들의 책에는 모두 한 가지 공통적인 특징이 있다. 그것은 필자가 위에서 지적한 것과 같이, 이미 잘 알려진 이퇴계 선생에 관한 여러 가지 '상식'에 관하여서는 그것을 철저하게 신봉하고, 그러한 점을 더욱더 심도 있게 파헤쳐 가며 소개하는 점에서는 목소리를 높이고 있으나, 그러한 '상식'에서 벗어날 만한 말하자면 '상식의 허점'에 관하여서는 새로운 이야기를 찾아내어 소개하는 데는 자못 주저하고 있고, 어떤 면에서는 그러한 내용을 임의로 기피하고 있기도 한 면까지 더러 보인다. 그러나 어떻든 이 두 사람이 이룩한 노고에는 감탄을 금할 수 없다.

오래된 책이지만 고 이상은 교수(고려대 부총장 역임)의 『퇴계의 생애와 학문』(1973 초판, 1999년 증보판)과 고 정순목 교수(영남대)의 『퇴계평전』(1985) 같은 책은 당시로서는 매우 호평을 받은 책이다. 지금까지도 명망을 지닌 책으로 철학자와 교육철학자가 쓴 책들이다. 종교학 전공인 금장태 교수(서울대)가 최근에 낸 『퇴계평전』(2011)도 있으나, 권오봉 교수의 책을 많이 참조한 것 같은데, 최근에 낸 색다른 이야기는 별로 참작하지 않은 듯하다.

퇴계 선생의 저서를 완역한 책으로는 서울 퇴계학연구원에서 국역 『퇴계전서』(29책)를 방대하게 기획하여 내었다. 문집 이외의 저서들까지 두루 모아 역주하였는데, 여러 사람이 쪼개어 옮기고, 또 단시일 내에 완성한 때문인지 다소 소홀하게 된 점도 있지만, 대단한 업적이라고 말할 수 있다.

이 중 퇴계 선생의 시문집 번역 부분은 곧 한국고전번역원의 한국고전종합DB에 모두 수록된다고 하니, 누구나 쉽게 검색할 수 있을 것이다. 그 시문집은 중국에서 현대 백화문으로 완역되기도 하였는데, 단기간에 서둘러서 만든 것이기도 하고, 또 한국 전통 문물에 대하여 이해가 없는 사람들이 만든 것이어서 많은 오류가 있지만, 역시 놀라운 일이라고 할 수 있다.

선생의 시에 관하여서는 필자가 별도로 완역을 시도하여, 영남 대학 출판부에서 『퇴계시 풀이』(장세후 박사와 공역) 6권을 간행 하였고, 앞으로도 몇 권을 속간할 예정이다.〔2019년 9권으로 완간함〕 이 책은 젊은 독자들을 위하여 한문 원문에 한글 발음을 표시하고, 주석을 매우 상세하게 많이 단 것이 특징이다. 2천 수가 넘는 이퇴계 선생의 시 중에서 절반 정도를 역주한 고 심 호열 선생(고전번역원)의 『퇴계시 역주』(2권)도 잘된 책으로 손꼽 힌다.

퇴계 연구에만 한정된 것이 아니지만, 그 당시 선비들의 생활 상을 이해하는 데 도움 되는 책으로는 고 이수건 교수(영남대) 의 『영남학파의 형성과 전개』(1995)와, 김건태 교수(서울대)의 『양반가의 농업경영』(2004) 같은 참신한 역작이 있다. 이러한 면과 관련하여 필자와 정석태 박사가 각각 번역하여 낸, 퇴계 선생이 아들과 손자에게 보낸 편지를 번역한 『퇴계 이황 아들 에게 편지를 쓰다』(2011 개정판), 『안도에게 보낸 편지』(2005) 같은 책을 보면 선생의 생활상을 조금 가까이에서 읽을 수 있 을 것이다.

이 밖에 평전에 관계된 것은 아니지만, 필자가 최근에 재미있 게 읽은 책으로는,

　이광호 교수(연세대)의 『성학십도』(역주, 2001)
　이광호 교수(연세대)의 『퇴계와 율곡, 생각을 다투다』(2013)
　이상하 교수(고전번역원)의 『퇴계 생각 - 퇴계와 호남 선비들의 만남과 교유』(2013)
　김영두 박사(국사편찬위원회)의 『퇴계와 고봉 편지를 쓰다』(2003)

김호태 군(아마추어 저술가)의 『퇴계 혁명』(2008)

같은 책이 있다.

모두 어렵게만 여겨지는 퇴계 선생의 깊은 생각을 현대인이 알 수 있도록 쉽게 풀어 설명하려고 한 노작들이라고 생각한다.

퇴계 선생의 가문과 출신 배경

안동 시내에서 도산서원을 향하여 가다 보면 얼마 안 가서 '경류정(慶流亭)'이라는 문화 유적을 안내하는 표지가 나온다. 경류정은 행정구역으로는 와룡면 주촌동(周村洞)에 위치한 고가이다. 이 마을 이름을 이 일대에서는 '두루'라고도 하며, 이 집을 '경류정 종가'라고 부른다. 마을이라고 할 것도 없는 궁벽한 산골에 인가라고는 이 집 이외에 고작 두세 채밖에 보이지 않는 한적한 곳이다. 작은 시내 곁으로 요즘은 좁은 신작로가 한 가닥 나서, 그나마 외부와 연결되고 있는 것 같다.

이 경류정 자체는 경상도의 다른 종갓집이 모두 그렇듯이, 네모난 뜰이 있는 기와집에 사당과 정자가 별채로 되어있어 규모가 상당하다. 정자인 '경류정'이라는 이름과 현판 글씨도 모두 퇴계 선생이 짓고 썼다고 한다. 이 집이 바로 선생의 증조할아버지〔이정李禎, 선산부사를 지냄〕가 사시던 집이라고 하며, 그 어른이 심었다는 뚝향나무가 지금까지도 잘 자라서 많은 가지를 넓게 늘어트리고 있는 모습이 매우 특이하다. 이 집에 전해오던 많은 전적과 유물을 지금은 서울의 역사박물관에다 옮겨 놓았다고 한다.

고려시대에는 이 집안이 지금은 청송군 일부가 된 진보란 고을의 향리(鄕吏)였다고 하는데, 만약 그 고을에 그대로 눌러살았더라면 조선시대에 들어와서는 중인계급으로 분류되어 대대로 지방의 아전밖에 하지 않았을 것이다. 그런데 고려 말부터 풍산·안동 등지로 옮겨 살기 시작하면서 국가의 공신도 나오고, 또 벼슬아치들도 나와서 양반 가문으로 자리 잡게 되고, 지역을 개간하여 토지도 상당히 축적하여 나가는 것으로 역사를 연구하는 사람들은 분석하고 있다.

퇴계 선생의 조부〔이계양李繼陽〕가 살았고, 선생이 태어난 노송정(老松亭) 종갓집은 도산서원에서 멀지 않은 온혜(溫惠)라는 마을에 있다. 이 마을 앞으로는 온계(溫溪)라는 시내가 지나는데, 조부가 이 물을 이용하여 농사를 지으면 좋을 것으로 생각하여 터전을 잡은 곳이라고 한다.

전문가들의 연구에 의하면 논에다 벼를 심는 농법이 조선 초기에 점차 보급되었는데, 경상북도 지역에서는 처음에는 선산(善山) 지역에서 낙동강 물을 끌어다가 논농사에 이용할 것을 시도하였다고 한다. 그리고 어느 정도 성과를 보아, 이 지역이 사실상 경제적으로도 중심이 되면서, 야은 길재(吉再)에서 점필재 김종직(金宗直)까지 이어지는 유학의 인맥도 이곳에서 융성하게 되었다고 한다. 그러나 큰 강물을 끌어다가 사용한다는 것은 대규모의 시설이 필요하여, 한 번씩 수해가 발생하면 그것을 복구하는 데도 국가적인 지원이 필요하게 되어 지속해서 발전되지는 못한다. 오히려 예안의 산간 지역과 같이 소규모의 수리 시설만 마련하여도 비교적 간단하게 관리할 수 있는 곳이, 당분간 더욱더 벼농사의 적지로 유용하게 부각되었다고 한다. 퇴계 선생 가문의 어른들도 당시로서는 이러한 가장 최첨단인 '수리 선진 농법'을 이 지역에 활용하여 상당한 부를 축적하여 나갔을 것이라고 본다.[1]

퇴계 선생 자신도 벼농사를 논에 직파하는 것이 더 소득이 나

1) 김성우 저,『조선시대 경상도의 권력 중심 이동 – 영남농법과 한국형 지역 개발』, 서울 태학사, 2012. 참조.

은지, 이앙하는 것이 더 나은지, 두 가지 방법을 동시에 시험하여 보라는 지시를 아들에게 한 내용의 편지가 지금도 남아 있다. 이렇게 본다면 흔히 퇴계 선생 이야기가 나오기만 하면 상투적으로, "가난한 집에 태어나서 일찍이 아버지도 돌아가시고, 어머니 혼자 손으로 힘들게 키우셨다.…"느니, 또 선생은 학문에만 몰두하셨지, "살림살이에는 도무지 관심이 없으셨다."라고 하는 말은 좀 재고해 볼 필요가 있다.

심지어 어떤 학자가 쓴 글을 보니 선생은, "끼니가 떨어져도 아무런 걱정도 하지 않으시고, 어디 빌리려고 하시지도 않으셨다."(성호 이익李瀷의 『이자수어李子粹語』)고 하니, 만약 정말 그렇게까지 가난하고, 경제적으로 무능하기만 하셨다면, 과연 그러한 분이 오늘날 같은 때 존경받을 만한 점이 있을까? 식구들을 다 굶기고 있었다는데 ….

역사학자들은 그렇지 않다고 말한다. 경상도에서 큰 학자가 배출된 가문은 대부분 당시에 모두 경제적으로도 상당한 기반을 구축하였으며, 그 후손들도 그러한 경제적인 기반 위에, 조상의 학자로서의 명성까지 더 보태져 양반 지위를 계속하여 지켜나갔다고 본다.

옛날에도 큰 학자가 나오려면, "조부는 재산을 모으고, 아버지는 책을 모아야 한다."라는 말이 있었다는데, 퇴계 선생의 경우도 이 공식에 별로 예외는 아니라고 보는 것이 맞을 것 같다. 윗대 어른들이 축적한 상당한 경제적인 토대 위에다, 외가(초취 어머니) 쪽으로부터 많은 책을 아버지가 물려받아서 퇴계 선생은 10여 세 때부터 많은 책에 파묻혀 살았다고 회상하는 시를 지은 적도 있다.

퇴계 선생은 평생 재산이 있다는 말씀은 가까운 가족 이외의 사람들에게는 전혀 입 밖에 내비치지는 않으셨지만, "만권서(萬

卷書)를 가지고 있다"는 말씀은 가끔 남에게 지어준 시 같은 데서 즐겨 언급하고 있다. 그렇게 많은 책을 소중하게 갈무리 하는 데도 조그마하고 허술한 초가집 한 채 정도로야 어찌 다 감당할 수 있었겠는가? (2015. 5. 1)

2. 옛 자료 『언행록』에 대한 재검토

– 한결같이 춥고 배고프기만 하셨다니?
'고결'하다는 말의 차유借喩로 강조한 '가난함'

근대에 와서 퇴계 선생에 대한 전기를 한글책으로 써낸 사람들 중에는 역사를 전공한 사람은 별로 없다. 아마 선생이 남긴 방대한 한시·문과 심오한 철학에 관하여 읽어 이해하고 체계적으로 정리하여 내기가 쉽지 않아서일지도 모른다. 그러나 한문학, 또는 국문학이나 철학을 한다는 사람 중에서 퇴계의 전기를 쓴 사람은 자못 많다.

그런데 그런 사람들도 차분하게 앉아서 문학, 사학, 철학을 포괄하는 원자료를 두루 섭렵한 바탕 위에서 저술하는 것이 아닌, 흔히 이미 번역된 퇴계 선생의 연표(연보)나 비문, 행장 같은 2차 자료나, 선생의 제자들이 편찬한 선생에 대한 『언행록』에서 많은 것을 인용하면서 이야기를 전개하여 나가고 있다. 물론 그러한 자료들도 모두 매우 값진 것들이며, 방대한 퇴계 선생의 학문 체계와, 많은 저술 내용을 잘 소화하여, 요령 있게 정리해 두었거나, 선생의 모습을 생생하게 후세에 전하려고 노력한 점은 사실이다. 그러나 이러한 자료들이 가지고 있는 어떤 특수한 경향이나, 시대적인 제약 같은 것을 먼저 생각하지 않으면 안 될 것 같다.

그것은 이러한 자료들이 대부분 돌아간 분의 훌륭한 점만을 내세우는 데 급급하여 더러 객관성이 결여할 수도 있다. 중국의 전통 문인들을 연구하는 데, 중국 학자 중에는 이러한 2차 자료들에 실린 말들을 즐겨 인용하나, 근세의 일본 학자 가운데는 이러한 글을 다 읽기는 하나 그대로 인용하는 것은 매우 주저한다는 말을 들은 적이 있다. 퇴계 선생에 관련된 글 중에서도 그러한 점이 없는지 약간의 걱정이 되어서 찾아보고자 한다.

거듭 강조하지만, 지금 한국의 퇴계 선생 전기에서는 대체로 퇴계 선생이 살아간 시대에 대한 최근의 역사적인 연구 성과는 거의 참작하지 않고 있다. 또 한 사람의 지식인으로서의 이퇴계라는 인물의 삶의 모습과 생활 태도 같은 것에 대한 객관적인 성찰도 부족하고, 대개 역사를 초월한 신비한 능력과 특별한 지혜를 지닌 초인적인〔성현聖賢으로서의〕모습으로만 퇴계 선생이 피상적으로 묘사되고 있다.

아래 검토 자료는 6권이나 되는 『퇴계선생언행록』인데, 한국고전종합DB의 국역 『퇴계선생문집』에 부록으로 있는 것 몇 항목만 인용하여 토론하고자 한다.

가. 어머니와 과거: 가난과 벼슬에 관련된 문제점

1) 어려서 아버지를 여의고 어머니를 봉양하기를 매우 조심스럽게 하여, 얼굴빛을 부드럽게 하고 뜻에 순종해서 거스르는 일이 없었다. 어머니는 그의 뜻하는 바가 높고 깨끗해서 세상과 합하지 않는 것을 살피고, 일찍이 말하기를, "너의 벼슬은 주(州)나 현(縣)이 마땅하니 높은 벼슬에 나아가지 말라. 세상이 너를 용납하지 않을까 두렵다." 하였다. - 김성일

2) 선생이 일찍이 아버지를 여의고 어머니와 궁하게 살았는데, 선생이 과거를 본 것도 사실은 그 어머니를 봉양하려고 한 생각에서였다. 그러다가 마침 장인의 죄로 말미암아 백성을 다스리는 지방관으로 나가지 못하게 되었다. 얼마 안 되어 어머니가 세상을 떠났다. 그래서 선생은 항상 「육아(蓼莪)」와 「풍수(風樹)」의 슬픔을 품고 있어서, 제자들의 이야기가 부모를 섬기는 일에 미치면 반드시 슬퍼하면서 자기를 죄인이라 일컬었다. - 김성일

위 인용문 두 가지는 퇴계 선생의 어머니와 관련된 어릴 때의 집안 형편과 퇴계 선생의 벼슬에 대한 태도에 관련된 이야기인데, 얼핏 보기에 매우 정겹게 들린다. 또 이런 말을 기록한 사람도 후세에 영남의 퇴계학파 중에는 큰 비중을 차지하는 선생의 만년의 애제자 중 한 사람인 학봉 김성일(金誠一) 선생이다. 그래서 이 말들은 매우 권위가 있게 퇴계 선생의 전기를 적는 사람들에게는 즐겨 인용되는 이야기가 되었다. 그러나 퇴계 선생 집 형편에 대하여서는 이미 앞장에서 이야기한 바와 같이 '만권서'(실제로는 천여 책이겠지만)를 가지고 있다고 하였으니, 반드시 그렇게 "가난하였다"고만 할 수 있을까?

그다음에 언급되는 벼슬에 나가게 된 동기는, 퇴계 선생 자신도 이와 비슷한 내용의 말을 선생의 아버지의 「행장」에 적기도 하였다. 그러니 그 어머니가 그러한 말씀을 한 것은 사실임에 틀림없다. 이로 보면 그의 어머니도 보통 분은 아니었음을 알 수 있다. 그렇지만 퇴계 선생이 과거와 벼슬에 대한 태도나 벼슬을 하게 된 동기를 이렇게 소박하고 단순하게 이야기할 수만은 없을 것이다.

당시 양반집 젊은 선비들은 누구나 지상 목표가 우선 벼슬을 하여 가문을 다시 살리고, 부모의 이름을 크게 빛내고, 유가 학문의 이상을 현실 정치에 구현하여 보는 것에 있었다. 그래서 퇴계 선생도 10여 세 중반부터 이미 시도 짓고, 철학적인 사색에도 몰두하기 시작하고, 삼촌 송재공(松齋公) 같은 집안 어른으로부터 남다른 수험준비 지도를 받기 시작하고, 이미 수재로 소문이 나기 시작하여 안동부사(처음에는 삼촌인 송재공, 뒤에는 농암 이현보 선생)나, 경상도 관찰사(모재 김안국 선생) 같은 분들의 주목과 기대를 받기도 한 사실을 알고 보면, 그는 한 '집안의 아들'이 아니라, 점차 한 '나라의 아들'로 변모하여 가고 있었다고 보아야 할 것이다.

사실 퇴계 선생은 평생 자주 사표를 내기는 하였지만, 명예로운 벼슬을 많이 하였고, 마침내는 종1품의 품계(좌찬성)에까지 올라가게 되어, 자신의 힘으로 진사밖에 하지 못하고 요절한 아버지의 품계도 종1품으로 추존 받는 데까지 이르게 하였다. 이런 점은 비록 어쩔 수 없이 올라간 것이라고는 하지만, 만년에 매우 흐뭇하게 생각하신 면도 있었을 것이다.

그래서 선생은 추존된 아버지의 벼슬 이름을 적어 넣는 묘비의 비문을, 가장 놀랍게 생각하던 제자 중의 한 사람인 기대승(奇大升)에게 지어줄 것을 간곡하게 부탁하고, 자주 그 비문 내용에 관하여 자세하게 상의하였다. 그리고 죽을 때 유서에서까지 그 비문을 꼭 받아서 잘 세울 수 있도록 당부하였다. 이렇게 보면 『효경(孝經)』의, "입신출세하여 후세에 부모의 이름을 후세에까지 떨치게 하는 것이 효의 마무리이다.(立身出世, 以顯父母, 揚名於後世, 孝之終也.)"라는 말을 유감없이 실천한 것이다.

사실이 이러하니, 선생의 벼슬에 대한 태도가 어머니의 소박한 바람 때문에 자주 반성되기도 하였겠지만, 그 일생의 이력으로 본다면 위에서 말한 바와 같은 또 다른 생각을 포함하여, 여러 가지 복합적인 심리와 요인이 겹겹으로 작용하였을 것으로 보아야 할 것이다. 그렇지 않다면, 뒤에 아들이나 손자, 또는 제자들에게, 과거 준비를 철저하게 하라고 자주 강조한 내용이 편지에 많이 남아 있는 것을 어떻게 보아야 할 것인가?

나. 부인과 처가와의 관계: 처가살이와 재산 취득 문제

3) 신사년(1521, 중종16)에 부인 허씨(許氏)를 맞이하였다. 부인의 집은 자못 넉넉하였다. 선생은 어머니를 봉양하는 여가에 가끔 본가를 오고가 했었는데, 항상 여윈 말을 타고 다녔다. 부

인의 집에는 비록 살진 말이 있었지만 그 말을 탄 적이 없었다.
- 이안도

4) 부인 허씨의 논밭이 영천군(榮川郡: 영주군)에 자못 많이 있었다. 계상(溪上)에는 겨우 변변하지 못한 밭 몇 마지기가 있을 뿐이었으나, 끝내 부인의 전장(田莊)에 가서 살지는 않았다. - 김성일

5) 권공(權公) 질(礩)은 선생의 장인이다. 그 집이 서울 서소문 안에 있었다. 선생에게 물건을 보내고자 한 적이 있었는데, 선생은 사양하고 받지 않았다. 뒷날에도 선생이 혹시 서울에 가더라도 항상 다른 곳에서 묵고 한번도 그 집에서는 지내지 않았다. - 김성일

위에서 인용한 세 가지 중, 첫 번째는 선생의 맏손자인 몽재 이안도(李安道) 선생이 한 말씀이고, 두 번째와 세 번째는 역시 학봉 김성일 선생이 한 말씀이다. 그런데 이 세 가지는 모두 퇴계 선생이 전·후취 처가에 가서 상주하는 것도 좋아하지 않았을 뿐만 아니라, 처가에서 재산을 받은 것조차도 꺼렸다는 것이다.

이 문제는 퇴계 선생의 성품과 당시의 사회 관행과 결부하여 좀 면밀하게 생각해 보아야 할 것 같다. 당시는 고려 때 유습이 있어서 남자가 처가살이하고, 처가로부터 남녀 구분 없이 재산을 분배받는 것이 흔한 일이었다고 한다. 그래서 퇴계 선생의 맏아들(준)도 30세까지 처가살이하다가 본가로 들어왔고, 또 맏손자(안도)도 결혼하고 공부하는 동안은 처가에 가서 살았다. 퇴계 선생은 이미 결혼시킨 손녀들까지 함께 살았으며 돌아가신 뒤에는, 손자 손녀 구별 없이 5남매에게 재산을 모두 똑같이 분배하였는데, 그 내용을 증명하는 분재(分財)기가 안동의 국학진흥원 박물관에 전시되어 있다.

그러나 당시에도 더러는 처가에서 살지 않은 경우도 있었던 것

같기도 하다. 아마 이때는 남자 중심의 종법을 강조하는 유학적인 기풍으로 국법이 개조되어 가고 있었기 때문에, 처가살이 하는 풍속을 선비들이 더러 습관적으로 집안에서는 그렇게 하고 있다고 하더라도, 외면적으로는 좋지 않게 이야기하였을 것으로 생각한다.

더구나 퇴계 선생과 같이 유학 사조의 최첨단을 연구하고, 그것을 삶의 목표로 세우고, 제자들을 가르치고, 또 나아가서는 임금과 나라를 바로 세우려는 뜻을 지녔던 신유학자로서는 우리나라 전래의 유풍에 안주하는 것보다는 유교 경전에 실려 있고, 송나라의 주자 같은 학자가 강조하는 '천하의 바른 도리'를 실천하는 것이 더욱더 이상적이라고 생각하고 있었을 것이다. 그것이 바로 예에 맞는 것이라고 …. 그러니 제자들이 보기에도 선생님은 처가를 가까이하는 것을 좋지 않게 생각하고, 실제로 그렇게 행동하셨다고 하여야만 더욱더 언행이 일치하는 이상적인 스승으로 숭상될 수가 있었을 것이다.

그러나 이 문제는 그렇게 간단하게 설명하기에는 힘든 면이 많을 것 같다. 퇴계 선생도 비록 머리[이성]로는 남자 중심으로 이루어지는 종법 질서가 맞다고 생각하셨겠지만, 마음[감정]으로는 사랑하는 손녀들을 멀리 떠나보내는 것을 섭섭하게 생각하셨을 것이다. 이러한 머리와 마음을 아울러 가지고 계셨던 분으로 생각한다면, 선생 자신이 처음부터 당시의 관습이기도 하였던 처가살이를 아예 멀리하고, 또 처가에서 제공하는 살림을 하나도 누리려 하지 않았을 정도로 교조적이고, 매몰차기만 한 분이었을까?

위 인용문과는 다르게 퇴계 선생도 21세에 결혼하고서 몇 년 동안은 당시의 풍습대로 아마 영주에 있는 처가에서 주로 살았을 것으로 생각한다. 위와 같은 선현들이 남긴 존경심에서 우러난 자료들을 대개 가감없이 신봉하는 사람 중에도, 퇴계 선생이 20대에 어디서 살았는지는 잘 모르겠다고 하는 사람들이 있기 때문이다.〔권오봉의 『퇴계 선생의 연거와 사상 형성』 11-15쪽, 금장태 『퇴계평전』 191쪽 등〕

퇴계 선생이 27세에 초취 허씨를 상처하고는, 태어나자마자 어머니를 잃은 둘째 아들은 자식이 없는 처삼촌 허경(許瓊)의 집에 수양손으로 보내어 자라게 하였다. 그리고 어머니가 있는 본가로 돌아와서 살다가 31세 때 처음으로 자신이 살 독자적인 집을 마을〔온혜〕에 지었고, 40대 중반부터는 지금의 토계 마을로 들어가서 정착하였다는 것은 잘 알려진 이야기이다.

여기서 잠깐 위에서 이야기한 퇴계 선생 손자 손녀 5남매가 퇴계 선생 별세 후 19년 만에 나누어 가진 분재기 내용을 분석한 한 전문가의 말을 들어 본다.

> 그의 손자녀의 화해문기가 처음 초안된 시기는 임란 직전(1586)인데 당시 이황의 손자녀 5남매분(몫)과 봉사위(奉仕位: 조상 제사용 재산)를 모두 합치면 노비가 367구(명), 밭이 1,895두락(마지기), 논이 1,199두락, 가사(家舍: 주택)가 5좌(채)나 되었으며 전답의 분포지는 세거지 예안을 위시하여 봉화, 영천(榮川: 영주), 의령, 풍산 등지였다. 이러한 재산은 전술한 재지사족들과 마찬가지로 부변(아버지 쪽), 모변(어머니 쪽), 처변(아내 쪽) 등에서 분급 받은 것이며, 그 위에 개간, 기증, 매득 등의 수단을 통해 증식된 것이다.
> － 이수건 등 공저 『한국고문서 연구』, 대우학술총서 571, 2003, 33쪽

이러한 연구를 보면 퇴계 선생이 "평생 한결같이 가난하게만 사셨다"든가, "처가의 재물을 멀리하셨다"든가 하는 말은 실상을 잘 몰랐거나, 또는 가난하다고만 해야만 더 고상하게 들리고, 처가의 재물을 멀리하였다고 해야만 더욱 청빈한 것같이 들

리게 하려는 지나친 존경심의 발로에서 우러난 추측일 뿐이지, 사실은 별로 믿을 만한 근거가 없는 이야기라고 할 수 있다.

이 문서를 보면 선생은 경상남북도의 여러 고을에 수많은 종과 토지를 지니고 있다가 손자들에게 물려준 것으로 되어있는데, 예안과 봉화에 있던 재산(토지와 노비)은 대개 본가에서 분가하면서 얻은 것이고, 의령과 영주 등지에 있는 재산은 전처인 허씨 집에서 얻은 것이고, 풍산에 있는 재산은 후처인 권씨 집에서 얻은 것이라고 한다.

위의 세 번째 인용문 "서울 서소문 안에 있는" 권씨의 집[지금의 시립미술관 입구에 퇴계 선생이 살던 집터라는 표석이 놓여 있음]을 선생은 서울에 가서도 전혀 이용하지 않았다는 말은 지나친 추측으로 보인다. 필자가 번역한 맏아들에게 보낸 편지(『퇴계 이황 아들에게 편지를 쓰다』)들을 보면, 퇴계 자신이 젊어서 서울에서 벼슬하고 있을 적에는 권씨 부인까지 상경하여 이 집에 같이 살았고, 권씨 부인은 이 집에서 작고하기도 하였으며, 맏아들이 서울에 가서 벼슬하고 있을 때도 역시 이 집에서 살았던 것으로 나온다. 더구나 이 권씨 댁에는 아들이 없었다니 그 댁의 재산이 퇴계 선생 몫이 된다는 것은 당시로서는 조금도 이상할 것이 없어 보인다. 그런데 어떻게 서울의 그 집에는 얼씬하지도 않았다고 추측할 수 있을 것인가?

다. 의식주에 관련된 표현들: 지나친 검약의 강조

6) 선생은 검소한 것을 숭상하였다. 세수할 때는 도기(陶器)를 썼고, 앉는 데는 부들자리를 썼다. 베옷을 입고 실 띠를 맸으며 짚신을 신고 대지팡이를 짚어서 담박하였다. 계상(溪上) 집은 겨우 10여가(架)로서, 심한 추위나 더위나 비에 남들은 견딜 수 없었지만, 선생은 넉넉한 듯이 여겼다. 영천 군수 허시(許時)가 한번은 지나다가 선생을 뵙고는, "이렇게 비좁고 누추한데 어떻

게 견디십니까?" 하니, 선생은 천천히 말하기를, "오랫동안 습관이 되어 곤란한 것을 모릅니다." 하였다. - 김성일

7) 농사나 누에 치는 잔일에도 때를 놓친 적이 없으며, 수입을 따져 지출하여 뜻밖의 일에 대비하였다. 그러나 집은 본래 가난해서 가끔 끼니를 잇지 못하고, 온 집안은 쓸쓸하여 비바람을 가리지 못했기 때문에 남들은 견디기 어려운 것이었으나, 선생은 넉넉한 듯이 여겼다. - 이덕홍

8) 아들 준(寯)에게 준 편지에 이르기를, "아비와 자식 간에 밥솥을 달리한다는 것은 본래부터 아름다운 일이 아니다. 다만 아이들이 자라나 결혼함으로 말미암아 거처할 곳이 없으니, 부득이한 형편으로 이렇게 되는 것이다. 또 옛날 사람은 아비와 자식 간에 비록 재물은 달리하지 않으나 한곳에서 같이 살 수 없으므로 동궁이니 서궁이니 남궁이니 북궁이니 하는 제도가 있었다. 이제 한곳에 살면서 재물을 달리하는 것보다는, 따로 살면서도 오히려 한 살림살이의 뜻을 잃지 않는 것이 낫지 않겠는가." 하였다. - 집안 편지

여기서는 퇴계 선생이 평소에 무엇을 먹고, 무엇을 입고, 어떤 집에 살았는지를 설명하는 내용을 모아보았다. 첫 번째는 역시 학봉 김성일 선생이 한 말씀이고, 두 번째는 농암 이현보 선생의 종손자로서 예안에 살면서 퇴계 선생을 가까이에서 모셨던 간재 이덕홍 선생의 기록이고, 세 번째는 필자가 번역한 적이 있는 아들에게 보내는 편지(55세까지만 번역함)의 58세 때의 기록이다. 이 내용을 보면 역시 선생께서 평소에 매우 빈한하게 사시는 것으로만 묘사되어 있다. 정말 그렇기만 하였을까? 위에서 인용한 「분재기」를 보면 많은 토지와 노비와 가옥을 손자들에게 골고루 나누어 줄 정도로 많았다는데 ….

선생께서 평소에 그러한 많은 재산이 있음에도 불구하고, 매우 검소하고 담박하게 사셨던 것은 아마 틀림없을 것으로 생각된다. 그렇지 않고야 어떻게 당시의 사람들에게 그만한 존경을

받았을 것이며, 돌아가신 뒤에도 두고두고 온 나라 사람들의 칭송을 받을 수 있었겠는가? 벼슬하는 동안에도 조정에서 가장 '청렴한 관리(廉潔人)'를 뽑을 때면, 언제나 첫 번째로 선정되었다는 기록도 보이고, 지방 수령으로서도 매우 청렴하였다는 사실이 『조선왕조실록』에도 기록되어 있다.

그러나 여기서 말하듯이 음식은 "가끔 끼니를 잇지 못하고", 의복은 "베옷을 입고", 주거는 "아비와 자식 간에 한집에 살 형편도 되지 못하고" 또 "비바람을 가릴 수 없을 정도"로 구차하기만 한 것은 아니었던 것 같다.

아들이나 손자에게 보낸 편지 내용을 찬찬히 살펴보면, 아들에게는 남들과 함께 모여서 과거 준비를 합숙〔접접(接接)〕하고 있는 동안에 집안(영주의 외가에서 받은 살림)에 어느 정도 여유는 있으니, 너무 남에게 인색하게만 처신하지 말라고 한 말도 보이고, 선생 자신도 건강이 항상 매우 부실하므로 수십 년 동안 무명 25필의 값과 같은 고가품인 양가죽으로 만든 철릭(외투)을 계속하여 입고 지낼 수밖에 없다는 이야기도 보인다. 그러니 어찌 위에 나오듯이 한결같이 그렇게 옹색한 모습으로만 생각할 수 있겠는가?

살던 집 이야기는 이미 앞장에서 한 차례 자세히 이야기한 적이 있으니, 여기서 다시 중언부언할 필요도 없다. 그러나 여기에 인용한 「집안 편지」 내용에 관해서만 좀 더 검토해 볼 필요가 있다. 비슷한 이야기는 필자가 번역한 책〔『퇴계 이황 아들에게 편지를 쓰다』과 『퇴계선생문집 속집』(권7)에도 나오는데, 두 곳에 보이는 내용은 여기 적힌 바와는 다음과 같이 조금 다르다.

> 너는 이미 식구가 많고 몽아〔안도〕도 머지않아 또 장가를 가야하는데, 나는 성격이 번거로운 것을 싫어하고, 고요한 것을 좋아하기 때문에 부득불〔본집〕곁에다가 조그마한 집을 마련하고서

아비, 아들, 손자 중에서 형세를 보아서 나누어 살기로 한다면, 아마도 조용히 살 수 있을 것이다. 이것이 옛사람들이 동쪽 집, 서쪽 집, 남쪽 집, 북쪽 집으로 나누어 있었던 까닭이었다.〔원문의 궁이라는 말은 궁전이라는 뜻이 아니라, 곧 별채라는 뜻이다〕

(汝旣多眷屬, 蒙兒不久又當婚娶. 吾性厭煩喜靜, 不得已傍有小舍, 父子孫中觀勢分住, 庶可容息. 此古人所以有東西南北宮〔宮非宮殿, 卽別舍之名耳.〕)

　　　　　　　－ 졸역서, 개정판 271쪽〔53세 때 아들 준에게 답한 편지〕

이 편지 내용으로 보면, 퇴계 선생이 처가살이하고 있던 아들과 곧 결혼할 것으로 보이는 맏손자를 선생이 사는 토계 마을로 불러와서 함께 살 생각을 하면서도, 선생이 워낙 고요한 것을 좋아하기 때문에 한집에 사는 것은 매우 불편하니, 집을 각각 마련하여 별도로 생활하면서 내왕은 자주 하자는 내용이다. 그래서 아마도 토계 마을에 기와로 지은 집이 있지만, 그것은 아들에게 내어주고 앞 장에서 이야기한 바와 같이 한서암이라는 조그마한 별채에서 독서도 하고, 사색도 하고, 손님들도 만나고, 시도 짓고 저술도 하면서 지내셨을 것이다.

그런데 앞의 8)에 인용된 내용만 보면, 살림이 궁색하여 도저히 부자지간에 같이 살 방법이 없으므로 따로 살 수밖에 없다는 뜻을 강조하고 있으니, 하필이면 궁핍한 것처럼 보이는 내용만 골라 적고, 좀 여유 있게 보일 수 있는 내용은 취하지 않았는지 자못 의아하다.

이 장을 마무리하면서, 지금까지 해온 이야기의 주제어를 한마디로 요약하자면 "가난하셨다"는 것이다. 이 단어를 중국의 문인들은 어떻게 생각하고, 한문 작품에서는 어떻게 다루고 있는지 자못 재미있게 쓴 글이 한 편 보이기에 여기 소개할까 한다.

문학 연구에서 문제가 되는 것은 어떤 작가의 생활 수준의 가난

함이 아니고, 자신이 가난하다고 생각하는 의식의 어떤 형태, 그
것을 어떻게 표현하느냐는 표현 방식일 뿐이다. 『논어』 이후에
빈천함에 몸을 그대로 놓아둔다는 말은 곧, "고결한 삶"의 방식
을 가지고 있다는 식으로 비추어지거나, 그렇지 않으면 적어도
빈궁에 "청빈" 정도로 가치를 부여하여 빈천의 괴로움을 해소하
려고 하였다.

예를 들자면 도연명이 쓴 「가난한 선비를 읊는다(詠貧士)」7수
같은 것은 가난이라는 물질상의 곤궁을 정신의 고결함에 연결함
으로써 빈궁으로부터 생겨나는 슬픔을 해소하였는데, 이것이 빈
궁을 노래한 시의 전형으로서 받아들여지게 되었다. 두보는 가난
에 관한 시를 매우 많이 썼는데, 자기의 궁한 처지를 폭로하며
높은 사람에게 호소하여 벼슬 얻기를 바라기도 하였고, 또 자기
자신의 궁곤한 모습을 희극화 하기까지도 하였다.

중국에서는 문인들은 오로지 궁하다는 이야기만 시로 썼지, 자기
가 잘산다는 것을 자랑한 시는 오직 한유가 쓴 「아들에게 보인
다(示子)」뿐인 것 같은데, 이 경우에도 자기가 맨손으로 서울에
와서 노력한 결과 이만한 풍요로운 모습으로 살게 될 수 있었다
는 것을 일깨워주기 위하여 표현한 것일 뿐이라고 한다.

－ 川合康三, 「두보의 가난함을 둘러싸고」, 일본 경도대학
『중국문학보(中國文學報)』 최근 호에서 발췌

이 글을 보면 한국의 문인들도 예외 없이, 실제로는 대개 지주
계층에 속하면서도, 왜 그렇게 궁하다는 이야기만 자주 늘어놓
았는지 이해할 수 있을 것 같다. 그러니 한문으로 글을 쓰는
사람들에게 있어서 "가난하다"는 말은 곧 "고결하다"는 것을 강
조하는 표현과 같은 것이 아니겠는가? 마치 "술에 취한다"라는
말이 곧 "속기(俗氣)를 벗어 던진다"라는 뜻과 같은 자랑스러
운 말처럼 붓을 쥔 선비들에게 널리 애용되었듯이 ….

퇴계 선생도 도연명을 본따 '가난'을 즐겨 노래하였고, 그 제자
들도 그들이 스승을 이야기할 때 "가난하셨다"는 말로써 "고결

하셨다"는 말을 대신하는 차유(借喩)로 사용하였던 것이다. 그러나 한 시대를 앞서 이끌어 가고 있던 선생의 "차분한 머리"만 중시할 것이 아니라, 더러는 습속을 떨치지 못하고 더러는 어쩔 수 없이 안주하기도 하였던 선생의 "따뜻한 가슴"도 좀 생각해 본다면, 선생의 일생이 비록 청렴·검소·담박하기는 하였을 것이나 "끼니조차 걱정할" 정도로 늘 궁핍하기만 하였던 것은 결단코 아니었다고 믿는다.   (2015. 7. 12)

3. 아버지는 책을 물려주고,
삼촌은 과거 시험을 준비시키고

퇴계 선생은 1501년에 태어난 것으로 일반적으로 기재되어 있다. 그러나 엄밀하게 음양력을 대조해 보면 1502년에 태어난 것이 맞다. 왜냐하면 선생의 생일이 음력으로 11월 25일이므로 그날을 양력으로 환산하면 그다음 해 정월이 되기 때문이라고 하나, 1501년으로 하면 나이를 서기와 맞추어 기억하기에 매우 편리한 점이 있다. 선생은 70세까지 살았으므로 1570년까지 산 것이다. 16세기 초에 탄생하여, 16세기 중후반까지 살았다.

선생이 살았던 시대의 양반의 생활 모습은 어떠하였을까? 한 중견 역사학자의 말을 참고하여 살펴보기로 한다.

조선 전기의 양반들은 자제들을 과거에 응시하게 하고 관직에 진출시키기 위해서는 많은 재력이 뒷받침되어야 하였다. 과거에 합격하려면 유학에 대한 깊은 지식이 필요하였고, 깊은 지식을 쌓기 위해서는 그런 일을 뒷받침할 얼마간의 재력이 필요하였기 때문이다. 그러면 그 재력은 어디서 나오는 것인가?

조선 전기의 지주들은 부세의 압박을 견디지 못하고 몰락하는 양인(良人) 농민을 포섭함으로써 어렵지 않게 노비를 늘려갔다. 지주들은 노비들에게 양인〔평민〕들과 결혼시키는 이른바 "양천교혼(良賤交婚)"을 적극적으로 권장한 다음, 그 후손을 노비로 삼았다. 지주 집의 노비들 가운데 절반 이상이 양천교혼 소생인 경우도 있었다. 조선 전기에는 노비만 확보되면 전지(田地)를 획득하는 것은 어려운 일이 아니었다. 옥토로 바꿀 수 있는 주인 없는 황지(荒地)가 곳곳에 널려 있기 때문이다.

16세기에는 개간이 활발히 진행되고, 노비가 급속히 증가함으로써 농장(農庄)이 확대되고 있었다. 농장은 거대한 주인집(主家)을 중심으로 10여 채의 종들의 집(奴家)이 자리 잡고, 하천이나 계곡의 물을 관개(灌漑)할 수 있는 곳을 따라 전답이 흩어져 있는 형태를 띠고 있었다. 지주들은 이러한 구조의 농장을 여러 곳에 보유하고 있었다. 남녀 균분 상속이 이루어지고, 개간이 활발히 진행된 결과였다.

16세기 경상도 북부 지역에 거주하던 양반 지주들은 당시로서는 전국에서도 선진 농법이라고 할 수 있는 이앙법(移秧法)을 도입하는 데 앞장서서 이를 전파하는 데 힘을 썼다. 이 지역이 이앙법을 가장 적극적으로 실시하게 된 데에는 여러 가지 복합적인 원인이 작용하지만, 무엇보다도 간단한 관개시설만으로도 이앙기에 풍부한 물을 공급할 수 있었기 때문이다. 이 지역의 전답은 웬만한 가뭄에는 마르지 않는 조그마한 개천이 양쪽 기슭에 펼쳐져 있었으므로 보(洑)같이 간단한 관개시설만으로도 이앙기에 쉽사리 물을 공급할 수 있었다. 이앙함으로써 벼를 직파할 때에 비하여 잡초를 제거하는 데 걸리는 시간과 노동력을 6~7할 정도는 절감할 수 있었다.

지주들은 이러한 이앙법에서 절감한 일손을 주로 밭에 투입하였다. 그 결과 목화 같은 상품 작물이 널리 보급되고, 밭농사의 다각화를 이루었을 뿐만 아니라 생산성도 재고시킬 수 있었다. 조선 전기의 양반 지주들은 대부분 이러한 경제적인 기반 위에서 젊은 자제들에게 과거에 응시하게 하고 중앙정계에 진출하여 자신의 야망을 펼쳐보겠다는 꿈을 가지게 하였다.〔김건태 서울대 교수의 『조선시대 양반가의 경영』(서울, 역사비평사, 2004) 제9장 「양반지주제의 성립에서 해체까지」에서 인용함.〕

필자가 이 평전을 시작할 때 말한 퇴계 선생의 증조부(이계양)

가 터전을 잡고 살았다는 안동의 두루[주촌] 마을이나, 조부(이정)가 터를 잡고 살기 시작하였다는 예안의 온혜 마을이나, 나중에 퇴계 선생 자신이 터를 이루고 정착한 토계 마을의 형편이나 사는 모습은 모두 위에서 이야기하는 15세기에서 16세기에 걸친 경상도 북부에 형성된 양반 지주들의 재산 형성과 관계로의 진출 모델을 표준화해서 이야기한 것이다. 이러한 공식에 들어맞는 집안으로, 예안의 영천 이씨, 광산 김씨, 봉화의 안동 권씨, 안동의 의성 김씨, 풍산의 하회 류씨 같은 집안이 있다.

퇴계 선생은 조부의 사적을 다음과 같이 적고 있다.

> 공은 영양 김씨를 부인으로 맞이하였는데, 김씨가 예안현 서쪽에 살았기 때문에 공은 처음에 예안현 동쪽 부라촌(지금의 부포)으로 옮겨 왔다. 그때 마침 군사를 일으킬 때라 생원 진사들이 모두 종군하였다. 공은 이에 봉화현 교도가 되어 근무하러 가던 어느 날 온계를 지나다가 그 산수가 아름다움을 사랑하게 되었다. … 그때 시내 너머 다만 민가 한 집이 있었고, 여기저기 사이로 묵정밭이 있어서 농사를 지을 만하였고, 숲이 우거지고 골이 깊숙하며, 시냇물이 맑고 달아서 물고기가 많이 서식하고, 또한 개울물을 끌어들여 논농사를 해 볼 만하였다. …

> 공은 자제들이 종들에게 화가 나서 꾸짖는 소리를 들으시면, 반드시 경계하여 말씀하시기를, "너희들에게 하인을 승복시키는 것으로 가르쳐 왔는데, 요즘에 왜 그렇게 하지 않느냐? 무식한 종들에게는 정을 베풀고 용서하는 것이 상책인데, 어떻게 그렇게 나무라기만 하느냐?"라고 하셨다.

부인 김씨는 타고난 성격이 후덕하고 성실하셨다. 가시덤불을 헤치고 기업을 창건할 때, 부지런하고 검소한 것으로써 내조의 힘을 닦으셨고, 먼 후일을 경영하는 생각으로 문호를 성립하셨으니, 오늘날 자손들이 번성하게 된 것이 어찌 우연한 일이겠는가? 여러 손자가 나아가 뵈면, 반드시 입신양명할 것을 권장하고, 혹시 소홀히 하고 행실에 결함이 있을까 경계하셨다. 향년 93세로 돌아가셨다.

- 퇴계 선생이 지은 「조부의 사적」

이 글을 보면 퇴계 선생이 태어난 집안의 형편을 어느 정도 짐작해 볼 수 있다. 선생의 조부가 태어나기는 증조부가 살던 주촌(두루) 마을이었을 것인데, 결혼하고는 처음에 예안 동쪽 부포에서 살다가 온혜 마을로 옮겨와서 개울물을 이용하여 논밭을 크게 개간한 것으로 이 글에서 적고 있다.

그런데 부포는 지금의 도산서원에서 보면 낙동강을 건너서 맞은편에 있는 마을 이름인데, 그 근처에 의인(宜仁)이라는 마을도 있다. 이 일대가 조선 전기에는 '의인 부곡(部曲)'이라는 인구가 희소한 특정 지역이었는데, 퇴계 일가의 윗대 어른들이 안동 예안 지역으로 오면서, 이 부곡의 땅을 개간하기 시작한 것이다. 퇴계의 조부도 처음에는 그곳에서 종들을 데리고, 그 토지를 관리하기도 하고, 또 독자적으로 개간도 하다가 뒤에 온혜로 옮겨가서 정착하면서 크게 성공한 것으로 볼 수 있다.

이 조부의 맏아들이 퇴계의 아버지인 이식(李埴)으로, 벼슬은 진사에 그치고 40세밖에 살지 못하였지만, 평소에 공부하기를 좋아하는 것을 본 처가〔전처 의성 김씨의 집〕에서 소장하고 있던 많은 책을 물려받았다. 퇴계 선생이 평생 "만권서를 지니고 있으며, 그것을 다 읽는 것을 목표로 삼고 있다"고 자랑스럽게 말하였다는 내용은 이미 앞에서도 이야기한 바 있다. 전처 김씨 집의 외손으로는 딸 하나, 아들 둘이 있었고, 퇴계의 생모인 춘천 박씨 집의 외손으로는 아들만 넷 있었는데, 퇴계는 막내로 첫돌 이전에 아버지가 작고하였다.

퇴계 선생은 비록 아버지 얼굴은 기억하지 못하였지만, 자식이나 다름없이 엄하게 키워주고 가르쳐 준 삼촌이 한 분 있었다. 삼촌〔이우李堣〕은 호를 송재(松齋)라고 하는데, 차관급인 참판까지 진급하고, 진주목사, 안동부사 같은 큰 고을의 지방관을 지낼 때 퇴계 형제를 데려다 지도한 이야기가 퇴계 선생의 언행록에도 나온다. 또 생모인 박씨가 과부의 자식이라고 남에게 괄시를 받지나 않을까 많은 걱정을 하고, 부지런히 논밭 농사 이외의 길쌈이나 양잠 같은 부업에 전력하며, 그 부수입으로 자제들의 학업을 뒷바라지해 준 점도 역시 언행록 같은 데 잘 나타나 있다.

퇴계 선생이 책 이외에도 많은 재산을 얼마나 친가로부터도 물려받았는지 자세히 알 수 있는 기록은 지금 전하지 않으므로 정확하게는 알 수는 없다. 그러나, 선생이 처가로부터 받았던 영주, 풍기, 의령, 고성 등지의 많은 토지 이외에도, 선생이 친가 가까이에 터를 잡았던 토계(상계)와 가까운 죽동(竹洞, 댓골), 의인, 백운지(白雲池, 배오지) 같은 곳에도 161필지에, 1,521마지기나 되는 많은 토지를 유산으로 남긴 것을 보면, 친가로부터 책만 많이 물려받은 것이 아니라 어느 정도의 토지와 노비를 상속하기도 하였을 것으로 생각된다. 그 구체적인 숫자까지도 앞 장에서 이야기한 「분재기」를 자세히 계산하면, 친가로부터 받은 토지와 노비를 "내변(內邊)", 처가에서 받은 것은 "외변(外邊)"으로 분리하여 표시하고 있으므로 어느 정도 구분할 수 있을 것이나, 그렇게까지 자세하게 분석해낸 전문적인 통계는 찾아보지 못하였다.

어찌 되었건 지금까지 퇴계 선생이 전기를 쓸 때 늘 강조하는 "아버지는 일찍 돌아가시고, 가난한 집에서 끼니조차 걱정스러웠지만, 홀어머니가 온갖 고생을 다 해가면서 고생스럽게 기르셨다."라는 이야기는 실상과는 별로 맞지 않는 이야기임에 틀림

없다. 그러나 선생의 어머니도 물론 훌륭하셨던 것은 앞 장에서 「언행록」을 이야기할 때 언급한 바와 같다.

다음으로 선생의 형님들은 어떤 분이었을까? 이복 누님 한 분은 신담(辛聃)에게 출가하였는데 창원에서 살았으며, 퇴계가 20세 후반에 상처하고 어린 자식을 돌보기 위하여 고생할 때, 창원에서 소실을 얻도록 주선하여 주는 등 도움을 준 것같이 생각된다.

역시 이복 형님인 잠(潛)은 충순위(忠順衛)였다고 하는데, 지체 높은 집 자제 중에서 시험을 통하여 뽑아서 서울에서 근무시키는 병역의 일종이라고 한다. 제대하면 관직으로의 진출 길도 열어 준다고 하는데, 이분은 일찍 죽어 벼슬을 받지는 못하였던 것 같다. 그다음 형님인 하(河)는 예천훈도를 지냈다고 한다. 훈도는 고을 향교에서 학생들을 가르치는 6품급 관리였다고 하는데, 이분은 장가도 예천으로 가서 그곳에서 살았다고 한다. 동복 형님인 의(漪) 역시 벼슬하지 못하고 일찍 죽었다.

그다음 동복 형님은 해(瀣)인데 호를 온계(溫溪)라고 하며, 과거에 급제하여 여러 요직을 지내고, 충청감사, 대사헌, 한성우윤 같은 고관에까지 올랐다. 그러나 사화에 몰려 혹독한 고문을 받고 삼수갑산으로 귀양길을 나서다가 고양의 미아리(지금의 서울 미아리)에 이르러 탈진하여 죽고 말았다. 퇴계 선생이 과거 시험을 보는 데나, 벼슬길에 나아갔을 때 많은 도움을 받았을 것이지만, 불의의 참변을 당하는 것을 보고는 벼슬을 버려야겠다는 생각을 더욱 굳히게 되는 큰 충격을 받았을 것으로 생각된다.

그다음 형님인 징(澄)도 역시 충순위 출신으로 제원(濟原)의 찰방을 지냈다고 한다. 찰방은 6품 벼슬로 각 지역의 국도와 역마를 관장하는 벼슬인데, 지방 관원의 비리를 시찰하는 권한도

가지고 있고, 또 어사가 출두하면 그가 지휘하는 역졸을 동원하여 권한을 행사하기 때문에, 흔히 강직한 젊은 문관들에게 임명하는 벼슬이었다고 한다. 이분은 장수하여 퇴계 선생이 매우 깍듯하게 모셨다고 한다.

4. 결혼 생활과 초기 벼슬길

여기서는 퇴계 선생의 20세 이후의 결혼과 가정생활 및 30세 중반부터 시작되는 벼슬살이와 벼슬길에 들어섰어도 놓지 않으려 하였던 학문 탐구에 대한 열망 같은 이야기를, 40대 후반에 이르기까지 연대기식으로 간추려 가면서 소개하려고 한다. 우선 일반적으로 잘 알려진 이 기간의 연보를 살펴본다.

- 21세 – 동갑인 김해 허씨 허찬의 따님과 결혼함.
- 23세 – 맏아들 준(寯) 출생. 서울 성균관에 유학함. 이때 송나라 유학자가 지은 성리학에서 중시하는 마음에 관한 글을 모아 둔 책에 상세한 주석이 달린 『심경부주』를 구하여 봄.
- 27세 – 가을, 경상도에서 시행된 소과 과거 1차 시험인 초시 진사시에 1등, 생원시에 2등으로 합격함. 10월에 둘째 아들 채(寀)가 출생함. 11월에 허씨 부인이 서거함.
- 28세 – 2월, 소과 과거 2차 시험인 회시 진사시에 2등으로 합격함.
- 30세 – 안동 권씨 권질의 따님과 결혼함.
- 31세 – 측실에게서 아들 적(寂)이 출생함. 출생지인 도산면 온혜리 영지산(靈芝山) 기슭 양곡에 살림집 지산와사를 마련함. 이때부터 영지산에 사는 사람이라는 뜻으로 '영지산인', 또는 '지산'이라는 호를 사용함.
- 33세 – 다시 성균관에 유학함. 경상좌도에서 시행된 대과 과거 1차 시험인 초시에 1등으로 합격함. 이때 조식(曺植)은 경상우도에서 시행된 같은 시험에 2등으로 합격함.
- 34세 – 3월에 대과 과거에 합격함. 권지승문원 부정자에 선임됨.

이상이 퇴계 선생의 20대 초반부터 30대 중반까지 잘 알려진 기록이다. 이 기록들을 요약하면, 결혼 생활과 과거 시험 응시 두 가지가 큰 화두가 될 것이다. 과거 시험 응시에 관하여는 여기에 나온 것 이외에도 20대 초반에도 두세 차례나 응시하였으나 낙방하여 크게 실망하였다는 기록도 더러 문헌에 나타난다. 이러한 점은 언급하였으므로 자세히 이야기할 필요가 없을 것 같고, 다만 선생의 결혼과 가정생활에 관하여서는 아직 일반적으로 잘 알려지지 않은 사실이 많으므로 좀 더 밝히려고 한다. 위 연보에 나온 것처럼, 21세에 초취 부인 허씨를 아내로 맞이하여 두 아들을 두었으나 27세에 사별하고, 또 30세에 재취 부인 권씨를 맞이하였으나, 정신적으로 장애가 심하여 주부 역할은 거의 할 수가 없었던 것 같다.

신체적으로는 나약하지만, 정신적으로 꿈이 많았고, 모든 일에 매우 주밀하여 심사숙고하였던 예사롭지 않은 선비를 실제로 빈틈없이 잘 모시고, 선생이 가장으로서나 학자로서나, 또는 관리로서나 크게 성공을 거두게 한 성실한 내조자는 바로 누구도 별로 주목하지 않고, 다만 31세에 '적(寂)'이라는 서자를 낳았다고만 알려진 소실이다. 이분에 관하여서는 필자가 처음으로 자세히 조사하여〔『퇴계 이황 아들에게 편지를 쓰다』와 『가서(家書)』 같은 책에서〕밝혔는데, 그 내용은 다음과 같다.

그 여인은 경남 창원의 관기(官妓) 출신이며 정확하게 이퇴계 선생이 언제부터 이 사람을 소실로 맞아들이게 되었는지는 잘 알 수 없지만, 선생이 맏아들에게 자주 보낸, 지금까지 거의 공개되지 않았던〔자손들이 공개하기를 기피하고 있던〕사적(私的)인 편지에서는 자주 나오며, 퇴계 선생이 작고하실 때 쓴 유언장에도 공식적인 이야기를 마친 뒤에, 작은 글자로 이 서자의 모자를 잘 돌보아 달라고 한 부탁 말이 적혀있다. 이런 점으로 보아서 이퇴계 선생을 평생 가장 오랫동안, 또 즐겁게 내조한 사람은 이

'창원댁'이었다고 말할 수 있다.

또 한 가지 의문은 당시는 남자가 결혼하면 처가살이하는 것이 관습이었는데, 유독 퇴계 선생만이 "처가살이를 한 적도 없고", 처가가 잘살았지만 "그쪽 재산은 거들떠보지도 않았다."라고 말하는 것은 앞 장의 『언행록』에 대한 검토 부분에서 언급한 바 있듯이, 선생을 시대를 초월한 고상한 성인으로, 또는 남자 중심의 종법(宗法) 질서를 몸소 실천한 선구자와 같이 부각하려는 의도에서 고의로 조작, 과대 포장하여 이야기한 것이지, 사실과는 전혀 일치하지 않는다고 필자는 거듭 주장한다.

필자는 퇴계 선생도 허씨 부인과 결혼하였을 때는 부인이 살고 있던 영주의 푸실〔초곡草谷〕에 가서 살았으며, 서울에 가서 벼슬하고 있을 때는 서울 서소문에 있던 권씨 부인의 집에 가서 살았다고 확신한다.

비교적 최근에 나온 책에서 퇴계 선생이,

(1) 20세 때까지는 생가인 노송정에서 살았고,
(2) 혼인하자 분가하여 25세 때까지 산 곳은 분명하지 않다.
(3) 30세까지 넷째 형님 해의 댁인 삼백당에서 모친을 모셨으며,
(4) 45세까지 15년간은 지산와사에서 살았다. …

– 금장태, 『퇴계평전』, 서울, 지식과 교양, 2012, 191쪽

라고 하여 얼핏 보기에 퍽 정밀하게, 선생이 살고 있었던 주거지에 대하여서도 매우 세심하게 소개하고 있는 것 같다. 그러나 이 내용도 저자가 직접 조사 검토한 것이 아니고, 다만 다른 사람〔권오봉, 『퇴계의 연거(燕居)와 사상 형성』, 포항공대 출판부, 1989, 11-15쪽〕의 말을 참조한 것이라고 하는데, 이미 몇백 년 전에 만들어진 『언행록』에서 의도적으로 조작한 주장을 다시 받아서 또 옮겨 적어 놓은 것이다.

혼인하자 분가를 하기는 하였는데, "산 곳이 분명하지 않았다" 니, 부부가 의가 좋지 않아서 소실이라도 두고 별거하였다는 것 인가? 그러면서도 어떻게 이 책의 다른 부분에서는 퇴계가 이 부인에 대하여서도 애정이 유별나서 마치 손님처럼 서로 공경 하였으며, 만년까지도 일찍 세상을 떠난 허씨 부인을 그리워하 였다고 적고 있는가?〔금장태, 같은 책 26-7쪽〕

필자는 이런 식으로 퇴계 선생의 실제 모습을 사실과 다르게, 유 교의 종법을 실천하여 나아간 선구자처럼 묘사하려 하다가, 오 히려 선생에 대한 설명이 어딘가 앞뒤가 맞지 않는 것을 자주 보면서 쓴웃음을 금할 수 없다. 선생이 당시의 관습대로 처가 살이하였다고 한들 그것이 선생에게 불명예가 되는가? 더구나 종법이 변질해 가고 있는 오늘날 사람들에게 말이다.

퇴계 선생이 벼슬길에 들어선 30대 중반부터 40대 후반까지의 연보는 다음과 같다.

- 37세 - 10월, 어머니 춘천 박씨가 서거함.
- 39세 - 12월, 삼년상을 마치고 홍문관 부수찬에 임명되었으나 취임하지 않음.
- 40세 - 1월, 사간원 정언에 임명되어 조정에 돌아옴.
- 41세 - 3월, 사가독서를 시작함. 44세까지 조정에서 본직을 가지고 있으면서 특별히 선발되어 공부하는 특전을 받게 됨. 5 월, 중국에서 돌아오는 사신 일행이 가지고 오는 문서와 인원, 말 등을 점검하는 자문점마관(咨文點馬官)으로 의주에 출장 나 가서 수십 일 근무하다가 돌아옴. 이해 9월에 흉년의 어려움을 살 펴보는 어사가 되어 경기도 북부 일대를 사찰함. 다음 해에는 충 청도와 강원도 일대에 어사로 다시 나감.
- 43세 - 주자의 전집인 『주자전서』를 나라에서 간행할 때 교정 에 참여하고, 이를 계기로 자주 사표를 내고 주자의 모든 글을 읽고 연구하기 시작하여 10여 년간 계속하여 완전히 독파하고 철

저하게 이해함.

- 46세 - 7월, 권씨 부인이 서울에서 작고함. 이해에도 몇 가지 벼슬에 임명되었으나 사직하고 고향에 머물러 있었으므로 임종하지 못하고, 아들 둘을 보내어 운구하여 오게 하면서 계모의 상도 친모와 같이 엄수하라고 지시하였음. 이해부터 '퇴계'라는 호를 사용하기 시작함.
- 47세 - 7월, 안동부사에 임명되었으나 취임하지 않음. 9월, 홍문관 응교에 임명되어 서울로 돌아옴. 양재역(良才驛) 벽서사건이 나서 많은 선비가 죽거나 귀양 가게 되자 병을 핑계 삼고 두문불출하다가 12월에 사표를 제출하자 의빈부 경력에 임명됨.

여기서는 선생의 벼슬에 대한 태도와, 그런 벼슬이 실제로 그의 인생에 어떤 의미를 지니는 것인지 살펴보기로 한다. 선생의 연보를 보면 평생 수많은 벼슬을 받았다가 사표를 내었다는 말이 연속하여 나오며, 또 선생의 전기를 쓴 사람들은 하나 같이 이분은 평생 벼슬하는 것을 싫어하였다고만 적고 있다. 왜 벼슬하기를 싫어하였을까? 그럴만한 이유는 여러 가지가 있다. 우선 당시에 연속된 사화를 보면, 아마 어떤 사람이라도 벼슬을 하다가 툭하면 언제라도 귀양 가게 되고 자칫하면 죽임을 당할지 모르는 위험을 받고 있었다는 점을 실감할 수 있을 것이다.

어릴 때 가르쳐주고 또 과거 시험을 준비하도록 이끌어 주었던 삼촌인 송재[이우李堣] 공은 처음에 폭군 연산군 밑에서 벼슬하였으니, 그 길이 결코 명예롭게 생각되지는 않았을 것이다. 게다가 말년에는 국왕의 비서 격인 승지까지 올랐으나, 중종반정이 났을 때 도리어 반정을 막고 나서지 않아서 반정공신의 명단에 들기까지 하였다. 한참 뒤에 섬기고 있던 임금이 쫓겨나는 마당에 밑에서 근무하던 승지가 그 임금을 몰아내는 데 묵인하는 일이 과연 잘한 것이냐는 물의가 생겨 공신의 칭호를 박탈당하기도 하였다.

운수가 나빴다고 할 수가 있고, 그런 지적조차도 고의로 그를 반대파로 몰아세워서 기를 꺾어 놓으려는 나쁜 의도에서 나온 것으로 보이니, 정말 난세를 당하여서는 어떻게 행동해야 할지 두려운 사례를 어릴 때부터 곁에서 똑똑하게 보았다고 할 것이다. 또 친형인 온계〔이해李瀣〕 역시 사화에 휩싸여 목숨까지 잃는 참변을 당하였다. 이러한 험난한 판국에서 자기주장을 세우면서 고위직으로 계속하여 승진하는 것은 곧 죽음을 향한 행진과도 같이 생각되었을 것이다.

그렇기도 하고, 또 자신이 벼슬길로 높이 나아가는 것보다는 오히려 조용하게 사색하고 저술하며, 제자들을 가르치고, 그런 사람들과 어울려 시 짓고 세월을 즐겁게 보내는 것이 더욱 자신을 잘 지키는 길이라고 생각하고 있기는 하였을 것이다. 하지만, 자세히 검토해 보면 한마디로 선생이 언제나 한결같이 벼슬을 싫어하기만 하였다고 보기는 어려울 것 같고, 또 그렇게 나선 벼슬길이 꼭 그의 학문 연구에 방해가 되었다고 볼 수 없는 측면도 간과할 수는 없을 것 같다. 앞의 이야기는 앞서 『언행록』에 대한 검토 작업에서도 소상하게 밝힌 바가 있다. 그러나 뒤의 이야기에 대해서는 여기서 설명을 붙일 필요를 느낀다.

비록 문관 지망생으로서 마지막 관문인 대과 시험에 다른 경쟁자들보다 더 빨리 합격하였다고는 말할 수는 없지만, 관직에 발을 딛기 시작하자, 관리로서의 출세 길은 매우 잘 열렸다고 할 수 있다. 40대 후반에 단양군수와 풍기군수 같은 지방 수령 벼슬을 잠시 받았던 것을 제외하고는, 대체로 중앙정부에서 임금을 가까이 모시고서 임금에게 하는 강의를 주관하는 부서에 근무하거나, 또는 직접 그 강의에 참여할 수 있는 빛나는 자리를 자주 본직으로 하거나 겸직하기도 하였다.

당시에 임금에게 올리는 강의를 '경연(經筵)'이라 하고, 세자에게 올리는 강의를 '서연(書筵)'이라 하였는데, 이런 강의를 주관하는 부서를 홍문관이니 시강원이라 하였다. 관례상 홍문관에 속한 관리는 시강원의 벼슬도 대개 겸직하므로, 이런 부서에 속한 관리들은 그들이 받은 직급과는 관계없이 모든 관리나 백성들에게 선망의 대상이 되었다. 그래서 이 홍문관이라는 부서를 가장 빛나고 중요한 자리라는 뜻으로 '옥당(玉堂)'이라고도 부르고, 또 임금의 자문을 맡았던 중국 당나라·송나라의 한림원과 같이 보아서, 거기에 속한 관원을 '한림학사(翰林學士)'라고 부르기도 하였다.

고 이상은(李相殷) 교수의 명저『퇴계의 생애와 학문』에서는 퇴계 선생이 34세 때부터 49세까지 조정에서 받았던 여러 본직이나 겸직 벼슬을 각각 얼마나 오랫동안 지니고 있었는지 자세하게 조사한 일람표를 만들어 제시하고 있다. 일람표에 의하면, 어떤 벼슬이든 1, 2년 이상을 계속하여 지킨 것이 거의 없지만, 홍문관에서는 부수찬(종6품), 수찬(정6품), 부교리(종5품), 교리(정5품), 응교(정4품), 전한(종3품) 등등을 합하여 30개월이나 여러 차례 근무하였다. 그 기관이 가장 오랜 기간 근무한 곳이라고 한다. 경연에서는 검토관(정6품), 시독관(정5품), 시강관(정4품) 등등을 합하여 24개월 동안 겸직하였고, 시강원에서는 문학(종5품), 필선(종4품) 등등을 15개월 동안 겸직하였다고 한다.

이 밖에도 능력 있는 문관으로서 겸직하는 외교문서 담당 부서인 승문원에서 몇 차례에 걸쳐 도합 31개월, 나라의 역사 자료를 기록하고 국정의 잘잘못을 평가하기도 하는 춘추관에서 21개월 동안 겸직하였으며, 임금의 명의로 나가는 글을 짓는 지제교(知製教) 벼슬도 자주 겸직한 것으로 나온다.

또 41세부터 44세까지는 본직이 있으면서도 특별하게 선발되

어 가끔 몇 달씩 지금의 서울 옥수동과 압구정동에 마련되어
있던 독서당에 나가서 공부할 수 있는 특전을 누리기도 하였다.
이렇게 보면, 퇴계 선생은 조정에 근무할 때 실력이 뛰어난 문
관들이 누릴 수 있는 여러 행운을 누렸으며, 또 그 권위도 대
단하였음을 짐작해 볼 수 있다. 선생 자신은 자신의 위엄과 권
세를 자랑하는 글을 별로 남긴 것도 없고, 또 그렇게 행동하기
를 좋아하지도 않았을 것이다.

하지만, 당시에 위와 같은 벼슬이 얼마나 대단한 위세를 발휘
할 수 있었던가 하는 것은 제자이기도 하며, 비슷한 벼슬을 많
이 하였던 미암 유희춘(柳希春)이 쓴 『미암일기(眉巖日記)』라는
아주 상세하고도 재미있는 일기책을 보면 여러 가지 실례가 구
체적으로 적혀있다. 이 책에서 당시 이러한 벼슬을 하던 관리
들의 특별한 모습을 소상하게 볼 수 있다. 이러한 임금을 가까
이 모시는 벼슬아치가 지방으로 행차할 때면 가위, "산천초목
이 모두 떨었다."라고 할 수도 있다.

『퇴계연보』에는,

> 신축년 선생 41세, 3월에 경연에 들어가서 아뢰었다. 휴가를 내
> 려주어서 독서하게 하였다. … 거기에 선택된 자는 영광스럽기가
> 선관(仙官)에 비교되기도 하였다. … 자문점마관(咨文點馬官)으
> 로 의주까지 갔다. 부교리로 승진되어 빨리 오라는 재촉을 받고
> 조정으로 돌아왔다.

라는 기록이 보인다.

41세 봄에 의주까지 나가서 지은 「의주에서 여러 가지를 읊
음, 절구 시 12수(義州雜題十二絶)」가 전하고 있다. 이 중 몇
수는 선생의 많은 시 가운데서도 가장 뛰어난 작품으로 손꼽히
기도 한다. 1수만 인용한다.

「청심당(淸心堂)」

빈 헌함 성긴 기둥 이 마루를 사랑하여,
병든 나그네 편안히 누워 여행에 고달픈 몸을 풀고자 하네.
어찌 감당하겠는가? 고을 원님 사람을 취하게 만듦을,
난감하구나, 단장한 기생들이 손님 마음 녹이려고
웃음을 자아냄이.
虛檻疎欞愛此堂　病夫安臥洗塵忙.
那堪主帥挑人醉　不分紅粧笑客凉.

의주까지 나간 것은 선생의 일생에서 가장 멀리 나간 여행에 속
한다. 청심당은 의주 관아 북쪽에 있는 정자인데, 여기에서 중
앙정부에서 파견되어 나온, 직급은 비록 의주부윤(종2품)보다
훨씬 낮지만, 사간원 정언(정6품)으로 승문원(외교문서 담당부서)
교검(校檢)을 겸하면서, 조정으로 돌아가서 임금의 명령으로 나
가는 문서를 초안하고〔지제교〕, 임금의 강의에도 참가〔경연 시독
관〕하는 막강한 권력의 핵심에 있는 40대 초반의 하급관리에게,
아름다운 기생을 불러 시중들게 하면서, 극진한 환대를 베풀었
음을 엿볼 수 있다.
당시 선생이 누리던 특별한 지위로, 이러한 환대는 실제로 가는
곳마다 받았을 터이지만, 이렇게 환락적인 분위기를 사실 그대
로 적은 시는 선생의 문집에 별로 전하지 않는다. 선생이 내려
오는 길에 평양에 들렀을 때, 평안감사가 또 아름다운 기생을
불러 수청들게 하였지만 거절하였다고 『연보』에는 적고 있다.
42세 때 선생은 의정부 검상(檢詳)이라는 5품 벼슬을 하면서,
봄에는 충청도로, 가을에는 강원도로 나가는 어사로 선발되어
흉년에 백성들이 어떻게 살아가는지 돌아보고 왔으며, 그다음
해 봄에도 역시 어사로 경기도를 둘러보고 왔다. 다음 시는 선

생이 3월에 충청도 어사로 나가 밤중에 태안반도 쪽으로 말을 타고 달리면서 쓴 작품이다. 이때 동복 형님인 온계는 47세로 홍문관의 직제학(直提學)이라는 정4품 벼슬에 있으면서, 1월에 경상도의 기근을 구제하는 특사〔경차관〕로 선발되어 나갔다.

「태안에서 새벽에 말을 달려가면서 경명 형님을 생각하노라(泰安曉行憶景明兄)」

군의 성문 앞에서 호각을 불어 밤에 성문을 열게 하니,
오직 임금 명령 받드는 길이라 급하게 역마를 갈아타고 달리네.
덜 깬 꿈결 안장에 묶은 채 몸은 얼얼한데,
떠도는 빛 바다에 연하였고 달빛만 훤하네.
인기척에 놀란 학은 외딴 섬으로 도망치고,
비를 틈탄 밭갈이꾼들은 먼 마을에 나타나네.
영남과 호서가 서로 바라보기에 천릿길이나 떨어져 있으니,
알지 못하겠네, 어느 곳에서 달려가는 수레를 조심하고 계시는지.

郡城吹角夜開門　祇爲王途急馹奔.
殘夢續鞍身兀兀　遊光連海月痕痕.
驚人別鶴投孤嶼　趁雨耕夫出遠村.
湖嶺相望隔千里　不知何處戒征轅.

형제가 모두 요직에 근무하면서 국가의 중요한 일을 수행하기 위하여 임금의 특명을 받들고 동분서주하는 모습을 매우 힘차게, 또 긍지를 가지고 묘사한 시이다. 흔히 어사라는 말이 나오면 야담에 많이 나오는 박문수나 『춘향전』에 나오는 이도령 같이 변장하고 다니는 암행어사를 생각하는데, 선생은 암행어사는 아닌, 어명을 받드는 신분을 밝히고 다니는 특별 감찰관

이었다. 이때 공주에 이르러 그 고을의 부수령인 판관(종5품) 인귀손(印貴孫)의 비행을 적발하여 파면시켰다고 한다.

위에서 든 예들은 위엄을 내세우기를 꺼리는 퇴계 선생의 평소 모습에서 좀 특출한 면모의 한 가닥이 어쩌다가 드러난 것이라고 할 것이다. 그러나 위세를 부릴 수 있는 자리에 있으면서도 선생이 언제나 당시의 다른 관리들에 비하여서는 겸손하고, 깨끗하셨던 것은 사실이다. 그래서 당시의 관리들을 주기적으로 평가한 평판을 보면 자주, "청렴하고도 고결한 사람 — 염결인(廉潔人)"으로 선정되었던 것으로 보아, 인품과 실력에다, 거기에 상응하는 지위까지 겸비한 빛나는 관리였음을 분명하게 확인할 수 있다.

위에서 임금에게 강의 올리는[진강進講] 일을 주관하는 부서인 홍문관에 자주 근무하기도 하고, 또 직접 진강하는 일원[경연관]이 되기도 하였다는 것과, 사가독서(賜暇讀書)하는 특전을 입었다는 것이나, 또 성균관에 들어가서 공부할 때 처음으로 『심경부주』 책을 구하여 보게 되었다든가, 43세 때 조정의 교서관에서 간행되는 『주자대전』을 처음으로 보게 되었다는 것 같은 것을 종합해 보면, 선생이 벼슬하기 위하여 서울에 올라간 것이 자신이 공부하는 데 방해만 되었다고는 할 수 없다.

임금 앞에서 강의한다는 일 자체가 대단한 준비를 해야만 하는 공부일 것이고, 책이 많은 홍문관뿐만 아니라 사가독서를 통하여 당시로는 최상급의 연구 시설을 갖춘 곳에 들어가서, 한때 가장 어려운 관문들을 통과하여 선발된 수재들과 어울려 절차탁마하는 인연을 가지게 되었으며, 또 이렇게 서울에 올라가서 벼슬하였으므로 『심경부주』나 『주자대전』과 같은 최신 학술정보를 입수하는 것이 가능할 수도 있었을 것이다. 이렇게 보면 벼슬한 것이 꼭 선생의 학문에 방해만 된 것은 아니었다.

더군다나 유교 선비 입장에서, 책을 읽는 것만이 공부의 전부가 아니고, 사람을 만나고, 사회에 공헌하고, 국가 경영에 참여하는 것 모두 공부가 아니겠는가.

『퇴도선생일기(退陶先生日記)』고석(考釋)

1. 1. 머리말

필자는 몇년 전에 대구에서 어떤 경로로 퇴계 선생의 '친필'이라고 전하는 필사본 일기책 한 권을 영인하여 가지게 되었다. 당시에 소장자로부터 이 책의 내용을 절대로 공개하지 말 것을 약속하고 영인을 허락받았다.

그런데, 1994년 12월에 서울 창지사(創知社)에서 권오봉 교수가 『퇴도선생일기회성(退溪先生日記會成)』이라는 책을 내면서 다음의,

1. 癸巳南行錄
2. 癸巳西行錄
3. 戊戌日課
4. 辛丑讀書錄
5. 辛丑使行詩와 壬寅日記(關東錄)
6. 癸卯日記
7. 甲辰日記
8. 丙午日記
9. 甲寅日錄
10. 丙寅道病錄
11. 戊辰西行錄과 嘉靖日記
12. 庚午家曆日記[1]

등과 같은 여러 퇴계의 일기를 추적 해설하면서, 5·6·7에서
는, 여기서 다루려는 내용을 대략 소개하고서, 그 원문의 문장
은 표점 부호까지는 찍지 않았지만 단락을 떼어 제시하고 그
책의 부록에서 역시 같은 내용의 글 원본을 「수고일기진본(手
稿日記眞本)」이라고 하면서 원문을 모두 영인하여 실었다.
이로써 필자가 영인하고 있던 퇴계의 일기가 비로소 권교수의
손에 의하여 그 내용이 세상에 공개되었다.
우선 퇴계 연구에 있어 이와 같이 중요한 자료들을 계속하여
발굴하여 발표하고 있는 권교수의 노고와 업적에 대하여 경의
와 치하를 드린다. 필자가 몇년째 계속하고 있는 퇴계 시에 대
한 역주도 권교수가 이미 낸『퇴계가연표』,『퇴계시대전』과 같
은 선행 작업을 꾸준히 참고함으로써, 어느 정도 정밀함을 추
구할 수 있었다고 생각된다.
그러나 필자는 권교수가 펴낸『퇴도선생일기회성』〔이하『회성』으
로 줄임〕을 몇 차례나 되풀이하여 읽어보고, 또 그 부록의 원문
을 검토해 보면서 다음의 몇 가지에서 과연 이 일기의 원문이
퇴계 선생의 친필 일기인가에 대하여 의문을 품게 되었다.

  1. 이 필사본의 첫머리에서는 「퇴도선생일기」라고 적고 임인년부
터의 일기가 시작되고 있는데, 친필본이라면 왜 「퇴도선생일기」
라는 말을 썼을까?
  2. 이 필사본은 처음부터 끝까지 정연한 해서(楷書)체로 깨끗하
게 청사되어 있는데, 퇴계 선생이 과연 자신이 쓴 일기를 이렇게
손수 다시 청서하여 남겼을까?
  3. 이 일기 중에는 퇴계 선생의 휘(諱)는 한 번도 나오지 않으
며 휘가 들어가야 할 곳에서는 휘〔滉〕 대신 '某'자로 바꾸어 적혀

---

1) 이 중에서 현대인의 눈으로 볼 때, 정말 일기라고 할 수 있고, 또 그 원
   문이 완전하게 전해지고 있는 것은, 오직 여기서 다루려는 5·6·7번의
   『임인일기』와 『계묘일기』, 『갑진일기』를 합한 『퇴도선생일기』뿐이다.

있는데, 왜 이렇게 되었을까?

4. 임인년 4월 18일의 일기에 "지사 이언적을 남대문 밖에서 전별하였다(餞知事李彦迪于南大門外)"라는 표현이 나오는데, 이회재의 휘〔彦迪〕를 그대로 쓴 것이 과연 퇴계가 쓴 글 그대로인가? 이 일기에서도 친구들은 자(字)를 썼으며, 농암 같은 선배에게는 반드시 피휘(避諱)하고 직함만 부르는데, 유독 회재 선생에게만은 이름을 그대로 썼을까?

5. 글씨체가 위에서 말한 바와 같이 시종일관 해서로 깨끗하게 청서되어 있으나, 임인년 첫머리 몇 장의 글씨보다는 뒤쪽으로 가면 훨씬 더 반듯해지는데, 이 점은 친필 여부와 관련지어 어떻게 설명할 수 있을 것인가?

이와 같은 의문 외에도, 이 일기 내용을 한 번 더 철저하게 한글로 풀어 소개하면서, 여기에 나오는 인물들이나 한자 어휘들에 대한 검토를 한 차례 해 볼 필요를 느끼게 되었다.

이러한 인물들은 퇴계 선생이 당시에 가장 자주 접하던 사람들인데, 현재 우리가 얼마나 알 수 있으며, 이러한 용어들이 당시 사대부(士大夫)들의 생활용어였을 터인데, 그러한 말들을 과연 우리가 얼마나 알고 있는지, 또 다른 문헌이나 사전에 얼마나 나오는지 조사해보고 싶어서이다.

1. 2. 임인일기(壬寅日記) 풀이

이 일기를 일록(日錄) 순서대로 우리말로 풀면서 원문은 괄호 안에 제시하고, 필요한 경우에는 용어나 사항에 대하여 설명을 붙이기도 하였다. 단 권오봉 교수가 『회성』에서 상당히 주밀하게 해설하고 있는 관련된 시제(詩題)들에 대하여서는 여기서 꼭 필요한 경우를 제외하고는 언급하지 않으려고 한다.

또 일기에서 날짜만 적어놓고 아무 기록이 없거나, 며칠 동안
계속하여 똑같은 기록이 중복되어 나올 때는 생략하거나 축약
하여 소개하기로 한다.

『퇴도선생일기』

● 임인(壬寅)
중종 37년, 명 가정(嘉靖) 21년, 퇴계 42세(1542년).

• 정월
초1일 임자(初一日 壬子)라는 기록뿐임.

• 2월
27일 새벽에 떠나가다. 이날 밤에 비가 오다.(曉行. 是夜雨)

이해 2월 10일에 퇴계는 형조정랑으로 홍문관 부교리직을 다
시 겸직하도록 발령받아서 서울에 머물고 있었는데,2) 이날 새
벽에 어디로 갔는지는 잘 알 수 없다. 돌아왔다는 특별한 언급
이 뒤에 없는 것으로 보아서 그냥 조정에 나간 것 같기도 하
나, 이러한 경우는 이 일기에 보면 '행(行)'자로 표현하지는 않
은 것 같다. "이날 밤(是夜)"이란 표현을 보면, 며칠 뒤에 추록
(追錄)한 것이다.

28일 눈·비가 뿌리고 종일 흐리다.(灑雨雪, 終日陰)

• 3월
18일 비바람이 창을 가리다.(風雨蔽窓)

---

2) 「玉堂春雪用歐公韻」의 제목 다음의 소주 "壬寅二月十四日, 內直示閔叔
道."(『퇴계시 풀이』 권1 82쪽)와 「足夢中作」의 소주 "壬寅二月二十夜夢遊
宣城山水間…"(『退溪詩大全』 204쪽) 참조. 『국역 중종실록』의 2월 10일
조에 부교리 임명 사항이 보임.

19일 흉년이 들어 고생하는 백성들을 구제하고 못된 짓을 하는 관리들을 조사하는 어사에 임명을 받고 충청도로 가게 되다. 이날 비바람이 불다. 용인에서 묵다.(救荒擲奸御史, 受命忠淸道. 是日風雨. 宿龍仁)

"이날〔是日〕"이라는 표현으로 보아 아마 며칠 뒤에 추록(追錄)한 것 같다.『중종실록』을 보면 이 전날 저녁에 경연의 시독관으로서 석강(夕講)에 나가서 아뢴 말이 수록되어있고 이날 어사로 갑자기 임명된 기사가 보인다. "암행어사처럼 분주하게 돌아다니지 말 것이며, 도종(徒從)이나 음식은 되도록 간략하게 하라"3)는 기록으로 보아서 행적을 숨기고 돌아다니는 암행어사는 아니었음을 알 수 있다.

20일 평택에 잠깐 들렀다가 아산에 가서 묵음.(過平澤, 宿牙山)
21일 신창·덕산을 지나서 면천에서 묵음.(歷新昌·德山, 宿沔川)
22일 당진·서산을 지나서 태안에서 묵음.(歷唐津·瑞山, 宿泰安)4)
23일 해미·홍주를 지나서 예산에 묵음. 감사를 만남.(歷海美·洪州, 宿禮山. 見監司)
24일 온양·전의를 지나서 공주에 묵음. 경차관 임호신을 만남.(歷溫陽·全義, 宿公州. 見敬差官任虎臣)

임호신은 당시 의정부 검상(檢詳)으로서 역시 충청도의 흉년·

---

3)『중종실록·제97권』(49책, 132쪽)
4) 이때 어사로 나가서 지은 시들에 관해서는 필자의 「퇴계의 사행시(使行詩)」,『퇴계학연구·제23집』1988. 5-9쪽과 권오봉 교수의『회성』54-56쪽 참조.

기근 상황을 조사하기 위하여 퇴계보다 먼저 충청도 진휼 경차
관으로 나와 있었다. 임경차관이 임금에게 올린 보고가 이해의
『중종실록』 2월 26일 조와 3월 18일 조에 수록되어 있다.

> 25일 연기를 지나서 청주에 묵다.(歷燕岐, 宿淸州)
> 26일 문의·옥천을 지나서 보은에 묵다.(歷文義·玉川, 宿報
> 恩)
> 27일 청천·청안을 지나서 괴산에서 묵다.(歷淸川·淸安, 宿
> 槐山)
> 28일 비○연풍을 지나서 청풍에서 묵다.(雨○歷延豐, 宿淸
> 風)
> 29일 제천을 지나서 충주에서 묵다.(歷堤川, 宿忠州)
> 30일 음성을 지나서 진천에서 묵다.(歷陰城, 宿鎭川)
>
> • 4월
> 초1일 신해. 목천을 지나서 천안에서 묵다.(辛亥, 歷木川, 宿
> 天安)
> 2일 직산을 지나 감사를 만나고, 진위에서 묵다.(歷稷山, 見
> 監司, 宿振威)

시대에 따라서 각 도의 영역도 변천이 많고 또 각 고을의 이름
도 변화가 많은데, 이때 충청도 영역이 구체적으로 어디서 어
디까지이며, 고을 이름들을 어떻게 불렀는지, 역사 지리에 관
해서는 문외한이라 잘 알 수가 없으나, 위에 나오는 일기에 의
하면 대체로 신창·덕산·면천·당진·서산·태안·해미·홍주·
예산·온양·전의·공주·연기·청주·문의·옥천·보은·청천·
청안·괴산·연풍·청풍 등지가 아니었는가 싶다.
원문에서 그냥 충청도로 가기 위하여 지나가면서 잠깐씩 들렀

던 곳은 "過"자로 표시하고, 충청도에 들어가서 어사의 임무를 수행하면서 지나간 곳은 "歷"자로 표기한 것 같다.

> 3일 용인에 들렀다가 과천에서 묵다.(過龍仁, 宿果川)
> 4일 새벽에 한강을 건너 숙배하였다.(曉渡漢江, 肅拜)

통속적으로 '숙배'라고 하면 사은숙배(謝恩肅拜), 즉 과거에 합격하였거나, 관리로 임명받을 때 임금에게 감사의 예로 올리는 큰절을 뜻하는 것 같으나,5) 여기서는 주어진 임무를 마치고 돌아와서 복명(復命)하는 것도 '숙배'라고 함을 알 수 있다.

> 5일 지난번에 이전에 받은 모든 관직을 사임하였으나 다른 벼슬로 나가 근무하라는 명령이 내렸는데, 이날에야 검상사에서 근무하게 되었다.(昨謝前, 出仕啓下, 是日出官于檢詳司)

검상이라는 벼슬 이름이나 검상사라는 관청의 명칭도 조선 초기에 약간의 변화가 있었다고 하는데, 대개 검상은 정5품의 벼슬로서 의정부에 속하며, 검상사는 검상조례사(檢詳條例司)의 약칭이라고 한다.6) 여기서 문맥으로 보아 "出仕"나 "出官"은 같은 뜻으로 보며 위와 같이 번역하여 보았으나, "昨謝前"이 번역과 같은 뜻인지, 자세히 알 수가 없다.

> 6일 좌의정·좌찬성·우참찬이 청재감에 들어갔다. 나는 검상사에서 숙직하였다.(左議政·左贊成·右參贊, 入淸齋. 余直宿于檢詳司)

청재감(淸齋監)은 제사 때 제물의 청결과 재계의 감시를 맡아보

---

5) 『한국민족문화대백과사전』(이하 백과사전으로 줄임) 13권 332쪽.
6) 『백과사전』 2권 1,123쪽.

던 관아라고 하는데,7) 이날 어떤 제사를 준비하기 위하여 재상들이 입재(入齋)하였는지 분명히 알 수는 없다.

　　7일 위와 같음(同上)
　　8일 관등회(觀燈會)

4월 초파일이므로 관등회가 있었다.

　　10일 합좌하여 참알하다.(合坐參謁)

아마 검상이라는 벼슬을 받았으므로, 의정부의 여러 대신이 둘러앉은 자리에서 상관을 정식으로 배알하였던 것 같다.

　　11일 기일이라서 집에 있었다.(忌日在家)

어머니 정부인 김씨의 제삿날이 4월 12일이므로, 그 전날부터 2일 동안을 "기일"이라고 적은 것이다. 우리나라 관습에 기제사는 제사 전날 새벽 자시(子時, 밤 11시~새벽 1시 사이)에 지내는데, 11일은 입재일(入齋日)이 되고 12일은 파재일(破齋日)이 된다.

　　12일 기일이라서 〔집에 있는데〕 임금의 호출이 있어서 대궐에 들어갔다.(忌, 以牌詣闕)
　　13일 영의정과 우의정께서 보루각을 시찰하시다.(領相·右相坐報漏閣)

덕수궁에 남아 있는 물시계인 보루각의 자격루(自擊漏)가 중종 31년(1536)에 창경궁에 세워졌다.8) 화재와 도둑을 방지하기 위

---

7) 『백과사전』 22권 255쪽, 3권 208쪽.
8) 『백과사전』 9권 779쪽 「보루각」과 「보루각 자격루」 조목 참조.

하여 보루각에서 밤에 북과 징을 쳐서 시간을 알리면 그 시간에 맞추어 순찰 도는 것을 '좌경(坐更)'이라고 하는데,9) 이날 저녁에 재상들이 직접 나와서 그것을 시찰한 것 같다.

16일 서연에서 회강이 있었다.(書筵會講)

시강원(侍講院)에서 세자에게 강의하는 것을 서연이라고 하는데, 『연표』에 의하면 이해 "5월에 통덕랑에 승진하여 의정부 사인과 승문원 교감 및 시강원 문학을 겸임하였다."10)라고 되어있으나, 위의 기록으로 보면 이때 벌써 시강원의 서연에 참가한 것 같다.

18일 지사 이언적을 남대문 밖에서 전별하였다.(餞知事李彦迪于南大門外)

『회재연보』에 의하면, 이해에 회재는 52세로 "정월에 이조판서로 임명되고, 4월에 지중추부사로 체임되었으나, 재차 진정하여 모친의 봉양을 빌었으나 허락받지 못하였다. 5월에 의정부 우참찬에 임명되었으나 사양하다."11)라는 기록이 보이는데, 퇴계의 이 『일기』 기록으로 보아, 4월 18일에 귀향하였음을 알 수 있다.

서애 유성룡이 편찬한 『퇴계선생연보』에는 이해 4월 "회재 선생을 남쪽 교외에서 전송하였다. 이때 회재는 경주로 근친하러 돌아갔다.(送晦齋李先生于南郊, 時晦齋歸覲慶州)"라고 되어있으나, 광뢰(廣瀨) 이야순(李野淳)이 편찬한 『퇴계선생연보보유』에서는, "『회재선생행장』이나 『연보』에 보면 이해에는 귀향한 일

---

9) 『한국한자어사전』(이하 한자어사전으로 줄임) 1권의 959쪽.

10) 『退溪家年表』 97쪽.

11) 국역 『晦齋全書』(서울, 黙民回甲紀念事業會, 1974) 14쪽.

이 없다고 되어 있다. 혹시 계묘년(1543) 7월에 회재가 경상도 감사로 임명되었을 때 송별한 것이 『연보』의 이곳에 우연히 실린 것이 아닌가 한다."12)라고 되어있고, 권오봉 교수의 『퇴계가연표』에서도 이 『보유』의 설을 그대로 따랐으나,13) 이 일기의 기록으로 『연보보유』보다는 『연보』의 기록이 맞는 것을 알 수 있다.

그러나 여기서 한 가지 의문은 퇴계가 회재의 자(字) 같은 것을 적지 않고, 어떻게 이름을 그대로 쓸 수 있었는가 하는 점이다. 이 『일기』에서 퇴계는 친구들이나 제자들에 관련된 일을 적을 적에도 그들의 이름을 그대로 적기보다는 자를 적는 경우가 많은데, 10년이나 연상이고 또 당시의 지위로 보아도 이조판서 같은 높은 자리를 역임하였던 분에게 어떻게 성명을 그대로 썼는가 싶다. 필자는 아마 후인들이 이 일기의 원본을 다시 청서하는 과정에서 고친 것이 아닌가 추측해 본다.

> 21일 산실을 배설하니, 영의정이 궁궐에 들어와서, 내가 그를 따라갔다.(産室排設, 領相入闕, 隨之)

산실은 산실청(産室廳)을 말하는데, 궁중 내에서 왕자나 왕손이 태어날 때 임시로 설치한 관청이다.14) 이때 누가 태어났는지는 알 수 없으나, 아마 영의정이 책임자인 제조(提調)를 겸하였고, 퇴계도 의정부에 속한 벼슬 '검상'을 하고 있어 수행하였는지, 자신도 산실청의 무슨 직책을 겸임하였는지 자세한 것은 알 수가 없다.

---

12) 『퇴계정전』(국제퇴계학회 경북지부, 1990. 12) 293쪽과 398쪽에서 인용.
13) 111쪽.
14) 『백과사전』 11권 208쪽 참조.

26일 함경감사 김섬을 동대문 밖에서 전별하다.(餞咸鏡監司
金銛于東大門外)

김섬은 중종 때 문신이다.

29일 일본 사신이 무역하기 위하여 가져온 은을 포소에 남겨
두는 것이 좋을지 어떨지 당상관들이 토론하는 자리에 앉았
다.(合坐倭銀貿浦所便否議)

'포소(浦所)'는 포구의 배가 드나드는 곳[15]이란 뜻인데, 이때
일본의 사신 안심동당(安心東堂) 등이 은 8만 냥을 배에 싣고
와서 우리나라에게 사달라고 요청하였다. 간관(諫官)들은 이것
을 사는 것을 반대하였으나, 예조(禮曹)에서는 어떻게 하는 것
이 좋을지 몰라서, 이날 대신들에게 품의한 것이다.

30일 사간원의 의견에 의하여 일본 은을 사지 말 것을 전교
하셨다.(因院啓, 勿貿倭銀事傳敎)

이 29일, 30일 양일간의 일은 『중종실록』 제29권의 같은 날짜
기록과 일치한다.

• 5월
초1일 신사. 기일.(辛巳. 忌日)
2일 기일.(忌日)

『족보』에 의하면 증조모 안동 김씨의 제삿날이다.

3일 통덕랑에 가자(加資)되었다. 일본의 은을 사주어야 할지
결정해서 비답을 내려야 하는 일에 관한 조정의 의론이 있어

---

15) 『한자어사전』 권3 180쪽.

삼정승이 일찍 궁궐에 들어가야 하므로, 그들을 따라서 들어
갔다.(通德資下. 批倭銀廷議, 三公早詣闕, 隨之)

통덕랑은 문관 정5품의 상계(上階)인데, 이때 본직은 형조정랑
이었으나, 홍문관 부교리, 의정부 검상 등 직을 겸직하였던 것
같다.
『실록』에는 이날 영의정 윤은보, 좌의정 홍언필, 우의정 윤인
경 등이 "왜은"에 관하여 논의한 기록이 보인다.

4일 검상사(檢詳司)에서 근무하였다.(坐司)
5일 임사수가 와서 정국경의 집에서 초청하였으므로 가서 술
을 마셨다.(林士遂來, 鄭國卿家相邀, 醉飮)

회령부 판관으로 함경도에 나가 있던, 옛날 동호(東湖)에서 함
께 사가독서하였던 친구 임형수(林亨秀)가 임기를 채우고 이조
좌랑으로 옮겨 왔을 때, 친구 집에서 모인 것이다. 정국경의
이름이 무엇인지는 잘 알 수 없다.

6일 한성부의 가랑청 일 때문에 의논을 수렴하려고 불러서
나갔다.(漢城府假郎廳事收議, 牌)

가랑청은 정원 이외에 임시로 임용된 6품 이하의 관원을 말한
다.16)

7일 병조에서 활 쏘는 법에 대하여 의득할 일로 불리어 나갔
다.(兵曹射法議得事, 牌)

'의득'은 중요한 일에 관하여 왕명에 따라 대신들이 함께 의논하
여 결정하는 것을 말한다.17) 『실록』에는 이날 병조에서 사례

---

16) 『한자어사전』 권1 334쪽.

(射藝)에 관하여 임금에게 아뢴 내용과 임금의 전교가 적혀 있다.

8일 우의정이 사역원 제조로서 태평관에서 근무하셨다.(右相, 以司譯院提調, 坐太平館)

여기 자주 나오는 표현 중에서 '合坐'는 "당상관 두 사람 이상이 모여서 함께 의논하는 것을 말한다."18)라고 하므로, '坐'에는 아마 상관 한 사람이 하급관리들과 더불어 의논하는 것을 뜻하는 것 같기도 하다.

9일 가랑청과 사법에 관하여 의득하고자 합좌하였다. 세자시강원에 당번을 서기 위하여 들어오라는 명령이 계셨다.(合坐假郎廳 · 射法講. 啓入番侍講院)

『퇴계가연표』에 이해 '5월에 통덕랑이 되어 사인(舍人)으로 승진되고, 승문원 교감(校勘)과 시강원 문학(文學)을 겸임하였다.'라고 되어있는데, 이날 시강원에 '입번'하라는 것을 보면 이 이전에 이미 '문학' 벼슬을 받은 것으로 보인다.〔앞 4월 16일 일기 참조〕

10일 숙직하다.(直)
11일 숙직하고 나오다. 글은 승문원에서 초고가 나왔으나, 본사를 경유하여 나갔다.(出直. 書出草于承文院, 出歷于本司)

승문원에서 초고가 나왔다는 것을 보면 중국이나 일본에 나가는 외교문서로 보이나 자세한 내용은 알 수 없다. '본사'는 아마 검상사를 말하는 것 같다.

---

17) 『국역 중종실록』 제3권 258쪽의 주 61) 참조.
18) 『한자어사전』 권1 821쪽.

12일 선위사 임억령이 올린 편지를 의득하기 위하여 삼정승이 모두 궁궐에 들어갔는데 따라갔다. 궁궐 문을 닫는 것을 정지시키고서 나와서 본사에서 숙직하였다.(宣慰使林億齡書狀議得, 三公詣闕, 隨之. 留門而出, 宿本司)

앞서 나온 일본의 사신이 가져온 은을 어떻게 처리할 것인가 하는 문제에 대한 논의와 그때 일본 사신을 맞으러 나갔던 선위사 임억령의 장계 내용에 관하여 의논하고자 모인 것 같은데, 같은 날짜의 『실록』에 기록이 보인다.

13일 중국에 조공할 말을 간택하기 위하여 합좌하였다.(貢馬揀擇合坐)
15일 기일이라 집에 있었다.(忌在家)
16일 저녁에 비가 쏟아지다. 기일이다. 삼정승이 임억령을 파면하고 나세찬을 대신 선위사로 보내는 일로 의논하고자 하여 조정으로 들어가므로 따라 들어갔다.(夕, 驟雨. 忌. 三公議罷林億齡, 代送羅世纘事, 詣闕, 隨之)

이날은 퇴계의 조부의 제삿날이다.[19] 임억령을 나세찬으로 바꾼 기록 역시 같은 날짜의 『실록』에 소상하게 보인다.

17일 충청도에 비가 내리기를 비는 제문을 지었는데, 갑자기 비가 내리다.(忠淸道祈雨祭文製述, 驟雨)

임금의 명의로 된 기우제문을 지어 바친 것 같은데, 『문집』에는 그 글이 실려 있지 않다.

18일 인사이동 발표가 있었는데, 의정부 사인으로 제수되었

---

19) 권오봉, 『李退溪家書の總合的研究』 351쪽.

다.(有政, 除舍人)

19일 사은숙배하였다. 갑자기 비가 내리다.(肅拜. 驟雨)

20일 앞에 받은 벼슬을 모두 사직하였으나, 그냥 머물러 있으라는 임금의 명령이 계셨다.(謝前, 啓下)

21일 관서의 정본을 승문원에 올리다○각 도의 경차관이 올라오는 일에 대하여 각 부서에 공문을 보내다.(上官書正本于槐院○各道敬差官上來事, 行移)

22일 출근하여 근무한 뒤에 숙직하였다. 인사이동 발표가 있었다.(坐司後, 入直. 有政)

23일 계속 숙직하다.(仍直)

24일 숙직하고 나오다.(退直)

25일 승문원의 문서를 살펴보고 올리기 위하여 당상관들의 연석회의가 있었다.(承文院文書監進合坐)

26일 중국에 보낼 물건을 싸는 것을 보기 위하여 당상관들의 연석회의가 있었다.(方物封合坐)

27일 성절사 유희령의 행차가 모화관에서 가져갈 것을 점검하였다.(聖節使柳希齡行次查對于慕華館)

『실록』에 이날 "공조참의 유희령이 성절(천자의 생일)을 축하하기 위하여 경사(京師, 북경)에 갔다."라고 되어있다.

29일 임형수(林亨秀)와 민전(閔荃)과 함께 용담의 집에 모여서 술을 마시다.(林士遂·閔庭芳, 會飲龍潭家)

임형수는 앞의 5월 5일자 일기에 한 번 나왔다. 민전은 자를 흔히 '廷芳'으로 쓰며, 명종 때 『경국대전주해』를 편찬한 문신이다.[20] '용담'은 인명인지, 지명인지 자세히 알 수 없다.

---

20) 『백과사전』 8권 774쪽.

• 윤5월

초1일 경술. 검상 자리가 비어 후보를 추천하다. 저녁에 비경
을 방문하다.(庚戌. 檢詳薦望. 夕訪斐卿)

퇴계 자신이 검상으로 있다가 사인으로 옮겨갔기 때문에 자리
가 빈 것이다. 비경은 농암 이현보 선생의 자(字)다. 자는 이름
보다는 조금 무관하게 쓸 수 있는데, 그래도 더 좋은 존칭이 달
리 있을 텐데 그대로 썼다는 것은 매우 이상하다. 마치 회재
선생의 이름을 그대로 쓴 것과 같이.

6일 직제학 형님이 서울에 들어와서 숙배하였다.(直提學兄
入京肅拜)

홍문관 직제학인 퇴계의 중형 이해(李瀣)가 경상도의 진휼경차
관으로 나갔다가 돌아와서 복명한 것이다.

20일 형님과 이중량(李仲樑)이 비경의 집에서 이야기를 나
누다.(兄及公幹, 會話于斐卿家)

이중량은 농암 이현보의 아들로 이때 사헌부 지평, 병조정랑
등 벼슬을 하고 있었다.

24일 병 때문에 사직서를 제출하다.(呈病)
26일 초순장을 내다.(初旬狀)

『한자어사전』에서는 초순장을 "낭관이 사직을 원할 때, 그달 초
열흘에 처음으로 올리는 사직서. 정순(呈旬)을 참고하라"(권1 571
쪽)고 되어있으나, 이 『일기』 기록으로 보면 반드시 '열흘'에 올
린 것은 아니다.

30일 형님께서 승지가 되셨다.(兄拜承旨)

이날 『실록』에 "이해를 승정원 동부승지에 제수하였다"는 말이
나온다.

• 6월
6일 열흘 만에 두 번째 사직서를 내다.(中旬)
13일 기일인데 나의 집에서 제사를 지냈다.(忌, 行祭于某
家)

이날은 퇴계의 아버지의 제삿날이다. 원문의 '某'자는 아마도 원
본에는 퇴계의 이름인 '滉'자를 썼을 것인데, 뒤에 청서하는 과
정에서, '某'자로 바꾸어 넣었을 것으로 본다. 퇴계가 더러 집
안 기제사를 지방관으로 벼슬할 때 임지에서 모신 기록이 보이
는데,21) 아마 이때도 자기 집에서 제사를 모신 것으로 보인다.

16일 출사하다.(出仕)
20일 도목정이 있었다.(都目政)

매년 두 번 혹은 네 번 이조·병조에서 행하는 인사행정을 도
목정 또는 도목정사(都目政事)라고 한다.22)

26일 인사발령이 있었다.(政)
27일 천추사가 조공할 말을 가리다. 강원감사 한숙을 근무
처에서 전별하다.(千秋使貢馬訶擇. 餞江原監司韓淑于司)

중국의 황태자 생일을 축하하기 위하여 보내는 사신을 천추사
라고 한다. 한숙은 이때 도승지를 거쳐서 강원감사로 나가게 되

---

21) 권오봉, 『李退溪家書の總合的硏究』 351쪽.
22) 『백과사전』 6권 824쪽.

었다.

28일 요동천호 이시 등이 제주도 사람들로 중국에 표류하고 있던 사람들을 압송하여 서울에 들어왔다.(遼東千戶李時等, 押濟州漂流人, 入京)

이날 『실록』에 관련된 기록이 보인다.

29일 〔중국 관리들을 임금께서〕 경회루 아래에서 만나보셨다. (引見于慶會樓下)

관련된 기록이 『실록』에 보인다.

• 8월
21일 재상어사로 강원도에 나가다. 손님을 즐겁게 해 주다. (災傷御史, 往江原道. 娛賓)

『실록』에는 이 날짜의 기록이 아무것도 없는데, 그 전날의 기록을 참작하면, 아마 이날 중국에서 온 관리들을 위해서 연회를 베풀었던 것 같다.

22일 원주(原州), 23일 주천(酒泉), 24일 영월(寧越), 25일 평장(平章),
26일 안흥(安興), 27일 창봉(蒼峯), 28일 홍천(洪川), 29일 춘천(春川),
30일 양구(楊口).

• 9월
1일 낭천(狼川), 2일 금화(金化), 3일 묵음(留), 4일 묵음(留), 5일 양주(楊州) 6일 서울에 들어와서 숙배.(入京肅拜)

일기가 나열되어 나온다. 이때 지은 시 10여 수가 문집에 보이는데, 퇴계는 이때 강원도의 산수를 매우 인상 깊게 묘사하고 있으며, 금강산 같은 곳을 구경하지 못한 점을 매우 아쉽게 여기고 있다.23)

이후 10월, 11월은 기록이 없고, 12월에 들어서서 다음과 같은 이틀 동안의 기록만 보인다.

2일 장령으로 교체되었다.(遞爲掌令)

『실록』에 보인다.

20일 자식의 혼사 때문에, 다른 곳을 경유하여 단성으로 갔다.(子息婚, 由往丹城)

여기서 자식은 둘째 아들 채(寀)인데, 단성(경상남도의 지명)의 유씨(柳氏) 집에 장가들었다. 이때 단성과 안음을 들렀다가 다시 서울로 올라오게 되는데, 그 목적은 여기서 말한 혼사와 정초 안음 영승촌(迎勝村)에서 있을 후취 장인의 환갑잔치 때문이었다. 이날 이후 10일간에 생략된 부분은 서울서 단성까지의 여정이다.24)

아마 더욱 상세한 기록이 있었을 것이나 많이 삭제한 듯하다.

1. 3. 계유일기(癸酉日記) 풀이

• 정월

초1일 병오. 단성으로부터 산음에 이르다.(丙午. 自丹城到山陰)

---

23) 졸고 『퇴계의 사행시』 등 참조 요망.

24) 『회성』 67쪽 참조.

2일 함양에서 병이 나다.(咸陽病)

3일 안음.(安陰)

4일 안음 영승촌에 이르다.(到安陰迎勝村)

7일 안음 영승촌을 떠나다.(發安陰迎勝村)

8일 지례(知禮), 9일 금산(金山), 10일 황간, 병남(黃澗, 病), 11일 옥천, 병남(沃川, 病), 12일 청천, 병남(淸川, 病) 13일 진천, 병남(鎭川, 病), 14일 죽산, 병남(竹山, 病), 15일 용인, 병남(龍仁, 病), 16일 서울에 도착함.(到京)

18일 제좌하다. 앓다.(齊坐. 病)

사헌부 관원이 일제히 모이는 것을 '제좌'라 한다.25) 이때 사헌부의 장령이었다.

25일 처음으로 사직서를 올리다.(初呈辭狀)

• 2월

2일 다시 사직서를 올리다.(再呈)

4일 종친부의 전첨으로 옮겨지다.(遷宗親府典籤)

19일 다시 장령이 되다.(復爲掌令)

28일 인사발표가 있었는데, 전설사의 수가 되었다○어둡고 비 뿌리다가 눈 뿌리다가 하다.(有政, 遷典設司守○陰 洒雨, 洒雪)

'전설사'는 병조에 소속된 관청으로 식전에 사용하는 장막을 관장하던 관청인데, 수(守)는 정4품이다.26) 아마 건강상의 문제로 한직으로 옮긴 것이 아닌가 보인다.

---

25) 『국역 중종실록』 40책 19쪽 주석.

26) 『백과사전』 19권 530쪽.

• 3월

초1일 을사. ○처음으로 소합원을 복용하다.(乙巳○始服蘇合
元)

3일 창덕궁으로 옮겨 가셨다.(移御昌德宮)

동궁에 불이 났기 때문이다. 『실록』에 기록이 보인다.

6일 크게 우레·번개·비·우박이 내리고 밤에 비 내리다.(大
雷電雨雹, 夜雨)

11일 숙배하려고 하였으나 귀 곁의 조그마한 종기 때문에 정
지하였다.(將肅拜, 以耳傍小瘡停)

12일 박인성이 와서 진찰하다○팔미원과 진심단 복용을 모
두 정지하다.(朴仁誠來診○八味元鎭心丹俱停)

14일 유지번이 와서 진찰하다.(柳之蕃來診)

유지번은 중종·인종·명종이 죽을 때 모두 입진시약(入診侍藥)
한 전의(殿醫)이다.27)

15일 비가 조금 오다○종기가 가라앉다.(小雨○瘡消)

18일 비바람이 밤을 잇다○처음으로 삼황원을 복용하다.(風
雨連宵○始服三黃元)

19일 아침에 비가 내리다가 그치고 구름 끼다○저녁에 비바
람 불다.(朝雨止, 陰○晩風雨)

22일 숙배하다. 이문괴의 부고를 듣다.(肅拜. 聞李文魁訃)

26일 아들 준이 복과 〔고향으로〕 돌아가다.(寯兒與宓歸)

준은 퇴계의 맏아들이고, 복은 온계의 맏아들이니 조카이다.

---

27) 『백과사전』 17권 122쪽.

27일 비 오다○국화를 옮기다○빙도 돌아가고 오수영도 돌아갔다.(雨○移菊○憑歸, 吳守盈歸)

빙은 삼촌인 송재(松齋)의 손자이니 퇴계의 당질이다. 오수영은 오언의(吳彦毅, 자는 仁遠)의 아들로 송재의 외손자이다. 이 두 사람은 모두 퇴계의 『문인록』에 수록되어 있다.

30일 저녁 비○새벽에 피곤하고 열이 나며 마음이 조이고, 저절로 땀이 나며 위태로웠다.(夕雨○曉, 勞熱神焦, 自汗氣殆)

• 4월
3일 바람○유생들의 정시가 있었다.(風○儒生廷試)

『실록』에 "이날 인정전 뜰에 관학 유생들을 모아놓고 명관(命官)에게 시제하게 하였다"라는 기록과 일치한다.

4일 분지에 연을 심었다.(盆池種蓮)
5일 출근하다○저녁 흐림○밤 적은 비○소합원을 끊다○맥문동을 심다.(出官○晚陰○夜, 小雨○停蘇合元○種麥門冬)
6일 처음으로 대산저원을 복용하다○비가 조금 와서 소나무를 심다○독서당에 국화의 종자를 보내다.(始服大山苧元○小雨種松○送菊種于書堂)
8일 비 오다. 밤비 오다○대산저원 두 개를 한꺼번에 복용하다. 열이 있다.(雨. 夜雨○大山苧元二丸幷服, 熱)
9일 아침 비○아침에 삼소음을 복용하고 대산저는 복용하지 않다. 열 때문이다.(朝雨○朝服參蘇飮, 不服大山苧, 熱故也)
10일 맑음○산저원을 복용하다.(晴○服山苧元)
11일 기고(忌故). 가형께서 집에 계시므로 가서 뵙고 저녁에 돌아오다. 열이 나고 목이 마르다.(忌. 家兄在家, 往見, 夕還.
熱. 渴)

지난해의 일기와 같이, 다음날인 12일이 어머니 김씨 부인의 제
삿날이다.

18일 아침에 가랑비. 저녁에 개이고 바람불다.(朝, 小雨. 晚,
晴, 風)
20일 흐리다○이황원 약제를 가져오다.(陰○二黃元劑來)
21일 맑다○처음으로 이황원을 복용하고 아울러 소합원을
복용하다.(晴○始服二黃元, 復兼服蘇合元)
26일 비바람.(風雨)
27일 맑다가 바람.(晴而風)

• 5월
초1일 갑진. 승지 형님께서 새로운 집으로 이사하셨다. 유계
응이 와서 보았다.(甲辰. 承旨兄, 徙入新宅. 柳季應來見)

유계응이 누구인지는 알 수 없다.

3일 승지를 뵈러 가다.(拜承旨)
5일 계응이 와서 이야기하다.(季應來話)
6일 비가 뿌리다.(雨灑)
8일 제조댁을 방문하였다. 안으로 상고가 있었기 때문이다.
(投刺提調宅, 有內喪故也)

당시의 어느 재상 댁을 말하는 것 같으나 누구 집인지는 알 수
없다. 당시에 근무하고 있던 전설사(典設司)의 제조일 수도 있
다.

11일 비. 국화 종자를 헌숙에게 보내고, 백엽 석류의 종자를 가지고 왔다. 땅을 정리하여 장차 대나무를 심으려 한다.(雨. 送菊種于獻叔, 取百葉石榴來種, 除地將以種竹也)

헌숙은 이때 홍문관에 같이 근무한 적 있는 송세형(宋世珩)이다.

12일 제조댁 제사에 치전하다 ○ 저녁에 큰 비바람이 동쪽에서 불어오다.(致奠于提調宅 ○ 夕, 大風雨自東來)

8일에 죽은 제조댁 부인의 제사에 치전(致奠, 제문을 지어 조상함)한 것인데, 친척 부인이 아닌 경우도 치전한 예로 볼 수 있다.

15일 승지 형님을 가서 뵙다.(往拜承旨)
16일 밤비.(夜雨)
17일 흐리고 비 오다. 대나무를 청도의 집에 옮기고, 마당에 심다.(陰雨. 移竹于淸道家, 種于庭)

청도는 청도군수를 지낸 사람일 것이나 이름은 알 수 없다.

20일 맑다. 계응이 와서 이야기하다.(晴. 季應來話)
28일 의식을 연습하다.(習儀)

『실록』에 의하면 이때 중국에 갔던 사신들이 명나라 황제의 칙명을 받들고 돌아오는데, 임금이 돈화문까지 나가서 몸을 굽혀 그 칙명을 영접하였다고 하는데, 아마 그 의식을 연습한 것 같다.
이다음 7, 8월 두 달의 일기는 저(著), 부좌(不坐), 구불현(俱不現), 불현(不現) 네 가지로만 표시되어있고, 9월 이하 12월까지는 매월 초하루의 간지만 적혀있으며, 다른 표현은 없다. '저'는 출근, '부좌'는 출근하였으나 자리에 있지 않은 것. '불현', '구불현'은 출근하지 않은 것같이 보이나 자세한 것은 알 수 없다.

1. 4. 갑진일기(甲辰日記) 풀이

• 정월

초1일 경자. 사당에 제사를 올리다. 낮에는 오언의의 집에 갔고, 저녁에는 부라촌의 여러 사람이 찾아와서 만나보았다.(庚子, 奠于祠堂. 午, 往仁遠家. 夕, 浮羅村諸人來見)

'인원'은 오언의(吳彦毅)의 자(字)인데, 종매부(從妹夫)이다.28) 뒤에도 고향에 갈 때마다 서로 만났다는 기록이 나오는 것을 보면 아마 이때 처가에 와서 산 것으로 보인다. '부라촌'은 지금의 도산서원 낙동강 맞은편에 있던 부포(浮浦) 마을(안동댐으로 수몰됨)이 아닌가 싶다.

2일 고을 원님께서 부내에 오신다는 말을 듣고, 지사 영공을 뵐 겸 가려고 하였으나, 광현에 이르러 원님께서 안 오신다는 말을 듣고 돌아왔다.(聞城主來分川, 往將兼謁知事令公, 到廣峴聞城主不來 乃還)

'분천(分川)'은 흔히 '汾川'으로 적는데, 농암 이현보 선생이 살던 마을 이름으로 속칭 '부내'라고도 한다. '지사'는 '동지중추부사(同知中樞府事)'의 줄인 말로, 여기서는 이현보 선생을 가리

---

28) 『退溪詩大全』 123쪽. 전년 3월 27일자 참조.

킨다. '광현'은 퇴계가 살던 마을에서 부내로 가는 길 사이에 있는 고개 이름일 것이다.

> 3일 부내에 가서 지사님을 뵙다. 성주님께서도 역시 도착하셔서 명농당에서 주연을 베풀다. 저녁에는 형님을 읍내에서 뵙고, 밤에 돌아오다.(往分川, 謁知事. 城主亦到, 設酌明農堂. 夕, 拜兄于邑內, 夜還)

여기서 형은 누구인지 알 수 없다.

> 4일 서촌의 여러 고향 어른께서 찾아오셔서 만나 뵙다.(西村諸鄕丈來見)
> 5일 바람 불고 눈 내리고 추위가 심하다. 신광위가 와서 만나다○저녁에는〔제자〕신섭이 오다○영천〔영주〕군수가 편지로 문안하다.(風雪寒甚. 申光渭來見○夕申暹來○榮川以書來問)
> 6일 성지숙이 와서 보다. 이윤량이 서울에서부터 왔는데, 그 편에 승지 형님의 편지를 얻었다. 고을 원님이 파직되었다○이충량과 김정이 왔다.(成之叔來見. 李閏樑自京來, 得承旨兄書. 城主罷職○李忠樑·金珽來)
> 7일 이연과 이인보가 와서 보다.(李演·李仁甫來見)
> 8일 한식. 눈. 김부와 재가 오다.(寒食. 雪. 金傅及宰來)
> 9일 바람 불고 춥다.(風而寒)
> 10일 김수지와 금숙재가 방문하다○김부가 돌아가다.(金綏之·琴叔材來訪○金傅歸)

김수지는 이름은 유(綏), 호는 탁청정(濯淸亭), 예안의 오천(烏川, 군자리) 사람으로 퇴계 선생의 연상의 친구이다. 금숙재는 맏아들 준의 장인으로 이름은 재(梓), 벼슬은 훈도(訓導)로, 처가 마을인 오천에 살았으며, 김수지와는 처남 남매 사이이다.

　11일 춥다○권수량이 내방하다.(寒○權遂良來訪)
　12일 춥다○권응서가 와서 보다.(寒○權應瑞來見)
　13일 서울 편지를 받다○춥다○고을 원이 떠나가다○손전환
과 남응규가 오다.(得京書○寒○城主行○孫荃芄·南應奎來)
　14일 오언의와 민시원·조카 복과 이국량·오수영과 더불어
계남의 집으로 갔다가 저녁에 돌아오다.(與仁遠·篩卿·宓姪
·國樑·守盈, 步往溪南家, 夕還)

계남의 집은 미상.

　15일 춥다○사당에 제사를 드리다.(寒○奠于祠堂)
　16일 남광필이 와서 서울로 갈 것을 고하였다○비로소 날씨
가 화창해지다.(南光弼來告如京○始和)
　17일 이지사께서 지산 상봉에서 만나보시고자 하므로, 여전
히 혼자 가서 정사에서 묵었는데, 권석충도 함께 묵었다○계
남의 집으로 옮겨 갔다.(李知事要見于芝山上峯, 仍獨往, 宿
精舍, 權碩忠同宿○移溪南家)
　18일 정사에서 묵다○저녁에 비○지사께서 편지로 밤비에
대하여 묻다.(留精舍○晩雨○知事以書來問夜雨)
　19일 정사에서 묵다○아침에 안개 끼다. 이문량이 와서 잤
다.(留精舍○朝霧. 大成來宿)
　20일 정사로부터 온계로 와서 고산암으로 가려고 하는데,
차원이 현으로 온다는 말을 듣고, 드디어 정지하였다. 이날
차원은 오지 않았다.(自精舍來溫溪村. 將往孤山庵, 聞差員來
縣, 遂停. 是日差員不至)

'차원'은 수령이 죄인을 잡기 위하여, 또는 어떤 중요한 임무를

맡겨 임시로 파견하는 관원을 말한다.29) 아마 예천에 있던 둘째 형님과 관련 있던 것 같다.

> 21일 차원이 왔다. 복 등은 모두 갔다. 복은 드디어 예천으로 향하였다.(差員來至. 宓等皆往. 宓遂向醴泉)
> 22일 고산암에 우거하다○눈 내리다. 봉화 원님이 예안현에 들어왔는데, 하인이 와서 잠시 보고 가려고 한다고 전하다. 저녁에 와서 조금 마시고 갔다○김부인·이국량이 와서 함께 묵었다.(寓孤山庵○雪. 奉化入縣, 來, 欲見過. 至夕來, 小酌而去○金富仁·李國樑來, 同宿)
> 23일 암자에 묵다○맑음. 김·이 두 사람 모두 돌아갔다.(留庵○晴. 金·李皆歸)
> 24일 암자에 묵다○오언의씨와 남응두·주세홍이 와서 보다. 주·남 두 사람은 돌아간 뒤에, 언의씨가 나를 청하여 대자산 개울 곁까지 갔다가 밤에 돌아왔다.(留庵○仁遠氏·南應斗·朱世弘來見. 南·朱旣去, 仁遠氏要予至大茨山溪邊, 夜還)
> 25일 암자에 묵다○비바람. 이덕성·[외종손자] 오수정이 보러 왔다가 즉시 가다.(留庵○雨風. 李德成·吳守貞來見, 卽去)
> 26일 암자에 묵다○밤눈. 권의종[질서姪婿]·권윤변이 술을 가지고 방문하다. 산승 사윤이 시축을 가지고 와서 보다.(留庵○夜雪. 權義宗·權胤卞携酒來訪. 山僧思允, 以詩軸來見)

'사윤'은 아마도 청량산에 살던 승려로 생각된다. '시축'은 여러 사람이 시를 적은 두루마리인데, 퇴계가 승려들의 시축에 더러 시를 써주었음은 언급한 바 있다.30)

---

29) 『한자어사전』 권2 252쪽.
30) 졸고 「퇴계시와 승려」, 『퇴계학보』 제68집(서울, 퇴계학연구원, 1989). 사

27일 암자에 묵다○맑음. 차고 바람 불다. 박승원이 서울로
가려 하여 서울로 보낼 편지를 미리 손질하다.(留庵○晴, 寒
風. 聞朴承源將之京, 預修京書)
28일 암자에 묵다○아침에 〔조카〕 빙이 술을 가지고 오다.(留
庵○朝, 憑携酒來訪)
29일 암자에서 일이 있어 내려가다○새벽에 눈이 내리다○
집(自庵因事下○曉, 雪○家)
30일 언의씨가 시를 지어 춘삼이 편에 보내다○저녁에 조카
복이 예천에서 오다.(仁遠氏, 以詩寄春衫○夕, 宓姪來自醴泉)

춘삼은 종 이름이다.31)

• 2월

초1일 경오. 손세충이 지나가다가 잠깐 들러 만났다○완이
오다○종이 서울에서 와서 형님의 편지를 받았는데, 지난
22일에 〔내가〕 왕명으로 파직되었다고 한다.(庚午. 孫世忠過
見○完來○奴自京來, 得兄書. 去二十二日, 啓罷云)

조정으로 돌아가지 않아서 예빈시 부정에서 파직된 것이다.

3일 암자에 올라가서 오언의를 보려고 하였으나 만나지 못하
다. 이날 저녁 고산암에 올라왔는데, 감기가 들다.(上庵, 往
見仁遠, 不遇. 是夕, 上孤山庵, 傷風)
4일 암자에 묵다○비. 저녁에 삼소음을 복용하고 땀을 흘리
고 나서 조금 낫다.(留庵○雨. 夕服參蘇飮, 得汗, 少歇)
5일 암자에 묵다. 맑고 춥다. 이날 빙이 시제를 지내러 가자
고 왔으나, 앓느라 가보지 못하였다○이지사께서 편지하시

윤에 대해서는 그 글의 주석 7) 참조.
31) 『회성』 75쪽 참조.

기를, "감사가 초8일에 우리집에 오니, 와서 만나보는 것이 좋다"고 하셨으나 나는 병 때문에 답장을 하지 못하였다.(留庵, 晴, 寒. 是日, 憑行時祭來邀. 病不赴○知事簡云: "監司初八日來吾家,可以來見" 某以病未能答狀)

이지사는 지중추부사인 농암 선생을 말하며, 감사는 경상감사인 회재 선생을 말한다. 이때 회재가 농암을 방문한 사실은 「회재연보」에는 없으나, 「농암연보」에는 기록이 있다.[32]

6일 암자에 머물렀다. 춥다. 금숙재가 술을 가지고 방문하였으나, 병으로 힘들게 대화하였다. 조카 복이 와서 작별하였다.(留庵. 寒. 琴叔材酒來訪, 力疾對話. 宓姪來辭)
7일 암자에 묵다. 창락찰방 허빙의 종이 왔다.(留庵. 昌樂察訪許砯伻來)
8일 암자에 묵다.(留庵)
9일 고산에서부터 온계로 왔다. 감사와 도사가 떠나면서 편지로 안부를 물었다○저녁에 오인원이 현에서 오다가 잠깐 들렀다.(自孤山來溫. 監司·都事臨發, 以書投問○夕, 仁遠自縣來過)

온계의 지산와사(芝山蝸舍)로 내려온 것이다.

10일 비○어제 바람을 쐬었더니 목과 허리가 결린다.〔노비〕손환등이 왔으나 나가보지 못하였다○말을 진보에 보내다.(雨○昨日冒風, 項背結痛, 孫芄等來, 不得出見○送馬于眞寶)
11일 맑다. 이대재가 보러 왔기에 불러들여 잠시 이야기하다.(晴, 李大材來見, 要入暫話)

---

32) 『국역 농암선생문집』(안동, 汾江書院, 1986) 546쪽.

이대재는 미상.

　12일 금숙재와 허공간과 준 등의 편지를 보고 즉시 답을 썼
다.(得琴叔材及許公簡寯等簡, 卽修答)

허공간의 이름은 사렴(士廉), 호는 몽재(蒙齋)이며, 퇴계의 처
남이다.[33] 준은 아들.

　13일 밤에 눈 오고 바람 불다. 오언의가 와서 이야기하다○
저녁에 충순 형이 와서 이야기하다.(夜, 雪·風. 仁遠來話○
夕, 忠順兄來話)

충순 형은 충순위(忠順衛) 벼슬을 한 퇴계의 다섯째 형 징(澄)
인 것 같다.

　14일 김선이 와서 서울로 올라간다고 한다. 형님에게 편지
를 썼다.(金璿來告如京, 修書于兄)

여기서 형은 넷째 형 온계를 말한다.

　15일 담을 보수하다○새 고을 원님이 관직을 받아 내려오는
편에, 임형수(林亨秀)와 김주(金澍)의 편지와 시를 얻어 보
다.(補墻○新城主出官, 得士逐, 應霖簡·詩)

이때 두 사람에게 받은 시를 보고서 차운한 시가 『문집』 권1
에 수록되어 있다.[34]

　16일 오언의와 더불어 잠시 와구에 나갔다가 돌아왔다. 조
카 완이 제사 때문에 왔다. 기수 형의 편지가 왔다.(與仁遠

33)『퇴계시대전』122쪽.
34)『퇴계시 풀이』권1 178~182쪽.

出瓦丘而還. 完姪以祭來, 耆叟兄書來)

와구는 온혜 마을 남쪽 지명인데, 퇴계의 부친이 정사(精舍)를
지으려 하였던 곳이다.

17일 잇산이 서울에 가다○임형수와 김주의 편지와 시에 답
하다. (苅叱山如京○答士遂·應霖簡詩)

'잇산'은 순 한국말로 지은 종 이름을 한자로 음역(音譯)하여
쓴 것이다.

18일 완이 시제에 가기에 가서 참사(參祀)하다. 빙과 오수영
이 함께 참사하다. 아침에 오언의와 오수정이 와서 이야기하
다. (完行時祭往參. 憑·守盈同參. 朝, 仁遠·守貞來話)
19일 옥당 사람이 교리로 임명되었으니 빨리 올라오라는 명
령을 받들고 왔다. 아울러 형님의 편지를 받았는데, 초9일에
가선대부로 승진되셨고, 14일의 인사발령에서는 동지중추부
사가 되셨다고 한다. (玉堂人捧有旨, 以校理斯速上來事. 幷得
兄書. 兄以初九日陞嘉善, 十四日, 政拜同知)

『실록』에 의하면, 이달 10일자에 홍문관 교리에 임명받은 것인
데, 9일 만에 본인에게 전달된 것이다.

20일 지사와 부윤께서 편지로 안부를 물으셨고, 고을 원님
께서는 서울 스님 칭념이를 보내셨다○오수정이 와서 함안으
로 돌아간다고 한다. (知事·府尹以書來問, 城主送京中稱念來
○守貞來告, 歸咸安)

지사는 농암 선생이고, 부윤은 예안 사람으로 경주부윤이었던
김연(金緣)을 말하는 것 같고, 칭념은 아마 서울에서 온 어느

승려의 법명인 것 같다. 오수정은 오언의의 아들로 고향이 함안의 모곡(茅谷)이어서 고향으로 돌아간 것이다.

21일 인원과 비원이 왔는데, 수영과 결과 충이 따라왔다○저녁에 충순 형님이 오셔서 이야기를 나누었다.(仁遠·庇遠來, 守盈·潔·沖從來○夕, 忠順兄來話)

비원은 이국량(李國樑)인데, 농암의 아들이다. 결과 충은 조카이다.

22일 이대재가 술을 가지고 방문하였다○장인께서 풍산에서 오셨다.(李大材酒來訪○舅氏來豐山)
23일 고을 원님께서 내방하셨다. 오언의와 함께 이야기하였다. 저녁에 충순 형님을 찾아가 뵈었다.(城主來訪. 仁遠同話. 夕, 往拜忠順兄)
24일 오언의와 빙이 와서 종일토록 대화하였다○바람과 눈.(仁遠及憑, 終日來話○風雪)
25일 김수지와 금숙재와 이대성이 와서 전별하였다. 저녁에 장인께서 오셨다. 오언의가 훈도 형님이 오시므로 초청되었다. 서경이 왔다. 빙과 국량이 아울러 와서 내가 먼길 떠나는 것을 전송하였다.(綏之·叔材·大成來餞. 夕外舅氏來. 仁遠見邀訓導兄來. 筮卿來. 憑國樑並會餞遠)

교리 벼슬을 하기 위하여 서울로 떠나는데, 전별하기 위해서다.

26일 여러분이 함께 술을 마시고 이야기하였다. 장인은 부내로 돌아가셨다○저녁에 공실[미상]과 직재[정이청鄭以淸]가 왔다.(僉會飮話. 舅氏歸分川○夕, 公實·直哉來)
27일 안동판관 권곤과 창락찰방 허빙, 생원 전이기와 함께 이야기하고, 여러 친척과 작별하였다. 사당에 들어가서 인사를 올리고, 이지사님을 지나가면서 뵈었는데, 장인께서 또한 머물러 기다리고 계셔서 함께 술자리가 마련되었다. 들어가서 고을 원님께 작별하고 옹천으로 향하였다. 이연과 이인보가 나와서 길 곁에서 전별하였다. 옹천에서 묵다.(安東判官權鯤·昌樂察訪許硡·生員全而紀同話. 別諸親, 辭祠堂. 歷拜知事, 舅亦留待, 同設酌. 入辭城主, 向甕泉. 李演·李仁甫出餞路次. 宿甕泉)

28일 청송부사 금기와 평은에서 우연히 만나고, 영주에서 묵다○주서인 박승임이 처음 이르러 서로 만났는데, 형님께서 대사헌에 임명되셨다고 한다.(遇淸松琴琦於平恩, 宿榮川○注書朴承任初至, 相見, 聞兄拜大憲)

29일 고을 사람들이 의원에 모여서 함께 전별하다. 풍기에서 묵다.(鄕中會餞醫院. 宿豐基)

• 3월

초1일 기해. 단양에서 묵다. 길에서 박승간을 만났는데, 전 음성 고을 원 김윤호 역시 도착하였다.(己亥. 宿丹陽. 路見朴承侃, 前陰城金允瑚亦到)

2일 충주에서 묵다.(宿忠州)

3일 지평 강응태를 길에서 만나다. 죽산에서 자다.(遇持平姜應台於道, 宿竹山)

4일 양지에서 묵다.(宿陽智)

5일 낙생역에서 묵다.(宿樂生驛)

6일 서울에 들어오다. 저녁에 형님이 오셔서 뵙다.(入京. 夕, 兄來見)

7일 사은숙배를 올리다. 그대로 홍문관에서 여럿이 모여 차자를 올렸다.(肅拜, 仍一會本館, 上箚)

이날 홍문관에서 함께 차자 올린 내용은 『실록』에 전문이 수록되어 있는데, 부마인 순원위(淳原尉) 조의정(趙義貞)의 여자 종의 처벌에 관한 의견을 개진한 것이다.

8일 홍문관에서 또다시 함께 모였으나, 병 때문에 나가지 못하였다.(本館又一會, 病不赴)
9일 〔사가독서하게 되어〕 사은숙배하다○추안이 내려가다.(肅拜○推案下)

여기의 추안은 위에 나온 조의정의 여자 종에 대한 조사를 하명한 것이다.

10일 종 문손이 고향으로 돌아감에 편지를 썼다○〔조카들인〕완과 복, 재가 왔다.(奴文孫歸, 修書○完・宓・宰來)
11일 독서당에서 나오다. 완이 사람들을 데리고 돌아간다기에 또 편지를 썼다○인사발표에 세자 시강원의 문학을 겸하게 되었다.(出書院, 完率人歸, 又修書○有政, 兼文學)
12일 임형수와 김주와 기중이 와서 만나다.(士遂・應霖・機仲來會)

기중이 누구인지는 잘 알 수 없다.

13일 문학을 겸직하는 데 대한 사은숙배 때문에 성에 들어왔다.(兼文學肅拜, 故入城)
14일 숙배한 뒤에 김태용과 이정서를 옥당에서 보고 나왔다.(肅拜後, 見金大容・李呈瑞于玉堂, 出)

두 사람 모두 자를 썼는데 본명을 알 수 없다.

15일 홍문관에 함께 모여 차자를 올리고 형님댁에서 잤다.

(一會上箚. 宿于兄宅)

이날 홍문관 부제학 송세형 등이 올린 차자는 『실록』에 전문이 실려 있다.

> 16일 새벽에 제사를 지내다. 이날 영이 장가를 갔다○비(曉行祭. 是日寗娶婦○雨)
>
> 17일 흐리다.(陰)
>
> 18일 큰비○영의 아내가 보러 왔다가 저녁에 돌아갔다.(大雨○寗婦來謁, 夕還)
>
> 19일 소동파의 「매화성개」 시에 차운하고, 김영기를 이별하는 시를 짓다○서당으로 나가다.(次東坡「梅花盛開」詩, 作金榮期別詩○出書堂)35)
>
> 20일 다시 동파의 「매혜원월야」 시에 차운하다. 독서당에 있으면서, 망호당의 매화를 찾고자 하나, 당 곁에 있는 사람이 병들었다고 해서 가지 못하다.(復次東坡「梅惠院月夜」詩. 在堂, 將訪梅于望湖堂, 聞堂停. 人病, 不果)
>
> 21일 다시 동파의 「매」 시와 「작은 못을 치며」라는 시에 차운하다. 서당에 있으면서 작은 못을 쳤다.(復次東坡「梅」詩及 「修小池」詩, 在堂修小池)
>
> 22일 「비 가운데 느낀 일이 있어」라는 시를 짓다. 큰비가 내리다.(賦, 「雨中感事」詩. 大雨)
>
> 23일 「탁청정을 제목으로 삼아」란 시를 지어 부치다. 맑다. 태수가 사람을 보내어, 강가에서 초청받아 배를 타고 가서 만나 저녁에 함께 들어왔다.(賦寄「題濯淸亭」詩. 晴. 台叟送客, 在江上見邀, 乘舟往會. 暮同入)

---

35) 이날부터 며칠 동안 지은 시에 관해서는 권오봉 교수의 『회성』 86-87쪽에 자세한 주석이 있으므로 참고 요망.

태수는 송기수(宋麒壽)로 이때 퇴계와 함께 사가독서하였다.

24일 독서당에 있었다.(在堂)
25일 송기수와 함께 비를 맞으면서 성에 들어가서 묵사동의 이수찬〔이원록李元祿〕 정서36)의 잔치에 갔다.(與台叟冒雨入城, 赴李修撰廷瑞宴于默寺洞)
26일 대사헌 형님께서 퇴근하시어 집에 오셔서 뵙다.(大憲兄罷仕, 來見于家)
27일 내일 유생들의 정시에 시관으로 낙점되었다.(明日儒生廷試, 試官落點)
28일 야간 통행금지가 해제되자 입궐하였다. 이날 감기가 들었다.(罷漏時入闕, 是日感寒)
29일 궁궐 안에 있었다.(在闕)
30일 시험이 끝나자 나왔다. 정중호가 장원하였다.(畢試出. 鄭仲護居首)

이날 『실록』의 기록에는 "정시에 합격한 진사 정중호 등 8인에게는 서책을 차등 있게 하사하였다."라는 기록이 보인다.

• 4월
초1일 기사. 독서당으로 다시 들어가야 하나 병이 있어 그렇게 하지 못하였다.(己巳. 書堂復命, 病未果)
2일 병.(病)
3일 독서당에 다시 들어가는 사은숙배한 뒤에 홍문관으로 가서 연석회의에 참여해야 하나, 병 때문에 그렇게 하지 못하였다. 이날 인사발표에 필선이 되었다.(書堂復命肅拜後, 將赴館中一會, 病未果. 是日, 政拜弼善)

---

36) 정석태 편저 『퇴계선생연보 1』 385쪽 참조.

이날 『실록』을 보면 세자시강원의 좌필선에 제수되었다.

4일 병 때문에 숙배하지 못하였다.(病未肅拜)
5일 병 때문에 숙배하지 못하였다. 홍조가 와서 고향 소식을
듣다.(病未肅拜. 弘祚來得鄉信)

홍조는 생질인 신홍조(辛弘祚)다.[37]

6 · 7 · 8일 병 때문에 숙배하지 못하였다.(病未肅拜)
9일 숙배하지 못하다. 시골 고을 사람이 와서 형님과 오언의
의 편지를 받다.(未肅拜. 縣人來, 得兄及仁遠書)
10일 병 때문에 숙배하지 못하였다. 황중거가 귀향하므로
편지를 부치다.(病未肅拜. 黃仲擧歸鄉, 付簡)

황중거는 나중에 제자가 된 황준량(黃俊良, 호는 금계錦溪)을 말
한다.

11일 기.(忌)
12일 기. 예안현의 아전이 돌아가므로 편지를 보냈다.(忌. 禮
安縣吏歸, 付書)

전취(前娶) 어머니 김씨 부인의 제삿날이다.

13일 병(病)

이후 21일까지 '병'으로 되어있는데 다른 기록이 있는 날의 기
사만 아래에 옮긴다.

14일 의령에서 온 편지를 받았다. 허사렴과 준 · 채 등의 편
지이다.(得宜寧信, 公幹 · 篤 · 寀等書)

---

37) 『퇴계시대관』 545쪽 참조.

허사렴(許士廉, 자는 공간公幹)은 큰처남, 준과 채 두 아들이 모두 의령에 가 있음을 알 수 있다.

> 16일 회강이 있었으나 참가하지 못하다○의령에서 온 여러 편지에 답장을 적다.(會講未參○修復宜寧諸簡)

회강은 "왕세자가 여러 사람을 모아놓고 강서(講書) 시험을 보이는 것을 말한다."[38] 이때 세자시강원의 필선 벼슬을 하고 있었으므로 여기에 참여해야만 했을 것이다.

> 22일 인사발령에 사헌부 장령으로 임명되었다.(有政, 拜掌令)
> 23일 사은숙배하고 상회례를 행하고 사헌부 관원이 모두 모였다.(肅拜, 相會齊坐)

'상회'는 관리들이 '서로 회합하여 행하는 예절'을 말한다.[39]

> 24일 김수의 종이 와서 고향 소식을 전하였다. 사건 때문에 궁궐에 들어가서 다시 일제히 모이려 하였으나, 대사헌 때문에 그만두었다.(金綏之奴來, 傳鄕信. 以事詣闕, 復將齊坐, 以大憲緣故, 停)

『실록』에 의하면 이날 대사헌 임백령이 조강(朝講)에 참여하여 여러 가지 발언을 하였는데, 아마 이 때문에 사헌부 관원들이 함께 모이지 못한 것으로 보인다.

> 25일 임금께 아뢰어 대사헌이 출근한 뒤에 함께 모여 지평과 정언의 임명 동의에 서명하다.(啓講, 大憲出仕後齊坐, 署持平

---

38) 『퇴계시대전』 122쪽 참조.
39) 『한자어사전』 권3 551쪽.

· 正言)

26일 지평과 상회례를 행하고 함께 모였다.(持平相會禮, 齊坐)

27일 나라의 기일이다○이날 종 문손이 왔다.(國忌○是日, 文孫來)

28일 당참을 행한 뒤에 강·이·정 같은 사람들을 가서 보고, 형님댁에 갔더니 경우 영감께서도 또한 오셨다○김몽석이 고향으로 돌아가다.(堂參後, 往見姜·李·鄭. 復往兄家. 景遇令兄亦至○金夢石歸)

'당참'은 당참례의 준말로 '새로 임명된 벼슬아치가 의정부 이하 각 직속 상관에게 신임 인사드리는 예'를 말한다.[40] 강·이·정은 누구인지 알 수 없고, '경우'는 권응창(權應昌)의 자(字)인데, 호는 지족당(知足堂)으로 이 무렵에 병조참판으로 있었다. 김몽석은 누구인지 알 수 없다.

29일 성절사 송렴이 배표를 행하였으나 병 때문에 가보지 못하였다○문손이 돌아가다.(聖節使宋廉行拜表, 病未赴○文孫歸)

'배표'는 "중국에 보내는 표문을 사신이 받들고 나가게 될 때, 임금이 백관을 거느리고 표문을 바치는 배례하는 것"인데,[41] 『실록』에 이 날짜에 관련 기록이 보인다.

• 5월
초1일 무술. 집의 기일. 인사발표에 권응창 영감께서 경상도 감사가 되셨고, 형님은 동지중추부사가 되셨다○아침에는

---

40) 『한자어사전』 권1 971쪽.
41) 『국역 중종실록』 51권 312쪽의 주 83.

흐리고 저녁에는 바람 불다.(戊戌. 家忌. 有政. 景遇令公爲
本道監司, 兄拜同知○朝陰, 晚風)

2일 집의 기일. 집의 형님을 뵈러 갔다. 세 정승이 가뭄 때
문에 사표를 제출하였으나 허락되지 않다.(家忌. 往見家兄.
三公旱辭免, 不允)

3일 출근하다.(仕)

4일 서연에 들어갔다가, 사헌부의 전원회의에 참석하다. 지
평 이천계가 들어왔다.(入書筵後齊坐. 持平李天啓入)

5일 지평 임명 동의 안건 처리 때문에 함께 모인 뒤에, 일이
있어 궁궐에 들어가서 사직을 하였으나 허락되지 않다.(持平
署經齊坐後, 以事詣闕, 辭免, 不允)

'서연'은 관리를 임명하려고 할 때 사헌부와 사간원 같은 언론
기관에 관리가 될 사람이 임명에 결격사유가 없는가를 조사하여
임명에 동의 여부를 묻도록 하는 것이다.[42]

6일 퇴근한 뒤에 〔전임〕 함양 고을 원의 집을 거쳐서 형님을
뵈러 갔다.(仕罷, 歷咸陽, 往見兄)

7일 퇴근 후 형님댁에 가서 함양 고을 원과 더불어 작별 인
사를 하였다.(仕後, 往兄家, 與咸陽敍別)

8일 지난 6, 7일은 지평의 집에 기고가 있어서, 오늘에 이르
러서야 상회례를 행하고 함께 전직원회의를 하였다.(六七日
持平忌, 故至是相會, 齊坐)

9일 상좌가 파한 뒤에 김해부사 권겸을 보러 갔다.(常坐罷
後, 往見金海府使權磏)

10일 국기.(國忌)

11일 〔가뭄 때문에〕 임금께서 궁전에 계시는 것을 피하시고,

---

42) 『한자어사전』권3 829쪽.

온 나라에 좋은 말을 건의하여 줄 것을 구하셨다. 남대문을 닫고 시장도 옮겼다.○사헌부의 전체회의를 하려다가 정장령 희등의 병 때문에 정지하였다.○비 오다.(避殿求言. 閉南大門遷市○將齊坐, 以鄭掌令希登病停○雨)

12일 맑다. 대사헌께서는 시제에 대하여 장계를 올렸다. 집의 이하 전체회의가 있었다.○인사발표가 있었다.(晴. 大憲時祭狀, 執義以下齊坐○有政)

13일 정언의 임명 동의 처리 때문에 전체회의를 하다.(正言署齊坐)

14일 국기.(國忌)

15일 · 16일 가기.(家忌)

17일 출근하다. 대사헌 때문에 혐의를 피하여 퇴근하다.(入仕, 以大憲避嫌罷)

18일 서연에 들어가다.○집의와 지평의 당참례 때문에 전체회의를 가지지 못하다.(入書筵○以執義 · 持平堂參不坐)

19일 출근.(仕)

20일 병.(病)

21일 퇴근 후에 형님을 뵈러 갔다가 이어 권응창 감사를 방문하였으나 만나지 못하다.(仕後. 往見兄, 仍訪權監司不遇)

22일 병.(病)

23일 병.(病)

24일 국기.(國忌)

25일 첫 번째 사표를 제출하다.(初旬)

26일 앞과 같음. 예안현 사람 이손〔미상〕 등이 왔다.(同前, 縣人李孫等來)

27일 앞과 같음.(同前)

28일 동지 형님께서 오시다. 김사문(金士文)과 자열이 역시

왔다. ○사표를 내었다가 휴가를 받다.(同知兄來, 質夫·子悅
亦來○呈辭受由)

29일 비.(雨)

30일 큰비.(大雨)

• 6월

초1일 무진. 비, 새벽에 신홍조의 집에 피해 가서 있었다.(戊
辰. 雨. 曉避寓弘祚家)

2일 팔도의 어사를 각 포로 보내다. 비.(遣八道御史于各浦.
雨)

3일 인사발표가 있었는데 이현영 지평이 병조정랑이 되고,
정황이 지평이 되었다. 다시 사임장을 내려고 하였으나 날짜
가 얼마 되지 않았다고 하여 그렇게 될 수가 없었다.(有政,
李賢英持平爲兵正郞, 丁熿爲持平. 欲再呈辭, 日少未果)

4일 아침은 흐리고 저녁은 맑다.(朝陰晚晴)

5일 맑고 크게 덥다. ○고을 사람이 돌아간다고 하기에 풍산
등지에 편지를 부치다. ○종 문손이가 와서 두 형님의 편지를
얻다.(晴, 大熱○縣人歸, 付書于豊山等處○文孫來, 得兩兄書)

6일 저녁에 비 오다. ○다시 사직을 청하여 직강으로 바뀌다.
백인영은 장령이 되고, 이기는 경상도 체찰사, 이정은 가덕
첨사, 최수인은 천성만호가 되었다.(晚雨○再呈辭, 爲直講.
白仁英爲掌令, 李芑爲慶尙道體察使, 李玎爲加德僉使, 崔壽
仁爲天城萬戶)

이기 외에는 모두 미상.

7일 맑다.(晴)

8일 맑다. 사간원에서 차자를 올려서 일본에서 온 대·소 이

전의 사신을 아울러 거절할 것을 청하였으나 허락하지 않았다.(晴. 諫院箚請幷絶大·小二殿使臣, 不允)

12일 기일.(忌)

13일 기일. 형님댁에서 제사를 지내다. 문손이 돌아갔다.(忌. 行祭于兄宅. 文孫歸)

14일 의령으로도 사람이 돌아가고, 풍산으로도 사람이 돌아가서 다 편지를 부쳤다.(宜寧歸人, 豊山歸人, 皆付書)

15일 이질을 앓다.(患痢)

16일 천사 사람 은손이 왔다가 곧 돌아갔다. 같음.(川沙人銀孫來, 卽歸. 同)

천사는 예안의 낙동강 곁의 마을 이름으로, '내살미' 혹은 '내살'이라고도 한다.43)

17일 아침 흐림○이질을 앓다.(朝陰○患痢)

18일 우레치고 비 오다○이질을 앓다.(雷雨○患痢)

19일 아침은 맑고 저녁은 흐리다. 완이 와서 자다○같음.(朝晴, 晚陰. 完來宿○同)

20일 아침에 비. 완이 관으로 돌아가다. 저녁에 큰 우레 비.(朝雨. 完還于館. 夕大雷雨)

21일 아침에 맑음. 사은숙배하다. 홍문관에서 차자를 올려 사간원의 간부들을 모두 갈 것을 논의 드리다.(朝晴. 肅拜. 弘文箚論諫院全遞)

22일 인사발표에 형님은 대사간이 되고, 송기수는 승지에, 정순붕은 대사헌이 되었다. 대사헌 임백령은 이조참판이 되었는데, 이때 추고 당한 일 때문에 바뀐 것이다.(政, 兄拜大司諫, 台叟爲承旨, 鄭順朋爲大憲. 大憲林百齡, 以吏參判, 時

---

43) 『퇴계시대관』 310쪽.

推考遞)

23일 김사문(金士文)과 영주의 여러 고향 사람과 함께 대사
간 형님댁에 모였다. 후동에서 안정연에게서 『무이지』를 빌
려보다.(金質夫與榮川諸鄕人, 會于大諫宅. 後洞從安挺然, 借
觀武夷志)

안정연의 이름은 안정(安珽), 호는 죽창(竹窓)으로 순흥(順興)
사람이다.44)

24일 성균관에서 근무하고 있는데 질녀인 권윤변의 처의 부
고를 듣고 집으로 나왔다.(仕于館, 聞姪女權胤卞妻訃, 退家)
25일 비. 저녁에는 큰비.(雨. 夕, 大雨)
26일 맑다. 신홍조가 예천으로 부모를 뵈러 가다. 저녁에 비.
윤관〔미상〕이 돌아가다.(晴. 弘祚歸臉醴泉. 夕, 雨. 尹瓘歸)
27일 맑다.(晴)
28일 아침에 비. 인사발표에 종친부전첨에 제수되다. 고을
사람이 돌아갔다○홍서주가 충청감사, 박세후가 승지가 되
었다.(朝雨. 有政, 拜典籤, 縣人歸○洪敍疇爲忠淸監司, 朴世
煦爲承旨)
29일 맑다. 복중이라 사은숙배를 드리지 못하다.(晴. 服未肅
拜)

질녀의 상 때문으로 보인다.

30일 아침에 흐리다. 잔비. 복중이라 숙배를 드리지 못하다.
(朝,陰. 小雨. 服未肅拜)

---

44) 『퇴계시대관』 214쪽.

• 7월

초1일 무술. 맑다. 의령의 이말이 와서 허사렴과 채 등 여러
사람의 편지를 받다.(戊戌. 晴. 宜寧李末來, 得公簡·宋等諸
書)

이말은 전취 처가 장인의 서녀서(庶女婿)로 퇴계 선생의 고성
(固城) 땅을 관리하였다.

2일 절구 6, 7수를 짓다.(絶句六七首)
3일 의령 사람들이 돌아가다. 윤자용·정길원·이사중 등이
와서 독서당에 추가 입당할 사람을 가려 뽑는 일에 대하여
논의하다.(宜寧人歸. 尹子用·鄭吉元·李士重等來. 議書堂加
揀事)

윤자용의 이름은 현(鉉), 정길원의 이름은 유길(惟吉), 호는 임
당, 이사중의 이름은 홍남(洪男)이다.[45]

4일 남희와 김이 등이 돌아갔다.(南禧·金伊等歸)
5일 사은숙배한 뒤에 여러 당상관들을 찾아뵙고 형님을 뵌
뒤에 돌아오다. 가는 비○영의정 윤공께서 돌아가셨다.(肅拜
後, 投刺諸堂上, 見兄而歸. 小雨○領相尹公卒)

이때 작고한 영의정은 윤은보(尹殷輔)이다.

6일 비○조회를 정지하였다.(雨○停朝)
7일 맑음○조회를 정지하였다. 집의 형님에게 찾아가서 갈음
을 초하는 것에 대하여 의논하였다○독서당에 병이 돌기 때
문에 압구정으로 옮겼다.(晴. 停朝. 往拜家兄, 議草碣陰○讀

---

45)『錦湖遺稿』250쪽.「湖堂修契錄」참고.

書堂病氣, 啓移狎鷗亭)

'갈음'은 묘의 비문을 말하는데, 이때 선생의 아버지 벼슬이 형 온계공의 승진으로 더 높게 추증(追贈)되었으므로, 그 추증된 벼슬을 넣은 비문〔贈嘉善大夫吏曹參判…〕을 초한 것이다.

> 8일 조회를 정지하다.(停朝)
> 9일 흐림○관청에 나가다.(陰○出官)
> 10일 비○독서당에 나가서 사가독서하게 된 일로 사은숙배하다.(雨○讀書堂肅拜)
> 11일 김주(金澍)에게 조상갔다가 나선원〔나숙羅淑〕과 송인수(宋麟壽)에게 잠깐씩 들르다.(吊金應霖, 過羅善源 · 宋眉叟)

다음 달 17일의 기록을 보면, 이때 김주의 아버지 상을 당하였다.

> 12일 영의정의 상에 조상하고 형님을 뵙고 돌아왔다.(吊領相喪次, 拜兄而歸)
> 13일 한강에 나가서 배를 타고 압구정에 닿았다.(出漢江乘舟, 抵狎鷗亭)
> 14일 우언확과 장창수에게 글을 지어 보내어 송별하다.(贈別禹彥確 · 張昌秀)

우언확의 이름은 상(鏛)으로 옥당과 한림과 승지를 거쳐 강원감사를 지냈으며,[46] 장창수의 이름은 응량(應樑)으로 퇴계와 같은 해에 문과에 합격하였다.[47] 이때 우언확에게 지어준 시는 전하지 않으나, 장응량에게 지어준 시는 『퇴계유집』에 전하는

---

46) 『퇴계시대전』 158쪽.
47) 『회성』 78쪽 참고.

데, 「장창수가 함경도로 부임하여 감을 이별하며(送張昌秀赴關北幕)」란 제목이다.48)

15일 비바람○「눈앞에 본 일을 적다」 절구 5수를 짓다○유중기·유중연〔모두 미상〕 두 도사가 가려 함에, 전별하려고 하였으나 되지 않았다.(風雨○「卽事五絶」○柳仲沂·仲沿都事行, 將餞未果)

16일 〔조카〕복이 왔다○이희성과 이백희·윤사추가 배를 타고 와서 방문하였다가 다시 함께 배를 타고 놀다가 저녁이 되어 세 사람이 서울로 돌아갔다.(宓來○李希聖·李伯喜·尹士推挐舟來過, 復同遊舟上, 至暮三人入城)

이희성의 이름은 영현(英賢)으로 당시에 지평으로 있었으며, 이백희의 이름은 수경(首慶)이며, 윤사추의 이름은 인서(仁恕)이다.49)

17·18일 복이 머물다.(宓留)

19일 우상(禹鏛)이 충청도로 부임하여 감에 아전을 보내어 시를 증정하다. 복이 돌아감에 시를 지어 보이다.(禹彦確赴忠淸幕, 遺吏贈詩. 宓歸示詩)

20일 「동지표」와 「전」을 지었다.(製冬至表箋)

「동지표」는 동지 무렵에 중국에 가는 사신이 가지고 가는 우리나라 임금이 중국 황제에게 바치는 보고문이고, 「전」은 축하 편지이다.50)

---

48) 『퇴계시대전』 278쪽 참조.
49) 『회성』 78쪽 참조.
50) 『한자어사전』 권1 522쪽 참조.

21일 김종직 선생의 「용산사를 방문하여」라는 시에 차운하다.(次金季昷先生「訪龍山寺」)

22일 「아침에 일어나서 감회를 적다」와 「김언거(金彥琚)가 금산으로 부임하여 감에 송별하다」를 짓다○장인의 편지를 받다○저녁에 절구 3수를 짓다.(「曉起述懷詩」·「送金季珍赴錦山詩」○得外舅書○夕, 三絶)

23일 아침에 절구 한 수 ○저녁, 명양정 이현손의 「늦게 산보하다」라는 시에 차운하다.(朝, 一絶○夕, 次明陽正賢孫「晚步」韻)

이현손은 왕족으로, 김종직의 문인이며 몸가짐을 독실하게 하여 이름이 있었으나 30세 이전에 죽었다.[51]

24일 아침에 크게 우레치고 비가 왔다. 경복궁의 동수각(東水閣)에 벼락이 쳐서 동쪽 기둥이 기울어졌다○「크게 천둥치면서 내리는 비를 노래함」을 지음○「이수경에게 장난삼아」란 절구시 한 수를 지음.(朝, 大雷雨, 震景福宮水閣, 東偏柱○作「大雷雨行」○「戲李伯喜」一絶)

25일 권겸(權豏)이 검은깨를 보내어 온 것에 감사하여 시를 지어 부치다○체찰사 이기가 떠나다.(權君瑩寄謝巨勝詩○體察使李芑行)

'군영'은 앞의 이해 5월 9일자에 만난 김해부사 권겸의 자(字)이다.[52]

---

51) 『퇴계시 풀이』 권1 206쪽 참조.
52) 『국역 퇴계전서』 12책 373쪽 이 시의 주석에 "옛 가야 땅은 김해부이니, 아마도 권군영이 김해부사가 되었던 것 같다."란 말이 있는데 '군영(君瑩)'을 권겸의 자(字)로 본 것이다. 『퇴계시대전』(284쪽)에서 권영(權瑩)으로 본 것은, 瑩은 瑩의 오자이며, '君瑩' 두 자를 한 사람의 자로 보

26일 임형수가 병이 나서 수레를 타고 성에 들어왔다고 해서 문안 인사하는 편지를 띄웠다.(聞林士遂, 與疾入城, 寄問)

임형수는 이때 명나라의 원병 요청에 응하여 이기(李芑)의 종사관으로 의주에 나갔다가 병을 얻었다.[53]

27일 「홍도원이 충청감사로 부임하여 감에」·「압구정에서 짓다」○풍산에 편지를 적고 약을 보내다.(「贈洪道原赴忠淸監司」·「題狎鷗亭」○修書送藥于豊山)

홍도원의 이름은 서주(敍疇)이다.[54]

28일 삭계의 원고를 정자로 청서하였다.(朔啓正草)

'삭계'는 매월 초하루마다 호당에서 공부하는 문신들이 지은 시문의 등급을 적어서 임금에게 보고하는 것을 말한다.[55]

29일 비.(雨)

• 8월

초1일 정묘. 비바람.○임형수와 더불어 충청감사 홍서주를 남대문 밖에서 전별하고 성에 들어오다.(丁卯, 風雨○與林士遂, 餞忠淸監司洪道原于南大門外, 入城)

4일 독서당에 나가다.(出書堂)

7일 인사발표에 응교가 되었다.(有政, 拜應敎)

9일 제사를 지내려고 성에 들어왔다.(將祭入城)

13일 시제를 행하다.(行時祭)

지 않고 권군(權君) 영으로 본 것인데 잘못되었다.

53) 『퇴계시 풀이』 권1 212쪽 참조.

54) 『회성』 79쪽의 주 43). 앞의 6월 28일자 일기에도 나옴.

55) 『한자어사전』 권2 818쪽.

14일 · 15일 기.(忌)

『족보』에 의하면 증조부의 제삿날이다.

17일 밤에 김주의 아버지 상여가 발인하므로 이홍남과 함께
독서당에서 다시 나왔다. 이날 저녁에 다시 성에 들어왔다.
(夜, 往金應霖父喪發引, 與李士重出書堂. 是夕, 還入城)
18일 굉과 준 등이 고향에서 올라오다.(宏 · 寯等來自鄕)
19일 아들과 조카 등이 과거 시험에 응시하기 위하여 등록하
다.(兒姪等錄名)
21일 풍산 사람이 오다.(豊山人來)
22일 허사렴(許士廉)이 왔다.(許公簡來)
24일 비. 풍산 사람이 돌아가다.(雨. 豊山人歸)
26일 첫째 시험장에 들어가서 한성부의 시관이 되다.(入一
所, 漢城府試官)
27일 · 28일 · 29일 · 30일 채점 관계로 묵다.(留)

• 9월
초1일 정유. 묵다.(丁酉. 留)
2일 경헌이 수석을 하다. 합격 발표가 나간 뒤에 대궐 문을
나왔다. 김교수〔김신金伸〕 부인인 〔둘째〕 고모님의 상을 당했
다.(慶憲居首. 榜出, 出闈. 聞金教授姑喪)
3일 저녁에 집의 형님을 뵈러 갔다. 형님은 무과의 첫째 시
험장의 일이 끝나지 않았기 때문에, 과거의 시험관은 상복을
입더라도 출근을 면제받는 법에서 제외되는 조항에 의거하
여, 그대로 근무하고 계셨다.(夕, 往拜家兄, 兄以武科一所未
罷, 試官除服制之法, 猶仕)
4일 복○셋째 시험장에서 합격자 발표가 나왔는데 양응정이
수석하였다.(服○三所榜出, 梁應鼎居首)

5일 복.(服)

6일 복○첫째 시험장에서 합격자 명단이 붙었는데 김렴(金濂)이 수석이다.(服○一所出榜, 金濂居首)

위 2일자 수석으로 발표된 곳은 문과 일소(一所)이고, 여기의 일소는 무과의 일소이다.

7일 · 8일 복.(服)

9일 정시가 있었다○시관이 되었으나 병 때문에 면제받다. (廷試○試官, 病免)

10일 강경시관이 되었으나 병 때문에 면제되었다.(講經試官, 病免)

11일 완과 준을 태우고 돌아갈 말이 와서 고향 편지를 얻어 보았다.(完 · 寯從馬來, 得鄕信)

12일 굉과 복이 고향으로 돌아가다.(宏 · 宓歸)

14일 완과 준이 돌아가다.(完 · 寯歸)

15일 흐리다○전시가 있어 임금께서 모화관에 나가시다.(陰○殿試, 駕行慕華館)

17일 친히 휴가 원서를 승정원에 제출하였다○과거 합격자 발표가 나왔는데 권용이 수석을 차지하였다.(親呈受由單于政院○榜出, 權容居首)

『실록』에 "문과 전시에 생원 권용 등 23인을 뽑았다"고 되어 있다.

20일 형님께서 무과의 제1 시험장에서 올린 명단에 응시생의 아비 이름을 잘못 써 책임을 추궁당하게 되어 대사간 직에서 물러나게 되어 함께 고향으로 휴가 갈 계획이 정지되었다.(兄以武科一所啓單字, 擧子父名誤書推考, 命遞大諫, 停行)

『퇴계선생 연보보유』에는 "이때 정민공이 고향으로 내려가서 분황(焚黃)하고자 하여 선생과 동행하기로 약속하였으나 떠날 무렵에 갑자기 일이 생겨 중지하고 선생 혼자서 수곡(樹谷)과 고산(孤山)에 있는 조상 묘소의 표석을 썼다."[56]라고 되어있는데, 여기서 갑자기 일이 생긴 이유가 바로 이「일기」에 드러난다.

> 21일 작별을 고하기 위하여 대제학댁을 방문하였다.(告辭, 投刺于大提學宅)
> 22일 〔형님께〕 절하고 하직하고 나와서 용인에서 묵다. 박세현을 만나다.(拜辭, 出宿龍仁. 遇朴世賢)

박세현은 퇴계의 다섯째 형인 충순위(忠順衛) 징(澄)의 둘째 사위로 무술에 뛰어났으며 권지훈련원 봉사를 지냈는데, 퇴계의 문인이며,[57] 이다음 해에 온계가 중국에 성절사(聖節使)로 갈 때 수행하고 갔다는 기록이 보인다.[58]

> 23일 경기도 어사 이사필을 금령에서 만나 잠시 이야기하고 죽산에서 잤는데, 주인은 이승상이다.(遇京畿御史李士弼于金嶺, 暫話, 宿竹山, 主人李承常)

이사필의 자는 몽석(夢錫)으로, 이때 병조좌랑으로서 경기도의 재상(災傷) 어사로 나갔다.[59]

---

56) 번역문은 정순목 교수의 『退溪正傳』(402쪽)에 의함. 정민공은 형님인 온계(溫溪)의 시호. '분황'은 죽은 후 벼슬을 받았을 때 그 직함을 적은 누런 종이를 무덤 앞에 신고하고 태우는 일, 이때 정민공의 벼슬로 조상이 증직(贈職) 받았다.
57) 『한국고사대전 · 유현고』, 640쪽.
58) 『국역 퇴계전서』, 384쪽의 주 158) 참조.
59) 『백과사전』 17권 880쪽에 전기가 있음. 『국역 중종실록』 52권 205쪽.

24일 충주에서 자다. 목사 정욱, 판관 장세경과 찰방과 함께 술을 마시다.(宿忠州. 牧使鄭郁, 判官張世經, 察訪同酌)

25일 단양에서 묵다.(宿丹陽)

26일 풍기군수 주세붕이 병이라 서로 만날 수 없었다. 영주에서 묵었는데, 김수(金粹)·황효공(黃孝恭)·금축(琴軸)과 밤에 이야기를 나누다.(豐基周世鵬病, 未相見. 宿榮川, 與金仲晬·黃敬甫·琴大任夜話)

27일 예안에 이르러 오언의(吳彦毅)를 만나고, 고모님의 상을 조문하고, 가묘에 배알하고 집에 왔다. 병도 들고 기고도 있어 충순 형님을 찾아뵙지 못하다.(到禮安, 見仁遠, 哭姑喪, 謁家廟, 到家. 以病忌, 未見忠順家)

28일 이날 김자유 영감께서 돌아가셨다는 부고를 들었다. 수곡에 있는 묘의 표석에다가 새로운 증직을 썼다. 별감 민우언〔미상〕이 와서 만났다.(是日, 聞子裕公喪. 書標石于樹谷. 別監閔友偃來見)

김자유의 이름은 연(緣), 호는 운암(雲巖)이며, 경주부윤으로 임지에서 죽었다.60)

29일 고을 원이 와서 만나다.(城主來見)

• 10월

초1일 병인. 고모님의 빈소에 기전을 드리다. 수곡의 묘표에 글씨를 쓰다. 이습독이 와서 보다. 권수량〔미상〕도 왔다.(丙寅. 奠姑氏殯. 書標于樹谷. 李習讀來見, 權遂良亦來)

'습독'은 벼슬 이름인데, 아마 퇴계의 처이종매부인 이효충(李孝忠)으로 생각된다.61)

---

60) 『백과사전』 4권 782쪽.

2일 이지사님을 농암각에 가서 뵙고 농암대에서 모시고 이야기하였다.(拜李知事于聾巖閣, 陪話于聾巖臺)

3일 고산의 묘표에 글씨를 적다. 감사〔권응창〕께서 황산찰방 이몽서〔미상〕를 보내어 안부를 물었다. 봉화현감 이복춘〔미상〕도 와서 골짜기 앞의 소나무 그늘에서 기다리고 있었다. 이날 오언의와 빙 등이 또 청해서 답곡〔미상〕의 시냇가에서 이야기하다가 밤에 돌아왔다.(書標于孤山. 監司遺黃山察訪李夢犀來問. 奉化縣監李復春亦來, 待于谷口松陰下. 是日, 仁遠·憑登, 又要話沓谷溪邊, 夜還)

4일 또 수곡의 묘소 갈음을 썼다. 장수찰방 유윤종〔미상〕이 온다기에, 돌아가 집에서 기다렸다.(又書碣于陰·樹谷. 長水察訪柳胤宗來見, 還待于家)

5일 아침에 가서 갈음을 다 썼다. 〔사돈〕 금숙재 등이 와서 잠시 집에서 기다렸다가 곧 고산에 가서 제사를 지냈다. 이날 훈도 형님〔하河〕과 참봉 형님〔징澄〕이 모두 오셨다. 전응방(全應房)도 왔다.(晨往畢書碣于陰. 琴叔材等來, 暫待于家, 卽往祭于孤山. 是日訓導兄·參奉兄皆來. 全而記來)

6일 수곡의 조부모·부모·삼촌의 묘소에 제사를 지냈다. 일가와 외가의 친척들이 종가에 모였다.(樹谷祖考妣·考妣·叔父塋, 門內外會于宗家)

7일 향중의 어른들께서 함께 서계 서쪽을 방문하셨다가 저녁에 돌아오셨다. 충순 형님을 철동〔하인〕의 집에서 뵙다○이날 가묘에다 떠나는 인사를 올렸다○갈음을 새기는 일을 다 끝내지는 못해서 조카들에게 날짜를 나누어서 새기는 것을

---

61) 『국역 퇴계전서』 권11 95쪽 「통훈대부 행 성균관사성 문공 묘갈명」의 내용 참조. 『퇴계선생연표 1』 441쪽에는 농암 선생의 아우인 이현우(李賢佑)가 아닐까 하였다.

감독하라고 하였다.(鄉父老會訪于西溪西, 夕還. 謁忠順兄于
哲同家〇是日, 辭家廟〇陰未畢刻, 令姪等分日監刻)

8일 여러 친척과 작별하고 나왔다. 이지사께서 부내의 뒷산
소나무 그늘 밑에서 이별주를 권하며 작별하셨다. 지나는 길
에 오천에 가서 경주부윤의 상을 조문하였다. 낮에 옹천역에
가서 쉬고, 풍산현에서 친족들과 만나고, 역시 안동판관도
만났다. 밤에 지곡에 닿았다.(別諸親, 出. 李知事酌別汾川後
山松陰下. 歷吊慶尹喪于烏川. 午, 憩甕泉驛, 族會于豊山縣,
仍會府判官. 夜, 抵枝谷)

'지곡'은 풍산에 있는 마을인데, 속칭 가일이라고 하며, 퇴계의 후
취 처가 마을이다.

9일 지곡에서부터 외조부의 묘소에 닿았다. 풍산현감 김우
[미상]와 전 신창 현감 김응상[미상] 등 여러 사람이 와서 기
다렸다. 제사 후에 마시면서 이야기하였다. 지나는 길에 외
삼촌의 묘소에 참배하고, 외사촌 형수씨를 배알하였다. 밤에
용궁에 다다라서 묵었다.(自枝谷, 抵外祖墓所. 縣監金雨・前
新昌金應祥諸人來待, 祭後飲話. 過拜舅塋, 謁嫂. 夜, 抵宿龍
宮)

퇴계의 생모 쪽 외가가 용궁현 대죽리(大竹里)에 살았으므로,62)
여기에 나오는 묘소들도 그 근처에 있었을 것으로 생각된다.

10일 감기인 것 같아서 문경에서 조리하면서 묵었다.(似感
寒, 調宿聞慶)
11일 조령을 넘어 수안보에서 연풍현감 이유온[미상]을 만
나고, 단월역에 묵으면서 장세경[미상]을 만났다.(踰鳥嶺, 見

---

62)『국역 퇴계전서 Ⅱ』83쪽「선비증정부인박씨묘갈지」.

延豊李有溫于安保, 宿丹月, 見張世經)

12일 죽산에 묵었으나 주인은 병 때문에 만나지 못하였다.
(宿竹山, 主人病, 未見)

13일 비를 맞으며 용인현에 이르러 묵다.(冒雨, 抵宿龍仁縣)

14일 아침에 성에 들어와서 형님을 댁으로 가서 뵙고, 집에
왔다. 기고 때문에 내일 숙배할 일을 정지하였다.(朝, 入城,
謁兄于宅, 到家. 以忌停明日肅拜)

생모인 박씨의 제사가 다음 날이다.

15일 집에서 기제사를 지냈다○이날 서연관들에게 임금이
잔치를 내렸다.(行忌祭于家○是日, 書筵官賜宴)

『실록』에 의하면, 이날 세자가 『통감강목』을 다 읽었으므로 서
연관들에게 잔치를 베푼 것이다.

16일 숙배한 뒤에 〔홍문관 관원들이〕 홍문관에서 같이 모였다.
(肅拜後, 一會于本館)

17일 비 오다. 인사발표에 좌상이 영상이 되고, 우상이 좌상
으로 승진하는 일에 대하여 명령을 내리셔서 중지하게 하셨
다. 전 영상의 장사가 아직 끝나지 않았기 때문에 그렇게 하
지 못하였다. 김명윤이 경기감사가 되고 윤원형은 도승지가
되었다.(雨. 有政, 左相爲領相, 右相爲左相事, 有命而以卒.
領相未葬未果. 金明胤爲京畿監司, 尹元衡爲都承旨)

18일 당직하다.(入直)

19일 계속하다○비.(留○雨)

20일 저녁의 경연 강의를 끝낸 뒤 물러나 독서당으로 갔다
가, 기로소에서 모였다.(夕講後, 退赴書堂, 會于耆老所)

이날 『실록』에는 석강에서 퇴계가 경상도로부터 올라오다가, 가덕진(加德鎭)의 군졸이 배 한 척에 무리하게 많이 탔다가 물에 빠져 죽은 일에 대하여 들은 일을 임금께 아뢰었다는 기록이 있다.

21일 이날 임금의 건강이 비로소 나빠졌다○석강이 있었다.(是日, 上體始未寧○夕講)

22일 왕후의 생일이라 문안을 올리다.(中宮殿誕日, 問安)

24일 약방에 명하여 약을 올리도록 하여 바깥에까지 임금의 병환이 비로소 알려졌다. 홍문관에서 문안을 드렸다.(命藥房進藥, 外間始知, 本館問安)

25일 문이 열리기를 기다렸다가 문안을 드리니, 문안하지 말라는 말씀을 내리셨다.(待開門, 問安. 勿問安敎)

26일 문이 열리기를 기다렸다가 홍문관에 모였으나 감히 말씀과 문안을 드릴 수가 없었다.(待開門, 會館, 未敢啓問安)

27일 문이 열리기를 기다렸다가 문안을 드렸는데, 문안하지 말라는 분부가 계셨다. 밤에 큰 우레와 천둥이 치고 우박이 내렸다. 종묘 제사에 바칠 짐승을 사냥하는 것을 정지하라는 명령이 내렸다.(待開門, 問安. 勿問安敎. 夜, 大雷雨雹. 命停打圍)

28일 〔하늘이 변고를 내린 것을 두려워하여〕 궁전에서 잠시 자리를 피하고, 반찬의 가지 수를 줄이고, 국가의 실정에 대하여 올바른 건의를 올리라고 하였다○아침, 식후에 모였으나 감히 말씀을 올리지 못하다.(避殿, 減膳, 求言○早, 食後會, 未敢啓)

29일 아침, 식후에 모였으나 말씀을 올리지 못하다. 이날 아침에 비로소 조금 차도가 있기 시작하였다.(早, 食後會, 未敢啓. 是日, 朝始向差)

30일 문이 열리기를 기다렸다가 문안을 드렸다. 심열이 다 낫지 않으셨다고 한다. 나와서 〔온계〕 형님의 딸을 시집보내는 데 갔다.(待開門, 問安. 心熱未殄云. 出赴家兄醮女)

• 11월

초1일 병신. 문안을 정지한다고 해서 집에 있었다.(丙申. 停問安, 在家)

2일 임금의 건강이 오히려 정상적인 상태로 회복되시지 않았기 때문에, 문이 열리기를 기다렸다가 문안을 드린 뒤에 형님댁에 갔다.(上體, 猶未復常, 復待開門, 問安後, 赴兄家)

3일 문이 열리기를 기다렸다가 대궐에 들어갔으나 말씀을 올리지 못하다.(待開門, 入闕, 未敢啓)

4일 문이 열리기를 기다렸다가 문안을 드렸다. 좌의정이 의정부의 관원들을 모두 모이게 하여, 육조와 양사의 관원들도 모두 모였다. 오후에 잠깐 차도가 계셨다. 좌의정과 부제학이 숙직하였다.(待開門, 問安. 左議政要政府開會, 六曹兩司皆會. 午後少間. 左議政副提學直宿)

이날 『실록』에는 임금의 병에 대한 기록만 있을 뿐 위와 같은 관원들의 움직임에 대한 상세한 기록은 없다.

5일 임금의 병환이 지난밤에 열이 내렸다○병이 나서 입궐하지 못하였다.(上候, 去夜退熱○病未赴闕)

6일 임금께 문안을 드린 후에 당직을 섰다. 저녁에 서소로 가서 형님을 뵙고, 김중추 부사님〔미상〕과도 함께 이야기하다.(問安後, 入直. 夕, 往西所, 拜兄, 金推同話)

7일 숙직하고 나와서 홍춘경 참의를 만나다.(退直, 往見洪參議春卿)

8일 아침에 궁궐에 모였으나, 감히 말씀과 문안을 드리지 못

하다.(早, 會閣, 未敢啓, 問安)

9일 문밖에서 기다렸다가 문안드렸다. 종묘와 산천에 쾌유를 비는 일을 동궁이 청하여 말씀드리니, 그렇게 하라고 하셨다. (待門, 問安. 宗廟·山川祈禱事, 東宮啓講, 依允)

10일 문밖에서 기다렸다가 궁궐에 들어갔다. 세자께서 향을 전하셨다. 형님께서 송악산에 가서 비는 제관이 되어 떠나셨다. 미시에 창경궁으로 임금이 옮겨 가셨다.(待門, 入闕. 世子傳香. 兄以松嶽獻官行. 未時, 移於昌慶宮)

11일 문밖에서 기다렸다가 입궐하였다.(待門, 入闕)

12일 문밖에서 기다렸다가 입궐하였다. 오후부터 〔나의〕 건강이 좋지 못하여 물러 나왔다○저녁에 형님이 돌아오셨다. (待門, 入闕, 自午後不平而出○夕, 兄還)

13일 병 때문에 입궐하지 못했다.(病未赴闕)

14일 이날 임금께서 크게 위독하셨다. 양사에서 말씀 올리기를 대신…○병이라 입궐하지 못하였다○대신들을 불러 보시고 전위하실 뜻을 말씀하시자, 대신들이 그 말씀을 막고서 나왔다.(是日, 上大漸, 兩司啓大臣○病未赴闕○入見, 敎傳位. 大臣防啓而出)

아마 슬픔에 차서 그랬는지 '대신…' 이하에는 말을 잇지 못하고 있다. 이날 『실록』을 보면 양사에서 "의원들 이외에 대신들도 들어가서 문후하게 하소서"라고 아뢰었다는 기록이 있고, 전위(傳位)에 대한 임금과 대신들 간의 논의가 나온다.

15일 초저녁에 승하하셨다. 통행금지 해제 쇠북이 울리어 궁궐로 갔다○밤에 궁궐에 있었다.(初昏, 昇遐, 罷漏詣闕○夜, 在闕)

16일 진시에 습하려고 하는데, 그 뒷일이 준비가 안 되어 물렸다. 미시에 습하고 조림한 뒤에 그대로 소렴을 한 뒤에 석

림을 행하였다○당번으로 들어갔다○명나라 천자에게 올리
는 국왕의 부고장과 시호를 청하는 글 두 가지 표전(表箋)을
〔내가〕지었다.(辰時, 將襲, 以下未辦, 退. 未時, 襲, 朝臨, 仍
小斂後夕臨○入番○製「告訃」・「請諡」兩箋)

조림・석림은 아침 제사〔조전朝奠〕・저녁 제사〔석전夕奠〕라는 뜻
과 같은지, 또는 선생이 그런 제사에 참석하였다는 뜻인지 잘
알 수 없다.

　17일 아침 제사와 저녁 제사를 거행하였다○의정부와 육조
에서 〔세자에게〕죽을 드실 것을 청하는 건의를 하셨으나 듣
지 않으셨다. 홍문관에서도 청하고, 정승들이 들어가서 청하
였다. 정승들은 …아니하고.(朝臨・夕臨○政府・六曹議請進粥,
不聽. 本館請, 政丞入請. 政丞不)

마지막 문장은 완결되지 않았다. 이날 세자에게 죽을 드실 것
을 권하는 내용은 『실록』에도 나오나, 이 「일기」에 나타난 기
록과 모두 일치하지는 않으므로, 이 「일기」의 사료적 가치가 돋
보인다.

　18일 아침 제사・저녁 제사.(朝・夕臨)
　19일 날씨가 크게 침침하다. 아침 제사에 참석하다. 진시에
대렴을 하고 미시에 초빈(草殯)하였다.(昧爽. 朝臨. 辰時大
斂, 未時成殯)
　20일 오시에 성복하였다○미시에 왕위 후계자에게 면복을
갖추어 국왕 자리에 오르실 것을 청하였으나 응하지 않으셨다.
대신들과 육경과 양사와 시종들이 함께 말씀을 올려서 강력
하게 청하고, 또 중전께서 간곡하게 타일러서, 유시에 명정
전에서 즉위하시고, 대사면령을 발표하셨다.(午時, 成服○未
時, 當嗣位請冕服, 不應. 大臣・六卿・兩司・侍從合辭力請, 又

中殿懇諭, 乃以酉時卽位于明政, 大赦)

21일 일찍이 춘추관에 나가서 『승정원일기』를 살펴보았다.(早仕春秋館, 考日記)

이때 춘추관 편수관으로 겸임하고 있었는데,63) 아마 중종대왕 행장을 짓기 위한 준비 작업에 참여한 것일 것이다.

22일·23일 춘추관에 출근하다.(仕春秋館)

24일 앓다. 이날 『일기』 검토하는 일은 끝냈다고 한다.(病. 是日, 畢考云)

25일 앓다. 『일기』 내용을 뽑아 적는 일을 시작하였다 한다.(病, 始抄書云)

26일 앓다. 〔일기〕 뽑아 적는 일을 끝냈다고 한다.(病. 畢抄書云)

27일 저녁에 이약빙이 상소하여 아뢰었다.(夕, 李若氷上疏入啓)

이날 『실록』을 보면 종부시정(宗簿寺正) 이약빙이 중국 황제에게 보낼 표문(表文) 내용 중에서, 중종이 처음 등극할 때 마치 연산군에게서 양위 받은 것같이 거짓 보고하였으나, 지금은 사실대로 연산군이 실정하여 반정(反正)한 것으로 밝혀야 한다고 건의한 것인데, 새 임금도 그것이 옳다고 받아들였다는 기록이 보인다.

28일 백관이 삼년 상복을 입고 통금이 해제되자마자 들어와서 울었으나, 병 때문에 나가지 못하다.(百官衰服, 罷漏時哭臨, 病未赴)

---

63) 『퇴계가연표』 128쪽. "(이해) 8월에 홍문관 응교, 경연 시강관, 춘추관 편수관, 승문원 교감(校勘)을 겸임하였다."

새 임금이 등극하는 의식을 행하는 동안은 상복을 벗었다가, 다시 삼년 상복을 확정하여 입었다.

29일 〔중종대왕의〕 행장 편찬하는 일 때문에 대제학 이하 〔홍문관 직원들이〕 모두 궁궐로 들어가서, 역시 의정부와 육조의 판서들이 행장에 대하여 의논하였다.(行狀撰集事, 大提學以下, 皆詣闕, 仍與政府‧六曹判書, 議行狀)

『실록』에는 없는 내용이다.

• 12월
초1일 을축. 병○파직할 사람에 대한 일 때문에 승정원에 남았다.(乙丑. 病○罷職人公事, 留政院)

『실록』에 의하면, 이날 호조판서 상진(尙震) 등이 임금의 병환 중에 근신하지 않았다는 이유로 대간의 탄핵을 받았다는 기록이 보인다.

2일 병○이날 해시에 풍산에서 상고가 났다.(病○是日亥時, 豊山有喪)

누구의 상고인지 미상.

3일 병○이중량이 「새 임금이 왕위를 계승한 것을 〔농암 선생이〕 축하하는 표전(表箋)」을 받들고 올라왔다.(病○李公幹陪「賀嗣位箋」上來)
4일 밤 눈○당직 서러 나오는 길에 이중량을 찾아갔으나 만나지 못하고, 그대로 입궐하였다.(夜雪○入直, 訪公幹不遇, 仍入闕)
5일 그대로 당직하다.(仍直)

6일 숙직하고 나와서 이중량을 보러 그의 집에 갔다가 밤에 돌아왔다.(退直, 見公幹於寓家, 夜還)

7일 민제인과 이준경이 나라의 부고를 알리고 전왕의 시호를 청하러 북경으로 가다. 이날 중국 황제에게 올리는 표문에 국왕이 절하는 행사가 있었다○안태고[미상]를 사직동으로 가서 방문하고, 형님을 남산의 자택에서, 이중량을 김숙예[미상]의 집에서 만났다.(閔齊仁·李浚慶, 以訃告, 請諡赴京. 是日, 拜表○訪安太古於社稷洞, 拜兄於南山第, 遇公幹於金叔藝家)

8일 의정부가 백관을 거느리고서 진향, 진참하였다.(議政府率百官, 進香·進參)

진향은 국상 때 빈전(殯殿) 또는 빈궁(殯宮)에 제전(祭奠) 올리는 것을 말한다.64) 이 기록은 『실록』에는 없다.

9일 풍산의 종 동산이 와서 [장인의] 부고를 전하였다. 이날 밤 비.(豊山奴動山來訃告. 是夜, 雨)

10일 종을 동산이와 함께 풍산으로 보내다.(遣奴與動山于豊山)

11일·12일 집에 있었다.(在家)

13일 삭망과 세속 명절날 향을 피우고 울면서 제사 드리는 것을 정지하도록 명하셨다○춘추관을 포폄하는 자리에 나갔다. 이날 경원대군이 병 때문에 사저로 나갔다.(命停朔望俗節進香哭奠○赴春秋館褒貶坐. 是日. 慶原大君, 以疫出私第)

『실록』에 보면 이 다음날 경원대군이 종기 때문에 위와 같은 제사 드리는 것을 정지하라는 명을 받고, 사저로 나간 것으로 되어있다. 이에 대하여 홍문관 부제학 송세형(宋世珩) 등이 반대

---

64) 『국역 중종실록』 49권 76쪽 주 65).

의견을 올렸는데, 이러한 일은 유가의 법도에 어긋나고, 세속의 금기에 모후(母后)가 얽매여 결정한 것인데 잘못되었다는 것이다. 사신(史臣)의 논평을 보면 "이 차자(箚子)의 본의는 응교 이황 등에게서 나온 것이지 세형의 뜻은 아니다."65)라고 하였다. 역시 이 다음날의 『실록』을 보면, 중국에 보낼 중종대왕의 「행장」을 대제학 성세창(成世昌)이 지었는데, 간원(諫院)에서 착오가 많다고 하여, 다시 양사(兩司)와 홍문관의 장관들이 참예하여 마감하게 하였다는 기록이 있는데, 이 「일기」의 춘추관 포폄에 대한 기사와 관련 있는 것 같다.

14일 비○문밖에서 기다리다가 〔홍문관에〕 함께 모였다. 나는 〔장인의〕 복중이라 가지 않았으나, 동료 중에서 억지로 불러내므로 부득이 나아가서 참여하였으나, 차자를 청서하는 일이 끝나지 않아서 다만 구두로 임금께 말씀을 올려서 〔경원대군이〕 제사에 나오지 않게 한 것을 바로잡도록 하였으나, 허락하지 않으셨다.(雨○待門一會. 余以服不赴, 僚中强出, 不得已進參, 草箚未了, 只以言啓停祭事, 不允)

15일 차자를 올렸으나 허락하지 않으셨다○비.(上箚, 不允○雨)

16일 눈○대신이 "오는 정삭의 전은 다시 거행하고 나머지 향 올리는 일도 아울러 날짜를 물려 거행하도록 허락하심이 어떻겠습니까?" 하니 허락하시었다○홍문관에서 또 차자를 올렸으나 허락하지 않으셨다○대간이 좌의정 홍언필을 탄핵하였다.(雪○大臣請許來正朔, 進香次次退行, 依允○館又上箚, 不允○臺諫彈左議政洪彦弼)

---

65) 『국역 중종실록』 52권 339쪽.

16일의 기사는 『실록』에 "左議政洪彦弼等啓曰 : …來正朔奠, 復
擧行之, 其與進香, 幷許退日行之."라고 한 원문의 『국역』을 그
대로 옮긴 것이다. 홍문관에서 좌의정 홍언필이 제안한 이러한
편법을 반대하는 차자를 올렸고, 대간은 이 때문에 홍언필을 탄
핵한 것이다.

17일 눈○홍문관에서 다시 차자를 올렸으나 허락하지 않으
셨다○대간이 사직하였다○입직하였다.(雪○館再上箚, 不允
○臺諫辭職○入直)

18일 예천의 훈도 형님이 이날 돌아가셨다○홍문관에서 세
번째 차자를 올렸으나 허락지 않으셨다○입직○대간이 사직
하였다.(醴泉訓導兄, 是日喪逝○館三上箚, 不允○入直○臺
諫辭職)

19일 당직.(直)

20일 인사발표에 형님이 예조참판이 되셨다. 당직을 마치고
나오는 길에 형님을 뵙다. 임호신은 전한이 되었다.(有政,
兄爲禮曹參判, 出直, 歷拜兄, 任虎臣爲典翰)

21일 〔처남〕 허공간(許公簡)이 왔다. 『상서』를 고치다.(許士
廉來. 訂尙書)

22일 오언의의 종이 돌아갔다○조균이 찾아왔다○밤 눈.(吳
仁遠奴還○趙均來訪○夜雪)

23일 김연〔미상〕이 찾아왔다.(金淵來訪)

26일 인사발표에 이몽필〔미상〕이 승지가 되었다.(有政, 李夢
弼爲承旨)

27일 인사발표에 임호신이 직제학이 되었다.(有政, 任虎臣
爲直提學)

28일 풍산 사람이 와서 알려주기를 초8일에 묘장할 것이라
고 한다○준이 편지로 훈도 형님의 부음을 알렸다.(豊山人來

報, 來八日將永窆○鴌書報訓導兄計)

29일 인사발표에 형님이 대사헌이 되셨다. 병 때문에 조정
에 나가지 못하다○아침에 형님댁에 모여서〔훈도 형님의 상
에〕곡하다.(有政, 兄爲大司憲, 病未出○朝會哭於兄家)

30일 제야에 임금께 문안드리는 행사가 있으나 개인적으로
복을 입는 중이므로 불참하다○저녁…(除夕問安, 以私服不參
○夕…)

원고가 미완성으로 끝났다.

1. 5. 맺는말

머리말에서 말한 것과 같은 이유로 이 책은 퇴계의 친필「수고
본(手稿本)」일기는 아닌 것으로 보나, 이 일기에 수록된 내용
은『중종실록』같은 역사책이나, 퇴계가 지은 시나 편지와 대
조해 보아도 맞지 않는 것이 없고, 오히려 그러한 글 내용에
구체적으로 나타나지 않은 사항들이 이 일기에 더욱 소상하게
나온다.

필자의 능력의 한계로 이 일기에 나오는 많은 인명·지명·용어
들을 다 풀어 설명하지 못하고, 다만『일기』원문만 어림잡아
해석한 곳이 많아 미진함을 부끄러워할 뿐이다.

그러나 필자는 이 작업을 통하여 이제까지 세상에 잘 알려지지
않았던 이퇴계의『일기』를 나름대로 한글로 풀어 소개한다는 데,
큰 의의를 느낀다. 여기에서 다룬 내용이 이퇴계의 40대 초반
의 관직 생활과 가정생활, 대인관계, 퇴계가 지었던 시·문을
이해하는 데, 당시의 일반 문인 관료들의 생활상을 이해하는
데 모두 큰 도움이 되리라고 자부한다.

● 참고문헌

『韓國漢字語辭典』 권1-권4, 서울, 단국대학교 동양학연구소, 1993-1996

『한국민족문화대백과사전』 1-25, 경기도 성남, 한국정신문화연구원, 1991

『중종실록 색인』 상·중·하. 서울, 민족문화추진회, 1981

『退溪先生日記會成』, 권오봉 편저, 서울 창지사, 1994

『退溪家年表』, 위와 같음, 서울, 退溪學硏究院, 1989

『李退溪家書の總合的硏究』, 위와 같음, 日本, 京都, 中文出版社, 1990

『退溪詩大全』(附錄 : 인명 색인·지명 색인 등), 위와 같음, 서울, 여강출판사, 1992

『退溪正傳』(입조 사실과 연보), 丁淳睦, 대구, 국제퇴계학회 경북지부, 1990

『增補退溪全書』 1-5, 서울, 성균관대학교, 대동문화연구소, 1978

『退溪全書』(退溪學譯註叢書) 1-21, 서울 퇴계학연구원, 1996

『국역중종실록』, 서울, 민족문화추진회, 1989(중판)

『國譯 溫溪全集』, 李翼成 역, 燕谷刊役所, 1979

『퇴계시 풀이』 권1, 李章佑·張世厚, 대구, 중문출판사, 1996

퇴계의 사행시(使行詩)*

1. 1. 머리말

필자는 1981년에 대만 담강대학(淡江大學) 중문과(中文科) 왕소(王甦) 교수가 지은 『퇴계시학(退溪詩學)』[1]을 한국어로 옮겨 낸 것이 계기가 되어 퇴계의 시에 관심을 가지기 시작하였다. 그러나 퇴계의 시가 약 2,300수[2] 가깝게 지금까지 남아 있지만, 시의 내용에 전고가 많아서 읽기가 쉽지 않으므로, 감히 어떻게 접근할 수가 없었다. 그러나 퇴계 문학에 관하여 이미 알려진 주석서인 『퇴계문집고증(退溪文集攷證)』이외에도, 『요존록(要存錄)』이라는 필사본으로 된 주석서 한 권을 또다시 얻어 볼 기회를 얻어[3] 『퇴계학보(退溪學報)』제51집(輯)부터 「퇴계시역해(退溪詩譯解)」란 제목으로 퇴계 시에 대한 역주를 연재하기 시작하였다. 근간 된 이 학보는 57집까지 45제(題)의 시 68수 연재하였는데 『내집(內集)』권1에 시작(詩作) 연대순으로 배열된 시 중에서 40대 중반의 '호당독서기(湖堂讀書期)'의 시를 역주 중이다.

---

* 안동대학교 퇴계학연구소, 『퇴계학연구』제2호(1988) 게재 논문.

1) 서울, 퇴계학연구원, 1981.

2) 위의 책 180쪽에 보면 2,013수가 남아 있는 것으로 통계되어 있음.

3) 자세한 것은 졸고 「퇴계문집 註釋小考」, 『퇴계학보』제48집 참조.

여기서 다루려는 시들은 퇴계가 41~42세 무렵 의주(義州)에 외교적인 일을 처리하기 위하여 출장 나갔을 때와 경기·충청·강원 3도에 어사로서 나갔을 때 지은 시들이다.

퇴계는 평생 서울을 자주 내왕하였고. 또 산수를 즐겼으므로 많은 기행시 또는 유기(遊記) 같은 글을 남기고 있다. 여기서 다루려는 시들도 성격으로 따지면 모두 기행시에 속하겠지만, 이 시를 지을 때 퇴계는 일생을 통하여 가장 폭넓은 여행을 하였고, 또 그의 많은 시 중에서 이 시들은 비교적 초기에 지어진 시에 속하므로 묶어서 다루려고 한다.

1. 2. 의주(義州)에 나가서

연보에 의하면,4) 퇴계는 41세가 되어 사헌부 지평, 홍문관 수찬 등의 벼슬을 받고 또 승문원 교리를 겸임하면서 경연(經筵)에 나아가서 진강(進講)하기도 하고 또 동호 독서당(東湖讀書堂)에 뽑혀서 사가독서(賜暇讀書)하기도 하는데, 말하자면 소장 정예 문관으로 누릴 수 있는 영예는 다 누리고 있던 시절이라고 할 수 있다.

아마 이해 4월 말이나 5월 초경에 퇴계는 '자문점마(咨文點馬)'라는 임시 직책을 띠고서 의주로 나갔다가 부교리로 체임되어 조정으로 돌아오라는 명령을 받고 가는 중에, 성절사(聖節使)의 단련사(團練使)가 귀환할 때까지 기다리다가 그 일행이 사오는 중국 물건을 조사하라고 하여 의주로 되돌아갔다가 6월 10일이 지나서 서울로 오게 된다.

퇴계의 『언행록』에 의하면 이때 그는 한 달 가까이 의주에 출

---

4) 주로 권오봉(權五鳳) 교수의 「退溪家年表編述」(『퇴계학보』 제50집부터 연재)을 참고한다.

장 가 있었다고 한다.[5]

'자문(咨文)'은 중국과의 외교 관계 문서이며, '점마(點馬)'는 외교 사절이 사용하는 마필(馬匹)을 점검하는 일이다. 위에 언급한 승문원은 외교문서를 관장하는 관청이니, 이때 아마 승문원 교리를 겸직하고 있었으므로 이러한 일을 맡게 되지 않았을까 싶다.

의주에 이르러 지은 시 12수를 「의주에서 여러 가지를 읊음, 절구 시 12수(義州雜題十二絶)」로 묶어 놓았는데, 그 마지막 수에 「중국에 보낼 말을 점검하다(閱馬)」라는 시가 있다.

> 좋은 말 가려보고 뽑아서 황제의 마구에 들여보내려고,
> 강가에 나란히 내어다 세우니
> 비단에 놓인 구름무늬같이 아롱지네.
> 우리 임금 외교문서 완성하여 중국 사신에게 전하여 주니,
> 변방 달도 다정하여 내가 돌아갈 길을 비추어 주네.
> 揀閱龍孫入帝閑　江頭齊出錦雲斑.
> 玉書寫就傳朝使　邊月多情照我還.

이 시를 보면 퇴계가 맡았던 '자문점마'가 무슨 일을 하는 벼슬인지 알 수 있다.

이 「의주에서 여러 가지를 읊음, 절구 시 12수」의 내용은 다음과 같다.

　(1) 「鴨綠天塹」(압록강의 천연 요새지에서)
　(2) 「義州城地利」(의주성의 지리상 이점)
　(3) 「山川形勝」(산천의 뛰어난 형세들)

---

5) 주로 권오봉 교수의 「退溪家年表編述」(『퇴계학보』 제50집부터 연재)을 참고한다.

⑷「義順館」(의순관, 압록강 강가에서 중국 사신을 영접하던 곳)

⑸「威化島」(위화도, 이성계가 회군한 곳)

⑹「三島禁耕(於赤島·黔同島·威化島)」(세 섬〔어적도·검동도·위화도〕의 경작을 금함)

⑺「聚勝亭」(취승정)

⑻「統軍亭」(통군정)

⑼「禁銀」(사신의 수행원이 사적으로 은을 소지하고 들어가는 것을 금지함)

⑽「斷渡」(압록강 도강을 금지하다)

⑾「淸心堂」(청심당, 의주의 객관 북쪽에 있음)

⑿「閱馬」(중국에 보낼 말을 점검하다)

이 중에서 「鴨綠天塹」, 「州城地利」, 「山川形勝」, 「聚勝亭」, 「統軍亭」 등은 국경지대의 특수한 경관과 어우러진 분위기 등을 읊은 것이고, 「義順館」, 「威化島」, 「三島禁耕」, 「禁銀」, 「斷渡」는 국경지대의 제도와 역사 따위를 읊은 것이다.

「압록강의 천연 요새지에서(鴨綠天塹)」

해 저무는 국경지대의 성벽에 올라
홀로 난간에 기대고 섰는데,
외마디 강적(羌笛) 소리 수루에서 들려오네.
그대에게 부탁하여 알고자 하노니
중국과의 경계가 어디쯤인지,
웃으면서 가리키네, 긴 강의 서쪽에 있는 산들을….
日暮邊城獨倚闌　一聲羌笛戍樓間.
憑君欲識中原界　笑指長江西岸山.

이 시를 보면 뒤에 이순신(李舜臣)이 지은 시조,

한산섬 달 밝은 밤에 수루에 홀로 앉아,

일장 검 빼어 들고 깊은 시름하는 적에,

어디서 일성호가는 나의 애를 끊나니.

에서는 '호가(胡歌)'가 나오는데 여기서는 '강적(羌笛)'이 나온다. '호가'나 '강적' 모두 중국 서북방에 살던 한족(漢族)이 아닌 이민족이 부르던 노래와 악기들인데, 국경지대에 파견되어 오랫동안 근무하던 한족의 병사들이 그러한 이민족의 노래를 배워 황량한 전쟁터에서 고적하게 늙어 가는 자신들의 신세를 타령하며 쓸쓸한 마음을 달래었다.

이 시의 첫째 구절에 나오는 "해 저무는 국경지대의 성벽(日暮 邊城)", "홀로 난간에 기대다(獨倚闌)"란 말은 모두 쓸쓸하고 한적하며, 또 고향이나 도읍에서 멀리 떠나온 기분을 십분 잘 나타내고 있다. 그다음 구절에서 갑자기 "외마디 강적 소리(一 聲羌笛)"가 등장하여 이 국경지대에서 기대하지 않았는데 돌연 접하게 되는 이색적인 분위기를 놀랍게 느낄 수 있다. 또 앞 구절에서는 사뭇 조용한 것뿐이었는데, 이 뒤 구절에서는 역시 애처롭기는 하지만 적막함을 깨는 "강적 소리"가 등장함으로써, 자못 정적인 분위기에서 동적인 분위기로 기분이 바뀌게 된다. 여기서 '외마디' 또는 '한마디'로 번역해야 할 "일성(一聲)"이라 는 표현을 함으로써, 이 "강적" 소리 외에는 다른 소리가 전혀 들리지 않는다는 말이므로, 이 변방지대의 고요함을 더욱 강조하기도 한다.

그런데 앞의 두 구절만 놓고 볼 때는 이 "일성강적수루간(一聲 羌笛戍樓間)"의 '수루'가 우리나라 수루인지, 중국의 수루인지 잘 알 수가 없다. "강적"이 이민족의 악기이므로, 만주족이 사는 중국 수루에서 부는 애처로운 이별의 원한을 담은 노랫소리가 이쪽까지 들려온다고 볼 수도 있다.6) 그러나 셋째 구절

"그대에게 부탁하여(憑君)"라는 말이 나오고 첫 구절에 "홀로(獨)"라는 말이 나오므로, 여기서 "그대(君)"는 아마 우리 편 성벽에 있는 수루에서 외롭게 강적을 불고 있던 병사로 생각된다. 그 병사는 이곳에서 자나 깨나 압록강 너머로 황량한 외국 쪽 산천만 바라보고서 지루한 나날을 보내고 있었을 것이다.

셋째 구절의 "욕식(欲識)"은 입성자(入聲字)로 된 쌍운어(疊韻語)로 첫째 구절에 나오는 "의란(倚闌)"에 비하면, 똑같이 행동 동작을 표시하는 말이지만 어감상으로나 또 의미상으로나 한층 더 능동적이고 강하게 느껴진다. 아마 압록강이 서해와 합류하는 지점에, 강폭이 한없이 넓어지면서, 그 중간에 많은 섬이 있을 것이고, 따라서 의주 쪽에서 볼 때는 어느 지점까지가 우리 땅이고, 어느 지점까지가 중국 땅인지 막연하게 보였을 것이다.

그래서 이 시의 작자(퇴계)에게는 그것을 분명히 알고 싶은 충동이 매우 강하게 일어나 '내가 똑똑하게 한번 알아보고 싶다'는 뜻으로 "욕식"이라고 썼을 것이다. 무엇을 알고 싶어 물을 때 한시에서 흔히 많이 등장하는 구절은 '그대에게 묻노니(問君)'라는 표현인데, 이러한 표현보다는 이 말이 훨씬 강렬한 느낌을 주며, 첫 구절의 "난간에 기대다"라는 뜻의 "의란(倚闌)" 동작과는 확연한 대조가 된다.

마지막 구절 "웃으며 가리키네(笑指)"를 보면 이 수루 위에서 날은 저물어 가는데 이별의 서글픔만을 반추하는 강적을 불고 있던 한 외로운 병사가 뜻밖에 뵙게 되는 이 신분이 고귀한, 또

---

6) 당나라 왕지환(王之渙, 695-?)의 「양주의 노래(涼州詞)」-"황하는 흰 구름 사이로 올라가고, 한 조각 외로운 성채 만길 높은 산속에 묻혀 있네. 강적은 하필 이별의 노래를 원망스럽게만 불어야 하는가? 봄빛은 본래 옥문관을 넘지도 못하는 것을.(黃河遠上白雲間, 一片孤城萬重山, 羌笛何須怨楊柳? 春光不到玉門關.)"

외교적인 사명을 띠고 서울에서부터 특별하게 나온 작자에게 매우 반갑고 또 공손하게 손을 높이 쳐들고 열심히 강 건너 산들을 가리키며 설명하는 모습이 눈앞에 와 닿는 듯하다.

「의주에서 여러 가지를 읊음, 절구 시 12수」 중에서 위의 시가 제일 먼저 나오므로 상세하게 풀어 보았다. 우리나라에서는 사신들이 의주를 통하여 중국에 드나들고, 또 중국에서 오는 사신들을 의주에 나가서 맞이한 일이 한 해에도 몇 번씩 있었으며, 『조천록(朝天錄)』·『연행록(燕行錄)』 같은 중국에 다녀온 기록이나, 중국에 다녀온 사람들의 문집에서 이 의주 일대의 풍경을 묘사한 시들이 많으리라고 생각한다. 이들이 쓴 시와 퇴계가 쓴 이 시들을 비교하여 보면 퇴계 시의 한 특색이 드러날 것으로 생각된다. 이 12수 시 중에는 다음과 같이 자신의 나그네 신세를 적은 것도 있다.

「청심당(淸心堂)」

빈 헌함 성긴 기둥 이 마루를 사랑하여,
병든 나그네 편히 누워 여행에 고달픈 몸을 풀었네.
어찌 감당하겠는가? 이 고을 원님 사람을 취하게 만듦을,
난감하구나, 단장한 기생들이 손님 마음 녹이려고
웃음을 자아냄이.
虛檻疎櫺愛此堂　病夫安臥洗塵忙.
那堪主帥挑人醉　不分紅粧笑客涼.

'청심당'은 의주에 공무로 출장 오는 사람들이 묵는 객관 북쪽에 있던 집이라고 하는데, 아마 그 별관쯤으로 생각된다. 퇴계의 『언행록』에 의하면, "이때 퇴계는 한 달가량 의주에 출장 와서 있었으나 일절 여색을 가까이하지 않았다."라고 말하고 있다. 이 시를 평하는 데는 그러한 일의 여부와는 관계없이, 옛날

중앙에서 파견된 관리가 보통 지방 수령들에게 받을 수 있는 붉게 단장한 아름다운 여자〔홍장紅粧〕들이 웃음을 자아내고, 술을 자주 권하는 향연 분위기를 그대로 잘 나타내고 있다는 점이다. 의주로 가는 길에 평양에 들러 평안감사인 상진(尙震)에게서 연광정(練光亭)에서 밤에 향응 받은 것을 적은 다음과 같은 시도 있다.

「평양 연광정에서 감사 상진님을 모시고 밤 연회에 참석하여(平壤練光亭陪監司尙公震夜讌)」

멀리 아득한 성 머리에 날 듯 펼쳐진 기와지붕들
가지런한데,
올라와서 보니 유독 깨닫겠네, 먼 산들이 한결 낮아 보임을.
초저녁 조각 구름과 스러져가는 햇볕은 처음 연회 자리
펴는 것을 환영하고,
옥적 소리와 구슬 장식한 금 소리는 새벽닭 운 뒤까지
이어졌네.
헌함 바깥에 흐르는 긴 강물은 마치 흰 깁실이
가로지른 듯하고,
하늘 가운데 떠 있는 달은 가깝기가
사다리를 타고 올라가면 될 듯.
명나라 사신 당고(唐皐) 공이 이 경치의 뜻을
정말 먼저 터득하여,
합당하게 정자 이름을 '연광(練光)' 두 자로 지었다네.

縹緲城頭翼瓦齊　登臨唯覺遠山低.
殘雲返照迎初席　玉笛瑤琴送早雞.
檻外長江橫似練　空中明月近堪梯.
唐公此意眞先得　恰把亭名二字題.

『요존록』에서 퇴계의 후손인 이야순(李野淳, 1755-1831)은 퇴계가 이 시에서 '연광정'이란 정자 이름을 중국 사신인 당고(唐皐)가 처음 지은 것같이 썼던 것은, 당고가 쓴 「연광정기(練光亭記)」7) 내용으로 보아, 당고가 이 기문을 짓기 이전부터 이런 이름이 붙어 있었던 것을 자세히 모르고 썼다고 한다. 그러나 이러한 사실(史實)의 착오와는 관계없이 연광정의 밤 경치를 묘사한 시로서 이 시는 훌륭하다. 원래 '연광(練光)'은 흰 깁빛이라는 뜻인데, 대동강 물이 밤에 보니 꼭 흰 깁(누에고치 실)이 가로질러 있는 것같이 보인다는 뜻에서 그렇게 썼을 것이다. "헌함 바깥에 흐르는 긴 강물은 마치 흰 깁실이 가로지른 듯하고, 하늘 가운데 떠 있는 달은 가깝기가 사다리를 타고 올라가면 될 듯."이란 표현은 정말 달밤에 허옇게 보이는 긴 강물 줄기를 잘 나타내고 있다.

1. 3. 경기도에 나가서

퇴계는 의주에 나가서 한 달 가까이 있다가 6월에야 서울로 돌아왔다가 이해 9월에 다시 경기지방의 재상(災傷)을 살피는 암행어사가 되어 영평현(永平縣, 지금의 포천시 일부)의 수해 상황을 살피고, 삭녕(朔寧, 연천군 일부) 등 경기도 동북부 지방을 둘러보고 오게 된다. 『내집(內集)』에는 「9월 7일 낮에 임진정에서 쉬면서(九月七日午, 想臨津亭)」라는 시 1수가 있고, 『별집(別集)』에는 「삭녕에 이르러(到朔寧)」라는 시 1수가 또 전한다. 먼저 「삭녕에 이르러」 시를 본다.

---

7) 『국역 신증동국여지승람』 제51에 번역되어 있음.

슬프고 슬프도다, 흉년에 마음이 편안치 못하여,

강가에 말을 세우고 쉬는데.

그림자조차 외롭고 고달프게 보이네.

나뭇잎은 밤에 서리를 맞고는

아주 붉은빛 진하게 되었으나,

산속에 가을하늘 들어오나 파란빛 반쪽밖에 안 보이네.

관사에조차 구름에 숨겨져 있으니

마치 절간에 들어온 듯한데,

관리들 땅을 밟는 모습 꼭 병풍을 옮기듯이 무겁게 보이네.

종이를 찾아내어 시구를 만들려 하나 무슨 소용이 있겠는가?

새로 뜬 달빛만이 정원에 가득한 것이

아까워 부질없이 읊조려보네.

惻惻荒年意未寧　江邊立馬影伶俜.

葉從霜夜濃全赤　山入秋空割半青.

官舍隱雲如到寺　吏人踏地似行屛.

索牋題句知何用　新月閒吟愛滿庭.

이해(신축년, 1541)에는 전국적으로 흉년이 들고, 특히 영평현에
는 수해가 극심하였다고 한다. 『조선왕조실록』을 보면 같은 해
9월 25일에 퇴계가 경연석강(經筵夕講)에 시독관(侍讀官)으로
나아가서 흉년에 대한 대책을 건의한 내용이 보이기도 한다. 그
내용은 두 가지인데, 첫째는 영평(永平) 지방의 전답이 많이
떠내려갔으므로 강무장(講武場, 임금의 사냥터, 무예 연마장)을 몇
년 동안만 전지(田地)로 대신 사용하자는 것이고, 두 번째는
이재민 자녀들의 혼사에 관한 문제로 비록 예를 다 갖출 수는
없다 하더라도 약식으로나마 하게 하여 시기를 놓치지 않도록
하여 주었으면 하는 것이었다.

위의 시에서는 흉년이 들어 추수할 것이 아무것도 없고, 다만

계절만은 어김없이 서리 내리고 단풍이 짙어지며, 하늘은 더욱 맑아지고, 달은 더욱 밝아지는, 이러한 것들이 사람의 마음만 더욱 슬프게 만드는 정경을 적고 있다. 넷째 구절, "산속에 가을하늘 들어오나 파란빛 반쪽밖에 안 보이네."라는 표현은 매우 특이하게 보인다. 너무나 험준한 산골짜기라 넓은 하늘조차도 반쪽밖에는 보이지 않는다는 말을 "칼로 끊었다(割)"는 말로 날카롭게 표현하였다. 천혜의 혜택을 누릴 수 없는 이곳의 각박한 사정을 상징하고 있는 듯하기도 하다.

「9월 7일 낮에 임진정에서 쉬면서(九月七日午憩臨津亭)」라는 시는 다음과 같다.

> 임진강 나루 곁에 가을하늘 짙푸른데,
> 맑은 강에 해 비스듬하게 드니 석벽이 환하게 비치네.
> 조수 드나들기를 옛날부터 지금까지 몇 차례나
> 되풀이하였는가?
> 큰 바다 서쪽으로 이어졌으나 몇 봉우리나 막아서 있네.
> ……
> 단풍 든 숲 서리 맞은 나뭇잎은
> 성성이의 피와 같이 무르녹았고,
> 모래 강둑에 핀 갈대꽃은 눈 흰 것과 분간하기 어렵네.
> 뱃사공은 다만 아네, 급히 건너가는 것을 다툴 줄만,
> 해오라기 하염없이 높이 날아오르는 것만 일삼네.
> 곡산은 저녁 구름 속에 남몰래 가려져 있으니,
> 난간에 의지한 나그네 갑자기 마음이 울컥하여지네.
> 臨津渡上秋空碧　斜日淸江映石壁.
> 潮來潮去幾今古　大海西連數峯隔.
> …….
> 楓林霜葉爛猩紅　沙岸蘆花袞雪白.

舟人只知爭渡急　鷗鷺無情事高格.
鵠山隱翳暮雲頭　憑闌客子偏傷激.

이 시에서는 벽(碧), 벽(壁), 격(隔), 백(白), 격(格), 격(激) 등 입성(入聲, 十一'陌')운을 사용하였는데, 碧空, 石壁, 峯隔(봉우리가 막아서 있음), 雪白, 高格(높이 날아오름), 傷激(마음이 울컥하다) 등과 같은 두 글자가 합성되는 표현에서 알 수 있듯이, 걱정에 찬 가을 기분을 강하게 나타내기 위하여, 의상(意象)과 음상(音象)이 부합하게 각운자를 사용하였다.

임진정(臨津亭)은 임진강을 건너다니는 나루터 남쪽 편에 있는데 장단부(長湍府)로부터 남쪽으로 37리 지점이고, 이 정자 자체는 파주(坡州)에 속한다고 『신증동국여지승람(新增東國輿地勝覽)』에 적혀있다.[8] 판문점으로 가는 길목에 세워진 임진각 부근 어딘지 알 수 없다. 이 일대는 고려의 수도인 개성과 가까워 고려의 성쇠와 관련된 유적들이 많다. 지금도 퇴계가 이 시에서 노래한 석벽은 임진강 양쪽에 그대로 남아 있다. 여기서 우리가 오늘날 다시 선다면, "조수 드나들기를 옛날부터 지금까지 몇 차례나 되풀이하였는가? 큰 바다 서쪽으로 이어졌으나 몇 봉우리나 막아서 있네.(潮來潮去幾今古, 大海西連數峯隔.)"라고 한 감회를 새삼스럽게 공감할 수 있을 것이다.

위 시에서 인용을 생략한 부분은 고려의 성쇠를 읊은 8구로, 문신들이 임금과 어울려 음풍농월(吟風詠月)하다가 무신들에게 나라를 빼앗긴 사실을 노래하고 있는데, 관련된 고사를 설명하자니 번거로워 생략한다.

"단풍 든 숲 서리 맞은 나뭇잎은 성성(猩猩)이의 피와 같이 무르녹았고, 모래 강둑에 핀 갈대꽃은 눈 흰 것과 분간하기 어렵

---

8) 「경기도·長湍」條. 필자의 이 시 해제(「퇴계학보」 제52집, 56쪽) 참조.

네.(楓林霜葉爛猩紅, 沙岸蘆花衰雪白.)"는 단풍이 붉은 것과 갈대가 흰 것을 매우 선명하게 비교하고 있다. 성성이는 동남아시아의 여러 섬에서 사는 원숭이 일종인데, 털이 길고 붉은 것이 특색이라고 한다. 술을 좋아하고, 취하면 붉은 피를 토하는데, 이것을 염료로 사용하여 붉은 담요를 만든다고도 한다. 이 담요를 성성단(猩猩氈)이라고 한다. 여기서 서리 맞은 단풍잎을 성홍(猩紅)9)에 비유한 것은, 단풍잎 붉은 것이 마치 성성이가 진한 피를 토한 것같이 애통함을 느끼게 한다.

마지막 연에 나오는 "곡산(鵠山)"은 개성에 있는 송악산(松嶽山)을 말한다.

이 시는 임진정의 경치를 보고서 회고에 잠기는, 말하자면 경(景)을 보고서 정(情)을 일으키는 '정'과 '경'이 잘 조화된 시라고 할 수 있다.

경기도에 어사로 나간 것은 일정이나 노정이 얼마 되지 않으므로 문집에는 이 2수의 시밖에는 찾을 수 없다.10)

1. 4. 충청도에 나가서

위의 시들을 지은 다음 해인 임인년(1542) 3월, 퇴계 42세 때에 의정부검상에 오르고, 충청도 각 읍의 구황적간어사(救荒摘奸御史)가 되어 태안·청풍·진천·공주·천안 등지를 다니면서 다음과 같은 시를 남겼다.

---

9) 우리말에 성홍열(猩紅熱)이라는 전염병이 있다. 어린아이들이 가을부터 겨울 사이에 갑자기 고열을 내고 구토를 일으키며, 얼굴이 짙은 다홍색을 띤다. - 이희승 『국어대사전』 1,622쪽.

10) 『문집·습유(拾遺)』에 1수(「朔寧入石蟹村」)가 더 보인다.

「泰安曉行憶景明兄」(태안에서 새벽에 말을 달려가면서 경명
형님을 생각하노라)
「宿淸風寒碧樓」(청풍의 한벽루에서 자며)
「鎭川東軒」(진천의 동헌에서)

- 이상 『內集』 권1

「全義縣南行, 山谷人居, 遇飢民」(전의현의 남쪽으로 가다가
산골 사람들의 집에서 묵다가 굶은 사람을 만나다)
「夜入公州」(밤에 공주로 들어와서)
「早渡錦江. 次船亭韻, 擬寄任武伯」(일찍 금강을 건너며 - 나
루터에 있는 정자에 걸린 시의 운자를 사용하여 임호신任虎臣
에게 부치려는 뜻에 견주어서)
「四月初一日, 天安東軒」(4월 초하루, 천안 동헌에서)

- 이상 『別集』 권1

이때의 노정이 어떠하였는지는 구체적으로 파악할 수가 없다. 다
만 『실록』과 『퇴계연보』 및 시 제목이나 원주에 나타난 날짜 같
은 것을 살펴보면, 3월 19일 서울을 떠나서[11] 같은 달 24일
밤에 공주에 들어가고,[12] 4월 1일에 천안을 경유하여 상경 복
명(復命)하였는데, 임금에게 3년 동안 비상식량을 준비할 것과
공주판관 인귀손(印貴孫)을 파면할 것을 건의하였는데, 귀손의

---

11) 『조선왕조실록』 중종 37년 · 임인 3월 己亥日條, 562쪽.
12) 「夜入公州」의 원주에 의함. 권오봉 교수가 「退溪家年表編述」에서 이 시
를 지은 날짜를 2월로 본 것은 '3월'을 잘못 본 것 같다. 또 그는 3월
25일에 합천을 들른 것으로 보았으나, 「二十五日陜川向三嘉途中」이라는
시의 원주를 보면(『陶山全書』 별집 권1, 428쪽) 23일 입춘 뒤 3일 만에
이 시를 쓴다고 하였으니, 입춘이 보통 양력 2월 4일 전후인 것을 기준
으로 한다면 이 해(임인년) 입춘은 이해의 봄이 아니라 겨울인 12월경으
로 보는 것이 타당하다. 따라서 필자는 퇴계가 이 어사 행차에 합천으로
간 것이 아니라 이 해 말경에 별도로 합천으로 간 것으로 본다.

파면은 허락되었다고 한다. 이때 위의 시제 중에 등장하는 임호신(任虎臣)은 어사보다는 직급이 높은 경차관(敬差官)으로 충청도에 나와서 각 지역을 조사하고 다녔다.13) 이때 퇴계의 형님인 온계(溫溪, 해瀣)도 경상도에 진휼(賑恤) 경차관으로 정월부터 나가 있었는데 퇴계는 충청도 해안에 있는 태안(지금의 서산군 일부)을 지나면서 다음과 같은 시를 지었다.

「태안에서 새벽에 말을 달려가면서 경명 형님을 생각하노라(泰安曉行憶景明兄)」

군의 성문 호각을 불어 밤중에 열게 하고,
오직 임금 명령 받드는 일이라
급하게 역마를 갈아타고 달리네.
덜 깬 꿈결 안장에 묶은 채 몸은 얼얼한데,
떠도는 빛 바다에 연하였고 달빛만 환하네.
인기척에 놀란 기이한 학은 외딴 섬으로 도망치고,
비 오는 틈 탄 밭갈이꾼들은 먼 마을에 나타나네.
영남과 호서가 서로 바라보기에 천릿길이나 떨어져 있으니,
알지 못하겠네. 어느 곳에서 달려가는 수레를
조심하고 계시는지?

郡城吹角夜開門　祇爲王途急馹奔.
殘夢續鞍身兀兀　游光連海月痕痕.
驚人別鶴投孤嶼　趁雨耕夫出遠村.
湖嶺相望隔千里　不知何處戒征轅.

이 시의 제2, 제3 양연(兩聯, 함련頷聯·경련頸聯)에서는 새벽에 해안을 따라 말을 타고 가는데 피로에 지쳐 깜박깜박 졸면서도 고

---

13) 위의 주 12)와 같은 쪽 이하 참조.

향 땅으로 출장 간 형님을 비몽사몽 간에 생각하는 모습과, 새벽 무렵의 농촌과 해안 풍경이 매우 잘 그려져 있다.

"잔몽(殘夢)"을 덜 깬 꿈으로 번역했는데, 그 꿈의 내용은 바로 형님과 작별하던 일, 또 지금은 경상도 어디쯤 자기와 같이 분주히 돌아다니거나 아니면 잠깐 고향에 들렀을 형님을 생각하고 있는 내용일 것이다.

특히 여기 나오는 "올올(兀兀)"은 전후의 문맥으로 보아 피로하여 잠에서 깨어나지 못하며 정신이 몽롱하여 깜박깜박 졸린다는 뜻이 있는데, 다음과 같은 전고를 지니고 있다.

소동파가 그의 아우를 이별하는 시에,

> 술을 마시지 않았는데도 무엇 때문에 이렇게 얼얼하게
> 취한 듯할까?
> 이 마음 이미 뒤쫓고 있네, 그대 돌아가는 말이 떠나는 것을.
> 돌아가는 사람은 그래도 스스로 어버이 계신 집에 가서
> 모실 것을 생각하겠지만,
> 지금 나는 어떻게 나의 적막함을 위로할 것인가?
> 不飮胡爲醉兀兀　此心已逐歸鞍發.
> 歸人猶自念庭闈　今我何以慰寂莫.

-「辛丑十一月十九日, 旣與子由別於鄭州西門之外, 馬上賦詩一篇寄之」

라고 하였는데, 동파가 그의 아우를 이별한 심정을 "올올"로 표현하였다. 퇴계는 자신의 형님을 이별하여 정신이 '올올'하다고도 말할 수 있다. 동파의 아우 자유(子由)는 서울로 돌아가서 홀로 계신 아버지를 모실 생각을 하지만, 퇴계의 형님 온계는 경상도에 내려간 길에 고향에 계신 어머니를 찾아뵙게 될 것이다.[14]

---

14) 王文誥·馮應榴 輯注, 『蘇試詩集』 上, 95쪽, 臺灣學海出版社. 이 시구의

서울에서 어사 임명을 받은 날부터 밤낮을 가릴 것 없이, 역마를 바꾸어 타고 며칠을 바쁘게 달렸으니 몸은 지칠 대로 지쳐 있는데, 오늘 밤도 또 다른 고을 성문에 비상을 걸어 열게 하고서, 역마를 바꾸어 타고 이 해변 고을을 달린다. 몸이 피로하여 깜박깜박 졸리기도 하고, 또 먼 곳에 있는 형님과 고향을 졸면서 문득 꿈꾸자 마음을 가누지 못할 정도로 적막한 생각까지 나서, 마치 몸이 술 취한 듯이 어질어질하고 얼얼하게 된 상태를 "올올"이라고 표현하였다고 본다.

대만에서 나온 『대사전(大辭典)』을 보면 "올올"이라는 말을 1) 정지된 모습(靜止的樣子), 2) 혼침한 모습(昏沈的樣子), 3) 피로를 풀지 못한 상태(勤勞不解的樣子)라고 해석하고 있다.[15] 이렇게 보면 퇴계 시에서 "올올"이라는 말은 이 사전에서 정의한 2)의 뜻과 3)의 뜻을 동시에 내포하고 있다고 하겠다.[16]

넷째 구절의 "올올"의 대로 쓴 "흔흔(痕痕)"은 한문 사전에서는 쉽게 찾을 수 없는 용어이다. 앞에서 본 바와 같이 "올올"은 희미하고 몽롱하고 얼얼한 상태를 나타낸 말이므로, 그와는 반대로 밝고 환한 상태를 나타낸다고밖에는 추측할 수 있으나, 이러한 독특한 말을 퇴계가 어떻게 사용하였는지는 앞으로 더욱 관심을 가지고 조사해 볼 과제로 생각한다.

다섯째 구절에서는 "투(投)"자가 눈에 띈다. 이 글자는 일반적으로는 "손으로 어떤 물건을 집어서 멀리 던진다."라는 뜻이다 "투척(投擲)"이 바로 그러하다. 이 시에서는 '인기척에 놀란 학'이 '외로운 섬'으로, 마치 물건을 집어서 멀리 던진 것같이 힘차게 도망쳐 날아가서 퍽 하고 내려앉는 광경을 떠오르게 한다.

전고는 『요존록』에서 인용하여 필자가 다시 자세히 풀었음.

15) 1985. 三民書局, 337쪽.

16) 이 경우에 다양성이 성립된다고 말한다. 이 용어에 관하여서는 필자가 번역한 『中國詩學』(서울, 동화출판사) 23쪽 참조.

퇴계는 이때 곳곳에서 백성들이 굶주리는 모습을 보고 마음 아
파하였다. 전의(全義) 산중에서 굶주리는 사람들을 보고 다음
과 같은 시를 지었다.

집은 헐고 옷은 때에 절었으며 얼굴엔 짙은 검버섯 피었는데,
관아의 곡식 잇달아 비니 들에는 푸성귀마저 드무네.
유독 사방의 산에 꽃만 비단같이 곱게 피어 있으니,
봄 귀신님이야 사람들 굶주린 것 어찌 알리오?
屋穿衣垢面深梨　官粟隨空野菜稀.
獨有四山花似錦　東君那得識人飢.

-「全義縣南行, 山谷人居, 遇飢民」

이 행차를 거의 마치고 서울로 올라가는 길에 천안에서 쓴 시
는 다음과 같다.

이리저리 떠도는 백성들 많은데 나만 편안함을 얻어,
길에서 굶주린 사람들 만나면 오래도록 머뭇거리네.
피로가 극에 달해 옛 환성 땅에 몸을 내맡기고 보니,
높은 산 깊은 골짝 두루두루 다 지나왔다네.
동백꽃 고운 보랏빛은 붉은 꽃을 모은 듯하고,
옥매는 맑은 향기 풍기며 이슬 맺혀 흔들리네.
빈 뜰에 해지고 꽃 시샘하는 바람 불어오니,
늦은 봄 난간에 기대어 오히려 추위를 걱정하네.
民多流離我得安　道逢餓者久盤桓.
疲極來投古歡城　歷盡山巔與水干.
山茶紫艶攢火撚　玉梅素香飄露溥.
日暮空庭妬花風　春後憑闌猶怕寒.

-「四月初一日, 天安東軒」

"환성(歡城)"은 천안의 옛 지명이다. 여기서도 "투(投)"자가 나오는데, 이 경우에는 피로한 몸을 내던지듯이, 기진맥진하여 여사(旅舍, 동헌東軒) 방에 몸을 던진다는 기분을 잘 나타내었다. 또 비록 지명의 옛 이름이기는 하지만 "환영하는 고을"이라고 써서 피로한 나그네를 환영한다는 뜻을 담고 있으니 재미있게 느껴진다.

1. 5. 강원도에 나가서

위와 같은 해 가을 8월 하순과 9월 초순에 퇴계는 다시 강원도의 재상(災傷)어사가 되어 평창·춘천·원주 등지를 둘러보고 돌아온다. 이때 지은 시들은 다음과 같다.

「原州憑虛樓, 有懷州教金質夫, 次樓韻, 留贈」(원주의 빙허루에서 원주교관 김사문金士文을 생각하며, 빙허루 현판에 적혀 있는 시의 각운자에 맞춰 시를 지어 그에게 남겨 보냄)
「酒泉縣酒泉石姜晉山韻」(원주 주천현의 주천석 - 강희맹姜希孟이 지은 시의 각운자를 그대로 사용하여)
「錦江亭」(금강정에서)
「洪川三馬峴用景明兄竹嶺途中韻」(홍천의 삼마고개에서 경명 형님께서 죽령 도중에 지은 시의 각운자를 그대로 사용하여)
「過淸平山有感」(춘천의 청평산을 지나다가 고려 시대의 청평거사淸平居士 이자현李資玄의 유적지를 방문하여)

– 이상 『內集』 권1

「平昌郡東軒, 有角字韻詩, 無暇續貂, 二十五日途中, 用其韻, 紀所見」(평창군 동헌에 각角자를 각운자로 쓴 시가 있었으나

그 운자를 좇아 시 한 수 지을 겨를이 없었다. 25일에 지나는 도중에 그 운자를 써서 본 바를 적다)

「過昭陽江次韻春日昭陽江行」(소양강을 지나가며 - 강회백姜淮伯이 지은 「봄날 소양강을 노래함」이라는 시의 각운자를 써서)

「春川向楊口, 幾五六十里, 皆崖路傍江, 兩峽束立, 蒼波白石, 雜以楓林, 眞奇景也」(춘천에서 양구로 향하는 곳의 거의 5, 60리 길이 모두 낭떠러지 길인데, 강 양안으로는 골짜기가 어우러져 솟아 있고 푸른 물결에 흰 돌이 단풍 숲과 섞여 있는 것이 실로 희한한 경치였다)

「午憩水仁驛」(낮에 수인역에서 쉬다)

「諒白茅」(〔화음華陰의 낭천산狼川山에서〕 흰 띠를 노래하며)

「金剛山」(금강산)

「鏡浦臺」(경포대)

「晚晴, 踰石門嶺, 入楊州路上」(저녁에 날씨가 개다. 석문령을 넘어 양주로 들어오는 길에서)

- 이상 『別集』 권1

위와 같이 퇴계가 강원도에 어사로 나갔을 때 쓴 시는 비교적 여러 수 남아 있다. 퇴계는 이때 본 강원도 여러 곳의 경치를 매우 좋아하여 가는 곳마다 즐겁고, 시흥이 저절로 솟아난다고 하였다.

어지러운 봉우리 하늘로 찌를 듯 솟아
그 기세 뛰어오를 듯하고,
가을 경치 메말라 낭떠러지는 모서리가 다 드러나네.
구름은 동굴이며 골짜기로 돌아들어 그윽하고 깊은데,
무수한 소나무 가래나무는 천 척이나 자라 있네.

푸른 내 구불구불 몇 구비나 지났을까?
배 안에서 고개 돌리니 푸른 절벽만 바라보이네.
벼슬 그만두고 당장 돌아갈 수 없겠지만,
이곳이라면 낮은 벼슬이라도 오히려 즐거우리.
亂峯巉天勢騰踔　秋容瘦盡露崖角.
雲歸洞壑窈而深　無數松栝老千尺.
碧溪彎彎渡幾曲　舟中回頭望靑壁.
不能休官便歸去　於玆吏隱猶堪樂.

-「平昌郡東軒, ~」

아래로는 푸른 강 있고 위로는 하늘 있어,
신비한 골짜기 쪼개어 양쪽을 둘렀네.
그곳에 있는 사람 절반은 원숭이가 얼굴 찡그린 듯하고,
괴석들 어떤 것은 사람이 성내어 주먹 쥔 듯하네.
종일토록 그 곁 가자니 추위가 거울 같은 물에서 쏟아지고,
한결같은 숲에 끌리어 바라보니
안개 흐드러지게 피어오르네.
그제야 깨달았네 시내와 산 서로 도와,
시 짓는 기개 우뚝 솟고 붓 샘물을 뿌리는 듯.
下有淸江上有天　擘開神峽兩圍邊.
居民半似猿嚬面　怪石或如人奮拳.
盡日傍行寒瀉鏡　一林延望爛生烟.
邇來自覺溪山助　詩骨巉巉筆灑泉.

-「春川向楊口」

마지막 구절은 붓이 샘물 뿌리듯이 글이 맑아진다는 뜻이다.
퇴계는 이번 길에 금강산을 구경하지 못함을 다음과 같이 아쉬
워하고 있다.

큰 멧부리 동해에 임하여,
씩씩하게 하늘로 반이나 솟아 있네.
해와 달 번갈아 서로 가리고 이지러지는데,
신령스러운 선인들 분분히 바위 속 집을 지키네.
내 가서 그들에게 물어보고 싶지만,
속세의 벼슬에 얽매여 매우 울적하네.
한스럽긴 단약 처방 몰라서,
날아가 숙원 풀 수 없는 것이라네.
巨嶽臨東溟　雄雄半天出.
日月互蔽虧　靈仙紛宅窟.
我欲往問之　塵纓甚拘鬱.
恨無丹竈方　飛去宿願畢.

-「金剛山」

『내집(內集)』에 나오는 원주 빙허루에서 지은 시는 어릴 때 함께 청량산에서 같이 공부한 적 있는 옛날 친구 김사문(金士文)이 지금 이 원주에 와서 교관 벼슬을 하고 있으나, 만나지 못하여 적어놓고 간 시이다. 「주천현주천석(酒泉縣酒泉石)」은 원주의 속현인 주천현에는 '주천(酒泉)'이라는 바위가 있는데, 그 위에서 술을 마시면 아무리 마셔도 술이 줄지 않는다는 신기한 전설이 전하고 있어 그 전설을 소재로 읊은 24구로 된 자못 신비한 내용을 담은 시다. 「과청평산유감(過淸平山有感)」은 고려시대 권신 이자겸(李資謙)의 아우로 벼슬을 버리고 청평산(淸平山)의 보현원(普賢院)에 들어가서 불도를 닦고 은거한 이자현(李資玄)의 사적을 크게 찬송한 내용이다.

이 『내집』에 있는 시 중에서 영월에 있는 금장강(錦障江)을 끼고 있는 절벽에 세워진 금강정(錦江亭)에서 지은 시가 매우 특이하다.

두견새 울어 산이 갈라지니 어찌 끝날 해가 있으리오?
촉 땅에도 물 이름이 같은 것이 우연한 일이 아닐세.
명멸하는 새벽 처마는 바다에서 떠오르는 햇볕을 맞이하고,
산뜻한 저녁 기와는 가을 기운을 깨끗하게 쓸어 놓는구나.
짙푸른 소에 바람이 이니 고기들 노는 것이 비단 같고,
파아란 절벽에 구름 생기니 학이 담요를 밟는 듯.
다시 도인들과 약속하네, 쇠피리를 가지고,
여기 와서 깨게 하기를, 늙은 용의 잠을.
鵑啼山裂豈窮年　蜀水名同非偶然.
明滅曉簷迎海旭　飄蕭晚瓦掃秋烟.
碧潭風動魚游錦　靑壁雲生鶴踏氈.
更約道人攜鐵笛　爲來吹破老龍眠.

－「錦江亭」

이 시의 수련(首聯)에서는 널리 알려진 전설인 주나라 말기에 촉나라 임금이 자리에서 쫓겨나서 혼백이 두견새로 변하였다는 슬픈 이야기를 이끌어다 시작하고 있다. 촉나라에도 금강(錦江) 이란 강이 있는데, 단종이 귀양 왔다가 죽은 이 영월 땅에도 금강이라는 강이 있다는 것이 정말 우연한 일은 아니다.

두 번째 연은 금강정의 모습을 그린 것이요, 세 번째 연은 금강정 앞에 있는 강을 그린 것이다. 마지막 연에 가서는 다시 수련에서 제시한 두견새를 읊은 원한과 관련 지으면서 시가 끝난다. 여기서 "도인(道人)"은 이 시의 작자(퇴계 자신)를 말할 것이고, "노룡(老龍)"은 이 땅에 와서 죽은 단종을 암시할 것이다.

퇴계의 『언행록』을 보면 퇴계는 평소에 세조가 단종을 쫓아낼 때 있었던 여러 가지 폭행을 함부로 떠드는 것을 경계하였다고 한다. 그러므로 이 시를 퇴계가 어떤 마음으로 썼는가 하는 것이 퇴계의 후학들에게 자못 논란이 되었던 것으로 보인다. 퇴

계의 오전제자(五傳弟子)인 대산(大山) 이상정(李象靖) 같은 학자는, "이 시는 특별한 뜻 없이 적었다고 볼 수도 있다. 그러나 특별한 감회를 지니고 적었다고 보아도 또한 가능하다.(此詩作平常看亦得, 然作寓感看亦得.)"라고 하였다.[17]

가는 곳마다 '촉경생정(觸景生情, 새로운 경치를 보면 새로운 감회를 일으킴)'하였던 이 젊은 선비 시인이 어떻게 이곳에 와서도 남다른 감회가 없을 수 있겠는가? 위의 『언행록』에 나오는 말과 같은 것을 먼저 읽지 않고 이 시를 대한다면 이 시에서 틀림없이 강렬한 느낌을 받게 될 것이다.

1. 6. 맺는말

퇴계가 41~42세 때 의주에 자문점마로 나갔을 때의 시와 경기 · 충청 · 강원 3도에 암행어사로 나갔을 때 지은 시들을 대강 훑어보았다. 머리말에서 밝힌 바와 같이 이때야말로 퇴계는 일생 가운데서 가장 넓은 지역을 폭넓게 여행하였던 시기이다.

퇴계는 평생 많은 시를 지었는데, 약 2,300수 되는 작품은 시의 내용을 중심으로 몇 가지로 분류할 수도 있을 것 같고, 또 시를 쓴 연대로 보아서도 몇 시기로 나눌 수 있을 것이다. 지금까지 필자가 실제로 번역한 퇴계 시를 본다면 20세 이전에 쓴 시 몇 수를 제외하고 40세 이전까지 쓴 시들은 경상도 일대와 서울을 왕래하며 지은 시들이 주류를 이루고 있다. 이러한 시들을 필자는 우선 퇴계의 초기 기행시로 묶고 싶다.

그다음 시기에 등장하는 것이 여기서 다루는 사행시이며, 대개 이 시기와도 중복되지만, 이때부터 퇴계는 여러 번 호당(湖堂)

---

17) 『요존록』에서 재인용함. 이 「금강정」 시에 나오는 자세한 고사에 관해서는 필자의 이 시 역주(『퇴계학보』 제53집 116-8쪽) 참조.

이나 압구정(狎鷗亭)에 나가서 사가독서(賜暇讀書)를 하게 되는데, 여기서 퇴계는 당시에 가장 장래를 촉망받던 여러 젊은 문신과 어울려 많은 시를 짓고 또 서로 시로써 수답(酬答)하게된다. 퇴계의 그러한 시들을 '호당시(湖堂詩)'라고 이름 지어 하나로 묶고 싶은 것이 필자가 근간 두어 해 사이에 퇴계 시를읽고 내린 소견이다. 이렇게 퇴계의 40대 중반까지의 시를 그의 행적과 시의 소재를 종합하여 '소년시'·'초기 기행시'·'사행시'·'호당시' 등으로 나누어 보고자 한다.

그러면 여기서 다룬 사행시는 어떤 내용인지 앞에서 다루었던내용을 요약해 본다.

의주에 나가서 지은 시는 「의주에서 여러 가지를 읊음, 절구 시12수(義州雜題十二絶)」가 있다. 국경지대의 경관과 그곳에 어우러진 분위기, 또 국경 도시의 제도와 역사, 퇴계가 수행한 업무에 관하여 적은 시들이다.

경기도에 나가서 지은 시는 지금 전하는 것이 3수 정도이다. 9월에 경기도 동북쪽의 수해로 인한 흉작을 살피러 나갔는데, 때는 마침 가을이고, 또 이 지역이 옛날 고려의 도읍 개성과 가까운 곳이라 백성들의 궁핍한 모습, 역사의 흥쇠(興衰) 같은 것을가을 정경과 어울려 슬프게 지은 시들이다.

충청도에 나가서 지은 시는 7수가량 전한다. 봄날 꽃은 만발한데, 백성들은 오히려 굶주리고 있는 모습을 마음 아파하는 내용이 많다. 또 이른 새벽에 태안 해변을 역마를 바꾸어 타고 달리면서, 마침 경상도에 경차관으로 나간 형님〔온계溫溪〕을 말 위에서 졸면서 생각한 시도 있다.

강원도로 나가서 지은 시는 10여 편 전하고 있다. 42세 때 8월 하순과 9월 초순에 재상(災傷)어사가 되어 평창·춘천·원주·영월 등지로 돌아다녔는데, 이때 가을 경치와 어우러진 강원도 여러 곳의 경관에 퇴계는 크게 감탄하고, 시흥이 저절로 우러나온다고 하였다. 지나가는 곳마다 깎아지른 듯한 절벽과 험준한 계곡을 대하고 시필(詩筆)을 곤두세웠다. 또 영월에 가서는 금강정에서 단종의 고사를 애모(哀慕)하였으며, 청평산에 가서는 이자현의 은일(隱逸)을 추모하기도 하였다.

머리말에서 말하였듯이 이 논고의 제목을 '사행시'라고 하였으나, 퇴계가 2년 동안 봄가을 네 차례나 사행 다닐 때 지은 시들을 한꺼번에 모아서 생각하여 본다는 뜻에서 이러한 제목을 붙여 보았지, 사행시라는 독특한 체제를 생각하고서 이러한 제목을 붙인 것은 아니다. 본론에서 보았듯이 이때 적은 시들이 더러 작자의 당시 사명(使命)과 관련된 내용을 적은 것도 있으나, 대체로 모두 기행시에 포함될 수 있는 것이다.

퇴계는 이후에도 여러 번 서울을 내왕하였고, 또 단양과 풍기 같이 산수가 유려한 곳의 수령을 지원하여 산수 유람을 즐긴 시들을 남기기도 하였다. 43세 이전에 쓴 '초기 기행시'와 더불어 이렇게 여러 시기에 쓴 많은 기행시들을 체계적으로 검토하여 보면 퇴계 시사(詩史)의 어떤 발전·변화 과정을 파악할 수 있을 것으로 생각된다.

이 소고(小考)에서는 더러 퇴계 시의 풍격에 관해서도 설명하여 보려고 시 몇 수를 뽑아서 분석을 시도하기도 하였으나, 위에 말한 바와 같이 여러 시기의 시들을 두루 살펴보지도 못하였고, 또 다른 시인들에 대한 이해도 미흡하므로 이 방면에 대한 특징을 찾아내기에는 어려움이 있다.

다만 아직도 미답상태에 있는 퇴계 시 연구에서 퇴계가 특수한 상황에서 쓴 이러한 시들을 상세하게 소개하고, 또 지금까지 알려진 연보에 나오는 사실을 이 시들을 통하여 조금 더 상세하게 설명할 수 있게 되었음을 다행스럽게 생각한다.

5. 은퇴와 강학 시기의 모습

여기서는 퇴계 선생이 40대 후반에 중앙의 여러 가지 좋은 관직[청요직淸要職]을 사양하고, 아예 은퇴하고자 하다가 그 뜻이 관철되지 못하자 지방 고을의 수령으로 부임하였던 일부터 시작하여, 60대 후반에 다시 나라에 불리어 나가서, 비록 고사하기는 하였지만, 또 여러 좋은 벼슬도 받게 되고, 그동안 쌓았던 학문을 바탕으로 하여 여러 좋은 책도 짓고, 좋은 의견을 임금께 올리기도 하였던 이야기를 할까 한다.

이 시기에 있었던 일 중에서도 일반적으로 잘 알려지지 않은 일, 혹은 잘못 알려진 일 같은 것을 편의상 56세를 전후로 나누어서 다루기로 한다.

각각 연보를 먼저 제시하고서 이야기를 덧붙이기로 한다.

● 48세

1월 단양군수가 되었음. 이해 맏아들에게 지시하여 봄부터 위 토계[상계上溪] 마을에 기와 굴을 설치하고서 기와집을 짓기 시작함.

2월 생모 허씨가 낳자마자 산고로 죽어 어릴 때부터 아들이 없는 경남 단성의 외종조부 허경의 집에 들어가서 수양손으로 입양되어 자라다가, 16세 때 그 지역의 류씨 집에 장가를 가서 살던 둘째 아들 채가 22세로 자식도 없이 아내만 청상과부로 남겨두고 죽음.

10월 형님 온계공이 충청감사로 부임하여 풍기군수로 바뀌어 임명됨.

- 49세

4월 소백산을 유람하고서 「유소백산록(遊小白山錄)」을 지음. 12월 백운동서원(소수서원)에 현판과 서적을 나라에서 내려 줄 것을 건의하여 뜻을 관철함. 그러나 병으로 사직서를 내고 해임통지를 기다리지도 않고 귀향함.

- 50세

2월 퇴계 서쪽에 한서암이라는 조그마한 정자 겸 서재를 마련함. 시내 동쪽에 한서암과는 별도로 큰 기와집을 마련하여 살림집으로 사용함.

8월 동복 형님인 온계공이 모함을 받고 모진 고문을 당한 뒤 삼수갑산으로 향하는 귀양 길 도중 양주의 미아리(지금의 서울 미아리)에 이르러 죽음.

- 51세

3월 상계 마을 동북쪽으로 자리를 옮겨 조그마한 서당을 짓고 '계상서당'이라고 부름.

- 52세

4월 홍문관 교리를 받아 상경하여 경연 강의에 참가하기도 함.

7월 성균관 대사성에 임명됨.

11월 병으로 사임하여 상호군이라는 무관 고위직을 명예직으로 받고서 물러났는데, 담당 직무는 아무것도 없지만, 봉급은 계속하여 지급됨.

- 53세

4월 다시 대사성으로 임명되어 성균관 유생들에게 강의함.

10월 추만 정지운의 「천명도」를 개정함.

- 54세

서울에 머물면서 형조참의 · 병조참의 · 상호군 · 첨지중추부사

〔역시 명예직〕같은 본직, 명예직 벼슬을 번갈아 받음.

이해에 청상과부로 자식도 없이 혼자 살던 둘째 며느리가 개가(改嫁)함. 그 소문이 퍼지자 크게 당황함.

• 55세

세 번 사직서를 내고 해직되자 배를 세내어 바로 고향으로 내려와서 3월부터 고향에 머무름.

이해 4월부터 맏아들 준이 음직으로 서울의 제용감의 봉사, 경주 집현전의 참봉 같은 벼슬을 받아서 외지에 나가서 근무하게 됨.

• 56세

6월 주자의 편지를 요약한 『주자서절요』 편찬을 완료하고, 8월에 제자들에게 이 책을 가지고 강의함.

9월 상계 마을 남쪽에 서재 겸 서당인 계재(溪齋)를 세움.

퇴계 선생의 지위와 명망도 40대 후반에 접어들면서 더욱 높아졌고, 집안의 살림살이도 더욱 안정되어 가는 듯하다. 이때 선생이 주도하여 집안 어른의 산소에 재실을 짓고, 비를 세우며, 선생 자신도 큰 기와집도 마련하고, 또 정자와 서재 및 제자들이 찾아오면 만나고 강의할 공간 같은 것을 몇 차례나 더 지은 것을 보면, 그 사실을 잘 알 수 있다.

퇴계가 맏아들에게 보낸 지금까지 거의 알려지지 않은 편지들을 보면 살림집을 짓는데, 마을에 독자적으로 기와 굴을 설치하는 일부터 시작하여 기와를 올리는 데까지 건설 일정이 어떻게 차근차근하게 진행되어 가고 있는지, 단양군수로 재임하는 동안 몇 달에 걸쳐서 여러 차례 세심하게 묻고 있다. 그런데도 우스운 것은 퇴계 선생이 산 곳 이야기만 나오면 모두 조그맣고 보잘것없는 초가집 같은 것만 생각한다. 퇴계 선생이 지은 시에서도 모두 '차가울 한(寒)'자가 들어가든지, '풀 초(草)'자나 '띠 모(茅)'자가 들어가는 보잘것없는 집뿐이지, 번듯한 기와집은 한 번도 표현되지 않는다. 이런 점은 옛날 시를 짓는 사람들의 습관이라는 것을 책 첫머리에 소상하게 강조하였다.

퇴계 선생은 이 기와집에서 처가살이하는 맏아들이 손자들을 데리고 와서 살기를 바라고, 자신은 늘 많은 식구와 함께하는 번거로움을 피하여 위에서 말한 조그맣고 소박한 집에 거처하면서 독서와 사색, 집필, 또는 제자들과 강론을 진행하였던 것 같다. 그래서 제자들이 선생을 찾아가서 만난 인상을 적은 글들을 보아도 모두 이렇게 보잘것없는 선생의 조촐한 집 모습만 보인다.

이런 글들만 보고 후세에 쓴 퇴계 선생의 평전을 보아도 퇴계 선생의 거처는 도무지 춥기만 한데, 이것은 전설에 나오는 황희 정승의 비가 새는 집 이야기나 다를 바 없다.〔황희 정승의 아들이 호화주택에 살다가 지탄 받은 이야기가 실록에 보인다고 한다.〕

단양군수로 재임할 때나 떠날 때 이야기도, 흔히 알려진 것과 같이 시종일관 그렇게 소박하고 담담하지만은 않았던 것 같다. 비록 부임한 지 얼마 되지 않아서 둘째 아들이 요절하는 참변을 당하기는 하였지만, 처음으로 맛보는 이 지방 수령 생활에 많은 즐거움도 누린 것으로 보인다. 선생의 소실과 지금껏 친정살이하고 있던 며느리를 각각 데려오면서 처음으로 서로 만나게도 하고, 또 외가에서 자라던 맏손자를 데려다가 글을 가르치기도 하였다. 이러한 식구를 시중드는 남녀 노비들도, 정해진 관비 이외에 다시 직접 집에서 누구누구를 데려오라고 거명까지 하여 가며 불러오게 하였다는 기록〔친필 편지,『가서』제1권〕도 보인다.

무엇보다도 선생은 단양의 아름다운 경치를 좋아하여 찾아보면서 풍경을 읊은 시를 짓기도 하고, 기행문을 짓기도 하였다. 이때 두향(杜香)이라는 기생을 만나 사랑하게 되었다는 이야기도

『명기열전(名妓列傳)』에 전하며, 도산서원에서는 몇백 년 동안 매년 가을마다 유사(有司) 한 사람을 단양에 있는 두향의 산소로 보내어 제사를 지내고 오게 하였다고 한다. 지금도 그녀의 무덤이 남아 있는데 단양군에서 제사를 지내고 있다는 이야기를 들었다.

요즘 어떤 '오퇴주의자(오직 퇴계만 유일한 성인이라고 주장하는 사람들)'들은 이 두향과의 이야기가 정말일까 하고 의심하는 사람들도 있지만, 그 당시의 관례로 보아서는 고을 원에게 기생이 수청 들고, 정을 나눈 것은 흔히 있을 수 있는 일이었을 것으로 생각된다. 이런 이야기를 하다 보니 퇴계 선생이 60세 때 지었다는 「꽃을 감상하며(賞花)」라는 시가 생각난다.

> 한 차례씩 꽃 바꾸어 피니 한 차례씩 꽃 새로워지는데,
> 차례차례 하느님께서 내 가난한 것 위로하려 하시네.
> 천지조화 무심결에 여전히 맨얼굴 드러내며,
> 하늘과 땅 말 없어도 스스로 봄을 머금었네.
> 시름 달래고자 술 부르니 새들도 나에게 권하고,
> 득의양양 시 지으니 붓이 신들린 듯하네.
> 무엇을 적을까 저울질하여 가리는 권한 모두 나의 이 손에 달려 있으니,
> 비록 벌과 나비 난다고 하여도 꽃잎은 천진난만하게 펄펄 날도록 내버려 두자꾸나.
> 一番花發一番新 次第天將慰我貧.
> 造化無心還露面 乾坤不語自含春.
> 澆愁喚酒禽相勸 得意題詩筆有神.
> 詮擇事權都在手 任他蜂蝶謾紛繽.

– 「정유일의 한가로이 거처하다라는 시 20수에 화답하다(和子中閒居, 二十詠)」 중 11번째 시

정유일(鄭惟一)은 호가 문봉(文峯)이며, 진보현감·예안현감 등 퇴계와 가까운 고을에서 벼슬하여서 그런지, 퇴계 선생의 제자 중에는 스승의 편지와 시를 많이 받은 행운을 누린 제자이다. 이 시를 받을 당시는 예안현감이었던 것으로 보인다. 제목으로 보아서 원래 문봉이 먼저 지어 보낸 시를 보고서 거기에 화답하여 쓴 시인데, 문봉이 쓴 원시는 불행하게도 지금 전하지 않는다.

여기서 둘째 구절의, "내 가난한 것"이라는 표현은 위에서 말한 것처럼 대개의 문인들이 시를 지을 때 사용하는 상투적인 표현이다. 선생의 실제 상황이야 어떻든 이 시에서는, "내가 비록 물질적으로는 아무리 추구해 보아야 인간의 욕심을 충족시킬 도리가 없기에 늘 상대적으로 가난할 수밖에 없지만, 봄이 되자 이렇게 흐드러진 꽃을 마음껏 보게 되니 정신적으로는 온 천지 자연을 다 소유하게 되어 아무것도 아쉬울 것이 없다."라는 것을 강조하고 있다.

"상권(相勸)"에서 "상"자를 그다음에 오는 동사의 접두어로 보는 견해와 같이, "임타(任他)"에서 "타(他)"자도 특별한 뜻이 없는 접미사로 보아도 되며, 뒤의 말은 "비록 …라고 하여도, 될 대로 되게 내버려 둔다."라는 뜻을 가진다. 마지막 2구의 뜻은 나비가 마음대로 날게 내버려 두고 꽃잎은 펄펄 흩어지게 하여 내가 흥이 나면 붓 가는 대로 그것을 다시 마음껏 묘사하겠다는 정겨운 마음을 무한하게 담고 있다.

두향이라는 기생도 역시 봄에 핀 한 송이의 아름다운 꽃이 아니었든가?

퇴계는 49세 때 풍기군수로 가서도 소백산을 유람하고서 여행기를 적었으며, 백운동서원(소수서원)을 국가인정 기관으로 격상시키는 큰 업적을 이룩하여 한국 유학사에 큰 발자취를 남긴 것은 모두가 잘 아는 이야기이다.

선생은 43세에 서울 교서관에서 간행한 『주자대전』(100권)을 입수하자, 그 후 10여 년 동안은 어디에 가서 무엇을 하든 간에 이 책을 완전히 이해하는 데 목표를 두고 거침없이 나아갔다. 55세 때 이 책에 실린 편지 중에서 중요한 내용만 발췌하고, 거기에 자신의 주석을 덧붙여 12권으로 압축한 것이 바로 『주자서절요』이다.

이 책은 퇴계 선생 생존 당시에도 이미 4차례나 인쇄되어 나왔는데, 판이 바뀔 때마다 퇴계 자신이 주석을 갱신하였고, 또 이 책을 가지고 선생이 강의한 내용을 제자들이 받아 적거나, 사제 간에 편지로 관련된 내용을 토론한 내용까지 적어둔 기록〔주서강록朱書講錄〕이 제자들의 손에서 몇 가지 다르게 나오면서, 한국의 주자 연구에 새로운 장이 열리기 시작하였다.

최근에 이 『주자서절요』(서울 퇴계학연구원 역주)뿐만 아니라 방대한 『주자대전』을 전남대학 철학과와 대구한의대 한문과 팀이 합작하여 한국어로 완역하고 있다. 이 일을 함에 있어 조선 중·후기 영호남 여러 학자가 축적해 놓은 이 방면의 방대한 주석서를 활용하였음을 생각하면, 한국에서 이 방면 연구가 활발히 부흥하는 것 같아 매우 즐겁다.

퇴계 선생이 주자학에서 차지하는 철학적인 위치를, 근년에 재미 화교학자로, 20세기 후반에 가장 두드러진 주자학 관련 저서를 영어와 중국어로 여러 권 낸 진영첩(陳榮捷, Wing Tsit CHAN)은 『주자신탐색(朱子新探索, Chu Hsi New Studies)』의 주자의 행장(行狀)을 이야기하는 제1장에서 퇴계 선생이 주자학에서 차지하는 비중을 다음과 같이 말하고 있다.

주자의 사위 황간(黃幹)이 쓴 매우 상세하고도 긴 이 주자의 행장은 주자 연구에 가장 일차적이고 중요한 자료인데, 이퇴계 선생이 간결한 주석을 달면서, 송·원·명대로 내려오기까지 여러 주자 학자들이 보지 못한 점을 밝혀낸 것이 많다…. 그중에서도 가장 놀라운 것은 주자가 20대 이전에는 그 당시의 일반 풍조와 같이 유·불·선 세 가지가 모두 서로 통하는 좋은 점을 나란히 지니고 있고, 유학의 특이한 점이 무엇인지, 잘 파악하지 못하였는데, 이통(李侗)이라는 선생을 만나면서부터 그런 생각에서 벗어나기 시작하는데…, 이전의 중국학자들은 다만 새로운 스승을 만나서 "정좌하고서 마음을 다스리는 법을 배웠다."라고 이야기하였을 뿐, 유학과 불교를 가르는 '이일분수(理一分殊, 세상 만물을 주제하는 원리는 하나이지만, 그런 이치는 삼라만상과 인간 세상의 모든 일에 특수한 형태로 나타난다. 그러니 인간 세상의 모든 세속적인 일을 착실하게 공부하는 가운데서 이치를 터득하도록 노력하여야 한다)' 이론을 얻어듣고서 점차로 유학과 불교와 도가가 어떻게 다른지 생각하기 시작하였다고 퇴계 선생이 처음으로 아주 명쾌하게 지적하여 내었다는 것이다. 이렇게 주자 학문의 전환점의 핵심을 정확하게 분석한 학자는 일찍이 없었다는 것이다.

또 진영첩은 다음과 같이 말하였다. "주자의 학문 방향에 대한 정확한 퇴계의 이해가 그 이전에 나온 송·원·명나라 학자들보다도 정확한 면이 있으므로 일본의 전통 유학자들이, 중국에서 나온 책들을 접어놓고서, 퇴계를 통하여 주자학을 이해하기 시작하였다." 일본 사람들이 중국 송·원·명대의 주자 학자들의 저술이 있는 줄을 몰라서가 아니라, 퇴계의 견해가 그런 사람들보다도 오히려 정확한 점이 돋보였기 때문에 퇴계를 높이고 믿게 되었다는 것이다.

이어서 퇴계 선생의 50대 후반부터 60대 중반까지 생애를 연보로 제시하고 설명한다.

● 57세
봄에 도산 남쪽에 서당 지을 터를 마련함.

8월 『주역』에 관한 책인 『계몽전의』를 완성함.

● 58세

2월 23세의 청년 율곡 이이가 계상 서당으로 찾아와서 3일
간 묵다가 떠남.

5월 제자들에게 보낸 편지를 뽑아서 "스스로 반성한다"는 뜻
을 담은 『자성록(自省錄)』을 엮음.

윤7월 다시 불려 나아가 상경함.

10월 다시 성균관 대사성에 임명됨. 새로 급제한 고봉 기대
승이 찾아와서 만남. 병으로 사직하자 그다음 달에 상호군(上
護軍)에 임명되었다가 12월에 공조참판에 임명됨.

● 59세

2월 휴가를 얻어 고향으로 돌아와서 여러 번 사직 상소를 올
려 7월에 공조참판에서 면직되어 동지중추부사란 벼슬을 내
려받음.

9월 중국 역대의 선비〔주로 송나라〕들이 지은 좌우명을 모아
서 "옛 거울〔교훈〕을 다시 닦아 본다"라는 뜻을 가진 『고경중
마방(古鏡重磨方)』을 엮음.

12월 송나라 말기에서 원나라·명나라에 걸친 성리학의 흐
름을 요약한 책인 『송계원명이학통론(宋季元明理學通論)』을
편찬하기 시작함.

● 60세

11월 기고봉의 편지에 회답하여 사단칠정을 논변함. 이해 도
산서당 건물 일부가 완성됨. 「도산잡영(陶山雜詠, 도산을 여
러 가지로 읊음)」이름을 붙인 시 3제 48수 외 1수 지음.

● 61세

3월 도산에서 머물며 서당 왼쪽에 절우사(節友社)라는 조그
마한 화단을 만들고 매화나무·대나무·소나무·국화(梅竹松

菊)를 심음.

11월 도산서당을 완성하고 「도산기(陶山記, 도산〔서당〕에 대하여 적다)」라는 장문의 산문을 지어 즐거운 뜻을 소상하게 나타냄.

• 62세

도산에서 「절우사 화단의 매화가 늦봄에 비로소 피어(節友壇梅花暮春始開)…」 등 3제 5수 지음.

• 63세

한 해 동안 고향 도산에 머묾. 『송계원명이학통론』 완성함.

• 64세

4월 계속 도산에서 지내며 여러 제자와 청량산에 감.

9월 조정암 선생의 행장을 완성함. 이때 이구(李球)가 쓴 「"마음에는 체와 용의 구별이 없다"는 말에 반박하는 글〔심무체용변心無體用辨〕」을 지음.

• 65세

3월 도산에 머물며 「도산십이곡 발문(陶山十二曲跋)」을 지음.

4월 글을 올려 동지중추부사 관직을 해임하여 줄 것을 청하여 허락받았으나 12월에 다시 그 관직을 받음.

• 66세

1월 제자 학봉 김성일에게 중국의 요순부터 북송의 정자 형제에 이르기까지 도학의 연원과 바른 맥락을 80자로 요약하여 적은 운문을 병풍에 적어서 줌〔병명屛銘〕.

2월 나라에서 공조판서, 다음 달에 홍문관·예문관 대제학을 겸임 발령하는 등 호의를 표시하고 불렀으나, 올라오지 않자 명종이 화공에게 「도산도」를 그리게 하고 그 위에 「도산기」와 「도산잡영」을 써서 병풍을 만들게 한 뒤 방안에 둘러 두게 함.

● 67세

5월 부름에 응하여 서울로 올라갔으나 명종이 승하하여 8월에 새롭게 임명된 예조판서 직도 사양하고서 임금의 장례식도 보지 않고 고향으로 돌아옴.

11월 새로 등극한 선조가 지중추부사에 임명한 뒤에 특명으로 불렀으나 응하지 않자, 연말까지 계속하여 올라오기를 재촉함.

앞의 연보나 뒤의 연보에 자주 나오는 여러 가지 벼슬에 관하여 조금 보충 설명을 할 필요가 있을 것 같다. 벼슬 중에는 첫 번째, 본직으로서 실무도 있고 봉급도 있는 벼슬이 있고, 두 번째, 본직이 있으면서 겸직하는 벼슬도 있고〔이 경우에는 별도로 봉급이 더 나오지는 않을 것임〕, 세 번째, 실무는 아무것도 없어 반드시 서울에 머물러 있지 않고 시골에 가서 살더라도 월급은 계속하여 나오고 그 직급에 상응하는 예우는 받는 일종의 명예직 같은 벼슬이 있다. 첫 번째 벼슬에 관하여서는 특별히 여기서 설명할 필요가 없을 것 같으나, 두 번째 겸직과 세 번째 명예직에 대하여서는 설명할 필요가 있을 것 같다.

앞서 퇴계 선생이 처음 벼슬을 받을 때부터도 홍문관에 본직으로 근무하면서도 세자시강원·경연·춘추관·승문원 같은 곳에 겸직하였다는 이야기를 한 적이 있다. 벼슬이 높아갈수록 이러한 겸직 업무는 더 많아지는 것 같은데, 그러한 겸직 벼슬 중에는 오히려 본직보다도 더 명예로운 직책도 있다.

예를 들면 '대제학' 같은 벼슬은 문관에 속한 대신 중에서 가장 겸직하는 것을 명예롭게 알려진 자리이다.〔한 예로 '광김연리'라는 말이 있는데, 광산 김씨와 연안 이씨 가문에서 이 벼슬을 겸직한 분이 많았다는 것을 자랑해서 하는 말이다.〕 퇴계 선생은 이런 대제학 벼슬을 몇 차례나 겸직으로 받았으나, 본직을 사양하면서 이러한 겸직도 사양하였다.

연보에 보면 받은 벼슬을 자주 사양하게 되면, 흔히 '상호군'이니, '첨지중추부사'니, '지중추부사'니, '판중추부사' 같은 벼슬을 받았다는 말이 나온다. 이러한 실무가 없는 벼슬을 '산직(散職)'이라고 하는데, 벼슬 이름만 보면 무관(武官)직이지만 문관, 무관에 관계없이 예우하기 위하여 수여하든가, 혹은 나이 많은 선비에게 '수직(壽職)'이라고 해서 경로의 표시로 이런 벼슬을 내리는 경우도 있었다. 호군은 정4품, 상호군은 정3품(당상관)이었다. 첨지중추부사는 정3품, 지중추부사는 정2품, 판중추부사는 종1품이었다.

퇴계 선생은 하는 일도 없이 이러한 직책으로 국록(國祿) 받는 것을 매우 불편하게 여기고, 이러한 산직도 거두어 달라고 여러 번 상소를 올렸지만 대개 관철되지 않았다. 이러한 산직에도 정규적인 봉급이 지급될 뿐만 아니라, 정규직 고관들에게 임금이 계절에 따라 내리는 하사품 같은 것이 있을 적에는 이러한 산관 직에 있는 사람들에게도 예외 없이 하사품이 내려왔다. 퇴계 선생은 이러한 것을 앉아서 받기만 하는 것을 몹시 송구하게 생각하여 모두 내려오는 것을 돌려주었으나, 다만 책이 하사될 때만은 모두 받아 두라는 재미있는 이야기가 만년에 서울에 올라가서 머물고 있던 손자에게 보낸 〔지금까지 대부분 미공개된 친필〕 편지에 자주 보인다.

당시는 각 지방의 특산물이 대개 관청에서 지정하여 생산되는 경우가 많았고, 이러한 것이 진상되면 임금이 다시 여러 고관에게 하사하는 경우가 허다하였던 것 같다. 그런 지방의 특산물 이외에도 그 당시에 서울 조정에서 주관하여 내는 특정한 물품, 예를 들자면 서책, 달력 같은 것도 많았던 것 같은데, 달력 같은 것은 똑같은 것을 한꺼번에 여러 권씩 하사받으면, 그것을 친지들에게 다시 1부씩 나누어 주기도 하였다.

학자로서 퇴계 선생의 위상을 설명하려면, 선생의 여러 가지 저서와 다른 학자들과의 교유, 사제 관계 같은 것을 소상하게 설명하여야 할 것이나, 지면의 제약으로 몇 가지 점만 들어 이야기하고자 한다.

58세 때, 23세 청년인 율곡 선생이 도산의 퇴계 선생의 '누추한' 거처를 잠깐 방문한 이야기는 잘 알려진 일화이다. 그때 율곡 선생은 퇴계를 뵙자마자 다음과 같은 매우 칭송하는 내용을 담은 시를 지어 올렸다.

> 학문의 흐름은 공자의 수수와 사수의 물결에서 나누어져
> 나왔고,
> 우뚝한 학문의 성취는 주자의 무이산이 빼어난 것과
> 같으시네.
> 살림이라고는 경전 천 권뿐이요,
> 숨어 사심에 집은 몇 칸뿐일세.
> 마음씨는 마치 비 갠 뒤의 맑은 달과 같고,
> 담소하시는 사이에도 이단의 물결을 그치게 하시네.
> 보잘것없는 제가 도를 얻어들으러 온 것이지,
> 반나절 한가함을 빼앗고자 함은 아닙니다.
> 溪分洙泗派　峯秀武夷山.
> 計活經千卷　行裝屋數間.
> 襟懷開霽月　談笑止狂瀾.
> 小子求聞道　非偸半日閒.
> 　　　－「예안을 지나는 길에 퇴계 이황 선생을 찾아뵙고 이에 율시
> 　　　　　1수를 바친다(過禮安謁退溪李先生滉, 仍呈一律)」

이 시를 보고서 퇴계 선생은 다음과 같이 답하였다.

병든 이 몸 문 꼭 잠그고 있던 터라 봄을 보지 못하였는데,
그대와 흉금 탁 털어놓으니 심신이 깨었다네.
명성 아래 헛된 선비 없음 이미 알고 있었으나,
연전부터 몸 공경히 못함 부끄러워할 만하네.
좋은 곡식은 돌피보다 못한 설익음 용납하지 않고,
가는 먼지조차 오히려 거울 새로 닦는 데 해롭다네.
과장 지나친 시어일랑 모름지기 깎아내 버리고,
공부에 노력함 우리들 모두 날마다 가까이하여 보세.
病我牢關不見春　公來披豁醒心神.
已知名下無虛士　堪愧年前闕敬身.
嘉穀莫容稊熟美　纖塵猶害鏡磨新.
過情詩語須刪去　努力工夫各日親.

-「이숙헌에게 주다(贈李叔獻)」

숙헌은 율곡의 자(字)다. 제2구 첫 자에 "공(公)"자를 쓴 것은
조금 파격적으로 보인다. 35년이나 나이가 적고 이제 갓 20세
가 넘은 청년에게 이렇게 높이는 호칭을 사용하는 것이 놀랍
다. 제4구의 "경신(敬身)"도 "몸가짐을 공손히 함", 또는 "인사
를 드림" 같은 뜻이 있지만 여기서는 앞의 뜻으로 봄이 좋을
듯하다. 내가 몸가짐을 바로 하지 못하였기 때문에 불의의 상
처도 하게 되고, 또 자식까지 하나를 잃게 되는 참변을 겪게
되었다는 자신의 아픔을 바탕에 깔고 하는 말인 것 같다. 이 젊
은 수재를 보면서 이미 죽은 아들 생각이 났을 수도 있다.
제5, 6구는 상대방에 대한 칭찬과 당부를 겸한 말이다. 제7구
는 율곡이 퇴계 선생에게 올린 앞의 시를 보고서 너무 자신을
과장되게 칭송한 것을 보고서 조금 못마땅하게 생각한 표현이
다. 마지막은 역시 함께 노력하면서 서로 친하게 지내보자는

온건한 권유로 끝난다.

이 두 수의 시를 보아도, 노장학자와 소장학자 사이의 연륜의 차이 같은 것이 느껴짐은 당연하지만, 근신하는 퇴계와 활달한 율곡 사이의 기질적인 차이점이 확연히 나타나기도 한다.

몇 년 전에 필자의 친구인 이광호 교수는 『퇴계와 율곡, 생각을 다투다』라는 책을 지어 이 두 분의 학문적인 차이를 매우 자세히 언급하였고, 필자는 이 책을 보고서 두 분 사이에 나눈 시에 관한 언급을 좀 부연하여 「퇴계와 율곡 수답시 재해석」이라는 글 한 편을 『연민학보』라는 잡지에 쓴 일이 있다. 이 두 분 사이에 관련된 자세한 이야기는 다만 그러한 글이 있다는 것을 소개하는 것으로 대신하고자 한다.

봄날 도산으로 찾아온 율곡을 처음 만났던 해 겨울에, 퇴계 선생이 서울로 올라가서 성균관 대사성(총장)으로 있을 때, 이제 막 문과에 급제한 32세의 청년 고봉 기대승(奇大升)을 처음 만났다는 것도 참 재미있는 사실이다. 퇴계와 고봉은 이후 8년 동안 성리학에 대한 진지한 열띤 토론을 편지로 나눈 것은 너무나 감동적인 이야기이다.

이 두 분이 나눈 진지한 토론 내용도 모두 한글로 소상하게 번역 해설된 책이〔『이선생(二先生) 왕복서』, 『퇴계와 고봉 편지를 쓰다』 등〕 두어 가지는 있어, 읽어보는 것도 좋을 것으로 생각된다. 그런 글을 보면, 이 두 분의 이야기가 서로 앞에서 하였던 상대방의 이야기를 다시 매우 신중하고도 명쾌하게 서로 요약하여 가면서 토론을 전개하여 나가고 있으므로 내용의 핵심을 파악하는 것이 생각보다는 그다지 어렵게 느껴지지 않는다.

이 두 분의 토론 내용을 여기서 요약할 겨를은 없고, 다만 퇴계 선생은 주자의 편지글 가운데 핵심을 요약하여 『주자서절요』를 만들어 주자학 연구의 지침서로 삼게 하였다고 말하였는데, 기고봉도 당시에 이퇴계를 제외하고는 유일하게 『주자대전』을 숙독하고서 『주자문록(朱子文錄)』(고봉연구회 번역)이라는 지침서를 지었다.

도연명과 이퇴계의 은퇴
-『퇴계잡영(退溪雜詠)』에 보이는 시를 중심으로

이퇴계는 49세 때 풍기군수를 그만두고 고향인 예안 도산의 토계 마을로 은퇴하였다. 여기서는 퇴계 선생의 50세부터 57세까지의 시를 중심으로 다루기로 하나, 그 이전과 이후에도 같은 마을에서 은퇴한 마음을 읊은 시 몇 수도 아울러 소개하고, 유가 선비들에게 '은퇴'라는 것은 어떤 의미인지, 비슷하게 은퇴를 노래하였던 도연명과 이퇴계의 시를 통하여, 그들이 말하는 은퇴라는 것이 무엇을 말하는 것인지도 알아보려고 한다.

이 시기에도 이퇴계는 완전히 벼슬자리에서 떠난 것은 아니고, 더러는 사직하고 시골집에 있었지만, 나라에서 계속하여 상호군이니, 첨지중추부사 같은 실무가 없는 명예 직함을 내리고서 계속하여 봉급을 지급하기도 하고, 가끔 어찌할 수 없이 서울로 불리어 가서 홍문관 교리, 성균관 대사성 같은 매우 중요한 직함을 받기도 하였으나 곧 사직하고 고향 땅으로 내려오기도 하였다. 그렇지만 이 시기의 그의 생활이나 목표의 중심은 어디까지나 은퇴한 산림(山林) 선비가 되는 것에 있었으므로 이 시기를 편의상 은퇴 시기로 보아도 될 듯하다.

퇴계 선생의 유적지를 가보면, 안동시 도산면 '토계동'으로 흐르는 조그마한 개천이 있는데, 그 물 이름이 바로 토계이며, 퇴계 선생은 이 토계를 퇴계로 고쳐 부르면서 호로 삼은 것이다.

퇴계 선생은 47세 때 다음과 같은 「퇴계(退溪)」라는 시를 지었다.

> 몸이 벼슬에서 물러나니 어리석은 자신의 분수에는 맞으나,
> 학문이 퇴보하니 늘그막이 근심스럽네.
> 이 시내 곁에 비로소 거처를 정하여,
> 이 시내를 내려다보며 매일 반성함이 있으리.
> 身退安愚分　學退憂暮境.
> 溪上始定居　臨有日有省.

주로 이 토계 마을에서 은퇴를 시도한 시기에 쓴 시들을 모은 책으로 『퇴계잡영』이라는 퇴계 선생의 자선(自選) 시집이 있다. 여기서는 주로 이 『퇴계잡영』에 수록된 시를 해설하기로 한다. 〔이 책을 필자와 장세후 박사는 2009년에 서울의 연암서가에서 공동으로 번역 주석, 해설해서 낸 일이 있다. 이하의 설명은 이 책 해설에서 많이 옮겼음을 밝힌다.〕

우선 퇴계 선생 자신이 이 시집의 이름을 '잡영(雜詠)'이라고 하였는데, 왜 그렇게 하였을까? 사전(『한어대사전漢語大辭典』)에 보면 '잡영'이란 말은 "생겨나는 일에 따라 읊조리는 것인데, 시 제목으로 상용된다(隨事吟詠, 常用作詩題)"라고 하였다. 비슷한 말로 '잡시(雜詩)'라는 것도 있는데, "이러저러한 흥취가 생겨날 때, 특정한 내용이나 체제에 구애받지 않고, 어떤 일이나 사물을 만나면 즉흥적으로 지어내는 시를 말한다(興致不一不拘流倒, 遇物卽言之詩)."라고 되어 있다.

실제로 이 『잡영』에 수록된 시의 제목이나 제목의 뜻을 설명한 말〔題注〕들을 보면 '~잡흥(雜興, 이것저것 흥이 나서)', '~서사(書事, 본 일을 그대로 적는다)', '~우흥(偶興, 우연히 흥이 일어)', '~감사(感事, 어떤 일을 보고 느낌이 생겨)', '~즉사(卽事, 어떤 일

을 보고 즉흥적으로 적음)', '～우감(寓感, 감회를 부침)', '～흥(興, …이 일어나)', '～영(詠, 길게 읊조린다)', '～음(吟, 노래로 읊는다)', '～우성(偶成, 우연히 시를 이룬다)', '～득(得, 시상을 얻게 되다)'… 이라는 말이 많이 나오는데, 모두 위에서 말한 '이러저러한 흥취가 생겨날 때 즉흥적으로 읊조리는 것'이라는 공식에 다 들어맞는 것 같다.

그러니 이 『퇴계잡영』에 수록된 시들은 모두 퇴계 선생이 벼슬에 관한 생각을 미련 없이 버리고 퇴계 마을로 물러나서, 아침저녁으로 마주하는 맑은 시냇물과 푸른 산, 부담 없이 만나는 향리의 선배들과 제자들, 조용히 음미해가며 읽을 수 있는 책, 새로 마련한 보금자리, 저녁에 뜨는 달과 철 따라 바뀌어 피는 꽃… 등과 같은 것을 대할 때마다 저절로 흥이 나서 쓴 즉흥시들이라고 할 수 있을 것이다.

다만 여기서 한 가지 생각해 볼 점은 이 시집에는 하나의 제목 아래 많게는 20여 수까지 이어서 쓴 연작시들이 다수 보이는데, 이러한 시들 또한 모두 흥이 생겨나서 쓴 시들이기는 하지만, 즉흥시라고 하기에는 적절하지 못한 것 같고, 오히려 자못 생활에 여유가 생겨 느긋하게 지어서 모아놓은 사유시(思惟詩) 성격을 띤 것들이 많다고도 할 수 있겠다.

또 하나, 시의 제목에 자주 등장하는 말로 '유거(幽居, 그윽하게 거처한다)', '한거(閑居, 한가롭게 거처한다)', '임거(林居, 숲속에 거처한다)' 같은 말이 있는데, 모두 '남모르게 한가로이' 지낸다는 공통점이 있다. '한서(寒棲, 조촐하게 거처하다)'라고 할 때 '서(棲)' 자에도 역시 '마음 놓고 쉰다'는 뜻이 있으니, 비슷하다고 하겠다. 벼슬에서 물러나 시골에서 살고 있으니 저절로 모든 생활이 '한가해진다'고도 할 수 있고, 또 의식적으로 그러한 것을 추구하였다고 할 수도 있다.

그런데 이퇴계와 같은 철학자나 시인에게는 이 '한가함〔閑〕'이야말로 대자연과 내가 하나가 될 수 있는〔천인합일天人合一, 또는 물아일체物我一體〕길에 이르는, 즉 도(道)에 통하는 수단이 된다고도 할 수 있다.

봄날 그윽이 거처하니 좋을시고,
수레바퀴며 말발굽 소리 문에서 멀리 떨어졌네.
동산의 꽃은 참된 성정 드러내고,
뜰의 초목은 건곤의 이치 오묘하네.
아득하고 아득하게 하명동에 깃들기도 하며,
까마득히 물 곁의 마을에 있기도 하네.
읊조리며 돌아오는 즐거움 모름지기 알 것이니,
기수에서의 목욕 기다리지 않으리.
春日幽居好　輪蹄迥絶門.
園花露情性　庭草妙乾坤.1)
漠漠栖霞洞　迢迢傍水村.2)
須知詠歸樂　不待浴沂存.3)

－「네 철 그윽이 은거함이 좋아서 읊는다(四時幽居好吟)」

---

1) 정초묘건곤(庭草妙乾坤) : 염계 주돈이가 창 앞의 풀 한 포기조차 건곤의 미묘한 이치를 타고났다 하여 뽑지 않은 일을 말함.
2) 하동~방수촌(霞洞~傍水村) : 하동은 지금 도산면 토계동 하계(下溪)의 일부인 하명동(霞明洞)을 말하며, 방수촌은 천사촌이라는 낙동강 가의 마을로 우리말로 내살메라고 하며 하명동 위쪽에 있음.
3) 영귀~욕기(詠歸~浴沂) : 『논어·선배들이(先進)』편에 공자가 제자들에게 각기 품은 뜻을 말해보라고 하자 증점(曾點)이, "늦은 봄에 봄옷이 이미 다 되면 관을 쓴 어른 5, 6명과 아이 6, 7명과 함께 기수에서 목욕하고 서낭당에서 바람을 맞으며 노래하며 돌아오겠습니다.(莫春者, 春服旣成, 冠者五六人, 童子六七人, 浴乎沂, 風乎舞雩, 詠而歸.)"라고 대답한 대목이 나온다. 기쁘게 처세하는 고상한 정조를 말함.

이 시는 62세 때 지은 것이다. 여기서 읊은 것과 같이 '동산의 꽃(園花)'이나 '뜰의 초목(庭草)'도 모두 조용하게 살펴보면 천지 만물의 본성[건곤정성乾坤情性]을 드러내는 것이다. 비록 시 제목에 '한거'니 '유거'와 같은 말이 없는 시라고 할지라도 「퇴계」, 「계상(溪上, 토계 마을의 시내) 곁에서」, 「계당(溪堂, 토계 마을의 집)」과 같이 처소를 시 제목으로 한 경우는 대개 이렇게 한가롭고 조용하게 자연 만물을 관조(觀照)하면서 사는 것을 즐거워하는 내용을 담고 있으니, 이러한 시들을 모두 '도통시(道通詩)'라고 해도 될 것이다.

또 한 가지 더 설명하고 싶은 것은 '…의 시에 화답하다(和…)', '… 시의 각운자에 맞추다(次韻…)'라는 시들이다. 소동파 시의 각운 자를 사용한 것이 1제(題) 2수(首), 두보의 시에 화답한 것이 2제 8수, 한유의 시에 화답한 것이 11수, 이회재 시의 각운 자에 맞춘 것이 4수, 제자인 정유일의 시에 화답한 것이 20수, 김성일의 시에 차운한 것이 1수 등이다.

이 가운데에서 특히 도연명의 시에 화답한 시가 가장 많다. 이전의 누구누구 시에 화답한다든가, 차운한다는 것은 바로 그러한 시들을 좋아하였다고 볼 수 있다. 그렇다면 이 시집에 나타난 것으로 보면 이퇴계는 퇴계로 물러 나온 후에는 도연명의 시를 가장 좋아하였고, 두보와 한유, 소동파의 시도 즐겨 보았다고 할 수 있다.

필자의 친구인 대만의 담강(淡江)대학 중문학과 왕소(王甦) 교수는 『퇴계시학』이라는 퇴계 시에 대한 개설서를 지은 적이 있는데, 퇴계가 영향을 받은 중국 시인들로 도연명, 두보, 소동파, 주자 같은 사람을 들고 있다.

여기서 필자 나름대로 시인 도연명과 이퇴계를 비교해볼까 한다.

묘금도 유씨가 정권을 훔쳐 기세 세상에 넘쳤는데,
강성에서 국화 따는 이 어진이 있네.
수양산에서 굶어 죽은 것 어찌 편협하다 않겠는가?
남산의 아름다운 기운 더욱 초연하기만 하네.
卯金竊鼎勢滔天　擷菊江城有此賢.
餓死首陽無乃隘　南山佳氣更超然.

이 시는 「황준량이 그림에 적을 시 10폭을 구하다(黃仲擧求題
畵十幅)」란 화제시(畵題詩) 가운데 「율리로 돌아와 밭을 갈다
(栗里歸耕)」라는 시인데, 시기적으로는 『퇴계잡영』의 시에 속하
는 57세 때인 1557년에 지어졌지만, 『문집』 권2에만 수록되
어있고 이 『퇴계잡영』에는 수록되어 있지 않다.

어떻든 이 시를 보면, 퇴계는 자기의 왕조인 은(殷)나라가 망
하고 주나라가 들어서자 주나라의 곡식을 먹지 않으려고 수양
산에 들어가서 고사리만 캐어 먹다가 죽은 백이·숙제의 태도
를 너무나 속 좁은 것으로 보았다. 그보다는 자기가 살던 동진
(東晉)이라는 나라가 망하고 묘금도(卯金刀) 유(劉)씨 성을 가
진 유유(劉裕)라는 장군이 남조에 속한 송(宋)나라를 세웠지만,
그 나라에서 주는 벼슬은 사양하였으나, 고향인 율리로 돌아가
서 가을 국화를 사랑하면서 남산을 마주 대하고 소요하는 도연
명을 더욱 높이 평가하였다.

이 『퇴계잡영』에 실린 「도연명집에서 '음주' 시에 화답하다 20
수」 가운데 제5수 도연명의 원시와 이퇴계의 화답시를 다음에
차례로 살펴본다.

띳집 이어 사람들 사는 곳에 있으나,
수레나 말 달리는 시끄러움 없네.
그대에게 묻노니, 어떻게 그럴 수 있는가?

마음 멀리 두니 땅도 스스로 구석져서라네.
동쪽 울타리 아래서 국화 따노라니,
한가로이 남쪽 산 눈에 들어오네.
산의 기운 날 저무니 아름답고,
나는 새는 서로 더불어 돌아가네.
이 가운데 참뜻 있어,
설명하려 하니 이미 말 잊었네.
結廬在人境　而無車馬喧.
問君何能爾　心遠地自偏.
採菊東籬下　悠然見南山.
山氣日夕佳　飛鳥相與還.
此中有眞意　欲辨已忘言.

이 시는 도연명의 시 가운데서도 대표작으로 꼽히는 명작이다.
그런데 이 시를 읽어보면, 도연명이 고향으로 돌아와서 '숨어 살
았다〔은거隱居〕'는 곳이 결코 인적이 미치는 않는 외진 곳이 아
니라 '사람들이 사는 마을〔인경人境〕'임을 알 수 있다. 그런데도
왜 속세와 같은 "수레나 말 달리는 시끄러움이 없는가?" 내 마
음이 속세와 머니 나를 찾아오는 수레나 말이 없어, 내가 사는
이곳이 스스로 구석진 것같이 조용하게 되었다는 것이다.

　내 본래 산과 들 좋아하는 체질이라,
　조용함은 좋아해도 시끄러움은 사랑하지 않네.
　시끄러움 좋아하는 것 실로 옳은 일은 아니지만,
　조용함만 좋아하는 것 또한 한쪽으로 치우친 것이라네.
　그대 큰 도를 지닌 사람들 보게나,
　조정과 저자를 구름 낀 산과 같이 여긴다네.
　의리에 맞으면 곧 나갈 것인데,

갈 수도 있고 돌아올 수도 있다네.
다만 걱정되는 것은 쉽게 갈리고 물들여지는 것이니,
어찌 조용히 몸 닦으라는 말을 돈독히 하지 않으리오.
我本山野質　愛靜不愛喧.
愛喧固不可　愛靜亦一偏.
君看大道人　朝市等雲山.
義安卽蹈之　可往亦可還.
但恐易磷緇⁴⁾ 寧敦靜修言.

퇴계 선생의 이 시를 보아도, 퇴계 선생이 고향인 퇴계로 물러
나서 사는 것이 결코 온갖 세상일을 다 잊어버리자는 데 있는
것은 아니었음을 알 수 있다.
마지막에 나오는 두 구절의 뜻은, 외부의 영향을 받아도 변화를
일으키지 않을 자신이 없기도 하고, 또 제갈량(諸葛亮)이 「아
들에게 훈계한 말(訓子)」에 나오는 것같이, "담박하지 않으면 뜻
을 밝힐 수 없고, 편안하고 조용하지 않으면 먼 곳에 이를 수
없기(非澹泊無以明志, 非寧靜無以致遠)" 때문에, 나아갈 수도 있지만
퇴계로 돌아왔다는 것이다.

　홀로 한 잔 술을 따라,
　한가로이 도연명과 위응물의 시 읊조리네.
　숲과 시내 사이를 유유자적하게 거니노라니,
　광활하여 마음 즐겁기 그지없네.

---

4) 인치(磷緇) : '磷'은 갈아서 얇게 만드는 것을 말하며, '緇'는 '淄'라고도 하
　며 물들여 검게 만드는 것을 말한다. 『논어 · 양화(陽貨)』- "단단하다고
　하지 않겠는가, 갈아도 얇게 할 수 없으니! 희다 하지 않겠는가, 물들여도
　검어지지 않으니!(不曰堅乎, 磨而不磷. 不曰白乎, 涅而不緇)" 이 말은 나
　중에 외부의 영향을 받아도 변화를 일으키지 않는 것을 비유하는 데 많
　이 쓰이게 되었다.

옛글에 실로 풍미 있으나,

병 많아 깊이 생각하는 것 두렵다네.

악을 미워하여 오명 남기는 것 격분하게 되었고,

선을 흠모하여 때늦은 것 한탄하였네.

시내 소리 밤낮으로 흘러가지만,

산의 경치는 예나 지금이나 같네.

무엇으로 이내 마음 위로해 볼까,

성인의 말씀 나를 속이지 않으리.

獨酌一杯酒　閒詠陶韋詩.5)

逍遙林澗中　曠然心樂之.

古書誠有味　多病畏沈思.

疾惡憤遺臭　慕善嗟後時.

溪聲日夜流　山色古今茲.6)

何以慰吾心　聖言不我欺.

　　　－「도연명집에서 '거처를 옮기며'라는 시의 각운자에 화답하다
　　　　　　　2수 가운데 제2수(和陶集移居韻, 二首, 其二)」

---

5) 도위(陶韋) : 진나라의 도연명과 당나라의 위응물(韋應物, 737?-791?)을 가
리킨다. 위응물은 당대(唐代)의 저명한 시인으로 장안(長安, 지금의 陝西
西安市) 사람이다. 일찍이 소주자사(蘇州刺史)와 강주자사(江州刺史)를 지
낸 적이 있으므로 그를 위소주(韋蘇州), 또는 위강주(韋江州)라고 하며,
또 입조하여 좌사낭중(左司郎中)을 지낸 적이 있어서 위좌사(韋左司)라고
도 부른다. 전원시인인 도연명과 사령운(謝靈運) 시의 기교를 융합시켜
담담한 필치로 그윽하고 조용한 경치를 잘 읊어내었으며, 작시의 풍격이
도연명과 비슷하다 하여 '도위(陶韋)'로 병칭되었다.

6) 고금자(古今茲) :『시경·주송·풀을 뽑음(周頌·載芟)』－"이같이 될 줄 알
아 이런 것이 아니며, 지금만 이 같은 것이 아니라, 예로부터 이러하였다
네.(匪且有且, 匪今斯今, 振古如茲.)" 이는 산의 경치가 아름답기가 예나
지금이나 이같이 좋다는 것을 나타내는 말이다.

[도연명의 원운시]

봄가을에는 좋은 날 많아,
높은 곳에 올라 새로운 시를 읊는다네.
문 앞을 지나면서 번갈아 서로 불러내어,
술 생기면 따라 마시네.
농사 바쁘면 각기 알아서 돌아가고,
한가로운 틈나기만 하면 번번이 서로 생각하네.
서로 생각나면 곧 옷을 펼쳐 입고 나가서,
말하고 웃고 하니 싫증 나는 때 없네.
이렇게 즐거운 일 끝날 날이 없으니,
이웃 친구여, 훌쩍 이곳을 떠나지 말게나.
입고 먹는 것 모름지기 꾀할 수 있으리니,
힘써 농사짓는 일 나를 속이지 않으리라.

春秋多佳日　登高賦新詩.
過門更相呼　有酒斟酌之.
農務各自歸　閑暇輒相思.
相思則披衣　言笑無厭時.
此理將不勝　無爲忽去玆.
衣食當須紀　力耕不吾欺.

마지막 구절에서 도연명은, "입고 먹는 것 모름지기 꾀할 수 있으리니, 힘써 농사짓는 일 나를 속이지 않으리라."라고 하였으나 이퇴계는, "무엇으로 이내 마음 위로해 볼까, 성인의 말씀 나를 속이지 않으리."라고 하였다.

필자의 친구 가운데 어떤 사람은, "이퇴계의 시는 다 좋은데, 꼭 마지막에 가면 열심히 공부나 하라는 말로 끝나기 때문에 재미가 없다."라고 농담을 한다. 위 구절에서도, "성인의 말씀 나를

182 이퇴계 선생의 생활과 시

속이지 않으리"라고 하였으니 역시 공부하겠다는 뜻을 담았다.

필자가 읽어본 바로는 이같이 "공부를 열심히 하자", "길을 잘못 들었으니 빨리 [고향 전원으로] 돌아가자"와 비슷한 표현이 40대 초중반에 서울에 올라가서 벼슬할 때 쓴 시에 거의 상투적으로 나타나지만, 오히려 이 『퇴계잡영』과 같이 40대 후반부터 50대 전반에 걸쳐서 전원으로 돌아와서 쓴 시에는 이미 그러한 소원이 어느 정도 성취되었기 때문인지 그러한 표현이 거의 보이지 않는다. 그러나 주자를 흠모하여 배우고자 하는 내용을 담은 표현은 매우 자주 보인다.

도연명이나 이퇴계의 시를 통하여, 그들이 말하는 은퇴의 공통점은, 은퇴하는 장소보다도 은퇴하고자 하는 마음의 다짐이 더 중요하다는 것을 알 수 있다. 나아가서, 술을 통하여 시름을 달래고 순박한 농사꾼이 되고자 하였던 도연명과는 달리, 학문을 닦아 성현의 길을 희구하였던 이퇴계는, 비록 시대가 다르고 방법은 조금 달랐으나 고요하고 그윽하게 자연을 가까이하면서 천지 만물의 성정(性情)과 조화를 자연을 통하여 체득하고, 자연에 몰입하여 사물과 내가 하나 되는 길을 추구한 점에서는 같았음을 알 수 있다.   (2013. 1. 20)

6. 퇴계 선생의 저술과 만년의 모습

퇴계 선생이 쓴 편지와 시는 각각 약 3천 수에 가까운 많은 작품이 지금도 남아 있는 것으로 짐작된다. 이 중에는 지금까지 별로 많이 공개되지 않은 내용도 아주 드물기는 하지만 더러 있고, 또 번역까지 되어 관심 가진 사람들에게는 이미 잘 알려진 내용도 매우 많다. 또 어떤 글은 퇴계 선생이 생전에 손수 정리하여 주목을 받아서 몇 차례나 한글로도 번역되기도 하고, 나아가서 외국어로까지 번역 소개된 것까지 있다. 그런 것 중에서 비중 높은 것부터 몇 가지를 뽑아서 소개할까 한다. 퇴계 선생은 68세 때 앞으로 서울에 머물며 벼슬하면서 임금을 직접 모시기가 어려울 것으로 생각하고, 선조에게 나라를 구할 만한 대책 6가지를 적은 매우 긴 상소문을 올렸다.〔무진육조소戊辰六條疏〕 또 임금이 지켜야 할 학문〔성학聖學, 유학의 목표가 인격을 완성하여 성인이 되는 데 있으므로 유학이라는 뜻도 있음〕을 10가지로 나누어서 보기 쉽게 도표를 그리고 설명을 보태어 올린 글이 유명한 『성학십도(聖學十圖)』이다.

세상의 온갖 사물의 형상과 특성은 모두 천태만상(千態萬象)으로 외형이나 속성은 다르지만, 그런 사물이 생겨나고, 자라고, 변화하는 데는 반드시 어떤 기본적 법칙이 밑바탕에 깔려 있는데, 그것은 눈으로 보려고 해도 보이지 않는데, 이러한 법칙, 또는 원리를 "이(理)"라고 하며, 그러한 것은 귀로 들으려고 하여도 들리지 않지만, 분명하게 모든 사물을 생겨나고 움직이게 만드는 원리로 작용하고 있다고 한다. 이 "이"는 다른 말로

하면, "하늘(天, 또는 하느님上帝)"이 내려준 법칙이기도 한데, 지극한 것이라고 하여 태극(太極)이라고도 한다. 따라서 모든 사물은 각기 태극을 지니고 있다고도 한다.

그러므로 세상의 모든 원리를 알기 위해서는 먼저 이 태극의 원리부터 정확하게 파악하지 않으면 안 되므로, 이 「십도」의 제1도는 「태극도」로 시작한다. 태극의 원리가 모든 사물에 모두 나누어 적용되어 그 원리를 나누어 가지기는 하지만, 형태가 각각 다르게(특수하게) 나타나는 원리를 전문적인 말로는 "이일분수(理一分殊)"라고 한다. 이 말은 퇴계 선생이 주자의 행장(行狀)을 읽을 때 특별히 눈여겨보고, 주자의 젊을 때 유학 공부의 출발이 바로 여기에서 시작한다는 점을 중국의 다른 연구자들보다도 먼저 확실하게 지적하였다는 점은 앞서 언급한 적이 있다.

태극의 원리에 대한 그림〔태극도〕은 원래 도가 계통의 도사가 그린 것이 있었다고 하는데, 북송 때 유가 계통의 철학자 주돈이(周敦頤, 호 염계)가 받아들이면서 그 그림에 대한 해설〔태극도설〕을 쓴 것이 있는데, 여기서부터 송대 유학자들의 우주 본체론에 대한 사상이 크게 뿌리내리기 시작한다.

이러한 원리가 인간 세상에 적용되어, 인간이 어떻게 태어나고, 어떻게 살아야 하는가 하는 원리를 해설한 내용을 설명하는 그림과 설명이 바로 그 제2도인 「서명도(西銘圖)」이다. "서명"이라는 글은 역시 북송 때의 장재(張載, 호 횡거)가 서실 서쪽에 붙여 놓았던 좌우명 이름인데, 여기서 사람은 모두 하늘이 준 이치에 따라서 어떤 천지의 기운을 나누어 타고 태어나기 마련인데, 그런 의미에서 보면 이 세상에 태어나서 살아가는 사람들은 모두 "동포(同胞, 같은 핏줄을 타고난 형제)"이며, 한 가족과 같으니 서로 사랑해야 하고, 천지에 가득한 온갖 물건〔만물〕도 모두 우리 인간들과 운명을 함께할 공동체의 일부라고 보았다. 인간이 가정을 이루게 되면 저절로 어른과 아이들 사이에 어떤 질서가 생겨나듯이 사회와 국가에도 질서가 생겨나게 마련인데, 그것도 따지고 보면 가족관계의 질서가 연장된 것이라고 말할 수 있다고 하였다. 그래서 이 세상에 사는 동안 하늘이 점지해 준 이러한 운명과 질서를 잘 지키면서 즐겁게 지내다가, 수명이 다하면 또 자연[하늘]의 질서에 따라서 즐겁게 자연으로 돌아가야 한다고 이 글에서는 강조하고 있다.

질서를 유지하기 위해서는 사람이 어릴 때는 어린아이로서 해야 할 도리를 행하고, 어른이 되어서는 어른으로서 행할 도리를 잘 행할 수 있도록 일상생활에서 습관이 들어야 하고, 옛사람들이 쓴 책도 읽으면서 배우고, 이치를 터득하기도 해야 한다. 이런 면에서 지침을 제시한 책이 바로 『소학』과 『대학』 같은 책이다. 그래서 제3 「소학도」, 제4 「대학도」가 제시되어 있다. 제5도는 「백록동규도(白鹿洞規圖)」인데, 주자가 여산(廬山)에 재건한 백록동서원에 들어와서 공부하는 학생들이 항상 마음에 지니고 있어야 할 덕목을 적어놓은 내용이 바로 이 "동규"이다. 이상 세 가지 그림 내용은 모두 사람들이 공부하고 실천해야 할 내용을 정리한 것이다.

제6도는 「심통성정도(心統性情圖)」이다. 그 뜻은 "마음이 성과 정을 통섭한다."라는 것이다. 이러한 이야기는 북송 때 장재(張載)가 한 주장을 주자가 받아들여서 발전시키기도 하였다고 한다.

원래, 맹자의 성선설을 따르면 어려움을 당하는 사람을 보고서 측은하게 느낄 수 있는 마음[측은지심惻隱之心], 남에게 양보할 수 있는 겸손한 마음[사양지심辭讓之心], 나쁜 짓을 하였을 때 스스로 부끄러워할 줄 아는 마음[수오지심羞惡之心], 무엇이 옳고 무엇이 잘못되었는지 가릴 줄 아는 마음〔시비지심是非之心〕 같은 네 가지 순수한 마음의 한쪽 자락〔사단四端〕은 곧 인의예지(仁義禮智) 같은 좋은 일의 실마리가 된다고 보았다. 또 『예기』에 나오는 즐거움〔喜〕·노여움〔怒〕·슬퍼함〔哀〕·두려워함〔懼〕·사랑함〔愛〕·증오함〔惡〕·욕심냄〔慾〕 같은 일곱 가지 감정〔칠정七情〕은 사람의 기(氣)에서 생겨나는 것으로 보았는데, 이런 것은 선하게 될 수도 있고, 악하게 될 수도 있다고 이야기한다.

이 제6도에서는 유독 상도·중도·하도 3가지 그림이 병렬되어 있는데, 상도는 원나라 때의 학자 정복심(程復心, 호는 임은林隱)이 쓴 다음과 같은 말에 근거하면서, 퇴계가 다소 수정하여 그렸다고 밝히고 있으며, 중도와 하도는 퇴계 자신의 창작이다.

> 임은(林隱) 정씨(程氏)가 말하기를, "소위 '마음이 성(性)과 정(情)을 통섭한다.'라는 것은, 사람이 오행(五行)의 빼어남을 받아서 태어남에 그 빼어난 것에서 오성(五性)이 갖추어지고, 오성이 동(動)하는 데서 칠정이 나오는 것을 말한 것이다. 대개 그 성·정을 통섭하는 것은 마음이다. 그러므로 그 마음이 적연(寂然)히 움직이지 아니함이 성이 되는 것은 마음의 본체요, 감통(感通)하여 정(情)이 되는 것은 마음의 작용이다. 장자(張子)가 '마음이 성과 정을 통섭한다.' 하였으니, 이 말이 합당하다. 마음이 성을 통섭하는 까닭에 인의예지가 성이 되고 또 '인의의 마음'이란 말도 있으며, 마음이 정을 통섭하는 까닭에 측은(惻隱)·수오(羞惡)·사양(辭讓)·시비(是非)가 정이 되고, 또 '측은한 마음·수오하는 마음·사양하는 마음·시비하는 마음'이란 말도 있는 것이다. 마음이 성을 통섭하지 못하면 미발(未發)의 중(中)을 이룰 수 없어서 성이 천착되기 쉽고, 마음이 정을 통섭하지 못하면 절도에 맞는 화(和)를 이룰 수 없어서 정이 방탕하기 쉽다. 배우는 사람들은 이것을 알아서 반드시 먼저 그 마음을 바르게 하여 성을 기르고 그 정을 단속하면, 배우는 방법이 얻어질 것이다." 하였습니다. 신이 삼가 생각건대, 정자(程子)의 '호학론(好學論)'에

는 그 정을 단속한다는 말이 마음을 바르게 하여 성을 기른다는 말의 앞에 놓여 있는데 여기에는 도리어 뒤에 있는 것은, 마음이 성과 정을 거느린다는 것을 말하기 때문입니다. 그러나 이치를 따져 말하면 마땅히 정자가 논한 것이 순리라고 하겠습니다. ○ 그림에 온당하지 못한 곳이 있기에 조금 고쳤습니다.

- 번역문은 한국고전DB 『퇴계선생집』, 권7에서 옮김

중도와 하도의 차이에 대하여 한 전문가의 설명을 좀 인용하고자 한다.

이 상도에서는 성과 정을 심의 체·용으로 통합시키는 전체적인 통일성을 제시한 것이다. 이에 비하여 퇴계 자신이 그린 중도와 하도는 이기론(理氣論)적 구조 속에서 성이 발하여 정으로 나타나는 심의 존재 양상을 두 가지 인식 입장에 따라 정연하게 분석한 것이다.

중도는, "기품 속에 나아가서 본연지성(本然之性)을 가리켜 기품과 섞지 않고 말한 것이다.··· 성을 이렇게 말하였으므로 그 성이 발하여 정이 된 것은 모두 선한 것을 가리켜 말한다"라고 퇴계 선생은 규정하였다. 이에 비하여 하도는, "이와 기를 합하여 말한다"고 규정한다. 성을 이렇게 말하였으므로 "그 성이 발하여 정이 된 것도 이와 기가 서로 기다리기도 하고 서로 해치기도 하는 점에서 말한다"고 규정한다. 퇴계는 이 도설에서 중도의 뜻을 다시 해명하면서 중도에서 이를 가리켜 말한 것은, "기를 아울러 말하면, 성이 본래 선함을 드러낼 수 없기 때문"이라고 밝히고 있다. 또한 중도에서 성은 본연지성을 가리켜 말한 것이므로 정에서도 칠정은 사단에 포함하여 모두 선하다.

그러나 하도에서의 성은 본래 하나이지만 청탁, 수박(粹駁)의 차이가 있는 기품 속에 있으므로 본연지성과 기질지성(氣質之性) 두 가지 명칭으로 구분되며, 그 정도 사단과 칠정이 구분되어 사단은 이가 발하고 기가 따르는 것으로 규정되고, 칠정은 기가 발하

고 이가 타는 것으로 규정된다.

- 금장태 저, 『성학십도와 퇴계철학의 구조』(서울대학교출판부, 2001) 133쪽

이 그림들에 퇴계 자신의 성리학에 관한 평생의 연구 결과가 가장 잘 요약되어 있다고 한다. 퇴계는 원래 사단 같은 좋은 것은 모두 이에서 발하고[이발理發], 이러한 것은 언제나 순수하고 착하기만 해서 절대로 악한 쪽으로 기울어질 수가 없다고 보았으나, 칠정은 기에서 발하기[기발氣發] 때문에, 더러는 착할 수도 있지만 더러는 악해질 수도 있다고 보았다고 한다. 그러나 기대승은 이가 발할 수는 없고, 다만 기만이 발한다고 하여 이 주장에 반대하는 입장을 취하였다. 이러한 상반되는 견해도 충분히 고려하여 이「성정도」의 하도에서는, "이가 발하면 기가 그것을 따르고, 기가 발하면 이가 그것을 타고 조정하게 된다(理發而氣隨之, 氣發而理乘之)"라고 수정하였다고 한다.

제7은 「인설도(仁說圖)」, 제8은 「심학도(心學圖)」, 제9는 「경재잠도(敬齋箴圖)」, 제10은 「숙흥야매잠도(夙興夜寐箴圖)」인데, 모두 심신 수련에 관한 이야기이다. 위에서 말한 사단의 측은지심이 곧 어짊[仁]의 발단이 된다고 하는데, 그 뒤에 나오는 항목들은 각각 의로움[義], 예절 바름[禮], 앎[智]의 발단이 되기는 하지만, 이 중에서 가장 중요한 것은 바로 인이며, 이 원리가 다음에 나오는 여러 덕목의 기본 바탕이 된다고도 하며, 세상의 온갖 사물이 부단하게 나와서 이어지는 이치도 이 인의 정신이 온 천지에 끊임없이 구현되고 있기 때문이라고도 한다. 인의 정신을 타고난 사람들은 타고난 마음을 잘 가다듬어 천지의 질서에 잘 순응하고, 하늘의 뜻에 잘 따라야 한다. 그러기 위하여서는 항상 모든 일에 공경하는 마음과 태도를 지니는 것이 중요하다. 그렇게 하자면 항상 아침에 일찍 일어나서[숙흥]

모든 생활과 공부를 부지런하고 하고, 밤이 되면 낮에 한 일에 대하여 반성하고, 낮에 한 공부의 뜻을 깊이 사색해야 한다〔야매〕. 대개 이러한 내용이 연속하여 이야기되고 있다.

이 『성학십도』는 한국어로는 금장태, 이광호, 최재목 같은 사람이 번역 해설한 책들이 있고, 영어로도 Michael Kalton의 훌륭한 번역이 있다.

퇴계 선생은 이 『성학십도』를 임금께 만들어 올리고 고향으로 돌아온 2년 뒤에 70세(1570)로 생을 마감하였다. 선생이 죽음을 앞두고서 자신의 일생을 돌아보면서 적은 「자명(自銘)」이라는 글이 있는데 내용은 다음과 같다.

生而大癡　　태어나서는 크게 어리석었고,
생 이 대 치

壯而多疾　　장성하여서는 병이 많았다네.
장 이 다 질

中何嗜學　　중년에는 어찌 학문을 좋아했으며,
중 하 기 학

晚何叨爵　　말년에는 어찌 벼슬에 올랐던고?
만 하 도 작

學求猶邈　　학문은 구할수록 멀어지기만 하고,
학 구 유 막

爵辭愈嬰　　벼슬은 사양할수록 몸에 얽혔다네.
작 사 유 영

進行之跲　　세상에 진출하면 실패가 많았고,
진 행 지 겁

退藏之貞　　물러나 은둔하면 올바를 수 있었다네.
퇴 장 지 정

深慙國恩　　국가의 은혜에 깊이 부끄럽고,
심 참 국 은

亶畏聖言
단 외 성 언
　　성인의 말씀이 참으로 두려웠다네.

有山巍巍
유 산 억 억
　　아아! 산은 높고 높기만 하고,

有水源源
유 수 원 원
　　물은 근원이 깊기만 하구나.

婆娑初服
파 사 초 복
　　초지를 한가로이 지키며,

脫略衆訕
탈 략 중 산
　　뭇 비방에서 벗어나려 하였다네.

我懷伊阻
아 회 이 저
　　내 그리워하는 분 저 멀리 있어 볼 수 없으니,

我佩誰玩
아 패 수 완
　　내 차고 있는 아름다운 구슬을
　　어느 누가 감상하리오?

我思故人
아 사 고 인
　　내 옛적 어른들을 생각하니,

實獲我心
실 획 아 심
　　정말 내 마음을 사로잡으셨구나.

寧知來世
영 지 래 세
　　어찌 후세 사람들이,

不獲今兮
불 획 금 혜
　　지금의 내 마음을 사로잡지 못한다 하랴?

憂中有樂
우 중 유 락
　　근심스러운 가운데에 즐거움이 있고,

樂中有憂
낙 중 유 우
　　즐거운 가운데도 근심이 있네.

乘化歸盡
승 화 귀 진
　　조화를 타고 돌아가니,

復何求兮 　다시 무엇을 구하리?
부 하 구 혜

앞 단락에서는 자신이 평생 살아온 역정을 담담하게 회고하였지만, "물이 깊고, 산이 높다"는 것은 자신이 숭상하던 학문의 뿌리가 그만큼 깊고도 높다는 뜻이요, "내가 차고 있는 아름다운 구슬을 누가 감상하리오?"라는 말은 "내가 평생 갈고닦은 학문을 후세에 누가 이어줄 것인가?"라는 기대를 담은 말이다. 내가 옛적 어른들의 학문에 매력을 느꼈듯이 후세에도 아마 틀림없이 내가 열어놓은 학문의 길에 대하여 매력을 느끼는 사람들이 계속하여 나올 것을 믿고 있다. 그렇기에 즐겁기도 하지만, 한편으로는 그러한 일이 순조롭게 계승될 수 있을는지 걱정이 되기도 한다는 내용으로, 겸손한 가운데 자신의 학문에 관한 확신과 자부를 남김없이 담았다. 퇴계가 어떤 분인지 이해하는 데 이보다 더 훌륭한 설명은 없을 것이다.

퇴계 선생은 생전에도 자신이 지은 시 중에서, 시를 지은 장소나 시제에 따라서 『퇴계잡영』이니, 『도산잡영』이니, 『매화시첩』이니 하는 시 선집을 친필로 정리해 남긴 것도 있고, 『주자서절요』와 같이 직접 선현(주자)의 글(편지)을 뽑아 주석까지 달아서 정리한 책도 있는데, 이 책은 이미 생시에 몇 차례나 목판본으로 간행된 적도 있다.

선생의 문집은 사후에 제자들과 집안사람들이 협력하여 임진왜란이 끝난 뒤(1600, 경자년)에 간행되었다. 권수로 60권 가까이 되는 방대한 원고를 전란 중에 거의 유실하지 않은 것도 놀라운 일이고, 또 그러한 미증유의 환란이 끝나자마자 이러한 책을 내었다는 것도 정말 놀라운 일이다. 마치 고려시대 외적의 침략 속에서도 팔만대장경을 간행하였던 사실을 상기하게 한다. 외적에게 침략을 받을수록 문화적인 자부심을 살려야 한다는 간절한 염원이 절절하게 작용하였다고 할 수도 있을 것 같다.

이 퇴계문집과 몇 가지 퇴계의 다른 저술들이 대충 한차례 한글로 완역되어, 『국역 퇴계전서』(전29책, 서울, 퇴계학연구원)로 엮어지기도 하고, 또 현대 중국어로도 문집 부분만은 〔매우 조잡하게나마〕 완역(전8권)되었다.

퇴계 선생의 저술은 일찍이 일본으로 흘러가서 부분적으로 간행되고 연구되기도 하였다. 일본의 한 퇴계학 전공학자(고 아베요시오阿部吉雄 경성제대 교수)는 『일본각판 이퇴계전집(日本刻版李退溪全集)』이라는 국배판(菊倍版) 책 상하 권을 내기도 하였는데, 「성학십도」와 「주자서절요」와 「이퇴계서초(書抄, 편지 뽑음)」, 「자성록(自省錄)」 등 11종이 수록되어 있다.

이중 「자성록」은 퇴계 선생이 작고한 지 15년만인 1585년에 나주목사로 재임 중이던 제자 김성일(金誠一, 호는 학봉) 선생이 간행한 책인데, 퇴계 선생이 만년에 제자 10여 명에게 보낸 편지에 답한 글 22편을 모아둔 것이다. 『성학십도』와 기고봉과의 문답서(「이선생왕복서」) 등과 같은 퇴계의 대표적인 저술은 한국에서도 번역 해설서가 더러 단행본으로 간행되기도 하였지만, 2015년에 이 책의 일역본이 나오고, 2016년에는 이 책의 영역본까지 나왔다. 다음에 이 두 가지 외국어 번역본에 대하여 소개할까 한다.

"자성(自省)"은 "스스로를 반성한다"는 뜻이다. 제자에게 보낸 편지들 내용을 다시 훑어보면서 선생 자신이 제자들에게 이미 한 말을 반성해 본다는 뜻이다. 이 편지들의 저술 연대는 대개 다음과 같다.〔괄호 안은 본명과 호 등 표시임〕

① 답남시보〔언경, 동강〕一, 56세 7월.
② 답남시보 二, 58세.
③ 답김백영 부인〔산남〕, 가행 부신〔양정당〕, 돈서 부륜〔설월당〕, 55세 윤11월.

④ 답정자중〔유일, 문봉〕 一, 56세 2-3월.

⑤ 답정자중 二, 56세 4월 11일.

⑥ 답정자중 三, 56세 4월 29일

⑦ 답정자중 四, 56세 5월.

⑧ 답정자중 五, 56세 6월 28일.

⑨ 답정자중 六, 56세 7월.

⑩ 답정자중 七, 56세 6월 28일.

⑪ 답정자중 八, 56세 12월 7일.

⑫ 답권생호문〔송암〕, 56세 10월.

⑬ 답김돈서, 53세 2월.

⑭ 답이숙헌〔이, 율곡〕, 58세 4월.

⑮ 답황중거〔준량, 금계〕 一, 59세 2월.

⑯ 답황중거 二, 59세 2월.

⑰ 답기명언〔대승, 고봉〕 一, 59세 10월 24일.

⑱ 답기명언 二, 59세 10월 24일, 사단칠정분이기변 제1서.

⑲ 답정자중·기명언, 60세 6월.

⑳ 여(與)기명언서별지(서견상書見上).

㉑ 답노이재수신, 60세 9월 1일.

㉒ 답기명언 三, 60세 9월 1일.

이 책의 교학적인 내용을 다음에 소개하고자 한다.

1) 초학자의 통폐〔①~② 편지〕

대체로 이 이치는 일상생활 속에 양양하게 넘쳐나는 것으로, 움직이고 멈추고 말하고 침묵할 때와 떳떳한 윤리로 응접하는 즈음에 있는 것이며, 평이하고 명백하며, 미세한 구석구석까지 언제 어디서나 그렇지 않음이 없으며, 눈앞에 드러나 있으면서도 흔적도 없는 곳으로 신묘하게 들어갑니다. 초학자들이 이것을 버리고 무턱대고 고원하고 심대한 데 종사하여 지름길로 가서 얻고자 합니다.

蓋此理洋洋於日用者, 只在作止語嘿之間, 彝倫應接之際, 平實明白, 細微曲折, 無時無處無不然, 顯在目前, 而妙入無眹.
初學舍此, 而遽從事於高深遠大, 欲徑捷而得之.

- 「남시보에게 답하는 편지(答南時甫)」

이러한 병을 고치기 위해서는,

ㄱ. 세간의 궁통 득실과 영욕 이해를 일절 생각하지 말고 마음에 누가 되게 하지도 말 것.

ㄴ. 일상생활에서 수작을 적게 하고 마음을 비우고 편안하고 유쾌하게 나날을 보낼 것.

ㄷ. 도서와 화초 완상 같은 것과 산수 어조(魚鳥)에 관한 즐거움 같은 것을 자주 누리면서 마음을 늘 느긋하게 가질 것.

ㄹ. 책을 읽는데도 많이 읽으려 하지 말고, 의미를 음미해가면서 즐겁게 읽을 것.

ㅁ. 일상의 평이 명백한 것에서 이(理)를 간파하고, 이것에 숙달되게 하고 이미 알고 있는 일에 대하여 느긋하게 마음에 스며들게 할 것. 우유함영(優遊涵泳), 물망물조(勿忘勿助, 잊지도 말고 서두르지도 말 것)

2) 위학(爲學)의 자세[④~⑫ 편지]

ㄱ. 입지(立志) : 성학(聖學)을 목표로 삼는다.

ㄴ. 위학본말 : 효제충신에 근본을 둔 다음에 천하만사와 진성지명(盡性至命)의 극치에 이르기까지 모두 마음에 두지만, 집안에서 어른을 모시고 가족관계를 원만하게 하는 것을 무엇보다도 급선무로 삼는다.

ㄷ. 연상강구(聯床講究, 친구와 같이 공부할 것)와 오기어병(悟其語病, 자기의 독단을 깨달을 것).

ㄹ. 학습 : 다만 말에 그치는 공부를 지양하고, 오래오래 수양하면서 완전히 마음과 이치[理]가 하나가 되게 할 것. 그 방법으

로는 정자의 '정제엄숙(整齊嚴肅)', 안자의 '사물(四勿)', 증자의 '동용모(動容貌)'·'정안색(正顔色)' 등 '공경〔敬〕'하는 마음을 바탕에 두지 않으면 안 된다.

ㅁ. 수처하공(隨處下工) : 시끄러운 데보다는 조용한 데가 전일한 공부를 하기가 낫다고 하지만, 꼭 이런 것만 따르면 노장이나 불교와 다를 것이 없고, 가정의 일상사 자체가 성학의 목표에서 벗어난 것이 아니므로, 어디에서든지 전일한 공부를 계속하지 않으면 안 된다.

ㅂ. 천이득력(踐移得力) : 실천에 옮기면서 힘을 얻는다.

3) 위학요법〔⑬~⑲ 편지〕

ㄱ. 독서 : 다독보다는 숙독, 정독, 낮에 읽은 것을 밤에 생각해 볼 것.

ㄴ. 존양거경 : '주일무적(主一無適, 하고 있는 일에 집중하고 정신을 산만하게 흩트리지 말 것)', '상성성(常惺惺, 항상 깨어 있을 것)'

ㄷ. 성찰궁리 : 존양거경과 함께 성학 방법론의 양단을 이룸. 정도와 사설, 의(義)와 이(利), 벼슬에 나아갈 것인가, 물러날 것인가 하는 거취〔출처出處〕 문제 같은 점에 대하여 항상 반성하고, 사물을 철저히 분석하여, "산비둘기가 둥근 대추를 통째로 삼키는〔골륜탄조鶻圇呑棗〕"듯한 일이 없게 할 것이며, 분석을 다시 종합해 보고, 하나의 관점에만 머물러 있지 말고 바꾸어 가면서 다양한 측면에서 파악〔수처활간隨處活看〕하지 않으면 안 된다.

4) 계근명(戒近名)〔⑳~㉒ 편지〕

ㄱ. 헛된 이름이 먼저 퍼지는 것〔허성선파虛聲先播〕을 조심할 것.
ㄴ. 명성이 나는 것을 경계할 것〔계근명戒近名〕 등등.

- 이상은 신귀현(申龜鉉), 「자성록을 통하여 본 퇴계의 위학방법론」, 1985년, 일본 쓰꾸바(筑波)대학 주최 국제퇴계학회 발표 논문〔日文〕을 참조하였음.

이 『자성록』은 일본 훈점(訓點)이 찍힌 목판본이 도리어 조선으로 들어와서 간행되기도 하였다고도 한다.〔최종석이 번역한 『자성록』(국학자료원, 1988) 뒤에는 이 일본 판본이 영인되어 붙어 있음.〕
이 책에 관한 한국어 번역으로는 위에서 말한 최종석 박사 것 이외에 이상은(절반 정도 번역, 예문출판사, 이상은전집), 도광순, 윤사순(국역 퇴계전집 21책에 수록, 윤사순 구고舊稿, 유종기 보충 정리), 고산(동서출판사 월드북, 예설에 관한 오천(烏川)의 광산김씨 3형제에게 답한 편지는 생략) 같은 분들의 번역이 있다. 대개 해설이나 각주도 없거나, 있다고 하여도 그다지 정확하지 않은 경우가 많다.
일어 번역판은 저명한 평범사(平凡社) 동양문고의 864권으로 나온 것인데, 한문 원문과 그 원문에 관한 축자역과, 의역 두 가지를 나열하고, 각주도 자못 상세하며, 또 30쪽 넘는 상세한 해설이 있다. 이 책 자체에 관한 해설뿐만 아니라, 이 책이 일본학계에 미친 영향 같은 것까지 소상하게 소개하여 매우 읽을 만하다. 교주자는 난파정남(難波征男, Nanba Yukio, 福岡여자대학 명예교수)으로, 동호인들이 모여서 8년 동안 윤독한 뒤에 정리하여 낸 것이라고 한다. 그러나 한국의 관직 제도 같은 것에 관한 주석에는 더러 불분명한 점이 보여, 옥에 티라고 할 수 있다.
영어 번역자는 에드워드 정(Edward Chung, 캐나다 PEI대학 교수, 한국 교포) 박사인데, 하와이대학 출판부에서 2016년에 출판하였다. 제목은 『한 한국 유학자의 삶에 대한 생각(A Korean Confucian Way of Life and Thought)』이며, '이퇴계의 자성록(자기반성의 기록Record of Self-Reflection)'이라는 부제가 붙어 있다. 이 책은 비록 한 권의 번역 주석서이기는 하지만, 서양의 일반 학술 서적이 갖추고 있는 모든 장점을 갖추고 있다. 45쪽이나 되는 해설에 80쪽이 넘는 상세한 미주(尾注), 9쪽이 넘는 이 분야에 관한 상세한 참고 서목, 10쪽이나 되는 자못 상세한 색인도 갖추어져 있다. 번역도 서양 사람들이 읽고 이해할 수 있도록 매우 친절하게 되었으나, 다만 『자성록』 한문 원문이 수록되지 않아 원문을 알고자 하는 사람은 원문을 별도로 대조해 가면서 읽어야 할 것 같다.

대체로 보건대 이미 한국에 나와 있는 몇 가지 책보다는 여러 면으로 정성껏 만든 것임에는 틀림이 없다. 이런 점에서 보면 한국의 출판문화 수준이 일본이나 미국에는 따라가지는 못하는 것 같아 부끄럽다.   (2016. 9. 10)

퇴계 선생 장서(藏書) 목록 해설

– 금난수(琴蘭秀) 『성재일록(惺齋日錄)』 관련 부분 소개

1. 1. 머리말

퇴계 선생은 평생 "만권서(萬卷書)"를 소장하고 있다는 말씀을 매우 여러 번 하셨다. 그런데 실제로 어떤 책을 소장하고 계셨는지 매우 알고 싶었다.

그런데, 대구에서 현직에 있을 때 같은 학교 국사학과의 이수건 교수가 『금난수일록(琴蘭秀日錄)』에서 퇴계 선생의 장서를 적은 목록 부분을 몇 장 복사하여 주었다.

금난수라는 분에 관해서는 한국고전종합DB 각주 정보에 다음과 같은 소상한 소개가 있다.

> 금난수 : 1530-1604. 본관은 奉化, 자는 聞遠, 호는 惺齋 또는 孤山主人이다. 처음 靑溪 金璡에게 글을 배웠고, 뒤에 처남인 趙穆의 소개로 李滉의 문하에 들어가서 수학하였다. 長興庫直長·掌隷院司評이 되었다. 임진왜란이 일어나자 鄕兵을 이끌고 전투에 참여하였다. 宣武原從功으로 좌승지에 추증되고 東溪祠에 봉안되었다. 저서로 『惺齋集』이 있다.

이분은 월천(月川) 조목(趙穆) 선생의 매부로, 월천 선생과 같이 퇴계 선생을 가장 가까이서 자주 모시던 제자의 한 사람으로 알려져 있으며, 도산서당을 지을 때 건축공사 감독을 맡았다고도 전한다. 또 평생 부지런히 일기를 썼는데, 사후에 그 아들이 일기를 청서해 놓은 책이 있는데, 2019년에 안동의 국학진흥원에서 한글 번역본을 단행본으로 이미 간행한 바 있고, 그다음 해에는 이 책을 소재로 몇 사람이 공동연구하여 책 한 권을 출판하기도 하였다. 이 번역본이나, 그 연구서나 제목은 모두 『성재일기(惺齋日記)』로 되어있다.

이와는 별도로 그의 문집인 『성재선생집(惺齋先生集)』도 한국국학진흥원에서 국역 간행된 바 있는데, 거기 실린 기록 중에는 다음과 같은 도산서당 건립 때의 시말(始末)을 상세히 기록한 「도산서당영건기사(陶山書堂營建記事)」를 볼 수 있다.

가정 6년(정사년)에 선생은 서당의 기지를 도산의 남쪽에서 얻으셨는데, 그 감격을 시 2수에 적으셨다. …법련이라는 중이 죽은 뒤에 정일이라는 중이 계속하여 건물을 짓고자 하니, 저 난수에게 편지를 보내어 말씀하시기를, "도산에 서당을 짓는 일을 어떤 중 하나가 맡아서 하고자 하니, 기와 굽는 일부터 차례대로 진행할 수 있을 것을 기대할 수가 있을 것 같이 생각하네. 그렇지만 어찌 법련이라는 중같이 용감하게 척척 알아서 하겠다고 하는 것과 같을 수야 있겠는가?" 하셨다.

경술년 7월에 일을 시작하여 11월에 건물이 이루어지니, 건물은 무릇 3칸인데, 헌은 암서요, 재는 완락인데, 합하여 도산서당이라고 편액을 붙였다. …

암서헌은 자리를 남쪽으로 볕이 잘 들어오도록 잡았는데, 3칸의 규모로 지었다. 그런데 3면으로는 기둥을 물러 세웠고, 동쪽으로는 날개 처마를 덮었으므로 자못 시원하다. 집 안의 서북쪽 벽에는 서가를 만들어 넣고. 서쪽으로는 침실의 반쯤 되는 공간을 격리시켜 제한해 놓고서 그 가운데는 비워놓게 하셨다. 제가, "서가를 자는 곳과 기거하는 곳 아래쪽에 놓아두지 않는 데는 또한 어떠한 의도가 있는 것입니까?" 하고 물었더니, 선생께서는 다음과 같이 대답하셨다. "이곳은 바로 내가 잠자고 거처하는 곳이다. 좋은 교훈이 뒤에 있는데, 그것을 등지고 앉아있다는 게 죄송스럽기 때문에 이렇게 하는 것이야…."라고.

그 가운데 옛날 책이 천여 권이나 있는데, 좌우의 서가에 나누어 꽂았고, 또 화분 하나, 책상 하나, 벼룻집 하나, 안석 하나, 지팡이 하나, 삿자리 한 입과 향로와 혼천의가 있었고, 남쪽 벽 위쪽 뒤에 시렁을 만들었는데, 옷 상자와 책 상자를 놓아두었는데, 이밖에 딴 물건은 없었고, 서가에 꽂아둔 책꽂이는 일사불란하였다.

매년 한여름 청명한 날에는 책을 내어다가 포쇄하기도 하고, 토계 마을에 있는 책들과 서로 오가며 바꾸어 놓기도 하여서 이따금 서로 늘기도 하고 줄기도 하였다.

일찍이 저로 하여금 두 곳의 책 장부를 만들어 내게 하였는데, 합쳐서 헤아리면, 무려 1천7백여 권이나 된다.

모시고 있던 때, 선생님께서 더러 참고하고 열람하실 곳이 있으면, 몇째 서가, 몇째 줄, 몇째 칸에 있는 무슨 책을 뽑아보라고 하셨는데, 뽑아서 살펴보면 추호의 착오도 없었다. 선생의 정신력의 함양을 이런 데서도 그 일단을 볼 수가 있었다.

위의 기록을 보면, 퇴계 선생이 노년에 마련하신 도산서당의 규모나, 장서 수, 서가의 배치, 선생의 서적 관리 상황이나, 소장도서에 관한 정확한 기억과 파악… 같은 이야기를 매우 소상하게 그려내고 있다.

그러나 앞에서 이야기한 두 가지 『성재일기』라는 책을 모두 검토해 보아도, 바로 위에서 말한 바와 같은 퇴계 선생의 장서목록에 관한 이야기는 한마디도 찾아볼 수 없다. 왜 그럴까?

자세히 살펴보니 이 장서목록이 적힌 자료의 표제는 『성재일록(惺齋日錄)』으로 되어있고, 또 그 두 가지 목록 시작 부분에도 어느 해, 어느 달, 어느 날에 이 목록을 작성한다는 기록이 전혀 보이지 않는다. 그러니 이 도서목록은 정확하게 말하자면, 연속되는 일기의 한 부분으로 적어둔 것은 아니고, 우연히 생겨난 일에 관한 특수한 비망록 같은 것이라고 볼 수밖에 없을 것 같다.

여기서 소개하는 『일록(日錄)』의 상세한 도서목록 뒤에는 평소에 퇴계 선생이 이런 책들을 어떻게 철저하고 주밀하게 관리하셨는지, 이런 책들의 내용을 얼마나 정확하게 기억하고 계셨는지 하는 점을 놀랍게 적고 있을 뿐만 아니라, 암서헌(巖棲軒)의 특수한 건물 구조에 관해서도 설명하고 있는데 이 내용은 실제로 바로 앞에서 소개한 「영건기사(營建記事)」와 대체로 일치한다.

이로 보면 이 『일록』에서 『일기』는 하나도 취한 것이 없으나, 「영건기사」에서는 도서목록은 버리고, 책의 규모나 서가의 운영 같은 이야기만 부분적으로 조금 취하여 설명한 것 같다.

위의 두 가지 목록 – 뒤에서는 빌려온 책을 별도로 취급하여 세 가지 목록으로 나누어 설명하기로 한다 – 을 탈초(脫草)하여 다음에 제시하고자 한다.

책 이름 밑에 책 내용을 설명하는 말들은 대개 한국고전종합DB에서 따온 것이나, 가끔 * 표시를 하고 필자의 설명을 붙이기도 하며, 어떤 경우에는 『한국민족문화대백과사전』에서 해당되는 항목에 관한 설명을 더러 발췌하여 소개하기도 한다. 위의 두 가지 자료를 검색하여도 나오지 않는 중국 자료에 관해서는 전자판 사고전서(四庫全書)〔총목總目〕나, 그 간명목록(簡明目錄)(김만원, 한글번역본) 같은 참고자료도 더러 활용하고자 한다. 이 밖에 『역주 해동문헌총목』(김진곤 등 역주)과 국학진흥원의 여러 기탁 도서목록집 등도 참고하였다.

필자는 이 작업을 통하여 퇴계 선생이 가지고 있었던 책이 어떤 책들이었는지 그 내용도 자못 철저하게 파악하고 싶다. 이런 일이 퇴계 선생의 학문을 이해하는 데, 한 가지 좋은 길잡이가 될 것으로 생각하기 때문이다.

1. 2. 첫 번째 목록(도산서당 암서헌 소장)

선생이 나에게 서가에 있는 책들을 모두 검색해 보도록 명하셨다.(先生命某, 檢會書架上書)

▲ 첫 번째 목록의 시작 부분

1. 四書
『논어』·『맹자』·『대학』·『중용』

2. 三經
『시경』·『서경』·『주역』

3. 四書或問
주자가 사서의 각 장을 문답식으로 논변한 주석서. 20권 6책.

4. 四書章圖
중국 元나라 때 학자인 程復心이 朱子의 四書集註를 참고하여 圖式을 만들고 자기의 뜻을 덧붙여 만든 책으로 22권.

5. 小學集成
원나라 말기, 명나라 초기 何士信이 편집. 10권.

6. 禮記
禮經이라 하지 않고 『예기』라고 한 것은 禮에 관한 논설, 또는 註釋의 뜻을 나타내고 있다.

7. 〔孔子〕家語
『한서』「예문지」에는 27권으로 기록되어 있는데, 顔師古는 지금 전하는 『가어』와 다른 것이라고 한다. 지금 전하는 것은 10권으로, 위나라 王肅이 주석하였다. 孔門의 제자들이 기록한 것이라고 하나, 왕숙이 지은 것이라는 의심을 받고도 있다.

8. 性理大全
明나라 永樂 13년(1415)에 翰林院 學士인 胡廣 등이 황제의 명을 받들어서 편찬, 모두 70권. 宋나라 때 道學者인 周敦頤·張載·程子·朱子 등 성리학자들의 설을 집대성하였음.

9. 性理群書〔句解〕

宋代 諸儒의 遺文을 분류해서 23권으로 편찬. 송나라의 熊節이 周敦頤·程顥와 程頤·張載·邵雍·司馬光·朱熹 등 학자들의 글을 모아 분류하여 편차하고, 熊剛大가 주석.

* 이 책은 성리학자들의 글을 구절마다 평이한 한문 투로 다시 풀어 적었는데, 조선 초기에 우리나라에서도 간행되었다. 그 풀이가 그다지 잘된 것은 아니나 초학자들이 이해하기에는 편하도록 되었다고 함.

10. 二程全書

송대의 성리학자 程顥와 程頤 두 형제 철학자의 저술을 모아 엮은 것이다. 胡安國이 문집을 편집하고, 朱子가 『遺書』와 『外書』를 편집하고, 張玘(장기)가 經說을 합한 모두 65권인데, 『二程遺書』 25권·부록 1권·『二程外書』 12권·『明道先生文集』 5권·『伊川先生文集』 8권·『伊川易傳』 4권·『程氏經說』 8권·『二程粹言』 2권이 포함되어 있다. 周敦頤의 뒤를 이어 북송 理學을 발전시킨 그들의 사상이 형성 발전되는 과정을 보여주는 책이다.

11. 近思錄

宋나라 朱熹와 呂祖謙이 편찬한 책. 周濂溪·程明道·程伊川·張橫渠의 학설에서 일상생활의 수양에 필요한 일까지 622조를 14門으로 분류하였다.

12. 心經

宋 眞德秀 撰. 心에 대해 논한 聖賢格言을 발췌하고 또 精要한 諸儒의 의논을 採集하여 주석을 달았는데, 大旨는 正心을 근본으로 삼았다.

13. 伊洛淵源〔二〕錄
주희 撰. 모두 14권. 周敦頤 이하 두 程子의 교유 및 그의 제자 46인의 언행을 수록.

14. 朱子大全
남송 성리학의 완성자인 朱熹의 문집. 121권. 본래 『朱文公文集』으로 불리는데, 조선에서는 "주자대전"이라 이름 붙여 간행하였다.

15. 晦庵書節要
退溪가 朱子의 편지 중에서 중요한 것을 뽑아 엮은 책. 20권 10책. 명종 16년(1561) 星州牧에서 처음 刻印하였으며, 그 뒤에 선조 6년(1572) 再印 때는 "朱子書節要"로 명칭을 고쳐 오늘날까지 통용되고 있다.

16. 朱子實記
명나라 戴銑이 찬한 책으로 모두 12권으로 이루어져 있다. 주희의 시말에 대해 상세히 기술하였는데, 道統源流, 世系源流, 年譜, 行狀, 本傳, 廟宅, 門人, 褒典, 讚述, 紀題 등으로 조목을 나누어서 서술.

17. 文公年譜補闕
주문공〔주자〕의 연보에 관한 보충 자료인 것 같으나, 자세한 것은 미상.

18. 南軒唱酬集 〔南嶽倡酬集의 오기임〕
1167년 11월에 송나라 朱熹·張栻·林用中 세 사람이 4, 5일 동안 형산을 유람하는 도중에 보고 느낀 감회를 읊은 시가 140여 수 있는데, 뒤에 명나라 때 鄧淮가 이 시들을 모아서 이 책을 엮었다. 남악은 중국의 음양오행설에 의한 5대 명산 가운데 하나로 불리는 衡山으로 湖南省에 있다.

19. 家禮

송나라 朱熹가 지은 것으로 전5권에 부록이 1권인데 "文公家禮" 또는 "朱子家禮"라고도 함.

20. 家禮會成

明나라 학자 魏堂이 『주자가례』의 글을 분석하여 여러 주석 및 경전에서 밝혀놓은 禮教들을 각 조목의 아래에 기재하고, 자신의 견해와 『家禮儀節』의 주석을 첨부한 책.

21. 〔國朝〕五禮儀

吉·凶·軍·賓·嘉의 다섯 가지 예에 관한 儀節을 모아 놓은 것인데, 조선 成宗 5년에 申叔舟 등이 편찬.

22. 儀禮經傳

주자가 『의례』를 중심으로 『예기』와 經·史에 있는 예설과 先儒들의 학설을 모아 편찬한 책. 원집 37권, 속집 29권.

23. 儀禮註疏

『의례』에 관한 주와 소를 합하여 편집한 책. 17권.

24. 家禮儀節

明나라 학자 丘濬이 주자의 『가례』에 주를 단 책으로, "文公家禮儀節"이라고도 한다. 6권 3책.

25. 二程粹言

龜山 楊時의 저술. 양시의 학문은 羅從彦과 李侗 등을 거쳐 주희에게로 이어져 理學의 형성과 발전에 중요한 영향을 끼쳤다.

26. 延平問答〔答問〕

주희가 그의 스승 연평에게 배운 것을 정리하여 편찬한 책이다. 이 책은 「師弟子問答」·「後錄」·「補錄」3편으로 되어있는데, 「사제자문답」은 주희가 스승의 說을 손수 엮은 것이고, 「후

록」은 주희의 延平師說에 대한 말과 遺文·遺事를 追錄한 것이
고, 「보록」은 후록의 미비한 것을 더 보완한 것이다.

'연평'은 송나라 학자 李侗을 말한다. 연평은 호이고, 자는 願
中, 시호는 文靖이며, 〔복건의〕 劍南 사람이다.

27. 性理節要

조선 전기 문신·학자 김정국이 『성리대전』에서 중요 부분만을
발췌하여 간행함. 내용은 같으나 책명이 "성리대전절요"로 된
목판본(4권 2책)과, "성리대전서절요"로 된 목활자본 2종이 전
한다.

28. 性理諸家解

명나라 楊維聰 편집, 34권. 특히 『주역』에 관련된 성리학자들
의 주석을 모은 책인 것 같음.

29. 理學類編

明나라 張九韶가 周敦頤·程顥 형제 이하 몇 학자가 논설한 天
地·鬼神·人物·性命 등에 관한 것을 모아 놓은 것으로, 모두
8권이다.

30. 程氏遺書分類

『程氏遺書』는 二程遺書의 별칭. 송대의 성리학자 程顥와 程頤 두
형제 철학자의 저술을 모아 엮은 것이다. 胡安國이 문집을 편
집하고, 朱子가 『遺書』와 『外書』를 편집하고, 張玘가 經說을
합한, 모두 65권이다. 二程遺書 25권·부록 1권·二程外書 12
권·明道先生文集 5권·伊川先生文集 8권·伊川易傳 4권·程氏
經說 8권·二程粹言 2권이 포함되어 있다.

* 여기서 말하는 "분류"라는 책이 어떤 책인지는 미상. 조선 후
기 학자 송시열이 『이정전서』에서 중요 부분을 발췌하여 1719년
에 『程書分類』라는 책을 내었다고 하는데〔한국민족문화대백과사

전], 그 책에 앞서, '이미 "楊氏의 『분류』가 있지만 정밀하지 못하여" 이 책을 다시 만든다'[우암이 朴和叔(박세채)에게 보낸 편지]라는 편지 내용을 보면, 그 이전에 이미 이러한 책이 있었음을 알 수 있다.

31. 素問

『黃帝素問』. 중국에서 가장 오래된 醫書. 黃帝와 岐伯이 문답한 말을 기록한 것임. 총 24권. 당나라 王氷의 주가 있다.

32. 周禮

周나라 周公이 주나라의 官制를 기록한 책으로, 『儀禮』·『禮記』와 함께 三禮로 불린다.

33. 闕里志

明나라 陳鎬가 孔子의 遺址인 山東省 曲阜 闕里의 연혁을 저술하였다. 明 孝宗 12년인 1499년 궐리의 孔廟가 파손되자 효종의 명으로 5년에 걸쳐 重修하였다. 이때 戶部尙書 李東陽 등이 뜻을 모아 궐리에 관한 포괄적인 내용을 담은 책을 펴내기로 하고, 이듬해 1505년 가을에 이 책 13권을 완성하였다.

34. 〔易學〕啓蒙

朱熹가 撰한 것으로, 모두 4권. 당시 학자들이 周易에 대하여 말하기를 좋아하였는데, 文義를 중시하는 자는 支離散漫해서 근거한 데가 없고, 象數를 중시하는 자는 牽强附會해서 합리성이 결여되어 있었다. 그래서 『周易本義』를 지은 후에 학자들이 그 의미를 분명히 알지 못할까 염려하여 57세 때인 1186년에 이 책을 지은 것이라 한다.
이 책은 易의 圖式, 占筮에 관한 數理的 설명이 주를 이루고 있다. 이 책의 초고는 門人 蔡元定이 편집한 것이다.

35. 啓蒙圖書鑿妄

주역에 관련된 여러 가지 도표의 잘못됨을 지적한 것 같으나, 자세한 것은 미상.

36. 天原發微

宋나라 鮑雲龍(호 魯齋)이 지은 것으로, 모두 5권 25편으로 이루어져 있으며, 天數의 象과 易의 數理에 대해 밝힌 책.

37. 蔡註感興詩

주자가 44세경에 당나라 陳子昂의 「感遇詩」를 보고 느낌이 있어서 그 체를 본받아 지은 작품으로, 원래의 제목은 "齋居感興二十首"이다. 앞의 10편은 성인의 학문을 말하고, 뒤의 10편은 현인의 학문을 말하였다. 주희가 주장하는 도학의 근원과 심학의 본질을 천명하는 한편, 이단을 배척하고 공맹학에 근거한 도덕 문명을 천명하는 내용을 담고 있다.

주석자는 주자의 제자이며 사위인 채침의 아들 蔡模이다.

38. 宋朝名臣錄

『宋朝名臣言行錄』의 별칭. 주자가 송대 명신들의 문집 傳記를 발췌하여 엮은 책으로, 前集 10권, 後集 14권인데, 후에 李幼武가 續集 8권, 別集 26권, 外集 17권을 덧붙였다.

39. 理學名臣錄

明나라 학자인 楊廉이 薛瑄 등 명나라 유학자 15인의 언행을 수집하여 편찬한 책. 2권.

40. 〔伊川〕擊壤集

邵雍(시호는 康節)이 편찬한 시집. 시풍은 白居易에 근원을 두었는데, 대체로 논리를 근본으로 삼고 수식을 말단으로 삼는 한편 억지로 교묘하게 읊는 것을 배격하였다. 소옹은 송나라 河南 사람으로 『주역』의 이치에 정통하고 象數學에 능하였다. 사는 집을 安樂窩라 하고 자호를 安樂先生이라 하였다.

41. 皇極經世書解
송나라 祝泌이 지은 『관물편해』(5권)를 말하는 것 같음. 이 책 부록에 황극경세서해 起數訣 1권이 붙어 있다.
황극경세서는 邵雍이 지은 것으로, 1-6권까지는 易 64卦를 元會運世에 配定하여 帝堯에서 後周 顯德(954-959)까지의 治亂의 행적을 推述하였고, 7-10권은 律呂聲音에 대하여 논했는데 이것이 內篇이고, 11-12권까지는 觀物篇인데 外篇임. 그 說은 역을 빌어 말했으나 실은 역이 아니므로 주자는 『역』 밖의 別傳이라고 칭하였다.

42. 律呂新書
宋나라 蔡元定이 1187년에 지은 악서(樂書). 13개 항목으로 구성된 律呂本元과 10개 항목으로 구성된 律呂證辨으로 나뉘어져 있다.

43. 庸學指南
명 胡謐이 蔣文質의 大學通旨와 中庸章次連續, 劉淸의 中庸章句詳說을 합편한 學庸章句指南을 가리키는 듯하다. 우리나라에서는 李禎이 1562년(명종 17)에 간행하여 유포하였다.

44. 濂洛風雅
송나라 말기, 원나라 초기, 朱子와 黃榦의 학통을 이어받아 浙學을 중흥시킨 학자인 金履祥(호 仁山) 편집. 북송의 周敦頤·張載·程顥와 程頤 형제로부터 남송의 주자·王柏과 王偁 등에 이르기까지 道學派 문인학자 48인의 운문을 모은 책.

45. 瓊山家禮儀節
丘濬(호 경산)이 찬한 책으로, 朱子家禮를 가감하여 그 당시의 제도를 매 장의 끝에 붙이고, 주석과 考證을 부기하였다. 모두 8권이다.

*위의 24번과 같은 책임.

46. 啓蒙翼傳

『易學啓蒙翼傳』. 원나라 胡一桂가 주희의 『易學啓蒙』에 대한 주석으로 편찬한 것인데, 부친 胡方平의 『易學啓蒙通釋』을 이어 한층 발전시킨 것이다.

47. 胡敬齋居業錄

명나라 성리학자인 胡居仁의 저술. 호는 敬齋. 餘干 사람으로 과거에 뜻을 끊고 實踐躬行의 학을 익혔으며, 이 책은 일상생활에서 '主忠信'과 '求放心'을 요체로 삼고 敬을 특히 중시하여 涵養과 실천에 힘쓸 것을 강조하고 있다.

48. 大學衍義

남송 말기 주자의 추종자이면서 재상을 지낸 眞德秀가 『대학』의 여러 항목을 나라를 다스리는 도리와 결부하여 설명한 책으로 모두 43권. 조선시대 경연 강의에서 가장 많이 인용되었다고 한다.

49. 白沙文集

명나라 陳獻章의 문집. 9권. 광동의 新會 사람. 白沙里에 살았으므로 당시 학자들이 "백사 선생"이라고 일컬었다. 벼슬은 翰林檢討. 학문은 육구연의 뒤를 이어 왕양명으로 이어진다. 靜을 주로 삼았으며, 성리학에 관심을 가지면서도, 주자학파의 사람들과는 달리 독서를 통한 학술연구에 몰두하는 것을 크게 중시하지 않았다.

50. 醫閭集

소싯적에 요동 땅의 의려산에 寓居하며 독서하였던 明나라 正

統·成化 연간의 성리학자 賀欽의 문집. 9권.

이 책은 조선의 學人들에게 널리 읽히기도 하였다. 그의 학문은 대체로 널리 섭렵하는 것을 위주로 하지 않고, 四書 및 經書와 小學을 중심으로 몸소 실천하는 것을 목표로 하였다.

51. 魯齋集

주자의 재전 제자인 王柏의 문집인지, 원나라 때 유학자인 許衡의 문집인 분간할 수 없다.

52. 困知記

명나라 유학자 羅欽順이 저술. 그는 주자학의 입장에서 王陽明을 비판하였으나, 순수한 주자학자로 볼 수는 없다. 이 책에는 氣를 벗어나서 존재하는 理는 없다고 주장한 그의 理氣論과 인심을 이발의 情으로, 도심을 미발의 性으로 주장하는 나흠순의 심성론이 드러나 있다.

53. 參同契

漢나라 魏伯陽 지음. 周易의 爻象을 가지고 道家의 鍊丹法을 설명하였는데, 주자가 註解하였다.

54. 入學圖說

조선 초기 학자 權近이 초학자들을 위하여 저술한 성리학 입문서이다. 26종의 도설이 실려 있는 前集 단간본과 14종의 도설을 첨가한 前後集 합간본이 있다.

이상이 한 서가가 되었다.(爲一架)

55. 〔通鑑〕綱目

중국 송대의 史書로, "자치통감강목"이라고도 한다. 司馬光의 『資治通鑑』을 토대로 그 이전의 記事를 보충해서, 중요한 사항을 綱으로 삼고 부수적인 세부 항목을 目으로 삼아 만든 編年史이다. 朱熹의 저서라고 전해지지만, 그는 대체적인 범례를 밝혔을 뿐이고 제자 趙師淵 등이 유언을 받들어 59권으로 지었다고 한다.

56. 史記
중국 前漢의 司馬遷이 편찬한 중국 최초의 紀傳體 通史. 黃帝 때부터 전한 武帝의 天漢 연간까지 약 3천여 년의 역사를 서술. 130권.

57. 前漢書
후한의 학자 班固가 저술하고 그의 누이동생 班昭가 이어서 편찬한 前漢의 역사서. 帝紀 13권·表 9권·志 18권·列傳 79권 등 모두 120권.

58. 續綱目
명나라 憲宗의 지시로 成化 12년(1476) 史局을 열고 文淵閣 학사 商輅·萬安 등의 주관하에 편찬한 『續資治通鑑綱目』을 가리킨다. "續綱目", "綱目續編"으로 약칭하기도 한다.

59. 晉書
西晉과 東晉 및 五胡十六國에 대한 正史體의 역사서로서 모두 130권. 당 태종의 명에 의해 정관 22년(646)에 완성되었다. 本紀 10권·志 20권·列傳 70권·載記 30권으로 구성되었는데, 재기는 오호십육국의 역사를 기록한 것이다.

60. 南史
중국 南朝의 宋·齊·梁·陳 네 나라의 170년 동안의 사실을 적은 역사책. 唐나라 李延壽 등이 지었음. 80권.

61. 北史
北魏로부터 北齊·北周와 隋에 이르는 233년간의 역사를 기록한 책이다. 모두 100권으로 당나라 李延壽가 지었다.

62. 唐書
구당서(200권)와 신당서(255권) 2종이 있는데, 신당서를 말하는 것 같음. 宋나라 歐陽脩 등이 지은 당나라 역사책.

63. 宋鑑
『增修附註資治通鑑節要續編』의 표지에 "송감"이라고 쓰여 있는 것으로 보아 이 책을 가리키는 것으로 보인다. 『증수부주자치통감절요 속편』은 宋나라와 元나라의 역사를 綱目體로 서술한 책이다. 명나라 宣宗 때 劉剡이 편집하고 張光啓가 교정한 것을 1429년(세종 11)에 劉文壽가 간행하였는데, 이 책을 조선에서 인쇄한 것이다.

64. 宋史節要
남·북송의 역사를 적은 『송사』의 내용을 요약한 책이나, 구체적인 것은 미상.

65. 杜氏通典
唐나라 杜佑 편찬. 200권. 食貨·選擧·職官·禮·樂·兵·刑·邊防의 8門으로 나누어, 상고시대에서 당나라 天寶 연간에 이르기까지 政典을 기록하였다.

66. 東國史略
일명 "三國史略"이라고도 하며, 단군~삼국 말에 이르기까지의 역사를 綱目體로 기술한 역사서. 1402년(태종 2) 6월에 왕명에 따라 권근을 중심으로 河崙·李詹 등이 편찬에 착수하여 이듬해 8월에 완성했다.

67. 春秋左傳
춘추시대 左丘明이 지은 『춘추』를 補註한 책.

68. 春秋胡傳集解

"춘추호전"은 宋나라 胡安國이 撰한 책인데〔30권〕, 흔히 "胡氏
春秋"라고도 한다고 한다. 그러나 거기에 "집해" 2자가 더 붙은
책은 어떤 책인지 구체적인 것은 미상.

69. 三國史

삼국사기. 고구려·백제·신라 세 나라의 역사. 고려 金富軾이 지
었다. 기전체의 역사서로서 본기 28권(고구려 10권, 백제 6권,
신라·통일신라 12권), 志 9권, 표 3권, 열전 10권.

70. 三國遺事

고려 후기 승려 일연이 고조선에서부터 후삼국까지의 遺事를 모
아 편찬한 역사서.

71. 〔高〕麗史

조선 전기 문신 김종서·정인지 등이 왕명으로 고려시대 전반
에 관한 내용을 정리하여 편찬한 역사서. 총 139권 75책.

72. 治平要覽

세종 때 왕명으로 鄭麟趾를 비롯한 집현전 학자들이 만듦.
1445년(세종 27) 완성되고, 1516년(중종 11)에 간행되었다. 우
리나라와 중국의 역사 가운데 국가의 정치·문화에 대한 盛衰
와 군신의 邪正·政敎·倫道 등 정치인의 거울이 될 만한 사실
을 뽑아 엮었는데, 모두 150권으로 활자본.

73. 事文類聚

南宋의 祝穆이 편찬한 類書(백과사전류)이다. 전집 60권, 후집
50권, 속집 28권, 별집 32권으로 모두 170권.

74. 古文選

"古文〔散文〕"이라는 말은 "今文〔騈文〕"이라는 말에 대조되는 개념

으로 사용되는 경우에는, 흔히 당송팔대가가 지은 문장들이나 사마천 이전에 사용된 산문체의 문장을 말하는데, 이 분야의 이러한 선집은 여러 가지 있는데, 여기서는 구체적으로 어떤 책을 말하는지 미상.

75. 東國通鑑
조선 전기 문신·학자 서거정 등이 왕명으로 고대부터 고려 말까지의 역사를 기록하여 1485년에 편찬한 역사서. 56권 28책.

76. 劉向 說苑
漢나라 劉向이 지은 책. 君道·臣術을 20편으로 분류하여 名人들의 逸話를 열거하였음.

77. 韓柳集
당나라의 문호 한유와 유종원의 문집에서 좋은 문장을 뽑아서 한 秩로 만든 것 같으나 구체적인 것은 미상.

78. 陸宣公奏議
당나라 德宗 때의 翰林學士인 陸贄(시호 선공)가 상소한 奏議를 모아 놓은 책. 정치하는 사람들의 필독서였다고 함.

79. 文章正宗
宋나라 眞德秀가 唐 이전의 글을 辭命·議論·敍事·詩歌 넷으로 분류하여 20권으로 편찬한 책.

80. 文章辨體
명나라 초기 吳訥이 문체론과 각 문체에 속한 예문을 제시하여 놓은 책. 50권, 외집 5권.

81. 陶靖節集
晉나라 隱士 도연명의 시문집. 10권.

82. 李白詩集
唐나라 시인 李白의 시집. 1,100여 편의 작품을 남겼다.

83. 杜詩分類
두보의 시를 "천문을 읊은 시〔天文〕", "계절을 읊은 시〔時令〕"등 등 내용 중심으로 31종으로 나누어 편집한 "集千家註分類杜詩"를 말하는 것 같다.

84. 東坡集
蘇軾, 호는 東坡居士의 시문집. 그의 시문 全集은 무려 150권이나 되는데, 여기서는 그 방대한 전집을 말하는 것인지, 또는 시만 뽑아둔 책을 말하는지 잘 알 수가 없다.

85. 山谷集
북송의 문신이자 문인이며 서예가인 黃庭堅의 문집으로, 일반적으로 "豫章黃先生文集"으로 불린다. 산곡은 황정견의 호인 山谷道人을 약칭한 것임.

86. 山堂考索
宋나라 章如愚가 편찬한 백과사전과 같은 책. 前集 66권, 後集 65권, 續集 56권, 別集 25권. 전집에 13門, 후집에 7門, 속집에 15門, 별집에 11門으로 나누어 여러 방면의 사항을 두루 싣고 있다.

87. 蘇州集
韋蘇州集. 당나라 시인 韋應物이 蘇州刺史를 지냈으므로 "위소주"라고 한다. 田園山林의 고요한 정취를 소재로 한 작품을 많이 썼으므로 도연명과 함께 '陶韋'라고 불릴 만큼 쌍벽을 이루었으며, 또 王維·孟浩然·柳宗元과 짝하여 "王孟韋柳"라고도 불렸다.

88. 李商隱集

당나라 말기에 典故를 자주 인용하고, 豊麗한 자구를 구사하여 修辭文學의 극치를 보여준 문인 이상은의 시문집. 이상은의 자는 義山, 호는 玉谿生이다.

89. 陳后山集

송나라 때 학자이자 강서시파의 주요 인물로 알려진 陳師道의 문집으로, 후산은 그의 호이다.

90. 王荊公集

송나라 신법을 주장한 정치가·문인, 唐宋八大家의 한 사람인 王安石의 문집.

91. 宋學士集

명나라 초기의 문인·정치가인 宋濂의 저술. 42권.

92. 翰墨全書

宋末 元初에 熊禾가 劉應季의 『事文類聚翰墨全書』 10함(函) 80책을 새로 편집하여 엮은 것으로 일종의 백과전서이다. 모두 98권.

93. 風雅翼選

『選詩』는 원나라의 劉履가 『文選』에서 뽑은 시에 일부의 시를 더하여 주석을 첨가하여 만든 책으로 『風雅翼』으로도 불린다.

94. 唐詩品彙

明나라 高棅이 편찬한 唐詩選集. 모두 90권으로 시인 620인의 작품 5,700여 수를 형식별로 수록하였다. 따로 拾遺 10권이 있다.

95. 瀛奎律髓

元나라 方回가 당나라와 송나라 작가의 시를 모아 49권으로 정리한 책으로, 1祖 3宗의 설을 제창하면서, 시마다 評語를 가하고 일화를 소개하였다. 1조는 杜甫, 3종은 黃庭堅·陳師道·陳與義이다. 西崑體를 배격하고 江西派를 위주로 선록하였다.

96. 聯珠詩格

원제목은 "唐宋千家聯珠詩格"이다. 元代의 作詩法에 관한 책. 于濟의 저서를 蔡正孫이 증보하여 시에 評釋을 달아 1300년에 간행하였다. 대략 300여 종의 類마다 예를 들었으며, 약 1천 수를 수록하였다. 중국에서는 일찍이 逸書가 되었다.

97. 虞註杜律

杜甫의 7언 근체시 149수를 元나라 최고 문학자 虞集이 주석을 붙인 책이라고 알려져 있으나, 사실은 같은 시대의 사람으로 『杜詩演義』책을 지은 張伯成이 지은 것이라고 한다.

98. 趙註杜律

虞集의 제자인 원대 말기 명나라 초기 학자 趙汸이 두보의 율시를 주석한 책.

99. 唐賢三體詩

宋나라 周弼이 1250년에 편찬한 唐詩選集으로 "唐賢三體詩法" 또는 "唐三體詩"라고도 한다. 7언절구, 7언율시, 5언율시의 3체시 494수를 수록하였으며, 수록된 시인 167명 중 대부분이 중당과 만당의 시인이다.

100. 香山三體詩

『해동문헌총록』에 의하면, 조선 세종 때 안평대군이 당나라 香山 白居易의 삼체시를 뽑아둔 책임.

101. 詩人玉屑

남송 말기의 江湖 일파의 선비 魏慶之가 지은 시화류의 책. 20

권. 남송 문인들에 관련된 이야기가 매우 상세함.

102. 文章一貫
미상. 주자의 독서법에 관련된 이야기인지?

103. 文章精義
李耆卿 저 1권 - 『永樂大全』
李塗 저 2권 - 焦宏의 『經籍志』
책 이름과 내용은 같지만, 저자의 이름 글자는 서로 다른데, 성이 같으므로 이도란 사람의 자가 곧 기경이 아닐까 추측되기도 하나, 도무지 어떤 사람인지 짐작할 수가 없다고 한다.

104. 選詩續篇
『소명문선』 가운데 시 부분만 뽑아 놓은 책의 뒷부분이라는 의미 같으나, 미상.

105. 宋播芳
송나라 魏齊賢과 葉棻이 공편한 "五百家播芳大全文粹" 110권을 말하는 것 같음. 이 책은 송나라 때 사람 520인의 글을 모아 둔 책인데, 사륙변려문이 많은 분량을 차지한다고 함.

106. 元播芳
원나라의 글을 뽑은 위와 같은 형식의 책이 아닌가 싶은데 자세한 것은 미상. 더러 "송원파방"이라는 말도 보이는데, 송·원 양대의 글을 합하여 놓은 책도 있었던 것같이 생각된다. 앞의 기록을 보면 이러한 책은 과거시험 준비서나, 표문을 짓는 데 참고가 된 것 같다.

107. 文選口訣
『文選』은 중국 梁나라 昭明太子 蕭統이 편찬한 시문집. 秦나라 이전부터 梁代까지의 대표적인 시문 760편을 39종으로 분류·

수록한 책이며, 口訣은 글 뜻을 읽기 쉽게 엮은 것이라는 뜻
같은데, 구체적인 것은 미상.

108. 大明一統志
明나라 李賢 등이 황제의 명을 받들어 1461년에 편찬한 地誌.
『大元一統志』를 본떠서 명나라의 중국 전역과 朝貢國의 지리를
기술하고, 각종 지도를 게재한 다음에 풍속과 산천 등 20항목
으로 나누어 설명하였음.

109. 大明會典
1569년에 李東陽 등이 명나라 孝宗의 勅命을 받고 명나라 일
대의 제도를 조사 편찬한 책. 180권.

110. 皇明通紀
명나라 陳建이 편찬하고 卜萬祺와 屠隆이 補遺하고 다시 청나
라 朱璘이 增補한 명나라 역사책.

111. 增續韻府群玉
『운부군옥』은 宋나라 말기 陰時夫가 편찬하였는데, 내용은 예
부터 전해오는 文詞 중에 좋은 것만을 골라 각 韻字 밑에 달았
다. 명나라 초기에 包瑜가 만든 『韻府續編』이라는 책이 있는 것
으로 보아서, 이 책은 『운부군옥』 내용을 가감한 것으로 짐작
되나 구체적인 사실은 미상.

112. 東文選
조선 전기의 문신 徐居正 등이 신라 때부터 조선 초까지의 시
문을 모아 1478년(성종 9)에 편찬한 시문 선집. 본문 130권
42책과 목록 3책을 합해서 모두 133권 45책으로 이루어져 있
으며, 辭·賦·詩·文 등 여러 종류의 작품 4,300여 편이 실려
있다.

113. 孤樹衰談

明나라 학자 李默이 명나라의 太祖～武宗 때의 事蹟을 30여
종의 책에서 뽑아 편년체로 기록한 小說類의 책임. 내용은 대
체로 巷間에 떠도는 이야기를 기록한 것이다.

114. 靑丘風雅

조선 성종 연간에 佔畢齋 金宗直이 신라 때부터 조선 초기까지
의 漢詩를 뽑아 묶은 책.

115. 壽親養老新書

元나라 鄒鉉이 편찬. 이 의서는 원래 송나라 陳直이 저술한 『養
老奉親書』를 증보한 책이다. 서명에 들어 있는 바와 같이 養生
과 老年 보건을 집중적으로 다루고 있다.

116. 龍龕手鑑

遼나라 승려 行均의 저술로 4권. 원래 명칭은 "龍龕手鏡"인데,
宋나라 사람이 다시 새기면서, '鏡'자가 宋 太祖의 祖父인 趙敬
의 '敬'자와 聲音이 비슷하므로 '鏡'자를 '鑑'자로 고쳤다. 이 책
은 『說文解字』의 部首 차례를 완전히 바꾸어, 대체로 平上去入
四聲으로 그 순서를 배열하였다.
총 2만 6,430여 글자를 수록하고, 1만 6,317여 글자로 주석
하였는데, 佛書를 많이 인용하여 音義를 증명하고 해석하였다.

117. 韻會

1) "古今韻會"의 약칭. 元나라 黃公紹가 편찬한 책 이름. 古韻
을 206운으로 분류하였는데 총 30권임.
2) "古今韻會擧要"의 약칭으로 元나라 熊忠이 편찬하였다. 한자
자전으로 모두 30권이다. - 퇴계문집 계몽전의 주석
3) 〔중종 3년〕 호군 崔世珍이 字類를 모아 "韻會玉篇"을 만들고,
또 『小學』內篇을 유별로 뽑아 "小學便蒙"이라고 이름 지어 올

렸다. 상이 가상히 여겨 장려하고, 첨지에 제수할 것을 명하였다. - 국조보감

아마 위의 3종 중 세 번째 책을 말하는 것 같으나, 실제로 이 세 번째 책은 두 번째 책을 사용하는 데, 색인과 같은 역할밖에 하지 못하므로 사실은 두 가지 책을 동시에 가지고 있었을 것 같다.

118. 爾雅

작자 미상. 周公이 지었다고도 함. 내용은 天文·地理·音樂·器材·草木·鳥獸 등의 이름 및 고금의 문자 등이 설명되고, 총 10권인데, 晉나라 郭璞이 주를 내고 宋나라 邢昺이 疏를 내었음.

119. 東國連珠詩抄

우리나라에서 지어진 "연주체" 시를 뽑아 놓은 것이라는 의미를 가진 말인데, 퇴계 선생이 직접 뽑아둔 것인지, 또는 다른 사람이 뽑아둔 것을 필사하여 둔 것인지 잘 알 수가 없다.

연주체란 작자가 의도하는 사물을 구체적으로 말하지 않고 화려한 문사를 사용하여 비유법으로 완곡하게 표현하되, 서로 관련된 내용을 연이어 엮어 놓아서 구슬을 꿰어놓은 것 같으므로 '연주(連珠)'라는 이름을 붙였다.

120. 宋元隱逸傳

송나라와 원나라 때 역사를 정리한 『宋史』와 『元史』에서, 자신의 절조를 지키며 세상의 혼란을 피해 은거하는 선비들의 전기를 모아둔 부분[隱逸傳]만 뽑아서 합해 둔 책으로 생각된다.

121. 皇華集

명나라 사신과 우리나라 接伴使가 唱和한 詩文을 모은 책. 세종 庚午 연간(1450)에 처음 간행하기 시작하여 역대에 걸쳐 수

십 차례 간행되었다.

　이상 한 서가를 이루다.(爲一架)

122. 楚辭
楚나라 屈原의 辭賦와 그의 문인 宋玉의 작품을 漢나라 劉向이 편집한 책.

123. 陽村集
조선 전기 문신·학자 권근의 시·기·설·소어 등을 수록한 시문집. 40권.

124. 圃隱集
고려 후기 문신 鄭夢周의 문집. 1439년 목판본. 7권 4책. 이후 여러 판본이 있음.

125. 三峯集
조선 전기 문신·학자 鄭道傳의 시가와 산문·철학·제도 개혁안 등을 종합적으로 엮어 1397년에 간행한 문집.

126. 冶隱集
고려 후기 조선 초기의 학자 吉再의 시·序·전·계 등을 수록한 시문집. 초간본은 문인 朴瑞生이 출간하였다고 하나 전해지지 않고, 그 뒤 자손들의 손을 거쳐 여러 차례 간행된 바 있다. 길재의 본저는 원집 상권 일부와 속집 첫 권 일부에 해당하는 시문 몇 편에 불과하고, 그 밖에는 모두가 그에 대한 예찬이나 각 문헌에서 발췌한 사실·기문 등이다.

127. 牧隱集
고려 후기 학자 이색의 시가와 산문을 엮어 1404년에 간행한 시문집. 55권 24책. 목판본.

128. 佔畢齋集

조선 전기 문신 김종직의 시·序·기·발 등을 수록한 시문집.
25권 7책.

129. 濯纓集

조선 전기 문신·학자 김일손의 시가와 산문을 엮어 간행한 시
문집.

130. 虛菴集

金宗直의 제자인 鄭希良의 시문집.

131. 企齋集

신숙주의 손자인 신광한의 문집. 24권 10책.

132. 慕齋集

조선 전기 문신·학자 김안국의 시문집.
퇴계 선생 생시에 이 책의 목판본이 나온 바 없으므로, 그 문
집의 일부 내용의 필사본을 보았을 것으로 짐작함.

133. 猩狂遺稿

조선 전기 문신 李深源의 문집.

134. 竹溪志

竹溪雜志. 1544년(중종 39) 겨울 10월에 周世鵬이 편찬.

135. 迎鳳志

성주의 영봉서원에 관련된 기록을 모은 책. 이 서원은 1559년
(명종 14) 星州牧使 盧景麟이 고을 사람과 함께 文烈公 李兆年
과 文忠公 李仁復을 위하여 迎鳳山 밑에 세운 서원이다.

136. 養生小錄

미상.

137. 夙興夜寐箴解
이 箴은 宋나라 때 南塘 陳柏이 지은 글인데, 여기에 우리나라 蘇齋 盧守愼이 해설을 붙인 것이다.

138. 白鹿洞規解
조선 성종·연산군 때 무관이면서 대학과 성리서 연구에 큰 성취를 이루었던 松堂 朴英 지음.

139. 陳澕筆記
진화의 호는 梅湖. 고려 중기에 이규보와 쌍벽을 이루었던 이름난 시인이라고 하나, 생졸 연대도 정확히 알 수 없으며, 그의 문집도 조선 후기에 만들어졌다고 하는데, 여기에 나오는 "필기"의 내용이 무엇을 적어놓은 것인지 알 수 없다.

140. 思齋摭言
조선 성종부터 중종 때 문신 思齋 金正國이 詩話·명유들의 일화·중국 역사담 등을 모아 엮은 잡록. 상하 2편 1권.

141. 柒溪松島錄
퇴계 선생과도 교분이 두터웠던 칠계 金彦琚라는 분의 송도 유람 기록을 적은 책. 필사본일 것 같음.

142. 東湖故事錄
제목의 뜻은, 사가독서하던 동호 독서당에 관련된 이야기를 적은 책이라는 말인데, 같은 제목으로 된 수필본 기록이 여러 가지 있었던 것 같다.

143. 俗離錄
속리산에 관한 관광 기록인 듯하나, 구체적인 내용은 미상.

144. 困學雜記
미상.

145. 寒棲讀書說解
의미로 보아서는 한서암에서 공부하던 주자의 독서법에 대한 해설이라는 것 같으나, 자세한 것은 미상.

146. 尙古編
미상.

147. 記聞錄
미상.

148. 顯田稅議
미상.

149. 帝王世紀
晉나라 皇甫謐이 상고시대 여러 제왕들에 관한 전설적인 이야기를 운문체로 수록한 책. 1권.

150. 彝尊錄
김종직 선생의 부친 金叔滋 선생의 행적 기록, 언행록.

151. 比干錄
明 曹安이 지은 『殷太師比干錄』 10권.

152. 養花錄
仁齋 姜希顔이 쓴 화초 재배서인 『養花小錄』.

153. 魚灌圃詩集
15, 16세기 조선 漢詩界를 대표하는 명시인 중의 한 사람인 관포 魚得江의 시 272수 수록. 1권 1책.

　　이상 한 서가가 되었다.(爲一架)

　　부분적으로 질수를 완정하게 맞추어 놓아 한 권도 어긋나게

함이 없었다. 선생께서는 암서헌 서가가 좁아서 모든 책을
수용하기 어려우므로 여러 책을 계상의 옛집에 나누어 보존
하셨다. 참고하고 검색하실 일이 있으면 자식들이나 조카들
에게 계상에 가서 찾아오게 하기도 하시고, 더러는 나에게
암서헌에 가서 책을 뽑아오라고 하셨는데, 말씀하신 책은 몇
째 서가, 몇째 줄, 몇째 권 아래에 있다고 하시고, 무슨 이야
기는 어느 책 몇째 권, 몇 쪽이라고 하셨다.

책을 뽑아서 살펴보면 어느 한 곳도 말씀하신 바와 어긋남이
없었으니, 선생님의 넓고 훌륭하신 식견과 총기 있고 영특하
신 재능을 알아낼 수 있을 것 같았다.

(部分整峽, 無一卷轉倒. 先生以巖軒書架狹隘, 難於盡容. 群
書分藏於溪上舊家. 有考檢處, 令子姪索來於溪上, 或命予抽書
於巖軒, 而見敎某書, 在第幾架, 在幾行, 第幾卷下. 某說, 第
幾卷, 第幾板下.

拈出驗視, 無一處差談. 先生博雅之見, 聰敏之才, 亦可見矣.)

암서헌은 세 칸으로 세운 집인데 3면으로 양쪽의 날개 같이
나온 처마의 기둥을 물려 세워서 그 안의 협소함을 넓혀서,
서가를 살펴볼 수 있도록 지었다. 유독 서쪽에는 침실의 반
쯤 되게 제한하여 막아두고, 그 안은 비게 하였다. 그 건물
을 지을 때 감독한 일이 있었는데, 선생님께 묻기를 "서가를
이렇게 하는 것이, 옛날 제도인지, 그렇지 않으면 고의로 이
렇게 지으시는 것인지 알 수 없습니다." 하였더니, 선생님께
서 "이것은 내가 장차 잘 곳이다. 거처할 사람이 경서의 좋은
가르침이 뒤에 있는데, 돌아앉는다는 것이 죄송하므로 이같
이 할 뿐이다"라고 하셨다.

(巖棲用三間之制, 而三面退柱兩頭翼簷, 以廣其狹, 在中, 而
面造書架. 獨於西邊, 限隔半寢, 而空其中. 有時監造, 問于先

生曰 : "書架之如是, 古制, 未知有意乎?" 先生曰 : "此, 汝之將
所寢處. 起居者, 經訓在後, 而背坐未安, 故如是矣.

이 이야기는 이 글 맨 앞에서 인용한 「영건기사」와도 일치하는
데, 아마 이 글을 바탕으로 하여 「영건기사」를 썼던 것으로 본
다.
『퇴계선생 언행록』에도 다음과 같은 내용이 되풀이하여 나온다.

암서헌의 양면에 서가(書架)를 만들었는데, 유독 서쪽 면만
반쪽을 막고 그 가운데를 비워두었다. 묻기를, "이처럼 하신
것에는 무슨 이유가 있습니까?" 하니, 선생이 이르기를, "여
기는 내가 기거하고 잠잘 곳이다. 성인의 교훈을 뒤에 두고
등지고 앉는 것이 편안하지 않으므로 이같이 했을 뿐이다."
하였다.

- 금난수, 한국고전종합DB에서 인용

1. 3. 두 번째 목록(암서헌 소장+계상 구가 소장 포쇄시)

서가에 수장한 책은 갑에 넣어 아첨으로 묶어둔 여러 권이
가지런하여 조금도 어지러움이 없었다. 매년 7월 밝은 날에
꺼내어서 볕에 말렸는데, 계상에서 가져온 책들과 서로 바꾸
어 갔다 왔다 하여 때로는 많아졌다가 줄어들다가 하였다.
선생님께서 두 곳의 서적목록을 꺼내어서 난수에게 통계 내
게 하셨는데, 숫자가 1,700여 권이다.〔서목은 경서 전질별이다〕
(書架所儲書, 籤秩整齊不亂. 每於槐夏淸明日, 出而曝曬, 與
溪上所轉書, 互相往來換, 時有盈縮. 先生出兩處書簿, 使蘭秀
通計數云, 一千七百餘卷〔書目, 則經書全帙別〕)

* 위의 목록에 보이지 않은 책만 해설한다.

사서혹문, 사서장도, 궐리지,

小學集說
명나라 학자인 陳選의 저서 『小學句讀』가 있는데, 명나라 程愈가 『小學集說』(10권)을 편찬할 때 그의 설을 많이 차용하였다. 『소학집성』, 『소학집해』, 『소학정오』, 『소학증주』라는 소학 주석서들 중에서 이 책이 가장 뒤에 나왔다.

小學集解
명나라 문신이자 학자인 吳訥 저.

소학집성, 예기, 성리대전, 성리군서, 이정전서, 이락연원록, 이락연원속록, 근사록, 심경, 가례, 계몽, 의례경전, 의례주소, 주자대전,

朱子語類
"朱子語錄"이라고도 하며, 주자의 문인들이 주자 사후에 자신이 들은 주자의 말을 모아 기록한 것으로 주자학의 연구에 기본이 되는 책의 하나이다. 모두 140권, 50책.

주자실기, 문공연보, 문공연보보궐,

五禮批註
미상.

王魯齋造化論
남송 말기의 주자의 재전 제자 왕백의 『天地萬物造化論』. 1권.

啓蒙圖書節要
金安國의 『易學啓蒙圖書節要』.

용학지남, 염락풍아,

薛文淸讀書錄全書

明나라 학자 薛瑄 지음. 그의 시호가 文淸임. 그가 평소 몸소 실행하면서 마음으로 터득한 것을 기록한 책으로, 독서록 11권과 讀書續錄 12권, 총 23권으로 구성. 주로 理氣와 性理 문제를 다루었으며, 명나라 초기 程朱學의 대표적인 저술이다.

호경재거업록, 이학명신록, 황명명신록, 이아,

埤雅

송 휘종 때 상서우승을 지낸 陸佃 지음. 鳥獸·虫魚·草木·天馬 등을 해석하여 8편으로 분류한 것인데, 『爾雅』를 증보했다는 뜻에서 "비아"라 하였다.

초사, 곤지기,

自警編

송나라 趙善璙가 자기 자신을 警戒하는 데 도움 되는 宋代 諸公의 언행을 모아 기록한 책. 제1책 學問類에서부터 제5책 政事類까지 총 5책으로 구성.

白沙傳習錄

『退溪先生文集』권41에 "『白沙詩教』와 『傳習錄』을 抄하여 전하고 인하여 그 뒤에 쓰다(白沙詩教傳習錄抄傳, 因書其後.)"라는 글이 있는 것을 보아, 여기서 백사 陳獻章이 지었다는 『白沙詩教解』(10권, 부 5권)라는 책과 王守仁의 『傳習錄』이라는 책에서 각각 내용 일부를 초하여 한 가지 책으로 만들어 놓은 것으로 보고자 한다.

구경산가례의절, 자치강목, 마천사사기, 전한서, 속통감강목, 남사, 북사,

南唐書

宋나라 陸遊가 지은 南唐의 역사를 다룬 책. 18권. "남당"은 당나라와 송나라 사이에 있었던 "五代十國" 때의 10국 중의 한 나라. 당나라 황제의 후손으로 자칭한 李昇이 金陵〔지금의 남경〕에 나라를 세우고 국호를 당이라 하였는데, 일반적으로 남당이라 칭함. 무릇 세 임금을 거쳐 건국한 지 39년 만에 송나라에 의해 멸망되었다.

송감, 송사절요,

唐子書斷簡

자서는 송나라 唐庚의 字. 글을 정밀하게 짓고 세상일을 잘 알았다. 文才가 있고 풍모가 깨끗하여 사람들이 소동파에 견주어 小東坡라고 하였다.

단간은 斷簡殘編의 준말로 '簡'은 竹簡을, '編'은 죽간을 매는 가죽끈을 각각 가리킨다. '단간잔편'은 흩어져 온전하지 못한 서적을 뜻한다.

삼국사, 삼국유사, 송원은일전,

東國史略

일명 "三國史略"이라고도 하며, 단군~삼국 말에 이르기까지의 역사를 綱目體로 기술한 역사서이다. 1402년(태종 2) 6월에 왕명에 따라 權近·河崙 등이 편찬에 착수하여 이듬해 8월에 완성.

치평요람 150책, 사문유취, 고문선,

文選五臣注

梁나라 昭明太子의 『文選』 주석서에는 唐 高宗 때 나온 李善의 주가 있고, 그 뒤 唐 玄宗 때 呂延祚가 呂延濟·劉良·張銑·呂向·李周翰 등의 주를 모아 "五臣注"라 했는데, 南宋 이후에는

李善 注와 오신주를 합쳐 "문선육신주"라고 하였음.

崇古文訣
송나라 樓昉 편찬. 25권. 진한시대 이래의 고문 200여 편을 선록. 『古文關鍵』을 엮은 呂祖謙의 제자로 스승이 엮은 책보다 더욱 치밀하게 되었다고 함.

古文眞寶
송나라 말기에 편집되고, 명나라 때 중국에서 널리 읽혔던 중국의 고시와 고문 선집. 그 뒤에 중국에서는 오히려 사라졌으나, 한국과 일본에 전래되어 많이 읽힌 중국 시문 선집.

문장정종, 문장변체, 육선공주의,

老子
南華經.

南華口訣
전국시대 莊周가 지은 『莊子』를, 당나라 때 장주에게 南華眞人이란 시호를 붙인 후로는 "南華經"이라고도 함. 구결은 내용을 알기 쉽고 외우기 쉽게 엮었다는 뜻임.

列子
전국시대 列禦寇 지음. 당 玄宗 天寶 원년(742)에 열자를 높여 冲虛眞人이라 부르고, 그의 책을 "冲虛眞經"이라 부르기도 하였다. 열자는 老子·莊子와 함께 道家를 대표하는 사상가이다.

韓文
당송팔대가의 한 사람인 唐나라 문호 韓愈의 문장 중 잘된 글을 뽑아 놓은 책. 조선에는 3권으로 편집된 책이 유행한 것 같다. 그러나 바로 아래에 나오는 "柳文"은 유종원 문집 전체를 가리키는 말이므로, 이 경우에도 한유의 문집 전체를 말할 수도 있을 것 같다.

柳文
위의 목록 77번에서는 "韓柳集"으로 한〔유〕과 유〔종원〕를 병기하고 있으나, 여기서는 "유"만 따로 떼어 놓고 있다.

두시분류, 동파산곡, 위소주집, 도정절집, 이상은집, 진후산집, 왕형공집,

唐詩
당시를 뽑아 놓은 책이나, 구체적인 내용은 미상.

唐音全集
元나라 楊士宏이 찬한 것으로 始音 1권, 正音 6권, 遺響 7권으로 나누어, 시음에는 王勃 등 "初唐四傑"의 시를, 정음에는 盛唐·中唐·晚唐의 시를, 유향에는 諸家·女子·僧侶의 시를 수록하였다.
아마 이 책을 통틀어 말하는 것같이 생각된다.

당현삼체시, 향산삼체시, 시인옥설, 우주두율, 조주두율, 두주두율,

蘇詩摘律
소동파의 7언 율시를 주석한 책(6권)이라고 하는데, 옛 판본에 "장원현의 지현 무석 사람 유굉이 집주하였다(長垣縣知縣無錫劉宏集註)"라고 적은 말이 보이나 어느 시대 사람인지도 알 수 없고, 또 그 주석도 매우 소홀하다고 한다. - 〔전자판〕 사고전서 총목

당시품휘, 연주시격, 풍아익선, 한묵전서, 황화집, 영규율수, 문장일관, 문선구결, 문장정의,

選詩續編
명나라 유학자 劉履가 주자가 44세 경에 당나라 초기 陳子昂의 「感遇」라는 연작시 20수를 보고 느낌이 있어서 그 체를 본

받아 지은 「齋居感興二十首」를 주석한 책인 『選詩續編補註』.

송파방, 원파방, 고촌부담, 비간록,

大明續志詩詠
『大明一統志』 책의 속편에 수록된 시를 모아둔 것이라는 뜻인지?

참동계, 수친양로신서, 이존록,

慵齋叢話
3권 3책으로 이루어진 조선 초기 成俔의 저술로 文話, 詩話, 書話, 畫話, 人物評, 史話, 實歷譚 등으로 되어있다.

筆記
"붓 가는 대로 적어둔 기록"이라는 뜻인데, 이러한 이름을 가진 책이 여러 가지이므로 어떤 책인지 잘 알 수 없음.

죽계지, 여지승람, 동문선, 청구풍아, 양화록,

棠陰比事
1권에 부록이 1권. 송나라 사람 桂萬榮이 지은 것을, 명나라 常熟 사람 吳訥이 刪削하고 增補한 것이다.
계만영이 五代의 和凝·嶸 부자가 지은 『疑獄集』의 뜻을 취하고, 송나라 開封 사람 鄭克이 지은 『折獄龜鑑』을 참작하여 李翰의 蒙求體를 따라 次韻한 것이 72운으로 모두 144건인데 각각 주를 냈다. 오눌이 聲韻에 구애된 것을 병통으로 여겨 본받지 못할 것과 거듭 나오는 것을 산삭하여 80조목만 남기고 또 빠진 것 33건을 더 넣었다. 그리고 부록 4건으로 따로 1권을 만들었다. -『四庫提要』(김만원 번역본) 子部 法家類.

증속운부군옥,

韻府群玉

송나라 말기 陰時夫 편. 내용은 예부터 전해오는 文詞 중에 좋은 것만을 골라 각 韻字 밑에 달았다.

大廣益會

송나라 眞宗 연간에 陳彭年 등이 칙명을 받아 중수한 자전. 1013년(大中祥符 6)에 梁 顧野王의 자획순 사전인 『玉篇』의 주석을 줄이고 글자를 22,700여 자로 대폭 늘린 중수본이다.

운회,

禮部韻

禮部韻略. 송나라 丁度 등이 편찬한 것으로 5권이며, 貢擧條式 1권이 부록되어 있는데, 예부의 과거 시험에 응하는 사람들을 위해서 聲韻의 要略을 밝힌 것이다.

蒙漢韻要

몽고어와 중국어의 발음을 훈민정음으로 표기한 책. 成宗의 명으로 司譯院에서 撰한 『洪武正韻』과 함께 편찬.

제왕세기,

黃帝素問

현존하는 최초의 의학 이론 저작으로, 黃帝가 지었다고 전한다. 총 24권.

本草

풀·나무 등 식물과 기타 藥材에 필요한 것을 적은 책. 神農氏의 저작이라 함.

사재척언,

企齋奇異

신숙주의 손자이며, 이조판서·양관대제학·좌찬성 등 높은 벼슬을 역임한 기재 申光漢이 지은 한문 소설집.

詩書易四書釋義

"經書釋義"로도 일컬어지는데, 三經과 四書의 중요한 부분을 뽑아 퇴계 선생 자신이 한글로 뜻을 푼 책.

삼강행실, 양촌집, 삼봉집, 포은집, 야은집, 점필재집, 탁영집, 허암집, 기재집, 성광유고, 모재집, 영봉지,

大明會史

미상.

大明律

明代의 刑法典. 名例律·吏律 등 7편 460條로 되어있다. 明太祖 때 형부상서 劉惟謙이 교지를 받들어 唐律을 참고하여 편찬한 30권으로 된 책.

經國大典

조선 世祖가 崔恒 등에게 명하여, 종래의 法典을 정리하고, 새로 6典의 체재를 갖추어서 편찬한 법전.

大典續錄

『經國大典』이 편찬된 이후의 六典에 관한 사실을 추가로 편찬한 책. 성종 23년에 李克增에게 命撰.

大典註解

安瑋는 1550년(명종 5) 通禮院 左通禮로서 奉常寺 正 閔荃과 함께 『경국대전』의 註解官에 임명되어 주해 작업을 맡았으며, 1554년(명종 9) 淸洪道觀察使로 부임하여 이 책〔經國大典註解〕을 간행하였다.

吏文輯覽

이문을 해석한 책. 中宗의 명을 받아 崔世珍이 재래에 있던 이 문에서 당시에 맞지 않는 것은 제거하고 時用에 적합한 것만을 모아 주석하였다. 2권 1책.

訓民正音

조선 전기 한문본 『훈민정음』의 예의편만을 풀이하여 간행한 언해서. 흔히 『諺解本 訓民正音』이라고도 한다.

雜書帖

여러 가지 서첩이라는 말인지?
고려시대에 지어진 시화집의 이름에 "잡서"란 책이 있었다고 하니, 혹시 그런 책과도 무슨 관련이 있는 것인지?

1. 4. 빌려 놓은 책 목록

또 서울과 고향에서 빌린 책으로, 별도로 도서목록이 작성되어 있다.〔모두 총 760여 권이다〕
(又有京鄕借覽書, 別有書簿〔總七百六十餘卷〕)

두씨통전, 정씨유서, 송학사집, 주례, 동국통감,

文獻通考

원나라 馬端臨이 당나라 杜佑의 『通典』을 증보한 것으로 총 348권.

유향설원, 후한서, 문산집, 진서, 당서, 목은집,

滄溪遺稿

퇴계 선생의 처외조부인 창계 문경동 공의 문집 원고로 보임.

漢隷分韻

한나라의 예서를 시의 韻目 순서대로 배열하고, 자획의 차이를 고찰하고 교정한 책, 7권. 원나라 때 지어진 것 같으나, 저자는 잘 알 수 없음.

東國聯珠詩格

"大東聯珠詩格"이라고도 함. 연주시격은 元代에 나온 作詩法에 관한 책인데, 이 동국연주시격은 우리나라의 율시만 모은 책으로, 중종 37년(1542) 4월 10일에 공조참의 유희진이 『대동시림』·『대동연주시격』을 찬하여 바쳤다는 기록이 『조선왕조실록』에 보임.

이백시집, 가어,

東西堂集古帖

한석봉이 쓴 서첩.

대명일통지, 노재집,

研幾圖詩

"주역의 오묘한 이치를 그린 그림을 보고 읊은 시"라는 뜻인데, 자세한 서지 사항은 미상.

백사집, 산당고색, 용감수감, 율려신서, 율려신서해,

秋江冷話

조선 전기 문신 南孝溫이 詩話·逸事 등을 모아 엮은 수필집. 1책.

가례회성, 어관포집, 참동계해,

九經衍義

회재 李彥迪의 『中庸九經衍義』. 이 책은 저자가 유배지 강계에서 저술하다가 마지막 4장을 끝내지 못한 미완성의 책이다.

求仁錄
회재가 仁에 관한 학설을 종합적으로 고찰하여 1550년에 저술한 유학서.

大學章句補遺
회재가 주희의 『대학장구』를 해석한 주석서.

晦齋集
회재의 시·사·부·잡저 등을 수록한 시문집. 13권, 부록 합 5책.

*이 4종의 책〔구경연의·구인록·대학장구보유·회재집〕은 모두 회재 이언적 선생의 저술인데, 퇴계 선생이 회재 선생의 문집 편집에도 자문하고, 「회재선생 행장」을 짓기도 하였으므로, 아직 책으로 발간되기 이전의 회재 선생의 초고본들을 초록하였거나, 빌려 보았을 것으로 생각된다.

　우, 총 7백여 권(右, 總七百餘卷)

1. 5. 맺는말

위에 나온 책들이 어떤 내용의 책들인지 대개는 알 수 있을 것 같으나, 더러 처음 들어보는 책 이름도 있다. 또 설령 책 이름은 알고 있다고 할지라도 이러한 책들을 모두 완질을 가지고 계셨는지, 더러 낙질을 가지고 계셨는지, 또는 중국판을 가지고 계셨는지, 한국판을 가지고 계셨는지, 그러한 책의 필사본을 가지고 계셨는지 등등 구체적인 서지사항을 밝히지 않아서, 자세한 점은 알 수가 없으니 자못 아쉽다.

퇴계 선생 이전이나 당시에 어떤 책이 중시되고, 어떤 책이 간행되었으며, 어떤 책이 어디에 많이 수장되었는가 하는 사실을 필자는 아직 잘 파악하지 못하고 있으나, 퇴계 선생 당시에도 이미 상당한 분량의 중국 책들이 이미 조선에서 다시 간행되고 있었을 것이다. 퇴계 선생이 "서울과 고향에서 빌린 책" 목록을 보면, 앞서 두 차례에 작성되었던 목록에서 보지 못하였던 이름도 보이기는 하지만, 원래 가지고 있던 책의 목록과 일치하는 책 이름이 많은데, 이 점은 어떻게 보아야 할 것인가? 아마 권수가 많은 책 중에서 완질을 가지고 있지 못한 책은 부분적으로 빌려 놓으신 것이 아닌가 짐작된다.

위에서 살펴본 많은 책이 그 뒤에는 어떻게 되었을까? 선생 사후에 일부는 도산서원 광명실(光明室)로 들어가고, 일부는 퇴계 종택(宗宅)으로 들어갔다고 추측할 수도 있지만, 지금 한국국학진흥원에서 이 두 군데의 도서를 기탁받아서 만든 두 가지 장서 목록을 검토해 보아도, 위의 서목에 나오는 "퇴계 선생의 수택본(手澤本)"이라고 볼만한 책은 몇 가지를 빼고는 거의 보이지 않으니, 매우 안타까운 일이다.

이 책들이 그대로 완전하게 보존되었더라면 당시 조선 전기에서는 가장 훌륭한 개인 장서를 살펴볼 수 있었을 것인데 …. 지금 그나마 잘 보존되고 있는 권충재(權沖齋, 충재박물관)나 이회재(李晦齋, 옥산서원 청분각과 독락당)의 옛 도서를 능가할 수 있는 ….

필자는 위에 적은 간단한 도서 해설보다 더욱 상세한 해제를 별도로 준비하고 있다. 같은 책 이름이 퇴계 선생 시대에 조선에서도 이미 나온 것이 있는지, 퇴계문집에서 이러한 책들에 대하여 어떠한 언급이 있는지 하는 것 등도 상세하게 검토해 볼 예정이다.　　　　　　　　　(2021. 6. 23. 초고, 10. 6. 개고)

II

가서家書 읽기

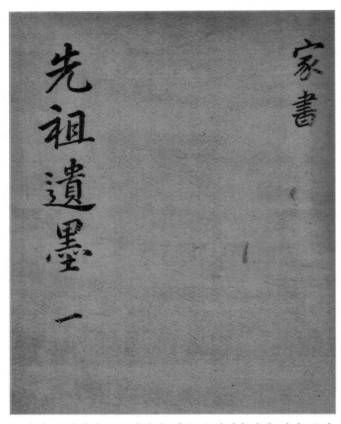

▲ 퇴계 종택에서 보존하다가 안동 국학진흥원에 위탁 중인
『가서(家書)』의 표지 사진

1. 아들에게 보낸 편지〔가서家書〕 개관

가. 머리말

이 글은 이퇴계가 그 아들에게 보낸 편지 내용을 조금 소개하고 또 그 편지의 문장도 아울러 소개함에 목적이 있다.

1996년에 고우(故友) 권오봉(權五鳳) 교수가 편저한 『퇴계서집성(退溪書集成)』(5책)1)에 의하면, 지금까지 그가 본 퇴계의 편지가 3,154편이나 되는데, 이 많은 글을 그는 편년순(編年順)으로 배열하여 영인하고, 또 매우 세심하게 인명, 지명에 대해서는 각주를 달고, 구두점을 찍어가면서 문장을 읽기 쉽게 만들고, 친절한 색인이나 해설까지도 곁들여 두었다.

이 3,154편이나 되는 편지 가운데, 이전에 목판본 『퇴계선생문집』의 내집·속집에 수록되어 있어, 비교적 널리 알려져 있고, 또 근년에 이 『문집』이 한글로 번역되기까지 하여,2) 일반적으로 퇴계의 편지의 상당한 분량이 이미 세상에 잘 알려져 있다고 할 수 있는데, 이 『문집』에 실린 편지는 모두 1,060편뿐이니, 거의 2배가 넘는 방대한 분량의 편지를 권교수가 체계적으로 정리하여 소개하기 이전에는 별로 잘 알려지지 않았다고 할 수 있다.3) 퇴계 선생이 돌아가신 지 400여 년이 넘도록 이렇게 많은

---

1) 포항공대 발행. 제1책은 색임임. 이하 『집성』으로 약칭함.
2) 서울, 퇴계학연구원, 1998년 완간, 전24책.
3) 그 전에 한국정신문화연구원에서 영인한 『도산전서(陶山全書)』, 계명대학 한문학연구실에서 영인한 『퇴계선생문집』(10권)과 『퇴계학문헌전집』(18권) 등이 나오면서 차츰 미간 편지들이 공개되는 과정이 있는데, 이에 대해서

편지가 남아 있다는 것도 놀라운 일이지만, 그것보다도 더 궁금한 것은 왜 이렇게 많은 편지가 남아 있는데도, 어떤 편지는 『문집』에 싣고, 어떤 편지는 수록하지 않았는가 하는 점이다.

대체로 보아, 퇴계와 교유하던 학문이 높은 분, 지체가 높던 분들에게 보낸 학문·시사 같은 것을 논한 편지들은 수록되었고, 가족들에게 보낸 개개인 신상에 관한 이야기, 특히 살림살이에 관한 이야기들은 수록하지 않았다고 할 수 있다.

그 단적인 예가 아들에 보낸 편지들이다. 권교수의 『집성』에 의하면 아들에게 보낸 편지가 모두 551편이나 되는데, 『문집』에는 그 13분의 1에도 못 미치는 40편 정도만 실려 있을 뿐이다. 필자는 이 『집성』에서 퇴계 나이 40세부터 55세까지 아들에게 보낸 "여자서(與子書)" 132편을 뽑아서 번역하여 단행본으로 낸 바 있다.4) 그 책은 일부 한정된 독자들에게만 배포되었고, 또한 그 책을 썼던 필자의 '해설'도 필자의 의도와는 어긋나게 상당 부분이 삭제되기도 하고 또 개조되기도 하였으므로 여기서 이 "여자서"에 대한 소개를 다시 한번 소상하게 할 필요를 느낀다.

이 "여자서"라는 말은 필자가 편의상 만든 것이다. 엄밀하게 말한다면 아들에게 보낸 편지만 "여자서"이고, 답장한 편지는 "답자서(答子書)"라고 해야 하지만, 이 글에서는 둘 다 합하여 "여자서"라고 부르기로 한다. 필자의 이 글과 다소 관련 있는 선행 연구로는 우선 일어로 된 권오봉 교수의 『퇴계가서의 종합적 연구(退溪家書の綜合的研究)』가 있으나, 이 책을 낼 때까지 권

___

는 1)의 「간행사」와 해설 부분에 자세하기에 여기서는 상론(詳論)은 피한다.

4) 『퇴계 선생·Ⅱ』 40세에서 55세까지 아들에게 보낸 편지 - 국제퇴계학회 경북·대구지부, 1999. 10. 이 책은 대구시에서 경비를 보조하여 6천 권을 인쇄하여 대구시 산하 공무원들에게만 배부하였음.

교수는 1980년대 이후에 나온 풍부한 자료를5) 입수하지 못하였다.

1995년에 영남대 이수건(李樹健) 교수의 『영남학파의 형성과 전개』6)를 보면, 「퇴계 이황의 치산이재(治産理財)」(pp.257-269) 항목에서, 퇴계가 지금 일반인들이 막연하게 알고 있는 바와는 다르게, 얼마나 주밀하게 가산(家産)을 관리, 증식하였던가 하는 점을 여기에서 이야기하려는 "여자서"를 인용해 가면서 상세하게 검토하고 있다.

이교수는 이 책에서,

> 퇴계 父子의 재산은 부모와 前後妻邊 및 子婦邊에서 상속된 또는 傳係한 것에다 퇴계의 규모 있는 治産理財에 의하여 집적·증식되어 갔다. 이러한 재산은 당시의 상속과 분금 관행 및 자연 증식에 의한 퇴계의 '所當應得分'이며, 그 재산이 구차하게 취렴했거나 부당하게 축재한 것은 결코 아니다. 그러나 이러한 퇴계의 규모 있는 영산으로 집적한 재산이 결국 그 후손들의 경제적 기반을 확립시켜 놓은 동시에 도산서원을 퇴계학파의 本山으로 그 위치를 유지하게 한 것도 퇴계가 이룩한 경제적 기반 위에 힘입은 바 컸다. 여기서 우리는 퇴계학의 또 다른 일면을 발견하게 되었다. 즉 理氣心性學을 중심으로 한 思辨的 성리학에다 經世的·實用的인 기능으로서의 퇴계학을 새로 인식해야 할 것 같다. -p.270

라고 말하고 있다. 퇴계 부자가 편지를 주고받던 그 당시의 사회·경제적 여건을 잘 이해할 수 없는 필자는 이교수의 위와 같은 견해를 바탕으로 당시의 사정을 짐작해 보려 한다.

---

5) 위의 3)에서 언급한 책 중에서 『도산전서』 이외에는 참고하지 못하였음. 이 뒤에도 1,360편의 편지가 더 영인되어 나왔음을 권오봉 교수는 『집성』 서문에서 밝히고 있다.

6) 서울, 일조각, 1995. 12.

이 "여자서" 내용이 지금까지 대부분 세상에 거의 알려지지 않았다는 것, 또 그 내용이 이퇴계의 다른 편지와는 다른 점이 많다는 것 이외에 필자는 또 이 아들에게 준 편지에 나오는 여러 가지 독특한 당시의 토속적인 생활용어들, 그래서 사전에조차 잘 나오지 않는 말을, 중국인들의 한문 문장 또는 한국인이 격식을 갖추어 쓴 문장과는 좀 달라 보이는 문장에 관하여서도 매우 강한 호기심을 갖게 된다.

그러나 이러한 문제를 모두 해결하자면 국어학과 중국어학(中國語學)에 대한 상당한 비교 검토가 필요할 것이기에 여기서는 다만 동학(同學)들을 위하여 1차적인 자료 소개 정도에만 그치려고 한다.

나. "여자서(與子書)" 내용

퇴계에게는 맏아들 준(寯, 1523-1584)과 둘째 아들 채(寀, 1527-1548)와 서자 적(寂, 1531~?) 세 아들이 있었다. 그러나 적에게 보낸 편지는 『집성』에도 전혀 보이지 않고, 채에게 따로 보낸 편지도 한 편도 보이지 않으며, 551편이 모두 오직 준에게 보낸 글뿐인데, 다만 그중에 4편이 준과 채에게 함께 보낸 것으로 되어있다.[7]

주지하는 바와 같이 퇴계는 처음에 원 고향은 고성이나 의령에서 살다가 영주에도 와서 산 적이 있는 허씨 집에 장가가서 두 아들을 낳았다. 그러나 둘째 아들을 낳자마자 산고로 죽은 허씨를 대신하여 둘째 아들의 보모로 들어와서 퇴계의 소실이 된

---

7) 이 4편의 내용은 모두 권씨 부인이 서울에서 죽었을 때 퇴계는 예안에 있으면서, 두 아들에게 서울에서 친어머니의 상과 똑같이 상주 노릇하라는 당부와, 예안까지 운구할 일 등을 지시한 내용이다.

창원댁(昌原宅)이 있는데, 이분의 소생이 적(寂)이다. 이 소실에 관한 이야기는 세상에 알려지지 않은 것 같으나 "여자서"에는 매우 자주 나온다. 나중에 후취로 맞은 권씨(權氏) 부인이 세상에 널리 알려진 대로 지적 장애 같은 증세가 있었기 때문인지, 실제로 허씨 부인이 죽은 뒤에 퇴계 가의 가산을 계속 관리한 사람은 바로 이 창원댁이다.

퇴계는 아들에게 보내는 편지 끝에 가끔, "너의 서모(庶母, 더러는 줄여서 모母)의 언문 편지를 함께 부치지 않는다"라거나, "자세한 것은 언문 편지에 적혀있다."라는 식으로 적어, 이 소실이 집안 살림에 실제로 관여한 것을 시사하는 내용이 보인다.

그러면 맏아들에게 보낸 편지 내용은 주로 어떤 이야기이며, 또 언제 어디서 이러한 편지를 썼을까?

『집성』에는 퇴계 나이 40세(병자년, 1540)부터 70세까지의 "여자서" 487편이 편년으로 되어있고, 연대를 알 수 없는 "여자서" 64편이 그 뒤에 덧붙여 있다.

> 독서에 어찌 장소를 택해서 하랴? 향리에 있거나 서울에 있거나, 오직 뜻을 세움이 어떠한가가 중요할 뿐이다. 마땅히 십분 스스로 채찍질하고 힘써야 할 것이며, 날을 다투어 부지런히 공부하고 한가하게 시간을 낭비해서는 안 될 것이다.8)

이 편지가 『집성』에 처음으로 수록되어 있는데, 이때 아들은 17세로 본가와 가까운 오천(烏川, 외내) 마을에 사는 금씨(琴氏, 장인은 금재琴梓)댁에 장가를 들어 당시의 일반적 관습대로 처가살이하고 있었다. 이때 퇴계가 고향에 있었는지 또는 서울에 있었는지는 분명하지 않으나 『연보』 같은 것을 보면, 이해에 퇴

---

8) 讀書豈擇地乎? 在鄉在京, 惟立志如何耳. 須十分策勉, 逐日勤苦做工, 不可悠悠浪送日月也. -『집성·Ⅱ』 p.5. 번역문은 『퇴계 선생·Ⅱ』 p.37.

계는 줄곧 서울에 머물면서 형조정랑, 홍문관 부교리 같은 요직에 있었으므로 아마 이 편지도 서울에서 외내로 보낸 것이 아닐까 싶다. 이 편지 내용은 어느 평범한 아버지라도 젊은 아들에게 적어 보낼 수 있는 내용, "공부를 열심히 하라"는 것이다.

그런데 필자는 퇴계가 아들에게 이렇게 공부를 열심히 하라는 당부를 하는 편지 중에는 자주 과거 시험 준비를 소홀히 하지 말 것, 벼슬해서 농부나 병졸 같은 무지렁이(아무것도 모르는 어리석은 사람) 신세를 면할 것을 간곡히 당부하는 내용도 심심치 않게 발견하고, 흔히 우리가 세속적으로 알고 있는 퇴계의 벼슬에 대한 견해, "평생 벼슬을 싫어하였다"라는 이야기를 재고할 필요를 느낀다.

> 내년 봄에 복(宓, 조카) 등이 다 서울로 올라오려 하거든 너도 그때 함께 서울로 올라와서 과거 수험준비〔거접居接〕를 함께하면서 여름을 보내는 것이 아주 좋을 것이다. 네가 이제부터라도 부지런히 공부하지 않는다면 시간은 쏜살같이 지나버리고 한번 지나간 것은 따라잡기 어려울 것이다. 끝내는 농부나 군대의 졸병으로 일생을 보내고자 하느냐? 천만 유념하여 소홀함이 없고 소홀함이 없게 하여라.9)

위에서 거접(居接)에 관한 이야기가 나오는데 아들이 다른 곳-영주 같은 데-에 가서 거접할 때 기거, 음식, 친구와의 사귐 같은 문제를 세심하게 지시한 내용이 이 뒤에 쓴 편지에도 보인다.10) 이렇게 과거나 벼슬에 대한 매력이나 이점을 강조해 가

---

9) 來年春, 宓等皆欲上來, 汝其時偕來于京, 同接過夏, 甚善甚善. 汝今不勤苦做業, 隙駟光陰, 一去難追, 終欲作農夫·隊卒以過一生耶? 千萬刻念, 無忽無忽! -같은 책 p.14. 번역문 같은 책 p.48.

10) 『퇴계 선생·Ⅱ』 p.140.

면서 아들에게 공부를 열심히 하라고 강조한 점도 당시의 여느 평범한 아버지와 다를 바가 없는 것으로 생각된다.

그런데 우리가 그 아들에게 보낸 편지를 읽다가 보면, 이 아들이 몇 가지 벼슬을 하고 난 뒤부터는 그것을 그만두고 돌아올 것을 바라는 내용이 나타나기 시작한다. 이를 보면 퇴계 선생은 아마도 신분이나 체면 유지를 위해서 어느 정도의 벼슬을 하는 것도 좋으나 그 이상은 이상이 실현될 수 없다면 그만두는 것이 좋지 않을까 생각한 것이 아닌가 싶기도 하다.

퇴계는 아들에게 공부를 열심히 하여 과거 시험에도 합격하고, 또 남들같이 벼슬하여 입신출세할 것을 권하기도 하고, 또 선비로서의 교양과 인품을 갖출 것을 등한하지 말 것을 자주 당부하고 있을 뿐만 아니라, 매우 면밀하게 농토에 씨 뿌리는 것, 세금 바치는 것, 수확한 물건을 다른 물건과 바꾸는 것, 종들을 관리하는 것, 어디 있는 것을 어디로 옮기라는 것…, 나아가서는 친척 사이에 재산 분쟁이 생겼을 때 어떻게 대처해야만 선비의 체면에 손상이 가지 않는다는 것까지 자세히 일러두고 있다.

위에 인용한 바 있는 이수건 교수의 저서 『영남학파의 형성과 전개』에서는, 퇴계의 치산이재 실례를 그 가서(家書) - "여자서" - 에서 항목별로 다음과 같이 나누어 적기도 하였다.

ㄱ. 田畓 매매와 布木 · 穀物 · 소금과 미역[鹽藿] 등의 교역. 10조목
ㄴ. 營農 · 耕作 · 播種 · 除草 · 川防 및 노비들의 소작[奴婢作介] 등. 12조목
ㄷ. 노비 단속, 노비 사역, 노비의 治農 · 秋收 · 打作 · 收租 · 收貢 감독. 15조목
ㄹ. 宜寧 妻家 쪽 傳係 재산 및 次子 寀의 재산 처리 문제. 6조목

해당하는 항목의 편지 한 조목씩만 예를 들고 한글로 풀어본다.

또한 손이(남자 종)는 제 말을 몰게 하고, 언석(남자 종)이도 소나 말 중 아무것이나 몰게 하여 얼음이 얼기 전에 평해에 가서 소금과 미역을 사 오게 시키는 것이 좋을 것이다.11)
넓게 경작할 것을 힘쓴다면 거칠게 될까 보아 걱정이고, 박토를 굶주린 사람들에게 나누어 주고 반쯤 경작하게 한다면 버리는 것과 똑같은 것이니 걱정하지 않을 수 없다. 하물며 가을에 돌아와서 계산해보면, 식구는 배나 되니 더욱 조금 경작할 수도 없는 터라, 두 가지로 나누어 짐작해서 대처하는 것이 좋을 것이다.12)
듣자 하니, 노비들이 모두 태만해서 일을 잘 하지 않는다고 하는데, 너무 심하거든 그중에서 특히 심한 놈을 가려서 종아리를 때려가면서 경고함이 좋을 것이다.13)
(전처 허씨의 분재 문제로) 처음으로 의령 문제가 이같이 어렵게 되었음을 알았다. 저 고약한 인간들이 그 화근을 이렇게 확대하게 하였으니, 스스로 개가하게 된 것이라, 그대로 내버려 두고 어찌할 수는 없는 바이지만, 가문의 이름을 무너트리고 어머님(장모님)의 자애를 상하게 하였으니 분통함을 이길 수가 없구나.14)

---

11) 且孫伊牽其馬, 彦石某牛馬中牽持, 永凍前往平海, 貿塩藿以來事, 亦教之爲可. -『집성·Ⅱ』 p.40. 『퇴계 선생·Ⅱ』 p.61.

12) 務廣耕, 則荒可慮, 但簿田付飢民半作, 則與棄同, 亦不可不慮. 況秋歸決計, 食口倍衆, 尤不可小耕, 兩酌處之. - 이수건, 같은 책 p.265에서 재인용.

13) 聞奴婢等, 率皆怠慢不事. 至爲過甚, 擇其尤甚者, 撻而警之可也. - 같은 책 p.266.

14) 始知宜寧家亂, 竟至此極. 彼蠹物厚稔, 其絶于天, 固置之無可奈何, 如墜家聲, 傷母慈何也? 不勝痛憤. - 같은 책 p.267.

마지막에 나오는 이야기는 일찍 생모를 여의고 의령 외가 쪽에 가서 살던 둘째 아들이 젊은 나이에 자식도 없는 청상과부만 남기고 죽어, 그 재산을 둘러싸고 분쟁을 일으키자 그 외삼촌들이 그가 지니고 있던 재산을 회수하려는 데 대한 섭섭함을 나타낸 말이다.

이렇게 보면, 흔히 퇴계가 살림살이에 전혀 관심 없이 공부만 하였다는 이야기는[15] 전혀 사실과는 어긋나는 것임을 알 수 있다.

퇴계는 성격이 매우 꼼꼼한 것으로 보인다. 그는 가는 곳마다 좋은 경치를 보면 시를 짓고, 이름 없는 명승지에 이름을 짓고, 더러 이미 알려진 이름이라도 발음이나 뜻이 마음에 맞지 않으면, 이름을 바꾸어 짓기도 하였다. 또 살던 집이나 정자나 서당에 반드시 매란국죽(梅蘭菊竹) 같은 화초와 수목을 심고 알뜰하게 보살핀 것은 잘 알려진 이야기다. 이러한 꼼꼼한 성품이 집안의 재산이나 노비를 관리하는 데도 이 "여자서"를 보면 여실히 드러난다. 그러나 이러한 내용을 이제까지 문집을 편찬하거나 퇴계의 전기를 짓는 사람들이 고의로 간과하거나 또는 전혀 모르고 있었을 뿐이다.

이상이 "여자서" 내용 중에서 지금까지 잘 알려지지 않은 사실을 중심으로 몇 가지만 강조해서 소개하였다. 이 밖에도 사소한 신변잡사에 관한 일, 예의범절에 관한 일, 며느리와 손자에 관한 관심 같은 여러 가지 이야기가 많으나 여기서는 구체적인 언급은 생략한다.

---

15) 이수건, 같은 책 p.258, 9에 인용된 『명종실록』과 『선조수정실록』에 실린 이퇴계에 대한 평 같은 것.

다. "여자서"에 나타난 어휘와 문장

대체로 퇴계가 쓴 글은 읽기에 그다지 쉽지 않다. 철학을 담은 글은 내용이 어렵고, 문학을 담은 글은 어려운 전고가 너무나 많기 때문이다. 그러나 이 "여자서"는 내용의 깊이 때문에 어렵거나, 문장에 전고가 들어가서 어려운 것은 아니다. 그러나 지금 필자 같은 후학들이 이러한 편지를 읽는 데는 또 다른 어려움이 있다.

그것은 당시[16세기]의 생활 습속이 후대의 유학자들이 생활하던 방식과도 다른 점이 많았고,16) 그 당시의 토지제도, 노비제도, 병역제도, 과거제도, 관직 같은 것에 대한 정확한 이해이다. 이러한 것과 연관된 독특한 용어들이 이 편지에는 많이 나온다. 물론 이러한 생활방식이나 제도에 관련되어 지금까지 조선 전기를 중심으로 한 여러 가지 저술이 나오고 있고, 또 관련된 용어에 대한 훌륭한 사전17)도 나오고 있다.

그러나 필자는 이 편지들을 읽는 데 아직도 잘 알려지지 않은 사설이나 단어들, 또는 중국식 한문 문리로는 잘 풀리지 않는 문장들이 가끔 보이는 것 같아서 여기서는 그러한 문제들을 조금 지적하여 검토하고자 한다.

1) 어 휘

한국식 어휘 중에서 독특한 것은 종 이름, 독특한 한국식 명사, 수량사, 호칭 등이 보인다.

---

16) 한 예로 위에서 이야기한 바와 같은, 아들이 처가에 가서 사는 풍습이나 처가의 재산을 아들딸 구분 없이 상속받는 것 같은 것.
17) 단국대 동양학연구소의 『한국한자어사전』(4권) 같은 것.

ㄱ. 종 이름

이 편지에는 친가·처가의 많은 친척 이름이 나오기도 하지만 또 그보다 적지 않게 집안에서 부리던 남녀 종의 이름이 나온다. 대개 성은 적지 않고, -孫, -伊, -同, -山 같은 글자로 끝나거나 이름 중간에 叱(사이시옷 역할을 함)자가 들어가는 경우, 또는 양반의 이름이나 자(字)에는 사용하지 않는 조금은 상스러운 글자들로 적은 이름은 거의 하인, 소작인 또는 재산의 대리 관리인〔간노幹奴〕 노릇을 했던 종 이름이다.

토계(퇴계)에서 외내로, 외내에서 서울로, 또는 토계에서 경주·의령·풍기·영주·풍산 등지18)로 집안의 편지를 전달하던 것도 모두 노비들이며, 퇴계 집안의 누가 어디로 행차할 때마다 말을 몰거나 짐을 운반한 것도 노비들이며, 농사를 짓고, 집안의 재산을 늘리는 데도 노비들이 헌신하였다. 이러한 노비를 관리하는 일에 대해서도 퇴계는 매우 세심하게 편지에서 자주 지시하고 있다.

너그럽게 다루어야 할 때는 휴식을 주고 건강을 보살피며 너그럽게 다루고, 엄하게 다루어야 할 때는 종아리에 매질해 가면서 엄하게 다루어야 한다고…. 앞에서 퇴계의 치산이재 실례를 소개하면서, 퇴계가 노비의 단속, 사역에 어느 정도 세심하였는가 함을 대강 언급하였으나, 여기서 한두 가지 예만 더 들기로 한다.

　　또 연동(連同)이란 종놈은 어떻게 다스렸느냐? 이놈은 온갖　　나쁜 짓을 멋대로 저질렀음을, 근자에 비로소 자세히 듣게

---

18) 의령·영주·풍산 등지는 모두 퇴계의 전·후취 처가와 관련 있는 곳인데, 여기에 모두 퇴계가 처가로부터 상속받은 재산이 있었고, 경주는 준이 참봉 벼슬을 하던 곳이고, 풍기는 퇴계가 군수로 재직하던 곳이다.

되었는데 그 죄는 용서 받지 못할 것이다.… 이 종놈은 너의
나약함을 보고 더욱 멋대로 하여 거리낌이 없으니 어찌 괘씸
하기가 이와 같을까?19)

극비(克非)라는 이 여자 종은 어리석고 고집이 세서 일을 맡
길 수가 없구나. 그러나 갓금이(加叱今)를 이미 데리고 와
버렸으니 집 짓는 일과 제사 일 등을 해나가는 데 마땅하게
맡길 사람이 없으니 부득불 이 여자 종에게 맡겨야 할런지?
… 개덕(介德), 연분(燕紛), 조비(趙非)는 모두 데리고 오는
것이 마땅하고 석진(石眞)이라는 여자 종은 그곳에 머물게
하여 밥 짓는 일, 자질구레한 일, 방아 찧는 일, 모든 것을
시키도록 하여라.20)

다음에 이 편지에 등장하는 종 이름을 권오봉 교수가 만든 『집
성·Ⅰ』(색인)과 필자의 추가 조사에 의하여 가나다 순으로 적
어 본다.21)

加仇伊(178 · 남)　　　　古溫(56 · 여)
加外(421 · 남)　　　　　仇叱非夫(91 · 남)
加外夫(416 · 남)　　　　加叱屎(332 · 남)
加隱孫(519, 남)　　　　仇叱同(317 · 남)
加叱今(86 · 여)　　　　金金伊(28 · 남)
介德(86 · 여)　　　　　介孫(205 · 남)
加隱非(519 · 남)　　　　克非(86 · 여)

---

19) 且中連同奴, 何以治之? 此奴恣橫百惡, 近日方細聞之.… 此奴見汝柔懦,
　　益肆無忌. 何痛如之? -『집성·Ⅱ』p.420.『퇴계 선생·Ⅱ』p.200.

20) 克非, 此婢迷頑, 不可任事, 然加叱今, 旣率來, 則凡成造, 祭供等事, 無
　　人可付, 無乃不得已付此婢乎?… 介德·燕紛·趙非, 皆當率來. 石眞, 此
　　婢當留其處, 成造凡事·炊舂皆使爲之. -『집성·Ⅱ』p.85,『퇴계 선생·
　　Ⅱ』p.85.

21) 『집성·Ⅱ』에 한정하였음. 괄호 안의 숫자는 쪽수임.

金伊(423 · 남)

金孫(30'남)

今石(951 · 남)

金順(330 · 남)

內隱孫(87 · 여)

內卩石(708 · 남)

訥叱孫 · 訥孫(241 · 남)

丹今(347 · 여)

大孫(53 · 남)

德萬(241 · 남)

都叱孫(412 · 남)

動令(91 · 남)

動山(91 · 남)

夛金伊(87 · 여)

夛孫(408 · 남)

夛彦(236 · 남)

莫金伊(87 · 여)

莫德(95 · 여)

莫同(235 · 남)

莫三(96 · 남)

莫失(330 · 남)

莫非(96 · 남)

命福(951 · 남)

命山(422 · 남)

莫只(414 · 낭)

命石(827 · 남)

末同(186, 남)

末山(603 · 남)

文山(91 · 남)

文孫(108 · 남)

范雲(86 · 여)

范金(86 · 여)

守雲(104 · 남)

夫叱同(289 · 남)

凡石 · 范石(244 · 남)

石今(178 · 남)

石粉(20 · 여)

石眞(86 · 여)

孫芃(237 · 남)

小叱同(339 · 남)

孫伊(39 · 남)

順伊(20 · 남)

順伊(238, 여)

憶必(238 · 남)

安石(414 · 남)

憶同(322 · 남)

延守(204 · 남)

憶守(99 · 남)

億弼(91 · 남)

彦石(39 · 낭)

燕紛(86 · 여)

連同(181 · 남)

水雲(241, 남)

連山(342 · 남)

連伊(713 · 남)

連壽(202 · 남)

連守(183 · 남)

吾音同(196 · 남)

佛非(342 · 남)

玉只(198 · 남)

龍孫(91 · 남)

流理山(98 · 남)

流山(239 · 남)	秦玠(184 · 남)
義山(41 · 남)	叱同(322 · 남)
銀夫(235 · 남)	哲金 · 哲金伊(335 · 남)
銀弼(336 · 남)	哲山(38 · 남)
銀丁(238 · 남)	哲孫(19 · 남)
銀脣(502 · 남)	七山(55 · 남)
苐叱山(39 · 남)	豊孫(100 · 남)
苐叱孫(6 · 남)	鶴峯(349 · 남)
終伊(947 · 남)	漢弼 · 漢必(92 · 남)
趙非(86 · 여)	漢孫(16 · 남)
中石(240 · 남)	黃石(60 · 남)
仲孫(38 · 남)	

이러한 종 이름은 미리 한문 글자의 뜻을 확정하여 놓지 않아서 그런지, 위에서 보는 바와 같이 더러 동일인으로 생각되는 사람의 한문 철자법이 바꾸어 적혀있는 경우도 보인다.

이러한 종 이름을 당시 실제로 어떻게 불렸던 것을 한자로 차기(借記)한 것인지 필자의 능력으로는 자세히 이해할 길이 없어 다만 이 방면에 관심 있는 사람들에게 자료로 제공하고자 적어 놓을 뿐이다.

ㄴ. 한국식 한자 어휘[22]

이 "여자서"는 많은 한국식 한자 어휘가 나오는데, 이 중에는 물론 『한국한자어사전』 같은 책에 설명되어있는 말도 상당수 있으나, 또 이런 책에 나오지 않은 단어도 보일 것으로 생각한다. 우선 그 사전에 나오는 단어 몇 가지만 나열한다.

---

[22] 아래 인용한 예에서 누락된 말로 '작개(作介)'라는 말이 보이는데, 이 말은 땅을 2등분하여 절반은 소작인이 마음대로 씨 뿌리고, 절반은 주인이 뿌릴 씨를 정하여 주는 소작(小作) 방법을 말하기도 한다. - 김건태, 『양반가의 농업경영』 참고.

吐木(土木)	— p.88:	토막나무
坏	— p.88:	날기와
還上	— p.96:	환곡(발음 환자)
沙用	— p.99:	새옹(냄비 같은 놋그릇)
辛甘菜	— p.92:	당귀
居接	— p.30:	과거 시험 준비반
畵婢木	— p.320:	암호를 적어 보내는 나무
逢受	— p.406:	남의 돈이나 물건을 맡음
伴人	— p.330:	높은 관직에 있는 사람의 심부름꾼
		으로 병역을 대신하는 사람
太岾字	— p.43:	〔말〕 영수증

또 설령 사전에 뜻이 설명되어있다고 하더라도, 그러한 설명으로서는 해석이 되지 않는 예도 있다.

上下(차하): 치러 주다. 관아에서 돈이나 물품을 내어주는 일
　　　　　　　　　　　　　　　　-『한국한자어대사전 · Ⅰ』 p.89

이 해석은 다음과 같은 문장에서 적용하여 해석해보려 해도 잘 뜻이 풀리지 않는다.

且草谷前秋取出朴賢逢受租, 上下春正米一馱. 來時船卜而來,
甚可. -『집성 · Ⅰ』 p.10
또 초곡(푸실 : 퇴계가 전처의 처가로부터 재산을 받은 영주에 있는 마을)에서 앞 해 가을에 박현봉에게서 소작료 찧은 쌀 약 한 바리 정도를, (서울로) 올 때 배에 싣고 오는 것이 매우 좋을 것이다.23)

이 경우에는 이 말을 '대략' 정도로 생각하고 풀면 되지 않을까

---

23) 여기서, 上下를 '약'으로 푼 것은 이수건 교수의 견해를 따른 것이다.

싶다.

이 편지에 사용된 어휘 중에서 조금 독특하게 보이는 것은 수량사이다.

白貼扇	二柄	— p.6
眞梳	五介	— p.6
墨	一錠	— p.6
正米	一䭾	— p.10
足巾	三事	— p.10
常木	一同	— p.98
大口魚	三尾	— p.98
銀魚	三冬	— p.320

여기서 "正米 一䭾"의 䭾는 짐 한 바리, "足巾〔버선〕三事"의 事는 한 켤레, "常木〔보통 무명〕一同"의 同(발음 통)은 50필을 말하는데, 아마 중국 한문에서는 잘 사용되지 않는, 우리나라의 고유 수량사로 생각된다.

또 하나 이 편지에서 독특하게 느낄 수 있는 어휘들은 친족 간의 호칭이다.

汝叔	— p.20	외숙부인 許士廉을 말함
叔父	— p.6	종고모부인 吳彦毅를 말함
汝母	— p.6l	汝庶母를 줄여서 씀
祖母	— p.109	외조모
母氏	— p.102	외숙모

여기서 너의 서모란 뜻의 여서모(汝庶母)를 더 줄여서 '여모(汝母, 너의 어머니)'라고 한 것을 보면 친어머니와 서모에 대한 구별을 후세같이 심하게 하지 않은 것인지? 외척에 대한 호칭을 친가 사람들에 대한 호칭과 별 구분 없이 사용하고 있는 위

의 예들을 보면, 후세와 같이 친가·처가·외가에 대한 구분을 명확히 하지 않았던 흔적이 이러한 말씨에도 나타나지 않았는가 싶다.

2) 문장

이 편지 중에 어려운 한문 문자는 거의 나타나지 않으나, 편지 글이므로 중국 한문 편지에도 보이는 것과 같은 "就中"(특히 할 말은), "且中"(또 할 말은, 그냥 줄여서 '且' 한 자만 사용하기도 함), "只此"(다만 여기서 끝낸다) 같은 말은 자주 사용되고 있다. 그런데 가끔 다음과 같은 한국식 문장이 나온다.

> 五月忌祭某條其處過行. ─ p.100
> (오월의 기제사는 **아무쪼록** 거기서 지내도록 하여라)
> 聞慶申參奉了簡, 并修送. ─ 『퇴도선생집』 p.262
> (문경 신참봉에게로 가는 편지 역시 적어 보낸다)
> 香亭送挽詞, 情不能已, 僅綴四章, 片紙書送, 每一幅二首式書
> 用, 爲可. ─ p.207
> (향정에 보낼 만사는 감정을 다스릴 수가 없어서 겨우 절구
> 4장을 엮어 보았다. 편지지를 보내니 폭마다 두 수씩 적는
> 것이 좋을 것이다.)
> 其行持去次, 其洗手大也, 及沙用等物, 毋忘持來. ─ p.99
> (그 행차에 가져가야 **할** 물건 중에는 세숫대야와 새옹 같은
> 것을 잊지 말고 가져오너라.)

여기서 '某條'는 우리나라 말 '아무쪼록'의 발음을 차용한 것이며,[24] '了'도 '로'란 말의 음을 적은 이두(吏讀)이며,[25] '式'은 우

---

24) 『한국한자어사전·Ⅱ』 p.1,055. 이 예는 이 편지들에 매우 자주 나온다.
25) 『같은 책·Ⅰ』 p.180. 이 예는 그렇게 흔하지는 않다.

리말 '씩'을 차용한 것이며,26) '次'도 한국말 '내어주거나 받아들여야 할 돈이나 물건'27)을 말한다.

다음과 같은 경우는 한 문단 전체가 아예 이두를 섞어 쓴 문장이다.

爲待變事, 府段海邊受敵之地, 今如邊警之時, 萬一變起, 倉卒爲在如中, 呼吸之頃, 迫近城邑, 難保必無白去等, 御容移避與否乙, 自下擅便不得叱分不喩, 臨時報稟, 不及丁寧絃如, 至爲寒心爲白良爾, 萬或不測之事有去等, 御容護衛移安內地何如爲白良喩, 行下向教事云云. ─ p.520

왜구의 변에 대처하는 일은, 경주부는 해변이라 적의 침입을 받는 곳이라, 지금 만약 해변에서 경보가 발생할 때, 만일 변이 일어난다면, 창졸지간이라 할 것인데, 순식간에 경주성에 가까이 와서, 형세를 꼭 보존할 수가 없거든 임금의 화상을 옮겨 피해야 할지를, 스스로 알아서 마음대로 하지 않으면 안 될 뿐만 아니라, 급박한 때 임박하여 위에 품의하여 보아도 시간이 마치지 않을 것은 틀림없는 일이어서, 지극히 한심한 일이 되므로, 만에 하나라도 예측하지 못할 일이 있거든 임금의 화상을 호위하여 내지로 옮겨서 모시는 것이 어떠할는지, 명령을 내려주시도록 아뢰어 둘 일이다.

이 이외에도 중국의 고문 문장에서는 잘 보이지 않는 한국식 한문 구문이 가끔 보이는 것 같으나 여기서 더 이상 용례는 들지 않는다.

---

26) 이러한 용례는 위의 사전에도 나타나지 않는다.
27) 『같은 책·Ⅲ』 p.1. 이 예도 이 편지들에 가끔 나온다.

라. 맺는말

이상과 같이 이 시고(試考)를 대강 끝낸다. 이 글에서 필자가
조심스럽게 내세운 내용은 대개 다음과 같다.

1) 지금까지 널리 통행되고 있는 목판본 『퇴도선생문집(退陶先
生文集)』(59권)에는 퇴계의 편지가 1천 통 정도밖에 수록되어
있지 않으나, 권오봉 교수가 종합해 낸 『퇴계서집성(退溪書集
成)』에는 3천여 통 이상을 수집하여 영인하여 내었는데, 그 3
천여 통의 편지 중에는 특히 퇴계가 맏아들에게 보낸 편지만도
551편이나 수록되어 있다. 이 551편 중에서 상기 목판본에 수
록된 것은 그 13분의 1에도 못 미치는 40편 정도에 불과하다.
2) 이렇게 아들에게 보낸 편지가 특히 많이 빠진 이유는, 그
내용이 고상한 학문이나 세상을 다스리는 경륜 같은 것을 담은
것이 아니라 부자간에 흔히 볼 수 있는 집안 살림살이, 개인
신상에 관련된 신변잡기 같은 것이 대부분이므로 별로 공개할
필요가 없다고 여겼을 것 같기도 하고, 또 다른 측면에서 보면
청빈한 학자로서 고고하게만 살다간 선비의 모습으로만 부각된
한국의 대표적인 유학자를, 살림살이에도 매우 치밀하고 용의
주도하였던 것같이 나타나게 하는 것을 꺼린 점도 있었다고 볼
수 있다.
3) 그러나, 이미 이수건 교수 같은 역사학자가 매우 엄밀하게
검증한 바와 같이, 퇴계 선생은 매사에 용의주도하였던 것처럼
살림살이에 대해서도 용의주도하여, 농사·가옥·토지·노비 관
리에 매우 철저한 분이었음을 이러한 편지들을 통하여 잘 알
수 있다. 요즘 말로 표현한다면 이른바 '경영 마인드'도 탁월하
여, 전·후취 처가 쪽에서 당시의 풍속에 따라서 정당하게 분

배받았던 영주·풍산·의령 등지의 토지와 노비들을 적절하게 관리하여 오히려 많은 재산을 축적하기까지 하였음이 사실로 입증된다. 이 점은 원래 경영·관리 같은 현실적인 면을 중시하는 유학의 본래의 면모에 비추어 보아도 지극히 합당한 도리며, 오히려 지금까지 잘못 알려진 유학자 상 – 이퇴계 상을 바로잡을 수도 있을 것이다.

4) 이 시고(試考)에서는 바로 위에서 말한 내용 이외에도 지금까지 거의 잘 알려지지 않았거나, 또는 잘못 알려진 점 두어 가지를 특별히 밝혔다. 그 하나는 퇴계에게 정식으로 맞이하였던 전·후취 부인말고도 퇴계와 평생을 함께 산 소실 한 사람이 더 있었는데, 이 편지들을 통하여 보면, 이 소실이 퇴계 선생의 평생에, 또는 퇴계 가문의 발전에 매우 중대한 역할을 담당하였다는 것을 알 수 있다.

편지 중에 "너의 서모의 언문 편지를 동봉한다", 또는 "너의 서모(더러는 '모'자로 줄임)의 언문 편지에 자세한 내용이 있어, 자세히 적지 않는다"는 말이 자주 보인다. 이렇게 헌신 봉사하였던 그 부인의 공로는 다시 검토되고 부각되어야 할 것이다.

또 하나, 퇴계 선생이 평생 벼슬하기 싫어하였다고만 알려져 있으나, 이 점도 재고되어야만 한다. 아들이 젊었을 때 과거 시험 준비를 철저하게 하고 벼슬길에 오르도록 자주 엄하게 타이르는 것을 보면, – 이 점은 제자들에게 보낸 편지에도 더러 나온다 – 당시 선비의 신분이나 체면 유지에 반드시 약간이라도 벼슬하는 것이 필요하다고 본 것 같다. 사실은 퇴계도 초년에 몇 차례나 과거 시험에 도전하다가 실패한 뒤에 다시 도전하여 벼슬길에 올랐는데, 처음부터 벼슬에 마음이 없었다고 말할 수 없다.

그러나 벼슬이 올라갈수록 벼슬하기를 꺼린 것은 사실인데, 이 점은 흔히 쉽게 말하듯 원래부터, "천품이 고결하고 담박하여 벼슬에 뜻이 없었다."는 것같이 설명해서는 안 될 것 같다. 오히려 원래부터 벼슬할 생각이 없지는 않았지만, 당시의 여건이 맞지는 않았다는 식으로 보고, 여러 측면에서 퇴계의 출처관(出處觀)을 검토해야 할 것 같다.

5) 이러한 편지들에 실린 내용 이외에, 이 편지에 사용된 한자 어휘, 한문 문장도 한국 한문 연구에 매우 독특하고도 풍부한 자료를 담고 있다. 다른 문집에서는 잘 보이지 않는 순수한 한국말을 한자로 옮겨 적은 한국식 한자 차용어(借用語)로 된 당시의 생활용어들이 많이 보인다.

또 백 수십 명이나 되는 종들의 이름도 보이는데, 이 노비들의 이름은 대부분 상층 양반 계급의 이름과는 다르게, 한자의 뜻을 먼저 생각하고서 처음부터 한자로 지은 것이 아니라 원래 한글로 되어있는 이름을 한자의 음이나 훈을 빌려서 적당하게 이끌어다 차기(借記)하였을 뿐이다. 이러한 한자의 차용어에 관한 연구는 이미 국문학계에서 남풍현 교수나 최범훈 교수 같은 분들에 의하여 상당히 진척되었고, 또 한국고문서학회 같은 곳에서도 공동 관심사로 논의되고 있는 것으로 알고 있으나, 16세기 경상도 북쪽 지방의 자료로서 이 "여자서"는 본격적인 검토가 되어야 할 것이다.

또 당시의 풍속이 같은 유교 사회였다고는 하나 후세와는 많이 달라 친족에 대한 호칭 같은 것도 친가·처가·외가 사이에 별 구분 없이 사용되고 있음을 밝혔다.

문장 구성에도 드물기는 하지만 이두로 된 말이 있는 경우도 있고, 또 한자 차용어가 문맥에 끼어드는 경우도 몇 가지 예를 들었다. '아무쪼록'을 '某條'로, '…로'를 '了', '…씩'을 '式'으로. '…하는 물건 또는 …하는 돈'을 '次' 등으로 표현하는 예는 매우 자주 보인다.

이 밖에도 여러 가지 주목할 만한 특징이 보이나, 그러한 것을 반드시 한국식 한문 어휘냐, 한국식 한문 문장이라고 단정하자면, 중국의 용례들과 면밀하게 비교해보아야 할 점이 많아서, 필자는 여기서 용례를 제시하기에 머뭇거리고 있는 것도 많다. 아마 이러한 용례들을 더욱 풍부하게, 또 과감하게 제시할 수 있다면, 흔히 말하는 '한국식 한문'과 '중국식 한문'의 차이를 밝히는 데 큰 도움이 되지 않을까 싶다. 이 점은 필자의 과제이기도 하지만, 한국의 한문 학도들이나 중문학 학도들에게도 중요한 숙제라고 할 수 있을 것이다.

마지막으로 이 작업을 하는 데 필자는 퇴계 선생이 손수 쓴 수고본(手稿本)들을 직접 대조해 보지 못한 점이 아쉽다. 그러한 수고본이 그대로 모두 남아 있는지 어떤지 정확하게 확인할 방법도 없지만, 왜냐하면 목판본 『퇴계문집』에 실린 편지 중에도 원 수고본은 이두가 많이 섞여 있는 것을 문집을 정리하는 과정에서 이두는 제거하고 우아한 한문 투로 바꾸어 버린 사례가 있다는 이야기를 들었기 때문이다.28)

그러나, 비록 한 차례 다시 청서(淸書)하는 과정을 거쳤을지라도, 이만한 자료가 이렇게 많이 남아 있다는 것은 놀라운 일이며, 이 자료를 통하여 퇴계의 면모는 우리에게 다시 부각될 것이며, 또 16세기의 사회제도·습관, 그 당시의 문자·언어의 양상도 좀 더 밝혀질 것이다.

---

28) 이수건 교수의 견해에 의함. 그 예로 『퇴계문집』에 실린 이전인(李全仁, 회재의 아들)에게 보낸 편지의 독락당소장 원본을 들었다.

2. 가서(家書)를 통해 본 퇴계의 가족관계 및 인간적인 면모

가. 들어가는 말

어떤 서양의 동양학자는 중국문화에 대한 개설서를 쓰면서, 중국인들의 문화를 공적인 생활과 사적인 생활, 둘로 나누어 쓴 것을 보았다.[1]

퇴계를 이야기하면서 지금까지의 논의는 주로 그의 공생활에 치중되어 있었다고 말할 수 있으며, 더러 사생활에 관하여 언급할 때에도 어떤 실증적인 자료에 의하여 이야기하기보다는 주로 후손들, 또는 퇴계 제자의 후손들 집안에 전하여 내려오는 전설적인 이야기에 의존하여 형성되어온, 좋게 말하자면 자못 신비스럽고 기적에 가까운 이야기들, 객관적으로 말하자면 자못 비현실적인 이야기들에 따르는 경우가 많음을 보게 된다.

이 글은 퇴계의 사적인 생활에 관련된 이야기를 하고자 하는데, 인용하는 이야기는 모두 퇴계가 직접 쓴 편지에 의하고, 이러한 이야기에 대한 해석은 국사학을 전공한 사람들의 실증적인 연구를 많이 참고하였다.[2]

---

1) Marcel Granet, La civilisation chinoise(1929), Tome XXV de la Bibliothèque de Synthèse historique 《l'Évolution de l'Humanité》, fondée par Henri BERR. Paris: Editions Albin Michel, 1968.
2) 이수건, 『영남학파의 형성과 전개』, 서울, 일조각, 1995.
　김건태, 『조선시대 양반가의 농업경영』, 서울, 역사비평사, 2004.
　김건태, 「이황의 치산이재」, 『퇴계학보』 130집, 서울, 퇴계학연구원, 2011.

이러한 퇴계의 사적인 생활 내용을 많이 담은 퇴계가 직접 쓴 편지들은 근래에 권오봉3), 정석태4) 교수 같은 사람의 노력으로 원문이 대부분 정리되어 보급되어 가고 있고, 필자5)나 정교수6)가 그 일부분을 한글로 번역 주석하여 세상에 소개하고 있기도 하다.

편지 중 '가서(家書)'는 집안사람들에게 보낸 편지만을 말한다. 집안사람이라고 하면 형제, 아들, 조카, 손자를 두루 이야기할 수도 있겠으나, 이 글에서는 그중에서도 비교적 편지를 많이 주고받은 바 있는 맏아들 준과 맏손자 안도에게 보낸 편지를 중심으로 이야기하기로 한다.

이러한 가서의 경우에는 그 내용이 대부분 집안 살림이나, 가내의 사적인 문제에 관련된 부분이 많으므로, 목판본으로 문집을 간행할 때는 그러한 부분이 수록된 내용은 모두 빼버리고, 다만 아들, 또는 손자에게, "공부를 열심히 하여라", "훌륭한 사람이 되어야 한다"라는 식의 교훈적인 내용만 더러 수록하였을 뿐이다. 그러나 지금 남아 있는 가서를 모아놓고 자세히 보면, 지금까지 잘 알려지지 않은 이 집안의 여러 사정을 좀 더 구체적으로 파악할 수 있을 뿐만 아니라, 퇴계의 일상적인 면모를

---

3) 『퇴계서집성』 5권, 포항공과대학교, 1996. 색인 1권 포함.

4) 『정본퇴계전서』 13권, 서울, 퇴계학연구원. 이 책에는 편지만 3,116통이 수록되어있는데, 그중에서 이 글과 관련 있는 아들과 맏손자에게 보낸 편지는 각각 531통과 125통이 수록되어 있다.

5) 이장우·전일주, 『퇴계 이황 아들에게 편지를 쓰다』, 2011 개정판, 서울, 연암서가. 이 책은 퇴계가 아들에게 보낸 편지 중에서 40세부터 55세까지 쓴 편지 170통을 번역하고 주석한 것임.
   이장우·전일주 해제 및 역주, 『선조유묵 가서』(영인본), 2011, 안동, 국학진흥원. 이 책은 퇴계 종택에서 보관해 오던 맏아들에게 보내는 퇴계의 친필편지 72통과 맏손자에게 보내는 친필 편지 52통을 영인한 책임.

6) 『안도에게 보낸다』, 서울, 들녘, 2005.

직접 대할 수 있는 것이 큰 특징이다.

나. 가서에 나타난 퇴계의 가족관계

이 가서 내용을 파악하자면, 퇴계의 가족 생활사를 잘 이해해야 한다. 퇴계나 그 가문에 관해서는 일반적으로 많이, 또 잘 알려져 있다고 생각한다. 그러나 이 가서를 읽으려면 흔히 알려진 것보다도 좀 더 은밀하고 상세한 이야기가 많이 나오므로 매우 세심한 검증이 필요하다. 필자가 지금까지 읽어 본 자료들을 바탕으로, 이미 세상에 잘 알려진 이야기는 가급적 제외하고, 가족 상황을 새롭게 검토해 보기로 한다.

1) 아들과 며느리

잘 알려진 바와 같이 퇴계는 21세에 허씨 부인과 결혼하였는데, 23세 때 맏아들 준을 낳았고, 27세 때 둘째 아들 채를 낳자마자 산고로 작고하였다. 30세 때 안동 권씨 부인과 재혼하였으나 46세 때 서울에서 출산 중 작고하였다.

○ 맏아들 준 : 생모인 허씨 부인이 퇴계와 결혼한 뒤에 당시의 풍속대로 친정의 재산이 있는 영천[영주]의 초곡[푸실]에 살다가 죽어 묘소도 그 마을에 있었으므로, 이분도 어릴 때는 영주에서 살았을 것으로 보인다. 어머니가 돌아가신 뒤에는 외조모가 키웠는지, 친조모가 데려다가 키웠는지, 창원에서 온 서모가 데려다 키웠는지 분명한 것을 살필 수 있는 자료를 보지 못하여 잘 알 수 없다.

17세에 예안의 오천[외내]에 살던 금씨 가문에 장가들어 처음에는 처가살이하였으나, 뒤에 퇴계가 처음 마련한 온계의 '지산와사'라는 집으로 옮겼다가 다시 외내로 갔다가, 퇴계의 본가로 들어와 살았던 것 같다. 벼슬은 진사 시험에는 합격하였으나 대과[문과]에는 급제하지 못하여, 음직으로 벼슬길에 나아가서 경주의 참봉, 사온서 직장, 안기찰방 등을 거쳐 봉화군수 등을 지내고 의흥현감 재임 중에 병으로 작고하였다.

이 가서를 보면, 퇴계는 이 아들에게 살림살이에 대하여 매우 많은 심부름을 시키면서도, 남같이 공부도 열심히 하여 과거 시험에도 빨리 붙고, 관리로서나 선비로서 어느 정도 자리를 차지하기를 바라고 있었던 것 같다.

ㅇ **둘째 아들 채** : 위에서 언급한 것과 같이 태어나자마자 생모를 사별하고 단성(경상남도 산청군)에 살면서 자식이 없었던 외종조부 댁에 시양손(侍養孫)으로 들어가 살면서, 역시 단성에 살던 유씨 댁에 장가까지 들게 되었으나, 자식 없이 22세에 작고하자 외종조부의 조카 되는 외삼촌들과 퇴계 가문 사이에 유산 상속 문제로 큰 분란이 일어났다.

> 의령 일은 되돌아가기는 되돌아갔다. 그러나 여론이 더욱 격렬하여 서울이나 외지에서 시끄러웠는데, 근자에 사간원에서 거의 고발 될 뻔하였으나, 유사간(柳司諫) 중영(仲郢)의 주선에 힘입어 중지되었으나, 이 뒤의 일은 아직껏 추측할 수가 없구나.
>
> 또한 이 가운데 비단 사언(士彦, 허사렴의 아우)뿐만 아니라 생원(허사렴, 퇴계의 큰처남)이 더욱 염려된다. 이른바 (우리가) '논밭과 노비를 수탈한 것'으로 문서가 작성된 일은 또한 대단히 무례하구나. 나는 전혀 알지 못하였다가 최근에 박사신(朴士信, 미상)을 통하여 비로소 들었다. 이 일은 나에게 더욱 깊이 뼈를 깎는 듯한 아픔으로 여겨진다.
>
> 지난날에 내가 생원에게 준 편지에서 말하기를, "양자[가자假子, 채]를 쫓아낼 수가 없다면, 어머니(장모) 생전에 가문의

존장들이 함께 의논하여 양자는 제사를 모실 수 없다는 뜻을 문서로 만들어 둔다면, 가문에는 후일에 난처한 근심이 없을 것"이라고 하였다. 공간(公簡, 생원)이 이에 나의 이 편지에 의거하여 크게 떠들기를, "사언이 논밭과 노비를 줄 수 없는 일은 대사성 형님(퇴계 자신)과 편지로 통하였다."라느니, "그 문서가 작성되었다."라느니 하고 말하는구나. 천하에 이같이 상서롭지 못한 일이 있겠는가?

나의 편지를 만약 우리 가문 사람들이 본다면 의심할 바가 없을 것이다. 저들이 속이는 말을 했으니 반드시 그 편지를 숨겨서 어디에 두었는지를 알 수 없을 것이다. 내가 어찌 나타내어 밝힐 수가 있겠는가? 심히 저들과 함께 악명을 받게 될까 두렵구나. 어찌하고 어찌할 것인가! 대저 공간의 행위가 이와 같으니 여론에서는 사언과 다를 바가 없다고 한다. 그러니 누구를 나무라야 하겠는가? 너의 편지에 그 일을 매우 올바르지 못하다고 여기니 내 마음이 기쁘구나.

단계(丹溪, 경남 산청군 단성에 있음. 채의 처가)의 일은 앞의 편지에 이미 말하였다. 슬프고도 슬프구나.7)

이 편지는 퇴계 54세 때 맏아들 준에게 보낸 편지의 일부분인데, 『선조유묵』 권3에도 친필을 볼 수 있다. 내용을 풀어보면 대개 다음과 같다.

의령에 사는 그의 처남들이 무슨 일로 큰 사건을 저질러 서울의 사간원에서까지 문제 삼을 뻔하였는데, 마침 퇴계의 동향 친구인 유중영(서애 유성룡의 아버지)이 사간이어서 겨우 무마될 수 있었다. 그 사건과 관련되어 죽은 둘째 아들 채의 유산 문제까지 구설에 오르게 되었으니 매우 듣기에 민망하

---

7) 퇴계 선생 54세, 갑인년 납월 초8일에 쓴 편지.

였다. 퇴계의 태도는 죽은 아들이 외종조부에게는 성이 다른 수양손이기 때문에 비록 그 집의 제사는 받들 임무가 없었지만,[8] 그 집에서 남겨준 재산에 관해서는 아직도 살아있었던 외조모 문씨 부인과 그 집안의 여러 어른이 모여서 합의하는 대로 따르겠다는 뜻인 것 같다. 그러나 큰처남인 허공간(이름은 사렴, 진사)은 이러한 뜻을 곡해하여 마치 퇴계가 그 유산을 미리 다 차지하려는 마음이 있는 것같이 비방하고 다니고 있다고 하니 난감한 일이라고 말하고 있다.

위의 편지 마지막에 언급된 '단계'의 슬픈 일이란 바로 단계에서 온 둘째 며느리 유씨(柳氏)가 개가한 사실을 두고 한 말이다. 이 사실에 관해서는 맏아들에게 보낸 이보다 앞에 쓴 편지에 몇 번이나 언급하고 있는데, 다음에 관련된 언급을 몇 조목만 뽑아서 편지 쓴 날짜 순서대로 인용한다.

> 의령에 통지할 일은 너는 모름지기 짐작하여 속히 통보하여 개가하지 말게 하여라. 나머지는 다시 말하지 않겠다.[9]

> 지금 온 소식을 접하고 비로소 의령 집의 어려움이 마침내 이 지경에 이른 것을 알았다. 저 준동하는 물건은 결과를 심하게 만들어 그 재앙이 "스스로 개가하게(自絶于天)" 만들어 버렸으니, 그대로 버려두어야지 어쩔 도리가 없구나. 집안 명성을 떨어뜨리고, 장모님의 자애를 손상한 것은 어쩔 것인가? 통분(痛憤)을 누를 수 없구나. 지금은 사람의 이치로 용납하지 못할 바이지만 생각해보니 달리 선처할 길도 없는지라, 더욱이 지극히 상서롭지 못하니 어찌하랴? 어찌하랴?[10]

---

8) 이 점은 당시의 관례였던 것 같다. 『한국민족문화대백과사전』 양자 조항 참조.
9) 이 번역은 『퇴계 이황 아들에게 편지를 쓰다』, 145쪽의 번역과는 다르다.
10) 위와 같은 책 147쪽.

또 단계 유씨 집안의 일(개가한 일)이 밝혀져 여러 사람이 평하고 있다고 하니 또한 대단히 부끄럽고 가슴 아픈 일이다. 어찌하고 어찌하리오! 일마다 이와 같으니 내가 무슨 얼굴로 사람들을 보겠느냐?11)

막지가 사는 집은 단지 집에 쓸 재료와 기와를 잃어버렸을 뿐만 아니라, 장차 무너져 쓰러질 상황이라고 들었다. 지금은 비록 철거하지 못하더라도 아무쪼록 개가[실본]한 일 때문에 그렇게 처리하였다고 하는 데 이르지는 않는 것이 좋겠다.12)

이 3가지 인용문을 보면, 민간에 전해오는 이야기와 같이 퇴계가 과부가 된 둘째 며느리를 데려다가 가깝게 살게 한 일은 있었지만, 그 며느리에게 개가를 허락한 것은 사실이 아니고, 그 며느리를 떠나보내지 않을 수 없었던 기막힌 사정 뒤에는 죽은 아들이 상속하였던 재산을 두고 그 외가와 큰 마찰이 생긴 것이 한 가지 원인이 된 것도 같다. 이 며느리를 어쩔 수 없이 떠나보낸 뒤에 퇴계는 이 사실을 매우 가슴 아파하고, 또 남들이 알게 되자 매우 부끄럽게 생각한 사실을 우리는 역력하게 읽을 수 있다.
원래 퇴계의 생각은, 양가에서 이미 받았던 재산은 별 무리가 없다면 그대로 확보해 놓고, 이 며느리를 가까이 데리고 와서 거느리고 있으면서 양자라도 세워, 죽은 아들의 대를 잇게 하고 싶었던 것이 아닌가 하는 추측도 가능할 것 같다.

---

11) 위와 같은 책 156쪽.
12) 위와 같은 책 148쪽.

2) 손자들

퇴계에게는 손자가 맏아들 준과 며느리 금씨 사이에서 난 아들이 안도(安道), 순도(純道), 영도(詠道) 셋이고, 딸이 둘인데 박려(朴欗)와 김용의 처가 되었다.

○ 첫째 손자 안도 : 생장 과정이나 수학 과정에 대해서는, 가서에 소상하게 밝혀져 있다. 퇴계 나이 41세 때 할아버지가 처음으로 마련하였던 집인 온혜의 지산와사에서 태어났다. 어릴 때 이름은 아몽이었고, 민도라고 부르다가 안도로 이름을 바꾸었다. 5세 때부터 조부에게 『천자문』을 배우기 시작하여, 15세에 관례를 행하고, 17세 때에 과거 시험 준비를 위한 학생들의 합숙 훈련 모임인 접(接)에 참여하기 위하여 영주에 있는 의원에 들어갔다. 18세 때 상경하는 할아버지를 따라서 서울로 올라갔다.

20세에 당시 안동부사로 재직하고 있던 권소의 딸과 결혼하였는데 안동 관아에서 결혼식을 치렀다. 이후 계속하여 처가살이 하였기 때문에 장인이 서울과 함경도 덕원으로 임지를 옮겼을 때 따라가서 살기도 하였고, 그 처가의 고향인 상주의 함창으로 물러나 있을 때는 함창에서 살기도 하였다. 서울에 있을 때는 성균관에 들어가서 과거 준비를 하였고, 본가로 돌아왔을 때는 가끔 조부를 따라서 청량산에 들어가서 책을 읽기도 하였다.

26세 때 서울 죽전동에 있는 장인의 집에 있으면서 성균관에 들어가서 공부하다가 대과의 1차 시험인 초시에 합격하였다.

28세에 아들 창양이 덕원에서 출생하였으나 젖이 부족하여 고생하다가 3세 때 서울에서 죽었다. 특히 이 아이와 그 여동생의 젖을 먹일 유비를 구해 보내는 문제로 퇴계가 큰 심려하는 글이 몇 편 보인다.

30세에 조부상을 당하고, 곧이어 어머니의 상을 당하였으며, 34세에 개성의 목청전 참봉으로 처음 벼슬길에 올라서 서울 조정의 몇 가지 낮은 벼슬을 하기도 하였지만, 주된 관심은 조부인 퇴계 선생의 문집 완성과 도산서원의 건립 등 위선(爲先) 사업에 있었다.

43세에 아버지가 의흥 임지에서 작고하고, 그다음 해 집상 중에 아우 순도가 먼저 죽고, 자신도 뒤따라 죽었다. 그 21년 뒤에 부인 안동 권씨가 양자(養子)의 혼례를 치르고 며느리에게 안살림을 넘겨준 뒤에 자결하여 열녀로 나라에서 포상을 받았다.

○ 둘째 손자 순도 : 안도보다 13세나 어린데, 그에 관해서는 가서에서 어릴 때, 외가로는 이모이기도 하고, 친가로는 당숙모가 되는 사람이 데려다 키우고자 하였으나, 어떻게 대답하기가 난처하다는 이야기가 나온다.[13] 성장한 뒤에 생모가 유종을 치료하기 위하여 봉화의 초정 온천에 갔을 때 따라갔다가 온 기록도 보인다.[14]

○ 셋째 손자 영도 : 안도보다 18세가 어린데 청송부사를 지냈으나, 이 집 5남매 중에 맨 막내라서 가서에는 거의 언급한 내용이 보이지 않는다.

다만 그 남매 중 서열이 두 번째인 맏사위 박려(朴欐)는 경기좌도수운판관이라는 무관직을 지냈는데, 안도에게 보내는 편지에는 더러 나온다. 고향이 영주이며 당시의 관습대로 결혼한 뒤에는 처가인 퇴계 집에 와서 모시고 살면서 서울로 행차할 때 모시고 가기도 하였다.

---

13) 『선조유묵』제4권, 을묘 7월 초5일, 7월 20일. 이장우, 『퇴계 이황 아들에게 편지를 쓰다』, 169-170쪽.
14) 『선조유묵』제9권, 경오 7월 26일.

퇴계가 작고한 지 19년 뒤에 이 5남매의 집안에 예안, 봉화, 영주, 풍산과 경남의 의령, 단성(산청), 고성(경남) 등지에 고루 흩어져 있는 토지와 노비, 가옥 등을 남녀 구분 없이 고루 나누고, 그 내용에 다섯 집 대표들이 모두 동의한다는 서명까지 하여둔 화회문기 1부가 지금까지 전해오고 있다.15)

이 문건을 보면 영주에 준의 소실과 서자 2명이 살았으나, 이때 서자들은 이미 죽었고, 의령·단성의 삼촌(채)과 그 양조모를 합한 세 명의 제사와 묘소를 받들기 위한 노비들 이름과 토지 상황도 여기 명시되어 있다.

3) 부인과 처가 식구들

○ 초취 허씨 댁 : 다음 표를 보면서 설명하고자 한다. 우리나라에서 조선 중기까지도 아들이나 딸 구별 없이 재산을 상속하는 관습이 있었는데 퇴계의 경우도 이 허씨 부인 댁에서 상당한 재산을 받았다. 원래 퇴계의 처외조부인 문경동은 영주의 푸실〔초곡草谷〕에 살았는데 상당한 재산을 가지고 있었으나 아들이 없어, 당시 관습에 따라서 양자를 들이지 않고 재산을 사위들에게 상속시켰다. 그 맏사위가 바로 퇴계의 장인인 진사 허찬이다. 이 허진사에게는 본부인에게서 아들 둘, 딸 둘이 있었지만, 퇴계에게도 이 초곡의 처외가〔처가〕 재산이 상당히 분배되었고, 또 의령에 있는 허씨의 재산까지도 일부 분배받은 것을 확인할 수 있다.

앞에서 이미 언급한 바 있는 채를 수양손으로 데리고 가서 키운 허경은 허찬의 아우이며, 채의 외삼촌들인 허사렴, 허사언 형제들은 바로 허찬의 아들들이다. 이 형제들과 비록 한때 재

---

15) 이 문서는 5부가 작성되어 한 집에 한 부씩 나누어 가졌는데, 그중 둘째 사위 김용의 집에서 가지고 있던 그 원본이 발견되어 지금 한국국학진흥원 유학박물관에 전시되고 있다.

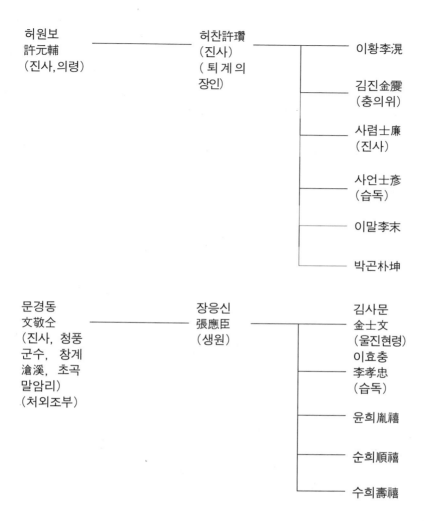

산 분쟁이 있기는 하였지만, 퇴계는 언제나 직접 나서지 않고,
아들에게 의령에 가더라도 절대로 재물에 욕심을 보이지 말고,
당시에 살아계시던 외조모 문씨〔90세 이상 장수하여 퇴계의 사후까
지 살아 계셨음〕의 처분에만 따르도록 하라고 지시하고 있다. 이
때 이미 퇴계는 점차 전국적으로 명망이 높아가고 있었으며,
조정에서도 임금과 가장 가까이할 수 있는 여러 가지 청요직을
사양하기도 하고 역임하기도 하고 있었던 때이므로, 처남들도

퇴계 부자를 함부로 대하기는 어려웠을 것이며, 오히려 어려운 일이 생겼을 때는 퇴계에게 도움을 청하여 해결하기도 하였기 때문에, 이 처가 쪽에서도 자기네 마음대로 모든 일을 처리할 수는 없었을 것으로 본다.

『퇴계선생문집』 제46권에는 역시 이 처외조부에 대한 전기를 퇴계가 쓴 것이 있는데, 거기 보면 이 처외조부의 제사를 외손자인 장수희(張壽禧)와, "나의 아들 준과 더불어 그 산소를 수호하고 시사(時祀)를 지낸다. 준은 비록 외지에 살지만, 그 어머니 산소가 같은 언덕에 있기 때문이다"라고 한 표현이 보인다. 퇴계가 상처하자 부인의 산소를 그 부인의 외조부의 산소가 있는 영주의 말암리에 쓴 것이다.

장수희는 퇴계의 많은 제자 중에서 제일 먼저 입문한 학생으로 알려져 있고, 김사문(金士文)은 퇴계의 친한 친구가 되었다.

ㅇ 창원 소실 : 퇴계 나이 58세에 아들에게 보낸 편지에는 다음과 같은 말이 보인다.

나는 평생 불운한 일이 많아서 너희 두 어머니가 살아있을 때도 내가 가계를 제대로 마련하지 못하였는데, 집일을 처음으로 세워보려고 하는 때에 이르러, 두 어미가 다 기다리지 못하고 갔구나.

반듯한 사람들이 가고 나서 부득이하게 이 사람에게 집일을 주관하게 하나 일시의 편법일 뿐이요, 가문을 세우고 후손들에게 보여줄 만한 바른 도리는 아니다. 하물며 아이들이 차츰 커가니 결혼 같은 것을 시킬 때 어찌 늘 일시의 편법으로 집일을 주관하게 할 수 있겠느냐?

이 사람도 스스로 편안하지 못하여 다른 곳을 구해보라고 하니 정말 형세가 그렇게 만드는 것이다.[16]

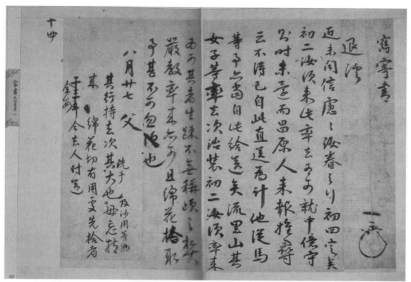

▲ 이 편지의 해석은 이장우·전일주 공역 『가서(家書)』 52쪽 참조 요망
(안동 국학진흥원, 2011)

이 편지 내용을 보면 정실인 허씨 부인과 권씨 부인이 차례로
죽은 뒤에 임시방편으로 소실에게 가사를 전담하게 하고 있다고
말하고 있다. 그러나 그러한 일이 그렇게 떳떳한 일은 못 되기
때문에 이 소실도 아마 그에게 다시 정식으로 부인을 맞이하게
하고 자신은 그 자리에서 물러나려고 하였는지도 모르겠다.

그런데 「퇴계선생연보」를 보면 퇴계 나이 31세 때, "측실에게
서 아들 적이 출생하였다."[17])는 기록이 보인다. 이 적이라는 사
람의 어머니가 바로 위에 나오는 '이 사람'이다. 그는 어떤 사
람이며, 언제부터 퇴계 가문으로 들어오게 되었을까?

관물(官物, 관청에 속한 종 같은 사람)을 되돌려 보내는 일이 또

---

16) 『정본 퇴계전서』(가제본) 서간 9. 무오년(1558, 58세) 11월 13~22일자
[197번] 편지.

17) 정석태의 「퇴계선생과 몽재연표」, 위에 나온 『안도에게 보낸다』 309쪽
에서 인용.

II. 가서(家書) 읽기 279

발생하였는데, 이 사람(서모)은 법으로 보면, 시정(侍丁)에 해당하는지라 마땅히 면제될 것이다. 그러나 의문스러운 것도 없지 않으므로 굿동 등이 올라오면 물어보려 하나 아직도 도착하지 않는구나! 기다리기 어렵구나! 기다리기 어렵구나![18]

창원의 시정에 관한 일은 전에 입안하였던 것이 금년에 와서 기한이 끝나므로, 을축년(1565)부터 마땅히 입안한 것을 고쳐야 하니 부득불 이달 그믐이 되기 전에 도모해야지, 그렇지 않으면 겨를이 없다고 한다. 그 일을 위하여 문산이를 바로 창원으로 보내려 하니, 곧바로 보내야만 된다. 머뭇거리다 보면 그믐 전에 도모하지 못할 것이기 때문이다.[19]

앞의 글은 퇴계 나이 53세 때 5월 13일에 서울에 올라가서 성균관 대사성 벼슬을 하고 있을 적에 토계에 있는 아들에게 보낸 편지 추기에 실린 내용이고, 뒤의 글은 64세 때 12월 13일에 고향에 있을 때 안기찰방으로 나가 있는 아들에게 보낸 편지 일부이다. 여기에 나오는 '시정(侍丁)'은 모두 "부모의 나이가 70세가 넘으면 병역이나 천역에서 면제되는[20] 특전을 말한다"는 뜻인데 이로 미루어보면, 이 적의 어머니 되는 사람은 원래 신분이 관속이었음을 알 수 있다. 여자 관속에는 관비와 관기가 있는데, 이 사람이 한문까지도 해독하였음을 암시하는 기록이 이 가서에 보이는 것을[21] 보면 아마 후자일 가능성이 큰 것 같다.

---

18) 이장우, 『퇴계 이황 아들에게 편지를 쓰다』, 121쪽.
19) 『정본 퇴계전서』 서간 9. 갑자년(1564, 64세) 12월 23일자 편지.
20) 『표준국어대사전』(전자판) 해당 조.
21) 『선조유묵』 제9권에 보면 퇴계 선생에게 온 한문 편지를 그분에게 보내주었다는 기록이 보임.

이 사람에 관련된 기록은 아들에게 보내는 편지에 자주 나오는데, 창원에서 올라왔으며, 퇴계를 작고할 때까지 매우 잘 보필한 것같이 보인다. 서울과 같은 외지에 있을 때는 한글[언문]로 자주 편지를 아들 쪽으로[22] 보내어 살림에 관하여 의논하기도 하였다. 이때 그 노모가 아직 살아있었는데, 도산으로 모시고 와서 함께 산 일도 있었다.

그런데 이 사람이 언제부터 퇴계 선생의 후실이 되었는지는 아직껏 정확한 기록을 찾아내지 못하였다. 그러나 여러 가지 정황으로 미루어 볼 때 허씨 부인의 두 아들이 갑자기 생모를 잃었을 때 이미 이 집에 들어와서 두 아들을 거두어 키우기 시작하였다고 볼 수 있을 것 같다.

뒤에 권씨 부인이 비록 정실로 들어오기는 하였지만, 이 부인은 주부 역할을 하지 못한 것같이 보인다. 그래서 그런지 아들에게 보낸 편지에도 이 권씨 부인에 관한 이야기는 보이지 않고, 오직 권씨 부인이 서울에서 작고하였을 때 서울로 올라가서 친모와 같이 상을 잘 모시라는 이야기밖에는 보이지 않는다.

다. 가서에 나타난 가족 간의 인간적인 모습

가서에 나오는 내용에서 공적인 이야기를 제외하고, 사적인 이야기만을 크게 두 가지로 요약한다면 한 가지는 살림살이에 대한 지시이고, 또 한 가지는 자식, 손자에 대한 훈계이다. 살림살이에 대한 지시는 주로 아들에게 보낸 편지에 많이 보이고,

---

22) 그 편지 수신자가 아들 준일 때도 있고, 준의 부인인 며느리 금씨, 또는 손자 내외에게 보낸 것이 두루 보이며, 퇴계가 아들에게 보낸 한문 편지에 보면 가끔 "자세한 것은 너의 서모의 언문 편지를 보라"는 내용이 나온다.

훈계는 아들에게 보낸 편지에도 자주 보이지만, 손자에게 보낸 편지에 더욱 자주 또 구체적으로 나타난다.

1) 아들의 모습과 그에 대한 바람

퇴계는 평생 수척하고 병약하였으며, 또 성격이 매우 청렴하면서도 매사에 근신하고, 용의주도하였던 것을 이 가서를 통해서도 잘 알 수 있다. 그렇다면 그 아들은 어떠하였을까? 1565년 4월 16일 저녁 편지를 보면 다음과 같은 말이 나온다.

> 근자에 김생명(金生溟)을 만나보았는데, 지나는 역마다 역노들이 하는 말을 들으니 누구나 다, "찰방님은 비록 착한 마음을 가지고 계시기는 하지만, 다만 늘 본가에 가 계시기 때문에, 본 역의 역리들이 그 틈을 타서 각기 나쁜 짓을 하므로, 그 고통을 견딜 수가 없음이 연산군 때나 다를 바 없습니다."라고 이구동성으로 이야기한다고 하였다.
> 이렇게 말하는 것은 전에 들었던 바와는 다른데 더러 검색하여 다스리기도 하지만, 그 폐단이 식지 않고 더욱 심해진 것이라. 이전의 찰방들인들 어찌 모두 늘 역에 나와서 근무하였기 때문에 오히려 그 폐단이 없었다고만 할 것인가? 지금 이에 이같이 다른 것은 무엇 때문인가? 지극히 불안하구나. 아마도 네가 너무 아래 사람들을 너그럽게만 풀어놓고 두렵게 단속하지 않았기 때문에 그렇게 된 것은 아닌가? 적발하여 아프게 다스려야만 아마도 잘못을 면하게 될 것이다.[23]

이 편지를 보면, 맏아들은 성품이 좀 유약하였던 것같이 보인다. 자주 본가에 가고, 역을 비우므로 역졸들이 마음대로 횡포 부린 것으로 보인다. 퇴계가 아들에게 집안의 종들을 다스리는 데도

---

23) 『정본 퇴계전서』(가제본) 서간 9, 601쪽.

너무 유하기만 하다고 나무라는 내용도 가서에 가끔 보인다.

또 연동(連同)이란 종놈은 어떻게 다스렸느냐? 이놈은 온갖 나쁜 짓을 멋대로 저질렀음을 근자에 비로소 자세히 듣게 되었는데, 그 죄는 용서받지 못할 것이다. 오히려 상전이 듣고 알게 되는 것을 두렵게 여기지 않고 대단히 독한 마음을 품어서 매번 이 종년과 더불어 단칼에 서로 죽으려 하니 그 흉악함이 상전의 뜻을 마음에 두지 않음을 알 수 있다.
이 종놈은 너의 나약함을 보고 더욱 멋대로 하여 거리낌 없으니 어찌 괘씸하기가 이와 같을까? 또 그놈이 종년의 남편으로서 빚을 갚는 일 때문에 푸실로 돌려보낸다면, 이놈은 반드시 크게 소리를 지르고 싸우는 것이 지난번보다 심할 것이다. 또한 이번에 가을 곡식을 제멋대로 쓸 수 없는 것을 분하게 여겨 이번 겨울에는 다른 도적을 핑계 대어 저장한 곡식을 훔쳐내는 등 그 못된 짓이 이르지 않는 바가 없을 것이다.
이와 같다면 차라리 황석에게 집을 지키게 하고 연동이 놈을 잡아서, 관(官)에서 도리를 어기고 도적질한 죄의 전후 사정을 모두 다스리게 하는 것이 좋을 것이다. 그의 계집을 산 문서를 거두어들인 후에 겨울 동안 출입하지 못하게 하고, 내 말을 기다려서 처리하는 것이 옳을 것이다.
너는 한 하잘것없는 종놈의 죄를 다스리지 못하고, 그놈이 도리를 어기고 어지럽히기를 이 같은 지경이 되게 하였느냐?24)

연동이라는 종은, 퇴계 나이 40세부터 55세까지의 편지 번역인 『퇴계 이황 아들에게 편지를 쓰다』에만도 17번이나 나오는

---

24) 『선조유묵』 권4, 3번 편지.

데, 주로 영주의 푸실과 관련 있는 일에 등장하기도 하며, 한때는 퇴계의 반인(伴人)[25]이 되기까지 바랐던 종이다. 능력은 있었으나, 믿을 만한 사람은 못되었던 것 같다. 이러한 종 하나를 잘 꺾어 다스리지 못한다고 퇴계는 아들을 나무란 것이다. 이러한 연약한 아들에 대하여 퇴계는 아버지의 정이 묻어나는 사연을 적기도 하였다.

> 준에게 답한다.
> 네가 처가에 얹혀사는 것은 본래 좋지 않다. 나로 인하여 너의 형편이 어려우므로 몇 년 동안 그대로 있었던 것이다. 지금 너의 형세가 더욱 어려워졌으니 내가 어찌할까, 어찌할까? 그러나 선비가 가난한 것은 당연한 것으로 어찌 마음에 두겠느냐? 너의 아비는 평생 이로 인하여 많은 사람의 비웃음을 받아 왔느니라. 하물며 너에게 있어서랴? 다만 굳세게 참고 순리대로 처리하여, 스스로 수양하고 하늘의 뜻을 기다리는 것이 마땅할 것이다.
> 내 이제 비록 직위가 회복되었다고 하나, 병으로 관직에 나아가는 것이 어려우며, 내년에는 귀향할 것이다. 이를 계기로 지방관으로 나가기를 요청하여, 만약 내가 원하는 대로 된다면, 너는 나를 따라갈 수 있고, 그것이 원하는 대로 이루어지지 않는다면 가난하지만 부자가 함께 여생을 보내도록 하자. 이것이 나의 뜻이다.… 11, 12월중.[26]

이 편지는 1545년 퇴계 나이 45세, 맏아들 나이 23세로 외내의 처가에 가서 처가살이하고 있을 때 쓴 편지 일부이다. 당시에 처가살이는 일반적인 풍속으로서, 누구나 다 그렇게 하는 관

---

25) 고급관리의 시종으로 병역에서 면제됨. 1553년 3월 23일자 편지에 보임.
26) 『퇴계 이황 아들에게 편지를 쓰다』, 66-67쪽.

행인데도, 퇴계는 유난히 이 아들이 처가살이하는 것을 흡사 자기의 경제적 능력 부족 때문에 그렇게 된 것같이 말하면서 마음 아파하고, 앞으로 형편만 되면 데리고 와서 함께 살 수 있기를 몹시 바란다고 하셨다.

그런데, 한 가지 재미있는 일은 퇴계는 아들에게 처가살이하지 말고 함께 살자고 하면서도 한마을에 가까이 살자는 것이지, 한 집에 살자는 말은 아닌 것을 다음에 인용하는 말을 보면 알 수 있다.

> 너는 이미 거느린 가속이 많고, 몽아도 머지않아 마땅히 장가들게 해야 할 것이다. 나의 성품이 번거로움을 싫어하고 조용한 것을 좋아하여, 부득이 곁에 조그마한 집을 두려 하니, 아비, 자식, 손자 가운데 형편을 보아 나뉘어 살면 아마도 조용히 살 수 있을 것이다. 이것은 옛사람들이 동서남북에 궁(宮)을 둔 제도에 말미암은 것이다.27)
>
> 동쪽 집으로 옮기는 일은 부자가 부엌을 다르게 사용하자는 것인데, 본래 아름다운 일은 아니다. 그러나 너희 아이들이 장성하여 혼인하게 되면 몸을 따로 둘 데가 없을 것이니 형세상 부득불 이렇게 되지 않을 수 없을 것이다. 또 옛날 사람들은 부자지간에 비록 재산은 따로 관리하지 않으나 그래도 함께 살지는 않았다. 그러므로 동궁, 서궁, 남궁, 북궁의 제도가 있었으니, 지금에 함께 살면서도 재물은 따로 관리하는 것보다는 차라리 따로 살면서도 오히려 재산은 공동으로 소유한다는 뜻을 잃지 않는 것이 어떨까? 내년에 옮기기가 합당치 않다면 이번 겨울에 옮겨 사는 것이 무방할 것 같구나.28)

---

27) 『퇴계 이황 아들에게 편지를 쓰다』, 271쪽.
28) 『정본 퇴계전서』 권9, 528쪽, 1558년 10월 10~23일.

이 내용을 보면, 퇴계가 비록 자식이나 손자를 사랑하기는 하지만, 자신의 공부를 위해서는, 비록 한 마을에 모여 같이 살기는 하더라도, 사는 집 자체는 분리하여 살 것을 원한 것이다. 가서의 다른 데에 보면 이렇게 살림은 각각 하더라도 집안 살림에 들어가는 재산은 공동으로 관리해야 한다고 하였고, 또 뒤에 가면 실제로 동재 서재라고 하여 토계 마을 안에 집을 따로 마련해 놓고, 자신은 서재에 살고, 아들은 동재에 살게 하였다는 것은 앞에서 한 차례 말하였다. 이런 점을 보아도 퇴계의 생각이 매우 독특하였음을 알 수 있다.

퇴계는 아들이 과거에 합격하기를 바랐으나, 성균관에 입학 자격이 인정되는 생원 시험에만 합격하고 관리로 임명받을 수 있는 대과에는 합격하지 못하다가, 고위 공직자의 자제들에게 특전을 주는 음직 시험을 통하여 조정의 하급직에 나아가게 된다.

> 또 퇴직하고서 일이 없을 때는 학업을 잊지 말며, 『소학』도 모름지기 거듭 익히고 겸하여 『경국대전』을 읽다가 이해 못 하는 곳은 남들에게 부지런히 물어보아 쓸모 있는 실학을 기약해야 할 것이다. 과거의 학업은 너에게 이미 별 관계 없는 일이 되었으니 깊이 유의할 것까지는 없겠다. 나머지는 가는 종에게 말해두었다.29)

이 내용을 보면 아들에게 기왕 실무직에 종사하게 되었으면, 추상적인 학문보다는 실무를 익히는 책인 『경국대전』을 보고서 나라의 규정 같은 것을 익히고, 또 사람으로서의 지켜야 할 기본 도리를 적어놓은 『소학』 같은 책을 부지런히 보는 것이 좋겠다고 일러주고 있다. 이로 보면 퇴계의 자식에 관한 생각도

---

29) 『선조유묵』 권5, 12번째 편지, 1556년 10월 7일.

조금은 열려 있었다고 볼 수 있다.

이후로 자신이 점점 늙어 가자, 퇴계는 아들에게 아예 집을 멀리 떠나 벼슬을 계속하지 말고 돌아와서 함께 지내는 것이 좋겠다고 이야기하기까지 한다.

> 너의 미관직은 공사 간에 보탬이 될 것도 없는데, 헛된 객지 생활을 괴롭게 하고 있어, 매번 네게 벼슬살이하지 말라고 권하고 싶어도 정말 그러질 못하고, 한갓 걱정만 늘어났다.30)

> 이충순의 하인이 와서 편지를 받고 네가 파관된 연유를 알게 되니 한탄스럽구나. 그러나 내가 쇠약해지는 병이 날로 심하고, 너는 다른 동생이 내 곁에 없이 멀리 떨어져 벼슬살이하고 있어 본래 내 마음이 편치 못하였다. 매번 너에게 관직을 버리고 오게 하고 싶어도 결국 그러지 못하였다. 하물며 이번의 파직은 너의 죄로 인한 것이 아니며, 나의 뜻에도 부합하는 것이다. 이것으로 말하면 나는 그다지 한탄하지 않는다. 너도 또한 무슨 한이 있겠느냐?31)

뒤의 편지는 서울의 사온서 직장이라는 벼슬을 그만둘 때 보낸 편지이다. 연로하여 자식들을 곁에 거느리고자 하는 노인의 심정이 잘 나타나 있다. 그런데, 퇴계 같은 도학자는 과연 자식이 어떤 모습으로 살기를 바랐을까?

> 특히 재산을 경영하는 것 같은 일도 정말 사람이 하지 않을 수 없는 것이니, 너의 아비가 평생 비록 이런 일에 소원하고 졸렬하지만, 또한 어찌 완전히 하지 않기야 했겠는가? 다만 안으로 문아(文雅)함을 오로지 하고, 밖으로 간혹 사무에 응

---

30) 위와 같은 책 권5, 13번째 편지, 같은 해 11월 26일 경.
31) 위와 같은 책 권5, 19번째 편지, 1557년 1월 4일.

하면 선비의 기풍을 떨어뜨리지 않아 해로움이 없게 된다. 만약 전적으로 문아함을 잊고 오히려 경영에 몰두하면 이는 농부의 일이며 향리 속인들이 하는 짓이기에 이르고 이를 뿐이다.32)

퇴계는 생활인으로서 재산을 경영하는 일을 결코 무시한 것이 아니라, 자신도 그러한 일에 하고 있었음을 시인하고 있다. 그러나 다만 어디까지나 선비의 기풍을 떨어뜨리지 않을 정도로 문아한 교양과 자질을 구비한 사람이 되기를 열망하였다. 여기서 이 가서에 자제가 젊을 때 과거 시험에 응시하는 것을 그렇게 열망한 점을 덧붙여 생각하면, 아마도 당시에 사람대접을 받으려면 어느 정도의 벼슬도 하여 사회적인 지위까지도 갖추어 주기를 바란 것이 틀림없을 것 같다. 마지막으로 아들에게 돈이나 재물을 어떻게 보라고 하였는지 살펴보자.

준에게 띄운다.
맛동이가 와서 의령의 안부를 알게 되니 기쁘다. 그러나 단성댁(丹城宅, 죽은 아들의 양가)의 일은 편지에서는 말이 없어 맛동이에게 물으니, "아직 처리한 게 없습니다."라고만 하는데, 이 뜻을 알 수 없구나. 그러니 금년 봄, 여름 사이에도 그대로 두고 나누지 않으려는 것인데, 나는 추호도 그사이에 끼어들지 않으려 하거늘, 하물며 너랴?
지금 전해오는 말은 맛동이가 아뢰는 말이고, 옥돌똥이가 아뢰는 말은 무슨 일인지 모르겠구나. 비록 무슨 일로 묻거든 너는 마땅히, "이 뒤부터는 내가 알 바 아니니 마땅히 외삼촌께 물어보시오."라고만 하여라.
대저 너는 너의 죽은 동생 집의 일에 대해서는 꼭 비참해서

32) 위와 같은 책 권3, 13번째 편지, 1554년 1월 3일.

어찌할 수 없는 태도로 대하고, 그 아이가 남긴 물건에 대해서는 먼저 나서서 취득하려는 마음을 가져서는 안 되고, 어쩔 수 없이 가져야만 한다고 한 뒤에야 받는 것이 좋다.

앞서 듣자니 네가 그 아이의 전세(田稅)를 대신 내야 하므로 그 아이의 종 아무개로부터 몸값[신공身貢]을 받았다고 하더구나. 이 한 가지 일에만 그친다면 그래도 오히려 할 말이 있지만, 만약 다른 토지와 종들에 대해서도 이렇게 한다면, 곧 저 아이[彼: 과부가 된 둘째 며느리]가 딴 데로 가기도 전에 네가 그 아이들의 재물을 먼저 차지하는 게 되니 옳다고 하겠느냐? 하물며 내가 있으니, 더욱이나 물어보지도 않고 선뜻해서는 안 될 것이다.…

네 생각에, "이것은 대수롭지 않은 것이니 괜찮다."라고 할 것이나, 일에는 큰 것과 작은 것이 있지만, 이치에는 큰 것과 작은 것에 차이가 없으니, 조그마한 실수가 크게 되기에, 더욱 함부로 해서는 안 된다.

앞서 공간(허사렴)의 편지에, "그 혼사에 준 여러 가지 물건들을 찾아서 뒤에 보내겠습니다." 하였기에 나는 답하기를, "이러한 물건들을 내가 차마 받을 수 있겠는가? 오직 준에게만 이야기하고 나에게는 이야기하지 말게나."라고 하였는데 지금 다시 생각해 보니, 이 물건들인즉 네가 받아서 쓴다는 것도 차마 그렇게 할 수 없는 것이라, 그곳에 그대로 놓아두었다가 뒷날 아무쪼록 죽은 아이의 일에 쓸 것이나, 혹 이장이나, 혹 재사를 짓는다든가 할 때 사용하게 된다면 아마도 유감이 없을 듯하구나.

공자께서는, "이익을 얻을 것이 생기면 반드시 그것이 옳은 일인지를 생각하라[見得思意]."라고 하셨고, 『예기』에는 이르기를, "재물을 보면 구차하게 얻으려 하지 말라.[臨則無苟得]"

라고 하였으며, 우리나라 최영(崔瑩)의 아버지는 최영에게 경계하기를, "황금 보기를 흙같이 하라.〔視黃金如土塊〕"라고 하였으니, 이러한 말은 선비 된 사람이 일생 지켜야만 할 것이다. 다른 일에서도 이러하거늘, 하물며 지친(至親, 형제간)의 사생(死生)에 관련된 일에 있어서랴? 자주 이러한 말을 하려니, 말하기조차 편치 않구나. 지금 이 사람이 돌아간 뒤에 네가 그 나누지 않는 것을 보고서 다시 그 노비 등에 관여하는 일이 있을까 걱정이 되었기 때문에 자세히 이야기한 것이니, 너는 모쪼록 잘 생각함이 좋을 것이다.

의령에서 온 생강 뿌리 한 말을 보낸다. 9월.[33)]

이 편지는 둘째 아들 채가 1548년 2월에 죽자, 그가 물려받았던 양가의 재산 문제를 어떻게 하여야 처리해야 할지 난감한 문제가 발생하자, 그는 어디까지나 그 재산의 처리 문제는 양가의 조부의 조카가 되는 외삼촌 허사언이 처리하는 대로 두고 보고만 있으라고 지시한 것이다. 앞에서도 언급한 바 있지만, 이 재산 처리를 두고서 계속하여 분쟁이 생기는데, 퇴계는 한 번도 직접 찾아가지도 않고, 시종일관 맏아들을 보내어 대처하게 하였다. 그러면서 절대로 먼저 그 재산을 차지하겠다고 나서지 말라고 지시하며, 만약 분쟁이 풀리지 않을 것 같으면 여러 사람이 보는 앞에서 그 재산 문서들을 불 질러 먼저 차지할 뜻이 없음을 결연하게 보여야 한다고 다음 편지에 말하고 있다.

준에게 부친다.
하인 둘과 여행 도구를 보낸다. 숫자를 맞추어서 거두어들이도록 하여라. 그러나 햇볕이 매우 따갑고 먼 길 가는 것이라 실로 어렵고 고생스러울 것이다. 마땅히 뜻을 굳게 하여 고

---

33) 『퇴계 이황 아들에게 편지를 쓰다』, 111-113쪽, 1548년 9월.

생을 참아야 한다. 더욱 신중하게 몸을 보호하여 만약 불어
난 물을 만나면 절대로 길을 재촉하지 말고 위험한 곳을 지
나가지 않는 것이 좋을 것이다.

그곳에 이르거든 이전에 경계한 바와 같이 남이 잘하는 것을
보면 그와 같이할 것을 생각하고, 남이 잘못하는 것을 보고
든 나도 그렇게 되지 않을까 두려워하고, 얻음과 잃음에 있
어서 다만 자기 자신을 책망할 뿐이요, 하찮은 것을 계교하
여 남과 다투지 말아야 한다.

의령에 이르러서는 일을 처리하는 데 더욱 모름지기 나의 뜻
을 어기지 말아야 한다. 그 문기(文記, 땅이나 집문서)를 반드
시 여러 사람 앞에서 불태워 없애버리고 초연하게 처리하고,
연연해서 집착하거나 인색하여 아끼는 뜻을 나타내지 말아
야 한다. 만약 그렇게 하지 않는다면 한갓 이익이 없을 뿐만
아니라, 도리어 다른 사람들이 경시하고 천박하게 여겨 비웃
음을 사게 될 것이다.

의령에서도 역시 공부하고 익히는 것을 잊지 말도록 하여라.
종들을 대하는 데 조금 쉴 수 있도록 해 주어라. 7월 보름경
에 꼭 떠나오는 것을 어기지 않도록 하여라.

시험 보는 일이 멀지 않았는데 수험준비를 못 하고 분주하게
돌아다니니 정말 안타까우나 형편이 부득이하니, 어디 가든
나의 이런 뜻을 잊지 말고 계속해서 공부하여라.…

「반구정 시(伴鷗亭詩)」는 네가 비록 올라가서 보지는 않았
지만 어릴 때 일찍이 그곳을 지나간 적이 있는데, 정말로 경
치가 좋은 곳이고, 정자의 이름 또한 좋으니, 어찌 한마디
언급하지 않을 수 있겠느냐만, 너무 경솔한 것이 아니냐?
전에 온 중국 편지지에 다시 글씨를 써 보내니 모두 잃어버
리지 않도록 하여라.

무릇 내가 다 말하지 못한 바는 네가 심사숙고하여 처리하도
록 하여 늙고 병든 아비를 걱정시키지 말도록 하여라. 5월
25일〔외내로〕
이렇게 속히 거접(居接)을 파하였느냐?[34]

이 편지는 51세의 아버지가 29세의 아들에게 보낸 것이다. 이
편지를 보면 퇴계가 평소에 젊은 아들에게 훈계하고 기대하던
내용이 대개 다 집약되어 있다고 볼 수 있다. "매사에 신중할
것이며", "재물을 탐내지 말며", 어쩔 수 없이 재산을 관리하기
위하여 그곳까지 가지 않을 수 없어 갔으나 거기서도, "공부를
열심히 하여 과거 시험에도 붙도록 하여라." 하고 그 외에도 "종
들을 좀 쉬게 하여라", "내 편지를 잃어버리지 말라"라는 말까
지 있으니 매우 따뜻하고 재미있다.

2) 손자의 모습과 그에 대한 바람

퇴계는 맏손자 안도가 14세 되는 해에, 벼슬하러 서울에 와서
있으면서 외내〔오천烏川〕에서 처가살이하고 있는 아들에게는 다
음과 같은 편지를 적고, 손자에게는 시를 2수 적어 보냈는데
다음에 그 전문을 소개한다.

준에게
몽아는 내년이면 15세가 되니 매번 어릴 적 이름을 불러서
는 안 될 것이다. 별지에 적어 보내니 이에 따라 이름을 정
하고, 아울러 시의 뜻을 해석하여 가르쳐라. 그리고 이 글은
잘 간직하여 잃어버리지 않도록 하여라.
대저 이름에 있는 이 '도(道)'라는 것은 인류의 일용에 음식
이나 의복과 같은 것이니 잠시라도 없어서는 안 될 뿐만 아

---

34) 위와 같은 책 176-77쪽. 1551년 5월 25일.

니라, 또한 평상의 도리가 아닐 수가 없다. 지금 사람은 자칫 '도'자를 말하면, 문득 이상한 일로 여기지만, 오직 학문에 힘을 다하고 난 이후에 이 도의 뜻을 알 것이다. 그래서 시에서 그렇게 말하였다.

소아의 이름은 아순이다. 앞서 보낸 글 끝에 작게 적었기에 분명하지 않을 것 같아 다시 적어 보인다.…

「**손자 아몽의 이름을 안도라고 정하고 시 2수를 지어 보여 주노라(孫兒阿蒙命名曰安道, 示二節)**」

이제 대학을 배울 나이건만 가르치지 못했으니,
이름에 '도'자를 넣어 지으니 속이는 것 같구나.
훗날에 이를 보고 의복처럼 여긴다면,
비로소 내가 성현을 가탁한 것이 아님을 믿게 되리라.
……
기억하고 외우는 공부는 어릴 때 해야 하고,
이제부터 이치를 탐구함이 마땅하리라.
다만 전심전력으로 학문에 나아갈 뿐,
옛 성현을 따르기 어렵다고 말하지 말라.

失敎今當大學年　命名爲道若欺然.
他時見此如裘葛　始信吾非濫託賢.
……
記誦工夫在幼年　從今格致政宜然.
但知學問由專力　莫道難攀古聖賢.

가정 갑인년 12월 초8일 서울에 있으면서 적어 보냄.35)

이 편지와 시는 정석태의 『안도에게 보낸다』 첫머리에 상세한

---

35) 『선조유묵』 권5, 21번째 편지, 1554년 12월 8일.

해설과 함께 수록되어 있다.36)

이 맏손자의 이름에 '길 도'자를 넣어 앞서 '민도(敏道)'라고 하였다가 다시 이때 안도라고 고쳤으며, 동생들 이름에도 모두 '도'자를 넣어 '순도(純道)', '영도(詠道)'라고 한 것을 보면, 당시에 선생이 얼마나 이 '도'자를 좋아하고, 또 깊이 생각하고 있었는지 알 수 있다.

이 시의 원문 가운데 "기억하고 외우는 공부는 어릴 때 해야 하고, 이제부터 이치를 탐구함이 마땅하리라."라는 말이 나오는데, 이보다 한 해 앞에 쓴 편지에 보면,

> 민도(敏道)는 『사략』을 얼마만큼 읽었느냐? 근래 생각해보니 이 아이에게 근 수년간 『고문진보』와 『사략』을 읽게 했으니 모두 잘못한 짓이다. 그 아이에게 『시전』·『서전』의 원문을 먼저 암송시키지 못하고, 먼저 이러한 잡문을 읽게 하여 시간만 낭비하게 하였다. 『사략』이 비록 『고문진보』에 비할 바는 아니지만, 또한 순서를 넘은 것 같다. 지금은 마칠 때가 임박했으니 모름지기 일찍 마친 뒤에 『시전』·『서전』 원문을 주어 지극히 잘 통달하도록 하게 할 일을 협지(夾之, 금응협, 안도의 외삼촌)와 의논하여 처리하여라.37)

라는 말이 나온다. 시경과 서경과 같은 고대에 만들어진 기본 고전의 원문을 먼저 읽어 외우게 하고 그다음에 『고문진보』 같은 후대에 나온 명문선집을 읽게 하는 게 독서의 순서라는 것이다. 맏손자인 안도에 관한 이야기는, 그 아버지에게 보낸 편지에서부터 이렇게 자주 나오므로 그 모습을 비교적 정확하게 추적할 수가 있다.

---

36) 『안도에게 보낸다』, 7-8쪽.
37) 위와 같은 책, 268쪽.

안도(安道)는 초9일에 관례(冠禮)을 치렀는데 그 용모가 총 각 때 비하여 단정하고 충실한 것 같으나 다만 키가 아직 크 지 않을 따름이다.[38]

이것이 15세 때 관례 할 때 안도의 모습이다. 퇴계는 손자 이 야기를 할 때면 꼭 이렇게 좋은 점과 미흡한 점을 동시에 이야 기하였다. 아마 사랑과 기대가 복합적으로 작용하기 때문일 것 이다.

안도는 시 뽑아 놓은 것[풍소風騷]은 이미 마치고 이제 부 뽑 아 놓은 책[부초賦抄]을 읽지만, 본래 게으른 성품에다가 더 하여 가을의 수확까지 감독해야 되므로 학업에만 전념할 수 없으니, 이같이 해서는 변화하기 어려울까 염려스럽고 염려 스럽다. 전해 들으니 내년 녹명(錄名) 때에 초학자는 『소학』 을 강할 수 있어야 녹명을 허락한다는데 믿어야 할지 말아야 할지 모르겠구나. 들은 바대로 알려주기 바란다.[39]

녹명은 과거 응시자로 이름을 공식적으로 올리는 것을 말한다. 16세가 되었으니 이제부터 본격적으로 과거 시험에 응하여야 하는데, 풍소와 부초를 이미 읽었으니 한 편으로는 대견하기도 하지만, 본성이 게으르니 걱정인데다가 요즘은 집안일을 돌보느 라 틈을 내지 못하니 더욱 안타깝다는 말이다.
다음은 이보다 10여 년 뒤에, 이 맏손자가 서울에 가서 과거 시험을 준비하면서도 시골에 가서 계신 할아버지를 위하여, 서 울에 있는 조정에 할아버지의 상소문을 받아서 전달하고, 당시 정계 요로와 학계를 대표하는 명사들에게 할아버지가 지어 보

---

38) 『선조유묵』 권4, 7번째 편지, 1555년 4월 11일.
39) 위와 같은 책, 권5, 1556년 10월 7일.

낸 글과 편지를 전달하면서, 안도는 이때 이미 명망가의 손자로서 남들의 주목을 받기 시작한 것 같다.

전하여 듣자니 권호문이, "이안도는 위인이 좋기만 해서 탈이다."라고 하고, 또 들으니 김참의 계응(난상)은, "이안도는 아무개 어른의 손자인데 나는 견문이 많은 괜찮은 사람이라고 평가하였더니, 지금 보니 그가 허망한 사람임을 알겠다."라고 하였다고 한다. 자세히 모르겠는데, 너는 무엇 때문에 이러한 헐뜯는 말을 듣고 있느냐?

내가 생각건대, 지금 세상 사람들이 나에 대하여 더러는 안으로는 실제로 비난하고 멸시하면서도 바깥으로는 추켜세우는 듯이 하고, 더러는 얼굴을 마주하고 있을 때는 마음을 털어놓는 듯이 하다가도 돌아서면 손가락질하면서 비웃고, 더러는 들어내어 놓고 비방하기도 하고, 더러는 분명하게 배척하기도 한다. 그런데 너는 공연히 나를 중심으로 생각하고 나를 옹호한다는 생각에서 위에서 예를 든 두 가지 형태의 사람들 앞에서, 혹 그들의 안과 밖, 얼굴과 등이 다르다는 것을 알지 못하고 멍청하게 대응한다면, 반드시 그들에게 우롱당하는 바 될 것이니, 이러한 것을 일러 '사람만 좋다'라고 하는 것이다.

뒤에서 예를 든 두 가지 형태의 사람들 앞에서 혹 그들의 언어와 기색에 대하여 불만스럽게 대응을 하게 되면, 반드시 그들의 분노를 더욱 부추기게 될 것이니, 이른바 '허망한 사람'이라고 하는 말이 이러한 것들을 두고 한 것이 아닐까? 이제부터 무릇 사람을 만날 때 나를 칭찬하든, 나를 헐뜯든, 어느 경우에나 평상의 기분으로 마음을 내려놓고, 입을 다물고 혀를 물고, 그런 사람들과 어울려 좋다고 하든 나쁘다고 하든 교계하여 수작하지도 말고, 십분 신밀하게 몸가짐 함이 옳을 것이다.

또 듣자니 사람들은 네가, "조정의 벼슬아치들을 많이 안다고 스스로 자랑한다."라고 하는데, 이것은 또 정말 사람들이 가장 증오하고 질시하는 일이라 천 번 만 번 경계하고 경계할 줄 알아야 하느니라.40)

너는 어른들 앞에서는 다만 마음을 비우고 기를 낮추고서 중론이 분분한 것을 듣기만 하고 천천히 생각해 보고, 자세하게 살펴서 그중에서 좋은 것을 따르고 도움이 될 것을 얻어내어야만 할 것이다. 지금 이에 먼저 조잡하고도 엉성한 견해와 치우친 의견을 가지고서 입에 나오는 대로 지껄이고 큰소리로 고함쳐서 여러 어른의 말씀을 능가하려고 든다면, 설령 네 말이 이치에 어긋나지는 않는다고 하더라도, 벌써 고함친 것 자체가 무례한 일이 되니 공부하는 사람이 〔수양에〕 도움 될 것을 구하는 도리에 어긋나는 짓이 되느니라. 하물며 너의 망견에 잘못 빠졌는데도 이같이 한다면, 어찌 옳겠느냐? 모름지기 속히 고쳐야만 하느니라.41)

이 두 가지 편지는 모두 퇴계의 작고 전해와 작고하던 해 정초에 쓴 글이다. 뒤의 글은 목판본 문집에도 수록되어 있다. 앞의 글은 퇴계의 명성이 높아지자 퇴계의 출처(出處, 벼슬길에 나아감과 물러남) 태도에 대한 여론도 그만큼 분분해졌을 것인데, 명사의 손자로서 특히 말조심하여야 하며, 특히 남들 앞에서 여러 고관을 많이 알고 있다고 자랑해서는 안 된다는 내용이다. 뒤의 글은 어른들 앞에서 안다고 나서서는 안 된다는 훈계다. 퇴계가 작고한 뒤로 이 손자는 대과 시험에 다시 도전하지 않

---

40) 위와 같은 책, 권9, 8번째 편지, 1569년 10월 28일.
41) 위와 같은 책, 권9, 15번째 편지, 1570년 1월 하순 경.

고 주로 조부의 연보 편찬과 도산서원 건립에 매진하였다. 34세에 음직으로 개성의 목청전 참봉에 임명되고, 조정의 몇 가지 관직을 지내면서도 계속하여 퇴계 선생의 유고 정리에 매진하였다. 43세 때 사온서 직장으로 근무하던 중 의흥현감으로 근무하던 아버지가 병이 들었다는 소식을 듣고 사직하고 내려오던 도중에 부고를 듣고, 의흥(지금의 군위 일부)까지 가서 운구하여 고향에서 장사를 지냈다. 그러나 그다음 해 6월에 아우 순도가 집상 중에 죽고, 안도도 8월에 역시 집상 중에 44세로 작고하게 된다.

안도의 문집으로 『몽재선생집』 2권이 전하는데, 번역본까지 나왔다. 장수하지는 못하였으나 할아버지가 원하던 길[道]을 잘 지키고 후세에 전하는 데 큰 역할을 하였다고 할 수 있다.

라. 맺는말

여기에서는 주로 퇴계와 그 아들, 손자들의 사적인 생활에 관련된 이야기만 다루었는데, 그들의 공적인 생활에 관한 내용도 물론 이 가서에서 좀 더 소상하게 알 수 있는 부분들이 있다. 예를 들면 퇴계가 만년에 손자에게 보낸 편지들을 보면, 그가 만년에 얼마나 높은 벼슬에 취임하는 것을 두려워하였는지, 『성학십도(聖學十圖)』를 인쇄 제작하는 과정에서 얼마나 세심하게 주의를 기울이고 있었는지, 당시에 그는 얼마나 높은 명망을 유지하였는지 하는 일 등등을 좀 더 생생하게 이해할 수도 있다. 그러나 이러한 공적인 생활에 관련된 내용은 이미 퇴계의 연보, 언행록, 전기 같은 책에서, 그 윤곽은 거의 잘 알려져 있으므로, 이 글에서는 많이 생략하였다.

또 한 가지, 이렇게 아들이나 손자에게 보내는 편지에서, 이러한 도학자는 자손들에게 무엇을 기대하였으며, 무엇을 가르치고 있는가? 오늘날 가정교육에서 배울 점은 무엇인가? 물론 이러한 점에서도 이 가서는 많은 교훈을 담고 있다. 그런데 이러한 교훈적인 내용도 이미 많이 소개되어 있으므로 이 글에서는 별로 언급하지 않았다. 이러한 요소가 많은 글도 이미 부분적으로는 목판본 문집에 수록되어 있어 이미 번역도 되었으며, 언행록에도 더러 인용되고 있고, 또 권오봉 교수나 정순목 교수 같은 사람의 저서에서도 소상하게 소개되어 있으므로 여기서는 언급을 피하였다.

다만 이 글을 통하여, 지금까지는 별로 잘 알려지지 않았던 이 가문의 숨겨진 이야기, 소실에 관한 내용, 둘째 며느리에 관한 내용 등 몇 가지를 처음으로 규명한 것은 어디까지나 분명한 증거에 의한 사실을 사실대로 규명한 작업으로서, 어떻든 수백 년 동안 잘 알려지지 않았거나, 또는 약간 잘못 알려진 사실들을 매우 고심하여 찾아내고 읽어 낸 내용들이다.

이 가서 내용 때문에 퇴계와 관련된 일반적 상식이 다소 달라질 수도 있다. 예를 들면, "평생 가난하게만 사셨다"든가, "공부만 하셨지 살림에 관해서는 전혀 관심이 없으셨다"든가, "처음부터 벼슬에는 전혀 관심이 없으셨다"라는 것이 일반적인 상식이다. 그러나 이 가서를 보면, 전처 허씨 가문과 후처 권씨 가문에서 얻은 토지와 노복들이 영주, 나아가서 경남의 의령·고성에까지 산재하여 있는데, 주로 아들 준을 시켜서 자주 이곳으로 다니면서 모든 것을 철저하게 관리하도록 지시하는 내용이 매우 자주 나온다.

이로 보면, 물론 그는 당시 가장 청렴한 관리로 자주 뽑히기도 하였고, 개인 생활에서는 누구보다도 근검절약한 것은 사실이지만, 그렇다고 '살림에 등한한 것'은 결코 아니었던 것으로 보인다. 필자가 보기에는 퇴계는 성격이 매사에 주밀하였듯이 살림살이에도 매우 용의주도하였던 것 같다. 그래서 만년에는 이 가문의 살림은 이미 상당한 수준으로 증식되었다는 것이 일반인들이 잘 모르는 일이지만, 이미 국사 전공자들에게는 잘 알려진 일이다.

"처음부터 벼슬을 싫어하셨다."라는 것도, 이 가서를 보면 알겠지만, 아들과 손자에게 가장 자주 물어보시는 말씀이, "요즘 과거 시험 준비를 어떻게 하고 있느냐?"이며, 어떤 때는 자신이 직접 수집한 과거 시험에 대한 최신 정보를 일러주기도 하시며, 또 더러는 과거를 준비하여 지은 글들을 보내라고 하여, 그 수준을 품평하여 가며 직접 지도까지도 한다. 이러한 점을 보면 얼마나 자식, 손자들이 과거에 급제, 또는 등과하기를 열망하였는지 잘 알 수 있다.

이러한 선비가 왜 중년 이후로는 그렇게 벼슬하기를 꺼렸을까? 이 점에 관해서는 그렇게 꺼린 근본 원인을 좀 더 면밀하게 분석해야지 막연하게, "원래 천품이 고상하셔서 본래부터 벼슬길에 나가실 마음이 없으셨다."라고 한다면 사실과는 크게 부합하지 않을 것 같다.

만년에 고위직으로 직급이 올라가는 것을 꺼리기는 하였지만, 종1품 찬성(贊成) 벼슬을 내놓고 고향으로 돌아온 뒤에, 곧바로 돌아가신 아버님이 퇴계 자신의 벼슬로 인하여 증직 받은 것을 묘갈명에 새기는 작업을 서두르면서 얼마나 즐거워하였는지는 가서의 안도에게 보내는 편지 뒷부분을 보면, 여러 번 역력히 나타난다. 이러한 경우에도 자신이 벼슬에 오른 것을 후회하고 있었을 것인가? 일반 유가 선비들이 벼슬을 꺼리는 이유는 간단하게 설명할 수 없다고 생각하는데, 퇴계도 역시 그렇다고 할 것이다.

이 글에서 인용한, "창원에서 온 서모가 있지만, 집에 정식 주부가 없으니 아쉽다", "과부가 된 둘째 며느리의 개가 소문이 나니 매우 부끄럽고 난처하구나", "과거 준비도 열심히 하지만, 또 살림살이도 소홀히 해서는 안 된다"와 같은 사적인 이야기를 보면서 퇴계의 인간적인 모습을 느끼게 된다.

필자는 퇴계가 철학 논저에서 강조하는 '경(敬)'의 정신, 시에서 추구하는 '한(閒)'의 의미, 이러한 현실 생활에서 수행한 '실(實)' 생활의 중시, 이 세 가지 측면을 두루 잘 살펴보아야만 퇴계의 참다운 모습을 알 수 있을 것으로 생각한다. 따라서 앞으로 이퇴계에 대한 다각적인 이해 속에는 이러한 사적인 면모도 당연히 많이 고려되어야 할 것으로 생각한다.

● 참고문헌

『定本退溪全書』 서간 9 · 10, 서울, 퇴계학연구원, 2006년도 연구결과물

『退溪書集成』, 1-5책, 권오봉 주편, 포항공과대학교, 1996

『退溪先生年月日條錄』 1-5책, 정석태 편저, 서울, 퇴계학연구원, 1998

「退溪先生宅和會文記」, 안동, 국학진흥원, 유고박물관 소장.

『嶺南學派의 形成과 展開』, 이수건 저, 서울, 일조각, 1995

「李滉의 治産理財」, 김건태, 『퇴계학보』 130집, 서울, 퇴계학연구원

『퇴계 이황 아들에게 편지를 쓰다』, 이장우 · 전일주 공역, 서울, 연암서가, 2011년 개정판

『先祖遺墨 家書』, 이장우 해제, 이장우 · 전일주 번역 탈초, 안동, 국학진흥원, 2011

『退溪日記』, 이장우 편저, 대구, 중문, 1996

『안도에게 보낸다』, 정석태 옮김, 서울, 도서출판 들녘, 2005

3. 퇴계 부자와 과거 시험

- 가서(家書) 중심으로

가. 들어가는 말

필자는 퇴계의 시를 번역 주석하면서, 그의 연보와 언행록은 물론이요, 지금까지 잘 알려지지 않은 그의 사생활의 기록인 아들에게 보내는 편지도 읽고 부분적으로 번역하고 있다. 이러한 과정에서 더러 이미 공간(公刊)된 그의 목판본 문집이나, 언행록 중에서 자못 불분명한 점, 누락된 점 같은 내용을 찾아낼 수 있었는데, 과거에 관련해서도 이러한 현상은 찾을 수 있었다. 이 논고는 이러한 점을 다소 부각하고자 한다.

나. 퇴계의 과거 공부와 응시 기록

속설에는 퇴계가 본래 벼슬을 싫어하여 과거 시험도 보지 않으려 하였으나, 미망인이었던 생모 박씨 부인의 소망을 거스르지 못하여, 다른 사람들보다는 늦게 20대 후반에 들어 응시하기 시작하여 30세가 넘어서야 대과까지 합격하여 벼슬길로 나아간 것처럼 말하고 있다. 그러나 이러한 이야기는, 그가 몇 번이나 과거에 떨어지고 늦게야 급제하여 벼슬길에 나서게 되는 사실에 대한 호의적인 변명은 될지 몰라도, 어디까지나 속설에 속할 뿐이지, 그러한 이야기를 입증할만한 구체적인 증거는 찾을 수가 없었다.

지금까지 퇴계의 생애를 다룬 책도 많이 나왔고, 연보를 정리한 글도 많이 나왔다. 그러나 지금까지 나온 책들이나 글들을 보아도 대개 위의 속설의 범위를 크게 뛰어넘지 못하는 아쉬움이 있다. 그러면 이 글에서는 지금까지 나온 연보의 글을 다시 보면서 그의 과거에 대한 수업 준비와 응시 기록을 다시 한번 검토하기로 한다.

1) 과거 시험을 위한 준비

퇴계는 16세 때 안동의 봉정사에서 종제인 수령(壽苓, 송재의 아들)과 공생(貢生)1) 권민의(權敏義), 강한(姜翰) 등과 함께 글을 읽은 사실을 회고하는 다음과 같은 시를 남기고 있다.

「명옥대(鳴玉臺)」

… 지난 병자년 봄에 나는 종제인 수령과 이 절에 깃들어 여러 차례 이곳에서 놀았다. 공생 권민의와 강한이 따랐는데, 떠난 후에는 이유도 없이 다시는 오지 않았다. 내 아우는 불행히 일찍 세상을 떠났고, 권·강 두 사람도 죽은 지가 이미 오래되었다. 내 지금 여행 중 피곤한 터라 외로이 홀로 와 지난 일들을 생각하니, 감회가 일어 어찌 슬퍼하지 않겠는가?

이곳 지나며 논 지 50년이라,
아름다운 얼굴 흠뻑 취했었다네, 갖은 꽃 앞에서.
지금 손잡고 놀던 사람들 어느 곳에 있는가?
푸른 바위 흰 물 걸린 것만 옛날 그대로라네.
此地經遊五十年　韶顔春醉百花前.

---

1) 공생(貢生): 조선시대에 향시(鄕試)에서 합격하여 감시(監試)에 응시할 수 있는 자격을 갖춘 유생을 말함.

只今攜手人何處　依舊蒼巖白水懸.2)

이 시는 서문에서 밝힌 바와 같이 66세 때, 50년 전의 일을 회고하면서 지은 것이다. 16세 되던 해에 이 절에 "자주 와서 놀았다."라는 것은 무슨 뜻일까? 필자는 이때 아마 과거 시험 준비를 위하여 이 절에 와서 머물렀을 것으로 추측한다. 왜냐하면 보통 이 나이쯤 되면 과거 시험을 준비하는 게 당시 사대부 집 자제들의 관례일 것같이 생각되는 데다가, 같이 갔던 사람 중에 이미 과거 시험 준비하고 있는 사람들이 두 사람이나 있었다는 점으로 보아 그들과 함께 어울려 과거를 준비한 것은 아닐까 추측하여 본다.

더구나 퇴계 51세 때에 아들에게 쓴 편지를 보면, 이 봉정사에서도 과거의 수험준비 합숙 모임인 거접(居接)이 있었는데, 퇴계가 그때 지은 여러 준비생의 글을 보내라고 해서 평하여 보낸다는 기록이 있는 것을 보면 그때도 혹시 여기서 거접이 행해졌던 것이 아닐까 추측할 수도 있기 때문이다.3)

또 한 가지 부차적인 의문은 퇴계 일가의 사람들이 절에 들어가서 공부를 한다고 하면 대개 퇴계의 생가 부근에 있는 용수사나, 조금 멀리는 청량사에 들어가서 공부하였다는 기록은 흔하게 볼 수 있으나,4) 그보다 먼 지역인 봉정사까지 "자주 왔다"라는 것은 그렇게 쉬운 일이 아닐 것 같은데, 여기까지 찾아와서 머문다는 것이 어떻게 용이할 수 있었을까 하는 점이다.

---

2) 이장우 · 장세후 공역주, 『퇴계시 풀이』 권4, 159쪽.

3) 봉정사의 거접에서 지은 글에 대한 평을 다 마쳐서 보낸 것과, 아울러 네가 가지고 갈 것 34장을 동봉한 것을 금군(琴君)들의 빈소에 맡겨 두고 가면 내가 마땅히 그곳에서 오는 중에게 빈소로 가서 찾아가게 할 생각이다. - 이황 지음, 이장우 · 전일주 옮김, 『퇴계 이황 아들에게 편지를 쓰다』(개정판), 168쪽에서 인용.

4) 정순우, 『서당의 사회사』, 96-7쪽 참조.

아마 당시에 위에 나오는 사촌 아우인 이수령의 부친인 송재 이우가 그 한 해 전 6월부터 안동부사로 부임하여, 조카인 퇴계까지 불러 과거 준비 합숙 훈련을 시킨 것으로 볼 수도 있을 것 같다.

17세 8월에는 당시의 경상감사이던 김안국이 역시 이우가 안동부사로 있을 때, 안동 향교에 와서 강의하는 길에 온혜에 들러 온계와 퇴계 형제에게 책과 식량을 주면서 산사에 들어가서 독서하게 하였다는 기록이 보인다.5) 이 무렵에 퇴계는 이미 도학에 관심이 많아져 점점 몰두하기 시작하여 건강이 나빠지기까지 하였다는 기록이 자신의 회고담이나 「연보」에 자주 나온다.6) 물론 도학 공부에 열중한 것은 틀림없었겠지만 아마 과거 준비도 아울러 하고 있었을 것으로 보는 것이 타당할 것같이 보인다. 더구나 감사와 같은 현직 고위 관리가 젊은 사람들에게 장학금을 주고 격려를 하였다면 아마 후일에 영달하여 나라에 공헌할 것도 강조하였을 듯하기 때문이다.

18세 때는 농암 이현보가 안동부사로 재임하다가 죽은 이우의 후임으로 있었는데, 퇴계도 안동 향교에 유학하였다는 기록이 보인다.7) 당시의 제도로 보아서 생원시나, 진사시를 응시하자면 형식적으로나마 향교 생도로 등록되어야 한다고 하는데8) 이때부터 과거 시험을 치를 본격적인 절차를 시작한 것으로 보아야 할 것 같다.

---

5) 정석태, 『퇴계선생 연표월일조록 1』, 52쪽.
6) 『퇴도선생언행통록』권2, 「학문제일」: "선생은 17세 때부터 비로소 이 학문을 향하여 발돋움하려는 생각이 있었다." 이 전후에 도학에 매진하려는 뜻을 담은 시 몇 수를 지은 것도 전하고 있다.
7) 위와 같은 책 57쪽.
8) 이성무, 『한국의 과거제도』, 200쪽.

2) 19세 때 현량과에 응시하였는가?

다음 해인 19세 때 드디어 서울까지 올라가서 9월 15일에 성균관에서 국왕이 문묘에 알성할 적에 정암 조광조의 훌륭한 모습을 보았다는 기록이 있다.9) 이러한 고증을 한 정석태 교수는 이해〔기묘년〕 문과 별거(別擧) 전시는 10월 17일, 그 초시는 9월, 그것도 중종이 성균관의 문묘에서 알성한 9월 15일 전후에 행해진 것으로 조사하였다. 이해에 문과 별거 초시에 응시하였다는 것은 『퇴계선생이력초기』 같은 책에도 보이는 것으로 보아서 아마 이 해 서울로 올라가서 문과 별거 초시에 합격하였으나, 전시에 대한 언급은 없는 것으로 보아서 거기에는 불합격한 것으로 보인다.

그런데 이와 관련하여 한 가지 의혹을 자아내는 일은, 퇴계의 후손 이야순이 쓴 『퇴계선생연보보유』에 이해의 기록에, "봄에 문과 별거 초시에 참여하셨다(春, 參文科別擧初試)."라고 위에 나온 『퇴계선생이력초기』에 적은 내용을 그대로 옮기면서 '봄에'라는 계절 표시를 추가한 다음, "이때 천거하여 사람을 뽑는 과거가 있었는데, 선생은 이미 고향에서 선발되셨다(時有薦擧取人之科, 先生已入鄕選.)"라는 주석〔보유〕을 달았다. 이 주석만 보면 이해 4월 10일에 조광조가 주장하여 처음으로 시행된 현량과라는 특별시험을 보기 위하여, 이미 한 차례 지방의 향선을 거쳐 서울로 올라온 것으로 본 것 같다.

그렇다면 이야순은 『이력초기』에 보이는 '문과별거 초시'와 '현량과'를 같은 것으로 보았는데, 여기서 자못 혼선이 생긴다. 현량과는 본래 '천거제와 과거제를 혼합한' 제도이므로10) 지방에

---

9) 정석태, 위와 같은 책 60쪽.
10) 이성무, 위와 같은 책 124쪽.

서 한 차례 추천받은 것으로 이미 초시 같은 과정을 거친 것으로 다시 서울에 가서 초시를 칠 필요가 없는 제도이다.

그래서 필자는 처음에 퇴계는 지방에서 현량과의 후보로 추천받고 상경하여 봄에 현량과의 전시에 도전하였으나 실패한 뒤에,[11] 다시 가을에 문과 별거 초시에 다시 응시하였으나 거기에는 합격하였으나 그 전시에는 역시 불합격한 것으로 본다. 하여튼 그다음 해에 서울서 내려왔다는 사실로 보아도,[12] 퇴계는 이해 가을 겨울에도 서울에 있었음을 알 수 있을 것 같다.

아직도 지방에서 치르는 과거 예비시험[향시]에 한 번도 도전해 본 일이 없는 19세 청년이 갑자기 서울로 과거를 보러 올라갔다는 일은 범연한 사실이 아니므로, 필자는 현량과와 같은 특수한 계기가 있어 상경하였다고 보는 것이 타당하리라고 보며, 올라간 길에 가을에 있었던 별시까지 참가하지 않았는가 하고 추론해 본다.

하여튼 이해에 처음으로 서울까지 올라와서 하루아침에 금의환향할 행운을 잡지는 못하였다고 할지라도, 전국에서 100명으로 한정된 현량과의 후보의 한 사람으로 지방에서 이미 뽑히어 서울로 올라오게 되었다는 사실 한 가지만으로도 퇴계의 능력은 이미 영남에서 두각을 나타냈다고 말할 수 있을 것 같다. 만약 이때 전시에 선발된 28명 중에 들어갔더라면 아마 그해 말에 일어난 기묘사화에 연루되어 퇴계의 운명은 완전히 바뀌게 되었을 것이니, 이때 현량과 전시에 불합격한 것이 그에게는 전화위복이 되었다고 할 수도 있을 것이다.

---

11) 김호태, 『헌법의 눈으로 퇴계를 본다』, 164-67쪽 4장 「퇴계와 정암 조광조(2)」- 현량과에 이와 관련한 상세한 견해가 보임.
12) 정석태, 앞의 책 65쪽.

3) 20대의 응시 - 성공과 실패의 기록들

퇴계는 21세 때 다시 진사 초시에 응시하였으나 실패하였다.13) 22세 때 몇 달 동안 성균관에 유학하였다. 23세 때는 영주의 구원이라는 의원에 친구들과 함께 들어가서 과거 준비〔거접〕를 하였는데, 뒤에 퇴계의 아들과 손자도 여기에서 과거 준비 공부를 한 적이 있다.14) 24세에 다시 서울에 올라가서 과거에 응시하였다가 낙방하였다.

이때의 연보나 언행록에 보면, "연거푸 세 번이나 과거에 낙방하였으나, 합격 여부에 별 관심이 없었기 때문에 별로 마음의 상처를 입지는 않았으나, 누가 이서방 하고 부르는 소리에 자기를 부르는 줄 알고서, 크게 부끄럽게 여겼다고 한 적이 있었다."라고 하였다.15) 여기서 '연거푸 세 번'이라고 한 것은 19세 때부터 시작하여 21세, 이번의 24세까지 3년을 뭉뚱그려서 말한 것이다. 그러나 19세 때는 한 해에 적어도 2차례 이상 불합격한 것이니 실제로는 4회 이상 불합격한 것이다.

이 여러 번의 실패를 맛보고서 후인들이 적은 언행록에서는 비록, "합격 여부에 별 관심이 없었기 때문에 별로 마음의 상처를 입지는 않았으나"라는 토를 달고 있기는 하나, 실제로 퇴계 자신은 이때 상당히 실망하고 있었을 것으로 보는 것이 인지상정으로 보인다. 그래서 그다음에 나오는 이야기가 매우 생생하게 들린다. 당시에 과거(소과)에 등과하게 되면 '진사'니 '생원'이니 하는 호칭을 붙여 부르는데, 일반 평민을 부를 때 사용하는 '서방'이라는 호칭으로 자기를 부르는 것 같았기 때문이다.

---

13) 정석태, 앞의 책 70쪽.
14) 정석태, 앞의 책 76-7쪽.
15) 정석태, 앞의 책 79-80쪽.

이로 보면 퇴계가 젊었을 때부터 아예 벼슬에 큰 관심이 없었다고 보는 것은 속단하는 것은 다소 성급한 억측에 불과할 할 것 같다.

27세 때 경상도 향시에 응시하여 진사시에 1등을 하고, 생원시에는 2등을 하였다. 다음 해에는 서울로 올라가서 진사 회시에 응시하여 2등으로 합격하였다. 이로써 비로소 '진사'가 된 것이다. 그러나 관리로 임명받을 수 있는 대과에 응시할 수 있다는 자격을 인증하는 일종의 예비 타이틀을 얻는 것에 그치므로, 그 뒤에도 몇 차례나 서울과 경상도에서 거행된 대과 시험에 도전하기도 하고, 성균관에 다시 유학한 적도 있었는데, 33세 때 경상좌도에서 거행한 대과의 향시 초시에 응시하여 1등으로 합격하였다. 이때 남명 조식(曺植)은 2등으로 합격하였다. 그다음 해 봄에 상경하여 대과의 회시와 전시(殿試)에 연이어 합격하여 비로소 벼슬길에 오르게 되었는데, 처음 받은 벼슬은 권지 승문원 부정자라는 벼슬이며, 곧이어 예문관 검열 겸 춘추관 기사관 같은 벼슬에 임명되었다.

이상을 요약하면, 퇴계는 이미 10대 중반부터 과거 시험을 준비하기 시작하여, 도학 공부와 함께 과거 시험에도 매진하여 19세에는 서울에 가서 적어도 2차례나 도전하였으나, 모두 끝까지 좋은 결과를 얻지 못하였다. 20대 중반부터 다시 연거푸 몇 차례 또 응시하였다가 실패한 뒤에 20대 후반에 가서야 진사가 되고, 33세에야 대과까지 합격하여 벼슬길로 나서게 되었다.

다. 퇴계의 아들 교육과 과거

퇴계에게는 본처에게서 난 아들이 2명이나, 둘째 아들 채는 일찍 죽었으므로 여기서는 주로 맏아들 준에게 행한 교육을 다루고자 한다. 특히 과거에 관련하여 행한 교육을 중심으로 이야기할까 한다. 이에 관련된 자료로는 퇴계가 아들에게 보낸 편지가 530여 통이나 남아 있는데, 다음에 그 내용 중에서 해당 부분을 발췌하여 해설하고자 한다.

1) 과거를 왜 보아야 하는가?

> 잇손(芿叱孫, 남자 종)이 와서 너의 편지를 전하였다. 네가 산사(山寺)에서 별 탈 없이 공부하고 있는 것을 알고 나니 대단히 기쁘고도 기쁘구나. 나는 예전과 같이 그대로이다.…
> 또한 네가 서울에 올라올지 말지는, 이번 겨울에는 내가 시골로 내려갈 수가 없으니, 집에 있는 것이 좋을 것 같구나. 만약 네가 너와 같이 시험을 칠 친구들과 함께 온다면, 여기서 겨울을 보내도 될 것이다.16)

이 편지는 퇴계가 40세 때 8월경에 쓴 것으로 추정된다. 당시 18세가 된 맏아들 준에게 보낸 것으로, 이때 퇴계는 서울에서 형조정랑 같은 벼슬을 하고 있었는데, 그해 10월 초에 있을 서울의 문과 별시에 응시하기 위하여 아들을 보고 서울로 좀 일찍 올라오라고 하였으나, 아들이 시험에 자신이 없어 9월 보름경에 추수나 마친 뒤에 올라가서 겨울을 서울에서 나겠다고 하자,17) 그것에 대하여 회신한 것이다.

---

16) 이황 지음, 이장우·전일주 옮김, 『퇴계 이황 아들에게 편지를 쓰다』(개정판), 26쪽.

네가 비록 별시(別試)에 대하여 비록 와서 본다고 하더라도 진실로 가망이 없을 것이라는 알고 있지만, 함께 수험준비를 할 친구들과 같이 와서 시험을 보도록 하여라. 각처의 사람들이 천둥 치듯 구름처럼 모여드는데, 너만 홀로 향촌(鄕村)에 눌러앉아 있어, 감정에 분발하는 마음이 없음이 옳겠느냐. 이 앞의 편지에, 친구와 같이 와서 관광[과거 응시]한 후에 그대로 머물면서, 겨울을 보내기를 바란다고 말하였으나, 지금 너의 편지를 보니 스스로 그것이 무익하다는 것을 알고, 시험을 보는 때에 맞추어 오지 않으려 하는 것은 다름이 아니라, 네가 평소에 입지가 없어서이다. 다른 선비들이 부추겨 용기를 북돋우는 때를 당하여도, 너는 격앙하고 분발하려는 뜻을 일으키지 않으니, 나는 대단히 실망 되고 실망 되는구나.

… 너는 본디 학문의 뜻이 독실하지 않아, 만약 집에서 시간을 한가하게 보내면 더욱더 학문을 그만두게 될 것이다. 마땅히 조카 완(完)이나, 혹은 다른 뜻이 굳은 친구와 책을 짊어지고 절에 올라가서, 한겨울 동안 긴 밤에 부지런히 독서하도록 하여라. 내년 봄에 복 등이 모두 서울로 올라오려 하거든, 너도 그때 함께 서울로 올라와 수험준비를 함께하면서 여름을 보내는 것이 아주 좋을 것이다.

네가 이제부터라도 부지런히 공부하지 않는다면 시간은 쏜살같이 지나버리고, 한번 지나간 것은 따라잡기 어려울 것이다. 끝내는 농부나 군대의 졸병으로 일생을 보내고자 하느냐? 천만 유념하여 소홀함이 없고 소홀함이 없게 하여라. 비록 추수 등의 일이 소홀하게 된다고 너는 말하지만, 공부하는 자는 이러한 일을 마음에 두어서는 안 될 것이다.[18]

---

17) 정석태, 앞의 책 196쪽 참조.

이 편지보다 조금 뒤에 보낸 다음에 인용하는 또 다른 편지를 보면 퇴계가 평소 아들에게 얼마나 과거 준비 공부를 착실하게 하고, 또 가능하면 빨리 기회를 잡아서 응시하는 것을 원하고 있었는지 알 수 있다. 시험공부를 소홀히 하다가 아들이, "끝내는 농부나 군대의 졸병으로 일생을 보내는" 사람이 될까 봐 퇴계는 큰 걱정을 하고 있다.

> 너는 내가 멀리 있다고 방심하여 마음 놓고 놀지 말고, 반드시 매일 부지런히 공부하도록 하여라.
> 또 만약 집에서 공부에 전념할 수 없다면, 마땅히 의지가 굳은 친구와 같이 산사에 머물면서 굳은 결심으로 공부하여라. 한가하게 세월을 보내서는 안 될 것이다. 혹 술 마시고 헛된 생각을 한다거나, 낚시에 빠져서 공부를 그만둔다면, 끝내는 배움이 없고 아는 것이 없는 사람이 될 것이다. 나는 아침저녁으로 네가 그렇게 해 줄 것을 바라마지 않는데, 넌들 어찌 내 뜻을 알지 못하느냐?19)

이 편지에서는 아들이 생각 없이 술이나 마시고, 낚시나 즐기다가 끝내, "배움 없고 아는 것 없는 사람(不學無知之人)"이 되는 것을 두려워한다고 말하고 있다.

> 조윤구(曹允懼)는 삼하(三下)로 우수하게 급제하였고, 이숙량도 급제하였으니 대단히 기쁘고 기쁘구나! 항상 네가 학업에 힘쓰지 않는 것이 안타깝구나. 다른 사람들의 자제들이 급제하는 것을 보는 것은 경사스러운 일이다만, 그럴수록 한탄스러운 마음이 더욱더 깊어지는구나. 너만이 홀로 분발하

---

18) 이황 지음, 이장우·전일주 옮김, 『퇴계 이황 아들에게 편지를 쓰다』(개정판), 29쪽에서 몇 자 수정 인용.
19) 위와 같은 책 33쪽.

여 스스로 힘써 공부하려는 마음이 없느냐?20)

이 편지는 43세 때 8월에 보낸 것인데, "남의 자제들이 급제하는 것을 보는 것은 경사스러운 일이다만, 그럴수록 한탄스러운 마음이 더욱더 깊어지는구나."라고 하면서, 다른 사람과 비교하여 아들을 격려하고 있다.

2) 거접(居接)에서 지닐 자세

위의 기록을 보면 퇴계의 아들 준은 과거를 준비하기 위하여 주로 산사(山寺)를 수험공부의 장소로 많이 사용하고 있음을 볼 수 있고, 서울에서 벼슬하고 있는 퇴계 자신이 불러다가 직접 수험 지도를 하고자 한 기록도 보인다. 그 밖에도 서원에 가서 공부하라고 한 지시도 보인다.

> 너는 전혀 독서하지 않으니 한숨이 나고 유감이다. 허송세월을 많이 하는구나. 비록 여러 일을 하고 있지만, 어찌 독서하지 않을 수 있겠느냐? 장차 가을 추수 일을 마친 뒤에는 마땅히 여기로 와서 겨울을 지내도록 하여라. 서원〔소수서원〕의 유생들이 적을 때는 또한 그곳에 가서 독서할 수도 있을 것이다.21)

이 편지는 49세 때, 풍기군수로 재직하고 있을 때 쓴 글이다. 다음 편지는 풍기군수를 그만둔 뒤인 그다음 해에 아들에게 영주의 거접에 가서 다른 수험생들과 함께 어울려 합숙하면서 과거 시험 준비를 하라고 지시하는 내용이다.

> 또한 금난수(琴蘭秀)가 와서 하인 명복의 집에 기거하면서

---

20) 같은 책 49쪽.
21) 같은 책 122쪽.

간절하게 요청하는 까닭에 비록 거절은 할 수는 없었지만, 내가 병을 치료하는 데 방해가 되고, 그에게 있어서도 학문에도 도움이 없으니, 장차 꼭 집으로 돌려보낼 것이다. 또한 내가 과거 준비 공부할 때도 그것에 오히려 생소하였는데 하물며 오늘날에 있어서이겠는가? 내가 여러 사람과 너에게 영천(榮川, 영주)의 접에 가게 하려는 것도 그곳에는 안목이 밝은 여러 선생님이 있고, 또한 도움이 되는 친구들이 많기 때문이다. 그러니 여러 친구와 더불어 의논해 처리하여라.22)

이 편지에 나오는 금난수는 준의 처가 집안사람인데, 퇴계가 사는 마을에 와서 거처를 정하고 배움을 청한 것인데, 그 배움의 내용 가운데는 과거 수험 지도도 포함되어 있었던 것 같다. 그래서 퇴계는 아들과 함께 그 사람도 영주의 접으로 가서 수험준비 지도를 받는 것이 좋을 것이라고 본 것 같이 생각된다.

거접에 임한 이후에는 모든 일에 부디 경계하고 삼가도록 하여라. 공부하는 데 근면하고 독실함이 으뜸이니 경망하게 법도를 저버리고 소리 내어 다투는 일이나 몰래 남에게 술과 음식을 빼앗아 먹는 일 등은 삼가, 모름지기 피하는 것이 좋을 것이다. 그러나 남들에게 술과 음식을 몰래 내라는 요청을 받았을 때는 꺼리는 뜻이나 곤란한 기색을 보여서는 안 될 것이다. 푸실〔초곡〕에 쓰고 남은 것이 있으면 도리에 맞게 조처하는 것이 옳을 것이다.23)

이 편지는 1551년 4월 15일에 쓴 것인데, 드디어 영주의 의원에서 열린 여름 거접〔하과소夏課所〕에 들어간 아들에게 합숙 생

---

22) 같은 책 150쪽.
23) 같은 책 163쪽.

활상의 유의점을 훈시한 것이다. 여기서 '푸실'은 영주에 있는 마을 이름인데, 퇴계의 전취 부인인 허씨가 친정으로부터 얻은 재산[토지와 노비]이 있는 곳이다. 거접하는 동안 필요한 경비가 있으면 거기에서 가져다가 사용하고 너무 남에게 인색하게 보여서는 안 될 것이라는 말이다.

준에게 답한다.[영천榮川 여름학교로]

어제 너의 초사흗날의 편지를 보았다. 무사히 공부하고 있다니 위로가 된다. 지은 글이 등수에 들지 못한 것은 네가 탄식하고 안타까워하겠지만, 그러나 이것은 네가 평일에 놀고 게을렀던 결과이니, 이것 또한 무엇을 나무라겠는가? 다만 마땅히 가일층 공부에 힘써 진보할 것을 도모하여야 할 것이며, 스스로 자신을 잃고 붓을 꺾어버려서는 안 될 것이다. 내가 지금 너에게 규모가 큰 거접에 참가하기를 바라는 까닭은 진실로 너 자신의 단점을 알고 다른 사람의 장점을 취하여, 정와지견(井蛙之見, 우물 안 개구리와 같이 견문이 좁은 것)을 깨닫고, 요시지기(遼豕之譏, 요동의 돼지라는 조롱을 받는 것)를 면하도록 하기 위함이다. 하물며 나의 재주가 과연 우수하다면 비록 낮은 등수에 들더라도 무방하지만, 나의 재주가 열등하다면 다행히 높은 등수에 들더라도 또한 기뻐할 것이 없다는, 이러한 마음으로 노력을 해야 할 것이다.

또한 거접에 모이는 여러 선비가 얼마나 되며, 몇 달을 계획하고 있느냐? 양식은 넉넉하고 소금과 간장은 스스로 준비하여야 하느냐? 혹시 관(官)에서 지급하여 주는 것이냐? 나머지 물건을 관에서 준다면 양식은 반드시 스스로 준비하여야 할 것이나, 푸실에는 비축한 양식이 없다고 하는데 어찌 이에 관한 언급이 없느냐?

지금 쌀 몇 말을 보내려고 하였더니 마침 이때 보낼 양식이 없다고 하는구나. 내 생각에 반드시 푸실에 아직도 남은 것이 조금 있어 가져갈 수 있으리라고 여기기 때문에 지금 잠시 그만두고 있을 따름이니 모든 일은 상세하게 알리는 것이 좋을 것이다.

푸실에는 여러 가지 용도로 계획하고 있는 이외에, 그밖에 마땅히 5, 6석이 더 있을 것인데 어찌 남은 것이 없다고 하는 것인지, 시험 삼아 한번 뒤져보고 찾아내어 사용함이 좋을 것이다. 그 편지를 즉시 외내로 보낼 것이다.

물어서 알아본 바로는 너는 남의 집에 머물고 있다고 하는데 그것이 맞느냐? 그렇지 않으냐? 그 집에 함께 머무는 사람이 몇 사람이나 되느냐?

너의 나이는 곧 서른이 되어 가는데 비로소 여러 사람과 더불어 거접하게 되었으니 이미 당장(堂長, 반장) 맡을 나이에 속하여, 나이가 적고 기운이 팔팔한 사람들과는 하는 일과 신분이 같지 않으니, 절대로 망령된 일을 하지 말아라.

같이 공부하는 사람 중에 불행하게도 남을 나쁘게 인도하여 여럿을 망치고 온 집안까지도 망하게 하는 것을 즐겨 하는 사람이 있을 것이니 삼가 그 무리에 빠져들지 말고, 정신없이 그런 자들과 함께 어울리지 않도록 하여라. 또 그 가운데는 유익한 친구도 있어 정중하고 간절하게 충고해 주거든 그런 사람과 비슷하게 될 것을 생각하여서 함부로 경박하게 행동하여 관계를 끊어서는 안 될 것이다.

안동의 공도회(公都會, 지방에서 감사가 실시하던 과거)에 반드시 많은 사람이 갈 것이고 너 역시 가서 보아야 하는데 하인과 말은 푸실에서 준비할 수 있느냐?

5월 7일 아버지가.

덧붙임 - 말린 문어와 말린 노루 고기포를 보낸다.24)

이 편지는 좀 길지만 거접 가 있는 아들의 상황과 당시 거접의 분위기 같은 것을 아주 생생하게 짐작할 수 있는 자료이기 때문에 원문과 추신, 봉투에 적힌 말까지 모두 인용하였다. 위의 편지와 함께 이 편지를 보면, 예나 지금이나 젊은 학생들의 모임에는 열심히 공부하는 사람도 있지만 태도가 불량하여 남을 괴롭히는 고약한 한 젊은이들도 섞여 있었음을 잘 알 수 있다. 또 접에는 규모가 큰 접도 있고, 작은 접도 있는데 영천〔영주〕의 접은 규모가 매우 큰 것임을 알 수 있고, 또 이때 이준은 이미 나이 30세〔29세〕에 가까워 반장을 맡을 나이라는 것을 보면 30세 이상의 고령은 거접에 별로 참가하지 않았음을 알 수도 있다.

또 거접에는 거접하는 장소에서 합숙하는 경우와, 더러는 바깥에서 몇 사람이 함께 하숙하면서 거접에 내왕하는 경우도 있음을 알 수 있다. 또 식량과 반찬을 스스로 가지고 가기도 하고, 관청에서 공급하기도 하였던 것 같다. 마지막 추신을 보면 공부할 때 영양 보충을 위하여 말린 문어와 노루 고기포를 보내어 간식으로 삼게 하였다는 것도 알 수 있다.

물론 거접에서는 자주 과거의 모의시험을 치고, 그 답안을 보고서 합격 가능 여부를 평가하는 것이 중요한 일이었음도 알 수 있다. 다음 편지를 보면 그때 지었던 답안 글 제목도 알 수 있다.

> 네가 지은 시와 부 가운데 「동향사(桐鄕祠)」는 실제의 등수에 들 수 있지만, 그 밖의 것은 등수에 들 수 없을 것 같구나. 그러나 촉각(燭刻, 정해진 시각) 안에 이러한 문장을 짓는 것이 이 정도에 이르기도 또한 쉽지는 않을 것이다.

---

24) 위의 책 170-72쪽.

「호기부(浩氣賦)」는 내용이 너무 어수선한데, 원래 호기가 무엇인지 알지 못하니, 이것은 네가 평상시에 책을 많이 읽지 않았고, 읽어도 자세히 읽지 않았던 소치이니, 스스로 경계하여 반성하고 고칠 것을 도모하여야만 할 것이다.25)

이 편지는 위의 편지보다 1주일 뒤인 같은 해 5월 14일에 보낸 것이다. 모의시험 답안지를 보내라고 해서 퇴계가 직접 보고서 아들의 실력을 평가한 것이다.

네가 안동의 공도회에 참가할 수 있게 되었다는 것을 들었을 때는 좋아서 부지불식간에 나막신이 벗겨져 달아날 지경이었구나.
내가 너를 책망하는 까닭은 열심히 하면 얻지 못할 것이 없다는 이치 때문에 그런 것이라. 가야 할지 말아야 할지는 끝내 헤아려 보았어야 할 것이었으나, 너의 건강이 좋지 못하였다고 하니 걱정스럽고 걱정스러웠다. 다만 너의 작은 병은 걱정이 되니 조리하지 않으면 안 된다. 오늘은 꼭 여기에 오지 말고 조리해서 회복된 것을 기다린 뒤에 오는 것이 좋을 것이다.…
덧붙임 - 장원은 누가 되었으며 근처의 어떤 사람이 합격하였느냐?26)

이 편지를 보면 자못 우울하나 어렵게 마음을 가다듬고 있음을 엿볼 수 있다. 퇴계가 아들이 어렵게 틈을 내어 수십 일 동안 수험공부에 전념하다가 드디어 지방에서 감사가 주관하여 치르는 시험〔공도회〕에 참가한다는 이야기를 듣고 얼마나 즐거워하였는지, 그러나 건강 때문에 아들이 그 시험에 불참하게 되자

---

25) 위의 책 173쪽.
26) 위의 책 175쪽에서 몇 자 고쳐 인용.

얼마나 실망하게 되었는지….

3) 등과의 어려움과 음직 얻기

과거에 붙지 못하면 어떻게 되는가?

> 너는 『시경』을 아직 다 읽지 않았는데, 또 분주히 다니니 학
> 업을 폐하게 될까 두렵구나. 세상일은 점점 어려워져 남자가
> 몸을 감추기도 쉽지 않구나. 근래 조정의 논의를 들으니 조
> 정 관료의 자제로 귀속된 곳이 없는 자는 모두 군에 입대시
> 킨다고 하니 네가 면할 것을 기약할 수 있겠느냐? 만약 면할
> 수 없다면 업유(業儒, 과거 예비시험 합격자)로 이름을 올려놓
> 는 것이 좋을 것이다. 그러니 경서 한 가지와 사서 한 가지
> 를 고강(考講, 암송 시험)하여 예방하도록 명심하여라. 조카
> 들에게도 또한 이렇게 알려주어라.27)

앞에서도 언급한 바와 같이 과거에 불합격되면 군대에 입대해
야 된다고 걱정한다. 다만 과거 예비시험에 합격한 적만 있어
도 당분간 입대가 연기되는 것 같은데, 아들 준이 언제 이런 시
험에 한 차례 붙었는지는 잘 알 수 없으나, 그가 그러한 시험
에는 한 번 합격한 일이 있으니, 우선 그러한 것을 증거로 병
역을 연기한 뒤에 계속하여 여러 가지 시험에 도전하여 합격한
뒤라야 겨우 안심을 할 수 있을 것으로 생각하고 있다. 비슷한
걱정은 다음 편지들에도 연거푸 보인다.

> 너는 전에는 가끔 시험을 보러 가지 않기도 하였다. 그러나
> 지금 같은 때에 선비라고 이름하면서 시험 치러 가지 않는다
> 는 것은 불안한 일이다. 만약 매우 어려운 일이 없다면 가서

---

27) 같은 책 192-3쪽.

시험을 보아야만 한다. 하물며 초장(初場)의 부(賦) 시험에
도 희망이 있고, 차장(次場)의 책(策)도 오히려 이룰 수 있
을 것이다. 다만 시험을 치는 날이 마침 너의〔생모〕제삿날이
니 안타깝지만, 또 이 기제사(忌祭)에 네가 없으면 아몽을
시켜 잠시 행하는 것도 괜찮을 것이다.28)

너는 늘 학문을 게을리하여, 요행을 바라기는 어려울 것이
다. 다만 무사히 집으로 돌아가기만 한다면 다행일 것이다.
병적(兵籍)에 관한 일을 당초에는 대충 처리하더니, 지금 경
차관(敬差官, 특명 어사)이 내려갔으니 반드시 대단히 엄중하
게 할 것이다. 또 말하기를 유생 중에 고강(考講) 시험에 합
격하지 못한 사람은 하나도 남겨두지 않을 뿐만 아니라 음자
제(蔭子弟)도 고려하지 않고, 모두 군에 입대시킨다고 하는
구나. 어떻게 하겠는가? 다만 들으니 일찍이 합격했던 자를
시권(試券, 시험 답안지)만 보고서 병역을 면제해준다고 하니
너는 면제받을 수도 있을 것 같다. 그러니 강(講, 암기시험)
할 책을 모름지기 밤낮을 가리지 말고 푹 읽어서〔만일에〕대
비하는 것이 좋을 것이다.…
네가 고사장에서 시험 칠 때 착용할 이엄(모피로 만든 귀와 목
덮개)은 마침 과거 시험 기간이라 값이 너무 오르고, 또 좋은
가죽도 없어 막동(莫同, 종)이가 늘 그것을 독촉했지만, 아
직도 사 오지 못했구나. 조금만 기다리기 바란다.
덧붙임 - 내일 시제를 행하는 데 많은 점이 소홀할 것이다. 경차
관 이수철(李壽鐵)은 일찍이 만나본 적이 없는 사람인데, 나 또
한 병으로 외출할 수가 없어, 우리 현의 일을 잘 부탁드리지 못
하고 보낸 것이 안타깝구나.29)

---

28) 같은 책 199쪽.
29) 같은 책 204-5쪽.

위의 편지 중 두 번째 편지를 보면, 실제로 병역 문제 같은 것을 점검하기 위하여 경차관이 지방으로 내려가기도 한다는 것을 알 수 있다. 편지에 '음자제'라는 말이 나오는데, 고관의 자제로 정식 과거를 통하지 않고도 벼슬을 얻을 수 있는 특수한 신분을 누리는 젊은 사람들을 말하는 것으로, 다음에 자세히 이야기할 것이다. '이엄'은 사전을 보면 '휘항(揮項)'이라고도 하는데, 무명 3필 반이나 하는 고가품으로, 겨울에 응시하러 가자면 추울 것을 걱정하여 퇴계가 마련하려고 한 것이다.

> 경외시(京外試)에서 모두 합격하지 못한 것은 바로 너희들이 게으른 결과이지만, 개탄을 금할 수가 없구나. 너희들도 또한 그런 느낌이 있느냐?…
> 네가 시험 칠 때 착용할 이엄은 값이 비싸다고 핑계 대고 막동이가 질질 끌기만 하고 바로 구해 오지 않는구나. 시험을 친 후에도 또 겨울이 깊어져 모피들이 아주 적거나 전혀 좋은 물건이 없어서 사러 가서도 좋은 물건을 구하지 못하였다. 끝에 가서 다시 임영수(林永守)가 간신히 조금 나은 것을 구하였기에 만들어서 보낸다. 네가 몹시 기다릴 것을 알고 있는데 이렇게 늦어졌으며, 또 그렇게 좋은 것도 아니니 안타깝구나. 그러나 일반적으로 착용하는 물건에 하여 꼭 좋은 것을 구하는 것이야말로 큰 병통이니 이 정도라도 무방할 것이다. 그렇게 알아라. 다만 세 필 반을 주었고 나머지 반 필은 남겨두었다.
> 덧붙임 - 군적의 일은 반드시 소란스러울 것으로 생각되는구나. 어찌하리오!30)

당시에 먼 곳으로 가서 과거에 응시하려면 타고 갈 말, 모시고

---

30) 같은 책 209-10쪽.

갈 종, 명지(名紙)라는 시험 답안지까지 본인이 준비해 가는 경제적 부담이 컸다. 더구나 겨울에 응시하러 갈 때는 이러한 귀와 목 덮개 같은 추위에 대비할 용구까지 준비해야 하니 더욱 어려움이 많았을 것으로 짐작된다.

너는 추수 후에 올라오는 것이 적당하겠다.

특히 오는 시험이 가까운데 너는 집에 있으면서 전혀 학업을 폐하였을 것으로 생각되니 그 무슨 바람이 있겠는가? 전날 말한 "책을 읽는다."라는 일은 무슨 책을 읽었는지 모르겠구나? 비록 글을 낭송하는 시험에 임〔임강臨講〕한다고 하지만 대체로 전과같이 쉽지는 않을 것이다. 정독하고 숙독하여 느긋하게 터득하지 않으면 안 된다. 비록 여기까지 오지 않더라도 정말 마땅히 밤을 다하여 그 공부를 멈추지 않아야 한다. 또 모름지기 『집람(輯覽)』을 구하여 이즈음 사람들의 강서(講書) 규정의 설명을 모두 탐구해 보는 것이 옳을 것이다. 이와 같다면 비록 정월 초에 올라오더라도 오히려 미칠 수 있다.

게다가 과거의 새로운 규칙을 들었느냐? 그 가운데 율부(律賦) 학습은 너와 같이 자질이 둔하고 문장이 껄끄러운 사람은 반드시 쉽게 배울 수 없고 속박되는 바가 되어 결국 이것도 저것도 아닌 어정쩡한 상태에 이르게 될 것이다. 하물며 진사시는 그 익힌 바를 따르기에 반드시 모두 율부만으로 취하지는 않으나 너는 익히지 않는 것이 좋겠다. 건(騫) 등이 있는 곳에도 이렇게 알려라.31)

1553년〔퇴계 나이 53세, 준 나이 31세〕 8월 29에 보낸 편지이다. 이때 퇴계는 서울에서 벼슬하고 있었고, 아들은 고향에서 처

31) 같은 책 260-61쪽.

가살이하고 있으면서도, 도산에 있는 본가의 재산뿐만 아니라, 앞서 이야기한 영주의 외가에서 얻은 재산, 역시 외가 쪽에서 얻은 의령의 토지와 노비들을 모두 직접 내왕하면서 관리하여야 하였으므로,32) 사실상 공부에만 전념할 시간이 별로 없었을 것으로 생각된다. 공부에 전념할 수 있는 시간은 추수가 끝난 겨울이 아니면 정말 틈을 내기가 수월하지 않았을 것이다. 이 편지를 보아도 추수가 끝난 뒤에 올라오라고 한 것이다.

이 편지를 보면 시험 규정에 관한 최신 정보를 읽을 수 있다. 당시에 이퇴계는 서울에서 성균관 대사성 같은 요직에 있었으니, 아마 이러한 정보는 누구보다도 잘 알 수 있었을 것이니, 그런 점에서는 이준이 누구보다도 유리한 입장에 있었다고 할 것이다. 그러나 퇴계도 이 무렵 아들이 정식 과거 시험에만 합격하기를 바라는 것이 힘들게 생각되었는지 다시 '음취재(蔭取材)' 같은 방법도 아울러 생각하려고 한 것 같다.

이해 10월 27일에 보낸 편지에서는, "음취재는 항상 정월 16일과 7월 16일에 시행하기로 새롭게 규정을 만들었다고 하는구나."33)라는 말이 나온다.

> 네가 오는 가을 과거에 응시하면, 어느 곳에서 응시하고자 하느냐? 과거의 새로운 규정은 정월 20일부터 시작된다. 『중용』·『대학』을 강(講)하는 것은 2월 그믐에 기한이 그치니, 서울에서 강하는 자는 외지에서 하는 강에 응시할 수 없다. 외지에서 강하는 자는 서울에 응시하지 못한다. 네가 비록 정월에 서울에 오더라도 만약 향시에 응시하고자 한다면,

---

32) 김건태, 「이황의 가산경영과 치산이재」, 『퇴계학보』, 130집, 159-204쪽. 퇴계는 고향에 와서 있을 적에도 본인이 직접 재산을 관리하러 다닌 적은 없었던 것 같고, 모든 일을 아들에게 자세하게 지시하였다.

33) 이장우, 같은 책 272쪽.

오히려 내려갈 수 있어 외방에서 강할 수 있을 것이다.

나는 서울에서 여름을 지내지 않을 계획이다. 그러므로 네가 여기로 와서 여름을 넘겨 과거에 응시하는 것은 예정할 수 없는 것이다.

음시(蔭試)에 관한 일인데, 지금의 음직(蔭職)은 하늘에 오르기보다 어렵다. 나는 본래 계획을 내지도 못했으나, 조송강(趙松岡)같이 아는 친구 한둘이 나에게 그렇게 하라고 권하는구나. 그러니 지금 너는 시험에 나아갔다가 그것을 기다려 보아라. 이 뒤에 만일 나와 서로 정의가 두터운 분이 〔음시〕 전형에 들어가면 오히려 가망이 있거니와 그렇지 않으면 나는 결코 너를 위해 분주히 권세가들에게 애걸할 수는 없다.

또 강하는 책에 만약 정통하지 못한 자는 모두 스스로 물러나서 강에 들어가지 않았다고 하는구나. 그렇다면 재주를 시험할 때 또한 어찌 반드시 된다고 기약할 수 있겠는가? 그러니 과거 공부는 더욱 소홀할 수 없다.[34]

이 편지는 그해 12월 5일에 보낸 것이다. 역시 서울에 와서 정식 시험에 응시하는 문제와 더불어 아울러 음직을 얻는 문제에 대하여서도 더욱 구체적으로 이야기하고 있다. 퇴계와 동호독서당에서 같이 사가독서한 적이 있는 현임 이조판서인 송강 조사수(趙士秀, 1502-1558)와 이 문제는 이미 어느 정도 이야기가 진전된 것으로 보인다. 그러나 음직을 얻는 것도 워낙 희망자가 많으므로, "하늘에 올라가는 것처럼 어렵고" 그렇게 할 경우에도 역시 과거와는 다른 '강'이라는 절차를 치러야만 하는데, 그 시험 역시 그렇게 쉽다고는 할 수 없으니, 정식 과거 시

---

34) 같은 책 273-24쪽.

험도 병행하여 준비하는 것이 좋겠다고 말한 것이다.

또 음직으로 뽑는 인재들의 강(講)은 2월 보름 뒤로 물렸다
고 한다. 만약 과연 그러하다면 네가 오는 것을 잠시 늦추어
서 병세를 기다려 조치하고, 네 아내도 도로가 마르고 고르
게 된 후에 올라와도 아직 늦지 않을 것이다. 구태여 이미
정한 계획에 구애받아서 반드시 이달 열흘 전에 출발해서 가
속(家屬)들이 낭패 보게 하거나 짐 운반이 어려워지게 될까
염려스럽다.
강에 관한 일은 네가 게으르고 나태한 게 잘못이니, 지금 만
약 정치(精緻, 정밀하고 치밀)하지 않으면 시험장에 들어가지
않는 것만 못하니, 잠시 7월을 기다리는 것이 낫겠다. 그러
나 봄여름 사이에는 네가 서울에 머무를 수도 없는 형편인지
라 만약 내려가 여름을 지낸다면 한창 농사짓고 한창 뜨거울
때 [서울로] 올라오고 강 시험을 치러야 하니, 이러는 것도 매
우 어려울 터인데 어찌하려느냐?[35]

역시 음직과 관련된 강을 언제쯤 볼 것인가 하는 이야기다. 여
기서 좀 특이한 내용은 이준의 아내도, "도로가 마르고, 고르
게 된 뒤에 올라와도 늦지 않을 것이라."라는 말이다. 퇴계 자
신은 언제나 사임하고 시골로 내려갈지 모른다고 자주 말하면
서 어떻게 며느리까지 서울로 올라오게 할 생각을 한 것인가?
이 편지는 다음과 같이 이어진다.

몽아는 지금 14세에 비로소 『시전』·『서전』 원문을 읽으니
이미 늦었다. 후회스럽구나. 그 전에 무익한 책으로 허송세
월하였으니 말이다.

---

35) 같은 책 279-80쪽.

그 나머지 일은 모두 이미 알고 있다.

특히 재산을 경영하는 것 같은 일도 정말 사람이 하지 않을 수 없으니, 너의 아비가 평생 비록 이런 일에 소원하고 졸렬하지만, 또한 어찌 완전히 하지 않기야 했겠는가? 다만 안으로 문아(文雅)함을 오로지 하고, 밖으로 간혹 사무에 응하면 선비의 기풍을 떨어뜨리지 않아 해로움이 없게 된다. 만약 전적으로 문아함을 잊고 오히려 경영에 몰두하면 이는 농부의 일이며 향리 속인들이 하는 짓이기에 이르고 이를 뿐이다.

여기서 왜 손자 이야기와 더불어 갑자기 선비의 재산 경영 이야기가 나오는 것일까? 14세 된 손자까지 서울로 데려와서 교육하고, 또 역시 과거 시험 준비도 시키려는 것인가? 살림살이에 너무 골몰하여 과거 시험에 쉽게 붙지 못하는 아들은 이미 골몰하였던 살림을 놓을 수도 없으니, 그것에도 관심을 놓지 않으면서도 문아한 교양을 지닌 사람이 되어야 한다고 한 것은 무슨 의도일까?

아마 이때는 과거를 통한 큰 영달은 별 가망이 없다고 생각하고, 음직이라도 얻어 하급관리로서 "간혹 사무에 응하면서" 별 무리 없이 재산이나 잘 관리하면서 "선비의 기풍을 떨어뜨리지 않는" 현실적으로 실현 가능한 길을 상정한 것은 아닐까? 또 며느리까지 서울로 부르고자 하는 것은, 손자의 교육 이외에도 아들이 아마 음직에는 붙어 서울에서 근무하게 될 것을 어느 정도 확신한 것은 아닐까?

다음 해 봄과 여름에 쓴 편지에는 몇 차례나 지방에서 예비시험에 붙은 증거를 가지고 서울에 와서, 그 자격을 인정받고서 서울에서 다시 응시할지, 경상도에서 시험을 볼 것인지 하는 데, 관한 이야기가 자주 나온다.36) 이해의 9월 4일자 서울에서 편지에는, "그런데 전해 들으니 과거에 많이 떨어졌다고 하는구

나. 더욱이 너희들은 마음이 한결 평안하지 않을 것이다. 어찌 요행을 바라겠느냐? 안타깝고 안타깝구나."37)라는 내용으로 보아 아마 서울에 올라오지 않고 지방의 시험에 응시하였다가 또 낙방한 것으로 보인다.

> 따라갔던 말이 돌아와서 편지를 보아 무사히 유신(惟新, 충주)에 도착한 것을 알아서 대단히 기쁘고 기쁘구나.… 또한 정해진 날짜 안에 사은(謝恩)할 수 있는지를 알지 못하여 매우 걱정되고 걱정이 되는구나. 새로 받은 관직은 일이 번거로운 부서다. 모든 일에 반드시 어려움이 많으리라 생각된다. 어떻게 하는지 밤낮으로 마음이 놓이지 않는구나.38)

이 편지는 1955년 4월 1일〔퇴계 55세, 준 32세〕고향에 와 있던 퇴계가 서울에 가서 음직으로 처음으로 제용감 직장이라는 벼슬을 얻어 관로에 오른 아들에게 보낸 것이다. 이로써 이준의 10여 년간에 걸친 어려운 수험 생활은 일단 끝난다.
퇴계의 맏아들인 이준은 큰 살림살이를 맡아서 동분서주하면서도 틈틈이 과거 시험 준비에 매진하였고, 그러한 아들에게 이퇴계는 서울서 들은 여러 가지 좋은 정보를 알려주기도 하고 가까이 있을 때는 직접 수험지도를 하기도 하였다. 그러나 이 아들이 30세가 넘어서도 과거에 붙지 못하자, 음직을 통하여 하위직에 진출하게 하면서, 살림살이에도 관심을 가지면서도 문아한 선비의 풍모도 잃지 말 것을 당부하고 있다.

---

36) 같은 책 282, 284, 288, 290쪽. 이해(계축년) 가을에 시행한 과거의 명칭에 대해서는 편지에 밝히지 않고 있는데, 무슨 시험인지 잘 모르겠다.
37) 같은 책 300쪽.
38) 같은 책 320쪽.

라. 맺는말

지금까지의 내용을 요약하면 대개 다음과 같다.

1) 일반적으로 퇴계는 벼슬할 뜻이 없어, 과거 시험도 보지 않으려고 하다가 20여 세가 넘은 뒤에 겨우 응시를 몇 차례 시도하다가 실패하였지만 별로 괘념하지 않다가 30세가 넘어서야 어쩌다가 대과에 붙어 벼슬길로 나아가게 되었다고 알고 있다. 그러나 필자는 이 글에서 그가 15, 6세부터 벌써 본격적인 과거 시험 준비에 들어간 것이 아닌가 추측해 보았다.

그 증거의 하나로 15세 때 안동부사로 부임해온 삼촌 송재의 아들 수령과 거접도 행하던 곳인 봉정사에 자주 들어가서 글을 읽었다는 사실을 주목하여, 이때부터 삼촌의 지도로 과거 준비를 한 것으로 생각하여 보았다. 이렇게 시작한 그의 과거 시험 공부는 그 뒤 몇 해 동안 이미 도학 공부에도 상당히 몰입한 것으로 연보나 언행록에 기록하고만 있지만, 이러한 도학 공부와 아울러 과거 시험 준비도 병행하고 있었다고 생각하는 것이 더욱 사실에 부합할 것으로 보았다.

2) 퇴계의 두 가지 연보를 보면, 19세 때 서울에 올라가서 과거 시험을 보았으나, 최종 합격을 하지 못한 사실에 대하여 그냥, "문과 별거에 참여하였다."라고 나오지, 불합격하였다는 사실은 적지 않고 있다. 그러나 최근에 나온 면밀한 연보 고증 작업까지 종합하여 검토 종합해 보면, 이해 봄에 퇴계는 조광조가 신설한 현량과에 각 지방에서 선발된 1백 명 후보자의 한 사람으로 뽑혀 서울에까지 올라갔으나 다시 28명을 선발하는 데는 탈락하였다가, 다시 그해 가을에 시행한 '문과 별시'에 또 도전하여 초시에는 붙었으나, 그다음 시험에는 탈락한 것으로

추정하여 보았다.

이해에 서울에 갔을 때 이퇴계는 임금을 모시고 있는 조광조(趙光祖)의 훌륭한 모습을 직접 본 일도 있었다고 그가 쓴 조정암 행장에 기록하고 있는 것으로 보아, 그의 일생에서 비록 최종 선발에서 불합격은 하였지만, 현량과를 계기로 한 이 첫번의 서울 나들이는 매우 중요한 의미를 지닌 것으로 생각한다. 그가 이후에 벼슬길에 올라서 자주 사직을 한 원인 중의 하나도 바로 그해 말로 끝난 조광조의 급격한 파멸[기묘사화己卯士禍]이 준 충격이 아마도 특별히 컸을 것으로 생각한다.

3) 아마도 이러한 충격 때문인지 퇴계는 20대 초반에는 여러 번 과거 시험에 응시하기는 하였으나 자주 떨어지다가, 20대 후반부터는 다시 좀 원기를 회복하여 끝내는 30세가 넘어 대과까지 붙은 것으로 보고자 한다.

4) 퇴계는 아들에게 보낸 편지가 530통 정도 남아 있는데, 그 것이 어떤 시기에 쓴 것은 많이 남아 있고, 어떤 시기에는 남긴 편지가 없어 전체적으로 이 집안 부자의 관계라든가, 이 글에서 다루려는 아들에 대한 과거 시험 지도나, 아들의 수험 생활사를 일관성 있게 추적하기는 힘든 점이 있다. 예를 들자면 그가 언제, 어디서 어떤 과거의 시험에 1차 합격하여 업유(業儒)라는 신분을 얻게 되었는지?

그렇지만 지금 전하는 이 가서 자료를 가지고도 퇴계의 아들에 대한 기대와 교육, 당시 거접에서의 생활상, 여러 차례의 응시와 실패, 결국은 음서를 통한 관로로의 진출 같은 양상을 매우 면밀하게 살펴볼 수 있다.

5) 퇴계가 만약 벼슬하기를 아예 싫어하고, 그것이 좋지 않은 것으로 생각하였다면, 아들에게도 처음부터 과거나 벼슬을 꿈꾸지 말라고 하였을 만하다. 그러나 아들에게 보낸 편지를 보면

그러한 예상과는 달리 철저하게 과거를 통하여 벼슬길로 나아갈 것을 지시하고 있다. 그 이유는 과거 시험에 합격하지 않으면 병역을 면하기도 어렵고, 품위를 유지하기도 어렵다고 본 것이다. 그가 바라는 것은 어느 정도 사회적인 지위도 확보하고서 문아한 선비의 기품도 유지하는 것이었다.

6) 퇴계의 아들 이준은 필자가 보기에는 실제로 조용하게 공부하고 과거 시험을 준비할 만한 시간도 없었고, 또 기질도 나약하고 신체도 그다지 건장하지 못하였던 것 같다. 그는 도산, 영주, 의령, 풍기 등지에 산재한 친가와 외가로부터 물려받은 재산과 노비를 관리하기도 매우 어려웠고, 점점 명망을 얻어가는 부친의 여러 가지 시중을 드는데도 매우 바빴을 것으로 생각된다.

그러한 아들을 보고 퇴계는 살림살이를 보살피는 틈을 이용하여 어디서나 공부하고, 한가해지면 산사에 들어가서 독서하든가, 능률적으로 과거 준비를 하기 위하여서는 거접에 들어가라고 하였다. 특히 자신도 전에 참가한 적 있는 영주의 의원에서 행하는 큰 거접에 몇 달 동안 들어갔을 때 보낸 몇 장의 편지를 여기서 소상하게 소개하였는데, 당시의 젊은 사람들의 모임이나 지금의 젊은 사람들의 모임에서 일어날 수 있는 일탈 현상은 기본적으로 비슷하다는 것을 알 수 있다.

퇴계는 그러한 곳에 이미 30세에 가까운 적지 않은 나이로 참가하는 아들에게 단체 생활이나 친구 관계에서 벗어나지 않도록 여러 가지를 차분하게 당부하며, 건강상으로나 경제적으로 어려움이 없도록 면밀하게 배려하고 있다.

7) 퇴계는 서울에서 홍문관 교리, 성균관 대사성 같은 명예로운 문한직에 있으면서 여러 가지 과거에 관한 최신 정보를 파악하여 아들에게 전달하고, 때로는 직접 아들의 과거 공부를

지도하기도 하였다. 그러나 결국 아들은 문과에 급제하지는 못하자, 음직을 찾아서 하급관리로 벼슬길에 오르게 한다. 그렇게 되자 실무에도 익숙하지만 문아한 기풍도 유지하는 온건한 삶을 살아갈 것을 바라게 되었다.

8) 이상을 종합해 말하자면 퇴계 본인이나 아들에게나, 아예 처음부터 과거나 벼슬에 관심이 없었다고 속단하는 것은 사실과 크게 맞지 않는 이야기다. 당시에는 사람을 가늠하는 거의 유일한 척도가 벼슬이었다는 점을 감안하고, 또 당시 사회가 사대부 중심의 계층 사회였다는 것을 고려한다면 이러한 이야기는 당시 실정과 동떨어진 '신화' 같은 이야기에 지나지 않는다. 유가의 특징은 현실에서 떠나는 것이 아니다. 다만 '때에 맞게〔시중時中〕' 행동할 따름이다. 퇴계야말로 바로 그러한 인물의 표준이 아닌가 생각한다.   (2013. 3. 29. 새벽)

● 참고문헌

이성무 저, 『韓國의 科擧制度』(개정 증보), 서울, 집문당, 2000. 1.

정순우 저, 『서당의 사회사』, 서울, 태학사, 2013.

『定本退溪全書』(서간 9), 서울, 퇴계학연구원 2006년도 연구결과물(가재본)

이장우 · 전일주 옮김, 『퇴계 이황 아들에게 편지를 쓰다』(개정판), 서울, 연암서가, 2011.

이장우 · 전일주 해제, 번역, 『先祖遺墨 家書』, 2011. 10. 안동, 한국국학진흥원.

정석태 편저, 『退溪先生年表年月日條錄1』, 2001. 12. 서울 퇴계학연구원.

이원회 편저, 『眞李 吾家世錄』, 대구, 신흥인쇄소, 1980. 1.

홍승균 · 이윤희 공역, 『퇴계선생언행록』(개정판), 서울, 퇴계학연구원, 2007. 2.

김호태 저, 『헌법의 눈으로 퇴계를 본다』, 서울, 미래를 여는 책, 2008. 3.

이장우 · 장세후 공역주, 『퇴계시 풀이』 권1, 영남대학교 출판부, 2007.

이장우, 「家書를 통해 본 退溪의 家族관계 및 人間的인 면모」, 『퇴계학논집』 제11호, 영남퇴계학연구원, 2012. 57~90쪽.

김건태, 「李滉의 家産經營과 治産理財」, 『퇴계학보』130집, 서울, 퇴계학연구원, 159-204쪽.

한국국학진흥원, 영남유교문화진흥원 편, 『慶北儒學人物誌』(상 · 하), 경상북도, 2008. 4.

문집을 어떻게 주석할 것인가

1. 『퇴계문집』 주석(註釋) 소고(小考)*

가. 서 설

필자는 중국 문학을 전공하는 학도이므로 중국 고전을 읽을 때마다, 여러 가지 주석(註釋)과 번역본들을 접하게 된다. 필자가 공부하고 있는 당(唐)나라 한유(韓愈)의 문집을 일례로 든다면 남송(南宋) 때까지 이미 한유의 시(詩)와 문(文)에 관하여 언급한 사람들의 숫자가 378명에 달하게 되었는데, 남송의 어떤 사람이 그것을 다 모아서, 좀 과장하여 『오백가주창려선생집(五百家註昌黎先生集)』이라는 책을 내기까지 하였다. 오늘날에는 한유의 시(4백여 수)는 일본어와 독일어로 모두 완역되어있고, 그의 중요한 산문이나 시는 세계 각국의 말로 번역되어 있다. 필자의 꿈의 하나는 이 한유의 시를 한국어로 완역하는 것이다. 필자는 몇 년 전에 친구인 중국 담강(淡江)대학 왕소(王甦) 교수가 쓴 「퇴계시학(退溪詩學)」 논문을 한국어로 번역할 기회가 있어, 한국의 선현인 이퇴계 선생의 문집 중에서 시 1백여 수를 자세히 훑어볼 기회가 있었다.

필자가 교수직을 얻기 이전에 한국에서 한문으로 된 고전들을 번역하는 민족문화추진회(民族文化推進會, 지금의 한국고전번역원)에서 내는 『국역고전총서(國譯古典叢書)』 번역을 조금 맡아서 해

---

* 이 글은 1985년 8월 27일 일본 쓰쿠바(筑波)대학에서 열린 제8회 퇴계학 국제학술대회에서 발표한 것임.

본 경험이 있다. 그때 느꼈던 가장 큰 어려움은 일반적으로 한국에서 나온 한문으로 된 고전들은 주석이 전혀 없고, 또 한국 한문 고전에 나오는 어휘들을 잘 정리하여 둔 한국어로 된 훌륭한 사전도 드물기에, 중국 고전들을 대할 때보다도 더욱 읽어 내기가 어려울 뿐만 아니라, 어떠한 경우에는 필자의 능력으로는 거의 해석이 불가능한 곳도 있었다.

그러나 『퇴계집』을 접하고 보니, 성균관대학교 대동문화연구원(大東文化研究院)에서 낸 『증보 퇴계전서(增補退溪全書)』에는 조선 후기 안동 유학자 노애(蘆厓) 유도원(柳道源, 1721-1791)이 지은 『퇴계선생문집고증(退溪先生文集攷證)』 8권이 제4책 권말에 있어 큰 도움을 받았다. 그뿐만 아니라 이 『퇴계선생문집고증』 매 권말에는 역시 조선 후기의 안동 유학자이며, 또 퇴계 선생의 후손인 광뢰(廣瀨) 이야순(李野淳, 1755-1831)이 지은 『요존록(要存錄)』이라는 『퇴계문집』의 또 다른 주석서 내용 중, 이 『퇴계선생문집고증』과 내용이 중복되지 않는 것을 적출해 두었다.

이 밖에도 『퇴계문집』에 대한 번역으로는 비록 일부분의 초역(抄譯)이기는 하지만, 민족문화추진회의 『국역퇴계집(國譯退溪集) Ⅰ·Ⅱ』, 서울 동화출판공사의 『한국의 사상대전집 제10권』(이황), 서울 대양출판사의 『한국사상대전집(韓國思想大全集)』 중 『퇴계집』 등과 이가원(李家源) 박사의 『퇴계선생시역주(退溪先生詩譯註) 상·중·하』와 『퇴계선생문집현토·부호(退溪先生文集懸吐·符號)』[1] 등 주석과 관련 있는 내용이 있다.

필자는 근간에 대구 계명대학교 한문교육과 교수이며, 역시 이퇴계의 후손인 이원주(李源周) 교수의 연구실에서 『요존록』 필

---

1) 「퇴계학보」 제3, 4, 5집과, 같은 책 제12-18집. 시의 역주는 「문집 권1」에 수록된 시의 일부분이고, 현토는 「문집 권5」까지임.

사 원고본을 소장하고 있는 것을 발견하고, 그에게 간청하여 이 『요존록』을 대구 영남대학교에 있는 필자의 몇몇 동료들과 함께 영인하여 나누어 가질 수가 있었다.

이렇게 『퇴계문집』에 한하여서는 기간(旣刊) 미간(未刊)의 두 가지 주역서를 손에 넣고 나니, 『퇴계문집』에 관한 번역 작업에 관해서는 어느 정도 시간과 노력만 기울이면 한국의 어느 다른 선현들의 글을 한글로 옮기는 것보다도 오히려 실수를 범하는 일이 적지 않을까 싶은 생각이 들기도 한다. 한국의 중국 문학도로서 필자의 소망 하나가 중국 한유의 시를 한글로 완역하는 것이라면, 한국의 퇴계학도로서 소망의 하나는 이퇴계의 시 2천 수를 한국어로 완역하고 싶은 것이다.

이 소고(小考)는 필자의 이러한 구상을 위한 작업 방법의 일단을 여러분에게 공개하여 많은 지도와 편달을 받고자 함이다.

나. 『퇴계문집』의 여러 판본

주석이나 번역 작업에서 제일 처음으로 문제 되는 것은 주석이나 번역할 책의 판본을 결정하는 일이다. 『퇴계집』의 경우에는 대개 다음과 같은 몇 가지 이본(異本)이 있다고 할 수 있다.

1. 『퇴계전서(退溪全書)』본, 성균관대학교 대동문화연구원 영인, 원본 목판본
2. 『도산전서(陶山全書)』본, 서울 정신문화연구원 영인, 원본 필사본
3. 『일본각판 이퇴계전집(日本刻板李退溪全集)』본, 서울 퇴계학연구원 간행, 일본각판, 일본식 현토가 표시됨.

이 중에서 『일본각판』본은 주로 철학적인 내용을 담은 부분이

많고, 보통 문집의 체제에는 시가 맨 처음에 오나, 여기서는 시문(詩文)이 없다. 필자가 지금 관심 두고 이야기하려고 하는 것은 주로 시문 부분이므로 여기서는 논외로 한다.

그러면 『퇴계전서』 본과 『도산전서』 본 두 가지인데, 『퇴계전서』 본은 주로 목판이나 활자로 공간(公刊)되었던 것을 모은 것으로, 이가원(李家源) 박사의 이 책 해제와 『도산전서』 해제에 따르면 퇴계 문집의 판본은 크게 다음과 같이 구분할 수 있다.[2]

A. 목판
① 도산서원 初刊本 1600년(선조 33년 경자庚子) 목판본, 「문집」 49권 「별집(別集)」 1권, 「외집(外集)」 1권.
② 도산서원 重刊本 1600년-1630년대 사이, 범위는 초간본과 같음.
③ 병인속집(丙寅續集) 1746년(영조 22년) 발문(跋文), 이수연(李守淵, 1693-1748) 편집, 「속집(續集)」 8권.

B. 필사본
① 번남본(樊南本) 이휘부(李彙溥, 1809-1869) 가숙본(家塾本), 70여 책, 「속집」이 추가됨.
② 상계본(上溪本) 상계광명실보존본(上溪光明室保存本), 1910년 이후 후손들이 B. ①에서 보충함.

필자는 아직 위에서 나열한 목판, 필사들에 대한 서지적(書誌的)인 조사를 착수할 겨를을 얻지 못하였다. 다만 여기서 퇴계 문집의 주석 작업에서 이러한 여러 가지 이본(異本)에 대한 판본 연구가 선행되어야 한다는 점만 강조하고자 한다.

---

2) 이가원 박사의 해제에도 중간본의 발행 연대는 분명하지 않다. 그밖에도 자세하지 않은 것이 있는데, 아래의 표는 이박사의 글을 근거로 하여 대개 추측하여 작성한 것이다.

다. 『퇴계문집고증(退溪文集攷證)』과 『요존록(要存錄)』

그러면 여기서 다시 퇴계문집의 두 가지 주석서에 관하여 살펴보도록 한다.

『고증』은 편자 유도원이 목재(木齋) 홍여하(洪汝河, 1665년경)와 난곡(蘭谷) 김강한(金江漢, 1720년경)의 『훈해(訓解)』와 『퇴계고증(退溪考證)』을 참고하여 엮은 것을 편자의 아들 범휴(範休)의 위촉으로 이만운(李萬運)이 교감(校勘)하였고, 편자의 현손 건호(建鎬)가 간행하였다.

『요존록』의 편자인 이야순은 퇴계의 9세손으로 대산(大山) 이상정(李象靖) 문하에서 수업하고자 하였으나, 대산이 죽자 천사(川沙) 김종덕(金宗德)을 사사(師事)하였으며, 경기전(慶基殿) 참봉과 장악원(掌樂院) 주부(主簿)를 받았으나 사양하고 취임하지 않았다고 한다.3) 그는 『요존록』 편집에 스승 천사에게 의문스러운 것을 많이 질의하였다고 하며,4) 아마 그의 문중에서 여러 대에 걸쳐서 전해오던 여러 주석을 참고 종합하기도 하였으리라 짐작된다.5)

이 『요존록』을 위의 『고증』과 체재를 비교하고자 한다.

---

3) 『조선인명사서(朝鮮人名辭書)』, p.619. 서울, 1976, 경인문화사, 영인본.
4) 李晩憝 撰, 「行狀」, 영남대 민족문화연구소 편, 「韓國文集解題」(嶺南篇原稿本), P.120.
5) 이것을 방증할만한 자료들을 이원주(李源周) 교수는 가지고 있다.

『요존록』

筆寫 稿本(未定稿) 每張 20行 每行 32字 註双行

제1책	詩(권1~2)	(不分卷)	49張
제2책	詩(권3~9)	(不分卷)	46張
제3책	疏~書(권10~14)	(不分卷)	47張
제4책	書(권15~18)	(不分卷)	50張
제5책	書(권19~28)	(不分卷)	62張
제6책	書(권29~40)	(不分卷)	44張
제7책	雜著~行狀(권41~49)	(不分卷)	28張
제8책	別集·外集	(不分卷)	30張

『고증』

木板 每張 20行 每行 19字 註双行

제1권	詩(권1)	40張
제2권	詩(권2, 3)	51張
제3권	詩~啓(권4~8)	43張
제4권	書(권9~17)	44張
제5권	書(권18~25)	44張
제6권	書(권26~37)	41張
제7권	書~行狀(권38~49)	36張
제8권	別集·外集·續集	46張

위와 같이 『요존록』과 『고증』을 체재로써 비교해 볼 때 두 책 모두 8책 혹은 8권으로 나누어져 있으며, 주석 대상도 똑같이 내집·별집·외집 등 『문집』에만 한정되어 있다는 점이 별 차이가 없다.

다만 분량 면에서 보면, 두 가지 모두 보통 40~50장(張, 쪽)을 기준으로 1책(혹은 1권)으로 되어있고, 장마다〔매장每張〕 20행씩인데, 『요존록』 쪽이 행마다〔매행每行〕 글자 수가 32자씩 되어있으므로 『고증』의 19자보다 13자나 많으므로 분량에서는 『요존록』이 더욱 방대하다고 하겠다.

라.「율리로 돌아와 밭을 갈다(栗里歸耕)」시의 주석 비교

다음에 『고증』과 『요존록』의 주석의 실례를 들어서 주석 내용을 서로 비교하도록 한다.

『퇴계전서』 권2에 퇴계의 제자 황준량(黃俊良, 1517-1563)에게 지어준 제시(題詩)「황중량이 그림에 적을 시 10폭을 구하다 (黃仲擧求題畫十幅)」[6]라는 시 10수 중에 다음과 같은「율리로 돌아와 밭을 갈다(栗里歸耕)」라는 도연명을 칭찬해서 쓴 시가 있다.[7]

> 묘금도 유(劉)가가 나라를 훔쳐서 기세가 하늘까지 넘치는데,
> 강가 마을에서 국화를 따는 이, 어진이가 있네.
> 수양산에서 굶어 죽은 백이 숙제는 속이 너무 호좁지 않은가.
> 남산의 맑은 기운에 더욱 초연하네.
> 卯金竊鼎勢滔天　擷菊江城有此賢.
> 餓死首陽無乃隘　南山佳氣更超然.

이 시에 관하여 먼저 류도원의 『고증』에는 다음과 같이 주석하고 있다.

> 卯金竊鼎　「王莽傳」劉之爲字, 卯金刀.
> 　　　　　案：'卯金竊', 謂劉裕竊晋祚.
>
> 擷菊江城　案：陶淵明 採菊江城今稱菊爲 '江城黃'[8]

『한서(漢書)』「왕망전」에는 '劉'자가 '卯'자와 '金'자와 '刀'자로 되

---

6) 정사년(丁巳年, 명종 12년, 1557)에 지은 것이 제주(題註)에 밝혀져 있다.
7) 한국정신문화연구원 간 『도산전서』, 1980. 12, 권2, p.85 a.b. 이 시 번역문은 졸역 『퇴계시학』에 그대로 따른다.
8) 권2, p.22, 구두점은 필자가 가함. 이하 같음.

어있다. 살펴보건대, '卯金'은 아마 유유(劉裕)가 진(晋)나라를 빼앗고 송(宋)나라를 세운 것을 말할 것이다.

"擷菊江城"은 살펴보건대, 도연명이 강성(江城)에서 국화를 따고 있었으므로 지금 국화를 '강성황(江城黃)'이라고 부른다.

다음에 『요존록』의 주석을 본다.

擷菊江城有此賢　　將以南山結意,
　　　　　　　　　故先生擷菊喚起.

餓死首陽止　更超然『遺書』問：“伯夷叩馬諫武王, 義不食周粟. 有諸?”
伊川先生曰：“叩馬卻不可知, 非武王誠有之也. 只此便是他隘處. 君
尊臣卑, 天下之常理也. 伯夷知常, 而不知聖人之變, 故隘. 不食周粟
只是不食其祿, 非餓而不食也.”『史』：“隱於首陽山, 採薇而食之, 遂
餓而死.”陶：“採菊東籬下, 悠然見南山”又“山氣日夕佳”朱子詩：
“想得淵明千古意, 南山經雨更蒼然.”9)

"擷菊江城有此賢"은 장차 '南山'이란 말로서 이 시의 뜻을 완결지으려 하므로 먼저 "擷菊"이란 말을 환기하였다.

"餓死首陽… 更超然"은 『이정유서(二程遺書)』에는 다음과 같은 제자와의 문답이 있다. "백이(伯夷)·숙제(叔齊)가 말을 두드리면서, 주(周)나라 무왕(武王)이 은(殷)나라를 치는 것이 옳지 못하다고 간하고 의리상 주나라의 곡식을 먹지 않았다고 하는 말이 있는데, 사실상 그러한 일이 있었습니까?" 이천(伊川) 선생은 이 물음에 다음과 같이 대답하셨다. "말을 두드렸다는 것은 사실인지 자세히 알 수는 없으나 무왕을 비난하였다는 것은 정말 사실이었다. 오직 이 점이 곧 백이·숙제의 속 좁은 점이다. 임금이 높고 신하가 낮다는 것은 천하의 떳떳한 도리다. 백이는 다만 상리(常理)만 알았지 성인은 천하를 변화시킬 수도 있다는 이치에 관해서는 잘 알지 못하였으니 속 좁은 것이다. 주나라의 곡식을 먹지 않았다는 것은 다만 주나라에서 벼슬하지 않았다는 것을

---

9) 책1 p.4.

말할 뿐이지 굶주리면서까지 아무것도 먹지 않았다는 뜻은 아닐 것이다."『사기(史記)』「백이열전(伯夷列傳)」에 "은나라가 망하자 수양산에 숨었다가 고사리를 캐어 먹고 지내다가 드디어 굶어서 죽었다"는 말이 있다. 도연명의 「음주(飮酒)」시에 "採菊東籬下, 悠然見南山"이라는 구절이 있고 또, "山氣日夕佳"라는 구절이 있다. 주자(朱子)의 「題鄭德輝悠然堂」시에는, "想得淵明千古意, 南山經雨更蒼然"이라는 구절이 있다.

위의 두 가지 주석을 살펴보면, 『고증』은 다만 글자의 전고(典故) 풀이에 그친 데 반하여, 『요존록』은 이 시의 구조에 관한 설명과 아울러 정이천(程伊川)의 백이관(伯夷觀)을 인용하면서 퇴계가 이 시에서 백이를 어떻게 보았는가 하는 태도를 규지(窺知)하려고 노력하였다.

『요존록』을 통하여 우리는 퇴계의 이 시가 도연명의 「음주」12수에 나오는 "結廬在人境…"으로 시작되는 시로부터 인유(引諭, 전고)를 취하여 도연명의 속세에 묻혀서 살면서도 결코 속세와 타협하지 않고 일생을 조용히 마친 태도를 칭찬하고, 정이천의 백이관 같은 것에 근거하여서10) 백이 숙제가, "임금이 높고 신하가 낮다."라는 상식만 고수하였지, 위대한 성인은 천명(天命)을 파악하여 역사를 바꿀 수도 있다는 소위 '역성혁명(易姓革命)' 원리 같은 것에는 어두웠다는 점을 의식하면서, 퇴계는 백이·숙제의 처세가 너무나 비타협적이요, 역사의식이 부족하였던 것으로 본 것을 알 수 있다. 또 주자의 시 한 구절을 인용하여 이 시의 마지막 구절에 대한 전거(典據)로 들고 있다.

대개 『고증』보다는 『요존록』이 더욱 상세하기는 하지만, 그렇다고 설명 내용이 서로 중복되는 부분은 없으며, 두 가지 주석

---

10) 백이·숙제와 같이 혼탁한 세상을 완전히 등진 처세 태도에 관해서는 이미 『논어』,『맹자』 같은 책에서도 분명한 논란이 있음.

이 서로 조장보단(助長補短)하는 의미가 있다.

마. 「음주 시에 화답하다 제13수」 시의 주석 비교

다음에 또 한 수의 시를 인용하고 그에 관한 두 가지 주석을
살펴보도록 한다.

「도연명의 음주 시에 화답하다 제13수(和陶飮酒 · 第十三)」

나는 옛날 사람을 생각해 보니,
건양 땅에 있는 노봉에 계셨네.
훌륭하게 학문을 닦은 회암 선생이여!
저서는 만고를 두고 사람을 깨우치네.
지나간 것을 기다려서 절충하여,
뒤에 오는 이들에게 요령을 잡도록 하였네.
떳떳하도다! 학통을 잘 이음이여,
근원은 멀리 정자의 학통을 이었네.
입과 귀는 미친 듯이 날뛰는 물결을 막고,
심경의 아름다운 뜻을 밝히리라.[11]

我思千載人　蘆峯建陽境.
藏修一庵晦　著書萬古醒.
往者待折衷　來者得挈領.
懿哉盛授受　源遠雜魯穎.
口耳障狂瀾　心經嘉訓炳.

---

11) 「문집 · 권1」. 이 시의 번역도 졸역 『퇴계시학』을 그대로 따른다.

『고증』

蘆峯止 一庵晦　　「朱子雲谷記」“雲谷, 在建陽西北七十里蕙山之巓乾
　　　　　　　　　道, 庚寅余始得之, 因作草堂其間. 牓曰:「晦庵」”

魯穎　　　　　　案 : 程子謂尹彦明魯, 楊中立穎悟, 恐或指此

口耳止 訓炳　　「荀子」:“小人之學, 入乎耳出乎口”. 韓文:“障百川而
　　　　　　　　東之, 廻狂瀾於旣倒”「心經序」:“障百川之柱”[12]

　蘆峯… 一庵晦 : 주자의 「운곡기(雲谷記)」- 운곡은 건양 서북쪽
70리, 여산 꼭대기 건도에 있는데, 경인년에 내가 비로소 그곳
을 발견하고, 초당을 그사이에 마련하고서 '회암'이라는 편액을
달았다.
　魯穎 : 살펴보건대 정자가 윤언명을 노둔하다고 말하고, 양중립을
영오하다고 하였는데, 아마 이것을 가리키는 듯함.
　口耳… 訓炳 :「순자」- 소인의 학문은 귀로 들어가서 입으로 나
온다. 한유의「진학해(進學解)」- 여러 갈래로 흘러가는 노불(老
佛) 등 사상을 막아 유가의 정도로 찾아 들어가게 하고, 이미 넘
어져 가는 데서 미친 물결을 이끌어 멈추게 하였다.「심경 서」-
여러 갈래로 흘러가는 물결을 막는 기둥.

　　　　『요존록』

蘆峯建陽境　　蘆峯, 在建陽縣西北七十里, 卽 雲谷. 又修之室曰:'晦庵'.

往者止 得挈領　古書折衷於夫子, 爲來學示如挈領.

懿哉止 嘉訓炳　設敎授之盛, 傳之旣遠, 雜以鈍敏之資, 乃有口耳之流.

卷末 “尊德性” 一之段, 所以捄門下末學之弊. 「韓」:“障百川而東, 廻狂瀾於旣
倒”「附註序」:“障百川之柱”[13]

---

12) 권1, p.39a.

蘆峯建陽境 : 노봉은 건양현 서북 70리에 있는데, 곧 운곡이다. 또 정자를 수리하였는데 "회암"이다.

往者… 得挈領 : 옛날 책을 부자의 의견과 절충하여 앞으로 올, 학자들에게 가르쳐줌을 마치 목을 잡고 이끄는 듯이 하였다.

懿哉… 嘉訓炳 : 가르침을 베풀고 학문을 주고받음의 성함도 그 것을 전함이 오래되면 둔하고 영민한 자질이 섞이게 되어 이에 입과 귀로만 흘러버림이 있게 된다.

〔심경(心經)〕권말의 "존덕성명(尊德性銘)"한 단락은 문하의 말학의 폐단을 구제하려는 바이다. 한유의 〔진학해〕- 백 갈래의 나쁜 흐름을 막아서 동쪽으로 (바른길로) 가게 하고, 이미 넘어져 가는 데서 미친 물결을 이끌어 멈추게 한다. 「심경 부주서」- 여러 갈래로 흘러가는 물결을 막는 기둥.

앞에 제시한 필자의 졸역은 『요존록』은 참조하지 않고 한 것이므로, 이 『요존록』의 주석과는 다소 차이가 있을 수 있다.

위 시의 두 가지 주석을 대조해 보면 전고의 출전은 『고증』에서 더 분명하게 밝히고 있으나, 문맥의 풀이는 『요존록』이 자못 상세하다.

바. 고주(古註)의 특징

『고증』을 간행하면서 비록 『요존록』의 내용 중 취할 만한 것은 취하여 매 권말에 부록으로 두는 신중한 태도를 보이기는 하였으나, 위에서 퇴계의 시 2수를 놓고 살펴본 바와 같이, 『고증』 부록에 적록(摘錄)한 내용말고도, 실제로 『요존록』에는 『고증』에 없는 풀이들이 많이 수록되어 있다. 특히 문맥 풀이, 대의(大義) 같은 것은 『요존록』이 더 상세한 것같이 생각된다.

---

13) 책1, P. 29 a.

이 밖에도 세상에 잘 알려지지 않은 『퇴계문집』 주석이 또 존재할 가능성도 있고, 또 이 『요존록』이나 『고증』을 증보 수정한 작업이 있을지도 모르겠다.

마지막으로 이러한 고주(古註)가 가지고 있는 일반적인 특징, 또 설령 이러한 고주들을 다 갖춘다고 할지라도, 현대적인 이해와 번역 작업 같은 것을 행할 때 부딪치는 애로 같은 것을 좀 더 언급할까 한다.

고주를 다는 사람들의 입장은 현대에 사는 우리들의 입장과는 적어도 다음 두 가지가 크게 다르다고 생각한다.

첫째는 옛날의 독자들은 한문에 매우 능했다는 것이고, 둘째는 옛날에는 책을 간행하기가 매우 힘들었다는 것이다.

『퇴계문집』을 보려 하는 독자들은 기본적으로 서당에서 배우는 한문 고전들은 대개 이수하였으며, 기억하는 원전도 많으므로, 실제로 그렇게 많은 주석이 필요하지 않았다.

거기다가 붓으로 필사하는 번거로움, 거기에 따르는 많은 지면, 목판으로 간행할 때 드는 많은 비용, 이러한 것 때문에 주석이 되도록 간략하게 되고, 또 출전 명시가 약식이 된다. 『요존록』보다도 『고증』의 설명이 간단한 것은 아마 간행 비용 때문에 원 내용이 더욱 줄어들었을지도 모른다.

『고증』이나 『요존록』에서 모두 어떤 문장의 전고를 밝힐 때는 구체적인 서명, 편명 따위를 밝히지 않고 다만 작자의 이름만 쓴다든가, 혹은 작자의 성 한 글자나, 호 한 글자만 따서 부호 같이 제시한다든가, 책 이름일 경우에도 흔한 책은 책명 중 한 글자만 부호로 제시하는 경우가 많다. '사(史)'는 『사기』, '선(選)'은 『문선(文選)』, '한(韓)'은 한유(韓愈), '파(坡)'는 소동파(蘇東坡, 소식蘇軾) 같은 약자이다. 지금은 설령 한학을 전공한다는 사람도 이런 약자만 보고서 곧 어떠한 사람의 어떠한 책

에 있는 무슨 문장에 이러한 말이 있었구나 하고 척척 기억할
만한 사람은 별로 없을 것이다.

필자의 경우에는 이러한 간략한 출전 표시를 보고, 관계되는 책
에 관한 색인이나 인득(引得, Index)이 있는지 먼저 알아보고,
그러한 것이 있으면 그것을 이용하여 어느 정도까지는 출전을
정확히 알아낼 수가 있다. 십삼경(十三經)·『문선(文選)』·두시
(杜詩)·한유시(韓愈詩)·『장자(莊子)』 같은 책은 모두 상세한
자구 색인이 있으므로 찾아내는 데 큰 힘이 들지는 않는다.

그러나 『퇴계문집』에도 자주 인용되는 주자의 저술이라든가, 소
동파의 저술 같은 것은 분량도 워낙 방대한 데다가 상세한 색
인이 없으므로 큰 어려움을 느낀다.『패문운부(佩文韻府)』,『중
화대사전』, 『대한화사전(大漢和辭典)』, 『중국문학대사전』(紅恒
源, 袁小谷合編), 『시사곡어사회석(詩詞曲語辭匯釋)』(張相) 등
을 자주 참고하지만, 이러한 책을 찾는다는 것 자체가 매우 어
려운 일로 생각된다. 그러나 이러한 공구류의 발달은 성의만 있
으면 고주에 없는 출전까지도 어느 정도는 추적해 찾을 수 있
도록 하고 있다.

사. 맺는말

모든 고전이 그러하듯이 한국인의 고전인 『퇴계문집』도, 지금
도 그러하거니와, 앞으로도 더욱더 국제적으로 널리 읽히고 각
국어로 두루 번역되어야 할 것이다. 이러한 추세에 맞추어 퇴
계학의 본산인 한국에서 한국어로 된 퇴계집의 정확한 번역과
주석이 지금보다 더욱더 많이 나와야 할 것을 기대하면서 졸고
를 끝낸다.   (1985년 8월 27일 강연)

2. 『국역 퇴계선생문집고증』해제

1. 1.

이 책은 이퇴계 선생의 문집1)에 나오는 어려운 말을 풀이한
『퇴계선생문집고증(退溪先生文集考證)』2) 책을 한글로 해석한 것
이다.

이 『퇴계선생문집고증』〔이하 고증으로 부름〕은 한국의 한문 훈고·
주석학사에서 매우 특이한 위치를 차지하는 것으로 생각한다.
그것은 한국에서 한문으로 된 책을 훈고·주석하는 경우에도 모
두 중국의 사서·삼경 같은 경서나 불경, 또는 주자서(朱子書)
같은 책에나 관심을 기울였지, 한국 사람의 손으로 저술된 한
문책에 대해서는 훈고·주석을 가한 책이 거의 없는 것 같고, 설
령 그러한 책이 더러 있었다고 하더라도, 이 『고증』과 같이 목

---

1) 내집(內集) 49권, 별집(別集) 1권, 외집(外集) 1권, 속집(續集) 8권 등 총
   59권. - 성균관대학교 대동문화연구원에서 1978년에 영인 발간한 『퇴계전
   서』해제에 의함.
2) 목판본 8권, 4책인데 위의 『퇴계전서』에도 영인 수록되어 있고, 계명한문
   학회에서 1991년에 낸 『퇴계학문헌전집』에도 영인 수록되어 있음. 『퇴계
   전서』의 이 책 해설은 다음과 같다. 권수(卷首)에 묵헌(默軒) 이만운(李萬
   運, 1736-1820) 공의 서가 있고, 다음에 범례와 본서 편자 노애(蘆厓) 유
   도원(柳道源, 1721-1791) 공의 정조(正祖) 21년 무신(1788) 정월의 지
   (識)가 있다. 이 책은 노애가 목재(木齋) 홍여하(洪汝河, 1665년경) 공의
   훈해(訓解)와 난곡(蘭谷) 김강한(金江漢, 1720년경) 공의 『계집고증(溪集
   考證)』을 참고하여 엮은 것이다. 권말(卷末)에 서산(西山) 김흥락(金興洛,
   1826-1899) 공의 지(識)가 있으며, 노애의 후손 건호(建鎬, 1826-1903)
   공의 각본(刻本, 목판 인쇄본)이다. 제1권부터 제7권까지는 내집의 주석이
   요, 제8권에는 별집·외집·속집 등의 주석이다. - 제1책, p.10 이가원(李
   家源) 집필.

판본으로 정리되어 인쇄되어 나온 것은 아마 필자의 과문인 탓일지 몰라도 별로 없을 것으로 생각한다.

필자는 한국의 한문 고전이나 문집에 대한 번역을 위촉받아 옮겨 본 일이 있는데, 도무지 어려운 말을 찾아볼 주석서가 거의 없어 늘 어려움을 느꼈다. 그러나 이퇴계 선생의 문집에 관해서는 이 『고증』말고도, 또 『요존록(要存錄)』이라는 주석서가 비록 필사본이기는 하지만 또 전해오고 있으며, 최근에는 이 책도 영인되어 나오기도 하였다.3)

이런 점에서 보면, 비록 이퇴계 선생의 문집 분량이 방대하고, 또 내용이 심오하여 어렵기는 하여도, 공부하는 사람에게는 적절한 지침서는 마련되어 있다고 할 것이다.

1. 2.

요즈음 『퇴계집』을 한글로 번역하는 사업이 진행되면서 당연히 이 『고증』과 『요존록』은 역자들에게 큰 도움을 주게 되었다.

최초로 퇴계의 시 2,200여 수 중에서 1,000여 수를 한글로 번

---

3) 역시 상기 계명한문학회의 『문헌전집』에 수록되어 있음. 그 해설을 옮겨 본다. "선생의 9세손 광뢰(廣瀨) 이야순(李野淳, 1755-1831)이 편저한 것으로 문집에 대한 일종의 주석서이다. 이 책은 선생의 시, '말을 적어 두는 것은 누구를 믿게 하려는 것인가? 늙은 학자 자주 잊어 스스로 보존하려 함일세.(著言欲使何人信, 老學多忘自要存.)'에서 명칭을 따온 것으로 추측되는데, 문집의 각 권에 나오는 인명, 지명 등 고유명사는 물론 사례까지 소상히 밝히고 있다." - 제1책, p.13. 대체로 보아 『요존록』의 주석이 『고증』보다는 더욱 상세하다. 필사본이므로 체제가 정비되어 있지 않고, 퇴계 선생을 너무 높여서 해석하려는 경향이 강하므로 아주 드물기는 하나 객관성이 의심스러운 해석도 있다. 그러나 퇴계문집을 읽는 데 도움 될 만한 원자료들을 많이 제시하고 있다. 『고증』에서도 매 권말에 『요존록』에서 보충할 만한 내용을 뽑아서 부록으로 추가하고 있기는 하나, 그래도 『요존록』 자체를 『고증』과 대조해 가며 읽는 것이 좋다.

역한 이가원(李家源) 교수의 『퇴계시 역주』4) 책을 보면, 모든 주석이 거의 이 『고증』을 한글로 옮긴 것임을 알 수 있다. 그 다음에 나온 신호열(辛鎬烈) 선생의 『국역 퇴계시』(Ⅰ·Ⅱ)5)를 보면, 역시 이 고증을 참고해 가면서도, 현대에 나온 중국이나 일본의 한문 사전·색인 같은 것을 많이 참고하여 현대 사람들이 공부하기에 더욱 편리하도록 노력하였다.

이러한 선학(先學)들의 뒤를 이어 필자가 『퇴계시 풀이』(장세후 박사와 공역)6)라는 책을 계속하여 집필하고 있는데, 필자는 위의 『고증』과 『요존록』에 실린 주석을 기본적으로는 모두 음미하여 한글로 옮기면서 신호열 선생이 시도한 것보다도 더욱 상세한 주석을 달려고 한다.

이렇게 한국에서, 적어도 이퇴계에 관한 훈고·주석이 부단하게 오늘날도 진행되고 있는 터에, 중국에서 『퇴계선생고증교보(退溪先生考證校補)』 책이 가순선(賈順先)7)이 주편(主編)하고 유위항(劉偉航)8) 저(著)로, 1998년 6월에 사천의 인민출판사(人民出版社)에서 간행되었다. 그러나 이 책은 외국인이 지은

---

4) 서울, 정음사, 1987. 뒤에 서울 퇴계학연구원에서 1991, 1992년에 낸 『퇴계전서』에도 그대로 전재됨.

5) 성남, 한국정신문화연구원, 1990.

6) 모두 10권 정도로 발간할 예정인데, 그중 제1권과 제2권은 대구의 중문출판사에서 각각 1997년과 1999년에 출간하였으며, 이 초고는 '퇴계시 역해(譯解)'란 이름으로 『퇴계학보』(계간)에 10여 년 전부터 연재하기 시작하여 앞으로도 계속하여 연재할 예정임.[2019년 9권 완간함]

7) 본래 쓰촨대학(四川大學) 철학과 교수였으나, 현재 퇴직. 그가 주관하여 『퇴계서금주금역(退溪書今注今譯)』이라는 『퇴계문집』 전부를 백화(白話, 중국 구어체)로 번역하여 냈다.(四川人民出版社, 1995) 이 책을 번역할 때 유일하게 참고한 책이 『고증』인 것 같으나, 전체적으로 보아 한국 사정을 거의 모르는 사람들이 한문 원문만 보고 빠른 시간에 번역해 오류가 많은 책이다.

8) 쓰촨사범학원(대학) 역사학과에 재직하고 있다.

점 한 가지만 빼고는, 별로 볼 것이 없는 책이다.

우선 제목을 『고증교보(考證校補)』라고 하였으나, '교보'란 원서에 잘못된 것을 교정하고 부족한 점을 보충한다는 뜻인데, 얼마나 성심껏 『고증』의 잘못된 뜻을 교정하고, 또 부족한 점을 보완하였는지 알 길이 없다. 이러한 '교보'의 경우, 원서의 본문을 그대로 인용하고, 그 본문에서 한 자 한 자 따져가면서 무엇이 잘못되었고, 무엇이 설명이 부족한가를 정밀하게 검증해 가는 것이 관례인데, 이 책을 보면 어디까지가 원서에 있는 내용이고, 어디까지가 이 중국인이 새로 교정하고 보완하였는지 전혀 알 수 없어, '교보'라고조차 할 수 없다.

사실 중국 사람들은 한자를 조금 안다는 것을 제외하고는, 실상 한글도 모르고 한국의 역사도 모르고, 또 지금 퇴계학에 관해서 한국·일본 같은 나라에서 누가 무엇을 어느 정도나 연구하고 있으며, 새로운 자료는 무엇이 나와 있는지조차도 모르는 것 같다. 그뿐만 아니라, 이러한 사람들은 최근 대만이나 서구, 일본 심지어 중국에서 나온 여러 가지 편리한 사전·색인 같은 것조차도 별로 성실하게 참고하지 않은 것같이 보인다.

이러한 불성실한 책에 관한 내용 검토도 없이, 한국에서 막대한 경비를 지원하면서까지 출판을 보조하였다는 것은 한심한 정도가 아니라 분노를 느끼게 한다. 만약 국내의 어느 학자가 이 비슷한 책을 낼 생각이었다면, 경비보조는커녕 거들떠보기라도 했겠는가?

1. 3.

때마침 국제퇴계학회 경북·대구지부에서 경상북도의 후원을 받아, 이 『고증』을 3년 계획으로 번역할 예정이니, 그 1차년도 사업계획을 필자에게 맡아보라고 하였다.

이 『고증』은 옛날 권수로 8권인데, 그 앞부분 3분의 1 정도가 모두 시에 대한 풀이이므로 필자가 여러 해 동안 진행해오던 작업과도 내용이 매우 관련이 있다. 그래서 매우 즐거운 마음으로 이 일을 맡아서 주관하기로 하고, 함께 일할 사람을 선정하였다.

필자와 함께 『퇴계시 풀이』(권1, 2)를 이미 집필한 바 있고, 또 앞으로도 이 일을 계속해서 함께 할 장세후 박사는 현재 영남대학교 중국문학과의 겸임 조교수로서 본집(本集)의 제1권 고증 부분을 맡았다.

『심경(心經)』이라는 마음을 바로 다스리는 글을 모아놓은 성리학의 중요한 저술을 한글로 상세하게 번역하고 성실하게 주석하여 『심경강해(心經講解)』를 낸 경험이 있는 김종석 박사가 본집 제2권 부분과 색인을 맡았다. 이 사람은 현재 국제퇴계학회 경북·대구지부의 총무간사로 있으면서 이퇴계의 철학사상에 관하여 주목할 만한 논문을 여러 편 발표한 바도 있다.

본집 제3권의 고증 부분을 맡아 번역한 이구의 박사는 신라·고려시대 한문학 전공자로서 현재 영남대학교와 상주대학교에 출강하고 있으며, 매우 과묵하고도 성실한 학자다.

본권 제4권과 권두의 서문·범례·지(識) 등을 맡은 김홍영 선생은 계명대학교 한문학과 석사과정에서 이원주 교수의 지도를 받으면서 『퇴계학문헌전집』의 기획에 핵심적인 일꾼으로 참가한 바도 있고, 현재는 한국 한문문집 번역을 전업으로 삼고 있는데, 오늘날 드물게 보는 탁월한 소장 한학자이다.

본집 제5권 부분은 장세후 박사가 번역하였다.

필자는 위의 네 사람이 번역해 온 원고를 총괄해서 검토하였다. 대체로 보아 이 『고증』 번역은 앞서 말한 중국인들이 만든 소위 『교보』와는 것과는 비교할 수 없을 정도로 성실하게 만들었다고 감히 자부할 수 있다.

필자가 비록 총괄해서 한 차례 교열하기는 하였으나, 역시 전공과 취향이 다소 다른 사람들이 모여서 한 일이라 원고에 많은 차이점을 발견하였는데, 형식적인 체제는 몇 차례 모여서 통일하기도 하였다. 그러나 내용 면에서는 다소 편차가 있는데, 해석이 크게 어긋나지 않는 한 각자가 해 온 원고를 존중하여 억지로 통일하려고는 하지 않았다.

1. 4.

『고증』의 저자 노애 유도원(柳道源)은 18세기에 안동의 유학자로 특히 훈고에 능했다고 한다. 각종 사전이나 색인 같은 참고자료가 많지 않았던 당시의 실정으로서는, 여기 풀어놓은 주석의 상당한 부분을 기억력에 의존하였을 것 같은데, 실로 놀라울 정도의 방대한 작업으로 생각된다.

그러나, 오늘날같이 책이 흔하고 또 여러 가지 편리한 사전과 색인이 나와 있으며, 심지어 컴퓨터를 이용하여 여러 가지 책의 내용 검색이 편해진 요즘의 상황으로 보면 한문 원문에 대한 어느 정도의 독해 능력만 있으면, 옛날에 대개 기억에만 의존하여 작업한 것보다는 더욱 정확하게 작업할 수도 있다.

또 옛사람들은 잘 알고 있으므로 별로 주석 달 필요가 없다고 생각하고 넘어간 것도, 지금 우리가 볼 때는 매우 소상하게 설명해야만 할 것이 수두룩하고, 또 그 반대로 옛사람들이 일반적으로 잘 몰랐는지, 설명해둔 것 중에도 사실은 오늘날 일반인들이 다 알고 있는 것도 더러 있다.

전자의 예로는 『논어』·『맹자』 같은 '사서'에 나오는 이야기만 되어도 주석을 하지 않는 경우가 많고, 후자의 예로는 한국의 인명·지명에 대해서 일일이 주석을 가하고 있으나 사실 요즘 사람들은 '사서'는 모르지만, 여행을 많이 하고, 또 명승·고적 같은 것은 신문이나 방송에도 많이 나오므로 잘 알려진 역사 인물이나 지명 같은 것에 대해서는, 그다지 일일이 설명할 필요가 없는 것도 많은 것 같다.

그렇지만 우리가 이번에 하는 이 작업은 어디까지나 이『고증』원문에 대한 번역을 목표로 하는 것이기에 원문에 나오는 것은 모두 번역하였고, 더러 원문에서 분명하게 드러나는 오기(誤記)나 오자(誤字)도 고쳐 보았다.

또 현대의 독자들을 위하여 번역하면서도 알기 쉽게 하려고 축약되어 적힌 것은 본래의 중국 원전들을 찾아서 그대로 살을 붙여 가면서 옮겼고, 어떤 경우에는 역주를 달아 보충 설명하기도 하였다. 또 시 같은 작품은 원작품의 제목까지 모두 찾아서 우리말로 옮겼다. 이것은 사실 매우 힘든 일이며 그 나름대로 숙련된 일종의 기술이 필요한 일인데, 모두 감내하면서 이 기술을 상당히 익혔다고 할 수 있다.

1. 5.

사실 이 책을 볼 독자는 많지 않을 것으로 생각한다. 그러나 이 책은 앞에 말한 바와 같이 한국의 훈고·주석학에서는 매우 독특한 위치를 차지하고 있으며, 늦게나마 3년 계획을 세우고 차근차근하게 번역한다는 사실은 한국의 신 훈고·주석사에서 매우 주목할 만한 일이라고 생각한다.

이번 이 일에 참여한 다섯 사람은 국제퇴계학회 경북·대구지부의 따뜻한 보살핌에 힘입어 나름대로는 모두 맡은 일에 최선을 다하였다고 믿으나, 필자의 능력 부족으로 그래도 미진한 곳이 수두룩하다. 이 책에 잘못된 부분이 있다면 책임은 오로지 필자의 불찰에 있을 뿐이니 한편 송구스럽기도 한 마음 가눌 수 없다.

삼가 이완재 지부장님과 지부의 간부 여러분에게 감사의 뜻을 표하며, 재정적인 지원을 해주신 도지사님을 비롯한 도청의 문화담당 간부들에게도 감사의 뜻을 아울러 표하며, 이 일이 앞으로도 2년 동안 순조롭게 계속되어, 유종의 미를 거두게 될 날을 손꼽아 기대한다.　　　　　　　　　　　　　　(1999. 12)

3. 『퇴계시 풀이』 참고도서 소개

『퇴계시 풀이』 권2를 역주하는 데 참고한 도서 목록은 『퇴계시 풀이』 권1(이하 『풀이 I』)의 말미에 소개한 책들과 거의 다를 바 없다. 그러나 벌써 2년 이상의 세월이 지났으므로 다만 달라진 내용을 위주로 보충 설명을 하고자 한다.

우선 당초 사용하였던 도산서원 초간본 『퇴계선생문집』을 계묘 교정본으로 바꾸었음을 밝혀둔다. 이렇게 판본을 바꾼 것은 계묘 교정본이 퇴계학연구원에서 간행한 역주 『퇴계전서』(제1·2권과 12권은 시)의 저본(底本)이 되면서 역주 뒤에 부록으로 붙여 놓은 원문에 상세한 교감까지 가하여 참고하는 데 편리하였기 때문이다.

『풀이 I』의 참고서목에서 소개한 바 있는 『조선왕조실록』은 해당 주석에서 밝힌 바 있지만, 그 당시 CD-ROM으로 제작된 것을 직접 사용해보니 정말 편리하였다. 일람은 물론 분야·사건별로도 정리되어 있으며 축자 색인도 가능해 찾고자 하는 단어를 입력만 하면 해당 왕의 연도순대로 검색할 수 있게 되어 있다. 그뿐만 아니라 필요한 부분의 인쇄는 물론 복사도 얼마든지 가능하여 편집이 자유자재하다는 장점도 있다. 다만 한 가지 더 바랄 것이 있다면 원문 수록판도 같이 내놓았으면 하는 점이다.

역시 『풀이 I』에 이미 소개한 『퇴계선생문집고증』은 『퇴계전서금주금역』을 주편한 사천(四川)대학의 가순선(賈順先) 교수에 의해 『퇴계선생문집고증교보』가 나왔다. 가교수는 이미 『퇴계전서금주금역』에서 퇴계의 모든 시에 역주를 가한 바 있어, 참고를 위해 그 책을 가져다 보니 어떤 해석은 더러 도움이 되기도 하지만 근본적 오류도 더러 있고, 두 나라 사이의 고유명사, 문물제도 등에 헷갈린 주석을 가한 곳도 있어 그 책을 참고하고자 하는 사람은 적지 않은 주의를 기울여야 할 것으로 생각되었다.

그리고 이번에 나온 『교보』 또한 책을 입수한 지가 얼마 되지 않아 아직 직접 참고해 본 적은 없으나, 대충 살펴보니 위의 『금주금역』에서 발견된 오류가 그대로 숱하게 있고, 무엇보다도 최근에 한국에서 나온 여러 가지 참고도서 - 예를 들면 『퇴계시대전』 같은 것 - 와 이전의 주석서 - 『요존록』 같은 것 - 를 하나도 참고하지 않아서 이용 가치가 많이 떨어질 것으로 생각된다. 중국의 시문에 대한 출전조차도 어떤 것은 작품명을 밝히지 않아서 깔끔한 책이 아닌 것 같다.

다음은 『풀이 Ⅰ』에서부터 이미 참고하였으나 소개하지 못했던 책이나, 본서에서 비로소 참고하기 시작한 책들이다.

우선 중국에서 나온 자료들을 소개하겠다. 『패문운부(佩文韻府)』·『변자유편(騈字類編)』·『고금도서집성(古今圖書集成)』, 그리고 백부총서(百部叢書)와 사고전서(四庫全書) 같은 방대한 책들이 있다. 이들을 차례로 간략히 소개하면 다음과 같다.

『패문운부』·『변자유편』 이 두 가지 책은 상호보완적인 관계에 있어 함께 참고하면 도움이 배가될 수 있다. 『패문운부』는 수록 항목에서 압도적인 우위에 있고, 『변자유편』은 전고 출처의 정확성과 문학 관련 자료에 있어서는 오히려 수록범위가 더 넓다. 두 책 중 전자는 끝 자로, 후자는 첫 자로 찾는데 이에 익숙지 못한 현대인들에게는 이용에 불편한 점이 사실이지만, 지금은 다 같이 사각호마(四角號碼) 색인이 있어 사각호마만 익혀 두 변 해당 쪽수를 바로 찾을 수 있다. 『변자유편』은 대만의 정문서국(鼎文書局)에서 획수 순으로 재배열하여 『고금복음사휘집림(古今複音詞彙輯林)』 책으로 낸 것도 있어 더욱 쉽게 활용할 수 있다.

『고금도서집성』 유서〔백과사전류〕로 지금까지 간행된 것 중에서는 규모가 가장 커서 옛날 권수로 모두 1만여 권이나 되는 엄청난 분량이다.

이 책에는 요즘은 없어졌거나, 있어도 구하기가 어려운 자료들을 종류별로 잘 분류해 놓아 적지 않은 참고가 되었다. 예를 들면 퇴계가 애독하였던 『무이기(武夷記)』 같은 것은 지금은 어디서 찾아야 할지 막연한데 이 책을 보면 여러 사람이 쓴 『무이기』를 한번에 참고할 수 있다. 역시 영인된 자료에 딸린 색인이 있어 찾아보기가 쉽다.

백부총서 · 사고전서 이 두 가지는 한국식으로 말하면 전집류 책이다. 다른 점이 있다면 전자는 옛날 개인 소장가들의 책을 한데 모아서 간행한 총서(叢書)이고, 후자는 청대에 문화 정리사업의 일환으로 관에서 주도한 중국 고전을 모두 모은 책〔전서全書〕이라는 차이이다. 이들은 『고증』이나 『요존록』 또는 위의 유서들에서 편명과 작자만 알 경우 원시 자료의 확인 절차를 위해 주로 이용하였는데, 『풀이』 시리즈에서는 지금껏 원시 자료를 이런 방법으로 확인해왔고 앞으로도 계속 이런 방법을 사용할 것임을 밝혀둔다.

이외에도 국내 문인들의 원운 시나 인용 작품 등의 원시 자료 확인에는 『한국문집총간(韓國文集叢刊)』(민족문화추진회)이 매우 유용하게 활용되었음을 밝혀둔다.

국내외에서 나온 책들로는 최근에 나온 사전류들이 있는데, 『한국한자어사전』과 『한국민족문화대백과사전』, 『한어대사전(漢語

大詞典)』 등이 있다.

『한국한자어사전』 단국대 동양학연구소에서 1996년에 총4권으로 완간한 사서이다. 이 사전의 장점은 고대에서 조선에 이르기까지 우리나라에서만 쓰이는 어사(語辭)들의 정리가 근거자료의 예시와 함께 잘 설명되어 있는 점이다. 근래에 보기 드문 업적이라는 생각이 든다.

『한국민족문화대백과사전』 한국정신문화연구원에서 1991년에 27권(색인 편람 포함)이 나왔고, 그 뒤에 보유가 1권(1996년) 나와 있다. 이 사전의 장점은 사항별로 정리가 되어있다는 점이다. 따라서 어떤 사건에 대해 알고 싶으면 관련 인물이나 사건 등을 두루 참고하면 그 사건에 대한 하나의 전모를 이해하는 데 상당한 도움이 된다.

『한어대사전』 1986년 상해에서 제1권이 출간된 후 1993년에 13권(제13권은 검자 색인 등 부록)으로 완간되었다. 한자 어휘사전으로 용어의 출전뿐만 아니라, 어려운 용어에 대한 중요한 주석까지도 소개한 매우 친절한 사전이다. 이 『풀이』의 용어 주석에서 가장 자주 참고하고 있는 공구서(工具書)이다.

이상은 모두 『풀이』의 역주작업부터 이용해왔거나 본서에 비로소 활용하기 시작한 자료들인데, 어떤 것은 보충적으로, 어떤 것은 처음으로 소개하기도 하였다. 가능하면 한 구(句) 한 자(字)까지 이런 자료들을 총동원하여 역주를 계속할 예정이며, 새로운 자료가 나타나면 항시 보충하여 독자에게 더욱 상세하고도 친절한 역주가 되도록 끊임없이 노력할 것이다. (1996. 1)

『퇴계시 풀이』제2권 발문(跋文, 절록)

그러나 나름대로 의의가 있었던 점도 있다. 그것은 다름이 아니라 『요존록』과 『고증』에 소개된 자료의 1차 자료를 모두 일일이 꼼꼼하게 찾아보아 오류를 최대한 줄였다는 점이다. 이때 가장 애를 먹었던 점은 두 주석본에 인용된 원전을 찾아보는 일이었다. 그 책 주석의 내용이 대체로 옛 선비들이 머릿속에 암기하고 있는 지식을 생각나는 대로 적어놓은 것이 되어 원전과는 일정한 차이가 있는 것이 보통이었고, 또 인용된 주석이 서명이나 인명만, 그것도 통상 한 글자로 축약된 형태로만 표시되어서 편명이나 작품명을 찾는 데, 적잖이 애를 먹었다. 그 고충은 이교수님의 연구실에 많은 참고도서가 갖추어져 어느 정도 해결할 수 있었다.

예컨대 『패문운부(佩文韻府)』라든가 『변자유편(駢字類編)』 등은 물론이고 옛날 권수로 1만 권에 달하는 『고금도서집성(古今圖書集成)』(영인본)까지 완비되어 이런 책들을 총동원하였다. 그래도 모자라는 부분은 영대도서관을 다 뒤져 사고전서(四庫全書)는 물론 선장본(線裝本)으로 된 백부총서(百部叢書)까지 찾아볼 수 있는 것은 다 찾아보았다. 아마 지금 영대도서관 이용자 가운데서 사고전서와 백부총서의 대출자 명부를 찾아본다면 단연코 선생님이 열람 순위로 제일 첫 번째 올라 있을 것이다.

또 한 가지 정성을 들인 곳이 있다면 지금까지 번역론에 있어서 그 필요성은 모두 인정하면서도, 실천에서는 여전히 구예(舊例)를 따르는 한문 원전의 작품명이나 편명을 한글로 쉽게 풀어본 데 있다고 할 것이다. 예컨대『시경』등의 시가(詩歌)의 작품명을 우리말로 다 푼 것은 물론,『비연외전(飛燕外傳)』을『조비연에 관한 또 다른 전기』로 풀어 본 것이라든가,『논어』의 경우에는 각 편명의 제목이 해당 편의 내용과는 별 상관없이 그 편의 첫머리 두세 글자를 따왔다는 데 착안하여 우리말 풀이도 그에 준하여 붙여보았으니「학이(學而)」편을 '배우고'로 풀었다든가, 또「자한(子罕)」편은 '선생님은 드물게' 등으로 풀어 본 것이 그 예라 할 수 있다. 이『풀이』에서도 지금까지 모든 서명과 편명을 모두 완전히 풀이하는 단계에 이르지는 못하고 시론적인 경향이 더 짙다고도 할 수 있겠지만, 이는 사계(斯界)의 반향을 보아가면서 점진적으로 확대해 나갈 생각이다. 지금은 이렇게 풀어 놓은 것이 다소 어색하게 들릴지 몰라도 언젠가는 차츰 정착될 것으로 믿어 의심치 않는다.

한편 연재하는 동안 나온 두 가지 번역서인 연민 이가원 박사의『퇴계시 역주』와 우전 신호열 선생의『국역 퇴계시』등도 모두 대조해 본 결과 거기에도 다소간의 오류가 있음을 발견하고 고친 점 등은 이 새로운 번역자 나름대로 자부심을 가져도 좋을 것이라고 생각한다.

독자들에게도 최대한의 편의를 제공한다는 취지하에 퇴계 시의 원문에 한글 음까지 추가하는 등 새로운 작업은 물론이고, 볼수록 생기는 불만감 등을 해소하기 위하여 몇 번이나 재검증하기도 하는 등 욕심을 부리느라 다시 몇 달이나 늦어지게 되었다.

그렇긴 해도 이 책이 나옴으로써 나름대로 한시 번역에 새로운 방식의 한 시금석을 마련한다는 점 등에서는 자부심을 느끼고, 기타 미진한 점은 앞으로도 기회가 주어지면 그때그때 고쳐 나갈 것을 약속하는 바이다.
아울러 이런 방침은 앞으로 계속해서 나올 이 퇴계시 시리즈에 그대로 적용될 것이다.

1996년 1월 10일
장 세 후 씀

『퇴계시 풀이』 완간 서문과 출판사 서평

–『퇴계시 풀이』 9권 완간〔외집 · 속집 번역까지 마치면서〕

1. 1. 완간 서문

이번에 퇴계 선생의 목판본 문집에 수록된 한시 중 외집 1권,
속집 1, 2권의 번역을 각각 1권씩 따로 내어 3권을 더 추가함
으로써, 필자와 장세후 박사가 30년 지속하여 오던 퇴계 선생
의 한시 풀이는, 내집 1-5권, 별집 1권 등 6권에 이어 모두 9
권으로 이 『퇴계시 풀이』 작업을 일단 마무리하게 되었다.

퇴계 선생의 시로 번역한 것이 무려 2,200수가 넘는데, 여기
에 번역하는 퇴계의 시와 연관이 있는 중국 역대 문인들의 시,
한국 선현들의 시도 많이 참고 자료로 번역하여 첨부해 두었으
니, 번역한 시가 아마도 3천 수 이상 될 것으로 생각한다.

거기다가 역주에서 인용하는 여러 가지 전고(典故) 설명에 동
원된 시구 풀이는 수없이 많은데, 그런 시구들도 기본적으로는
2구절 이상씩 찾아서 뜻을 풀고, 그러한 시의 제목들까지 모두
한글로 쉽게 풀어보았으니, 이 9권을 마칠 때까지 우리 두 사
람이 지속한 작업의 양과 질은 대단한 노력과 정밀을 기한 것
이었다고 감히 자부한다.

이렇게 오랫동안 일관된 작업을 할 수 있었던 것은 서울의 사

단법인 퇴계학연구원에서 내는 학보에 우리의 원고를 80회 이상 게재해 주었고, 또 매번 녹록지 않은 원고료를 지급해 준 덕분이었으니 감사를 드린다. 또 이 책을 앞서 두 차례에 나누어 낼 때마다 대한민국학술원에서 번번이 우수 학술도서로 선정하여, 이 책의 가치를 짚어 주고 크게 선양하여 준 점에 대해서도 감격하고 있다.

이 모두 우리나라의 경제발전과 더불어 이어지는 문화발전의 징표들이라고 생각하면서 감사할 뿐이다. 앞으로도 계속하여 우리나라의 전통문화 연구와 이퇴계 학문이 거듭 발전하여 세계적으로도 크게 선양될 날을 기대하여 본다. 그러한 뜻깊은 발전을 하는 데, 이 책도 일조하게 되기를 바랄 뿐이다.

지금 서울 퇴계학연구원에서는 다시 이퇴계전서 정본(定本) 작업을 하고 있는데, 우리가 번역하지 못한 시, -목판본 문집에 수록되지 않은 시-까지 계속하여 수집하려고 노력하고 있는데, 아마 그 양이 그다지 많지는 않을 것으로 생각하지만, 그런 것은 작업이 완성된 뒤에 다시 이 작업의 「보유」편으로 1권을 더 추가하였으면 싶다.

영남대학교 출판부에서도 이 책을 맡아서 많은 정성을 기울여서 책을 내주고 관리하고 있다. 처음에 이 책을 내도록 결정해 준 10년 전의 출판부장 이희욱 교수의 배려를 잊을 수 없으며, 10여 년 동안 이 책을 다듬어 준 이종백 출판팀장에게도 감사를 드린다.

1. 2. 출판사 서평

퇴계 이황의 한시를 20여 년간의 연구를 통해 한글로 옮기고 자세하게 풀이한 『퇴계시 풀이』는 조선조 대학자 퇴계 이황 선생이 읊은 한시를 오늘날 젊은 독자들의 수준에 맞게 한글로 옮기고 자세히 풀이한 책이다. 퇴계 이황은 평생 많은 시를 지었는데, 그의 문집에 실린 시 2,000여 수 가운데 내집 5권에 실린 775제 1,086수를 먼저 번역하여 5권(5책)으로 출판하였으며, 6집 별집에는 355수를 수록하였다. 이미 출판된 내집 5권은 지난 2008년에 학술원 추천 우수도서로 선정된 바 있으며, 이번에 출간하는 외집(199수)과 속집 2권(각각 168, 178수)를 더하여 비로소 퇴계시의 완간을 보게 되었다.

이장우, 장세후 교수 두 사람이 1986년부터 풀이하기 시작하여 강산이 세 번 변할 30년 가까운 세월 동안 각종 문헌과 연구자료를 면밀하게 검토하고 조사하여 한시 원문을 조심스럽게 풀었으며, 어려운 글자나 어휘들에 대해서도 상세한 주석을 달았기 때문에 우리나라 고전 번역의 지표가 되기에 나름대로 충분한 가치가 있다. 또한 시를 짓게 된 배경이나 지은 의도를 파악하는 데 도움이 될 만한 모든 사항을 조사하여 한글로 쉽게 설명함으로써 퇴계의 정갈한 삶과 정신세계를 생생하게 이해할 수 있다.

당시 선비들의 생활상은 물론, 퇴계의 생애를 고찰하는 데도 큰 역할

동양의 전통 속에서 시(詩)는 매우 독특한 위치를 차지한다. 퇴계 선생의 표현을 빌려 설명하자면 공부에는 두 가지가 있는데, 한 가지는 "긴수작(緊酬酌)"이요, 한 가지가 "한수작(閒酬酌)"이다. 철학 같은 어려운 공부는 '긴수작'에 속하고 시문 같은 부드러운 공부는 '한수작'에 속한다. 학자가 공부하는데, 이 두 가지 공부를 함께 해야만 옳게 공부가 발전한다고 하였다. 따라서 그의 시를 통해 문사철(文史哲)을 두루 이해할 수 있을 뿐 아니라, 당시 선비들의 생활상을 물론, 퇴계의 생애를 고찰하는 데도 큰 역할을 할 것이다. 또한 세계적으로 퇴계가 주자의 적통임을 인정받고 있으므로 꼼꼼한 번역과 상세한 주석이 담겨진 『퇴계시 풀이』전집은 동양철학의 연구에도 큰 힘이 될 것이다.

국내외의 참고 가능한 모든 자료를 완전하게 분석하여 녹여 넣은 노력의 결과물

조선시대 후기에 퇴계의 많은 시를 비롯하여 『퇴계집』에 한문으로 주석을 단 책으로는 『퇴계문집고증』과 『요존록(要存錄)』두 가지가 있는데, 『퇴계시 풀이』는 이 두 가지 주석서를 면밀하게 검토하였다. 그동안 한국에서 두 종의 번역이 나왔는데 첫째는 주석이 거의 없는 4·4조 내방가사체를 기본 틀로 한 이가원의 번역이고, 두 번째는 『퇴계집』의 주석본인 『퇴계선생문집고증』을 주로 참고한 신호열의 번역이다. 두 책은 모두 5권 2책인데 비하여, 『퇴계시 풀이』는 9권 9책으로, 매 권의 분량이 위 두 주석본에 비해 방대하고 매우 소상하다. 그뿐만아니라 중국 백화문으로 번역한 지아순시엔(賈順先) 교수의 저술을 참고하는 등 모든 국내외의 참고 가능한 모든 자료를 완전하게 분석하여 녹여 넣은 노력의 결과물이다. 한문을 잘 모르는 한국의 젊은 세대들도 관심만 가진다면 읽어낼 수 있도록, 내용은 깊이가 있으면서도 설명은 쉽게 하려고 노력하였다.

축자역(逐字譯)에 가까울 정도로 한시 원문을 면밀하고도 조심스럽게 풀이

『퇴계시 풀이』의 특징은 번역은 거의 축자역에 가까울 정도로 한시 원문을 면밀하고도 조심스럽게 풀었으며, 모든 어려운 글자, 어려운 어휘에 대하여 상세한 주석을 달았다. 시 작품의 저작 배경이나 저작 의도를 파악하는 데 도움이 될 만한 모든 참고 사항을 조사하여, 한글로 모두 풀어 설명하여 두었다. 그

한 예로 퇴계 선생이 중국이나 한국의 어떤 시를 보고 지은 시가 있으면, 현존하는 그 원시(原詩)를 모두 참고로 번역하여 붙였다. 도연명, 이백, 두보, 소식, 주자 등의 수많은 명시는 물론, 퇴계 선생의 벗과 제자들의 많은 시를 참고로 열거하기도 한다.

매 권 뒤에 아주 상세한 색인을 첨가, 손쉽게 어려운 한문 전고를 검색 확인

책의 매 권 뒤에는 아주 상세한 주석 항목 색인을 첨가하여 두어 한시 전고사전으로 활용해도 손색이 없을 정도이며, 다른 한문책을 읽을 때도 이 색인을 참고하여 활용하면 매우 손쉽게 어려운 한문 전고를 검색 확인할 수 있을 것이다. 퇴계의 한시에는 유가 경전이나 중국의 저명한 시인들의 작품에서 나온 전고는 물론이요, 노장(老莊) 계통의 고전, 중국의 신화(神話)와 전설과 관련된 재미있는 전설도 많이 인용되고 있는데, 이러한 내용을 알아보는데도 이 책만큼 친절한 책도 드물다.

한국의 번역·주석의 역사에서 큰 자리를 차지하고도 남을 만한 획기적인 역작

한국에서 역사상 이퇴계 선생의 문집을 이렇게 꼼꼼하게 읽은 학자들도 드물고, 한문책을 이렇게 쉽고도 꼼꼼하게 풀어 놓은 책도 드물다. 이 책은 한국의 번역·주석의 역사에서 큰 자리를 차지하고도 남을만한 획기적인 노작(勞作)이자 역작이다.

【권1】

「길선생님의 여각을 지나는 길에 잠시 들르다(過吉先生閭)」 등 208수로 퇴계가 젊었을 때 지은 시가 주류를 이룬다. 이 중에는 내·외직에 있을 때 지은 시가 많이 수록되어 있는데, 이를테면 자문점마란 벼슬을 받아서 의주에서 지은 시라든가 지방의 수령인 풍기군수로 있을 때 지은 시 등이 많다. 또한 수시로 고향을 출입하면서 향리의 선후배, 이를테면 농암 이현보 등과 주고받은 시도 눈에 띈다. 667쪽에 주석 항목 색인이 1,144조목이다.

【권2】

「16일에 비가 내리다(十六日雨)」 등 234수로 퇴계가 후진 양성 및 학문에 뜻을 두고 내려와 퇴계의 곁에 자리를 잡고 거처하던 때의 시가 많이 수록되어 있다. 이 시기의 시에는 양진암(권1에 이미 보임)에서 한서암, 계당, 도산서당 등으로 서당의 터를 옮겨가며 후진 양성을 하는 모습이 담긴 시가 많이 수록되어 있다. 607쪽에 주석 항목 색인이 1,256조목이다.

【권3】

「가을 산 도산에서 놀다가 저녁에 되어 돌아오다(秋日遊陶山夕歸)」 등 273수가 수록되어 있는데, 도산에 터를 잡고 서당을 경영하며 후진을 양성하는 내용이 많이 수록되어 있다. 특히 권3에서 돋보이는 시는 「도산잡영」으로, 도산 서당 주변의 풍경과 서당의 건물 등을 서정과 서경을 아우르며 지은 퇴계의 대표적인 수작(秀作)이다. 571쪽에 주석 항목 색인이 1,320조목이다.

【권4】

「닭실의 청암정에 부치다 2수(寄題酉谷青巖亭 二首)」 등 154수로 도산서당 시절 후기의 모습을 주로 읊고 있다. 따라서 제자들을 영접하는 모습이라든가 고을의 수령 등이 퇴계를 찾아왔을 때 주고받은 시 등이 수록되어 있다. 노학자의 깊어가는 학문 세계가 잘 드러난 시가 많다. 282쪽에 주석 항목 색인이 575조목이다.

【권 5】

「김부필이 근자에 지은 훌륭한 시편을 내게 보여주었는데, 맑고 새로워 기뻐할 만하였다. 병들어 시달리는 중이라 다 화답하지는 못하고 그 가운데 뜻이 이를 만한 것만 취하여 같은 각운자를 써서 답하여 부친다(金彦遇示余近作佳什, 清新可喜, 病惱中不容盡和, 就取基意所到者, 次韻答寄)」 등 220수가 수록되어 있는데 「속내집(續內集)」이란 부제가 달려 있다. 이는 퇴계의 제자들 가운데 이런저런 이유로 앞의 4권에는 누락 되었던 제자들, 이를테면 고봉 기대승 같은 사람들과 주고받은 시를 부록처럼 따로 수록한 것이 특징이다. 412쪽에 주석 항목 색인이 831조목이다.

【권 6】

「죽령을 지나는 도중에 비를 만나다(竹嶺途中遇雨)」 등 355수로 별집에 수록된 시이다. 별집은 모두 1권으로 시로만 구성이 되어있는데 내집의 편집이 끝난 후 추후에 편집 수록한 시들이다. 이 시들은 뒤에 나올 외집(1권) 및 속집(2권)과 함께 수집되는 대로 편집한 것이어서 내집이 속내집인 5권을 제외하면 연대순으로 편집된 것에 비해 다시 수집된 시를 연대순으로 편집하고 있다. 추후에 수집해서인지 간혹 누락된 글자도 보인다. 595쪽에 주석 항목 색인이 1,759조목이다.

【권 7】

「지난날 유지님의 집에 자못 좋은 일을 이루었는데, 문을 나서니 곧 지나간 자취가 되어 버렸다. 한마디 하지 않을 수가 없어서 당시의 일을 기록한다. …(前日綏之家, 偶成勝事, 出門, 便爲陳迹, 不可無一語, 以記一時之事…)」 등 199수로 외집에 수록된 시이다. 18세 때 이미 천리의 유행에 인욕(人欲)이 끼어들까 걱정을 하는 내용을 읊은 「들의 못(野池)」이 수록되어 있다. 외집 역시 추후에 편집 수록한 시들로 처음부터 다시 시를 연대순으로 편집하고 있으며, 별집과 같이 간혹 누락된 글자도 보인다. 300쪽에 주석 항목 색인이 587조목이다.

【권 8】

「오인원의 우연히 읊조리다라는 시의 운자를 써서 짓다(次吳仁遠偶吟韻)」 등 168수로 속집 권1에 수록된 시이다. 속집에는 연대가 밝혀진 시 가운데 가장 이른 시인 「가재(石蟹)」부터 48세 때까지 지은 시 등 추후에 여러 경로를 통하여 수집된 시들이 수록되어 있다. 따라서 크게 보면 수록된 시의 수준이 고르지 못고 다소 잡박한 듯한 느낌도 더러 들지만 퇴계의 생애를 연구하는 데 있어서는 중요한 자료들이다. 330쪽에 주석 항목 색인이 677조목이다.

【권 9】

「사령장을 따라 전근하는 길에 상주에 이르렀는데 이 고을의 원님 김계진 공이 고향으로 돌아가 아직 돌아오지 않다(沿牒到尙州, 主牧金季珍, 歸鄕未返)」 등 178수로 속집 권2에 수록된 시이다. 49세 이후에 지은 시들이 수록되어 있다. 벼슬을 받아 서울로 올라가던 중 병으로 귀향하면서 지은 시와 향리에서 지은 시들이 많이 보인다. 293쪽에 주석 항목 색인이 535조목이다.

IV
—

퇴계 시문 논고

1. 이퇴계와 『염락풍아(濂洛風雅)』

1. 1.

염계(濂溪)는 강서성 구강현(九江縣) 남쪽에 있는 물 이름인데 여산(廬山)에서 발원하여 양자강 중류로 들어간다. 성리학자 주돈이(周敦頤)가 이 물 곁에 살면서 호를 '염계'라고 하였다. 낙양(洛陽)에는 정호(程顥)·정이(程頤) 형제가 살았으므로 '염락'이라고 하면 주염계와 정씨 형제로 연결되는 북송시대의 성리학통을 말하기도 한다. '풍아'라는 말은 『시경』의 풍·아와 같이 우아한 시들이란 뜻이다. 그러니 『염락풍아』는 곧 송나라 때 성리학자들이 쓴 우아한 시를 모은 책이라는 뜻이다.

똑같은 이름의 책이 중국에서 두 차례나 다른 사람의 손에서 간행된 바 있다. 처음에는 원(元)나라 때 유학자 김이상(金履祥)이 6권으로 묶었는데, 주돈이·정호·정이·소옹(邵雍)·장재(張載)로부터 시작하여 호안국(胡安國)·주희(朱熹)·여조겸(呂祖謙)·하기(何基)·왕백(王柏) 등 남·북송의 유학자 48인의 시를 실었다.

청나라에 와서 장백행(張伯行)이 주돈이·정호·정이·소옹·장재·이통(李侗)·주희·진덕수(眞德秀) 등 17인의 시를 9권으로 묶기도 하였다.

위 두 가지 『염락풍아』 모두 대만 예문인서관(藝文印書館)에서 편집한 백부총서(百部叢書)에 수록되어 있는데, 앞의 책은 원래 금화총서(金華叢書)에, 뒤의 책은 정의당전서(正誼堂全書)에 수록된 것이다.

특히 앞의 책 증산(增刪)본은 우리나라에서 16세기 후반부터 여러 차례 목판본과 활자본으로 간행되어, 유학자들에게 많이 읽혔고, 일본에서도 이 『염락풍아』는 간행된 바 있다.

이 해제에서는 금화총서 본을 저본으로 삼아 설명하려 한다.

1. 2.

이 책 첫머리에는 몇 사람의 서문이 있고, 「염락시파도」와 「염락풍아 성씨목차」가 나오는데, 이 그림을 바탕으로 하여 이 책의 내용을 살펴볼 수도 있겠기에, 여기 그대로 옮겨본다.〔이름과 자 또는 호는 필자가 「성씨목차」에 의거 보충함〕

1. 3.

다음은 대만의 서지학자 양가락(楊家路)이 지은 『사고전서학전(四庫全書學典, 1946. 상해上海, 세계서국世界書局)』에 실린 『사고전서 총목제요(總目提要)』의 해제 내용을 옮겨가며, 이 책에 관한 자세한 소개를 하려 한다.

이 책의 원본은 주자·정자로부터 왕백·왕간에 이르기까지 48인의 시를 수록하였는데, 책머리에 「염락시파도」를 놓았으나 다만 사제 간의 연원을 밝힌 것이지, 처음에는 별다른 체례가 없었다. 김이상보다 약간 후배인 당양서(唐良瑞)가 송대 성리학자들의 시는 모두가 『시경』의 풍(風, 민요)와 아(雅, 조정의 음악)의 영향을 받은 것인데, 풍과 아는 정풍(正風, 좋은 풍속을 읊은 시)과 변풍(變風, 변화되어 잘못된 풍속을 읊은 시)의 구별이 있

「염락시파도(濂洛詩派圖)」

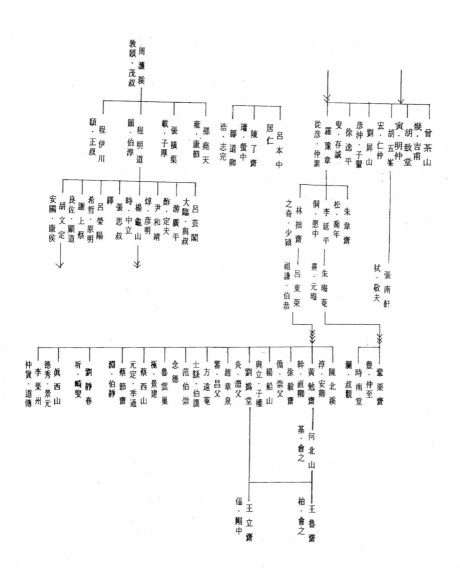

고, 또 대아(大雅, 조정의 의식에 사용되는 음악)와 소아(小雅, 조정의 연회용 음악)를 고려하여 시(詩, 4언 시), 명(銘), 잠(箴), 계(誡), 찬(贊), 영(詠)같이 사언(四言, 넉 자씩 된 글)을 풍아의 정체로 보고, 초사(楚辭), 가(歌), 소(騷, 근심을 적은 시), 악부(樂府) 같은 것은 풍아의 변체로 보고 5·7언으로 된 고풍(古風, 고체시)은 풍아의 재변(再變)으로 보며 절구 시와 율시는 다시 풍아의 삼변(三變)으로 보아서 이 책의 배열 순서를 여기에 따르도록 하였다.

성리학자들의 시와 일반 시인의 시를 구별하려는 시도는, 주자도 고시를 양분해 보려 하였으나 실행에 옮기지는 못하였는데, 진덕수(眞德秀)가 『문장정종(文章正宗)』 책을 내면서 비로소 이치를 담은 시〔담리지시談理之詩〕를 따로 분별해 내었는데, 김이상이 이 책을 낸 뒤부터는 도학자〔성리학자〕들의 시와 일반 시인들의 시 사이에 분간이 뚜렷해졌다.

무릇 덕행과 문장으로 공자의 제자들도 둘로 나누기도 하였고, 유림(儒林, 일반 유학자), 도학(道學, 성리학자), 문원(文苑, 문학가)으로 송나라의 역사책〔송사宋史〕에서도 전공을 고려하여 세 갈래로 나누어 열전(列傳)을 꾸몄으니 어찌 한 쪽에 뛰어난 사람들이 다른 면에 뛰어난 사람들을 모두 감당할 수 있었겠는가? 염락학파의 성리학을 가지고 이백·두보 같은 문인들을 나무란다면 이백과 두보가 감당하지 못하겠지만, 천하에서 시를 공부하는 사람들은 모두 이두(李杜)를 으뜸으로 치나, 염락학파를 으뜸으로 치지 않는 까닭을 잘 생각해 보아야 한다.

1. 4.

위 해설의 마지막에 나오는 말은 주자·정자 같은 염락학파의 시는 아무래도 이백·두보와 같은 문인들의 시와 차이가 난다는 뜻이다.

다음에 위에서 말한 대로 금화총서 본『염락풍아』의 권차(卷次)에 따라 몇 가지 보충할 말을 덧붙이고자 한다.

> 권1 첫머리에 '고체(古體)'에 속한 글로 주염계의 「졸부(拙賦)」, 정명도(程明道)의 「안락정명(顏樂亭銘)」과 사잠(四箴, 視·聽·言·動) 등에 이어 주희의 「소학제사(小學題辭)」·「제연평선생문(祭延平先生文)」 같은 글도 수록되어있다.
>
> 권2 역시 '고체'에 속한 글로 장횡거의 「서명(西銘)」과 「동명(東銘)」이 수록되어있고, '고악부'로 이어진다.
>
> 권3 '오언고풍(五言古風)'
>
> 권4 '금체(今體)'에 속한 글로 '칠언고풍(七言古風)'
>
> 권5 역시 '칠언고풍'
>
> 권6 '칠언율시(七言律詩)'

권1에서 권3까지는 고체, 권4부터 권6까지는 금체로 크게 나누어 놓았다. 또 권1과 권2의 악부시 앞부분까지는 순수한 시가가 아니고, 잠(箴)·명(銘)·찬(贊)·부(賦) 같은 운문으로 학자들이 스스로를 다짐하는 좌우명이나, 염락학파에 속한 선배 학자들의 덕을 칭송하는 찬사의 글로 되어있다. 비록 운문체로 된 글이기는 하지만 주희가 그 스승에게 지어 바친 제문까지도 실려 있는 것은 다른 시가집에는 볼 수 없다.

또 본문 다음에 간혹 본문 내용에 관련된, 송대 학자들의 어록에서나 보일 만한, 보충 설명이 있기도 하다.

이러한 점을 종합해 보면 이 책은 단순한 시가집이라기보다는 송대 성리학자들의 마음공부를 하는 법을 배우게 하는 일종의 지침서같이도 생각된다.

1. 5.

퇴계가 이 『염락풍아』 책을 얻어 보게 된 경위에 관해서는 명종 20년(을축, 1565)에 「이강이에게 답함(答李剛而)」에 다음과 같은 기록이 나온다.

> 단오절에 부쳐온 서신에 대한 답서를 보낸 지 며칠 안 되는데, 또 서신을 보내오고, 아울러 『염락풍아』, 『한훤사편(寒喧事編)』 등 서적 세 책을 부쳐왔으니, 그것을 받은 이후로 기쁜 마음 무어라 말할 수 없습니다.…
> 보내온 인본(印本)은 우선 여기 남겨두고 서서히 다시 한번 반복해 읽어가면서 계속 가르침을 청하겠습니다. 『염락풍아』는 일찍이 보지 못했던 것을 얻은 셈이니 매우 다행입니다. 이 밖의 물어온 여러 조목은 모두 이후의 인편에 답해 보내겠습니다.

– 국역 『퇴계전서』 6, p.223~4쪽.

『한국고서종합목록』(서울, 국회도서관, 1968)을 보면, 명종 20년에 순천부(順天府)에서 7권 1책의 『증산염락풍아』를 낸 것으로 되어있는데(667쪽), 이때 이강이(호는 구암, 이름은 정禎)라는 퇴계의 제자가 마침 순천부사로 재직하면서, 이 책을 인쇄하여 선물로 보낸 것임을 알 수 있다.

위의 편지 내용으로 보아서 퇴계가 이때[65세]까지 이 책을 본 일이 없었다고 하니, 아마 당시에 이 책이 우리나라 지식층에 그다지 잘 알려지지는 않았던 것 같다.

『계문강의』에[1] 수록된 이 책과 관련된 글 세 편은 모두 국역

---

1) 『퇴계 선생의 강의』란 이름으로 1993년에 퇴계학회 대구·경북지부에서

『퇴계전서』에도 번역되어 있는데, 그 내용을 요약하고 해설하면 다음과 같다.

여기 실린 「이강이에게 답함」이란 편지는 바로 위에서 인용한 편지보다 조금 뒤에 받은 편지에 대한 답장의 「별지(別紙)」에 나오는 내용인데 『염락풍아』에 나오는 시 7수에 대한 글자에 대한 고증과 배열 순서, 어구에 대한 풀이 같은 것에 대하여 잘못된 곳도 지적하고 물어 온 내용에 대하여 대답한 것이다. 이 중에 주자의 「다시 서림원(西林院)의 유가(惟可) 스님의 달관헌을 두고 지음(再題西林可師達觀軒)」이라는 7언 4구의 짧은 시 중 뒷부분,

언제나 늘 공허하구나, 나의 한 조각 마음이여!
앞서 오묘하던 곳이 지금은 유감스럽게 되었으니.
萬古長空一片心　向來妙處今遺恨.

에 대한 퇴계의 해설은 매우 정밀하다고, 근래 중국인 교수도 주목한 일이 있다.(왕소王甦 『중국시학中國詩學』 졸역본 p.153)

두 번째 「허미숙에게 답함(答許美叔)」은 선조 3년(경오, 1570) 퇴계 70세에, 호는 하곡(荷谷) 성명은 허봉(許篈), 『홍길동전』의 저자로 알려진 허균(許筠)의 형에게 보낸 여러 문목(問目) 중에 한 조목으로 들어있는 글인데, 소강절 시에 나오는 글자 풀이이다.

세 번째 「유희범에게 답함(答柳希范)」은 명종 19년(기사, 1569), 퇴계 69세에 호는 파산(巴山, 이름은 중엄仲淹)인 제자에게 보낸 편지 내용 중 관련된 내용 두 조목만 뽑은 것이다. 한 조목은 시에 대한 해설이고, 한 조목은 시구에 대한 고증이다.

이상으로 『염락풍아』 책에 대한 해설과 그 책을 퇴계가 입수하

필자 등 공역 출간. 이 글은 그 공역본의 해설 일부로 적은 것임.

여 보게 된 경위, 책 내용에 대한 퇴계의 몇 가지 언급 등을
적어 보았다.

우리나라의 유학자들이 애독한 시선집으로서 이 책은 널리 보
급되었다고 전하고 있는데, 아마 그렇게 된 데에는 퇴계의 이
책에 관한 관심의 영향도 컸을 것으로 생각한다. (1993. 5. 21)

2. 퇴계의 작문 태도

- 『퇴서백선(退書百選)』을 중심으로

가. 개 관

이 글은 『퇴서백선』[1]에 나타난 퇴계의 문학관의 일면과 그의 문학에 대한 태도를 살펴보려는 것이다. 『퇴서백선』에 보이는 문학에 관하여 언급된 조항을 열거하면 다음과 같다.〔일련번호, 『퇴서백선』에 나오는 편지의 번호, 편지의 제목, 언급되고 있는 작품, 내용, 참고사항 순임. 괄호 안의 권수 표시는 『퇴계전서退溪全書』의 권수 표시임.〕

1) 1.「答聾巖李相國」- 농암이 지은 「漁父辭」(9수)와 「短歌」(5수) 및 그것에 대한 퇴계 자신의 「跋文」(권43 「書漁父歌後」) 「어부사」의 개정. 농암의 높은 지조와 기상.

2) 13.「答李仲久」- 퇴계가 南時甫에게 지어준 「靜齋記」(권42)와 李仲久(湛)의 요청에 의하여 지은 「靜齋記」(권42), 퇴계 자신의 山記와 시, 『晦庵書節要』(朱子書節要), 문학의 필요성(閑酬酢)

3) 14.「與林士遂」- 林士遂(亨秀)가 지은 詩稿 「關西行錄」에 실린 詩評. 자기의 시와 비교.

4) 16.「與朴澤之」- 朴澤之(雲)가 지은 『擊蒙篇』등 네 가지 제서에 대한 序·跋文 부탁을 사양함.

---

1) 이 글은 1988년 퇴계학회 대구·경북지부에서 낸 『퇴계 선생의 편지』란 책의 해제 일부로 쓴 글임.

5) 19.「答金成甫別紙」- 주자의 「櫂歌九曲」내용.

6) 20.「答李全仁」(별지) - 獨樂堂의 溪山泉石을 기술하여 보내면 그것을 노래하는 시를 짓겠음.(「林居十五詠」권3」)

7) 23.「答李達·李天機」- 物과 性과의 관계.

8) 24.「答宋寡尤」-「遊於藝」의 필요성.

9) 25.「答南時甫」(別幅) - 圖書·花草와 溪山魚鳥의 樂이 필요함. 甫時甫의 古風과 絶句 및 그것에 대한 퇴계의 次韻 詩(別集 권1).

10) 29.「答趙大宇」- 어른인 趙靜菴(光祖)의 「비문」 부탁을 사양함.

11) 35.「答奇明彦」(별지) - 주자의 「宿梅溪館」 시.

12) 43.「答李剛而」- 주자의 「感興詩」·「棹歌」·「入冀谷城南諸詠」.

13) 44.「答李剛而」- 부탁받은 「跋文」과 자작시를 지어 보냄. 주자의 「與李季章書」.

14) 53.「答鄭子中講目」- 주자가 西晉 이전과 두보의 夔州 이전 시를 좋다고 보았음.

15) 56.「答烏川諸君」- 金彦遇(富弼)·可行·愼仲(富儀)·琴來之(應夾)·惇叙(富倫) 등이 지은 매화시 평.

16) 57.「答金愼仲·惇叙」- 두 사람의 매화시가 좋음, 「把淸亭十二詠」을 내겠음(권3).

17) 58.「答金惇叙」- 金寒暄堂이 지은 양 절구가 훌륭함.

18) 60.「答金而精」- 자기의 자작시가 많이 전파된 것이 두려움.

19) 63.「答禹景善問目」- 手舞足踏 邵康節 시.

20) 71.「與鄭子精」- 子精(琢)이 보내준 시를 평함.

21) 85.「答權章仲」- 章仲(好文)의 시를 평함. 李白·元結

을 평함.

22) 86.「答李平叔」- 休養情性의 필요성, 주자의「白鹿詩」.

이상 여러 조항에 나타난 내용을 다음에 몇 가지로 분류하여 살펴보고자 한다.

나. 문학의 필요성

「답이중구(答李仲久)」에는 이중구〔담湛〕가 퇴계가 편집한『주자서절요(朱子書節要)』를 보고서 학문연구에 절실한 문제와 일상생활에 절실한 문제 이외에 학문이나 생활에 불요불급한 문제들까지도 뽑아서 넣은 것에 대하여 의문을 표시하는 편지를 보낸 것에 다음과 같이 답하고 있다.

> 무릇 의리에도 정말 정심한 곳이 있지만, 어찌 조천(組淺)한 곳이 없겠는가? 일에도 정말 "긴수작(緊酬酢)"이 있지만, 어찌 "한수작(閒酬酢)"은 없겠는가?
> 이 몇 가지 중에서 우리의 몸과 우리의 마음에 정말 절실하다면 마땅히 앞세워야 한다. 그렇지만 사람에게 있어서나, 사물에 있어서 절실하지 않다고 해서 버릴 것인가? 우리의 유가의 학문〔유학儒學〕이 이단과 다른 것이 바로 여기에 있다.
>
> 오직 공자의 여러 제자만이 이러한 뜻을 알았기에『논어』에 기록한 바는 정심한 것도 있지만 조천한 것도 있다. "긴수작" 한 것도 있지만, "한수작"한 것도 있다.
> 우리의 심신에 절실한 것도 있지만, 사람이나 사물에 모두 있는 일인데도 꼭 심신에 절실하지 않은 것 같은 것도 있다.
> ...

아마 더러 피차간에 편지를 주고받을 적에는, 날씨가 더우니 차니 하는 이야기를 가지고서 정을 나누기도 하고, 아예 물을 즐긴다느니 산에 가서 놀았다느니, 세월 되어 가는 것이 마음을 아프게 한다느니, 풍속이 민망하게 느껴진다느니 하는 따위 "한수작"을 늘어놓기도 하는데 이러한 것은 다 절실하지 않은 말 같지만, 더러 취하여〔이 『주자서절요』에〕아울러 수록하여, 감상하면서 음미하게 한 것은 선생님께서 평소 한가로운 가운데서 노니시는 것을 곁에서 친히 보는 것과 같이 하고. …

위 내용을 요약하면 인간이 살아가는 데는 긴절한 것만 추구하는 "긴수작"도 필요하지만, 한가한 것을 추구하는 "한수작"도 꼭 필요한 것이다. "한수작"에 여러 가지가 있겠지만 '한훤서정(寒喧叙情)'하고, '완수유산(玩水遊山)'하며, '상시민속(傷時悶俗)'을 나타내는 것이 모두 "한수작"에 속한다.
「답송과우(答宋寡尤)」에는 다음과 같은 말이 있다.

명도(明道) 선생이 말씀하시기를, "제자들의 온갖 놀이가 모두 뜻을 망치게 하는 것이다."라고 하시고서는 비록 글씨 쓰는 것조차도 좋아하지 않으셨다. 그러나 여러 가지 놀이에 관심을 쏟는 것이 불가함을 알겠다. 그러나 "놀이를 가지고서 즐겁게 놀며(遊於藝)"라고 한 말은 이미 옛 성현들에게서 나온 교훈이니, 또한 모두 다 금하여 막을 수는 없을 것이다. 거기에 오로지 빠져버리면 해로울까 걱정된다.

여기서 '놀이'라고 번역한 '예(藝)'는 바둑·장기와 같은 기예(技藝)도 포함되지만, 글씨·그림과 같은 요즘 우리가 흔히 말하는 '예술'도 포함된다.
「답남시보(答南時甫)」(別幅)에는 다음과 같이 이야기하고 있다.

… 무릇 일상생활을 하는 데 있어 수작을 줄이고, 기호와 욕심을 절제하고, 한가롭고도 유쾌하게 시간을 보내고, 나아가서 그림과 꽃과 풀 같은 것을 즐기고, 시냇물과 산 물고기와 새 따위를 좋아하며, 정말 마음을 즐겁게 하고 취미에 맞는 것이 있으면, 싫어하지 말라. 심기(心氣)를 순조로운 가운데 놓아야만 하고, 어지럽게 하여 분노케 하여서는 안 된다. 이러한 것이 공부하는데 중요한 요령이다. 책을 보되 마음이 고된 데까지 이르게 해서는 안 되며, 절대로 많이 보는 것을 피해야만 된다. …

마지막으로 「답이평숙(答李平叔)」에서 한 대목만 인용한다.

… 공자가 말한 "처음에 고생을 해야 뒷날 얻음이 있다."라는 것이 바로 이것을 이야기한 것이다. 그러나 또 계속 이처럼 고생만 해서도 되지 않으며 때때로 한가로이 생각을 쉬게 함도 필요하다. 곧 앞에서 이야기한 괴롭고 쓰라림을 참아 내는 고생스런 공부와 함께 서로 보완이 되어 한 가지도 빠뜨릴 수 없는 것이다. 그러므로 「학기(學記)」에, "쉬고 노닌다."라는 말이 있고, 「숙흥야매잠(夙興夜寐箴)」에도, "글을 읽는 여가에 자유롭게 노닐며 정신을 편안하게 하고 성정(性情)을 쉬게 한다."라고 하였으니 모두 이 뜻이다.

공부하는 사람을 게으르고 무절제한 폐단에 빠지게 하고자 이야기한 것이 아니며, 다만 마음을 비우고 뜻을 즐겁게 하여 성정을 안정시키고, 막히고 답답한 것을 소통시켜 기상과 신체를 조화롭게 하고자 할 따름이다. 주자의 「백록시(白鹿詩)」에, "그윽한 근원은 한가로운 가운데 얻고, 오묘한 작용은 즐거운 곳에서 생겨난다."라고 이른 것이 이것이다. 한가로운 가운데 얻는 그윽한 근원과, 즐거운 곳에서 생겨난 이

고생하며 쌓아온 공부 없이 어찌 하루아침에 저절로 얻어지며 저절로 생겨났겠는가? …

위에서 인용한 말들을 요약하면, 학문하는 데도 늘 괴롭게 심오한 이치만 파고든다고 발전이 있는 것이 아니라, 공부에 전념할 때는 공부에 전념하고, 놀 때는 유쾌하게 놀면서 마음을 편안하게 가져야 학문에 발전이 있다는 것이다.

퇴계는 자연을 즐기면서 한가롭게 노는 방법의 하나로 시 짓는 것을 택하였다고 말할 수 있다. 그가 지은 시가 2,300수 가까이 전하고 있으니 말이다.

농암이 「어부사(漁父辭)」와 「단가(短歌)」를 짓고 그 발문을 지어 달라고 한 편지에 회답하는 글에서 "[이러한 작품들은] 모두 노래할 만하고 또 후세에 전할 만합니다. 이러한 작품들을 통하여 강호의 경치와 풍월의 맑음과 낚시의 즐거움 …따위를 알 수 있습니다.…"라고 한 말이 바로 그 증거이다.

다. 남의 글에 대한 견해

「어부사」를 보고서 농암의 높은 지조와 기상을 읽을 수 있다고 평한 퇴계는 이 『퇴서백선』에서도 몇 사람의 시에 관하여 이야기하고 있다. 그중에서도 가장 많이 이야기한 작자는 주자다. 주자의 작품으로는 「도가구곡(櫂歌九曲)」, 「감흥시20수(感興詩二十首)」, 「입운곡성남제영26절(入雲谷城南諸詠二十六絶)」 등을 가장 좋은 것으로 이야기하고 있다. 앞의 두 연작(聯作) 시는 퇴계 이전에 이미 중국에서 주석이 나오고 또 많은 차운(次韻) 시들이 있었던 작품들이다.

「답이강이(答李剛而)」에서는 위의 세 가지 시와 역시 주자의

「성남잡영20수(城南雜詠二十首)」 등을 『주자시선』을 만들 때 한 수도 빠트리지 말고 다 넣어야 한다고 이야기하면서, 이강이〔정楨〕에게 손수 이러한 시들을 다 적어 보내기까지 하였다. 「답김성보(答金成甫)」(별지)에서는 「도가구곡」 내용에 관하여 이야기하고 있는데, 이 시는 무이산(武夷山)의 경치를 읊고 있지만 더러 우리 인생이나 학문의 경지 같은 것을 비유하는 경우도 많은데, 이러한 경우에 너무 천착부회(穿鑿附會, 깊이 파고들며 견강부회함)하거나 단장취의(斷章取義, 남의 시문 중에서 전체의 뜻과는 관계없이 자기가 필요한 부분만을 따서 마음대로 해석하여 씀)하는 것을 좋지 않다고 하였다.

퇴계는 물론 주자를 존경하고 그의 시를 좋아하였지만, 문학에 대한 주자의 견해에 의문을 품은 점도 있다. 「답정자중강목(答鄭子中講目)」에서,

주자가 시를 논하는 데 서진(西晉) 이전의 시만 취하고 두보의 시를 논하는 데는 그가 기주(夔州)에 살기 이전의 시만 취하였는데, 지금 내가 보기에는 동진(東晉) 이후 남조(南朝) 여러 사람의 시는 정말 서진 이전 사람들의 시만 못하고, 두보의 기주 이후의 시는 또한 너무나 자유분방하여, 대체적으로는 그런 것 같다. 그러나 서진 이전 건안(建安) 제자(諸子)의 시는 좋은 것은 지극히 좋지만 좋지 않은 것도 또한 많다. 또 두보의 만년 시를 보면 분방한 것은 너무나 분방하지만, 그 가운데서도 더러 법도 잘 들어맞고 또 내용이 평온한 것이 많다. 그런데 주자가 그렇게 이야기하였다. 이러한 점에 관해서는 우리의 견해가 아직 높지 못하므로 함부로 억측할 수는 없다. 또한 어떠한 견해를 지킨다든지, 무슨 말로 단정하고자 할 때는 우리가 글을 보는 문리가 익숙해지고 우리의 안목이 높아지기를 기다린 뒤에 천천히 의논

해야 할 뿐이다.

라는 말을 하고 있다. 뒷부분에 가서 매우 조심스럽게 이야기하고 있기는 하지만, 사실은 주자의 관점을 부인하고 있다. 퇴계는 우리나라에 일찍이 훌륭한 철학적인 저술은 없었지만, 훌륭한 문인(文人)은 있었던 것으로 생각하였다. 「여박택지(與朴澤之)」에서,

> 우리 동방에는 문헌이 전하는 것이 드물어, 비록 중간에 문장으로 뛰어난 분들이 나와 한 세상을 대변한 적이 있지만, 시문이나 부(賦)·소설(小說)·해학 같은 내용 이외에 우리가 추구하는 철학적인 저술은 거의 없다. …

라고 말하고 있다. 「답김돈서(答金惇叙)」에서는 김한훤당(金寒暄堂, 굉필宏弼)의 「노방송(路傍松)」과 「서회절구(書懷絶句)」, 또 농암의 「어부사」와 「단가」가 좋다고 말한 것은 앞에서도 언급하였다.

이 『백선』에서는 「답오천제군(答烏川諸君)」과 「여정자정(與鄭子精)」 같은 글에서 제자들의 시를 평한 점이 눈에 띈다. 「답오천제군」에서는 김부필(金富弼, 호 후조당後凋堂, 자 언우彦遇) 형제가 지어 보낸 매화시를 보고 잘된 구절을 지적하고, 또 고칠 점도 아울러 지적하고 있다. 그러나 지금 그렇게 지적한 시들이 『오천세고(烏川世稿)』[2)에 모두 전하지 않으니 매우 아쉽게 생각한다.

「여정자정」에서는 자정[琢]이 보낸 여러 편의 시를 보고서 내용

---

2) 1982년, 한국정신문화연구원의 고전자료총서로 나옴. 퇴계 제자로는 『후조당선생문집(後凋堂先生文集)』과 『파청정유고(抱淸亭遺稿)』만이 수록되어 있음.

이 파란만장하여 잘된 시들도 많지만, 다음과 같이 우려되는 점
도 있다고 지적하고 있다.

> 대개 시라는 것은 비록 보잘것없는 기예(技藝)이기는 하나
> 사람의 성정(性情)에 바탕하여 나온 것이기에 체(體)도 있고
> 격(格)도 있어야 한다. 그러기에 정말 쉽게 함부로 지을 것
> 은 아니다. 군은 오직 많은 것을 자랑하고, 사치스러운 것을
> 다투어 드러내고, 기분을 즉흥적으로 노출하고, 남보다 잘하
> 려고 다투는 것 따위를 숭상하여 말이 더러는 방탄(放誕)하
> 고, 뜻이 더러는 방잡(厖雜, 뒤섞여 어수선함)한 데 이르며, 일
> 체를 돌아보지 않고서 오직 입에서 나오는 대로 함부로 적어
> 내려가니, 비록 일시에는 유쾌함을 취할 수 있을지라도, 만
> 세에는 전해지기가 어려울까 두렵네. 하물며 이러한 일로써
> 능사로 삼게 되어 그치지 않는다면, 말을 남에게 하는 데 삼
> 가고, 흩어진 마음을 거두어들이는 데 조심하는 도리에 더욱
> 방해될 것이니, 마땅히 절실하게 그러한 것을 경계하고, 고
> 금 명가들이 착실하게 다듬은 작품들을 역시 취하여 스승으
> 로 삼아서 본받는다면, 아마 한심한 경지에 떨어지지 않을
> 것일세.

「답권장중(答權章仲)」에는 다음과 같은 말이 있다.

> 고산(孤山)에서 스님이 오는 편에 서찰과 시를 얻어 보고 산
> 중에서 책을 읽고 경치를 감상하는 즐거움을 알았네. 병들고
> 적막한 이 사람에게 위로가 되어 기쁘고 다행스럽네. 보내온
> 시는 군데군데 부족한 부분이 있지만 옛날에 비한다면 크게
> 진보하였네. 여기서 더욱 힘을 쏟아 연마한다면 아마 옛사람
> 들의 〔경지에 접근하는〕 지름길을 얻을 수 있을 걸세.
> 또 편지에서 서술한 내용으로 미루어 지향함이 범상치 않음

을 볼 수 있었네. 이에 앞서 비록 자네가 글을 이야기하고 좋아하고 문사를 숭상하는 줄은 알았으나, 이것은 과거꾼들이 학업에 부지런한 것일 뿐이며, 문인들이 많이 알고자 힘쓰는 것에 불과하다고 여겼는데, 지금 비로소 학문에 뜻을 두고 노력함과 도를 구하는 정성이 이처럼 지극함을 알았네. 보내온 글을 세 번이나 거듭 읽으며 아름답게 여겨 탄식하기를 마지않지만, 또한 의아스러움이 없지 않았네. 길을 알고도 말미암지 않고 뜻은 부지런하면서도 일을 소홀히 함은 무엇 때문인가?

이백(李白)과 원결(元結)은 유자(儒者)의 표준이 아니며, 문장의 뜻풀이〔장구章句〕나 하고 시 읊조리는 것〔풍월風月〕은 또한 학문하는 데 있어서 급한 일이 아니니 이것은 정말 잘못된 것일세. …

이러한 말들을 보면, 앞에서 언급하였듯이 비록 퇴계가 학문하는 데 있어 한수작(閒酬酢)의 하나로 문학이 꼭 필요하다고는 보았으나, 오로지 거기에 몰두하는 것, 함부로 글을 지어내는 것, 또 깊은 사색과 성실한 인격도야에 정진함 없이 문사와 풍월을 농하려는 것은 바람직하지 못한 것으로 경계하였다고 할 수 있다.

라. 스스로의 작문 태도

『백선』에 보면 퇴계가 자주 글을 지어 달라고 하는 남의 부탁에 대하여 매우 난감한 태도로 거절하는 글들이 많이 나온다. 또 더러 지어주는 경우도 매우 조심스러운 태도로 지어주고서, 글을 부탁한 사람에게 자기가 쓴 내용에 부족한 점이 있으면 고쳐 달라고까지 반대로 부탁한다.

그 대표적인 예가 조정암(趙靜菴)의 아들 조용(趙容)이 정암의 행장을 퇴계에게 보내어, 정암의 비문을 한 부 적어 보낼 것을 부탁하였을 때, 퇴계는 보내준 행장을 그것을 가지고 왔던 정암의 증손자에게 되가져가게 하고서 정중한 사양의 편지를 썼다. 그 내용은 다음과 같다.

> 부탁하신 비문은 마땅히 죽을힘을 다해서 지어 보내드려야만 될 것이다. 그러나 다만 나는 젊을 때부터 병이 많아서 공부한 것이 없으니 문장의 체와 격에 대해서도 알지 못한다. 바야흐로 한창 활동할 시기에도 남들이 일찍이 이러한 것을 잘하는 것으로서 나에게 기대한 바는 없다. 또 나도 역시 이러한 일에 감히 뜻을 둔 적은 없다. 그런데 지금 이렇게 늙고 혼미하여 거의 다 죽어가는 때에 이르러서 어찌 능히 해내지도 못할 일을 억지로 할 수가 있겠으며, 도리어 이렇게 중대한 일을 스스로 맡을 수가 있겠는가?
>
> 그러므로 사람들이 더러 와서 이러한 글을 구하지만 일체 사양하고 들어줄 수가 없었는데, 지금 만약 유독 이 글만 지어드린다면, 이전에 사양을 당한 사람들로부터 온갖 원망이 짝지어 일어날 것이요, 이 뒤에 오는 이들에게도 거절할만한 핑계가 없을 것이니 지극히 난처한 형편이다.
>
> 그래서 반복하여 생각해 보아도 부탁 말씀을 받아들일 수가 없다. …

이렇게 퇴계는 남에게 글 지어주는 것을 어렵게 생각하였다. 위에 인용한 글 뒷부분을 보면, 그것을 사양한 이유의 또 한 가지로 보내온 「행장」 내용이 정암의 훌륭한 사적을 충분히 조사하여 신중하게 기록한 것이 못되어 참고하기에도 미진하다고 하

면서, 자신이 알고 있는 정암에 관한 이야기를 몇 조목 참고로 더 적어 보내기까지 한다.3)

문장에 있어서 뿐만 아니라, 저술에서도 이러한 태도는 마찬가지였다. 「답이중구서(答李仲久書)」를 보면 『주자서절요』를 만들어 놓고서 처음에는 자기 혼자서만 가끔 보려고 하다가, 제자인 황준량(黃俊良)이 그것을 인쇄하고자 할 때도 오직 그것을 몇 부 찍어 자기와 황씨 두 집 자제들이나 보게 하고자 하였는데, 의외로 그 책이 온 세상에 퍼지게 되었다고 부끄럽게 생각하고 있다.

「여임사수(與林士遂)」를 보면 자기의 시와 임사수〔형수亨秀〕의 글을 비교한 것이 있다. 임형수(林亨秀)는 퇴계와 더불어 동호(東湖) 독서당에서 함께 사가독서(賜假讀書)한 적도 있는 문무를 겸전한 선비였다. 그가 이기(李芑)의 종사관이 되어 의주(義州)까지 갔다가 온 기행시집 『관서행록(關西行錄)』을 보고 퇴계가 차운한 시가 있는데, 그 시들을 임형수가 보고서 감격하여 서울에 있는 퇴계의 집에까지 찾아왔다. 마침 퇴계가 집에 없어서 임형수는 퇴계의 그 차운 시를 칭찬한 글을 남겨 놓고 간 것을 보고, 퇴계가 편지로 적어 보낸 것이 바로 이 「여임사수」이다.

이 글을 보면 임형수가 퇴계의 시를 매우 높게 평가하였으나, 퇴계 자신은 도리어 임형수의 운자(韻字)를 자유자재로 사용함, 비유법의 훌륭함에 도저히 따라갈 수가 없다고 겸손해하고 있다. 이 편지에서 퇴계는 실제로 임형수의 시를 여러 수나 인용하면서 잘된 점을 극찬하고 있는데, 지금은 『관서행록』도 전

---

3) 이 편지를 보고서 조용(趙容)이 퇴계에게 정암의 행장을 다시 지어 달라고 하여 퇴계는 홍인우(洪仁祐)가 지은 행장을 참고하여 수정하여 써주었다. 『퇴계전서』 권48에 수록됨.

하지 않을 뿐만 아니라, 숙종 때 편집된 임형수의 문집 『금호집 (錦湖集)』에도 퇴계가 언급한 시들이 한 수도 전하지 않으니 불행한 일이다. 아마 이기의 종사관이 되었던 것을 뒤에 가서 수치로 여겼을 것이고, 또 임형수 자신도 비명에 죽어서 전하지 않은 것으로 보인다.

「답이전인(答李全仁)」(별지)에 보면 회재의 아들인 전인(全仁)에게 회재가 공부하고 있었던 독락당(獨樂堂) 주변의 자연환경을 글로 적어 보내면, 틈나는 대로 주변 경관을 소재로 시를 지어 읊으면서 회재의 학덕을 추모하는 뜻을 담겠다는 말이 나오기도 한다.4)

위의 임형수에게 보낸 편지나 이전인에게 보낸 편지 같은 것을 보면, 퇴계는 비록 남에게 글 지어주는 것을 매우 조심스럽게 생각하여 강력히 사양하기도 하였지만, 한편으로는 친구에 대한 우정, 선배에 대한 추모, 자연경관에 대한 흥취 같은 것이 우러나올 때는 실제 많은 글을 지어내기도 하였다. 오늘날까지 전하는 시가 거의 2,300수에 가깝다는 것은 그의 일상생활에서 이른바 '흥어시(興於詩)', '유어예(遊於藝)'하는 면이 빠질 수 없는 일과였음을 말해 준다.

마. 맺는말

이상으로 이번에 필자와 더불어 네 사람이 공동으로 번역·주석한 『퇴서백선』에 나오는 글에서 퇴계의 문학 연구에 필요한 부분을 적출하여 몇 가지 항목으로 나누어 설명하였다. 퇴계의 편지만 하더라도 거의 3천에 가까운 숫자가 전해지고 있으니,

---

4) 뒤에 〈임거15영(林居十五詠)〉이란 시를 지었는데, 회재의 〈임거15영〉의 운자를 그대로 사용하여 지었다. 『퇴계전서』 권3에 수록됨.

여기서 언급한 것은 그중 30분의 1밖에는 조사하지 못한 것이다.

또 여기서 언급하지 못한 점도 있다. 퇴계의 철학 체계를 그의 문학 사상과 어떻게 결부시켜 보는가 하는 매우 어렵고도 중요한 문제가 있다. 가령 퇴계가 인간의 본성을 어떻게 보았으며, 사물을 어떻게 보았는가 하는 점은 문학의 본질을 규명하는 데도 매우 중요한 관건이다. 그러나 필자의 능력 부족으로 이러한 본질적인 문제를 여기서는 아직 다루지 못하였다. 국내에서 이러한 문제를 다루어 보려는 책이 더러 나오기도 하였다. 송욱(宋稶) 교수의 『동서사물관(東西事物觀)의 비교』(서울대 한국학연구소), 조동일(趙東一) 교수의 『한국문학사상사시고(韓國文學思想史試考)』(서울, 지식산업사) 같은 것이 그러한 것으로 생각한다.

또 퇴계의 문학에 관해서는 이미 김주한(金周漢) 교수의 주자와 퇴계의 문학관을 비교한 박사 논문[중국어]이 있기도 하다. 필자는 아직 주자의 철학 체계도 잘 파악하지 못하고, 또 퇴계의 철학 체계도 잘 파악하지 못하며, 또 위에 언급한 책들도 자세히 읽어볼 겨를이 없었다. 앞으로 실제로 퇴계의 문학작품(시)을 번역해 가면서, 이러한 방면의 공부를 계속하고자 할 뿐이다.

다만 여기 적은 것은 몇 달 동안 『퇴서백선』을 책상에 올려놓고 몇 번을 통독해 본 한 퇴계학 지망생의 초보적인 독서 보고서에 불과하다.

본문에 언급한 내용을 다음에 요약한다.

1) 문학의 필요성 : 인간 생활이나 학문연구에 있어 늘 심각하고 절실하고 긴요한 문제만을 추구하기는 어렵다. 때에 따라서는 좀 덜 심각하게 보이고, 덜 절실하게 보이고, 덜 긴요하게

보이는 문제들에 관해서도 관심을 가지는 것이 오히려 위에서 말한 긴요한 문제들을 풀어나가는 데 도움이 된다. 앞에 있는 것을 "긴수작(緊酬酢)" 뒤의 것을 "한수작(閑酬酢)"이라고 하는데, 이 두 가지 모두 중요하다. "한수작"에 들어갈 수 있는 일로 한가롭게 자연 산천을 감상하고 계절의 변화를 감지하며, 시를 적고 글을 쓰며, 그림 그리는 것 따위가 이에 속한다.

2) 남의 글에 대한 견해: 퇴계가 『퇴서백선』에서 가장 많이 이야기한 문인은 주자다. 주자의 시 중에서 「도가(櫂歌)」와 「감흥시」 같은 연작시를 가장 좋아하였지만, 주자의 문학에 대한 견해에 대해서는 조심스러운 의심을 제기한 것도 있다. 또 우리나라에서는 역대로 훌륭한 유학자는 드물지만 훌륭한 문인들은 있었다고 보았다. 제자들의 시를 고쳐주기도 하고 또 장단점을 지적하기도 하였는데, 오로지 문학에만 몰두하는 것, 함부로 글을 지어내는 것, 깊은 사색과 성실한 인격도야에 정진함 없이 문사(文辭)만 농(弄)하는 것은 바람직하지 못한 것으로 경계하였다.

3) 스스로의 작문 태도 : 퇴계는 제자들에게도 함부로 글 짓는 것을 경계하였듯이 자신이 남에게 글을 지어주거나, 저서를 남에게 보이는 것을 매우 조심스럽게 생각하여, 자신이 서지 않으면 사양하고, 널리 반포되는 것을 두렵게 여겼다.
그러나 친구에 대한 우정이나 선배에 대한 추모, 자연경관에 대한 흥취 같은 것이 우러나올 때는 실제로 많은 글을 지어내기도 하였다. 지금까지 전하는 시만 하여도 2,300수에 가까운 것을 보면, 그의 생활에서 "긴수작"에 속할 철학적 사색과 더불어 "한수작"의 하나인 문학적 저술은 빼놓을 수 없는 중요한 일이었음을 알 수 있다.

(1988. 9. 추석 다음날, 타이완 국립중앙연구원 연구실에서)

3. 『사문수간(師門手簡)』에 나타난 퇴계 시와 월천 시에 대한 평

가. 머리말

이 『사문수간』은 옛날 권수로 8권〔8첩帖〕, 백여 통에 가까운 편지와 20제(題) 40수(首)에 가까운 시가 수록되어있다. 편지 내용 중에도 월천(月川) 조목(趙穆, 1524-1606, 자는 사경士敬)의 시에 대한 평이 몇 조목 보인다.[1]

이 『사문수간』에 나오는 편지와 시를 『퇴계전서(退溪全書)』와 『도산전서(陶山全書)』를 가지고 수록 여부를 조사해본 결과 『퇴계전서』에는 그러한 편지와 시가 모두 다 수록되어있지는 않으나, 『도산전서』에는 그 편지와 시가 모두 수록되어있다.[2]

그러나 위의 두 『전서(全書)』에는 ① 편지 끝에 나오는 날짜를 모두 삭제해 버린 점, ② 편지와 시가 같이 수록된 것을 편지는 편지대로, 시는 시대로 따로따로 해체하여 「시」와 「서」 부분에 나누어 실어서 시만 보고는 그 시가 어느 날 지은 것인지

---

1) 이 글은 퇴계학회 대구·경북지부에서 1989년에 낸 이 책의 번역본 해제의 일부로 적은 것임.

2) 『퇴계전서』에는 월천에게 준 시가 34제목 120수, 편지가 71통(별지 6), 『도산전서』에는 월천에게 준 시가 39제목 126수, 편지가 127통(별지6)으로 『도산전서』 쪽이 훨씬 더 내용이 많다. 특히 『도산전서』에는 편지가 많으며, 또 『퇴계전서』에는 없는 「유집(遺集)」이 1책 더 붙어 있는데, 거기에는 『퇴계전서』에 없는 시(월천에게 준)가 5제목 7수나 더 있다. 본고 중에서 더러 『퇴계집』이라고 한 것은 『퇴계전서』에 수록된 퇴계문집을 이야기함.

잘 알 수 없으며, 또 그러한 시가 지어진 연유나 배경 같은 것을 잘 알 수 없었다. 『전서』들에는 시를 대개 편년순으로 배열하면서 어느 해 맨 처음에 나오는 시 밑에만 간지(干支)를 표시하였다. 그러한 배열도 『사문수간』과 대조해 보면 다른 경우도 있고, 또 특히 『도산전서』의 경우는 뒷부분에 가서는 간지 표시도 그다지 명확하지 않아서, 이 『사문수간』을 가지고서 대충 퇴계가 월천에게 보낸 시 여러 수의 저작 시기, 저작 동기 등을 어느 정도 정확하게 알 수가 있다.

그러나 『사문수간』에는 시를 편지 다음에 적었지, 시 제목을 명명하지 않은 것이 많은데, 『도산전서』에는 모두 시제(詩題)를 붙여, 시의 내용을 파악하기에 오히려 편한 점도 있다.

다음에 이 『사문수간』에 나오는 시를 『퇴계전서』·『도산전서』·『월천집(月川集)』 등과 서로 비교하여 『사문수간』에 나오는 퇴계의 시에 대한 저작 일자를 밝혀내고, 또 이 서간집에 수록된 퇴계가 월천에게 보낸 시평 몇 조목을 소개하고, 마지막에 부록으로 『월천집』에 보이는 몇 수의 사문수답시(師門酬答詩)의 원문을 소개하면서 위에 말한 시를 지은 날짜와 시평을 시 내용과 결부시키고자 한다.

나. 『사문수간』에 나타난 퇴계 시

다음에 제시하는 목차의 시 제목 다음에 나오는 페이지 숫자는 『사문수간』(탐구당에서 낸 영인본)의 쪽수이며, 시를 지은 날짜 표시는 우선은 『사문수간』에 적힌 대로 적고, 괄호 속에 구체적인 일자를 조사해 표시하였다. 그다음은 시의 형식, 마지막으로 『퇴계전서』나 『도산전서』에 그러한 시가 나타난 권차(卷次) 수를 표시하였다.

1) 「寄趙士敬 三首·其三」p.14 丁巳旬二(1. 12) 五言四句, 退·外一 陶·外一

2) 「趙士敬·李仁仲·琴聞遠讀書瀾寺」p.21 戊午(6월, 혹은 7월) 初一 七言四句, 退·續二 陶·續二

3) 「寄月川趙上舍士敬」p.24 戊午秋夕(8. 15) 七言四句, 退二 陶二

4) 「趙士敬幽居」 p.28 己未季秋(9. 9) 七言四句 9수, 退·外一 陶·外一

5) 「次韻士敬謝相訪·二絶」p.29 下同 七言四句 2수, 退·外一 陶·外一

6) 「次韻芙蓉峰諸作」p.29 己未陽月 七言四句 7수, 退·外一 陶·外一

7) 「寄趙士敬」p.40 嘉靖辛酉秋 七言四句, 退三 陶三

8) 「規士敬」p.54 甲子人日(1. 7) 七言四句, 陶·遺一

9) 「過月川」p.76 乙丑秋 七言四句, 退·續二 陶·續二

10) 「題鄭子中關西行錄」p.77 上同 七言四句,

11) 「豊基館舍答趙上舍士敬」p.83 丙寅 2월 초8일 七言四句, 退四 陶四

12) 「山居偶書病懷寄士敬·聞遠」p.95 嘉靖丙寅夏(5월 21일) 七言四句, 退·續二 陶·續二

13) 「士敬携酒來訪」p.99 丙寅季秋(9월 초1일) 七言四句, 2수 上同

14) 「喜士敬雪中來訪, 因此其近寄五言律詩韻」p.103 戊辰上元前日(정월 14일) 五言四句, 退·續二 陶·續二

15) 「二十五日, 次士敬」p.105 戊辰 1월 25일 七言四句, 陶·遺一

16) 「四月一日, 溪堂言志」p.127[3] 五言六句

17) 「光影塘微雨後作」p.131 五言二十句

18) 「酬士敬明字韻」p.132 戊午季夏 초9일 七言四句 6수

---

3) 16 이하는 부록이므로 위에 나오는 『사문수간』의 편차와는 일치하지 않음.

19)「和陶集飮酒·其十六今改」p.134 五言十二句
20)「次諸君唱酬韻佔畢一絶今改」上同 七言四句

다음에 이 시들에 대하여 구체적으로 살펴보기로 한다.

1. p.14   筒製初看好　江珍復餉鮮.
　　　　　　琴君何病甚　使我劇憂煎.

　　시통(詩筒)에 넣어 보낸 시 보니 좋고,
　　강의 진미 또 신선한 것을 보내주셨구나.
　　금군은 어찌 이렇게 병이 심한가?
　　나로 하여금 몹시 애타게 하는구나.

　　　-「조사경에게 띄우다寄趙士敬」三首·其三『退·外一』p.552-3,
　　　　　　　　　　　　　　　　　　　　　　『陶·外一』p.412

이 시는 「丁巳旬二」(정사년〔1557〕 정월 12일)에 쓴 편지 다음에
실려 있는데, 『퇴계전서』에는 「외집(外集)」권1에 「기조사경」
이라는 제목을 달고서,

　　踏破瓊瑤詩使來　長吟三復掩還開.
　　筒中有趣無人共　起向簷前笑索梅.

　　눈길 다 헤치고서 시 보내오니,
　　길게 세 번을 다시 읊조리며 덮었다가 또 펼치네.
　　그 가운데 취미 있으나 함께할 사람 없어,
　　일어나 처마 앞으로 가서 웃으며 매화 찾는다네.

　　歲暮山中氷雪明　閉門孤坐憶君情.
　　書中有味如玄酒　悅口何須大鼎烹.

　　한 해 저물어가는 산속에서 얼음과 눈 밝은데,
　　문 닫고 외로이 앉아 그대의 인정 생각하네.
　　글 속에 있는 맛 맑은 물과 같으니,

입 기쁘게 함 반드시 큰 솥의 요리 기다리겠는가?

이라는 7언시 2수 아래에 있다. 월천의 매부인 금문원(琴聞遠, 이름은 난수蘭秀)이 공부하지 않는 것을 걱정하고 있다.

2. p.21   雨罷雲歸巖壑淸   溪邊閒臥聽溪聲.
　　　　　遙知鼎坐瀾臺客   水色山光照眼明.

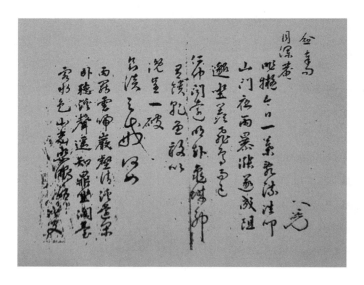

비 그치고 구름 돌아가 바위 골짜기 맑은데,
시냇가에 한가로이 누워 시내 소리 듣는다네.
멀리서도 솥발처럼 버티고 앉아서 공부하고 있는
월란대의 선비들 알겠으니,
아름다운 물, 깨끗한 산의 경치 그대들 눈에 비치어
맑아지겠네.

－「조사경·이인중·금문원 등이 월란암에서 공부하는 곳으로
趙士敬·李仁仲·琴聞遠讀書瀾寺」『退·續二』p.42,

『陶·續二』p.486

이 시는 월란암(月瀾菴, 도산서원 근처에 있는 낙동강 곁에 있는 암자. 본래는 월안암月安菴인데, 그 앞에 흐르는 강물에 비친 달빛이 좋다고 하여 퇴계가 이러한 이름을 붙였다고 함)에 가서 공부하고 있던 월천 등, 제자에게 보낸 편지에 적어 보낸 것인데, 보내는 날짜를 적지 않았다. 앞뒤 편지로 보아 무오년(1558) 여름이고, 이 시의 내용을 보아 장마철에 쓴 것 같다.

「월천연보(月川年譜)」에 무오년 5월 월란사(月瀾寺)에 가서 공부하였다고 되어있는데, 이 『사문수간』의 이 시와 함께 보낸 편지는 초1일(초하루)이고, 바로 다음 편지가 7월 20일에 쓴 것이니, 6월 초1일이나 7월 초1일에 쓴 것이다.

3. **p.24**　一第平年幾誤身　素衣今復化緇塵.

月川歸居棲遲客　莫恨年來到骨貧.

한번 급제하여 평소 몸 얼마나 그르쳤던가?

흰 옷 이제 다시 검은 먼지 되었다네.

다래로 돌아가 왔다 갔다 노니는 나그네여,

근년에 뼈에 사무치는 가난 한탄하지 말게나.

　－「월천의 조진사 사경에게 부침寄月川趙上舍士敬」『退二』p.96,

『陶二』p.89

이 시는 무오년 추석에 보낸 편지에 동봉한 것이다. 앞 2구는 자기가 과거에 급제하여 벼슬한 것을 후회하고, 뒤 2구는 앞서 과거에 떨어지고 돌아와 근년 들어 너무 가난하게 사는 월천을 보고서 다음에 또 과거 볼 기회가 있을 터이니 너무 한탄하지 말라고 당부한 것이다. 이때 퇴계는 58세, 월천은 35세였다.

4. **p.28**　月川霜冷水如空　浩蕩羣鷗楓葉紅.

知是鶴龜棲息處　蒼苔一徑入雲中.

다래의 서리 차고 물은 하늘과 같은데,

기러기 떼 호탕하고 단풍 잎은 붉다네.

여기가 바로 학과 거북 깃들어 사는 곳임을,

푸른 이끼 낀 오솔길 구름 속으로 드는 길이라네.

秋風吹我返寒溪　曠野蒼茫日向西.

醉裏不知身遠近　亂峯多處碧雲低.

가을바람 내게 불어와 차가운 시내로 되돌아왔는데,

너른 들엔 어렴풋하게 해 서쪽으로 넘어가네.

취한 가운데 이내 몸 어디쯤 있는지 알지 못하겠는데,

어지러운 봉우리 곳곳에 푸른 구름 낮게 드리웠네.

－「조사경의 그윽한 거처趙士敬幽居」『退·外一』p.553, 『陶·外一』
p.412

이 시 끝에는 "가정기미계추도산(嘉靖己未季秋陶山)"이라고 적
혀있다. 그 시 위에 9월 9일에 보낸 편지가 2통이나 실려 있는
데, 그중 저녁에 보낸 편지를 "오늘 금문원(琴聞遠)이 구하던
나의 보잘것없는 시 몇 수를 이미 보냈으니 생각건대 받아 보
았을 줄 압니다."라는 말이 있으니, 바로 이 시를 두고 한 말 같
다. 월천이 이해(1559) 3월에 부용산(芙蓉山)에 올라가서 독조
동(獨造洞)이란 마을에 청원대(淸遠臺)를 지었는데 그가 있던
본가와는 3리 정도의 거리였다고 한다.〔『월천연보』참조〕 여기 인
용한 것은 9수로 된 연작시의 첫수와 끝수로 잠시 월천과 부
용산에 은거하려는 그를 위하여 지어준 것이다.

　　5. **p.29** 有酒君家滿意斟　茅齋逈絶亦平臨.

　　　　　知君儘有閒居趣　況復山川愜素心.

　　　　그대 집 술 있어 마음껏 따르니,

　　　　멀리 떨어진 띳집 또한 평평한 곳 굽어보는 듯.

　　　　그대 한결같이 한가히 거처하는 취미 아는데,

하물며 다시 산과 내 본디 마음에 흡족함에랴?

知音何限世間稀　玉蘊山中草木輝.

若使吾儕虛送老　恐孤山水巧呈奇.

알아주는 이 있으니 얼마나 다행인가, 세상에 드문데,

옥 산에 감추어져 있으니 초목 빛난다네.

만약 우리들로 하여금 늙음 헛되이 보내게 한다면,

이 좋은 산수 교묘히 기이함 나타냄 멀리할까

두렵다네.

-「사경의 '방문하다'는 시의 각운자에 맞추어次韻士敬謝相訪·二絶」

『退·外一』 p.553, 『陶·外一』 p.412

이 2수의 시는 바로 위에 적은 시 다음에 나오나 지은 날짜에 대해서는 특별히 적은 것이 없다. 이 시에 바로 이어서 쓴 다음 시가 "가정기미양월(嘉靖己未陽月, 1559년 10월)"로 되어있으니 아마 같은 때 지었을 것이다. 이 2수 중에 뒤의 시에 대해서는 『월천집』에 다음과 같은 월천의 원운시(原韻詩)가 나온다.

「퇴계 선생님이 찾아주심에 감사하여(謝退溪先生見臨)」

寂寞由來好客稀　茅廬是日便生輝.

箇中更願留餘唾　添得山門一段奇.

적막하게 혼자 산 뒤부터 좋은 손님 드물더니,

띳집에 오늘에야 곧 빛이 생겨나네.

이 안에서 다시 원하노니 많은 가르침 남기셔서,

이 산골짜기 집 안에 더하게 해 주소서

한 차례 진기한 이야기를.

여기에 답한 퇴계의 이 둘째 시의 제4자 '限'은 『월천집』에는 '恨'으로 되어있다. 앞뒤의 뜻으로 보아 '恨'이 맞을 것으로 생각된

다. 이 시를 보면, 좋은 경치에 파묻혀 그윽하게 숨어 사는 것
도 좋지만, 그대와 같이 젊은 사람은 기회가 되면 나아가서 벼
슬할 뜻을 아직은 단념하지는 말라는 의미를 비추고 있다.

6. p.29 樂在雲山詎有窮　非關擊鼓與撞鐘.
幽人準擬營茅棟　俗士應難躡徑蹤.
구름 낀 산에 즐거움 있으니 어찌 다함 있으리오?
북 치는 것과 종 침과는 아무 상관 없다네.
그윽한 은자 띳집 짓고자 하니,
속세의 선비 오솔길의 자취 밟기 어려우리.

遊觀非是詫亭臺　每上山頭忘卻回.
試作寒棲庇風雨　水光山色爲君開.
놀고 구경함 정자와 대 놀라는 것 아닐 터인데,
매번 산꼭대기 오르면 도리어 돌아감 잊는다네.
나도 시험 삼아 보잘것없는 거처 지어서
비바람 가리고 있으니,
물의 빛과 산의 색 그대 위해 열어놓으리.

芙蓉山翠接陶山　兩處終同物外歡.
矧是瑤琴餘韻在　不應絃絶坐經殘.
부용산의 푸르름 도산까지 이어져 있으니,
두 곳 결국 같아 세상 벗어난 즐거움 있네.
하물며 구슬 장식 거문고 여운 남아 있으니,
시위 끊어졌다고 문득 바른 줄 끊어지지는 않으리.

－「부용봉이라는 제목으로 쓴 여러 수의 각운자에 맞추어
次韻芙蓉峰諸作」『退·外一』p.553,『陶·外一』p.413

위 시 끝에는 위에서 말한 바와 같이 "가정기미양월(嘉靖己未

陽月)"이라는 저작 시기가 있고, 또 그다음 해 봄에 퇴계가 부용산에 함께 가볼 것을 약속하고 그때를 기다린다는 소주(小註)도 있다. 연작 7수의 시에서 제1, 제3, 제5수를 인용하였는데, 모두 월천이 지은 시만 보고서 차운한 것으로 직접 부용산에 가서 지은 것은 아니다.

둘째 시의 마지막 구가 『퇴계문집』(외집)에는 "산광수색(山光水色)"으로 되어 있다.

> 7. p.40　人間貧富海茫茫　每憶君窮感歎長.
> 　　　　　錦里已看茅屋破　玉川況復一奴亡.
> 　　　　　滿潭風月樽無綠　拄腹詩書面有黃.
> 　　　　　賴有古人餘樂事　朝歌衡泌夕歌商.
> 　　　　　세상살이 가난과 부 바다같이 망망하니,
> 　　　　　매번 그대 곤궁함 생각하면 느끼어 탄식함
> 　　　　　길어진다네.
> 　　　　　금리에서 이미 보았네, 허술한 집 부서진 것,
> 　　　　　옥천자 하물며 그 위에 종 한 놈도 없으니.
> 　　　　　못에는 바람과 달 가득하나 동이에는 좋은 술 없고,
> 　　　　　배는 시와 서로 괴고 있으나 얼굴은 누렇게 떴다네.
> 　　　　　그대 옛사람들 즐거운 일 많음 믿고서,
> 　　　　　아침에는 오막살이와 샘물 읊조리고
> 　　　　　저녁에는 상송(商頌) 노래한다네.
> 　　－「조사경에게 띄우다寄趙士敬」『退三』 p.114, 『陶三』 p.107

이 시 끝에는 "가정신유추(嘉靖辛酉秋)"라는 날짜 표시가 있다. 『퇴계문집〔전서全書〕』에서도 신유년(1561)에 지은 시에 넣고 있으나 『월천연보』에는 계해년(1563) 조(월천 40세) 소주에 이 시를 인용하고 있다. 신유년에 지은 것은 위의 두 가지 자료를

가지고 볼 때 틀림이 없다. 더구나 『퇴계문집』(내집內集) 자체를 월천이 직접 편집하였으니 말이다.

이 시 바로 앞에 나오는 퇴계의 편지를 보면 도산서당〔농운정사〕으로 초청했는데, 보내어 맞을 말이 없으니 이웃집 말을 빌려 타고 와 달라고 말하고 있다. 월천은 평소에 너무 가난하여 끼니도 잇기 힘들었으므로 퇴계는 가끔 양식을 보내주기도 하였고, 또 불러서 만날 때도 흔히 이렇게 말과 종을 보내어 불러 보았다.

이 시에서는 월천이 두보(杜甫)와 같이 가난하여 집이 무너진 것, 또 당나라 시인 노동(盧仝)과 같이 종도 도망쳐 없고, 마실 술도 없고, 굶주려서 부황이 날 정도지만, 아름다운 부용산 아래 풍월담의 아름다운 경치를 만끽하고, 또 뱃속에는 시서(詩書)가 가득하여 아침에는 은자의 살림을 노래하고, 저녁에는 증자(曾子)와 같이 「상송(商頌)」을 노래할 수 있을 것으로 위로하고 있다. 가을인데도 이렇게 살기 어려웠다니 안타깝게 여겨진다.

8. p.54　偃室非公至莫頻　至須戒酒謹喉脣.
　　　　　君看田竇風波起　盡自富時罵坐人.
　　　　　고을 원의 집무실에 공사가 아니면 자주 가지
　　　　　말 것이며,
　　　　　모름지기 술을 지극히 조심하고 목구멍과 혓바닥
　　　　　놀림 삼가라.
　　　　　그대는 한나라 때 전씨와 두씨 같은 외척 재상들이
　　　　　풍파 일으킨 일 보았을 테지,
　　　　　모두가 부유할 때 남을 욕한 것에서 생겨났다네.
　　　　　　　　　　－「사경에게 훈계한다規士敬」『陶·遺一』p.26

이 시는 "갑자년(1564) 인일(人日, 1월 7일)에 쓴 것으로 적혀

있다. 다음날 동봉한 편지에 보면 고을 원〔안동부사安東府使. 다음 p.58에 나오는 편지로 추측함〕과 같이 술을 마실 때 서로 크게 싸운 일을 퇴계가 나무라며 경계하기 위하여 이 시를 지어 보낸다고 하였다. 월천의 성격이 평소 너무 강직하기만 하고, 또 술을 마신 뒤에는 자주 분노를 상대방에게 폭발하는 버릇이 있음을 크게 걱정하여 타이르기 위하여 이 시를 썼다.

9. **p.76** 月潭西畔月川村　鬱鬱蒼雲護蓽門.
　　　　　中有畸人好書癖　客來枯吻對牀論.
　　　　　풍월담 서쪽 가의 다래 마을은,
　　　　　뭉게뭉게 검푸른 구름 대나무 문 지키네.
　　　　　그 가운데 기이한 사람 책 좋아하는 버릇 있는데,
　　　　　손님 오면 입술 말라 가며 책상 마주하고 토론한다네.

　　－「다래에 들러서過月川」『退·續二』 p.45, 『陶·續二』 p.489

이 시는 『퇴계집』이나 『도산전서』에서 모두 계해년(1563)에 쓴 것같이 편차하고 있으나, 『사문수간』에는 을축년(1565)에 보낸 『심경(心經)』의 「구방심(求放心)」 등에 관하여 문의한 편지의 별지 끝에 부록되어 있는 것으로 보아 위의 두 『전서』의 편차는 잘못된 것으로 보인다. 「월천연보」에도 을축년(월천 42세) 8월에, "퇴계 선생에게 편지를 올려 『심경』의 「심학도(心學圖)」와 「구방심」 1절과 『심경』 여러 장의 주석에 관하여 논의하였다."라는 말이 있고, 또 위의 두 『전서』에도 이에 답한 퇴계의 편지와 그 별지만은 모두 을축년에 쓴 것으로 편차하고 있으니, 이 시는 아마 을축년 가을에 지어 보낸 것으로 짐작된다. 다만 위에서 말한 퇴계의 편지에는 오직 "卽日〔당일〕"이라고만 적혀있고, 또 그 별지에는 날짜 기록이 없어, 정확하게 알 길은 없지만, 그 편지 끝에 "내일부터 묘에 올라가서 가을 제사 같은 일을(自明日上墓節祠等事) …"이라는 말이 나오는 것으로 보아 가을 9, 10월경이 아닌가 생각된다.

10. p.77 이 시 바로 다음에「제정자중관동행록(題鄭子中關東行錄)」이란 시 1수를 더 적었으나 월천과 직접 관계가 없으므로 언급하지 않는다.

11. p.83 有鳥辭林被網羅　林中一鳥笑呵呵.
　　　　　　那知更有持羅者　已掩渠巢不奈何.

　　　어떤 새 숲 떠나 그물에 걸리니,
　　　숲속의 새 한 마리 껄껄 비웃었다네.
　　　어찌 알았으리오, 다시 그물 가진 자,
　　　그 둥지 덮어 씌워 옴짝달싹 못하게 될 줄을.

－「풍기 관사에서 조진사 사경에게 답함豊基館舍答趙上舍士敬」
『退四』 p.131, 『陶四』 p.124

이 시는 『사문수간』에는 "병인2월초8일석등(丙寅二月初八日夕燈)"이라고 쓴 편지 뒤에 실려 있다.「풍기 관사에서 조진사 사경에게 답함」이라는 제목은 『문집』에서 옮겨 적은 것인데, 『문집』에는 이러한 제목들 이외에 또, "이때 사경이 시를 보내어 나의 걸음을 자못 기롱하였다. 마침 그 사람도 공릉참봉에 임명되었다고 하므로 이 시에서 희롱하였다.(時士敬寄詩來, 頭機余行, 適聞其有恭陵參奉之命, 故詩中戱云.)"라는 쌍행(雙行)의 소주(小註)를 달고 있다. 『사문수간』에는 이러한 말 대신에, "이 시는 읊조릴 만한 것은 못 된다. 일이 마침 이러므로 다만 조롱 삼아 쓴 것일 뿐이다. 한바탕 웃게나! 한바탕 웃게나!(此則非吟詠之比. 事適類此, 聊以解嘲, 一笑一笑.)"라는 소주가 달려 있다.
위에서 퇴계가 자기의 걸음(벼슬하러 나감)을 기롱하여 지어 보냈다는 시는 바로 그 앞에 나오는 『사문수간』에 실린 편지 내용으로 보아 절구 시 3수였음을 알 수 있지만, 지금 『월천집』에는 다음과 같은 시 1수만 전한다.

昨夜風雷震海隅　羣龍起蟄競時趨.
先生力去扶明主　做得風雲際會無.

어젯밤 우렛소리 바다 끝까지 흔들어,
뭇 용들 일어나서 때맞추어 달려가네.
선생님께서 힘차게 달려가셔서 어진 임금 받드신다면,
어찌 바람과 구름이 서로 만나는 행운이 없으리?

퇴계의 이 시를 받고 월천이 다시 퇴계에게 지어 보낸 시 1수는 『월천집』에 있는데 다음과 같다.

菓賢獵德禮爲羅　潦倒其如衆所呵.
可笑鷦鷯難比鳥　終加一目亦無何.

어진이 찾고 덕 있는 이 찾아 예로써 올가미를 늘어놓았는데,
거꾸로 그것을 얽어 함부로 맞아들이다 보면
뭇사람들에게까지 웃음을 산다네.
가소롭도다! 보잘것없는 작은 새 새끼, 큰 새에게
비교할 수도 없는데,
끝내 그 그물 한쪽에 걸렸으니 또한 어찌할 수가 없네.

　-「공릉참봉을 제수 받고, 선생님께서 절구 시 1수를 지어 보내신
　　것을 보고서 짓다除授恭陵參奉, 先生寄示一絶」『月川集 · 一』

이로써 사제 간에 시로써 농담을 주고받은 것을 알 수 있다. 이때 퇴계는 66세로 동지중추부사(同知中樞府使)〔명예직〕 벼슬을 조정으로부터 받고 영주를 거쳐 풍기까지 오면서 세 차례나 그 벼슬을 거두어 달라는 사직 상소를 올리는 중에, 월천이 참봉 발령을 받았다고 해서 이렇게 시를 주고받은 것이다. 『사문수

간』에 이 시 앞에 있는 편지가 "2월 8일 저녁 등불 아래서(二月初八日夕燈)"로 되어있다.

12. **p.95**　山堂近日無來人　蒼苔綠竹相映新.
　　　　　　　山翁百病頭似雪　書卷叢中猶競辰.
　　　　　　　心法由來謹毫釐　如水易波鏡易塵.
　　　　　　　寄與山南趙與琴　勉勉莫負良貴身.
　　　　　　　도산서당 근자에 찾아오는 사람 없어서,
　　　　　　　파란 이끼며 푸른 대 서로 새로이 비추네.
　　　　　　　산의 늙은이 온갖 병 걸려 머리는 눈과 같으나,
　　　　　　　책 두루마리 무더기 속에서 아직도 때를 다투어
　　　　　　　가며 공부한다네.
　　　　　　　마음 쓰는 법 예로부터 아주 사소한 것부터
　　　　　　　삼가라 하였으니,
　　　　　　　마치 물에 물결이 쉽게 생기듯 마음 거울에도
　　　　　　　티끌이 쉽게 일기 때문이라네.
　　　　　　　산 남쪽의 조사경[목]과 금문원[난수]에게 부쳐 주나니
　　　　　　　부지런히 힘써 저버리지 말게나,
　　　　　　　진실로 일신을 귀하게 여김을.

–「산에 거처하며 우연히 병든 소회를 적어 사경과 문원에게
보내다山居偶書病懷寄士敬 · 聞遠」『退 · 續二』 p.48,
『陶 · 續二』 p.492

이 시는 "가정병인하(嘉靖丙寅夏, 1566년 여름)"로 『사문수간』에 적혀 있는데, 바로 그 앞에 나온 「심통성정도(心統性情圖)」에 관한 편지가 "병인(丙寅) 5월 21일(1566년 5월 21일)"에 쓴 것으로 되어있으므로 이 시도 같은 날 적어 보낸 것으로 본다. 마음가짐을 조심하여 귀한 몸을 그르치는 일이 없도록 하라는 당

부의 말을 담고 있다.

13. **p.99**　赤葉蒼筠滿目秋　感君攜酒慰窮愁.
　　　　　　　愁中有句不須說　坐對靑山搔白頭.
　　　　　　　故人飛札落雲間　責我如䗋使負山.
　　　　　　　永媿不堪珍重意　江湖魏闕兩難安.

　　　　　　　붉은 잎 푸른 대 온 눈에 가을빛인데,
　　　　　　　그대 술 가지고 와서 나의 처지 곤궁함과 근심
　　　　　　　위로함 감격스럽네.
　　　　　　　근심 속에 시구로는 다 말할 수 없어,
　　　　　　　푸른 산만 마주 보고 앉아 흰머리만 긁는다네.
　　　　　　　오랜 벗의 나는 듯한 서찰 저 높은 구름 사이에서
　　　　　　　내려와,
　　　　　　　등에처럼 나약한 나에게 높은 산 지게 하려고 한다네.
　　　　　　　진중한 뜻 견뎌내지 못함 오래도록 부끄러워하나니,
　　　　　　　강호와 높은 궁궐 둘 다 편안하기 어렵다네.

　　－「조사경이 술을 가지고 방문하다士敬携酒來訪」『退·續二』p.48,
　　　　　　　　　　　　　　　　　　　　　　『陶·續二』p.492

이 시를 "병인계추(丙寅季秋, 1566년 9월)"에 적었다고 썼는데,
그 위에 나오는 편지가 '8월 초1일'로 되어있으므로 8월 1일에
쓴 것으로 본다.『퇴계연보』에 보면 이해 5월부터 퇴계는『주
자서절요』를 수정하였고, 8월에는 "시국의 논의(論議)가 분분하
므로 빈객들과의 응접을 사양하였다."라고 하였다. 이 시에서 "愁
中有句不須說"이니 "江湖魏闕兩難安"이니 하는 것은 모두 그러
한 사연을 두고 말한 것 같다.

14. **p.103**　大雪君乘興　行吟傍水濱.
　　　　　　　敲門驚剝啄　對榻悅薰親.

鳥雀仍迷樹　龍蛇更蟄身.

憑君驗豐瑞　共作太平民.

큰눈에 그대 흥겨워서,

시 읊으며 물가 따라 왔다네.

문 똑똑 두드리는 소리에 놀랐다가,

걸상 가까이하고 앉아 향기 가까이 함 기뻐하네.

새 떼는 나무숲에서 여전히 길 잃었고,

용과 뱀은 다시 땅 밑에 웅크렸다네.

그대 덕분에 풍년들 좋은 조짐 알게 되었으니,

함께 태평세월의 백성 되세나.

－「조사경이 눈 속에서 찾아옴을 기뻐하며, 이를 계기로 최근에
보내준 5언 율시의 각운자에 맞추어 짓는다喜士敬雪中來訪,
因次其近寄五言律詩韻」『退·續二』p.48,『陶·續二』p.492

이 시는 무진년(1568) 퇴계 68세 "상원전일(上元前日, 1월 14
일)"에 월천에게 하루에 두 번씩이나 보낸 편지 중간에 끼어있다.
정초가 되어 여러 세배객의 인사를 받기도 바쁜 틈에, 이렇게
두 번이나 편지 쓴 것은 아마 조정으로 다시 곧 불려 떠나지
않으면 안 될 것 같기도 하여, 월천에게 몇 가지 당부와 또 그
의 질문에 대해 해답해 놓고 가기 위해서인 것 같다.

월천이 보낸 시 중에, "청운의 길 향한 희망은 사라졌으나, 다
시 녹수 가에 몸을 던지네. … 시골집 술 익는 날에, 애오라지
갈천씨의 백성 되고자 하네.(望斷靑雲路, 還投綠水濱. … 田家酒
熟日, 聊作葛天民.)" 구절을 보고 감탄하여 위와 같이 지은 것
이라고 『사문수간』에 적고 있다.〔월천의 원시 8구 전체는 전하지 않
음〕 마지막 구절, "자네나 나나 다 같이 태평성대(太平盛代)의
일민(逸民, 학문과 덕행이 있으면서도 세상에 나서지 않고 묻혀 지내는
사람)이 되었으면(共作太平民)"은 매우 절실한 소원으로 들린다.

『도산전서』「유집(遺集) 권1」에는 「20일에 조사경이 눈 속에 방문해 줌을 즐기며, 이를 계기로 최근에 보내준 5언 율시를 각운자에 맞추어(二十日, 喜士敬訪雪中, 因此其近寄五言律詩韻・二首)」란 제목 아래 이 시와는 내용이 다른 시 1수만 실려 있고, 그 하단에 역시 위와 같은 월천의 원시 기(起)・결(結) 양구를 인용하여 여기에 차운한다는 소주가 적혀있는 것을 보면 퇴계는 월천의 그 원시를 매우 좋아하였던 것으로 보인다.

15. **p.105**　雪立群峰眩眼花　訪人江路不知賖.
　　　　　　 山堂坐望思君處　只見芙容一朶麼.
　　　　　　 눈 속에 선 여러 봉우리는 눈을 어지럽게 하나,
　　　　　　 사람 찾아가는 강 길 먼 줄 모르겠네.
　　　　　　 산당에 앉아서 오기를 바라고 있을 그대를
　　　　　　 생각하니,
　　　　　　 다만 부용꽃 한 송이만 나타날 뿐일세.

-「25일 조사경의 시의 각운자에 맞추어二十五日, 次士敬」
『陶・遺一』p.27

『사문수간』에는 이 시 다음에 "17일에 보내준 시를 적은 편지 한 장은 부포(夫浦)로부터 전해왔습니다. 그다음 날 조진(趙振)을 방문하러 도산으로 나가면서 말 위에서 시를 생각하여 산에 이르러 완성하였으나 부치려고 하다가 마침 임금의 명령이 내려와서, … 전에 지은 절구 시 1수를 기록하여 보내드립니다."라는 말만 있고, 편지 끝에 날짜는 밝히지 않았다.

바로 위에서 언급한 『도산전서』「유집(遺集) 권1」에서 앞서 말한 「二十日, 喜士敬訪雪中…」이라는 시 다음에 이 시를 놓고 그 제목을 「二十五日, 次士敬」이라고 한 것을 보면, 이 시는 역시 무진년(戊辰年) 1월 25일에 지어 보낸 것이다.

이상은 『사문수간』 제7첩(帖)까지에 나온 퇴계가 월천에게 지어 준 시에 관하여 언급하였다. 몇 수의 시가 더 있으나, 이 한 첩은 부록으로 뒤에 나오는 『사문수간』과는 체제가 달라서 언급을 피한다.

다. 『사문수간』에 보이는 월천 시에 대한 평

『사문수간』에는 퇴계가 자신이 쓴 시에 대한 자평과 월천 시에 대한 평어(評語)가 더러 나오는데, 여기서는 월천 시에 대한 평어만 몇 가지 소개할까 한다.

1) p.14 '沈'字固好, 但得詩欣快諷味之時, 着此字不得爲其有鬱而未通之意故耳.
'침'자가 정말 좋으나, 다만 얻어 본 시는 흔쾌하고 풍자하는 맛이 감도는 때에, 이 글자 놓는 것은 좋지 않으니, 그 자에 울적한 분위기가 있고, 뜻이 통하지 않을 수도 있을 뿐이기 때문일세.

'沈'자를 사용한 것은 좋으나 유쾌한 기분을 나타내기에는 부적합하다고 하였는데, 이 글자를 넣어 쓴 월천의 원시를 찾을 수 없다.

2) p.42 前日君辱和拙句携至陶山, 何不見示而藏之弊篋中? 吾近出偶檢而得之, 兩詩皆好, 深足慰滿人意也. 漚韻續貂, 適因曛暮, 今未寫呈, 隨後可也.
앞날 그대가 나의 졸렬한 시구에 과분하게도 화답하는 시를 적어 가지고 도산까지 와서, 어떻게 나에게 보여주지 않고 헌 광주리 안에 넣어놓고만 갔는가? 내가 최근에 우연히 뒤지다가 얻어 보았는데, 2수의 시가 다 좋아서 나의 뜻을 위로하고 만족시키기에 매우 흡족하네. 시원치 않은 솜씨로 그 각운자에 맞추어 지어 보내려 하나 마침 더운 날 저녁인지라, 지금 적어 보내지 못하나 이 뒤에 그렇게 할 수 있겠네.

도산서사(陶山書舍)로 가지고 왔던 2수의 시가 모두 좋아서 사람의 마음을 흡족하게 한다고 하였는데, 지금 월천의 원시는 찾을 수 없고 다만 퇴계가 이 시들에 대하여 차운하여 보낸 시 1수는 『퇴계선생문집 권3』에, 「가을날 홀로 도산서당에 이르러 바구니 속에서 조사경의 시를 얻어 보고서 그 시에 차운하여 나의 마음을 붙여 보냄(秋日獨至陶舍, 篋中得趙士敬詩, 次韻遺懷)」이라는 제목으로 다음과 같은 내용을 담고 있다.

> 人生同作海中漚　弱纜收風覺少優.
> 道術千歧多失脚　世情百變盡回頭.
> 山横晚野迎新瘦　菊滿霜林佇遠愁.
> 賴有故人詩發篋　長吟終日獨由由.
> 인생길 똑같이 헤쳐 나감 바다의 물거품같이 되어,
> 약한 밧줄 바람 받으니 잔걱정 깨닫겠네.
> 온갖 학술 천 갈래 만 갈래나 흔히 자취를 감추고 말았고,
> 세상 물정 수백 번 변한 것 모두 다 되돌아 보이네.
> 산들은 늦은 들판을 가로질러서 새삼 여윈 나를 맞이하고,
> 국화꽃 서리 내린 숲속에 가득한데 하염없는
> 조심 속에 우두커니 서 있네.
> 늦게나 오랜 친구의 시가 바구니 속에 있음을 찾아내어서,
> 온종일 길게 읊조리며 홀로 즐겁게 지내네.

3) p.83　來詩三絶, 甚有意思, 警切於眛者至矣. 但方此競仄, 不暇吟詠, 故不及和呈, 恨愧恨愧.

보내준 절구 3수는 매우 뜻이 깊어 미욱한 나를 절실하게 경고해 줌이 지극하네. 다만 바야흐로 이와 같이 모든 일 다투어 기울어져, 시 읊을 시간이 없으므로, 화답 시를 적어 보내지 못하니 한스럽고 부끄럽네, 한스럽고 부끄럽네.

보내준 시 3수는 매우 뜻이 깊으며 우매한 사람을 절실하게 깨우침이 많다고 하였는데, 이 시 중에 1수만이 『월천집』에 전하고 있는데, 위의 11.에서 소개하였다.

4) p.90 細看公詩, 近覺有長進, 得趣味, 可喜, 但其間, 不無有誇逞矜負自喜之態, 而少謙虛斂退溫厚之意, 恐如此不已, 終或有妨於進德修業之實也. 其首章歸來十里江村路, 宿鳥趨林只自知, 此一句, 正是公所以自言其超然獨得於人不及知處, 以詩人趣味論之, 亦甚得意, 然以學問意思看來, 正恐病處在此句上.

그대의 시를 자세히 보니 근래에 많이 발전한 것을 깨닫겠고, 취미를 얻었으니 즐겁네. 단 그사이에 과장하고 자랑하며 스스로 좋아하는 모습이 있어 겸허하고 조심하며 온후한 뜻이 부족하니, 아마 이렇게 하기를 그치지 않는다면 끝내 혹 진덕(進德) 수업(修業)하는 면에서 실효를 거두는 데 방해가 될지도 모르겠네. 그 첫머리에 "歸來十里江村路, 宿鳥趨林只自知"라고 한, 이 한 구절은 바로 그대가 남들이 알지 못하는 경지를 초연히 혼자서 알게 되었다고 스스로 말하는 바가 되니, 시인의 취미로 논한다면, 정말 매우 뜻을 얻었다고 할 것이나, 학문하는 뜻으로 살펴본다면, 바로 잘못됨이 이러한 구절에 있다고 할 것일세.

위의 평어는 월천의 「을축년(1565) 겨울에 선생님을 퇴계로 가서 배알하였다. 김명일·김성일 형제와 우경선 같은 친구들이 함께 거기에 있었다. 『심경』과 『대학장구』 중에서 더러 나의 뜻에 맞지 않은 구절을 가지고 선생님께 따져가면서 질문하였다(乙丑冬, 謁先生于退溪. 金彦純明一・士純誠一・禹景善性傳輩在焉. 辯質『心經』・『大學章句』, 或有未契)」라는 제목의 다음 시를 가지고 평한 것이다.

水北山南謁大師　群朋一室析千疑.
歸來十里江村路　宿鳥趨林只自知.
시내 북쪽, 산 남쪽에서 큰스님을 배알하오니,
여러 친구 한방에 가득한데 영원한 의문을 파서 쪼개었네.
돌아오는 10리 강마을 길 따라가는데,
잠자리 찾아가는 새조차 숲속에 깃들고
오직 나 홀로만 알고 있네.

이 시를 보고 퇴계는 다음 시를 지어 화답하였다.

學絕今人豈有師　虛心看理庶明疑.
因風寄謝趨林鳥　只自知時莫强知.
학문이 끊어졌는데 지금 사람 중에 어찌 스승이 있겠는가?
마음을 겸허하게 지니고 이치를 살피면 아마 의문이
밝혀지겠지.
바람에 의지하여 고마운 뜻을 띄우게나
숲속에 깃든 새들에게나,
오직 스스로 알게 되는 때 있어 억지로 알려고 하지 않는 것을.

　　　　　－「조사경의 시 각운자를 사용하여 지음:次韻趙士敬」4)

---

4) 『도산전서・속집 권2』 p.491에는 이 시의 제목이, 「월천 조사경이 근체시 1수를 부쳐서 보여주었는데 몇 번 읽어보니 매우 현란하다. 장난삼아 읊조리던 끝에 절구 시 몇 수를 박자 판을 두드려가면서 화답해주어, 한바탕 웃음을 자아내게 하고 싶으나, 병들고 고단하여 다 생략하고 이 한

다시 위에 제시한 퇴계의 평어를 요약하면, "그대의 시가 근래
에 많이 발전하였으나, 자세히 보니 너무 스스로 자부하는 마
음이 강하여 수양에 방해가 될지 모른다."라는 우려를 담고 있다.

라. 이외의 사문수답(師門酬答) 시

『사문수간』에 나온 편지와 시는 모두 퇴계가 월천에게 보낸 것
으로 월천이 퇴계에게 보낸 답장이나 화시(和詩)는 없다. 『월천
선생집』(전5권)에는 퇴계 선생에게 올린 편지가 겨우 5통, 퇴계
와 관련된 시가 6수 정도 전할 뿐이다.
그중에 다음과 같은 4수는 퇴계의 원운(原韻) 시까지 적혀있어
사제 간의 시교(詩交)를 짐작할 수 있다.

1. 「謝退溪先生見臨」
2. 「次退溪先生」
3. 「乙丑冬, 謁先生于退溪, …辨質『心經』·『大學章句』或有未契」
4. 「除授恭陵參奉, 先生寄示一絶」

이 가운데 1, 3, 4는 앞에서 소개하였으므로 여기서는 2만 소
개한다.

「퇴계 선생님 시의 운자에 맞추어(次退溪先生)」

芙蓉翠接陶峯翠　風月淸連退水淸.
正好探源進步地　愧無心契議明誠.

수만 지으니 손자인 안도(安道)는 이 시의 뜻을 살펴보기를 바란다(月川
趙士敬寄示近詩, 累讀爛殉, 諷玩之餘, 板和數絶, 冀發一笑, 病倦多關, 想
蒙原察也)」라고 되어 있다.

부용봉의 푸르름은 도산봉의 푸르름에 접하였고,
풍월담의 푸르름은 퇴계수의 푸르름에 잇닿았네.
정말 좋구나! 진리의 근원을 찾아 발걸음을 내딛는 곳에,
부끄럼 없으리! 마음 맞는 이 있어
밝음과 정성스러움을 의논하게 되니.

-『월천집 권1』

「원시(附: 原韻)」

溪堂月白川堂白　今夜風淸昨夜淸.
別有一般光霽處　吾儕安得驗明誠.
도산서당 달 밝으니 월천서당에도 달이 밝고,
오늘 밤에 바람 맑은데 어제 저녁에도 맑았네.
또 달리 한결같이 바람 맑고 비 갠 곳 있을 터이나,
우리 무리 어떻게 얻으리오? 밝음과 정성스러움
체험하는 경지를.

- 위와 같음. 『퇴계문집 권3』 p.125, 『도산전서 권3』 p.118

퇴계의 원시는 밝힌 바와 같이 『퇴계전서』나 『도산전서』에 모두 실려 있는데, 거기에는 모두 이 시의 제목을 "7월 16일(七月旣望)"이라 하였고, 다음과 같은 짧은 서문이 붙어 있다.

토계(土溪, 퇴계) 서재에서 거처하는데 밤마다 달빛이 매우 밝아 사람이 잠을 이루지 못하게 하였다. 오늘 우연히 너울 긴 산을 나오는데 조사경이 찾아와서 자기가 사는 '다래〔月川〕' 마을의 밤 경치에 관하여 이야기하였는데, 꼭 내 마음에 들어맞아서 즐거웠다.
그러나 옛사람들이 말하는 이른바 '광풍제월(光風霽月, 비 갠 뒤의 맑고 고요한 경지, 전쟁이 끝난 뒤의 태평성대를 비유하거나 사람

의 마음이 고결함을 비유함)' 경지는 아마 이러한 것을 말하지는 않으리라. 그렇게 생각이 드니, 탄식이 흘러나왔다. 집에 돌아와 절구 시 한 수를 지어 사경에게 띄우고자 하노라.
(溪上齋居連夜月色淸甚, 令人無寐. 今日偶出霞山, 士敬尋到, 言其月川夜景, 適與意會欣然也. 然古人所謂光霽者, 殆不謂此. 爲之感歎, 旣歸得一絶, 擬寄士敬云.)

『월천연보』를 보면 갑자년(1564) 월천 41세 7월에, "퇴계 선생님을 모시고 자하봉(紫霞峰)에 올랐다."라고 되어있고, 그 주석에 "봉은 퇴계의 마을 어귀에 있다."라고 되어있으며, 이어 이 2수의 수답 시를 인용하고 있다. 이때 퇴계는 64세였다. 이 시도 바로 앞에서 인용한 수답 시와 같이 월천이 퇴계를 모시고 공부하게 되는 즐거움을 이기지 못하고 있으나, 퇴계는 늘 학문의 경지, 맑고 환한 경지가 아직도 요원함을 한탄하며, 또 그러한 것을 자기에게 기대하기보다는 스스로 노력하다 보면 깨닫게 될 것이라고 겸양하고 있음이 보인다.

마지막으로, 월천이 공릉참봉(恭陵參奉)에 제수되었다는 소식을 듣고서 퇴계가 웃음을 참지 못하여 지어 보낸 시와, 그 시에 화답한 시에 대해서는 앞 11. 「풍기 관사에서 조진사 사경에게 답함(豐基館舍答趙上舍士敬)」에서 언급한 바가 있으나, 거기에서 인용하지 않은 다른 비슷한 내용의 시 3수가 『퇴계전서』에는 전하지 않지만 『도산전서』(유집遺集 권1, p.26)에 전하고 있어 여기에 인용한다.

〔나라의 벼슬을 받고 서울로 올라가는 길에〕병들어 풍기에서 묵고 있을 때, 조사경이 시를 보내와서 자못 나의 이번 걸음을 기롱하였다. 그러나 마침 듣자 하니 그 사람도 공릉참봉에 임명되었다 하기에 다음과 같이 시에서 이르노라
(病留豐基時, 士敬寄詩, 頗譏余行, 而適聞其恭陵參奉之除,

故詩中云)

不作區區巧剪縫　經綸誰繼古人風.
願當泰運猶防患　竟使崎人自屛傭.
짓지 못하겠네, 구구하게 교묘히 끊었다 붙였다 함을,
나라 다스리는 경륜 누가 이를 것인가? 옛사람들의 모습을.
원하노니 마땅히 국태민안한 운수를 맞아
오직 나라의 걱정이나 막아내고,
끝내는 세속에 맞지 않는 사람이 스스로
벼슬살이 가는 일 없어졌으면.

自愧屛生不滿隅　病中嚴召每難趨.
君方笑我爲狼狽　未識君無狼狽無.
스스로 부끄럽구나, 나약한 내 인생 한쪽 구석도
채우지 못하는데,
병든 가운데 준엄하게 불러내셔 늘 어렵게 나아가는구나!
그대 바야흐로 나를 보고 비웃었지 낭패를 만났다고,
알지 못했구려, 그대는 어이 없을까?
낭패당하는 일 없을 것이라고.

唐虞事業等浮雲　手著應殊耳所聞.
莫說源頭吾已辨　恐君當局亦將粉.
요임금 순임금의 사업은 이미 나에게는
뜬구름과 같이 되었고,
손으로 짓는 책 틀림없이 달라지네, 귀로 듣는 바는.
말하지 말게나, 진리의 근원을 내가 이미 분변할 수 있다고,
두렵구나! 그대도 새로운 국면을 당하여
또한 분규를 일으키게 될까 봐.

이 3수의 시 중에서 두 번째 시는 앞서 인용한 월천의 「복정퇴계시(伏呈退溪詩)」와 운자도 '隅·趨·無'로 똑같다. 퇴계의 화답 시는 3수 모두 남아 있지만 월천의 원시는 이 1수밖에 전하지 않으니 아쉽다.

마. 맺는말

『사문수간』에는 월천 조목(趙穆)이 스승 퇴계로부터 받은 편지와 시를 연대별로 원모습 그대로 장첩(粧帖)해 두어 『퇴계전서』나 『도산전서』에 비록 모두 보이는 편지나 시일지라도 그러한 글들을 지은 정확한 날짜를 대개는 알 수가 있다. 또 『사문수간』이라는 퇴계나 월천의 연구의 제1차적인 자료를 가지고 그 뒤에 나온 『퇴계전서』(퇴계선생문집)나 『도산전서』, 또는 『월천집』의 착오를 교정할 수가 있다.

예를 들면 앞 7. 「조사경에게 띄우다(寄趙士敬)」 시를 『월천집』에 실린 「연보」에서는 퇴계가 계해년(1563)에 월천에게 보낸 것같이 소주에 넣고 있으나, 『사문수간』을 보면 이 시는 분명하게 그보다 한 해 앞인 "가정신유추(嘉靖辛酉秋)"에 적어 보낸다고 시 원문 끝에다가 퇴계 자신이 적고 있다.

또 9. 「다래에 들러서(過月川)」 시는 『퇴계전서』나 『도산전집』에서는 모두 계해년에 쓴 것같이 그 『속집』에 편차하고 있으나, 『사문수간』에는 을축년(1565)에 월천이 퇴계에게 『심경』의 "구방심(求放心)" 등에 관하여 문의한 편지의 별지 끝에 부록으로 두었다.

「월천연보」나 『퇴계전서』·『도산전서』를 모두 조사해보아도 월천이 "구방심"에 관하여 문의한 사실과 이에 관련된 편지는 모두 을축년 조목에 넣고 있으면서도 유독 이 편지만은 따로 떼어 그보다 2년이나 앞선 계해년 조에 넣고 있으니 납득이 가지 않는다.

더구나 이 시는 위에 말한 편지의 별지 끝에 별엽(別葉)에 붙여둔 것도 아니고, 바로 그 별지 말미에다 적어 동엽(同葉, 제5첩 제9엽)에 나오니, 혹시 장첩(粧帖)할 때 앞뒤가 바뀌어 붙었다고도 볼 수 없다. 그러므로 이 시는 『퇴계전서』나 『도산전서』의 속집과 같이 계해년에 편차할 것이 아니라 그보다 2년 뒤인 을축년에 지은 것으로 보인다.

『사문수간』에 보이는 퇴계가 월천에게 보낸 시 중에는 월천이 비록 생활은 너무나도 가난하지만 학문에 열중하고 있는 모습은 칭찬하기도 한다.(p.40, p.70) 너무 가난하므로 오히려 벼슬을 단념하지 말기를 바라는 뜻을 담은 시도 보이며,(p.24) 또 월천의 성격이 너무 곧기만 하고 술에 취하면 더욱 남에게 굽힐 줄 모르는 결점을 경계한 시도 있다.

퇴계 자신은 끝내 벼슬을 사양하기만 하면서도 제자들에게는 과거 공부를 게을리하지 말 것, 벼슬을 너무 쉽사리 단념하지 말 것 같은 말을 편지에서도 자주 강조하고, 또 시구에서도 읊은 것을 보면 역설적인 이야기 같으면서도, 오히려 퇴계의 근본적인 처세관이 어떠했는지 짐작할 수 있다.

이러한 시들은 매우 세밀하게 그 뜻을 음미해 보지 않고는 그러한 뜻이 시 속에 담겨 있는지조차 알아내기가 어렵다.

또 퇴계는 월천이 가끔 퇴계의 학문에 경복하여 마치 자기만이 이 세상에서 유일하게 올바른 학문의 길을 얻어들은 것같이 자부하는 시를 쓰는 것을 매우 경계하였다.(p.90)

그렇지만, 대체로 퇴계는 월천의 시를 매우 좋아하였으며 그를 인생이나 학문에 있어 자기의 세계를 알아주는 사람으로 생각하였을 뿐만 아니라,(p.99, p.103) 시로써 주고받으면서 즐기

기도 하고, 더러는 시로써 농담을 주고받기도 하였다.(p.83)
『사문수간』에 나오는 편지들을 통하여 어떻게 그러한 시들을 짓
게 되었는지 구체적인 설명이 나오기도 하며, 퇴계 자신이 지은
시구에 대한 자평(自評), 또 지금은 전하지 않는 월천 시에 대
한 간단한 평어(評語)도 더러 나온다. 이러한 점은 퇴계와 월
천을 연구하는 데 사소한 것이라도 간과하기는 어려운 자료가
된다.

여기에서는 다시 『월천집』과 『도산전서』(유집遺集)에 나오는 퇴
계와 월천 두 사제 간의 수답 시 몇 수를 찾아내어 이 사제 간
의 교유와 전수(傳授) 양면의 실상을 살펴보고자 하였다. 퇴계
는, "도산서당 달 밝으니 월천서당에도 달이 밝고…(溪堂月白川
堂白…)"라고 읊었고, 월천은 화답하여, "부용봉의 푸르름은 도
산봉의 푸르름에 접하였고, 풍월담의 푸르름은 퇴계수의 푸르름
에 잇닿았네(芙蓉翠接陶峰翠, 風月淸連退水淸)"라고 읊었다. 이
로써 퇴계와 월천의 이어짐을 우리는 오늘날에도 살펴볼 수 있
는 것이다.   (1989. 추석 다음다음날)

서애가 퇴계를 생각하며 지은 시들

1. 1. 개관

이 글은 『계문여답서(溪門與答書)』[1] 번역본 해설의 일부분으로 집필되는 것인데, 필자가 맡은 부분은 「퇴계와 서애(西厓, 柳成龍, 1542-1607)」 즉 사문(師門) 간의 관계를 설명한 것이다. 이러한 사문 간의 관계를 가장 잘 요약한 내용은 우선 『도산급문제현록(陶山及門諸賢錄)』에 나오는 서애에 관한 항목이나 「서애연보」에 나오는 관련 조목을 들 수 있다.

그러나 이러한 내용은 이미 이 방면에 관심 있는 사람들에게는 잘 알려진 것이다. 그래서 좀 더 구체적인 사실을 찾아낼 수 있는 자료들이 없을까 하여 『퇴계집』과 『서애집』을 두루 훑어보았으나 예상과는 달리 두 분 사이에 주고받은 글이 매우 적었다.

『퇴계집』에는 퇴계 선생이 서애에게 준 편지가 몇 통 수록되어 있으나, 『서애집』에는 거기에 답하는 편지가 한 통도 수록되어 있지 않고, 또 『퇴계집』에 보이는 제자들에게 준 많은 시 중에도 서애에게 직접 지어준 시는 1수도 보이지 않는다. 『서애집』

---

1) 이 글은 퇴계학회 대구·경북지부에서 1990-1992년에 낸 『퇴계 선생과 제자 간의 편지』(上·下)의 해설 일부로 쓴 글임.

에 서애가 퇴계 선생에게 직접 드린 시가 겨우 1수 있고, 그밖에는 퇴계 선생을 사후에 추모하여 쓴 시가 몇 수 보일 뿐이다. 이렇게 이 사문 간에 내왕한 문자가 오늘날 드문 이유는 두 가지로 생각한다. 첫째는 퇴계 선생 쪽에서는 서애가 비교적 만년의 제자이고, 둘째는 서애 쪽에서 가지고 있던 문자를 모두 임진왜란 이후에 잃어버렸기 때문일 것이다. 이러한 부족한 자료밖에는 없지만, 남아 있는 자료만이라도 하나씩 소개하려는 것이 필자의 욕심이다. 이해를 돕기 위하여,「서애연보」에서 퇴계와 관련된 내용을 간추려 본다.

- 가정(嘉靖) 41년(1562) 임술 21세 9월
도산에 가서 퇴계 선생을 찾아뵙고 수개월을 머물면서 『근사록(近思錄)』등을 수업하였다.

- 융경(隆慶) 1년(1567) 정묘 26세 8월
고향에 가는 퇴계 선생을 송별하였다. 광진(廣津)까지 뒤따라가 송별시를 지었다.

- 융경(隆慶) 4년(1570) 경오 29세 3월
연경(燕京)에서 돌아왔다. 돌아와서 퇴계 선생에게 편지를 올려 연경에 있을 때 일을 대강 이야기하였는데, 퇴계 선생이 답장하였다. 같은 해 12월 퇴계 선생의 부고를 받고 통곡하였다.

- 융경(隆慶) 5년(1571) 신미 30세 3월
예안에 가서 퇴계 선생 장례식에 참석하였다.

- 만력(萬曆) 15년(1587) 정해 46세
퇴계 선생의 문집을 편차(編次)하였다.

- 만력(萬曆) 28년(1600) 경자 59세 3월
퇴계 선생의 연보를 편찬하였다.[2]

---

2)『국역 서애집 Ⅱ』에서 인용.

이 연보를 보면, 서애는 21세 때 도산에 가서 퇴계 선생의 문하에서 몇 달 동안 공부하였는데, 29세 때 퇴계가 작고하였으니 약 10년 동안 스승으로 모셨고, 만년에는 퇴계 선생의 연보를 작성하는 등 퇴계의 유업을 정리하는 데 큰 공헌을 하였다고 할 수 있다.

여기에서는 다만 서애가 퇴계 선생을 추모하는 시 몇 수를 주로 다루려고 한다.

1. 2. 퇴계가 서애를 언급한 시 2수

1) 퇴계의 「유응현에게 답하노라(答柳應見)」

『퇴계문집 권4』에 보면 「유응현에게 답하노라. 응현이 편지에 이르기를 아우인 이현이 아직 근무할 직장을 얻지 못하였을 때 마음대로 행동하고 싶다고 한다(答柳應見, 應見書云 : 弟而見欲及, 其未有官守, 隨意行止.)」라는 다음 시가 있다.

> 영창에 해 비치고 화로 연기 한들한들,
> 병이 같아 서로 생각 편지를 보내왔네.
> 과거 한 어진 아우 다시금 어여쁘군,
> 온갖 일 얽힐 테니 굴레 미리 벗으려고.
> 日照明窓裊篆烟　書來同病荷相憐.
> 更憐賢弟初攀桂　萬事將纒欲脫纒.[3]

이 시 아래 2구절은 「서애연보」에도 인용되어있는데, 서애가 25세 때 10월에 과거에 급제하였다는 이야기를 퇴계 선생이 듣고서 언급한 것이다. 바로 그다음 달에 서애는 승문원권지부정

---

3) 신호열 역 『국역 퇴계시 II』 p.201에서 인용.

자(承文院權知副正字) 벼슬을 받기 시작하여 영의정(領議政)에 이르기까지 계속 벼슬하였으니 퇴계가 제자인 서애의 운명을 점치기나 한 듯한 시이다.

2) 퇴계의 「유언우의 하회 풍경을 그린 병풍 그림에 적노라 (題柳彦遇河隈畫)」

또 『퇴계집 권5』에 보면 「유언우의 하회(河回) 풍경을 그린 병풍 그림에 적노라(題柳彦遇河隈畫)」 시 2수가 있는데, 유언우는 서애의 아버지인 유중영(柳仲郢, 호는 입암立巖)으로 서애 26세 때 정주(定州)목사에서 청주(淸州)목사로 전근되어 갔다. 퇴계는 청주로 전근되어 가는 길에 서울에 와서 만나게 된, 유목사의 요청에 의하여 이 시를 지었고, 그 시 앞에 이 시를 적게 된 경위를 자세히 설명했는데 거기에서,

> 풍산의 유언우가 정주에 있을 적에 병풍 하나를 만들어 하회의 위아래 낙동강 일대의 그림을 그리게 했다. 하회는 공의 전원이 있는 곳이므로 그 벼슬살이가 멀어, 돌아가기를 생각하는 뜻을 이에 부친 것이다. …
> 이해 겨울에 언우가 임직을 떠나 서울에 왔다가 앉은 자리가 다 식기도 전에 청주목사로 나아가게 되었다. 길을 떠날 무렵 나에게 이 병풍을 보여주며 속제(續題, 그림 내용을 설명하는 내용을 적어 넣음)하도록 부지런히 청하므로 나는 언우의 떠남을 애석히 여겼으나 만류할 꾀가 없었고, 또 나의 박업(薄業, 보잘것없는 농토)도 역시 하회 상류에 있는데 한 번 나와 돌아가지 못하고 해가 또 저물어가니 그림을 펴놓고 지점(指點, 손으로 짚음)하는 사이에 더욱 개탄을 일으키게 된다. 인하여 이별의 뜻을 추후 서술하여 소감을 아울러 근체(近體,

시의 형식) 두 편을 읊어 기록하여 청주에 부쳐 보내고 아울러 병풍 위에 제하여 청주의 둘째 자제 검열(檢閱, 예문관에 속한 벼슬) 낭군(郎君)에게 보내는 바이다.

일찍이 소동파의 「금산사시(金山寺詩)」를 보니, "우리 집은 강물이 발원하는 곳인데, 환유(宦遊, 벼슬살이)라 강을 보내 바다를 들여보내네.(我家江水初發源, 宦遊直送江入海.)"라고 하였고, 그 끝 구에 "밭을 두고 못 가니 강물과 같다.(有田不歸如江水.)"라고 하였다. 지금 우리 두 사람의 일이 그와 서로 비슷하므로 맨 뒤에다 아울러 언급한다.4)

라고 썼다. 위에서 말한 '둘째 자제 검열 낭군'은 바로 서애를 말한다. 이 글을 보면 퇴계는 서애의 아버지와 동향의 같은 사대부로서 이미 교유가 깊었고, 또 신진 관료로서 처음으로 과거에 합격하여 벼슬길에 들어선, 제자이기도 한 친구의 아들인 서애에게 여러 가지로 매우 대견하게 여기면서, 또 기대가 컸음을 알 수 있다. 이 시의 본문은 3)에서 인용한 것과 같은 책에 번역되어 있어 여기서는 번역하지 않는다.

1. 3. 서애가 퇴계를 생각하며 지은 시 7수

1) 서애의 「퇴계 선생을 송별하며(奉別退溪先生)」

위에서 인용한 연보에서 서애 26세 8월에 "고향에 가는 퇴계 선생을 송별하였다. 광진(廣津)까지 뒤따라가 송별시를 지었다."라는 말이 있으나 그 시는 지금 『서애문집』에 전하지 않고, 다만

---

4) 신호열 역, 위와 같은 책, p.255-6에서 인용함. 단 어려운 한자어에 대한 괄호 안 설명은 필자가 추가함.

『서애선생별집(別集)·권지일(卷之一)』에 다음과 같은 「퇴계 선생을 송별하며(奉別退溪先生)」라는 시가 있다.

> 새로 받은 나라의 명령 사양하고서 떠나시니,
> 봄 강물에 저녁 배 가볍구나.
> 임금 은혜 입어 흰 머리 빛나나,
> 조정의 공론 백성들 살릴 일 걱정하네.
> 세상을 구하는 데 방법이 없으신 게 아니라,
> 한가롭게 물러나실 일 이미 맹세하셨으니, 어찌하랴?
> 오늘 아침 떠나시는 이 끝없이 큰 의미 때문에
> 나만 유독 이별의 슬픔을 껴안고 있을 수도 없네.
> 乞退新承命　春江暮帆輕.
> 聖恩憐白髮　朝議軫蒼生.
> 濟世非無術　耕雲奈有盟.
> 今朝無限意　不獨抱離情.

이 시의 출전인 『서애별집(西厓別集)』에는 이 시를 쓴 연대를 분명하게 밝힌 것 없이, 다만 서애가 역시 26세에 자문점마관(咨文點馬官) 사명을 띠고 의주(義州)에 다녀올 때 지은 시 다음에 이 시를 배열하였다. 시에 "봄 강물(春江)"이라는 표현으로 보아 어느 다른 해 봄에 지은 것으로 보인다.[5].
다음에는 서애가 퇴계 선생을 추모하여 지은 시와, 퇴계 선생이 생전에 지었던 시의 각운자를 사용하여 지은 시가 몇 수 전하고 있는데 인용한다.

---

5) 『퇴계가연표(退溪家年表)』(권오봉)를 보아도 이해 8월에 퇴계가 서울에서 사퇴하고 내려왔다는 기록이 없는 것으로 보아(p.486) 「서애연보」의 이 기록은 연대상의 착오가 아닐까 한다.

2) 서애의 「퇴계 선생께 올린 만사(退溪先生挽)」

위의 연보에서 서애 29세 때 "12월 퇴계 선생의 부고를 받고 통곡하였다"라는 기사가 있는데, 1991년 서애선생기념사업회에서 펴낸 『서애전서(西厓全書)·권2』의 「속집편(續集篇)」에 보면 바로 그다음 해인 신미년(1571)에 서애가 지은 퇴계 선생에게 바치는 만사가 2수 수록되어 있다. 그 내용은 다음과 같다.

> 진리를 껴안고 그윽하게 거처하시니
> 세월이 지나감을 헤아릴 것 없고,
> 낙동강 굽이 따라 흐르는 구름까지도
> 모두 다 유유자적할 뿐이네.
> 자연을 벗 삼아 속세를 떠나고 싶은 생각에
> 중년에 벌써 관직을 버리고 나오셨으나,
> 조정 일 매우 걱정되어
> 늦게나 임금께 좋은 글을 지어 올리셨다네.
> 천고에 빛나는 학문의 연원
> 정말 바르게 이음이 있으니,
> 만고에 빛나지 않는 바람과 달같이
> 스스로 끝남이 없었네.
> 어찌하여 갑자기 짓게 되었는가?
> 산이 무너지는 꿈을,
> 성인의 학문 땅에 떨어진 끈을
> 끝내 누가 전할 것인가?
> 하늘 위의 문창성(文昌星)이
> 괴이한 기운에 감겼네.
> 천 리 밖에서 늘 꾸었던 꿈이
> 이제는 적막하게만 되었고,

일생 배울 스승님
다시 찾을 길 없이 되었네.
헛되이 품고 있던 세상을 구제하고
백성을 근심하던 뜻이,
갑자기 당하게 되었네, 산이 무너지고
나무가 뽑히는 시절을.
정원의 풀은 봄 돌아오면
다시 스스로 푸르게 되겠지만,
견딜 수 없네, 길지 않는 해
새로운 무덤을 비추는 것을.

抱道幽居不計年　洛江雲物摠悠然.
煙霞逸想中投紱　廊廟深憂晩奏篇.
千古淵源眞有屬　一般風月自無邊.
如何遽作山頹夢　聖門墜緒竟誰傳.
天上文星怪氣纒　千里夢魂今寂寞.
一生函丈更無緣　空將濟世憂民意.
遽値崩山扳木年　庭草春來還自綠.
不堪殘日照新阡.

위의 「연보」에 신미년 3월에 서애가 퇴계 선생의 장례에 참석
한 것으로 되어있으니, 이 만사도 아마 그때 쓴 것으로 생각된
다.

3) 서애의 「도산(陶山)」

홀홀 흘러가는 세월 물 쏟아 붓듯하여,
아득하고 아득하니 옛 자취만 비었구려.
사람과 글 이제는 모두 적막하게 되었으니,

하늘의 뜻 끝내 어떠한 것인지?

지는 해에 강 물결만 출렁거리나,

거친 벌판엔 고목들만 엉성하네.

슬프고 처량하도다! 이 천고에 맺힌 한스러움 때문에,

굽어보고 쳐다보니 다만 흐느낌만 나올 뿐.

忽忽流年瀉　悠悠舊迹虛.

人文今寂寞　天意竟何如.

落日江波動　荒原古木疎.

悲凉千古恨　俛仰秖成歔.

－『本集・卷一』

이 시는 『서애집』에 '갑신년(甲申年)'에 지은 것으로 배열하였으니, 서애 43세 때이다. 이 시에 담긴 내용으로 보아서 나뭇잎이 다 떨어진 쓸쓸한 늦가을 해 저무는 저녁 무렵에 지은 것으로 보인다. 이해 가을이라면 퇴계 선생이 작고한 지 이미 14년 뒤요, 서애는 8월에 경상도 관찰사를 지내다가 예조판서 겸 홍문관 제학으로 영전되어 갔는데, 혹시 상경하는 길에 옛날 배움터인 도산서원에 들려서 이 시를 지었는지도 모르겠다. 이미 중년의 나이에 자기 출신 도의 지방 장관을 거쳐, 한 나라의 교육, 문화, 외교의 책임자로 발탁되어 매우 영광스럽고도 고귀한 신분이 되었지만, 이 시에는 다만 14년 전에 여읜 스승을 간절하게 사모하는 깊은 추모의 정만이 구구절절 넘치고 있다.

4) 퇴계 선생의 문집 중에 이태백의 「자극궁」 시의 각운자에 맞추어 지은 시가 있어 삼가 그 운자에 맞추어 시를 지어 나의 감회를 붙인다. 이날 밤에 꿈에서 선생님을 뵈었다(退陶先生集中, 有次李白紫極宮詩, 謹步韻寄懷. 是夜夢見先

生)

산 비 밤중에 내려,
나를 남쪽 창 대나무 사이에서 울게 하네.
근심의 끄트머리는 화산·숭산같이 높은데,
누가 말하였던가? 한 줌도 되지 않는다고.
세상 사람들 분분하고 번화함을 사랑하나,
나의 마음 그윽하고 고적함을 사랑하네.
세상 풍파에 한번 발을 잘못 디뎌,
약한 밧줄 끊어지니 돌아갈 길 없네.
지난날 정말 이러하였고,
앞날도 어찌 될지 점치기 어렵다네.
하늘과 땅 무궁한 사이에,
음과 양 갔다 왔다 함이 있네.
큰 운수 지나감 늘 쉼이 없고,
세상일 뒤집힘이 많다네.
한번 베개 베고 백일몽 꾸는 사이에,
누런 기장밥 다 익었는가? 덜 익었는가?

山雨夜中來　鳴我南窓竹.
憂端齊華嵩　誰道不盈掬.
世人愛紛華　吾心愛幽獨.
風波一失脚　弱纜無歸宿.
往者亦如此　來者不可卜.
天地無窮際　陰陽有往復.
大運去不息　世事多翻覆.
一枕邯鄲夢　黃粱熟未熟.

-『本集·卷一』

이 시는 『서애집』에 실려 있는 순서로 보아서 만력(萬曆) 15
년(정해년, 1587), 서애 46세 때에 지은 것으로 보인다. 앞서
연보에서 인용하였듯이, 이때 서애는 잠시 조정의 벼슬을 사양
하고 고향으로 물러나서, 퇴계 선생의 문집을 편차하고 있을 때
였다. 위에 인용한 연보의 이해 기사 다음에 다음과 같은 두
줄로 된 잔 주(注)가 붙어 있다.

> 선생이 일찍이 이오봉(李五峯, 好閔)에게 준 글에, "선생의 문집
> 을 김사순(金士純, 誠一)과 병산서원에서 편차하고 다시 상의하
> 여 정정하려 하였더니, 뜻밖에 선성(宣城, 예안) 사람들이 갑자
> 기 초본(草本)을 가지고 간행하였는데, 거기에는 선생께서 직접
> 삭제한 부분도 실렸으니, 항상 펴 볼 때마다 탄식하지 않은 적이
> 없었소." 하였다.6)

위에 인용한 시의 퇴계의 원운시(原韻詩)는 지금 통행되는 『퇴
계문집』7)에 보인다. 내용은 한마디로 요약하면, "세상의 부귀
영화란 일장춘몽과 같다."라는 것이다.

5) 서애의 「옥연서당, 퇴계 선생의 각운자에 맞추어8) 벽 위 에 적음(玉淵書堂, 次退溪先生韻, 書壁上)」

---

6) 상기 『국역 서애집 Ⅱ』 p.208.

7) 영인·標點 『韓國文集叢刊』 본. 『퇴계집·권2』 p.426-7. 「석륜사, 주세붕
이 이태백이 지은 자극궁 감추 시의 각운자를 사용하여 지은 것을 본받
아서(石崙寺効周世鵬次李白紫極宮感秋詩韻)」. 이 「자극궁」 시를 이백이
49세에 지은 것을 보고 소동파(蘇東坡), 황산곡(黃山谷), 주세붕(周世鵬)
이 모두 49세에 이백의 이 시에 차운하는 시를 지었고, 퇴계도 역시 49
세에 이 시를 지었다고 한다. - 정석태, 『퇴계선생연표 1』 p.638. 이렇게
보면 서애도 이 시를 역시 49세에 지은 것이 아닌가 하는 의문이 들기도
한다.

8) 『퇴계집·권2』의 「남시보가 부쳐 보낸 시를 보고서 삼가 답함(奉訓南時
甫見寄)」이라는 시에서 이 시에 쓴 것과 똑같은 자운을 사용하였는데, 이
퇴계의 시에는 제자를 그리워하는 내용과 훈계를 아울러 담고 있음.

위와 같은 해에 서애는 그 전해에 완성한 자기의 옥연서당(玉淵書堂) 벽에 다음과 같은 시를 또 써 붙였다고 한다.

가는 바람 정원의 수목을 지나서 불어오고,
늦 서늘함 빈 마루에서 생겨나네.
그윽하게 거처하며 아무 일도 없으니,
오직 사랑할 뿐 이 흰 햇볕을.
마주 앉아 이야기하려 하나 누가 들어줄 것인가?
가슴속에 그리는 이 하늘 저쪽에 있을 뿐.
평소에 큰 꿈을 갖고 있었지마는,
세월만 늦어가니 마음만 유독 상하네.
향기로운 지초와 난초 갑자기 무성하다 사라지고,
하늘과 땅에는 바람, 서리만 많구나.
아득하고도 또 아득하구나,
양쪽 귀 밑에 흰 털만 공연히 흩날리니.
微風度庭樹　晚涼生虛堂.
幽居無一事　愛此白日光.
晤言誰見賞　所懷天一方.
平生有壯圖　歲晚心獨傷.
芝蘭坐蕪沒　天地多風霜.
悠哉復悠哉　兩髮空蒼蒼.

이 시는 매우 차분한 마음으로 지난날을 되돌아보고 당초에 목표하였던 학문상의 목표를 크게 성취하지 못한 자기의 신세를 조용하게 개탄하면서 쓴 것이다.
옛 중국 시인들이 자주 쓴 '감우(感遇)', '추회(秋懷)'같은 제목을 붙인 시와 내용이 비슷하다. 이 시의 "所懷天一方", "芝蘭坐蕪沒" 같은 구절은 퇴계 선생을 생각하면서 썼다고도 볼 수 있다.

6) 서애의 「서재에서 거처하며 우연히 퇴계 선생님이 쓴 각운자에 맞추어 지어 정경세(鄭經世)에게 부치노라(齋居, 偶奉和退溪先生韻, 寄鄭景任)」

성인의 말씀 천만 마디도 넘지만 요약하자면
다만 덕을 밝히고 뜻을 정성스럽게 함일세,
누런 옛날 책에서 그런 말 찾아내니
나의 마음속에 느낌이 생기네.
고요한 곳에서 공부에 열중하고 또 시선을 모으니,
이 사이에는 냄새도 없고 또 소리도 없네.
산림에 묻힌 선비 옛날부터 속세를 떠남이 머니,
바람과 달 이제부터 온 마음을 맑게 하겠네.
시험 삼아서 정신을 점점 고쳐나가는데 부지런하게 해서,
쉽사리 하게 하지 말라, 평소에 마음먹은 바에 어긋나게끔.
聖言千萬只明誠　黃卷尋來感我情.
靜處着功兼着眼　此間無臭又無聲.
山林自昔離應遠　風月從今盡意淸.
試向靈臺勤點化　莫敎容易負生平.

이 시의 제목은 「퇴계 선생이 쓴 각운자에 맞추어 짓는다」라고 되어있는데, 퇴계의 원시는 『퇴계문집』에서 쉽게 찾을 수 없다. 이 시에는 후배에게 조용하게 산림에 물러나서 마음을 바로잡는 공부에 진력하여 평소에 쌓아 올린 노력이 헛되이 되지 않도록 하라는 타이르는 말이 적혀있다.

7) 서애의 「김이정과 김사열 두 친구에게 부치노라(寄金而靜允安·金士悅兌)」

같은 해에 지은 시로 내용도 비슷한 시 4수가 있는데, 다음과

같다.

> 자연 만물의 본래의 모습 맑고 고요하며
> 한결같은 기운 맑은데,
> 강바람 움직이지 않고 물과 구름 가볍네.
> 다정하구나, 이 밤 서쪽 정자의 달이여!
> 틀림없이 즐겁게 노는 이들을 위하여 특별히 밝겠지!
> 萬象澄虛一氣淸　江風不動水雲輕.
> 多情此夜西臺月　應爲遊人分外明.

> 늙은이 병들어 정신없이 한 숲속에 누웠으니,
> 크게 부끄럽구나! 여러 벗 멀리서 서로 찾아줌이.
> 도무지 아무것도 좋은 일 없어 손님을 붙들 수도 없으나,
> 다만 맑은 강물만은 마음을 씻어줄 수가 있다네.
> 老病昏昏臥一林　多慙諸友遠相尋.
> 都無好事能留客　只有澄江可洗心.

> 미묘한 말 끊어진 지 오래되었으니 어떤 사람 남았는가?
> 말단의 학문 쪼개지고 흩어지니 일 또한 어렵네.
> 유독하게 남긴 저술을 껴안고서 한바탕 탄식을 일으키니,
> 옥 거문고 줄 끊어져 탈 수조차 없네.
> 微言久絶人何在　末學分離事亦難.
> 獨抱遺編興一唶　瑤琴絃斷不堪彈.

> 서쪽 숲으로 고개 돌리니 뜻은 아득하나,
> 그래도 기억나네, 시내 곁에서 학문을 강론하시던 때 일이.
> 지척에 있던 참된 근원을 찾아가서 이르지 못하였으니,
> 지팡이 하나에 의지하여 슬프게 거니네
> 저녁 구름져 가는 곳을.
> 西林回首意茫然　尙憶臨溪講學年.

咫尺眞源尋不到　一筇惆悵暮雲邊.

이 시의 마지막 2수는 「서애연보」에도 수록되어 있는데, 문집에 이 4수의 시 앞에 다음과 같은 짧은 서문이 적혀있다.

> 김이정과 김사열이 퇴계 선생의 연보를 편집하느라고 옥연서당에 와서 있다. 나는 병들어 가서 함께 있을 수가 없다. 그런데, 밤마다 달빛이 매우 밝아서 절구 시 4수를 지어 보낸다
> (金而靜·金士悅以編次「退陶先生年譜」, 在玉淵書堂. 余病, 未往會, 而連夜月色淸甚. 吟寄四絶.)

끝의 2수에서는 확실하게 선사(先師)인 퇴계 선생을 생각하면서 썼다고 말할 수 있다. 선생님은 떠나가신 지 오래되어 그분께서 하시던 미묘한 진리의 말씀을 지금 찾아가서 얻어들을 길은 없고, 다만 남기신 글만 전하고 있지만, 공부하고자 하여도 지금은 그 공부를 이해하여 줄 사람이 없으니 공부할 흥미도 없다는 것이 셋째 시의 내용이다. 넷째 시는, 옛날 선생님을 모시고 학문을 강론하던 때를 생각하여 보면, 지척에서 바로 참된 학문의 근원을 찾을 수가 있었지만 미처 그것을 깨닫지 못하고서, 이제는 이미 나이가 늙어 쇠약한 몸을 지팡이에 의지하고 있으니 언제 내 생애도 부질없이 끝날지 몰라서 슬퍼지기만 한다는 것이다.

1. 4. 맺는말

이상과 같이 지금 전하고 있는 이퇴계의 문집과 유서애의 문집에서 스승과 제자 사이에 관련 있는 내용을 담은 시 몇 수를 찾아내어 소개하면서 검토해 보았다. 그러나 처음에 기대하였

던 것보다 의외로 이 두 사문(師門) 사이에 관련된 시가 적었다. 「봉별퇴계선생(奉別退溪先生)」 같은 시는 분명하게 어느 해에 지은 것인지 잘 알 수 없으나, 다만 내용에 나오는 "봄 강물에 저녁 배 가볍구나(春江暮帆輕)"라는 표현에서 어느 해 봄에 지은 것이 분명한데도, 「서애연보」와 『서애문집』(속집)을 대조해 보면 마치 이 시를 서애 26세 8월에 "고향으로 돌아가는 퇴계 선생을 전송하면서 광진까지 뒤따라가서 지은" 송별시같이 『서애속집』에는 배열하고 있다. 더구나 퇴계연보를 보면 이해 8월에 고향으로 돌아간 일도 없으니, 앞으로 만약 서애의 시 작품을 편년순(編年順)으로 엮어본다든가 서애의 연보를 다시 검토할 일이 있다면, 이러한 점은 다소 시정되어야 할 것으로 생각한다. 또 각주 7)에서 본 것같이 「자극궁(紫極宮)」 시도 46세보다는, 49세에 지은 것이 아닐까 싶은 의문이 들기도 한다.

이 글에서 지면 관계로 언급하지 못하였으나 지금 남아 있는 퇴계가 서애에게 준 편지 몇 통 가운데, 2통은 필자가 앞에 나온 『퇴서백선(退書百選)』9)에도 번역 소개한 것이 있는데, 하나는 서애 22세 때 서애가 수신(修身) 방법에 관하여 물은 것에 대한 퇴계 선생의 답신이고, 또 하나는 서애 29세 때 중국의 서장관으로 갔다가 와서 중국 학풍에 관하여 논한 편지에 대한 퇴계 선생의 답신이다.

특히 뒤의 글에서는 당시 중국 명나라에서는 육상산(陸象山)과 왕양명(王陽明)의 학문이 크게 유행하고 있었는데, 서애가 중국학도들에게 그러한 학문의 오류를 지적하여 설파하였다는 사실에 관하여 크게 칭찬한 내용이 적혀있다.

이 편지는 퇴계와 서애의 학문적인 관계, 또한 한국 유학사를

---

9) 여기 내는 것과 같은 『퇴계 선생의 편지』(퇴계학회 경북·대구지부) 총서의 첫 번째 책.

이해하는 데, 매우 중요한 대목이 될 것 같은데, 철학이나 유학을 전공하는 분들이 별도로 언급한 것이 있어 여기서는 언급하지 않는다.

(1991. 7. 22)

4. 퇴계와 율곡 수답(酬答) 시 재해석

가. 이야기를 시작하면서

2013년 8월 말에 연세대학교 철학과의 이광호 교수는 『퇴계와 율곡, 생각을 다투다』라는 책을 서울의 홍익출판사에서 간행하였는데, 지금까지 알려진 이야기와는 다른 점을 많이 찾아내었다. 특히 통행되고 있는 율곡 선생의 저술 중에서 이퇴계와 관련된 내용이 상당 부분 잘못 기재되었을 것으로 보고 있는 점이 독자들을 매우 긴장하게 하고 있다.

이 책의 목차는「퇴계와 율곡이 주고받은 시」,「퇴계와 율곡이 주고받은 편지」,「퇴계가 사망한 뒤 율곡이 퇴계를 위하여 지은 글」순으로 되어있다. 이 중 시에 관련해서는,

1. 율곡이 도산의 퇴계를 방문하여 주고받은 시〔각 1수〕
2. 퇴계와 율곡이 편지로 화답한 시〔각 2수〕
3. 퇴계가 율곡을 위하여 지은 시〔2수〕
4. 〔퇴계가〕이숙헌(율곡)에게 드리는 시〔6수〕

순으로 이 두 선현이 주고받은 10여 수의 시에 관하여 매우 세심하게 검토하고 있다. 필자는 기본적으로는 이교수의 이러한 과감한 검토 작업에 대하여 경의를 표하며, 또 그가 하는 이야기의 요지에도 기본적으로는 모두 동조한다. 그러나 이 분류를 얼핏 보면 마치 퇴계 선생이 지어준 시가 11수, 율곡 선생이 지은 시가 3수같이 보인다.

그러나 거기에 인용 해설되고 있는 시의 내용을 살펴보면, 1.

과 2.에 인용된 퇴계의 시 3수는 실제로는 4.의 이숙헌에게 드리는 시에 중복되어 나오고 있으니 과연 이렇게 이 양현의 교왕시(交往詩)를 이 4가지 부류로 나누어 볼 근거가 있는 것인가? 또 3.의 "퇴계가 율곡을 위하여 지은 시"와 4. "이숙헌에게 드리는 시"라는 말은 일견하여 무슨 차이가 있는지 잘 알 수가 없다. 이이(李珥) 선생의 호는 율곡이고, 자(字)는 숙헌이니 이렇게 부르나 저렇게 부르나 똑같은 사람이 아닌가? 또 "위하여 지은 시"란 말이나 "드리는 시"라는 말에는 무슨 차이가 있는 것인가?

또 그 책 11쪽 해설에,

> 뒤에 실린 퇴계가 남긴 시와 비교하여 읽어보면 퇴계가 율곡이 올린 시에 바로 화답하지 않은 듯하다. 율곡이 만나면서 올린 시에 대하여 율곡이 떠날 무렵에 퇴계 증별시 4수를 지어주니 이것도 화답이 한 형식이라고 볼 수 있다. 그리고 헤어지기 전에 몇 수의 시를 주고받은 것으로 보이는데, 율곡이 몇 편의 시를 지었는지 알 수 없다. 『퇴계전서』에는 퇴계가 율곡을 위하여 지은 시가 8수 남아 있다. 헤어진 다음 편지로 보낸 2수와 증별시 4수를 제외하면 헤어질 때 주고받은 시는 2수로 추정할 수 있다.

라고 설명하고 있는데, 이 중에서 〔화답시의 한 형식이라고 볼 수도 있는〕 '증별시'라고 추정한 시 4수가 과연 모두 증별의 뜻을 담고 있으며, 또 화답의 한 형식으로도 볼 수 있는 것인지? 또 "헤어지기 전의 몇 수의 시"와 "헤어질 때 주고받은 시"와 또 특히 후자 "헤어질 때 주고받은 시"와 "증별시"를 우선 용어상으로 어떻게 구분하는 것인지 자못 이해하기가 쉽지 않다.

그러나, 그는 이 시들에 대하여 시의 원문과 함께 지금까지 번역된 몇 가지 번역에 관해서도 언급하고, 관련된 보충 자료까지 찾아서 제시하는 노고를 마다하지 않고 수행하고 있다. 그

중 어떤 시에 관해서는 몇 사람의 상반된 해석을 대조하여 제시하고 있기도 한데, 그중에는 졸역을 인용한 것도 몇 수 보인다. 지금 그 졸역을 보니 다시 좀 더 가다듬어 볼 만한 부분도 보이고, 또 시 원문들 내용에 관하여서도 이 교수와 좀 더 대화해 보고 싶은 부분이 약간 있어 이 글을 적어 보고자 한다. 무슨 작품이 언제 적혔는지를 알아보는 데는, 여러 가지 방법이 있을 수 있을 것이나 무엇 보다가 중요한 것이 작품 내용에 대한 철저한 재검토일 것 같기 때문이다.

이교수는 이 작업을 하는 데 우선 율곡문집에 실린 자료를 가지고 이야기를 시작하고 있으나, 나는 그와는 반대로 내가 이미 해 놓은 『퇴계시 풀이』[1]의 순서대로 이야기를 다시 짚어보고자 한다. 이와 아울러 생각해 보아야 할 점은 우선, 퇴계문집 편차 상의 문제점, 기왕의 퇴계 작품 편년 작업에 대한 재검토, 이를 바탕으로 하여 율곡문집에 대한 재검증 같은 어려운 문제들을 매우 유의하여야 할 것 같다.

퇴계와 율곡 두 분은 워낙 한국 역사에서 대단한 위치를 차지한 분들이기에, 그분들에 관해 이야기한다는 일 자체가 매우 조심스러운 일이고, 또 함부로 다루기가 벅찬 일이기 때문에, 여기서 언급되는 시들을 모두 다시 한번 정성을 기울여 번역하고 해설하려고 한다.

---

1) 필자는 지금까지 거의 30년에 걸쳐서 장세후 박사와 함께 퇴계문집에 수록된 2천 수가 넘는 시를, 내집, 외집, 별집 순으로 번역 주석하여 퇴계학보에 「퇴계시 역해」란 제목으로 80회 가까이 연재하였고, 그 일부를 『퇴계시 풀이』라는 이름으로 영남대학교 출판부에서 6권이나 출판하였다. 여기 언급되는 시들에 대하여서도 속집에 수록된 1수를 제외하고는 모두 역주하였다. 이와는 별도로 『국역 퇴계전서』의 시 부분도 일부는 집필한 바 있는데, 기왕 발표한 졸역에 대해서는 이광호 교수도 그의 이 최근 노작에서 세심하게 검토한 사실을 밝히고 있다.

나. 퇴계문집을 중심으로 한 관련 작업에 대한 검토

이교수에 앞서 퇴계문집을 가지고 한 근래의 관련 작업을 손꼽아보자면, 권오봉 교수의 『퇴계시대전』2)과 정석태 교수의 『퇴계선생 연표월일조록』3) 같은 책을 들 수 있을 것이다.

권교수는 『퇴계시대전』에서 퇴계 58세 때(무오년, 1558)에 지은 관련 시를 내집에 수록된 시 1수, 별집에 수록된 시 2수, 속집에 수록된 시 1수, 외집에 수록된 시 4수 순으로 배열하고서 다만, 외집에 실린 시 4수 밑에만, "이 시는 계당에서 작별 직전에 읊어준 시임을 '삼월음우변옥화(三月陰雨變玉華)〔제2구〕', '별아운중옥, 행천해상산(別我雲中屋, 行穿海上山)〔제4구〕' 구로써 알수 있다."라고 하였다.

그러나 그가 그보다 좀 더 앞에 썼던 또 다른 책 『퇴계가연표』4)에서는 오히려 외집에 수록된 시 4수를 앞에 놓고, 속집에 실린 시를 뒤에 배열하면서, "이 시들을 모두 함께 보낸 것으로 생각하지 않는다. 〔퇴계〕 답서의 '今見兩書之旨'로 보아서 선생께서 답서를 보낼 때마다 시를 써 보냈을 것이다. 그때를 알수 없으므로 시를 한데 모아 싣는다."라고 하였다. 여기서 말한 "이 시들은"이라는 표현 자체가 매우 모호한데, 이 말이 외집의 시 4수를 하나로 묶고, 속집에 나오는 시 1수를 하나로 보고서 '이 시들'이라고 하는지, 또는 앞에서 인용하는 시 5수를 통틀어서 말하는 것이지 잘 알 수가 없다.

그러나, 뒤에 낸 책에서 퇴계 선생이 율곡 선생에게 보낸 시 8

---

2) 1책, 대구, 여강출판사, 1992년 12월.
3) 5책, 서울, 퇴계학연구원, 2005.
4) 1책, 서울, 퇴계학연구원, 1989.

수는 모두 무오년에 보낸 것으로 편년하고, 그중 별집에 수록된 시 4수도 대개 1차 방문을 마치고 떠날 때 쓴 것같이 이야기하고 있으니, 먼저 하였던 이야기와는 다소 차이가 있어 보인다.

권교수의 포항공대 시절 조교였던 정석태 교수(현 부산대 점필재연구소 연구교수)는 그의 노작인 『퇴계선생 연표월일조록』에서 관련된 이야기를 다음과 같이 정리하고 있다.

> 〔퇴계 58세 2월〕 6일, 이이가 당시 성주목사로 재직하고 있던 자신의 장인 노경린을 만난 다음, 자신의 외가가 있는 강릉으로 가는 길에 예안을 지나면서 퇴계를 찾아왔다. 이이는 찾아와서 먼저 퇴계의 학덕을 찬미하는 시(過禮安謁退溪先生, 仍呈一律)를 올리자 퇴계는 자신을 과도하게 칭찬하는 말로 가득 찬 이 시에 차운하지 않았다.…
>
> 또 이이가 사화(詞華)를 지나치게 숭상한다는 말을 들은 적이 있어서 이를 억제하려고 그와 별도로 시를 창수하지 않는 대신, 학문과 인생에 대하여 서로 이야기를 나누었다. 비가 오는 바람에 이이는 퇴계 곁에서 3일간을 머물다가 떠나게 되었는데, 떠나던 날 아침에 마침 비는 눈으로 바뀌어 내렸다. 퇴계는 시험 삼아 이이에게 시를 짓게 하였고, 자신도 증별시 7수(李秀才見訪退溪上, 雨留三日(本七首 一首見內集 四首見外集) 贈李叔獻 四首)를 지어서 그에게 주었다.
>
> 특히 퇴계는 이 증별시에서 이이에게 학문에 더욱 힘을 써서 대성하기를 기약하는 대신 자신을 과도하게 칭찬하는 말, 곧 이이가 퇴계를 처음 만났을 때 지어서 올린 시는 없애 줄 것을 부탁하였다.

위에서도 이 논의와 관련하여 핵심이 되는, 이때 퇴계 선생이 율곡에게 지어준 시의 편수에 관하여서는 '7수'라고 하였지만, 괄호 안에 든 설명을 보면 자못 헷갈리게 적고 있다. 똑같은 시

제목을 두 차례나 적고, 또 괄호를 한 뒤에 본래 7수인데, 1수는 내집에 보이고 4수는 외집에 보이는 "증이숙헌 4수"라고 하였다. 이대로 본다면 아무리 보아도 어떻게 '7수'가 되는지 알 수 없다.

이 '7수' 이야기는 정석태 교수가 그 글 다음에 나열한 【자료】 (3)을 보면,

> …퇴계선생별집(퇴도선생집초초본初抄本, 도산서원 광명실 소장, 제3-현3-).
> 이수재(이자숙헌)견방계상우류삼일〔본7수, 1수견내집, 4수견외집〕 (李秀才〔珥字叔獻〕見訪退溪上, 雨留三日〔本七首 一首見內集四首見外集〕)

이라는 말을 참고한 것 같다. 그런데, 여기에 나오는 「이수재 〔이자숙헌〕견방퇴계상우류삼일(李秀才〔珥字叔獻〕見訪退溪上雨留三日)」 시 자체가 2수이므로 이 시 제목 다음에도 '2수'라는 말이 빠진 것으로 생각하면 그다음 괄호 안에 나오는 말을 "본래는 7수인데, 〔여기 별집에 보이는 2수 이외의〕 1수는 내집에 보이고, 4수는 외집에 보인다."라고 풀어 읽을 수가 있다. 그렇다면 정석태 교수는 이 도산서원 광명실에 소장된 퇴계선생문집 초초본(初抄本)까지 참고하여 퇴계 선생과 율곡 선생이 처음 만나서 "퇴계는 시험 삼아 율곡에게 시를 짓게 하였고, 자신도 증별시 7수를 지어서 그에게 주었다는 것"으로 확인하고 있다.

정석태 교수는 위와 같은 자료 난에 율곡집의 「쇄언」에 나오는 이와는 다른 〔두 분이 처음 도산에서 만났을 때는 시 1수씩 주고받았고, 그 뒤에 퇴계 선생이 보낸 편지에 2수를 또 적어 보내자, 거기에 화답하는 시 2수를 적었다는〕 이설도 한문 원문 그대로 첨부해 두었다. 그런 다음 또 자못 상세한 고증 항을 설정하였는데 여기서 그 내용을 모두 소개할 수는 없으나, 요지는 대개 위의 초초본에서

말한 '7수'를 합편해 보는 것이 좋고, 율곡집에서 말한 "〔만났을 때 서로 주고받았다는 시 각 1수 이외에〕 편지로 주고받았다"고 하는 시 각 2수에 관해서는, 역시 그의 『연표』 58세 3월 6일 조에서 다음과 같이 주장하고 있다.

> 한편 이이는 자신의 외가 강릉에서 퇴계가 부친 시를 받았는데, 그때 퇴계가 부친 시와 그 시에 차운해서 지은 이이의 시 곧 (11)번〔율곡전서 권1의 「奉次退溪先生寄示韻二首」(見瑣言)〕 시는 현재(6) 쇄언 기록과 그것을 옮긴 (7)번 율곡연보에 그 본문이 실려있다. '寄示韻에 旅客何愁遠故鄕'까지가 그것이다. 그러나 그 시들을 살펴보면, 퇴계가 부친 시 중에서 첫 번째 들어놓은 것은 이이가 계상에 머물던 2월 6-8일에 지어서 2월 8일 떠나는 이이에게 주었을 것으로 추정되는 증별시 7수 중의 1수, 곧 (2)번〔내집 권2에 실린 「李秀才叔獻見訪溪上」 1수〕 시다. 여기서 퇴계 문집 그 초본에 의거해서 (2)번 시를 퇴계를 방문하고 떠나는 이이에게 준 증별시 7수 중의 1수, 곧 (3)〔별집의 「李秀才珥字叔獻, 見訪溪上, 雨留三日」 2수〕-(4)〔외집의 증이숙헌 4수〕번과 합편해야 할 작품으로 보았다.

이렇게 보면, 율곡 쪽의 자료에서 퇴계가 편지에서 첨부하였다는 2수의 시 중에서도 그 첫 번째 시 1수〔내집〕는 위에서 말한 증별시 '7수'에 넣어야 하고, 두 번째 시 1수는 속집만 따로 떼어 편지에 넣어 보낸 것으로 보아야 한다는 것이다. 이 말이 타당한 것인지는 다음에 검증해보기로 한다.

다. 퇴계집에 수록된 관련 시에 대한 검토

1) 내집에 수록된 시 1수와 율곡의 차운시 고석(考釋)

통행되는 퇴계문집 목판본에는 내집 권2에 율곡에게 지어준 시가 1수, 별집에 2수, 외집에 4수, 속집에 1수가 수록되어 있다. 그 순서대로 관련된 시를 살펴보기로 한다.

「이이(李珥) 수재가 계상으로 찾아오다(李秀才叔獻, 見訪 溪上)」

옛날부터 이 학문 세상이 놀라고 의심하여,
이익 꾀하고자 경서를 읽는다면 도에서 더욱 떨어지네.
감격스럽구나! 그대만이 홀로 깊이 뜻 이룰 수 있어,
나로 하여금 그대 말 듣고 새로운 앎 피어나게 하누나.
從來此學世驚疑　射利窮經道益離.5)
感子獨能深致意　令人聞語發新知.

마지막 구절 "令人聞語…"를 이광호 교수는 "사람들 당신 말 듣고…"6)로 옮겼는데, 여기서 사람 인(人)자를, 나를 포함한 모든 사람이라고 볼 수도 있을 것이나, "나"라고 푸는 것이 좀 더 자신을 낮추고, 상대방을 높이는 효과가 나타날 듯하다.

앞에서 나온 이야기와 같이, 율곡이 퇴계를 찾아뵌 것은 그의 나이 23세 때이다. 당시 성주목사로 있던 장인인 노경린(盧慶麟)의 인도를 받아서였다고 한다.7) 이 시에 대하여 율곡은 똑같

---

5) 사리~도익리(射利~道益離): 재물과 이익을 꾀하다 사(射)는 여기서 '추구하다'의 뜻으로 쓰였다. 『요존록』(필사본) - "경서를 밝히는 선비가 과거 시험에 붙고자 경서를 읽는다면 도는 더욱 떨어져 멀어질 것이다.(明經之士, 爲決科而讀經, 道則益離而遠矣.)"

6) 이광호, 『퇴계와 율곡, 생각을 다투다』 33쪽.

7) 『율곡전서(栗谷全書)』 권14 「자질구레한 이야기(瑣言)」에는 다음과 같은 말이 나온다. "퇴계는 병으로 귀향해서 예안현의 산골짜기 사이에 집을 지었는데 평생을 마치실 것 같았다. 무오년(1558) 봄 나는 성산[곧 성주]에서 임영[곧 강릉]으로 가던 도중에 예안을 지나가게 되었으므로 찾아뵙고 율시 한 수를 지어 바쳤다. … 나는 이틀을 머물고 떠났는데 임영에 있을 때 퇴계가 편지와 시를 부쳐왔다.(退溪以病還鄉, 卜築于禮安縣山谷間, 若將終身. 戊午春, 珥自星山向臨瀛, 因過禮安謁之. 呈一律 … 余留二日而別, 在臨瀛時, 退溪寄書及詩.)"

은 각운자를 사용하여 다음과 같은 시를 지었음을 알 수 있다.

「삼가 퇴계 선생께서 부쳐주신 시의 각운자를 써서 짓다
(奉次退溪先生寄詩韻)」

도를 배우면 어떤 사람 의혹이 없어지는 곳에 이를까?
병의 뿌리 아아! 내게서 완전히 떨어지지 않았다네.
생각해보니 틀림없구나! 차가운 퇴계의 물 받들어 마시고 보니,
온 마음과 창자까지 시원해졌음을 다만 스스로 알 뿐임을!
學道何人到不疑　病根嗟我未全離.
想應捧飮寒溪水　冷澈心肝只自知.

제목으로 보아 이 시는 분명히 율곡이 퇴계의 위의 시를 받아
보고서 퇴계에 대한 존경심을 표시하고 자신의 미흡한 점을 확
인하고는 다시 마음을 가다듬게 된 즐거움을 담은 것으로 보인다.
첫 구의 "하인(何人)"은 여기서 "어떤 사람"이라고 번역하였는데
복수로도 볼 수 있고, 단수로도 볼 수 있지만, 율곡 쪽의 자료
를 보면 이 시가 퇴계와 대화를 나눈 것을 회상한 것이므로,
퇴계를 가리킨다고 보는 것이 좋을 것이다. 퇴계 선생 정도가
되어야 비로소 "이 공부(此學)"를 하는 데 조금도 의혹 없는 확
신이 서 있을 것이라고 우러러보았다고 생각해 볼 수 있다. 제
2구의 "병의 뿌리(病根)"는 앞 구절과 연결하여 생각해보면 이
학문을 하는 데 대한 확신하지 못하는, 아직도 조금 어정쩡한
자신의 태도를 낮추어 표현하였다고 볼 수도 있다.
제3구 첫머리에 나오는 "상응(想應)" 두 글자를 여기서 어떻게
보아야 할는지? 두 번째 글자를 흔히 '응할 응'자로 풀고 있으
니 퇴계 선생의 "접대에 응하여"라고 필자도 풀어본 적이 있으
나8) 지금 생각해보니, 이 글자가 여기서는 평성(平聲)이 되어
야만 평측 배열의 규칙에 맞으므로, 이 경우에는 부사로 '응당'

이라고 풀어야만 한다.9) 제4구에 나오는 "지자지(只自知)"는 중국이나 한국의 한시에 자주 사용되는 시어인데, 월천 조목(趙穆)이 퇴계 선생에게 올린 시와 퇴계 선생이 그 시에 답한 시에도 보이니 자못 흥미롭다.10)

그런데 어떤 율곡문집 번역에는 이 시를 율곡이 퇴계에게 훈계하는 식으로 다음과 같이 번역하였음을 이광호 교수는 지적하고 있다.

> 도 공부에 그 누가 의심이 없으리오?
> 병근은 바로 아집을 벗어나지 못함에서라.
> 필경 한계의 물 마시고,
> 심간을 맑히면 스스로 알리로다.

한국정신문화연구원에서 낸 『국역 율곡전서』(권14)에 수록된 번역문인데, 이광호 교수의 책(33쪽)에서 재인용하였다. 원문의 '한계(寒溪)'를 여기서는 '한계(限界)'와 비슷하게 들리도록 옮긴 것도 이상하고, "심간을 맑히면"이라는 말도 우리말로 무슨 뜻인지 잘 알 수 없고, "알리로다"라고 하여 훈계조로 썼다. 어처구니없

---

8) 『퇴계시 풀이』 권2, 532쪽. 이광호, 『퇴계와 율곡, 생각을 다투다』 33쪽에서도 필자의 졸역을 따르고 있으나, 지금 생각하니 잘못된 것임.

9) 『왕력고한어자전(王力古漢語字典)』에서는 평성으로 보면 이 글자의 뜻은 "인신되어 생각해 보면 이치상 이렇게 될 수밖에 없다.(引伸爲料想理當如此.)"라고 하였다.

10) 조목, 「을축년 겨울에 선생님을 퇴계에서 뵙고서… 『심경』, 『대학장구』에서 더러 모르던 것을 가지고 가서 따져가면서 질문하였다」 - "잠자리 찾아가는 새조차 숲속에 깃들고 오직 나 혼자 깊은 진리 배워서 알고 있네(宿鳥趨林只自知.)". 이황, 「조목의 시에 차운하여」 - "오직 스스로 알게 되는 때 있어 억지로 알려고 하지 않는 것을(只自知時莫强知.)" [졸고 「사문수간에 나타난 퇴계 시와 시평」(『퇴계 선생의 편지』, 퇴계학회 경상북도지부, 1990) 100쪽 참조] 이 두 시에서 사용한 각운자[疑, 知]까지도 위에서 본 퇴·율의 교왕시와 같음이 자못 흥미롭다.

는 오역이라고 보지 않을 수 없다.

그런데, 퇴계 선생이 율곡 선생에게 주었다는 위의 시가 지금 퇴계 쪽의 자료로 보아서는 8수나 전하고 있는데, 유독 이 시만을 본집인 내집 안에 수록하고 있을까? 또 이 시는 퇴계 쪽에서 나온 자료와 같이, 과연 처음 만났을 때 헤어지면서 적어준 증별시의 하나인가? 그렇지 않으면 율곡 쪽에서 나온 자료와 같이 퇴계 선생이 율곡 선생에게 강릉으로 보낸 편지 속에 넣어 보낸 것인가?

필자는 이 시에서 앞 연에서는 퇴계 선생이 율곡에게 주는 훈계를 앞에 적고, 뒤 연에 가서는 오히려 젊은 율곡의 탁월함에 감동하였다는 겸허한 치사를 아낌없이 적고 있으므로, 퇴계가 율곡에게 준 시 중에는 대표성이 있다고 생각하여 아마 맨 먼저 실어 두지 않았을까 하고 추측해 본다. 또 나는 설령 율곡 쪽의 자료에 허다한 변조가 있다고 하더라도, 그것이 전부 아무 근거도 없이 그렇게 날조된 것이라고 보아야만 할지는 한 번쯤 다시 생각하게 된다.

정석태 교수가 이미 한번 말한 것같이 퇴계 선생은 율곡을 처음 만났을 때부터, 너무나 문재(文才)가 번뜩이고 퇴계를 한없이 추켜올리는 시를 짓는 것을 보고는 당장에 그와 더불어 시를 주고받는 것이 좀 마음에 내키지 않는 일로 생각하였을 것 같아, 떠날 때는 관례상 한두 수의 증별시를 지어주었을 것으로도 생각해 볼 수는 있겠지만, 대체로 율곡이 떠나면서 지은 시나, 그 뒤에 율곡이 편지를 올리면서 지어 보낸 시를 보고서 천천히 또 한두 수씩 화답하였다고 볼 수는 있지 않을지?

율곡 쪽 자료에서는 마치 퇴계가 먼저 편지를 하고 시를 지어 보낸 것같이 이야기하고는 있지만. 이 점은 이광호 교수도 지적한 것과 같이, 관례상 어른이 먼저 편지와 시를 젊은 사람에게 보냈다고 믿기는 어렵다.

2) 별집에 수록된 시 2수 고석

「이수재가 계상으로 찾아왔다가 비가 내리는 바람에 사흘
간 머물다(李秀才〔珥字叔獻〕見訪溪上, 雨留三日)」

일찌감치 명성 떨쳐 그대 서울 서쪽에 살지만,
늘그막에 병 많은 몸 나는 황폐한 구석에 사네.
어찌 알았으랴, 이날 그대 나를 찾아올 줄을?
지난날 그윽한 회포 다정하게 이야기해 좋았다네.
早歲盛名君上國　暮年多病我荒村.
那知此日來相訪　宿昔幽懷可款言.

여기에 나오는 2수의 시는 우선 제목으로 보아 떠날 때 지어
준 증별시로 생각된다. 첫 구절의 "상국(上國)"은 몇 가지 뜻이
있는데, 이 구절 안에서는 '서울', 또는 '나라 안' 정도로 보이
나 뒤 구절에 나오는 "황촌(荒村)"과 대를 맞추기 위하여 여기
서는 "서울 서쪽"11)이라는 뜻으로 풀었다. 율곡이 파주에 살았
으니 서울의 서북쪽이 되기도 한다.

재주 많은 그대 만난 기쁨 2월 봄날인데,
사흘이나 붙들어 놓으니 정신 서로 통하는 듯.
비 늘어진 은죽처럼 시내 기슭 스치고,
눈 구슬 꽃 되어 나무 몸 싸매네.
말은 진흙 뻘에 빠져 가다가는 또 허덕일 것이고,
날 개면 지저귀는 새소리에 풍경소리 새롭겠네.
한 잔 술을 가지고 다시 권하니 내 인심 어찌 이리 박한가?

---

11) 단국대 『한한대사전』 권1, 260쪽에서 인용한 『좌전』 주 참조.

이제부터 나일랑 잊고 의 맺어 더욱 친해 보세나.

才子欣逢二月春　挽留三日若通神.
雨垂銀竹揹溪足　雪作瓊花裹樹身.
沒馬泥融行尙阻　喚晴禽語景纏新.
一杯再屬吾何淺　從此忘年義更親.

제3구에 나오는 '소(揹)'자는 '선택한다', '없앤다'는 뜻도 있으나 여기서는 "스치고 지나간다(掠過)"[12]는 뜻이다. 그다음 5, 6구는 봄날 빗속에서 떠나서 가게 되는 노상의 모습을 상상하고 쓴 것이다. 제7구는 겨우 술 한 잔을 부어주고서 재삼 권한다고 하였으니 대접이 소홀하다고 말한 것이며, 마지막 구절에서는 앞으로의 '망년교'를 다짐하는 호의를 나타낸 것이다.

그런데, 이 시의 제목이나, 이 시의 제2구에서는 모두 "삼일(三日)"이라는 말이 나오는데, 율곡이 퇴계를 방문하여 3일을 머물렀기 때문이다. 그러나 율곡문집에는 이 시에 화답한 시가 보이지 않으며, 그 문집의 부록인 쇄언(瑣言)에는 다만 "내가 이틀을 있다가 떠났다(余留二日而去)"[13]라고 되어있다. 그러나 퇴계가 당시에 그의 가까운 제자 월천 조목에게 보낸 편지에,

며칠 전에 서울에 사는 이이 군이 성산에서부터 나를 내방하였는데, 비 때문에 사흘을 묵다가 떠났지요. 그 사람은 명쾌하고도 본 것이 많고 또 잘 기억하였으며, 또 우리 유학에 관하여 자못 유의하고 있었습니다. '후생이 두렵다'는 이전 성현의 말씀이 정말 헛된 말이 아니었습니다. 일찍 들으니 그 사람이 너무 문장의 화려함만 숭상한다고 하여, 그런 점을

---

12) 사고전서 전자판 『두시상주』 절구 6수의 주.
13) 한국문집총간 『율곡전서』 1,302쪽. 이 쇄언의 오류에 관해서는 이광호 교수가 누누이 지적하고 있다.

억누르기 위하여 시를 짓지 못하게 하였습니다. 떠나는 날 아침에 눈이 내려 시험 삼아 시를 읊어 보라고 하였더니 말을 세워둔 채 몇 수를 지어내었는데, 시는 그 사람만 못하였지만 그래도 볼만하였지요.

지금 보내온 편지통에 넣어 보내니, 보신 후에 금문원에게 주어 돌려보내게 한다면 좋겠습니다.14)

라 하였는데 이 편지 내용에 비가 왔다는 내용이 있는 것으로 보아서, 적어도 '3일' 정도는 묵었다고 보는 것이 무난하다. 이러한 증거 자료가 있는데도 왜 『율곡문집』에는 굳이 "2일밖에 머물지 않았다"고 하루를 적게 적고 있을까?

3) 외집에 수록된 시 4수 고석

여기서는 왜 4수나 한꺼번에 묶어 두었을까. 이 4수가 모두 같은 때 지어진 것일까?

「이숙헌에게 주다(贈李叔獻)」

병든 이 몸 문 꼭 잠그고 있던 터라 봄을 보지 못하였는데,
그대와 흉금 탁 털어놓으니 심신이 깨었다네.
명성 아래 헛된 선비 없음 이미 알고 있었으나,
연전부터 몸 공경히 못함 부끄러워할 만하네.
좋은 곡식은 돌피보다 못한 설익음 용납지 않고,
가는 먼지조차 오히려 거울 새로 닦는데 해롭다네.
과장 지나친 시어일랑 모름지기 깎아내 버리고,

---

14) 서울 퇴계학연구원에서 작업중인 『정본 퇴계전서』(전자판), 서한 4, 381쪽에 의하여 필자가 번역함. 원문은 생략. 거기서 이 편지는 무오년(1558, 퇴계 58세) 2월 9일에 보낸 것으로 밝히고 있음. 그렇다면, 이 편지는 율곡이 6일부터 8일까지 묵다가 떠난 바로 다음 날 쓴 것이므로 내용을 믿을 만하다고 생각한다.

공부에 노력함 우리 모두 날마다 가까이해보세.
病我牢關不見春　公來披豁醒心神.
已知名下無虛士　堪愧年前闕敬身.
嘉穀莫容稊熟美　纖塵猶害鏡磨新.
過情詩語須刪去　努力工夫各日親.

제2구 첫 자에 "공(公)"자를 쓴 것은 좀 파격적으로 보인다. 35년이나 나이가 적고 이제 갓 20세 넘은 청년에게 이렇게 높이는 호칭을 사용한 것이 놀랍다. 제3구의 첫 자 "이(已)"는 『율곡집』에서는 "시(始)"자로 되어있다. 뒤의 글자가 더 강하게 보일 것이다. 제4구의 "경신(敬身)"도 "몸가짐을 공손히 함", 또는 "인사를 드림" 같은 뜻이 있지만15) 여기서는 처자를 잃은 것, 건강을 잃은 것 같은 것을 뜻할 수도 있다. 『예기보주(禮記補注)』에 보면, "반드시 그 처자를 공경하는 데에 도가 있으니, 아내는 어버이를 모시는 주인이니, 감히 공경하지 않으랴? 아들은 어버이의 뒤를 이어가는 사람이니, 감히 공경하지 않으랴? 군자는 공경하지 않음이 없다. 몸을 공경함이 큰일이니 몸이라는 것은 어버이 몸의 한 가지다. 그러니 감히 공경하지 않으랴?(必敬其妻子也有道. 妻也者, 親之主也, 敢不敬歟? 子也者, 親之後也, 敢不敬歟? 君子無不敬也. 敬身爲大, 身也者, 親之枝也, 敢不敬歟?)"라고 하였다.
제5, 6구는 상대방에 대한 칭찬과 당부를 겸한 말이다. 제7구는 율곡이 퇴계 선생에게 올린 시,

　학문의 흐름은 공자의 수수와 사수의 물결에서
　나누어져 나왔고,
　우뚝한 학문의 성취는 주자의 무이산이 빼어난 것과

---

15) 단국대 『한한대사전』 6,351쪽.

같으시네.

살림이라고는 경전 천 권뿐이요,

숨어 사심에 집은 몇 칸뿐일세.

마음씨는 마치 비 갠 뒤의 맑은 달과 같고,

담소하시는 사이에도 이단의 물결을 그치게 하시네.

보잘것없는 제가 도를 얻어들으러 온 것이지,

반나절 한가함을 빼앗고자 함은 아닐세.

溪分洙泗派　峰秀武夷山.

活計經千卷　行藏屋數間.

襟懷開霽月　談笑止狂瀾.

小子求聞道　非偸半日閒.16)

를 보고서 너무 퇴계 자신을 과장되게 칭송한 것을 보고서 좀
못마땅하게 생각한 표현이다. 주고받은 내용으로 보아서 아마
도 이 시는 율곡이 퇴계 선생을 만나자마자 이렇게 칭송하는
시를 지어 올리지 않았을까 짐작된다. 그래서 위에서 인용한 월
천에게 보내는 편지 내용과 같이 "시를 짓지 못하게" 한 것이
아닐까? 마지막은 역시 함께 노력하면서 서로 친하게 지내보
자는 온건한 권유로 끝난다.

사흘 장맛비 온 세상을 옥빛으로 변하게 하여,

온 하늘에 버들 솜 나부끼고 땅에는 새싹 불어났다네.

봄 귀신이 그것을 시인이 감상함에 부족함을 부끄러워하여,

동산의 숲 일일이 단장하여 만 송이 꽃으로 바꾸었네.

三日霪霖變玉華　滿空飄絮地滋芽.

東君愧乏詩人賞　粧點園林替萬花.

---

16) 이 시는 『율곡전서』 권1 「예안을 지나는 길에 퇴계 이황 선생을 찾아뵙
고 이에 율시 1수를 바친다(過禮安謁退溪李先生滉, 仍呈一律)」이다.

여기도 역시 "사흘(三日)"이라는 말이 나오니 율곡이 이때 찾아가서 사흘을 머물렀다는 또 다른 증거가 된다. 이 시는 율곡이 사흘 뒤에 떠나갈 때 풍경을 묘사하였다.

> 뭉게뭉게 구름 피어 잠깐 만에 먼 산속에서 모습 사라지니,
> 깍깍 주린 까마귀며 까치 제풀에 날아 돌아오고 있네.
> 도리어 유감스럽구나! 맑고 좋은 날,
> 푸른 물 꽃핀 들판 눈 씻고 함께 보지 못함이!
> 靄靄斯須失遠山　噪飢鴉鵲自飛還.
> 飜嫌不共晴姸日　綠水芳郊洗眼看.

제1, 2구는 멀고 먼 구름 속으로 들어가서 모습이 보이지 않는 나그네를 생각하면서 허전함을 나타내었다. 제3구의 "번(飜)"자는 여기서는 부사로 사용하였으며, 그다음에 나오는 "혐(嫌)"자는 동사로 다음에 나오는 제4구의 끝까지를 목적어로 취한다고 보았다. 이 한 수는 이 좋은 봄날이 점점 더 아름다워지는데, 그 같은 훌륭한 선비와 더불어 이 봄을 더 즐기기 위하여 더 붙잡아 두지 못하고 떠나보내게 되어 아쉽다는 내용을 담았다.

> 나와 구름 속 집에서 헤어져,
> 바닷가 산 뚫고 가는 중이로구나.
> 어렵고 험한 곳에서 인내심 기르고,
> 나그네로 유람하는 사이에 풍속 알게 되겠지.
> 뿌리 깊으면 꽃 빛날 것이고,
> 근원 깊으면 물결 저절로 인다네.
> 번거롭겠지만 그대 이따금 편지 부치어,
> 천리 밖 게으르고 한가함 위로해 주시길.
> 別我雲中屋　行穿海上山.
> 忍心艱險際　諳俗旅遊間.

本厚華應曄　源深水自瀾.
煩君時寄札　千里慰慵閒.

제2구에 대하여 퇴계 후손 이야순(李野淳)이 쓴 주석서 『요
존록(要存錄)』에는, "숙헌은 바야흐로 강릉으로 뚫고 가는 중이
다(叔獻方付江陵)"[17]라고 주석하였다. 마지막 구절에서는 자주
편지하라는 당부로 끝난다.

위의 외집에 수록된 퇴계의 시 4수는 지금까지 해설한 바와 같
이 율곡이 도산으로 퇴계를 찾아와서 처음 만났을 때부터 시작
하여 사흘을 묵은 뒤에 떠나려고 하는 순간과, 이미 모습이 사
라진 뒤에 쓴 것, 또 며칠 뒤에 험난한 여정을 뚫고 가고 있는
모습을 생각하고 쓴 것 등등으로 순차적으로 지은 시를 나열한
것으로 생각된다.

아마 이 시들은 떠나간 뒤에 율곡이 강릉에서 올린 편지를 보
고서 쓴 답장을 쓸 때 함께 넣어 보낸 것이 아닐까? 그렇지
않다면 왜 4수가 함께 묶어져 있는 것일까?

4) 속집에 수록된 시 1수 고석

「이수재 숙헌에게 증정하다 무오년(贈李秀才叔獻 戊午)」

내 고향에 돌아와 오랫동안 방향을 잃었던 일을
스스로 한탄하였더니,
고요히 머무르는 데서 겨우 틈 사이로 빛을 엿볼 수 있었네.
그대에게 권하노니 제 때에 맞추어 바른길 추구하고,
발걸음 궁향에 들였던 것을 한탄하지 말게나.
歸來自歎久迷方　靜處纔窺隙裏光.

---

17) 졸역 『퇴계시 역해』(74), 『퇴계학보』 130집, 2011. 12. 327쪽 주10)에서
재인용.

勸子及時追正軌　莫嗟行脚入窮鄕.

이 시의 제1, 2구는 자신의 공부 경험을 이야기한 것이다. 오랫동안 방향을 잃고 지내던 것을 후회하고, 고향에 돌아온 뒤에야 조용하게 앉아서 조금이나마 진리의 빛을 탐구하는 실마리를 찾게 되었다. 그러니 그대 같은 젊은 사람은 하루라도 젊은 나이에 올바른 궤도를 따라서 가도록 노력할 것이지, 발걸음이 궁벽한 곳에 들어갔던 일을 한탄할 것도 없다고 타이른다. 여기서 궁벽한 곳은 율곡이 한때 불교의 승려가 되었던 일을 말한다.

율곡은 당시 다음과 같은 시를 먼저 지어 올렸을 것으로 본다.

　　이른 나이에 양식 찧으려 사방을 헤매다가,
　　말 굶기고 사람 마른 뒤에야 비로소 빛을 향하여 돌아왔네.
　　지는 해는 본래 서쪽 산 위에 걸려 있는 것이니,
　　여로에 선 나그네 고향이 먼 것을 무엇 걱정하리오?
　　早歲春糧走四方　馬飢人瘦始回光.
　　斜陽本在西山上　旅客何愁遠故鄕.

제1, 2구는 율곡이 이른 나이에 마음의 양식을 찾아서 다녔으나 실패하고서, 다시 바른길을 찾아서 비로소 돌아왔다는 뜻을 말한 것이다. 제3, 4구는 태양은 본래 매일 저녁이 되면 서쪽 산 위에서 빛을 발하고 있듯이 진리는 항상 불변하므로, 방황하는 나그네라도 본래의 고향〔진리〕이 멀다고 걱정할 것은 없다는 뜻일 것이다.

「쇄언」에는 퇴계 선생이 먼저 강릉으로 위의 시를 적어 보낸 것을 보고서 율곡 선생이 답한 것이 곧 여기서 소개하는 시라고 하였다.18) 그러나 위에서도 지적한 바와 같이 그 말은 오히려 반대로 보아야 할 것 같다. 어떻든 율곡이 지은 그 시는 아마도 율곡이 퇴계를 처음 만났을 때부터 자기가 불교에 잠시 빠져들었던 일을 이렇게 고백하고 한탄하면서, 퇴계 선생 같은 분에게 귀의하여 정도를 찾으려는 결의를 나타낸 시라고 볼 수 있을 것 같다.

라. 맺는말

위에서 살펴본 것과 같이 퇴계문집에는 율곡에게 지어주었다는 시가 8수나 전하고 있지만, 율곡문집에는 퇴계에게 보낸 시가 겨우 4수밖에 전하지 않고 있다. 우선 이 점을 어떻게 보아야 할 것인가? 아마도 퇴계문집보다는 율곡문집이 편집에 탈루된 자료가 많았다고 볼 수밖에 없다. 관례로 보아서 선배학자가 지은 시를 보고서 화답하는 시를 일일이 짓지 않았다고 보기가 어렵기 때문이다.

영남지역에서 편집된 퇴계 제자들의 문집을 보면 대개 퇴계 선생이 보낸 시에 답하여 짓거나, 퇴계 선생에게 먼저 올린 시에 대하여 퇴계 선생이 화답한 시가 있으면 대개 퇴계 선생의 시를 반드시 찾아서 적어놓는 것이 관례처럼 보이는데, 이 율곡문집에서는 그러한 관례와는 달리, 퇴계와 관련하여 지은 율곡 선생의 시조차도 문집에는 원문을 싣지 않고, 문집의 부록인 「쇄언」에서만 언급하고 있을 뿐이다.

그러나 「쇄언」 내용조차도 그대로 믿을 수 없는 점이 있다. 일례로 무오년(1558)에 율곡이 처음으로 퇴계로 방문하였을 때, 퇴

---

18) 그렇게 보고서 국역 『율곡전서』에서는 이 시를 다음과 같이 야유하는 말투로 번역하였다.
"젊어서는 양식 찧느라 사방을 달리시고,
인마 굶주리고 여윈 뒤에야 빛을 돌이키셨네."

계 쪽의 자료나 시를 보면 모두 비 때문에 '3일' 머물다가 떠난 것으로 적혀있으나, 율곡 쪽의 「쇄언」에서는 '2일'만 묵었다고 적고 있다. 하루라도 덜 묵었다고 하는 것이 율곡이 퇴계의 영향을 덜 받았다는 말이 된다는 것인지?

퇴계문집에 수록된 시 8수를 다시 지은 날짜순으로 배열하고 또 그러한 시들에 대한 율곡의 관련 시 여부를 살펴보면 대개 다음과 같다.

> 1) 「이숙헌에게 주다(贈李叔獻)」 4수[외집] 처음 만났을 때부터 시작하여, 떠날 때, 막 떠나간 뒤, 돌아가는 일을 상상하는 순서대로 배열. 율곡의 관련 시: 1수만 있음.
> * 이 외에 찾아가서 처음으로 율곡이 먼저 지어 바친 것으로 보이는 「예안을 지나는 길에 퇴계 이황 선생을 찾아뵙고 이에 율시 1수를 바친다(過禮安謁退溪李先生滉, 仍呈一律)」(『율곡전서』권1)가 있음.
> 2) 「이수재가 계상으로 찾아왔다가 비가 내리는 바람에 사흘간 머물다(李秀才〔珥字叔獻〕見訪溪上, 雨留三日)」 2수[별집] 3일간 머물다가 떠날 때 지음. 율곡의 관련 시: 없음.
> 3) 「이이(李珥) 수재가 계상으로 찾아오다(李秀才叔獻, 見訪溪上)」 1수[내집 권2] 율곡이 강릉에 가서 있을 때 지어 보냄. 율곡의 관련 시: 1수 있음.
> 4) 「이수재 숙헌에게 증정하다 무오년(贈李秀才叔獻 戊午)」 [속집 권2] 1수. 강릉으로 돌아간 뒤에 보낸 시. 율곡의 관련 시: 1수 있음.

이상을 종합해 보면 퇴계문집에 비하여 율곡문집의 자료에 누락과 착오가 많다고 볼 수밖에 없다. 문집의 초간본인 해주(海州)본은 아직 구하여 보지 못하여 거기에는 어떻게 되었는지 대조하지 못하였음을 밝히며 후일에 과제로 남겨둔다.

● 참고문헌

王力, 『王力古漢語字典』1권, 北京, 中華書局, 2002.

동양학연구소, 『한한대사전』15권, 단국대출판부, 1986.

이광호, 『퇴계와 율곡, 생각을 다투다』, 서울, 홍익출판사, 2013.

이장우 · 장세후, 『퇴계시 풀이』권6, 영남대출판부, 1990-2003.

이장우 · 장세후, 『퇴계시 역해』(74), 퇴계학보 130집, 2011.12.

이장우, 「사문수간에 나타난 퇴계 시와 시평」(『퇴계 선생의 편지』, 퇴계학회 경상북도지부, 1990)

권오봉, 『퇴계시대전』1책, 대구, 여강출판사, 1992. 12.

권오봉, 『퇴계가연표』1책, 서울, 퇴계학연구원, 1989.

정석태, 『퇴계선생연표연월일조록』5책, 서울, 퇴계학연구원, 2005.

전자판, 한국문집총간, 『율곡전서(栗谷全書)』

전자판, 『국역 율곡전서』, 고려대 민족문화연구원.

전자판 사고전서, 『杜詩詳注』

전자판, 『정본 퇴계전서』(잠정본)

5. 퇴계 시와 승려

가. 서(序)

이 글은 지금까지 세상에 널리 통행된 목판본 『퇴계문집』1)에
서는 흔히 삭제된, 퇴계가 승려에게 준 시들에 관하여 언급하
고자 한다.

위의 『퇴계문집』 특히 그 본집에서는 가끔 퇴계가 절에 들러서
쓴 시는 수록하고 있지만 그러한 절에서 만난 승려들에게 지어
준 시는 거의 보이지 않고, 그 별집(別集)과 외집(外集)·속집
(續集)에 겨우 몇 수의 승려에게 준 시가 보일 뿐이다.

그러나 한국정신문화연구원에서 영인한 사본 『도산전서(陶山全
書)』 제3책·제4책을 보면 그보다는 훨씬 더 많을 퇴계의 증
승(贈僧) 시가 보이며2), 특히 이 『도산전서』의 끝부분인 제4
책 말미에 붙은 「일목록(逸目錄, 글의 제목만 전하고 내용은 전하
지 않는 것)」에는 80제에 가까운 증승 시제(詩題)가 보인다.

또 퇴계와 교유가 있었던 당시 선비들의 문집, 예를 들면 주세
붕(周世鵬)의 문집인 『무릉잡고(武陵雜稿)』를 보아도 주세붕이
풍기군수로 재직할 때 청량산에 유람 가서 이퇴계가 쓴 「백운
암기(白雲庵記)」를 읽었고, 또 퇴계가 그 암자의 중들에게 지
어준 시를 보고서, 그런 시의 각운자에 차운하여 다시 그 중들

---

1) 대표적인 것으로는 성균관대 대동문화연구원에서 영인해 낸 『퇴계전서』
    경자본(庚子本) 『퇴계선생문집』의 원본 같은 것을 들 수 있다.
2) 15제(題) 정도가 보인다. 이 중에 6제 정도만 겨우 『퇴계전서』에 보일 뿐
    이다.

에게 지어주었다는 시가 4수나 수록되어 있지만, 위의 퇴계문집에는 이러한 「기(記)」도 전하지 않고, 또 시도 1수도 전하지 않는다. 다만 『도산전서』에만 이와 관련된 시 1수가 전하고 있다.3)

퇴계의 전기를 보면, 어릴 때부터 청량산의 산사나 월란암(月瀾庵) 같은 예안의 암자 등에서 공부하였고, 또 벼슬길에 서울을 갔다가 돌아올 때도 자주 절에 가서 머물기도 하였다.

『주자어록(朱子語錄)』을 보면, 당(唐)나라 때 승려들이 사대부들을 찾아다니며 시축(詩軸, 또는 시권詩卷)에 시를 적어 달라고 부탁해서 사람들의 시를 받아 두는 것이 풍속처럼 되었다고 하며, 중당(中唐)의 유우석(劉禹錫) 같은 문인의 문집에는 중들에게 지어 준 시만 하여도 한 권이 된다고 하였다.4)

또 중당 때 배불론자(排佛論者)로 유명한 당송팔대가(唐宋八大家)의 한 사람인 한유(韓愈)의 문집을 보아도 그가 승려 등에게 쓴 시들이 몇 수 보인다. 특히 한유는 중들에게 시를 지어주면서 중들을 조롱하고 불교를 배척하는 내용으로 잘 알려져 있다.5)

이러한 사실들을 감안해 보면, 전통적인 성리학자 또는 배불론자라고 하여 승려와 전혀 접촉이 없었던 것은 아니다. 또 승려에게 더러 글을 지어주었다고 해서, 그들의 학문이나 인격에 누가 되지는 않을 것으로 생각한다.

우리가 오늘날 퇴계나 퇴계의 저술을 대할 때에도 가능하면 퇴계가 지녔던 본래의 모습을 생각해보도록 노력해야 하지, 퇴계 이후에 그의 추종자들에 의하여, 고의로 가려지고 굴절된 이퇴

---

3) 이 부분에 관해서는, 필자가 「퇴계와 산승(山僧)과 신재시(愼齋詩)」라는 글을 별도로 작성하여 소수서원(紹修書院)에서 구두 발표한 바 있다.

4) 『주자어류(朱子語類) · 권 제139』 「논문 · 上」

5) 필자가 번역한 『한유 시 이야기』, 서울, 대한교과서주식회사, 1988. 참조.

계를 보지 말아야 할 것이다.

이 글은 종전의 퇴계문집에 제대로 수록하지도 않았던 승려들에게 준 시들을 다시 한번 찾아봄으로써, 이 같은 본래 퇴계의 모습을 찾는 작업의 한 부분이 될 것을 기대해 본다.

나. 시제(詩題)의 형태와 언급된 승려들

『도산전서』 제3책(외집外集 · 별집別集)과 제4책(유집遺集 · 일목록逸目錄)에 보이는, 퇴계가 승려들에게 준 시의 목록을 검토하여, 퇴계가 어떤 동기에서 이러한 시들을 짓게 되었는지, 또 이러한 시들을 받은 승려들은 어떠한 인물들이었는지 보기로 한다.

먼저 이러한 작업을 시작하는 데 있어, 몇 가지 애로사항을 밝히고자 한다.

첫째는, 지금 필자가 조사의 저본으로 삼고 있는 『도산전서』는 앞에서 밝힌 바와 같이 붓으로 적은 필사본이므로 그 내용이 목판본이나 활자본같이 그렇게 완정(完整)하게 체계적으로 되어 있지 않다. 그리하여 아주 드물기는 하지만, 목차나 내용이 중복되는 것도 보인다.

둘째는, 똑같은 승려 같은데도 호칭을 '○○師', '○○上人' 같이 두 자로 적기도 하고 '○師', '○上人'과 같이 한 자로 적기도 한 것이 있으며, 「일목록」에는 시 제목만 보이지 내용이 없어, 제목만 보고서는 승려의 법명인지, 일반인의 호인지 구분하기 어려운 것도 있다.

셋째는, 이 논고(論考)에서는 퇴계가 승려들에게 직접 지어 준 시만 다루려고 하는데, 제목 중에는 퇴계가 절에 들러서 그 절의 경관이나 분위기를 읊은 것, 또는 친구들이나 명사들이 중에게 적어준 시구만 보고서(또는 듣고서) 차운한 시도 더러 섞여 있어서 그러한 것을 "승려들에게 직접 지어준 시"와 구분하기에는 어려운 것도 많다.

이러한 몇 가지 애로사항을 전제로 퇴계가 어떠한 승려들에게 어떤 시들을 주었는지 알아보기로 한다.

제목으로 보아서는 「贈○○師」, 「贈○○上人」이라든지 「題○○詩卷」, 「題○○詩軸」 같은 것이 대부분이어서 퇴계 당시에도, 앞서 이야기한 당나라 때의 풍습과 같이 우리나라의 승려들이 명사들을 찾아다니며 시를 받아서 시권(詩卷)이나 시축(詩軸)을 만들어 지니던 것이 습관화되었던 것을 알 수 있다. 이러한 습관은 요즘 사람들이 이름 있는 사람의 사인을 받아 두는 것 정도가 아니었을까 생각된다.

옛날에는, 승려가 어떤 계층의 사람들보다도 광범위하게 전국 각지를 여행할 수 있었으므로, 더러는 이러한 행각승(行脚僧)이 이곳저곳의 이름난 선비들 사이에 편지나 소식 또는 시문 작품을 전달하는 역할까지 하였던 것으로 보인다.

시제에 흔히 '걸시(乞詩)', '색시(索詩)' 하는 표현이 자주 나오는 것을 보면, 퇴계가 점차 명성이 높아지자 그에게 시를 얻고자 찾아오는 중들이 매우 많았음을 알 수 있다.

일반인들에게 준 퇴계의 시제를 보면 서로 시를 지어주고 또 거기에 대한 화답 시를 받거나, 서로 차운하는 시를 지어 시문(詩文)을 다지는 것이 많은 데 비하여, 이렇게 중들에게 준 시에는 약 1백 수 가운데 유일하게 '종수상인(宗粹上人)'이라는 승려의 시에 차운한 것 하나만 보인다.

다음에 어떤 승려들에게 이러한 시를 지어주었는지 한 번 살펴보기로 한다.

학가산(鶴駕山)의 능청산인(陵淸山人), 소백산(小白山) 묘봉암妙峯庵)의 종수산인(宗粹山人), 용수사(龍壽寺)의 주승(主僧) 도

신(道信), 부석사(浮石寺)의 현일상인(玄日上人), 소백산 석륜사(石崙寺)의 보기(寶器)와 보품(普品), 관음굴(觀音窟)의 삼승(三僧), 청량산의 승 경산(京山)·승 의문(義文), 용천사(龍泉寺)의 종사(宗師), 청량산의 은사(誾師)와 웅사(雄師), 순상인(淳上人), 철암(哲庵, 소백산) 승 승천(勝天), 도산서당을 지어준 용수사(龍壽寺)의 법련(法蓮), 법련의 제자 조민(祖敏), 봉정사(鳳停寺)의 공윤(空允), 벽사(甓寺, 신륵사)의 주지 신각(信覺) 정도가 시의 내용이나 제목, 또는 필자가 다른 자료를 통하여[6] 겨우 거처를 확인할 수 있는 승려들이나, 그 나머지 승려는 반수 이상 거처를 알 수 없고, 어떤 시제는 승려의 이름도 없는 것도 있다.

이 중에서 퇴계의 시에 가장 많이 나오는 승려는 종수상인으로, 그에게 지어 준 시는 지금 전하는 것만 하여도 10여 수가 넘는다. 그 외에 시제에 두 번 정도씩 나타나는 승려로는 신각(信覺), 웅사(雄師), 사윤(思允, 미상),[7] 현일상인(玄日上人), 은사(誾師) 정도이다. 이로 보아 종수상인 등 몇몇 승려를 제외하고는 퇴계와 자주 접하였던 승려는 별로 많지 않았던 것 같다.

다. 지금 전하는 시의 내용

다음에 『도산전집』에 내용까지 전하는 시 몇 수를 소개한다.

---

6) 각주 3)에서 인용한 『무릉잡고(武陵雜稿)』.

7) 바로 위에 나온 책에 보면 청량산(淸凉山) 승 윤사(允師)에게 퇴계가 지어 준 시를 보고 주세붕(周世鵬)이 차운한 시가 전하는데, 동일인인지 모르겠음.

「선준 승려가 금강산 유람간다기에 다시 절구 한 수를 지어주노라(禪峻上人將遊楓岳, 再贈一絶)」

회오리바람같이 얽매임 없고 들 구름같이 떠돌아다니누나,
한 스님 넘으려 하네, 1만 2천 봉우리를.
만약 오묘한 참된 이치를 많이 얻지 못한다면,
같지 못하리라 돌아와서 앉음만, 옛날 살던 산속으로.
飄然不繫野雲蹤　一錫將凌二萬峯.
若得無多眞法妙　不如歸坐舊山中.

-『外集·卷一』 p.406

선준 승려가 누구인지 자세히 알 수는 없으나 「일목록」에, 「준 스님이 이미 암자를 새롭게 장만하고, 이제 동해안으로 유람 갔다가 다음 해 한식 때 돌아와서 만날 것이다(峻師旣新齋庵, 今遊東海, 明年寒食當會)」라는 제목이 있는 것으로 보아, 아마 퇴계가 살던 도산 가까이에 살았으며, 퇴계와는 가까운 사이였던 것 같다.

보기에 따라서는 셋째 구절에서 약간 불교에 대하여 비방하는 뜻으로도 볼 수 있지만, -아무리 돌아다녀도 진리를 터득할 수 없다는- 마지막 구절에 가서 곧 옛 터전으로 돌아와서 나와 다시 만나자는 뜻을 담고 있으니, 떠나가는 사람을 전별하는 시로서는 훌륭하다.

「웅 스님의 시 두루마리에 적노라(題雄師詩卷)」

그윽하게 쉬고 지내니 2월에 경치도 좋은데,
시내 곁 푸른 산속에 뻐꾸기 소리 들릴 듯하네.
삼가 묻노니 지금쯤 선방에는 어떻게 되었을까?
천 봉우리 구름 속에 파란 송라 안개에 싸였겠지.

幽棲二月風光好　溪上靑山欲杜鵑.
借問禪房何所有　千峯影裏綠蘿烟.

–『外集 · 卷一』p.416

응사는 청량산의 스님으로 '지웅(志雄)'이라고도 하며 주세붕이 청량산에 갔을 때 퇴계가 이미 그에게 지어준 시가 1수가 있어 그 시를 보고서 차운하여 지어준 시가 앞에서 말한 『무릉잡고』에도 보이며 이 『도산전집』(유집遺集)에도 그에게 준 시가 또 1수 보인다.

시에 "溪上(시내 곁)"이라는 말이 나오는 것으로 보아 아마 퇴계가 40대 후반에 도산의 토계(兔溪, 토계土溪) 곁에다 집을 짓고 잠시 관직에서 물러나서 쓴 것으로 보인다. 시 원문 끝에, "이때 스님은 청량산 만월암에 있다(時師在淸凉山滿月庵)"라는 소주(小註)가 달려 있다.

이 시에는 봄을 맞아서 퇴계 자신이 거처하는 시냇가나, 스님이 거처하는 높은 산 위의 선방(禪房)이나, 다 한결같이 고요하기만 하고 또 푸르름이 무르익어 가고 있음을 아낌없이 그려 내었다. 이 시로 보아서 아마 퇴계는 이 '웅사'를 매우 좋아한 것 같다.

> 「임사수(형수)가 동호 독서당에서 오면서 인 스님(휴정)을 데리고 와 두루마리에 시를 적어주기를 청하다 3수(士遂自書堂, 攜印上人來, 請題詩卷, 三首)」

우뚝하고도 우뚝한 마음씨
오히려 스스로 낮추기를 허락하여,
나의 보잘것없는 오두막집을 찾아오느라
도사의 가벼운 신 신었네.
참하도다! 소매에 가득한 것 모두 무지개와 달이니,

천만 봉우리를 두루 돌아다녀도 밤길 잃지 않으리.

落落高懷肯自低　來尋蓬戶伴雲鞋.

爲憐滿袖皆虹月　行遍千山夜不迷.

-『外集·卷一』 p.469

이 시는 퇴계가 서울에서 40대 초반에 조정에서 벼슬할 때 쓴
것이다. '임형수'는 역시 퇴계와 함께 조정에서 벼슬도 하면서
또 함께 동호독서당에 가서 사가독습(賜暇讀習)하던 친구이다.
그는 성격이 호탕하여 시를 잘 지었으며, 또 문무를 겸전하였
다고 한다.

'인상인(印上人)'은 서산대사(西山大師)의 젊을 때 호칭이다. 여
기서 생략한 앞의 시 2수에 보면 각각 "별로 일에 얽매이지 않
고 속세의 선비를 찾아다니며 시나 받는 산승" 또는 "머리를
기른 중" 등으로 표현하고 있다.

이 시에서는 인상인이 가벼운 발걸음으로 찾아와 준 것을 고마
워하고, 또 자기와 같이 관직 같은 것에 매이지 않고 어디나
훌훌 돌아다닐 수 있는 것을 좋게 보았다. 제3구의 "虹月"은 곧
'시권(詩卷)'이란 뜻이나, 여기서는 "무지개와 달"로 풀어보았는
데, '무지개'는 흔히 '다리〔橋〕'라는 뜻을 나타낸다. 다리가 있으
면 어디라도 건너갈 수 있고, 달〔月〕이 있으면 어느 때나 다닐
수 있다. 마음속에 어디라도 넘나들 수 있는 준비가 되어 있다
는 뜻일 것이다.

「법련 스님에게 주노라(贈沙門法蓮)」

한구석 땅 선비의 집에 한 사람의 중,
나는 나의 뜻 이루려 하나 너는 무엇을 믿겠는가?
일인즉 검은 숫양을 내놓는 것같이
네 비록 쉽지는 않을 것이지만,

정성 산도 옮길 듯하니 어찌 불가능할 것인가?
바람과 달은 온 천지에 가득하지만 모름지기 주인이 있으며,
구름과 너울 눈에 들어오면 벗하기에 좋네.
내년에 나의 잘못된 걸음 되돌려 돌아올 때면,
사립문 닫고 샘물 마시며 호젓이 지낼 수 있으리니
그 즐거움 어디에도 비기지 못하리.
一畝儒宮一鉢僧　欲成吾志汝安憑.
事同出殺雖非易　誠似移山詎不能.
風月滿川須有主　雲霞入眼好爲朋.
明年返我迷行駕　衡泌端居樂莫勝.

－『續集·卷一』p.487

이 시에는 다음과 같은 서문이 붙어 있다.

나는 도산 남쪽 골짜기에 서당 하나를 지으려고 하는데, 용수사
(龍壽寺) 중 법련(法蓮)에게 그 일을 맡게 하였다. 연(蓮)은 내
가 돈을 풍부하게 주지 못할 것을 알면서도 난색을 하지 않으니
그 뜻이 가상하다. 또 세상일에 구속받아(벼슬이 내려졌다는 말)
지금 서울로 올라가야 하는데, 법련이 와서 이르기를 건축 계획
때문에 경주에 갔다가 오겠다고 한다. 나의 소감을 적어 그에게
주노라.

이 소주(小註)와 위의 시구를 보면 퇴계가 비록 풍부한 노임
을 줄 수가 없으나, 법련이 큰 대가를 바라지 않고 도산서당
을 지어주려는 호의에 크게 감사하고, 자기가 지금 잠깐 다시
벼슬길에 불려져 서울로 올라가지만, 곧 사직하고 돌아올 때
는 평생 소원하던 서당이 완성되어 자연을 벗 삼고 호젓한 은
자(隱者)의 생활을 즐길 수 있으리라는 즐거운 기대에 차 있
다.

그러나 이때 서울에 갔다가 곧 돌아와서 보니 법련이 죽었으므로, 퇴계는 그가 지은 도산서당에 거처하면서 늘 이 법련의 호의를 잊을 수가 없었다. 법련의 제자 조민(祖敏)이 퇴계 선생이 그의 스승에게 지어주었던 위의 시를 품고 와서 퇴계에게 보이자, 퇴계 선생이 법련을 위하여 슬픈 생각을 이기지 못하다가, 다시 절구 시 1수를 지어 조민에게 주면서 앞의 시 뒤에 함께 붙여 두고 보라고 하였다는 것을 「일목록」(p.475)에서 알수 있으나 그 절구 시는 지금 전하지 않는다.

비록 이단이라고 하는 불교도와의 사이였고, 또 비록 목수로서의 재능 때문에 그와 가까워지기는 하였지만, 인간적인 신뢰와 애정이 넘치는 사이가 되었다고 하겠다.

라. 종수상인(宗粹上人)에게 준 시

앞에서 이야기한 바와 같이 『도산전서』에는 다른 승려들과는 다르게 종수상인에게 지어준 시는 여러 수가 보이므로 그에 관해서는 자세히 살펴볼 필요가 있을 것 같다. 퇴계가 종수상인에게 지어준 시로는,

1. 「종수상인에게 주노라(贈宗粹上人)」
2. 「묘봉암팔경 8수(妙峯庵八景 八首)」
3. 「관음암 아래 시내와 바위 돌이 매우 아름답다. 한참 앉아있는데 종수상인이 "시냇물 흐름 마땅히 웃을 것이다, 옥띠 허리에 두른〔벼슬아치〕 나그네를. 씻으려 하여도 씻지 못할 것이다, 붉은 티끌 자취를."이라는 구절을 들추어 읊기에, 서로 보고서 한 바탕 웃었다. 여기에 적어 그에게 보이노라(觀音庵下, 泉石甚佳, 坐頃, 宗粹上人擧, "溪流應笑玉腰客, 欲洗未洗紅塵蹤"之句, 相視一粲, 書此示之)」

4. 「종수상인에게 주노라 2수(贈宗粹上人, 二首)」
5. 「수상인에게 주노라(贈粹上人)」
6. 「종수상인의 운자에 맞추어(次宗粹上人韻)」

와 같은 제목의 시 14수가 보인다. 그러나 4, 5, 6은 제목만 「일목록」에 보일 뿐, 그 내용은 보이지 않는다. 이 중에 「묘봉암팔경」만은 『퇴계전서』에도 수록되어 있는데, 다음과 같은 소주(小註)가 있다.

> 종수상인이 소백산의 높은 곳에 암자를 엮으니, 이름을 묘봉암이라고 하였다. 그 주위의 경치 여덟 가지를 소재로 삼은 시를 적어 줄 것을 구하여 이렇게 적어주어, 다른 날 내가 거기를 찾아서 놀러 갈 핑계 삼고자 하노라. 경술년 하지 후 며칠 뒤, 퇴계의 병든 늙은이.

여기 나오는 경술년은, 퇴계 50세 풍기군수를 사임하고 도산의 토계(兎溪)로 돌아와 있을 때다. 그 전해 기유년 4월에 퇴계는 군수로 재임하면서 소백산에 유람한 일이 있는데 이때 쓴 기행문 「유소백산록(遊小白山錄)」(『도산전서』 3책 p.252)을 보면 이때 종수상인이 묘봉암에서 내려와 며칠이나 퇴계를 수행하고 다녔다. 이때 위 3. 「관음암 ~」이라는 시를 지었다는 기록이 이 기행문에 나오는데 그 전후 문단을 여기 옮겨보고자 한다.

> … 내려와서 개울을 건너 바로 관음굴로 올라가서 멈추고 잤다. 다음 날, 을축일에 산에서 내려오니, 산 아래 반석은 편편하게 넓은데, 맑은 샘물이 그 위로 흘러들었다. 그 위쪽에는 물소리가 콸콸하였다. 이쪽에는 목련꽃이 활짝 피었는데, 내가 그 곁에 지팡이를 꽂아 두고서, 개울로 내려가서 물장난하니 마음에 매우 만족스러웠다. 종수 승려가 읊조리기를 "…"하면서 "이 구절은 누구의 말입니까?"라고 하였다. 드디어 서로 보고서 한바탕 웃고서 "…"라는 시를 짓고서 떠났다.

이 기행문에는 그때 지은 시는 생략하였는데, 『도산전서』에는
다음과 같이 전한다.

어지러운 돌 사이에서 옥류수로 장난하니,
차가운 소리 철벅거리며 옥이 부서지는 듯.
갑자기 또 당하게 되었네, 높은 스님의 비웃음을,
티끌 묻은 발자취 씻고자 해도 스스로 말미암을 데가 없네.
亂石中間漱玉流　寒聲淅瀝碎琳琳.
坐來更被高僧笑　欲洗塵蹤不自由.

이 시는 매우 재미있게 쓴 것이다. 엄숙한 분위기만 느껴지는
도학자가 산속에 콸콸 흐르는 옥류수를 보고서 여름날 낮에 한
참 산에서 걸어 내려와서, 더운 김에 옷을 걷고 물을 튕기면서
물장난을 즐기고 있는 참에, 멀찌막이 뒤에서 따라오던 덕이 높
은 산승이 나타나 마음 놓고 물장난할 수도 없다는 것이다.
다음에는 「묘봉암팔경(妙峯庵八景)」에 있는 첫째 시 1수만 소
개한다.

「멧부리들이 병풍처럼 둘러쌈(巖巒遠屛)」

쇠를 깎은 듯 연꽃을 펼친 듯 기이한 모습의 바위들,
높고 높은 절간을 둘러싼 울타리 되었네.
알지 못하겠네,
고요히 앉아 공(空)의 이치 오묘하게 살피고 있으니,
전하여 받았는가?
그들의 세계에서 몇 번째 조사(祖師)의 의발(衣鉢)을.
鐵削蓮敷詭狀姿　高高蘭若作屛圍.
不知宴坐觀空妙　傳得渠家幾祖衣.

제1구 "쇠를 깎은 듯 연꽃을 펼친 듯"은 제목이나 문맥으로 보

아서는 물론, 위에서 옮긴 바와 같이 이 묘봉암 주위의 기기괴 괴하게 생긴 바위의 모습들을 묘사한 것이다. 그러나 이 "鐵削 蓮敷"라는 네 글자만 보면 "연꽃 위에 앉혀 놓은 쇠로 만들어 놓은 부처"를 연상하게도 된다.

퇴계가 중들에게 지어준 시에서는 불교나 승려들의 교리 같은 것에 대한 직접적인 비난이나 배척 같은 것은 강하게 나타나지 않는다. 그렇다고 해서 불교나 승려들에게 그렇게 경의를 보인 것도 아니다. 이 시에도 속세와 멀리 떨어져 기암괴석으로 둘 러싸인 이 암자의 모습을 묘사하면서, 퇴계는 이 절 주위의 기 괴한 모습을 강조하면서 은근히 부처의 기이한 모습을 풍자하 고 있는 것으로 보인다.

끝 구에서 "전하여 받았는가? … 몇 번째 조사의 의발을"이라고 한 것은 단순히 상대방의 체면을 살리기 위하여 인사치레로 써 준 구절 같지만은 않다. 앞 구절에서 강조한 이 주변 위치의 높 음은 이 스님의 높은 수양과 덕망을 강조하기 위하여 동원되었 다고 말할 수 있다.

결론적으로 이 시는 불교에 대하여 기기하고 초속적인 것에 관 하여 약간은 거리감이 있으면서도, 이 시의 주인공인 종수상인에 대해서는 상당한 호감을 지녔던 것같이 보인다.

마지막으로 「종수상인에게 주노라(贈宗粹上人)」 1수를 살펴본 다.

세상만사 끝내 돌아가네, 한 가닥의 섶으로,
삶을 수고롭게 하여 무엇하랴?
정신을 헐면서까지, 석 잔 술 마시고 보면
꼭 도에 통한 것 같으나,
다섯 말 파를 삼키니 매운맛 견디기 어렵다네.
누런 책에서 옛날 들었네, 하늘 밖에 있는 즐거움을,

흰 구름 속에서 이제야 보이네, 뜻에 맞는 사람이.
묘봉암에서 고요히 앉아서 공(空)을 살피는 곳에,
참말로 느끼리, 인간 세상이란 한 무더기의 티끌이란 것을.
萬事終歸一指薪　勞生何用敝精神.
三杯飮酒猶通道　五斗呑蔥不耐辛.
黃卷舊聞天外樂　白雲今見意中人.
妙峯宴坐觀空處　眞覺人間一聚塵.

이 시는 어느 면으로 보아도 불교도인 종수상인을 매우 좋게
보고 쓴 시다. 인간 세상이란 따지고 보면 허무한 것이지만,
방탕하게 술이나 마시고 정신을 소모할 것은 없다. 나는 불교
의 경전〔황권黃卷〕에서 보통 사람들이 모르고 있는 즐거움이 있
다고 들었는데, 지금 구름 속에서 사는 이 종수상인과 같은 도
를 터득한 사람을 보게 되었다. 묘봉암에서 고요히 앉아서 수
도에 정진하고 있는 이 스님은 참말로 인간 세상이 한 무더기
의 티끌임을 깨달았을 것이다.
퇴계가 승려에게 이렇게 호의적인 시를 썼다는 사실은 주목할
만하다. 이 종수상인의 시에 차운한 시까지 퇴계가 지었다고 하
나 지금 그것을 볼 수 없으니 아쉽다.

마. 맺는말

지금까지 흔하게 볼 수 있었던 목판본 『퇴계문집』에는 더러 퇴
계가 산사에 가서 지은 시는 보이지만 산승에게 지어준 시는
별로 보이지 않는다. 그러나 필사본 『퇴계전서(退溪全書)』에서
모두 100제(題)에 가까운 퇴계의 승려에게 준 시가 보이며, 그
중에 내용이 전하는 것만도 15제 정도나 된다.

이러한 시들은 대부분 승려들이 명사를 찾아다니며 '구시(求詩)', '걸시(乞詩)', '색시(索詩)'하며 시권(詩卷)이나 시축(詩軸)을 장만하던 풍습에 유래되어 적어준 것이 많으므로 그다지 주목할 만한 내용은 없을 것으로 생각한다. 그러나 위에서 소개한 몇 수의 시를 보면 퇴계는 승려들이 진세(塵世)의 구속을 벗어나서 자유롭게 유행할 수 있는 것, 고요하게 산사에서 정진할 수 있는 점 같은 것은 매우 좋게 보았다.

여기서는 언급하지 않았지만, 퇴계가 소백산 상가타(上伽陀, 보조국사普照國師가 머물던 곳)에서 지은 시에서 보조국사가 9년 동안이나 산을 나가지 않았다는 말을 듣고서, "그 심정이 어떠한지 물을 것이 없지만, 그 고행은 사람에게 깊은 반성을 자아낸다.(不須心法問如何, 苦行令人深省.)"8)라고 한 말이 있으며, 「산인 혜충을 떠나보내며(送山人惠忠)」라는 시의 서문[병서并序]을 보면, 불교가 비록 살을 태우고 인륜을 끊는 것은 죄가 되지만, 속세에서 구하는 것이 없고, 사리사욕이 없으며, 그 심사가 고요하고, 말없이 도리를 터득하는 점 등은 장점으로 보았다. 여기서 그 서문을 인용한다.

가정(嘉靖) 계사년 봄에 나는 의령에 놀러 갔는데, 어떤 중이 문을 두드리고 만나보고자 하여 맞아들이니 그 모습이 고요하고, 더불어 말하며 보니 그 목소리가 쩡쩡하여 내가 매우 이상하게 여겼다.… 나는 또 이 때문에 이 스님의 사람됨이 보통 사람이 아님을 믿고, 마음을 터놓고 말할 만하였다.

나는 늘 옛날의 명공 거유들이 대개 노장 불교도들과 어울려 즐겁게 노는 것을 괴이하게 생각하였다. 또 저 불교라는 것은 오랑캐의 법의 하나다. 그들이 살을 태우고, 인륜을 끊는 것은… 명교(名敎)에 어긋나는 것이다.

---

8) 『퇴계전서』 속집 · 권2 '상가타(上伽陀)'.

그런데 그들을 물리쳐 상종하지 않는 것이 아니라, 도리어 그들을 흠모하기도 하고 숭상하기도 하며, 그들을 칭찬하기도 하니, 이 정말 어떻게 된 것인가?

지금 생각해보니, 거기에도 또한 그럴 만한 이유가 있었던 것 같다.

보통 사람들이 세상에 처신하는 데는, 속된 것에 골몰하고, 명예에 급급하며, 바깥만 보고 안은 들여다보지 못한다. 궁(窮)·달(達)로써 높고 낮음은 결정하고, 벼슬과 지위로써 귀하고 천함을 나눈다. 그들의 가슴속은 한참 후끈거리면서 막혀 있다.

이와 같은 사람은 비록 높은 재주와 밝은 지식이 있다고 한들, 마음을 터놓고 말할 수 있겠는가? 비록 더불어 이야기한다고 하더라도 반드시 의사소통되지 않을 것이다.

노장과 불교를 위하는 이들은 이와는 달라서, 반드시 세상에서 구하는 것이 없으며, 자기 자신에게 사사로움이 없으며, 사물의 이해관계 때문에 유혹되거나 정신을 빼앗김이 없으니, 이렇게 되면 그 마음과 생각이 반드시 고요하며, 그 지혜와 깨달음을 높이고 밝히는 데 전념할 수 있을 것이니, 그것은 우리의 마음에서 대개 말하지 않아도 먼저 터득함이 있을 것이다. 그러하거늘, 하물며 말하는 데도 그 뜻을 터득하지 못할 사람이 있겠는가?…9)

이 글은 퇴계가 33세 때 쓴 글인데, 아마 퇴계의 불교 승려에 대한 태도는 평생 별 변화가 없었을 것으로 본다.

이러한 점에서 소백산 묘봉암(妙峯庵)의 종수상인 같은 승려에게 퇴계가 상당한 호의를 지니고 있었음은 매우 흥미 있는 일이다. 만약 이 글에서 제목만 소개한 퇴계가 승려들에게 보낸 시들을 다 찾을 수만 있다면 여기서 다룬 것보다는 더 흥미로운 사실도 밝혀질 것이다.

끝으로 한 가지 밝혀둘 것은 퇴계가 승려들에게 준 시에서는 이 글 서에서 언급한 한유의 시와 같이 시에서도 비록 불교에

9) 『도산전서』, 속집(續集) 제4책, p.169.

대한 반대 태도는 견지하면서도, 상대방 승려를 그다지 노골적
으로 조롱한 내용은 별로 보이지 않는다는 점이다. 이것은 퇴
계가 시를 지어준 청량산 승려들에게 주세붕이 지어준 시와 비
교해보아도 판이하다. 이 점도 퇴계의 일면을 나타낸다고 할
수 있다.

6. 이퇴계와 주신재(周愼齋)의 산승(山僧) 시권(詩卷) 차운 시*

가. 서(序)

이 글은 신재(愼齋, 주세붕周世鵬)의 문집1)에 보이는 신재가 퇴계의 시를 보고서 그 시의 각운자에 맞추어 지어 본 차운 시 4수를 중심으로 신재와 퇴계의 시교(詩交)의 일단을 살펴보는데 목적이 있다.

마침 이 시 4수가 모두 청량산에 있었던 승려들에게 지어준 시들이므로 신재의 불승(佛僧)에 대한 자세가 어떠하였는지를 살펴볼 수도 있을 것 같다. 또 지금까지 널리 보급되어있는 목판본 『퇴계문집』2)에는 신재가 만났던 청량산의 산승들뿐만 아니라 다른 승려들에게 지어준 시도 거의 수록하지 않아 이 『신재문집』에 보이는 신재가 청량산의 승려들에게 퇴계가 지어준 시를 보고서 지었다는 시 4수를 근거로 퇴계의 원운(原韻) 시를 추적하고, 또 퇴계의 불교에 대한 태도, 퇴계의 '신재의 불교에 대한 자세'에 대한 평가, 나아가서 퇴계의 신재에 대한 일반적

---

* 이 글은 1990년 5월 20일 영주(榮州) 소수서원(紹修書院)에서 구두 발표한 초고를 정리한 것임.

1) 1979년 12월, 대구 신흥인쇄소에서 영인한 『신재전서(愼齋全書)』에 수록된 『무릉잡고(武陵雜稿)』를 말함. 이 전서에는 『무릉잡고』의 원집(原集)과 별집 이외에 『무릉속집(武陵續集)』, 『죽계지(竹溪志)』 등이 포함되어 있음.

2) 1978년 8월, 서울 성균관대학교 대동문화연구원에서 영인한 『증보 퇴계전서』에 수록된 퇴계집을 말함.

인 평가까지도 아울러 살펴보고자 한다.

필자는 최근 몇 년 동안 퇴계 시의 한글 번역을 계속하고 있는데,3) 이 작업을 하면서 느낀 것은, 퇴계가 당시에 교유하던 사람들과 주고받았던 시문(詩文) 중에서 퇴계 자신이 썼던 글도 없어진 것이 많지만, 그보다는 오히려 다른 사람이 퇴계에게 보냈던 글은 더욱 많이 없어져서, 지금 남아 있는 퇴계의 시문 자체를 체계적이고 종합적으로 이해하기에 큰 어려움이 따른다는 점이다.

이러한 애로사항을 다소나마 해결하기 위하여, 퇴계 당시에 퇴계와 교유하던 인사들의 문집을 기회 있는 대로 다시 한번 두루 검토하여 보는 것이 필수 불가결한 작업으로 요청되고 있다. 그러나 매우 불행하게도 임진왜란을 계기로 하여 그 이전에 나와 있던 문헌들은 반수 이상이 산실(散失)되어 당시의 여러 문인·학자의 문집을 어느 정도나마 완전한 것으로 생각하고 찾아볼 수 있는 책은 아주 드문 실정이다.

이러한 점을 감안할 때, 지금 볼 수 있는 주신재의 문집은 『무릉잡고(武陵雜稿)』의 원집과 속집을 합하여 모두 16권이나 전하고, 또 거기 수록된 부(賦)와 시만도 1,300수 가까이 되니 그 당시의 문학, 학술 방면에 관심을 가진 사람들에게는 매우 귀중한 연구자료가 되고 있다.

『무릉잡고』의 원집 권3에는 주신재가 청량산에 가서 쓴 기행시 중에서 이 글에서 다루고자 하는 「이경호가 지은 시의 각운자에 맞추어, 열이라는 중에게 지어주노라(次李景浩韻, 贈說師)」 등 4수의 시가 보일 뿐만 아니라 『무릉속집』 권3에는 퇴계가

---

3) 서울, 퇴계학연구원 발행, 『퇴계학보』(계간)에 「퇴계시역해(譯解)」란 제목으로 최근까지 100여 수를 연재하였음. 퇴계 시는 지금 남아 있는 것만 하여도 약 2,200수에 가까우므로 이 작업은 계속할 예정임.

신재를 생각하면서 쓴 시와 문장 14편이 있다.

더구나 이 속집은 몇 년 전에 대구에서 한글 번역본이 나온 바도 있다.4)

나. 「백운암기(白雲庵記)」와 「유청량산록(遊淸凉山錄)」

널리 알려진 대로 퇴계는 청량산과 매우 가까운 곳에서 태어나서 어릴 때부터 청량산에 올라가서 독서도 하고, 또 평생 청량산을 좋아하여 자주 찾아갔으므로, 이 산과 퇴계의 관계는 그가 지은 시와 문장, 또 후세에 전하는 이야기도 많다. 여기서는 다만 다음에 다루려는, 청량산 승려들과 주신재와 관련된 이야기를 이해하는 데 필요한 부분만 언급하기로 한다.

청량산은 원효(元曉)·의상(義湘)·김생(金生)·최치원(崔致遠) 같은 신라 때의 고승·명류(名流)들과 연관 있는 전하는 유적과 사찰이 많으며, 또 산세가 험준하고 풍광이 수려하기로 이름난 곳이다.

이 산에 들어가서 퇴계가 절에 머물면서 여러 승려와 만났을 것은 쉽게 상상할 수 있는 일이다. 그래서 그들에게 지어준 글 같은 것이 더러 있을 것처럼 생각되기도 하지만, 후세에 그러한 글을 체계적으로 보존, 수록한 것이 없어 그 실상을 자세히는 알 길이 없다.

퇴계의 후손이며 『요존록(要存錄)』이라는 퇴계집에 대한 주석서 겸 퇴계 연구에 필요한 자료집을 지은 이야순(李野淳)이 편찬한 『퇴계선생연보보유(退溪先生年譜補遺)』5)에 의하면 퇴계

---

4) 권오근(權五根) 역, 『국역 무릉속집』 1979, 문민공신재선생유적선양회(文敏公愼齋先生遺跡宣揚會) 발행.

5) 필사본으로, 필자가 본 것은 대구의 이원윤(李源胤) 옹이 정사(精寫)한 것

가 28세 때(1528) 6월에 청량산의 「백운암기(白雲庵記)」를 지었다고 하며 그 기문(記文) 역시 그 책에 수록되어 있다. 다음에 그 내용을 소개하고자 한다.

1) 퇴계의 「백운암기」

『퇴계선생연보보유』에 의하면,

> 앞서 절의 중이 와서 〔백운암의〕 기(記)를 지어 달라고 청하여 선생이 간략하게 이 암자의 경치에 대하여 언급하여 지어주었다. 뒤에 들으니 그것을 현판에 새겨서 암자의 벽에 걸어 두었다고 해서 곧 그것을 제거하게 하였는데, 대개 주자(朱子)가 사원의 액자를 적어주지 않는 뜻에 부합한다.6)

라고 적혀있다. 이러한 설명 뒤에 소주(小註) 쌍행(雙行)으로 그 「기(記)」의 내용을 적어 두었는데 다음과 같다.

> 청량산은 온통 낭떠러지 바위가 땅 위로 불끈 치솟아서 층층으로 이루어졌는데, 그 맨 꼭대기에 백운암이 있다. 그러나 산기슭의 중턱 아래에 있는 암자들이라고 하여도 천 길 벼랑에 아스라이 있거나 좁은 골짜기에 겨우 밭을 붙일 만한 곳에 있어서 사람들이 찾아드는 곳은 아래 기슭 근처에 지나지 않는다. 이 암자처럼 매우 높고 깊은 곳에 자리 잡고 있으면 사람의 발자취가 드물어 사슴들과 더불어 살 것이나, 그러나 그 땅이 평평하고 넓어 이곳에서 은거하여 약초를 심으면서 그 속에서 유유자적할만하다.
> 나는 일찍이 등산하는 몇 사람과 함께 지팡이를 짚고 수풀을 헤치면서 만월대(滿月臺)를 경유하여 걸어 올라가서 보니, 다만 수석(水石)이 영롱하고 창호(窓戶)가 엄연하여 나의 심신이 씻은

인데 이 책의 번역이 정순목 편역, 『퇴계정전(退溪正傳)』(퇴계학회 경북지부 발행, 1990, 12)에 수록됨.

6) p.9 a.

듯이 가벼워져서, 저절로 신선들이 사는 이상적인 세계가 바로 여기가 아닌가 싶은 생각이 우러나왔다. 그래서 여기에 이르자 비로소. 등산하는 묘미를 얻게 되었다.

그러나 이 암자를 지은 것이 세월이 이미 오래되어, 장차 비바람이 치지나 않을까 하는 근심이 있게 되어, 승려인 도청(道淸)이 이것을 걱정하여, 바꾸어 새롭게 하려고 하여 재목을 구하고 일을 서두르게 되었는데, 정해년(1527) 정월에 시작하여 무자년(1528) 유월에 끝나게 되었다.

일이 끝나자 도청이 산으로부터 나를 찾아와서 만나, 나에게 글을 구하여 그 암자의 기(記)로 삼고자 하였다. 내가 스스로 생각해보니 저 사찰의 이루어짐과 헐어짐이 정말 나와는 별 상관이 없는 일이다. 그러나 이렇게 되고 보니, 내가 한마디 말을 하지 않을 수 없다.

옛날부터 명산과 절경에는 반드시 고상한 사람이나 숨어 사는 선비들이 숨어 조용하게 지내는 곳이 있기 마련이다. 저 여산(盧山)의 백련(白蓮)이 그러하고, 화산(華山)의 운대(雲臺)가 그러하고, 무이산(武夷山)의 정사(精舍)가 그러하니, 불교의 절이 아니면 도가(道家)의 절이요, 유학자들이 숨어 도를 수련하던 곳이다. 그러한즉, 백운암이 청량산에 있음이 정말 어찌 우연한 일이라고 하겠는가?

이곳에서 가령 원공(遠公)이나 도육(陶陸, 도연명과 육수정)과 같은 고승이나 고사(高士)가 동아리를 만들어서 거처하게 될 것인가? 가령 진도남(陳圖南, 진단)과 같이 날아다니기도 하며 누런 것과 흰 것으로 빛을 자유자재로 바꾸는 신선술을 가진 사람이 나와서, 문을 닫고 높이 드러누워 한 번 잠들면 한 달씩이나 자게 될 것인가? 그렇지 않다면, 또 천여 년 뒤에 참된 선비와 도에 밝은 이들이 나타나서 그 무리를 이끌고 왕래하면서 이 경치를 놀면서 감상하게 될 것인가? 이것 또한 알지 못할 일이다.

그런데 도청이 이 암자를 중수한 노력은 이러한 점에 있어서 공로가 적지 않다고 하겠다.[7]

위의 『연보보유』에는 이 원문 다음에도 다음과 같은 설명이 첨부되어 있다.

이 글에는 대개 중들에 대하여서는 한마디도 언급한 것이 없으나, 그러나 선생이 그것을 삭제하라고 명령하였기 때문에, 내 생각으로는 문집 가운데도 수록되지 못한 것이 아닐까?

퇴계가 28세에 이 글을 지었다고 하니, 퇴계의 저술 연보에 비추어 보아도 이 글은 퇴계의 저술 가운데서도 아주 드물게 보이는 초기의 작품이고, 이해 봄에 퇴계가 겨우 진사가 되었을 뿐인데, 어떤 연유로 도청(道淸)이라는 중이 하필이면 퇴계를 찾아와서 백운암의 「중수기」를 지어 달라고 하였는지 의아한 점이 없지 않다. 다만 이 「기」의 글 앞쪽에 나오는 설명으로 보아서 퇴계가 청량산의 정상에 있는 이 암자까지 올라간 일이 있고, 또 이 절의 풍경과 분위기를 너무나 좋아하였기 때문에, 특별히 그를 찾아와서 중수기를 지어 달라고 하였다고 볼 수밖에 없다.

2) 신재의 「유청량산록」

주신재는 50세 때 풍기군수 재임 중에, 이퇴계가 위와 같은 청량산의 「백운암기」를 지은 지 꼭 26년 뒤에 청량산을 찾아가 유람하고서 「유청량산록」이라는 청량산에 관한 매우 상세한 기행문을 썼다. 이때 퇴계는 44세로 서울에서 의정부 사인(舍人) 벼슬을 하고 있었다.

이 기행문을 보면, 신재가 백운암에 들러서 퇴계가 앞서 쓴 「백운암기」를 보았다는 다음 기록이 나온다.

---

7) 바로 위와 같음. 이 글의 번역문은 위의 (5)에서 언급한 『퇴계정전(退溪正傳)』, p.383-384에도 수록되어 있으나, 필자는 그 글을 토대로 하여 많이 손질하였음.

〔가정 갑진년 4월(嘉靖甲辰年四月) 갑신일(甲申日, 1544년 4월 16
일)〕잠자리에서 그냥 아침밥을 간단하게 먹고 백운암을 향하여
올라갔다. 거기서 조금 휴식을 취하고서 드디어 조금씩 발을 올
려 디뎌 가면서 붙잡고서 올라가니, 다다르는 곳이 점점 높아지
고, 보이는 곳이 차츰 넓어졌다. 학가산(鶴駕山)과 공산(公山), 속
리산(俗離山)의 여러 봉우리가 이미 눈앞에 들어왔다. 여러 번
쉬다가 자소(紫霄)의 정상에까지 도달하게 되었으나, 시커먼 절
벽이 천 길이나 되어 사다리를 붙잡고 올라갈 수 없었다. 탁필봉
(卓筆峯)도 또한 붓끝같이 뾰족하게 솟아올라서 오를 수가 없었
다.

드디어 연적봉(硯滴峯)에 올라가서 오랫동안 지팡이에 의지하고
서서, 서북쪽의 여러 산을 바라보다가 크게 휘파람을 불면서 돌
아왔다. 다시 백운암을 찾아가서 이사인(李舍人) 경호(景浩)가 쓴
「기」를 읽으니 정말 절묘한 문장이었다. 드디어 만월암(滿月庵)
을 경유하여 동계(東溪)를 따라서 빙 둘러서 내려왔다.…8)

이 「유청량산록」은 4월 초9일〔정축丁丑〕부터 17일〔을유乙酉〕까지
9일 동안의 등산 기록을 일기체로 적은 글이다. 한문 글자 수
2,800자(14쪽)가 넘는 주신재의 여러 문장 가운데서도 매우 중
요한 위치를 차지하는 득의의 작품이라고 할 수 있다.

이때까지 주신재와 이퇴계가 서로 알고는 있었지만 직접 서로
만난 일이 있었는지는 확인할 길이 없다. 다음에 살펴보려는,
신재가 퇴계의 시를 보고 차운하여 청량산의 승려들에게 주었
다는 시 4수는 모두 신재가 비록 이 기행문 안에서는 밝히고
있지 않지만, 시의 내용으로 보아서는 이 청량산 기행과 관련
있는 것이다.

---

8) 『무릉잡고』 원집(原集), 권7, p.38 b.

다. 신재의 퇴계 시 차운 4수

『무릉잡고』 원집 권3에 보이는 신재가 청량산에 가서 퇴계가 중들에게 지어준 시들을 보고 운자에 맞추어 차운하여 지었다는 시 4수를 차례대로 한글로 옮겨 가며 검토하고자 한다.

1. 「이경호가 지은 시의 각운자에 맞추어, 열이라는 중에게 지어주노라(次李景浩韻, 贈說師)」

중서 사인(舍人)의 아름다운 시 구절은 반생 동안 들어왔지만,
너를 만나 놀랍게 보네, 그가 쓴 기묘한 글을.
나는 배웠다네, 흰머리 되도록
오직 사람이 머물 다섯 가지 이치만을,
짹짹하고 우는 저 누런 작은 새도
멈출 곳을 읊은 시를 외울 줄 안다고 하네.
中書佳句半生聞　得爾驚看幼婦文.
吾學白頭唯五止　綿蠻黃鳥踊詩文.

경호는 퇴계의 자(字)이다. 열이란 승려〔열사說師〕에 관해서는 자세한 것을 알 수 없다. '중서(中書)'는 '중서성'을 줄인 말로 당나라나 고려 때 있던 조정의 관청 이름인데, 퇴계가 42세 때 의정부 사인(舍人)을 지냈으므로 이렇게 말한 것이다.
"유부문(幼婦文)"은 "기묘한 글"이란 뜻인데 "幼婦"란 말을 다른 말로 바꾸면 '소녀(少女)'란 말이 되고, '少女' 두 글자를 한 글자로 합하면 '묘(妙)'자가 되므로 이렇게 쓴다.9)

---

9) 『세설신어(世說新語)』 첩해편(捷解篇)에 "黃絹幼婦, 外孫齎臼"란 비(碑)의 문구를 조조(曹操)가 양수(楊修)에게 물으니 "絶妙好辭"라고 대답하였다고 함.

"오지(五止)"는 유가에서 반드시 행하여야 할 인(仁)·경(敬)·효(孝)·자(慈)·신(信) 등 다섯 가지 일이란 뜻이니 『대학』에 나오는 말이다.10)

"면만(綿蠻)"은 『시경』「소아(小雅) 면만(緜蠻)」편에 나오는 말로 '綿蠻' 또는 '緜蠻'으로 적기도 하는데, 새가 우는 소리를 그대로 적었다는 의성어로, "쩍쩍하고 소리 내어 우는 저 누런 새여, 언덕 모퉁이에서 우는구나(緜蠻黃鳥, 止于丘隅)"라는 구절이 있다. 이 구절을 공자는 『대학』에서 인용하고, "그칠 데에 그 그칠 바를 아니, 사람이 새만 못해서야 되겠는가?(於止, 知其所止, 可以人而不如鳥乎.)"라고 하였다.

이 시는 비록 몇 자 되지 않지만, 위에 해설한 여러 가지 전고를 모두 알아야 이해할 수 있는 좀 어려운 시다. 뒤에 나오는 두 구절을 『대학』에 나오는 전고를 인용하여 나와 같은 유가(儒家)의 사람들은 흰머리가 되도록 오직 사람이라면 꼭 멈추어야 할, 오지(五止, 仁·敬·孝·慈·信)밖에 지킬 것이 없는데, 너희 중 같은 불가(佛家)는 어찌하여 새들까지도, "멈출 구석을 알거늘(止于丘隅)" 어찌 사람이면서도 새만도 못하냐고 조롱하여 지은 것이다. 유(儒)·불(佛) 간의 처세에 대한 시비나 작자의 배불론점(排佛論點)을 여기서 생각하지 않고, 다만 위의 시를 시적인 기법 같은 것만 가지고 본다면 이 시는 매우 재미있게 쓴 시라고 할 수 있다.

특히 제3, 제4구의 "五止"라는 말과 "緜蠻黃鳥" 구절과 연관된 "止于丘隅"란 말의 문맥적인 연상이 "止"라는 글자 말로 반복되면서 미묘한 내재율(內在律)을 이루고 있다.

신재의 「연보」에 보면, 앞서도 말한 바와 같이 신재가 청량산

---

10) "爲人君止於仁, 爲人臣止於敬, 爲人子止於孝, 爲人父止於慈, 與國人交止於信."(『대학』 傳之三章.)

을 유람한 것은 중종 39년 갑진년(甲辰年, 1544) 4월이니 그
의 나이 50세에 풍기군수로 부임하여 백운동서원(白雲洞書院)
을 세운 이듬해이다. 이때 퇴계는 44세로 서울에서 의정부 사
인을 거쳐 홍문관 교리 벼슬을 받고, 동호(東湖)에서 사가독서
하고 있을 때다. 이 시의 제1, 2구를 보나, 또 이때 신재가 지
은「유청량산록」에서 앞서 한 번 인용한 구절을 보나, 이때까지
퇴계와 신재가 비록 서로 명성은 듣고 있었지만 직접 대면한
적이 있는 것 같지는 않다.
주신재가 차운하였다는 이퇴계의 원운 시를 지금은 어디에서도
찾을 수 없으니 아쉽다.

2.「앞 시의 각운자에 차운하여 담이라는 중에게 지어주노라(次前韻贈淡師)」

두 귀는 다 먹어 불러도 듣지 못하나,
이 은구슬 소매에 가득하니 모두 지체 있는 선비들의 글일세.
유관(儒冠)을 씌우려 하나 이미 늦어 내 눈물 흘리며,
한 수의 새로운 시를 이경호에 이어 적노라.
兩耳全聾喚不聞　聯珠滿袖縉紳文.
加冠已晚濟吾淚　一首新詩繼李云.

여기 나오는 '담(淡)'이라는 중도 누구인지 『신재집』이나 『퇴계
전서』에는 참고할 만한 기록이 전혀 없다. 다만 이 시의 내용
으로 보아서는 이미 나이가 매우 많아서 귀가 다 먹었으나, 평
생 많은 여행을 하면서 명사들의 글을 기념으로 받아서 모아 둔
것이 매우 많았고, 또 학문〔시詩〕에 관한 조예도 자못 보여 환속
(還俗)시켜 유가(儒家)로 개종(改宗)시켜도 쓸만할 듯하지만,
이미 나이가 많아 그렇게 할 수 없기에 매우 안타깝다는 것이다.
이 시도 위의 시와 같이 역시 중들을 조롱한 내용이다. 여기서

'가관(加冠, 유관을 씌우려 하나)'은 당나라 한유(韓愈)가 당시 나라에서 청량국사(淸凉國師)라는 칭호를 얻었다고도 전하고, 또 시를 잘 지었다는 징관(澄觀)이라는 승려에게 지어준 시,

「징관을 보내며(送澄觀)」

바람을 향하여 길게 탄식하네, 그를 볼 수가 없어,
나는 그를 거두어들여 갓과 망건을 씌우고 싶네.
슬프구나! 이미 늙어 그렇게 할 수 없으니,
마주 앉아 귀신같은 모습 비껴보며 공연히 눈물 흘리네.
向風長歎不可見　　我欲收斂加冠巾.
情哉已老無所及　　坐睨神骨空潸然.11)

의 전고를 취한 것이다. 이로 미루어 보아 아마 이 '담'이라는 승려도 그 당시 청량산에서는 가장 나이 많고, 또 시도 잘 짓던 승려가 아니었든가 짐작하여 본다. 주신재가 쓴 이 시의 제목「앞 시의 각운자에 차운하여 담이라는 중에게 지어주노라(次前韻贈淡師)」라는 것만 보아서는, 아마 퇴계가 이 '담'이라는 승려에게 직접 지어준 시는 없었던 것 같고, 다만 위에 나온 '열'이라는 승려에게 시를 한 수 지어준 다음에 그 운자를 사용하여, 신재 자신이 담에게도 시 한 수를 지어준 것으로 생각된다.

그러나 이 시의 마지막 구절 "한 수의 새로운 시를 이경호에 이어 적노라(一首新詩繼李云)"라고 한 것을 보면 아마 퇴계가 이 '담'이라는 중에게도 시를 지어준 것으로 보인다. 그러나 역시 퇴계의 원시는 지금 찾을 수 없다.

---

11) 필자의 『한유 시 이야기』(서울, 대한교과서주식회사, 1988) p.25 참조.

3. 「또 위의 각운자에 맞추어 지웅이라는 중에게 주노라 (又次贈志雄師)」

그를 가련하게 여겨 시를 지어주려 하니
옛날 들은 일 기억나네,
유독 한창려가 문창이를 떠나보내며 쓴 글이.
다시 나의 오묘한 마음을 잡아서
한 번 잘못 돌아감을 보태었나니,
내 이 말이 망령된 게 아니라
주회 옹께서 이미 그렇게 이르신 말씀일세.

憐渠欲贈憶前聞　獨有昌黎送暢文.
更把虛靈添一轉　吾言非妄晦翁云.

여기서 한창려(韓昌黎)는 한유를 말한다. 그는 스스로 군망(郡望, 본관)을 '창려'라 하였고, 또 후세에 그를 '창려백(昌黎伯)'으로 봉한 일도 있었기에 이렇게 부르기도 한다.

'문창(文暢)' 역시 승려인데, 한유가 그를 송별하면서 지어준 시로 「문창을 송별하며(送文暢)」라는 시가 전하고 있다.[12]

또 한유는 「불교 승려 문창을 송별하면서 지어준 여러 사람의 송별시 서문(送浮屠文暢師序)」[13]이란 문장을 그의 친구 유종원(柳宗元)의 추천과 문장을 좋아하는 문창의 간청에 지어주었다. 여기서 "그를 가련하게 여겨 지어주려 하니, 옛날 들은 일 기억나네. 유독 한창려가 문창이를 떠나보내며 쓴 글이"라고 한 것은 곧 뒤에서 말한 한유의 「불교 승려 문창을 송별하면서 지어준 여러 사람의 송별시 서문」을 말한다. 그런데, 문인들이 승려들에게 써 준 시는 더러 보이지만, 이렇게 승려에게 써 준 서

---

12) 바로 위와 같은 책, p.52 참조.
13) 『한창려문집교주(韓昌黎文集校注)』 권4, p.147.

문은 매우 드물다.

이러한 전고들로 미루어 보면, 이 시를 받은 지웅(志雄)이라는 승려는 주신재에게 그냥 시만을 지어 달라고 한 것이 아니라, 자기가 이미 여러 문인에게 받아 둔 시축, 또는 시권의 서시(序詩)나 서문을 지어 달라고 했던 것같이 생각한다.

"허령(虛靈)"은 주자가 『대학장구주(大學章句注)』에서 "명덕이란 사람이 하늘에서 얻은 것인데, 텅 비고 고요하면서 빨리 깨달아 막힘이 없어 모든 이치를 갖추어 만사에 응하는 것이다.(明德者, 人之所得乎天, 而虛靈不昧, 而具衆理而應萬事者也.)"라고 하였는데, 밝은 덕이 영묘하게 움직임을 말한다.

"밝은 덕이 영묘하게 움직이는" 나의 오묘한 마음씨를 바른길로 나아가도록 노력하지 않고, 부질없이 이단자인 승려의 요청을 거절하지 못하여, 마음을 다른 곳에 허비하고 있음을 스스로 못마땅하게 여기고 있다.

"회옹(晦翁)"은 주자를 말하는데, 불교를 배척하는 것이 자기가 갑자기 시작한 것이 아니라 주자 같은 옛 현인들이 이미 그렇게 하였다는 것이다.

4.「경호의 시의 각운자에 맞추어 윤이란 승려에게 줌(次景浩贈允師)」

눈 골짜기에 노니는 학사는 신선의 기골을 갖추었는데,
죽지 펴고 구름 속으로 올라가니
아득한 기러기 한 마리 같네.
소매 속에서 검은 구슬 꺼내니 정말 눈길을 끄는데,
화답하여 읊어 보려니 다만 부끄럽구나,
겨우 가죽 비늘이나 비슷할는지?
雪溪學士神仙骨　擧翮雲霄杳一鴻.

出袖驪珠眞奪目　賡哦秖愧甲鱗同.

이 시는 비록 '윤'이라는 중에게 준 것이라고 되어있지만, 위에서 본 3수의 시들처럼 중에 관한 언급이나 조롱은 한마디도 없고, 다만 퇴계의 모습과 그가 지은 시구의 아름다움만을 적고 있다.

제1구는 이 청량산에 와서 공부하던 퇴계의 모습을 생각해 본 것이고, 다음 구절은 그가 조정에 벼슬하러 가서 지금은 보이지 않는다는 뜻이다.

제3구는 이 '윤'이란 중이 소매에서 꺼내 보인 퇴계의 시가 정말 귀중한 보석같이 눈길을 끈다는 뜻이고, 마지막 구절은 자기가 그 시에 차운하여 보려고 하지만 도저히 거기에는 미치지 못하는 것이 부끄럽다는 뜻이다.

퇴계를 매우 높이 추켜올리고, 자기의 시가 도저히 거기에 따라갈 수 없다고 겸손해하고 있지만, 상대방의 인품과 모습 그의 시문을 이렇게 몇 자 안 되는 시구에서 아낌없이 조촐하고도 정중하게 표현하는 것을 보면, 신재도 또한 비범한 시재(詩才)를 갖춘 시인임을 유감없이 나타내고 있다.

『도산전서』 맨 끝에 보면 퇴계의 일문(逸文) 목록이 있는데 거기에 중들에게 지어준 시 제목이 65제(題)나 된다. 그중에 「사윤 승려에게 주노라(贈師允師)」와 「다시 사윤 승려에게 주노라(再次贈師允師)」라는 제목이 보이는 것으로 보아 이 시에 나오는 "윤사(允師)"가 바로 "사윤"이 아닐까 생각한다.14) 퇴계가 두

---

14) 졸고 「퇴계시와 승려」, 『퇴계학보』 68(1990. 12), p.123 참조. 앞 p.90
　　의 퇴계 선생이 쓴 일기에 보면 '思允'이라는 승려가 찾아와서 시를 받아
　　갔다는 기록이 보이는데(44세, 2월 24일), 여기서 '師允'이라는 스님이 보
　　이니, '師允'과 '思允'이 같은 스님인데, 일기를 정서할 때 착오가 생긴
　　것인지, 또는 원래 다른 승려인지 알 길이 없다. '師允'이란 표기가 잘못
　　되지 않음을 알 수 있는 자료로는 퇴계의 제자인 구봉령(具鳳齡)의 『백담

번이나 그에게 시를 지어준 것을 보면 퇴계와도 다소 가까웠던 것처럼 보이나, 퇴계의 원시를 찾을 수 없으니 안타깝다.

라. 퇴계의 「웅 스님의 시 두루마리에 적노라(題雄師詩卷)」1수

위에 나온 신재의 시 4수에 관한 퇴계의 원운 시가 앞에서도 이미 언급한 바와 같이 통행하는 목판본 『퇴계집』에서는 1수도 전하지 않으나, 1980년 12월에 한국정신문화연구원에서 영인 발간한 필사본 『도산전서』에는 그 제4책의 『유집(遺集)·외편 (外篇)』에 「웅 스님의 시 두루마리에 적노라(題雄師詩卷)」라는 시 1수가 보이는데, 다음과 같다.

근거 없이 내 이름을 가져다가 넣었다는
말을 들어 알고 있으나,
나는 정말 한 번도 없었네, 한 구절도 지어준 것이.
우습구나, 주무릉(周武陵)이 정말 장난을 좋아하여,
고의로 번거롭게 나를 부추겨
또한 이러이러하게 적게 만드네.
虛將文字編知聞　我實曾無一句文.
可笑武陵眞善謔　故煩挑我妄云云.

이 시구 다음에 다시 소주(小註)로, "이때 승려는 청량산 만월 암에 있었다.(時師在淸凉山滿月庵.)"라는 설명이 있으며, 또 다음과 같은 소지(小識)가 붙어 있다.

지난 갑진년(1544)에 무릉(武陵) 주경유가 청량산에 와서 놀면 서 지웅이란 중에게 절구 시 2수를 지어주면서 제목을 「이경호

집(栢潭集)』(속집 3권)에 「퇴계 선생이 사운에게 부친 시의 운자를 보고 서 차운한 시(次退溪先生寄師允韻…)」라는 시도 보이기 때문이다.

가 지은 각운자를 사용하여(用景浩韻)」라고 하였다. 그러나 사실
나는 일찍이 승려들에게 시를 지어준 것이 없다. 그러기에 경유
가 그 중에게 말하기를, "내가 이렇게 하는 것은 중에게 반드시
경호의 시를 얻어 맨 앞에 놓을 수 있기 때문일세."라고 한 것은
장난으로 한 것이다.

신해년(1551) 중춘에 나는 병이 들어 퇴계의 집에 와서 누웠는
데, 지웅 승려가 홀연히 시권을 소매에 넣고 와서는 나를 찾아보
고 사실에 맞도록 시를 지어 달라고 하였다. 경유의 말이 매우
절실하므로 나는 굳이 사양할 수가 없어 책머리 오른쪽에 있는
바와 같이 적어서 돌려주었다.

이를 계기로 하여 생각해보니, 갑진년에서 신해년까지는 이미 8
년이 지났는데, 그 사이에 세상일이 참으로 복잡다단하였다. 그
래서 경유와 만난 것이 겨우 한두 차례에 불과하였다. 근래에 들
으니 경유는 서울에 있으면서 병이 들어 두문불출한다고 한다.
나와 그, 두 늙은이가 둘 다 병들어 천리를 사이에 두고 서로 바
라보고 있으니, 또 알 수 없구나! 이 뒤에 서로 만나게 될 날이
어느 해가 될지? 이러한 생각을 하니 슬퍼진다. 이달 보름 다음
날, 퇴계의 병든 늙은이는 적노라.[15]

이 소지에서는 『무릉집(武陵集)』에는 앞에서 시도 역시 1수밖
에는 주무릉(周武陵, 신재愼齋)이 '웅'이란 승려에게 본 바와 같
이 1수밖에는 남아 있지 않으니,[16] 이 시나 이 소지가 위작이

---

15) 往在甲辰. 武陵周景遊, 遊淸涼山, 贈雄師詩兩絶. 題云：用景浩韻,「用景
浩韻」其實僕未嘗有贈師詩也. 故景遊謂師曰："吾所以如此者, 欲令師必得
景浩詩爲首題故耳." 蓋戲之也. 辛亥仲春, 余病臥溪莊, 雄師忽袖詩來謁,
求實景遊之言甚切. 余不得固拒, 題其卷端如右而還之. 因念自甲至辛巳八
周星霜. 其間人事無所不有, 而與景遊纔得一二相見. 近聞景遊在京師, 抱
病杜門. 兩老兩病, 千里相望, 又不知此後相見, 當在何年? 爲之悵然也.
是月旣望, 溪堂病叟識.(『도산전서』 제4책, p.161). 이 시의 제목 밑에는
"豊川任秉準家藏"이라는 각주가 붙어 있음.

16) 『도산전서』 제3책, 외집(外集)에는 "幽棲二月風光好, 溪上靑山欲杜鵑. 借
問禪房何所有? 千峯影裏綠蘿烟."(이 시에 관한 해석은 주 14)에 인용한

500 이퇴계 선생의 생활과 시

아닐까 하는 의문이 들기도 한다. 더구나 나이로 보아도 6년이나 후배이며, 주신재가 청량산을 기행할 때만 하여도 이퇴계는 정부의 한 신진 하급 관료에 불과하였는데, 과연 주신재가 이렇게까지 퇴계에게 시권의 앞자리를 내줄 정도로 그를 중시하였을까 싶기도 하다.

그러나 이미 살펴본 바와 같이 퇴계가 28세에 이미 「백운암기(白雲庵記)」를 썼으며, 16년이 지난 뒤에도 그 기문이 그대로 백운암에 걸려 있는 것을 보고서 주신재가, "과연 훌륭한 글이더라."라고 감탄하였다는 점과, 이 소지에 나타난 퇴계가 신재를 몹시 그리워하는 내용으로 보아서, 이 시와 소지를 쉽게 위작으로 단정할 수 없을 것 같다. 그래서 이 소지나 퇴계 시를 위작이 아닌 것으로 본다면 이 시와 이 소지를 통하여 퇴계와 신재의 시교가 매우 두터웠음을 알 수 있다.

마. 퇴계의 「주경유가 육청산인에게 지어준 시 두루마리 끝에 적어 주노라(題周景遊贈陸淸山人詩卷後)」 1수

『무릉속집(武陵續集)』 권3에는 퇴계 등 여러 명사가 신재의 시문이나 신재의 유적에 대하여 적은 시문을 부록하고 있는데, 여기에 퇴계의 시 12수가 수록되어 있다. 이 중에서 승려에게 준 시로는 「주경유가 육청산인에게 지어준 시 두루마리 끝에 적어 주노라(題周景遊贈陸淸山人詩卷後)」라는 시 1수가 있으므로 여기에서 살펴보기로 한다.

졸고에 있음)이라는 또 다른 「題雄師詩卷」이라는 시가 수록되어 있으며, 같은 『전서』 제4책의 「일목록」에는 또다시 「題志雄詩卷二首」라는 제목이 중복되게 나타난다. 이 『도산전서』는 필사본이므로 제3책, 제4책에 수록된 내용은 더러 중복되는 경우도 있어 세심한 주의를 요한다.

무릉 주경유가 중들을 꾸짖은 뜻이
정말 간절하고도 간절하나,
나는 사실 이러한 일에 그럴 겨를이 없었다네.
그 기세 심하여 산을 허물고 언덕에 차니
모든 사람 다 물고기 뱃속에 들어가게 되었는데,
어려운 공적을 세웠네, 헐고 허물어
이리 연기를 사라지게 하였으니.
시끄러운 소리 스스로 끊어졌네, 함지 소리 곁에서는,
불길하게 가리고 있던 기운 끝내 사그라졌네
해를 향한 쪽에서는.
우리 무리를 위하여 알리고자 하오니
부지런하게 스스로 공부하여,
용납하지 말게 하세, 피 같은 잡풀들이
또 다른 해에 돋아나지 않게끔.
武陵詞佛意拳拳　我實於玆不暇然.
勢甚壞襄盡魚腹　功難摧陷靜狼烟.
哇音自絶咸池側　氣翳終濟向日邊.
爲報吾儕勤自做　莫容稊稗美他年.

"괴양(壞襄)"은 『서경』「익직(益稷)」, "황하의 홍수가 범람하여 산을 허물고 언덕에 차오르다〔괴산양릉(壞山襄陵, 산을 허물고 언덕에 차오르다)〕"라는 말에서 따온 것이다. 지금 불교의 흐름이 도도하여 온 천지가 그 물결에 휩싸여, 모두 물고기 뱃속에 들어가 고기밥이 되듯이, 제정신을 잃고 죽게 되었다는 것이다.
"최함(摧陷)"은 당나라 이한(李漢)이 쓴 『한유문집(韓愈文集)』서문에 나오는 말로 한유가 불교와 같은 이단을 배척하고 유교의 정통을 확립한 내용을 담은 글을 쓴 공로를,

선생은 글에 있어 헐고 허물어 시원하게 한 공로는 무력을 사용
하는 데 비유하자면 보통 보기 힘든 위대한 영웅적인 행동이라
하겠다.
(先生之於文, 摧陷廓淸之功, 比於武事, 可謂雄偉不常者矣.)

에서 따온 말이다. 주신재가 서원을 창설한 공로를 한유의 배
불(排佛), 고문 부흥(古文復興)에 비유하여 쓴 말이다.
"낭연(狼烟)"은 '이리의 똥을 태운 연기'인데, 옛 중국에서는 봉
화에 여우의 똥을 태우면 그 연기가 똑바로 하늘로 곧장 피어
올라가 멀리서도 잘 볼 수 있었기에 이 말은 곧 전쟁을 비유하
였다.
"함지(咸池)"는 옛날 요임금 때의 훌륭한 노래다.17)
주신재가 지은, 이 시의 원시가 되는 「육청산인에게 주노라(贈
陸淸山人)」라는 시는 『무릉별집』 1권에 수록되어 있는데, 오언
(五言)으로 된 장편 시이다. 그 내용을 요약하면 다음과 같다.

학가산 만월암(滿月庵)에 사는 승려 육청(陸淸)이 소백산에 있는
친구를 찾아가는 길에 군수 신재를 방문하였다. 이름을 왜 "육
청"이라고 지었는가 물었더니 "땅을 깨끗하게" 하기 위하여 그렇
게 지었다고 하였다. 이름은 비록 그렇게 지었으나, 언제 그렇게
할 수 있을지 희망은 없고, 다만 그 이름에 부끄럽게 이곳저곳을
떠돌아다니는 행각승이 되었을 뿐이라고 한다.
나는 그를 불러 현실적으로 실현하기 힘든 허황된 도리를 믿을
것이 아니라, 현실적으로 실현이 가능한 도리(즉 유학)를 믿고 다
시 평범한 사람의 도리를 행할 것이지 또 산속을 찾아 들어간들
무슨 소용이 있겠느냐고 타일렀다.

퇴계는 신재의 불교 배척하는 용기를 자기가 도저히 따라가기

---

17) 이 시에 대한 또 다른 한글 번역과 주석은 앞에 있는 『국역 무릉속집』
p.97 참조.

힘든 것으로 감복하였고, 신재가 불교에 대항하여 유학을 확립한 공로를 당나라 때 한유(韓愈)가 불교를 배척하고 유학의 도통(道統)을 바로잡은 것에 비유하였다.

바. 맺는말

지금까지 살펴본 내용을 요약하면 다음과 같다.

퇴계는 일찍부터 청량산에 들어가 독서도 하고 그 산을 매우 좋아해서 자주 찾아갔으나, 통행하는 목판본 퇴계문집에는 이상할 정도로 퇴계가 그 산에 들어가서 승려들과 시문을 주고받은 기록이 잘 보이지 않는다. 그런데 주신재의 문집을 보면 퇴계가 28세 때에 쓴 청량산의 「백운암기(白雲庵記)」를 신재가 50세 때 풍기군수로 재직하고 있을 때 청량산에 유람가서 보았다는 기록도 보이고, 또 퇴계가 그 산에 있는 중들에게 지어준 시들을 보고, 그러한 시의 각운자에 맞추어 지었다는 시가 4수나 신재의 문집에 실려 지금까지 전하고 있다.

이 4수에 해당하는 퇴계의 원운 시 중 3수는 필자가 추적하여 찾을 방법이 없으나, 필사본으로 된 『도산전서』에는 이와 관계된 퇴계의 시 1수가 보인다. 그 시 뒤에 붙은 소지를 보면, '지웅(志雄)'이라는 승려에게 퇴계가 본래 시를 지어준 적이 없지만 주신재가 퇴계가 그 중에게 적어 준 시를 보고서 그 각운자를 사용하여 차운한 것같이 꾸며서, 그 중에게 퇴계의 시를 받게끔 만들었다고 하였다. 이러한 설명을 보면, 당시에 신재가 6년이나 연하인 퇴계를 얼마나 가깝게, 또 대단하게 생각하였는지를 알 수 있다.

『무릉속집』에는 또 퇴계가 위와는 반대로 주신재와 관련하여 지은 시 12수와 문장 2편을 수록하고 있는데, 이 글들은 대개 퇴계집에도 보이지만, 그중에서 '육청(陸淸)'이라는 학가산의 승려를 보고 주신재가 지은 시를 퇴계가 보고서 지은 시 1수가 있어 여기에서 소개하였다.

퇴계와 신재의 관계는, 흔히 퇴계가 신재의 후임 풍기군수로 부임하여 신재가 창설한 서원을 계승 발전시킨 점이 크게 부각되고 있는데, 이 글에서는 이 두 분이 승려를 대하는 태도를 나타낸 시를 몇 수 골라서 해설함으로써, 이 두 분의 불교에 대한 태도와, 특히 신재의 배불(排佛) 태도에 대한 퇴계의 평가 같은 것을 아울러 살펴보기도 하였다.

신재는 승려들에게 주는 시에서도, 꼭 당나라 때의 배불론자이며 유가의 도통을 주장하였던 한유가 승려들에게 준 시에서 항상 승려들을 조롱하는 내용을 썼듯이, 여기에서 필자가 소개한 몇 수의 시에서도 언제나 승려들을 조롱하고 비난하는 내용을 담고 있다. 이러한 신재의 시는 한유의 시와 주자의 학설을 잘 알지 않고서는 이해하기 어려운 전고가 많으나, 이러한 전고에 대한 이해가 있다면 독자에게 고도의 상상력을 자극하는 매우 재미있는 시로 보이게 될 것이다.

시를 통하여 볼 때 아마 신재는 성격이 매우 강했던 것 같다. 퇴계는 신재의 과단성 있게 불교를 배척하고 유학을 중흥시키려는 태도를 매우 높이 평가하고, 또 동조하였다.

V
—

퇴계 시 다시 읽기

1. 임사수(형수)가 동호 독서당에서 오면서 인 스님(휴정)을 데리고 와 두루마리에 시를 적어주기를 청하다 3수(士遂自書堂, 携印上人來, 請題詩卷, 三首)

1

十載茫茫走路歧
십 재 망 망 주 로 기

10년 동안 아득히 갈림길 달리다 보니,

故園閒卻一笻枝
고 원 한 각 일 공 지

고향의 지팡이 한 자루를 부질없이 물리치게 되었네.

山僧可是都無事
산 승 가 시 도 무 사

산의 중 도무지 아무 일도 않는 것이 가능할 것 같은데,

又向風塵苦乞詩
우 향 풍 진 고 걸 시

다시 또 속세를 향해서 간절하게 시 구한다네.

나는 고향으로 돌아가서 지팡이나 짚고 한가하게 소요하고 싶은데, 아무 일 없이도 잘 지내는 자네 같은 승려가 도리어 속세에 돌아다니며, 명사들에게 사인을 받아 두듯이 시를 지어달라고 하는 것이 좀 뜻밖의 일이로구나.

2

夢魂夜夜繞蒼藤
몽 혼 야 야 요 창 등

나의 꿈 밤마다 고향의 푸른 등나무를 맴도는데,

塵裏依然有髮僧
진 리 의 연 유 발 승

속세에는 여전히 머리 기른 중이 있구나.

鶴錫[1]何山堪住著　　학과 지팡이 어느 산에 머물러 있을
학 석 하 산 감 주 착　　만한지,

他時同汝一龕燈[2]　　훗날 너와 같이 한 석실의
타 시 동 여 일 감 등　　등불을 지키는 사람 되었으면.

　　자네는 자네대로, 나는 나대로 다른 길을 걷고 있지만, 뒷날
자네나 나나 한 길을 파고 살았다는 소리를 듣게 되었으면
좋겠구나.

3

落落高懷肯自低　　고고한 높은 마음 기꺼이 스스로 낮추어,
낙 락 고 회 긍 자 저

---

1) 학석(鶴錫) : 학과 지팡이. 명나라 동사장(董斯張)의 『광박물지(廣博物志)』
권5에서 인용한 『신선전(神仙傳)』-"서주의 잠산은 (경치가) 가장 기이하
고 빼어난 곳이었는데 산기슭이 더욱 빼어났다. 지공과 백학 도인이 모두
갖고 싶어 했다. 천감 6년(508) 두 사람이 모두 무제에게 말하자 무제는
두 사람 모두 신령과 통하는 것을 갖추고 있다고 생각하여 각자에게 물
건으로 그 땅에 표시하여 얻은 자가 살게 하였다. 도인은 말하기를, '나
는 학이 멈추는 곳으로 표시를 하겠소.'라 하였고, 지공은 말하기를, '나는
지팡이가 선 곳으로 표시를 하겠소.'라 하였다. 얼마 후 학이 먼저 날아가
기슭에 이르러 멈추려는데, 갑자기 공중에서 지팡이가 나는 소리가 들렸
다. 지공의 지팡이가 마침내 산기슭에 우뚝 서자 학은 놀라 다른 곳에 머
물렀다. 도인은 마땅치 않았지만, 전에 한 말을 어길 수가 없어서 마침내
각자 표시한 대로 그곳에 집을 지었다.(舒州潛山最奇絶, 而山麓尤勝. 誌公
與白鶴道人皆欲之. 天監六年, 二人俱白武帝, 帝以二人皆具靈通, 俾各以物
識其地得者居之. 道人云, 某以鶴止處爲記. 誌云, 某以卓錫處爲記. 已而鶴
先飛去, 至麓將止, 忽聞空中錫飛聲. 誌公之錫, 遂卓於山麓, 而鶴驚止他所.
道人不懌, 然以前言不可食, 遂各以所識築室焉.)"

2) 일감등(一龕燈) : 당나라 이영(李郢)의 「장안에서 밤에 철 스님을 찾다(長
安夜訪澈上人)」-"듣자니 천태산에서 스님께서 옛날 참선하시던 곳에는,
동굴 속에 유독 스님이 지키시는 석실의 등 하나만 켜져 있었다네.(聞
說天台舊禪處, 石房獨有一龕燈.)"

來尋蓬戶伴雲鞋 내 심 봉 호 반 운 혜	누추한 내 집 찾아오느라 가벼운 신발 갖추었구나.
爲憐滿袖皆虹月 위 련 만 수 개 홍 월	어여쁘구나! 온 소매 모두 무지개와 달 같은 시들 가득하여,
行遍千山夜不迷 행 편 천 산 야 불 미	온갖 산 두루 거쳐 오는데도 밤에 헤매지 않았음이.

　　자네같이 훌륭한 도인이 가벼운 발걸음으로 보잘것없는 나
를 찾아주다니! 무지개와 달같이 빛나는 좋은 시 가슴에 가
득 품고 다니니 수많은 산 넘어 다니는데 밤길조차도 어둡게
느껴지지 않았을 것이다.

앞부분에서는 스님의 방문에 자못 의아해하다가, 뒤로 가면 스
님에 대하여 놀라운 점을 나타내고 있다. 마지막 시는 매우 아
름다운 칭찬으로 끝난다. 당나라의 한유(韓愈) 같은 유학자는
중에게 지어준 시에서 스님들을 조롱하는 말만 늘어놓았는데,
퇴계 선생은 그렇게 조롱하는 말을 입에 담지 않았으니, 역시
선생의 온화한 인품을 짐작할 수 있다. 본문에 스님을 보고서
'너'라고 하였는데, 당시에는 스님을 천민 취급하는 습관에 따
른 것이라고 할 수 있다. 나이 차이가 얼마인가 찾아보니, 서산
대사는 퇴계보다 19년 연하이다. 지금 같으면 나이가 아무리 적
더라도 스님을 보고 '너'라고 할 수는 없을 것이다.

2. 꽃을 감상하며(賞花)

一番花發一番新
일 번 화 발 일 번 신

한 차례 꽃이 피니 한 차례 새로워지는데,

次第天將慰我貧
차 제 천 장 위 아 빈

다음 차례엔 하느님 내 가난한 것
위로하려 하시네.

造化無心還露面
조 화 무 심 환 로 면

조화옹 무심결에 또한 얼굴 드러내니,

乾坤不語自含春
건 곤 불 어 자 함 춘

하늘과 땅 말 없어도 스스로 봄을
머금었네.

澆愁喚酒禽相勸
요 수 환 주 금 상 권

시름 달래고자 술 부르니
새들이 서로 권하고,

得意題詩筆有神
득 의 제 시 필 유 신

뜻대로 시 지으니 붓이 신들린 듯하네.

詮擇事權都在手
전 택 사 권 도 재 수

저울질하여 가리는 일의 직권,
모두 이 손에 있으니,

任他蜂蝶謾紛繽
임 타 봉 접 만 분 빈

그로부터 벌과 나비 아득히 어지러이
노는구나.

이 시는 『퇴계집』 제3권 「정유일의 한가로이 거처하다라는 시 20수에 화답하다(和子中閒居, 二十詠)」 20수나 되는 긴 연작시 중에서 11번째로 적은 시이다. 이 시를 지을 때 선생은 60세로 도산서당을 완성하여 일생 중에서도 가장 행복하게 지내던 시절이다. 이해에 「도산잡영」이라는 제목으로 7언 시를 18수, 5언 시를 26수나 짓는 등 긴 연작시를 여러 수 지었다.
정유일(鄭惟一, 1533-1576)은 호를 문봉(文峯)이라고 하며, 진보현감, 예안현감 등 퇴계와 가까운 고을에서 벼슬하여서 그런지, 퇴계 선생의 제자 중에서 스승의 편지와 시를 많이 받은 행운을 누린 제자이다. 이 시를 받을 때는 예안현감을 지내고 있었던 것으로 보인다. 제목으로 보아서 원래 문봉이 먼저 지어 보낸 시를 보고서 거기에 화답하여 쓴 시인데, 문봉이 쓴 원시는 지금 전하지 않는다.

이 시의 졸역을 다시 보니 도무지 마음에 들지 않아서 다음과 같이 말을 더 보태어 풀면서 옮겨 본다.

一番花發一番新	한 차례씩 꽃 바꾸어 피니 한 차례씩 꽃 새로워지는데,
次第天將慰我貧	차례차례 하느님께서 내 가난한 것 위로하려 하시네.
造化無心還露面	천지조화 무심결에 여전히 민얼굴 드러내며,
乾坤不語自含春	하늘과 땅 말 없어도 스스로 봄을 머금었네.
澆愁喚酒禽相勸	시름 달래고자 술 부르니 새들도 나에게 권하고,
得意題詩筆有神	득의양양 시 지으니 붓이 신들린 듯하네.
詮擇事權都在手	무엇을 적을까 저울질하여 가리는 권한 모두 나의 이 손에 달려 있으니,
任他蜂蝶謾紛繽	비록 벌과 나비 난다고 하여도 꽃잎은 천진난만하게 펄펄 날도록 내버려 두자꾸나.

둘째 구절의 "내 가난한 것"이라는 표현은, 문인들이 시 지을 때 사용하는 상투적인 표현이다. 퇴계(토계)라는 마을과 그 부

근에 큰 기와집과 작은 '초옥' 같은 집을 이미 몇 채나 지니고 있으면서 다시 이런 서당을 또 마련하고 있는데도 왜 이렇게 "가난하다"라고만 하였을까?

수많은 한시 중에서 "잘산다"라는 표현을 한 시는 거의 없다고 한다. 모두 안연(顏淵)이나 도연명처럼 가난하였다고 해야만 선비같이 보인다고 한다. 어떤 일본 사람은 한시에서 가난하다는 말은 곧 '청렴'하다는 말의 차유(借喩)적인 수법이라고 말하고 있는데,〔교토京都대학 가와이 코조오川合康三 교수의 두보의 '가난함'이라는 표현에 관해. 『중국문학보中國文學報』 83집, 2015.〕 이 시에서도 그렇게 생각하는 것이 맞을 것 같다.

어떻든 이 시에서는, "내가 비록 물질적으로는 아무리 추구해 보아야 인간의 욕심을 충족시킬 도리가 없으므로 늘 상대적으로 가난할 수밖에 없지만, 봄이 되자 이렇게 흐드러진 꽃을 마음껏 보게 되니 정신적으로는 온 천지자연을 다 소유하게 되어 아무것도 아쉬울 것이 없다."라는 것을 강조하고 있다.

"사권(事權)"에서 "사(事)"자를 그다음에 오는 동사의 접두어로 보는 견해와 같이, "임타(任他)"에서 "타(他)"자도 특별한 뜻이 없는 접미사로 보아도 될 것이며, 뒤의 말은 "비록 …라고 하여도, 될 대로 되게 내버려 둔다."라는 뜻을 지닌다.

마지막 2구절의 뜻은 나비가 마음대로 날게 내버려 두고서 꽃잎은 펄펄 흩어지게 하여서 내가 흥이 나면 붓 가는 대로, 그것을 다시 마음껏 묘사하겠다는 매우 정겨운 마음을 무한하게 담고 있는데, 먼저의 졸역에서는 그런 흥겨운 뜻을 조금도 알아차리지 못하였으니 정말 부끄럽다.

이 시의 맛을 제대로 자세하게 음미해 보고자 한 시인인 강희복 박사와 강주(講主) 이광호 교수님에게 감사를 드린다.

(2016. 2. 15)

3. 「4월 16일에 탁영담에 배 띄우고(四月旣望, 濯纓 泛月)」시 해설

가) 간재 이덕홍 선생의 이 시 설명

신유년(1561, 명종 16) 4월 16일에 선생이 그 형의 아들 교(寯)와 손자 안도와 덕홍과 더불어 달밤에 탁영담(濯纓潭)에 배를 띄워 강물을 거슬러 올라가다가, 반타석(盤陀石)에 배를 대고 역탄(櫟灘)에서 닻줄을 풀었다. 술이 세 순배가 돌자 선생이 옷깃을 바루고 단정히 앉아 「전적벽부(前赤壁賦)」를 읊고 이르기를, "소공(蘇公)이 비록 병통(病痛)은 있지만, 그 마음의 욕심이 적었던 것은, '진실로 나의 가진 바가 아니면 비록 털끝만 한 것도 취하지 않는다.'라고 한 이하의 구절에서 볼 수 있다. 그리고 또 그는 일찍이 귀양 갈 때 관(棺)을 싣고 갔으니, 그가 속세에 구속받지 않는 모습이 이러했다." 하고는, 청(淸)·풍(風)·명(明)·월(月)로 분운(分韻)하여 명자를 운으로 얻어 시를 짓기를,

水月蒼蒼夜氣淸 수 월 창 창 야 기 청	푸른 물 달빛 아래 밤기운 맑은데,
風吹一葉泝空明 풍 취 일 엽 소 공 명	바람이 쪽배 밀어 빈 강 거슬러 오르네.
匏樽白酒飜銀酌 포 준 백 주 번 은 작	박 항아리 백주가 은잔에 오가고,
桂棹流光掣玉橫 계 도 류 광 체 옥 횡	삿대는 물결 저어 옥횡성(玉橫星)을 끌어올리네.

采石顚狂非得意
채 석 전 광 비 득 의

채석강의 미친 짓은 뜻에 맞지 않으나,

落星占弄最關情
낙 성 점 롱 최 관 정

낙성루의 시 짓던 일이 가장 마음에
걸려라.

不知百世通泉後
부 지 백 세 통 천 후

묻노니 황천길 백세 뒤에,

更有何人續正聲
갱 유 하 인 속 정 성

뉘 다시 바른 소리 이을꼬.

　　－ 이덕홍 『퇴계선생 언행록』, 이상 한국고전종합DB에서 인용

하였다. 선생의 산수에 대한 이해가 이와 같았다.

나) 성호 이익[1]) 선생의 이 시 평가

퇴계는 시 짓기를 좋아하였는데 지금 문집에 나온 것을 보고서
체재가 서툴다고 여기는 사람이 많다. 그 당시에도 송계(松溪)
권응인(權應仁)[2])은, "선생이 시는 애써 짓지 않았으며, 초서 같
은 것은 남보다 뛰어나다."라고 하였으니, 자못 하지 않았을망
정 능하지 못함이 아니라는 것을 알지 못한 것이다.
「탁영담에서 뱃놀이하다(泛濯纓潭)」라는 제목의 시에,

水月蒼蒼夜氣淸　　물과 달은 아득아득 밤기운 청명한데,
風吹一葉泝空明　　조각배 바람 따라 공명을 거슬려라.
匏樽白酒飜銀酌　　표주박 잔의 하얀 술은 은작을 번득이고,

---

1) 성호 이익, 퇴계 선생 시(退溪先生詩):『類選』권10下 詩文篇 論詩門.
2) 권응인(權應仁) : 조선 선조 때 문인. 송대(宋代)의 시풍(詩風)이 유행하던
　　문단에 만당(晚唐)의 시를 받아들여 큰 전환을 가져왔으며, 시평(詩評)에
　　도 훌륭한 업적을 남겼음.

桂棹流光挈玉橫	계도의 흐르는 빛은 옥횡3)을 끄는구려.
采石顚狂非得意	채석강의 전광4)은 득의가 아니니,
落星占弄最關情	낙성의 점롱은 정이 가장 끌리는 걸.5)
不知百歲通泉後	모르겠구나 백 년이 지난 통천의 뒤에,
更有何人續送聲	어느 사람 다시 있어 정성을 이을 건지.

하였으니, 이야말로 의리(義理)의 진경은 물론이요, 먹줄과 짜
구의 힘을 빌지 않고도 쟁그랑거려서 욀 만함과 동시에 가벼운
바람이 물을 스쳐서 물결이 생기고, 영양(羚羊)이 괘각(掛角)한
것처럼 흔적이 없으니, 저 『예원자황(藝苑雌黃)』에 둔들 또 무
엇이 흠이 되겠는가? 근세에 와서 사간(司諫) 홍여하(洪汝河)가
퇴계의 시를 주해하였는데, 대단히 좋다고 한다.

– 한국고전종합DB에서 인용

다) 이 시를 읽는 데 참고할 작품들

다)-1. 두보의 통천시 「태자소보이신 설직님이 벽에다 쓰고 그린 것을 살펴보고서(觀薛稷少保書畫壁)」

1

少保有古風 소 보 유 고 풍	소보님 고풍스러운 시가 있으니,

---

3) 옥횡(玉橫): 횡(橫)은 배의 좌우에 벌어져 있는 노를 가리킴.

4) 채석강(采石江)의 전광: 원문의 채석전광(采石顚狂)은 이백(李白)이 채석강
에서 농월(弄月)한 고사를 말함.

5) 낙성의 점롱은 정이 가장 끌리는 걸: 원문의 낙성(落星)은 낙성루(落星樓)
를 가리키는 듯. 좌사(左思)의 부에, "饗戎旅于落星之樓"가 있음.

得之陝邪篇
득 지 협 사 편
「협사편」에서 짐작하여 볼 수 있다네.

惜哉功名忤
석 재 공 명 오
아깝도다! 공명은 어긋났으나,

但見書畫傳
단 견 서 화 전
다만 그림과 글씨만 전함을 보네.

2

我遊梓州東
아 유 재 주 동
내 촉 땅의 재주에 오니,

遺跡涪江邊
유 적 부 강 변
유적이 부강 가에 남아 있구나.

畫藏靑蓮界
화 장 청 련 계
그림은 자각사 절에 간직되었고,

書入金榜懸
서 입 금 방 현
글씨는 대장판 벽에 걸려 있구나.

3

仰看垂露姿
앙 간 수 로 자
이슬 드리운 듯한 글자 모습을 쳐다보니,

不崩亦不蹇
불 붕 역 불 건
무너지지도 않고 또 이지러지지도
않았구나.

鬱鬱三大字
울 울 삼 대 자
'자각사'라는 세 글자는 울울창창하고,

蛟龍炭相纒
교 룡 급 상 전
액자 곁에 그려둔 그림은 교룡이 겁나게
서로 얽힌 듯하구나.

4

又揮西方變
우 휘 서 방 변
또 서방의 변상도를 그리셨는데,

發地扶屋椽 발 지 부 옥 연	땅에서 일어나서 서까래를 붙들었구나.
慘澹壁飛動 참 담 벽 비 동	참담하구나! 벽에서 날아 움직이니,
到今色未嗔 도 금 색 미 전	지금에 이르기까지 빛깔이 변하지 않았구나.

5

此行疊壯觀 차 행 첩 장 관	이번 걸음에 볼거리 겹쳤으니,
郭薛俱才賢 곽 설 구 재 현	곽원진6)님과 설직7)님 모두 재능 뛰어났다네.
不知百年後 부 지 백 년 후	알지 못하겠구나! 백 년 뒤에,
誰複來通泉 수 부 래 통 천	누가 다시 통천8) 땅에 올는지?

- 이상 졸역 주

다) -2. 송나라 소동파의 「적벽부」

이에 술을 마시고 즐거움이 고조에 달하여 뱃전을 두드리며 노래하기를, "계수나무 노와 목란 상앗대로, 맑은 물결을 치며 달빛 흐르는 강물을 거슬러 오르도다. 아득한 나의 회포여, 하늘

---

6) 곽원진(郭元振) : 당나라 중기에 병부상서를 지낸 장군. 젊을 때 통천에 와서 현령을 지낼 때의 옛집이 그대로 남아 있음.

7) 설직(薛稷) : 당나라 중기의 명문 출신의 서화가. 예종에게 신임을 얻어 태자소보라는 정2품의 높은 벼슬까지 받았으나, 태평공주의 반란에 가담하였다는 죄목으로 죽임을 당함.

8) 통천(通泉) : 사천성 재주(梓州)에 있는 고을 이름인데, 동쪽으로 20여 길이나 되는 부강(涪江)의 절벽이 아래로 내려다보이는데, 물이 산 정상에서 솟아나서 부강으로 쏟아진다고 함.

저 끝에 있는 미인을 그리도다."라고 하자, 퉁소를 부는 객이
있어 노래에 화답하여 퉁소를 부니, 그 소리가 구슬퍼서 원망하
는 듯, 사모하는 듯, 흐느껴 우는 듯, 하소연하는 듯하고, 그
여운이 가냘프게 실낱처럼 이어져 끊어지지 않으니, 깊은 골짝에
숨은 교룡을 춤추게 하고, 외로운 배의 홀어미를 울릴 듯했다.
(於是飮酒樂甚, 扣舷而歌之, 歌曰: 桂棹兮蘭槳, 擊空明兮! 遡流
光. 渺渺兮余懷, 望美人兮天一方. 客有吹洞簫者, 倚歌而和之, 其
聲嗚嗚然, 如怨如慕, 如泣如訴, 餘音嫋嫋, 不絶如縷, 舞幽壑之
潛蛟, 泣孤舟之嫠婦.)

– 한국고전종합DB에서 인용

다) -3. 송나라 두상(蘇庠)의 「청강곡(淸江曲)」

屬玉雙飛水滿塘 촉 옥 쌍 비 수 만 당	흰 촉옥새 쌍쌍이 날고 물은 연못 가득한데,
菰蒲深處浴鴛鴦 고 포 심 처 욕 원 앙	부들 깊숙이 우거진 곳에 원앙새 목욕하고 있네.
白蘋滿棹歸來晚 백 빈 만 도 귀 래 만	흰 마름 풀 닻에 가득 끼어 돌아감 늦은데,
秋著蘆花兩岸霜 추 저 로 화 량 안 상	갈대꽃에 가을은 완연한데 양쪽 둑에는 서리 내렸네.
扁舟繫岸依林樾 편 주 계 안 의 림 월	일엽편주 강둑에 묶고 나무 그늘에 쉬는데,
蕭蕭兩鬢吹華髮 소 소 량 빈 취 화 발	두 귀밑머리에는 흰 털이 슬슬 날리네.
萬事不理醉復醒 만 사 불 리 취 부 성	온갖 일 접어 두고 취하였다가 또 깨면서,

長占煙波弄明月　　오랫동안 안개와 물결 차지하고
장 점 연 파 롱 명 월　　밝은 달 즐기리.

- 졸역

다) -4. 『주자대전(朱子大全)』 권4

원추(袁樞) 종정과 부백수(傅伯壽) 태사를 모시고 무이에서 모이기로 했는데, 양전(梁璲) 문숙과 오실(吳實) 무실 두 벗이 마침 소무에서 모임에 와 함께 구곡에 배를 띄워 바위와 골짜기의 경치를 두루 구경하고 왔는데, 원종정과 부태사가 서로 주고받으며 느긋하게 시를 짓고, 내게도 한마디 말이 있지 않을 수 없다 하나 병들고 못난 사람이 무슨 말을 할까마는 애써 몇 마디 말로 훌륭한 선물에 보답하노니, 남들에게 말할 바는 못 되는 것이다.
(奉陪機仲宗正·景仁太史期會武夷, 而文叔·茂實二友適自昭武來集, 相與泛舟九曲. 周覽巖壑之勝, 而還機仲·景仁唱酬迭作, 謂僕亦不可以無言也. 衰病懶廢, 那復有此, 勉出數語以塞嘉貺, 不足爲外人道也.)

此山名自西京傳　　이 산의 이름 서한으로부터 전해오니,
차 산 명 자 서 경 전

丹臺紫府天中天　　신선이 사는 곳으로 하늘 중의 하늘에
단 대 자 부 천 중 천　　있다네.

似聞雲鶴時降輯　　구름 속에 학 늘 내려와
사 문 운 학 시 강 집　　모이는 소리 들을 듯한데,

應笑磨蟻空回旋　　맷돌 위의 개미 부질없이 따라 도는 것
응 소 마 의 공 회 선　　웃을 만하네.

我來適此秋景晏
아 래 적 차 추 경 안

내 마침 이곳으로 온 때는 가을빛 고와서,

靑楓葉赤搖寒烟
청 풍 엽 적 요 한 연

푸른 단풍이며 붉은 잎새 차가운
안개 속에서 흔들린다네.

九還七返不易得
구 환 칠 반 불 이 득

잘 구운 신선의 단약이야 쉽게 얻기
어려우나,

千巖萬壑渠能專
천 암 만 학 거 능 전

천 개의 바위굴 만 개의 골짜기야
누가 독차지할 수 있으리!

同遊幸有二三子
동 유 행 유 이 삼 자

다행히 그대들 이곳에 와 함께 노니니,

天畀此段非徒然
천 비 차 단 비 도 연

이 기회 하늘이 주신 것이지 우연이
아니라네.

梁郎季子山澤臞
양 랑 계 자 산 택 구

양형과 오형은 산과 못 가의 마른
신선이고,

傅伯爰盎瀛洲仙
부 백 원 앙 영 주 선

부태사와 원종정은 바다 섬의 신선이라네.

相逢相得要彊附
상 봉 상 득 요 강 부

서로 만나 서로 얻고자 억지로
친하고자 해도,

却恨馬腹勞長鞭
각 한 마 복 로 장 편

기회가 손 쉽지 않음이 한이네.

黃華未和白雪句
황 화 미 화 백 설 구

「황화곡」을 부는 사람은 「양춘백설」의 곡
알지 못하는데,

畵舸且共淸泠川
화 가 차 공 청 령 천

화려한 배를 타고 맑은 강에서
함께 즐기네.

回船罷酒三太息
회 선 파 주 삼 태 식

배 돌리니 술 다하여 세 번 크게 탄식
하노니,

百歲誰復來通泉	백년 뒤에는 누가 다시 통천으로 올
백 세 수 부 래 통 천	것인가.

　　景仁數日屢誦此句 경인은 여러 날 동안 이 구절을 읊조렸다.

盈虛有數豈終極	차고 이지러짐 어찌 끝 간 데가
영 허 유 수 기 종 극	있으리오?

爲君出此窮愁篇	그대들 위해 시름겨운 이 시를 쓴다네.
위 군 출 차 궁 수 편

　　　　－번역문은 졸역 『퇴계시 풀이』 권3 462쪽에서 인용,
　상세한 주석은 장세후, 국역 『주자대전』 권4, 781쪽 이하 참조.

[해 설]

2014년 연말 어느 날 오후, 서울 퇴계학연구원의 명륜학당에
서 필자는 이 「4월 16일에 탁영담에 배 띄우고 놀다」 시를 강
의하였다. 그때 이 시에 관한 참고 자료들을 검색해 보니 위에
인용한 것과 같은 자료들이 많이 나왔다. 그러나 어떤 자료의 번
역은 조금 잘못된 것도 보였다.

이덕홍이라는 퇴계 선생 제자의 『퇴계선생 언행록』 기록의 번
역 가운데 제5구 "부지백세통천후(不知百世通泉後)" 구절에서 "통
천"을 "황천"이라고 한 번역은 잘못된 것이다. 황천이라면 사람
이 죽어 묻히는 곳을 말하는데, 그러한 허망한 뜻이 아니라,
사천성 성도 북쪽에 있는 매우 경치가 좋은 지명을 말한다. 그
다음에 인용한 두보의 시와 주희(주자)의 시에 이 "통천"이라는
말이 나오므로 한 차례씩 소개하였다.

그다음에 인용한 성호 이익 선생의 말을 요약하자면, 퇴계 선
생이 별 힘을 들이지 않고 시도 매우 잘 지으셨는데, 그중에서
도 이 「탁영담에서 뱃놀이하다」 시가 뜻도 깊지만, 힘들여 다

든은 흔적이 전혀 없어 보이는 빼어난 작품이라는 것이다. 그래서 이 작품을 중국의 명작을 논한 『예원자황(藝苑雌黃)』 같은 책에 올려놓아도 조금도 손색이 없다고 하였다. 이 번역문도 역시 위에서 인용한 전자판 자료에서 따온 것인데, 여기서는 "통천"을 그냥 "통천"이라고만 하고, 설명은 붙이지 않았다. 이덕무 선생의 『청장관전서(靑莊館全書)』(앙엽기)에 보면, 신라 사람으로 중국에 와서 고구려 정벌에 종군하였다가 죽은 어떤 장군의 딸이 여승이 되었다가 「속세로 돌아가며(返俗謠)」라는 다음과 같은 짧막한 시를 남겼다고 한다.

뇌 끊으려고 정숙을 생각하여,
[번뇌를 버리고 숙정을 생각했는데
구름 같은 마음으로 정숙하길 생각하고,]
적멸의 이치 통하려 하나 보살은 보이지 않고.
[열반(涅槃)의 경지에 이르렀건만 사람을 볼 수 없어
산골짜기 적막하여 사람은 아니 뵈네.]
꽃다운 풀에 향기만 그윽하니,
[아리따운 요초는 힘차게 자라는데
아름다운 풀들은 꽃 피우길 생각하는데,]
장차 어떻게 할거나, 이 청춘을.
[어쩔거나, 이 내 청춘
어찌하면 좋을거나, 이내 젊은 청춘을.]
化雲心兮思淑貞　洞寂滅兮不見人.
瑤草芳兮思氣氳　將奈何兮青春.

- 번역문은 한국고전종합DB의 「앙엽기」

〔참고 사항〕
○『청장관전서 제53권』「이목구심서 6(耳目口心書六)」이덕무(李德懋)
- "희인(姬人)은 어려서 옥 같은 아름다움이 있었으므로 소시에 선자(仙

子, 신선을 뜻함)라고 불렀다. 나이 15세에 대장군이 죽자 머리 깎고 중이 되었으며 보수보살(寶手菩薩)을 만나보고는 6년 동안 마음을 닦았건만, 청련(靑蓮)이 이르지 않으니, 노래하기를, "번뇌를 버리고 … 어쩔거나 이 내 청춘." 하였다. 마침내 환속(還俗)하여 우리 곽공(郭公)에게 시집왔다. 장수(長壽, 측천무후則天武后의 연호) 2년 계사년 2월 17일 통천현(通泉縣) 관사(官舍)에서 졸(卒)했다."

상고하건대, 정관(貞觀, 당 태종의 연호) 19년 을사에 설장군이 죽었는데, 그때 희인의 나이가 15세였다. 그렇다면 희인은 신묘생이 되니, 설장군이 당나라에 간 지 10년에 비로소 딸을 낳았던 것이다.〔한국고전종합DB〕

○『해동역사』, 제47권』「예문지」

속세로 돌아가면서 지은 노래 - 『전당시』에 이르기를, "설요는 동명국(東明國) 사람인 좌무위장군(左武衞將軍) 승충(承沖)의 딸인데, 나이 15세 때 머리를 깎고 출가하였다가 6년 뒤에 이 노래를 짓고는 드디어 속세로 돌아와 곽원진(郭元振)에게 시집가 첩이 되었다." 하였다. 살펴보건대, 동명국은 신라를 가리킨다. 인물전(人物傳)에 상세하게 나온다.〔설요(薛瑤), 한국고전종합DB〕

비운의 한 여인이, 위 두보 시의 끝에 등장하는 곽원진 장군의 첩이 되었다가, 이 통천현(通泉縣)의 관사(官舍)에서 죽었다고 하는 『전당시(全唐詩)』에 실린 이 시의 〔당나라의 저명한 시인 진자앙陳子昻이 쓴〕 작가소전(作家小傳) 글을 소개하고 있다.〔한국고전종합DB 참고〕

두보 시에 관해서는 이영주 교수가 중심이 되어 그의 초기 시부터 시작하여 상세한 번역 주석본(전7권, 6권까지 간행)을 내고 있는데, 지금 필자가 이 시를 번역한 분책(分冊)을 가지고 있지 않아, 나름대로 시험 삼아 한번 번역하였다.

앞 「통천시」 4의 1, 2구에서,

또 서방의 변상도를 그리셨는데,
땅에서 일어나서 서까래를 붙들었구나.

又揮西方變　發地扶屋橡.

라는 부분은 몇 가지 한문 주석을 보았는데, 구체적으로 어떤 모습을 묘사하는지 설명하지 않아서 분명하게 알 수 없다. 사람들이 극락으로 올라가려고 모두 서까래를 붙들고 있다는 뜻인지, 또 어떤 판본에는 '붙들 부(扶, 『두시언해』에는 더위잡다로 풀었음)'자 대신에 '없을 무(無)'자로 되어있기도 하다. 그렇다면 불교의 변상도 그림이 너무 환상적이라서, 그 그림에 있는 사람들이 모두 땅 위에서 살기는 하여도 속세 사람들이 사는 것과 같이 서까래가 있는 집은 아니라는 뜻인지.
위에서 인용한 바 있는 주자(朱子)가 여러 친구와 함께 고향인 복건성의 무이산(武夷山)에 어울려서 놀 때 지었다는 「무이구곡에 배 띄우고(武夷九曲泛舟)」라는 긴 시 끝에도,

　배 돌리니 술 다하여 세 번 크게 탄식하노니,
　백년 뒤에는 누가 다시 통천으로 올 것인가?
　回船罷酒三太息　百歲誰復來通泉.

라고 하여 "통천(通泉)"이 나온다. 그러니 이 "통천"이라는 지명이 당나라 때 두보의 시에 나타난 뒤에 중국이나 우리나라 문인들의 시에는 매우 자주 등장하는 마치 '이상향(理想鄕)'을 상징하는 말과 같이 사용되었음을 알 수 있다.
다시 퇴계 선생의 「4월 16일에 탁영담에 배 띄우고(四月旣望, 濯纓泛月)」 시를 보면,

　모르겠네, 백년 세월 통천에 흐른 뒤에,
　다시 어떤 사람이 나와서 바른 소리 이을지.
　不知百歲通泉後　更有何人續正聲.

　　　　　－이장우·장세후 공역, 『도산잡영』, 148쪽에서 인용

라고 하였으니, 역시 뒷날 이 도산서당에 와서 주자의 뒤를 이
은 바른 학문을 계승하는 사람이 나오기를 기대한 것임이 분명
하다. 퇴계 선생은 이 말을 시에다 적으면서 도산서당 앞에 있
는 '탁영담'을 중국 사천성의 통천이나 절강성의 무이구곡과 같
은 절경에 비유하면서, 앞으로 이 좋은 곳이 자연경관의 아름
다움뿐만 아니라, 인간의 정신세계에서도 '메카'가 되기를 은근
히 기대한 것으로도 볼 수 있다.

끝으로, 퇴계 선생이 이 시를 지을 때 배석하였던 제자 이덕홍
의 『간재집』이나, 선생의 친손자 이안도의 문집인 『몽재집』을
보면, 당시 배석하여서 지은 시들이 각각 2수와 1수 전하고
있어 그때의 분위기를 더 자세히 알 수 있다.

그런데 한 가지 우스운 일은, 퇴계 선생의 또 다른 제자인 김
부륜(金富倫)의 『설월당문집(雪月堂文集)』에 보면 앞에서 이야
기한 퇴계 선생이 지은 시를 그대로 설월당의 시라고 수록하고
있다. 아마 설월당이 평소에 베껴둔 것을 후세(1931년)에 문집 편
찬할 때 잘못 수록한 것일 것이다. 그냥 웃어넘기기 어려운 큰
착오라고 할 수밖에 없다.   (2015. 3. 11)

4. 철학적인 사색과 도학적 자연을 담은 시

필자와 장세후 박사가 옮긴 『도산잡영』이라는 퇴계 선생이 만년에 도산서당을 짓고서 그 주변의 경치를 주로 노래한 시를 뽑아 놓은 책에는 「천연대(天淵臺)」라는 제목으로 쓴 시가 3수나 있다. 천연대는 도산서당 입구 동쪽, 낙동강에 접한 낭떠러지 위에 솟은 경치가 좋은 곳에다 돌을 쌓아 약간의 조경공사를 한 곳을 말하는데, 처음에는 '창랑대'라고 명명하였다가, '천연대'라고 이름을 바꾸었다. 집이 있는 퇴계(토계) 마을에서 도산서당으로 출퇴근할 때마다 지나가는 길목에 위치하여 이렇게 몇 수의 시가 나왔을 것이다.

송재소 교수(성균관대 한문학과 명예교수, 현 퇴계학연구원장)가 「시로 읽는 퇴계 선생의 학문과 사상」이라는 강연을 한 일이 있는데, 내용(퇴계학진흥회의 2014년 9월 월례회)이 매우 간결하면서도 명확하여 좋았다. 짧은 시 4수(「천연대」 등)를 인용하면서 철학 이야기를 하였다. 그중에서 2수만 인용한다.

「천연대(天淵臺)」

縱翼揚鱗孰使然
종 익 양 린 숙 사 연

새 날고 고기 뜀은 누가 시켜 그런 건가,

流行活潑妙天淵
유 행 활 발 묘 천 연

천리(天理) 유행 활발하니 천연 이치 오묘하네.

江臺盡日開心眼
강 대 진 일 개 심 안

강대에서 종일토록 마음의 눈을 열고,

三復明誠一巨編
삼 복 명 성 일 거 편

거작의 명성편을 세 번이나 외운다오.

「계상에서부터 걸어서 산을 넘어 서당에 이르다 이복홍·이덕홍·금제순 등이 따르다(步自溪上, 踰山至書堂, 李福弘·德弘·琴悌筍輩從之)」

花發巖崖春寂寂
화 발 암 애 춘 적 적

벼랑에 꽃이 피어 봄날은 고요하고,

鳥鳴澗樹水潺潺
조 명 간 수 수 잔 잔

시내 숲에 새가 울어라, 냇물은 잔잔한데.

偶從山後攜童冠
우 종 산 후 휴 동 관

우연히 산 뒤에서 관자, 동자 이끌고,

閒到山前問考槃[1]
한 도 산 전 문 고 반

한가로이 산 앞에서 고반을 물어본다.

이 시의 번역문은 송재소 교수의 강연 원고를 인용하였고, 원문의 발음과 토는 필자가 달았다. 고반에 대한 주석은 한국고전종합DB에서 인용하였다.

앞 시의 첫 2구절은 성리학적 수양론의 슬로건이 된다고 하였고, 뒤의 시는 도학적(道學的) 자연시의 극치라고 하였다.

흔히 받는 질문 중 하나가, 퇴계 선생의 시 중에서 가장 좋은 시가 어떤 것인지 알고 싶다는 것이다. 선생이 남긴 시가 2,300수쯤 되고, 훌륭한 시인이기도 하므로, 한마디로 대답하기가 곤란하나, 철학자로서 퇴계 선생의 모습을 생각할 때는 이 시들이 으뜸가는 작품들일 것이다.

(2014. 9. 26)

---

1) 고반(考槃) : 『시경』의 편명(篇名)인데, "고반이 시냇가에 있다.(考槃在澗)"라고 하였다. 이 시는 은둔한 선비의 생활을 노래한 것인데, 고반의 해석은 일정하지 않다. 여기서는 한 가지 거처할 터를 말함인 듯하다.

5. 퇴계 선생의 주자의 서림달관헌(西林達觀軒) 차운시

한국고전번역원에서 제작하여 일반인들에게 무료로 제공하고 있는 한국고전종합DB에 보니, 대산 이상정(李象靖) 선생의 다음과 같은 시가 보인다.

「저녁에 앉아 우연히 제하다(暮坐偶題)」

徙倚虛堂久　　빈 마루로 옮겨 한참을 앉았노라니,
도 의 허 당 구

蕭蕭晚木陰　　쓸쓸하게 저녁 나무에 그늘이 지네.
소 소 만 목 음

江村夕烟斂　　강촌에는 저녁 안개가 걷히고,
강 촌 석 연 렴

山寺暮鐘深　　산사에는 저녁 종소리가 그윽하네.
산 사 모 종 심

一雨三秋色　　한 차례 비에 삼추의 기운이 완연한데,
일 우 삼 추 색

孤燈萬古心　　외로운 등불에 만고의 감회가 일어나네.
고 등 만 고 심

冰壺消息杳　　빙호의 소식은 아득도 하니,
빙 호 소 식 묘

感慨忽西林　　홀연히 서림의 감개를 느끼네.
감 개 홀 서 림

이 시에는 유학자들의 시에 자주 등장하는 '소상팔경(瀟湘八景)'과 관련된 전고도 3, 4행에 보이고, 우리나라 최치원의 시구에서 따온 말도 5, 6행에 보인다. 그런데 마지막 2행에 관해서는 다음과 같은 특별히 상세하고 친절한 역주가 보인다.

> 서림은 송나라 때의 학자 주희(朱熹)가 이통(李侗)을 배알하고 수학할 적에 머물던 절 이름이다. 이때 「제서림가사달관헌(題西林可師達觀軒)」시를 지었는데, "옛 절에 다시 오니 감개가 깊은데, 작은 집은 옛날에 지내던 그대로이네. 지난날 묘처라고 여겼던 것이 지금은 한으로 남나니, 만고의 하늘에 한 조각 마음이로다. (古寺重來感慨深, 小軒仍是舊窺臨. 向來妙處今遺恨, 萬古長空一片心.)"라고 한 내용이 있다. 그 후 퇴계 이황이 도산 근처의 월란사(月瀾寺)에서 노닐면서 지은 「유월란암(遊月瀾庵)」시에 "월란대에 안 와본 지 어언 몇 해이던가, 밝은 창 한 방에 선승처럼 앉았네. 옛날 서림에서 감개하던 뜻을 떠올리니, 추월빙호의 소식은 아직도 묘연하구나.(不到瀾臺今幾年, 明窓一室坐如禪. 憶曾感慨西林意, 秋月氷壺尙杳然.)"라고 하였는데….
>
> – 권경렬 번역

다음에 여기서 언급되는 주자의 원운시와 이퇴계의 차운시에 관하여 자세히 검토하여 소개하고자 한다. 우선 주자의 원운시는 다음과 같은데 이 짧은 시 앞에 이 시를 적게 된 연유를 설명한 서문이 붙어 있다.

> 소흥 경진년(1153년, 24세) 겨울에 나는 농서 이연평 선생을 찾아뵙기 위하여 왔다가 물러나서 서림원의 유가 스님의 절에서 잠시 묵으면서 아침저녁으로 왕래하면서 가르침을 받았다. 몇 달이 지난 뒤에 떠났다. 유가 스님은 당초에 일찍이 그 거처의 왼쪽에 집 하나를 마련하고서 그 동남쪽에다 헌함(베란다)을 설치하고서 옮겨 앉아서 쳐다보면서 경치를 조망할 수 있게 하였는데, 지금 연산현위로 근무하는 이단보(이우직, 연평 선생의 큰아들) 형이 '달관헌'이라고 명명하였다. 대개 가의(賈誼, 전한 문제 때의 문인·학자)님이 이른바 "달인이 크게 보면 사물에는 옳지 않은 것이 없다"고 한 뜻을 취한 것이다. 내가 일찍이 장난삼아 시를 지

어 유가 스님께 보여주고서 떠난 뒤로는 드디어 그런 일을 잊어 버렸다.

임오년(1162년, 33세) 봄에 다시 선생을 건안 땅에서 배알한 뒤에, 따라와서 또 여기에 와서 묵은 지 몇 달이 되었다. 스님이 싫어하지 않기 때문이다. 또 나를 보고서 이렇게 된 본말을 적어서 벽에 붙여 두고자 하였다. 그래서 옛날 지었던 시를 취하여 보니 세월만 지나간 것 같으나 내 마음에 와닿는 것은 한 치의 진보도 없었으니, 이 때문에 스스로 학문을 폐한 것을 재삼 탄식하게 되었다.

다만 스님의 요청이 이렇게 간절하여 사양할 수 없으므로 이에 손으로 적어주면서, 또한 이렇게 된 까닭을 서술하였다. 비록 그 문사는 비루하여 상고해 볼 만한 가치가 없으나, 내가 스님의 집에 왕래한 것이 내키지 않은 것은 아니었다.

다른 날 다시 이곳에 이르게 되어 또 장차 이 집을 여관으로 잡게 된다면 이 집의 벽을 쳐다보면서 옛날 지어준 시 때문에 세월이 흘러간 것을 살펴보고서는 끝내 아무것도 얻어들은 것이 없을까 두려워진다. 그런즉 이 시들이 없어지지 않은 것이 또한 나 스스로 격려하는 것이 된다. 유가 스님은 일찍이 여러 곳을 돌아다니면서 불법의 대의에 관하여 물어보는 일에 지치지 않고서 돌아오셨기 때문에 오히려 나의 뜻을 아실 것이다. 3월 9일 주희 적다.

(紹興庚辰冬, 予來謁隴西先生, 退而寓於西林院惟可師之舍, 以朝夕往來受敎焉. 閱數簹, 前有柚花. 月而後去. 可師始嘗爲一室於其居之左, 軒其東南, 以徙倚瞻眺, 而今鉛山尉李兄端父名之曰: "達觀軒" 盖取賈子所謂: "達人大觀, 物無不可"云者. 予嘗戱爲之詩, 以示可師. 旣去而遂忘之. 壬午春, 復拜先生於建安, 而從以來, 又舍於此者幾月. 師不予厭也. 且欲予書其本末, 置壁間. 因取舊詩讀之, 則歲月逝矣, 而予心之所至者, 未尺寸進焉, 爲之三歎自廢. 顧師請之勤勤, 不得辭. 於是手書授之, 而又敍其所以然者如此, 雖其辭鄙陋, 若無足稽. 然予之往來師門, 盖未愁也.異時復至, 又將假館于此, 仰視屋壁, 因舊題以尋歲月, 而惕然乎其終未有聞也. 然則是詩之不沒, 亦予所以自勵者. 可師嘗遊諸方, 問佛法大意未倦而歸, 尚有以識予意也. 三月九日, 熹書.)

「다시 씀(再題)」

古寺重來感慨深
고 사 중 래 감 개 심

옛날 절 다시 돌아오니 감개가 깊은데,

小軒仍是舊窺臨
소 헌 잉 시 구 규 림

조그마한 달관헌 정자는 여전히 옛날
엿보던 모습 그대로 서 있구나.

向來妙處今遺恨
향 래 묘 처 금 유 한

옛날부터 이제까지 오묘한 일
아직도 행하지 못한 것 한으로 남았으니.

萬古長空一片心
만 고 장 공 일 편 심

만고의 장공에 한 조각의 어진 마음이
있을 뿐인 것을!

- 졸역

주자가 서림원에서 지은 시는 모두 6수인데 이 시는 두 번째 찾아왔을 때 지은 시 중에 첫째 시이다. 농서 선생 이통(李侗)은 주자에게 불교에서 벗어나 유학으로 길 잡기를 가르쳐 준 스승이다.

위의 시 3, 4구를 해석하는 데 관건은 앞 구절의, "향래묘처금유한(向來妙處今遺恨)"에서 그 묘처가 불교[유가 스님]의 묘한 점인지, 또는 유학[이연평 선생]의 묘한 점인지를 분간해 내는 것이 중요하고, 또 이 한 구절이 앞 구절과 연결되는 연면구(連綿句)로 본다면, 이 마지막 구절이 앞의 "묘처"와 관련이 있는지, 또는 "유한"과 관련이 있는 것인지 판단하는 것이 문제가 될 것 같다.

필자가 이전에 이 시를 번역할 때는 이 "묘처"가 주자가 이전에 자못 관심을 가졌던 불교의 진리를 말하는데, 지금은 이연평 선생을 찾아와서 유학을 배우게 되었으니, 지금은 옛날 그렇게 하였던 것이 자못 한스럽게 느껴진다고 보고서 "앞서 오묘하던 곳 지금 한스럽게 남았으니, 언제나 공허하구나!2) 나의 한 조각 마음이여"라고 번역한 일이 있다.

그러나 속경남(束景南)의 『주자평전』을 보니, 이 시에 관한 해설이 자못 상세한데 그 요지는 대략 다음과 같다. "묘처"는 연평 선생에게서 들은 앎이고, "여한"은 그것을 확연하게 터득하지 못한 것에 대한 한이 남았다는 뜻이라고 하였다. "만고장공 일편심"의 속뜻은 맹자와 정자가 말하는 "사람의 마음인 인(仁)"이나, "인 곧, 만물을 낳는 천지의 마음(仁者, 天地生物之心)"이나, 나아가서는 주자 자신이 말한 "끊임없이 낳고 낳는 마음(生生不窮-어류 권5)"을 아주 잘 표현해낸 것으로 묘처와 관련된 말로 보았다.

그런데 이 "만고장공"이라는 말 자체는 그 문면상의 표현으로 보면, 선어에 나오는 "만고장공, 일조풍월(萬古長空, 一朝風月-숭혜선사의 말)"이라는 말을 빌려다 사용한 것으로서, 불가에서 불법은 영원히 존재하지만, 인생은 유한하다는 비유로 사용한 것이다. 주자는 이 시에서 "선가의 이러한 말을 빌려 만유를 포괄하는 마음으로써 '발하여 작용하는 곳에서 추구하는' 유가 사상을 표현해내었지만, 실상 그의 마음 깊은 곳에 있는 선의 뿌리는 아직도 잘라지지 않았음을 폭로하였다."고 속경남은 설명하고 있다.3)

이렇게 보면 필자가 이전에 빌 "공"자를 동사로 본 것은 잘못 본 것이 되고, 무엇보다도 스님 덕에 숙식을 해결한 보답을 기념하는 뜻에서 글을 지어주면서, 스님이 하는 공부에 대하여

---

2) 『퇴계시학』, 62쪽. 여기서는 빌 '공(空)'자를 동사로 해석하였음.
3) 『주자평전』 상, 395-396쪽.

전에는 호감이 있었으나, 지금은 "그렇게 하였던 일이 오히려 한으로 남는다."라고 할 수는 없을 것 같다.

이 시의 각운자를 사용하여 퇴계는 다음과 같은 시를 지었다. 『퇴계문집』(권1)에 수록되어 있다.

「서림원에서 지으신 시의 각운자에 맞추어서 화답함 ○3월에 월란암에 우거하면서(和西林院詩韻4) ○三月寓月瀾庵)」

似與春山宿契深　　마치 봄산과 더불어
사 여 춘 산 숙 계 심　　옛날 약속이 깊었던 것같이,

今年芒屩又登臨　　이해에도 짚신 신고 또 올라와 앉았네.
금 년 망 교 우 등 림

空懷古寺重來感　　부질없이 옛 절을 그리워함을
공 회 고 사 중 래 감　　다시 오며 느끼게 되었지만,

詎識林中萬古心　　어찌 알리요? 숲속에 담긴
거 식 림 중 만 고 심　　만고에 변하지 않는 마음을.

- 졸역 『퇴계시 풀이』 권1, 362쪽

이 시는 퇴계 47세(명종 2년, 정미년) 작이다. 월란암은 예안의 자하봉 아래에 있는 승려의 암자인데 낙동강이 그 앞으로 흐르며, 퇴계가 31세 때도 여기 와서 공부한 적이 있다고 한다. 이때 퇴계는 사복시정(司僕寺正)이라는 궁중의 말과 목장을 관리하는 벼슬(정3품)을 사직하고 귀향하여 43세 때 처음으로 입수한 『주자전서』 공부에 매진하고, 틈틈이 도산과 낙동강 일대의 산수를 즐기기도 하면서 여러 편의 사경시(寫景詩)를 짓기도 하였다.5)

---

4) 『퇴계시학』(개역본)에도 이 시가 번역 소개되어 있음.(66쪽) 이 시는 2수로 된 연작시인데, 그 두 번째 시는 뒤에 또 논의되고 있음.
5) 이 시를 포함하여 이 일대의 3대(臺) 7곡(曲)을 노래한 시가 있음.

여기서 사용한 "만고심(萬古心)"6)은 주자의 「다시 씀(再題)」의 마지막 구절과 그의 「무이도가」에 나오는 말, 또는 그의 「춘일우작(春日偶作)」에 나오는 "조화심(造化心)" 구절의 구법을 아울러 사용한 것으로 보는 설명이 있다.

퇴계의 오전 제자인 대산(이상정)도 역시 같은 각운자를 사용하여 다음과 같은 시를 썼다.

「삼가 퇴계 선생의 '화서림원시'에 차운하다 2수 ○ 9월에 구담에 있었다(謹次退溪先生和西林院詩 二首 ○ 九月在龜潭)」

萬木陰陰一水深
만 목 음 음 일 수 심

만 그루 나무들 우거지고 한 줄기 강물 깊은데,

當年攜笈幾遊臨
당 년 휴 급 기 유 림

그 당시에 책을 들고 얼마나 자주 찾으셨나.

秋風古寺重回首
추 풍 고 사 중 회 수

가을바람 속 옛 절을 거듭 돌아보나니,

妙處那窺一片心
묘 처 나 규 일 편 심

어찌 묘처에서 한 조각 마음 엿보려는 것이랴?

- 한국고전종합DB에서 인용.

이 시의 마지막 구절에서도 "묘처", "일편심" 하는 주자의 그 원운시의 문자를 그대로 사용하고 있다. 이 경우에도, 비록 "어찌 묘처에서 한 조각 마음 엿보려는 것이랴?"라는 번역이 잘못되었다고 할 수는 없지만 주어가 생략되어 있다. '나'라는 주어가 생략된 것으로 보아야 할 것 같다. 그러니 이 말들이 구체적으로 무엇을 말하는지 언뜻 보아서는 감잡을 수가 없다.

---

6) 詎識林中萬心: 案此固本於萬古長空一片心之句. 而武夷詩. 又有林間有客無人識, 欸乃聲中萬古心之句, 恐又本此. -『퇴계문집고증』, 『퇴계시학』 69쪽에서도 이러한 설명을 그대로 수용함.

여기서도 "묘처"란 말은 불교의 묘한 진리인가? 유학의 묘한 진리인가? 절간에 와서 묘처라고 하였으니, 불교와 관계된 오묘한 이치, 또는 오묘한 장소 중 어떤 의미를 지니는 것 같기도 하지만 퇴계 같은 유학자가 쓴 시를 보고 다시 차운한 시이니, '묘한 장소'로 보면 의미가 통할지 몰라도 '묘한 이치'로 본다면, 설령 주자가 원운시에서는 그런 이치로 썼다고 할지라도, 반드시 그런 것 같지는 않아 보인다.

그다음에 또 "일편심"이라는 말은 무엇을 말하는가?

이 시구에 대하여 위에서 인용한 한국고전종합DB의 번역문 뒤에는, "옛 현인들처럼 큰 깨달음을 얻을 생각에서 절을 찾은 것이 아니라는 겸사이다."라고 주석하고 있다. 그러니 이 시의 역주자는 여기서의 묘처는 불교의 오묘한 진리가 아니라, 유가의 훌륭한 가르침으로 본 것이다. 만약 이 정도의 주석이라도 없었더라면 이 시에서 과연 이 말이 정확하게 무엇을 가리키는지 잘 알 수 없을 것이다.

6. 퇴계 선생의 52세, 62세에 지은 입춘 시

『퇴계시 풀이』권3에서 퇴계가 62세에 지은 「입춘」시를 어떻게 역주하였는지 검토해 보니 다음과 같다.

「입춘날 문 창에 적다 절구 2수 임술년(立春, 題門窓, 二絶 壬戌)」[1]

一炷香烟滿意春[2]　　한 가닥 향불 연기에 온 마음이 봄인데,
일 주 향 연 만 의 춘

溪光山色坐來新[3]　　시내 빛과 산의 색 때맞춰 새로워지네.
계 광 산 색 좌 래 신

舊痾從此渾如雪[4]　　묵은 병 이로부터 눈처럼 녹아서,
구 아 종 차 혼 여 설

---

1) 『요존록』-"선생께서는 비록 야에 계셨으나 오래도록 명예직인 동지 직함을 갖고 있었다. 앞의 시는 그 자리조차도 그만두기를 원하는 것이며, 뒤의 시는 학문에 힘쓸 것을 말했다.(先生雖在野而長帶同知. 上一絶願致仕, 下一絶言勉學.)"

2) 일주향(一炷香) : '주'는 가느다랗게 이어져 있는 빛이나 연기의 흐름 따위를 세는 데 쓰이는 단위사로 지(枝), 또는 속(束)으로도 씀. 소식의 「쌍죽사 담 스님의 방에 적다(書雙竹湛師房)」제1수 -"스님의 이 방 방장인 듯 부러운데, 한 가닥 맑은 향 온종일 남아 있네.(羨師此室纔方丈, 一炷淸香盡日留.)"

3) 좌래신(坐來新) : '좌래'는 적당히, 마침 때에 맞추어, 또는 한꺼번에라는 뜻으로 쓰임. 예를 들면 당나라 위응물(韋應物)의 「저녁에 그리워하다(暮相思)」에 "빈 객관에서 별안간 생각나 그리워지니, 희미한 종소리 마침 그치네.(空館忽相思, 微鐘坐來歇.)"라는 구절이 있다.[장상(張相)의 『시와 사, 곡에 쓰인 어사의 해석을 모아 놓음(詩詞曲語辭匯釋)』]

4) 구아(舊痾) : 묵은 병이라는 뜻. 『문선』진나라 반악(潘岳), 「한가로이 거처함(閑居賦)」-"나날이 음식 늘어나니, 묵은 병 차츰 낫네.(常膳載加, 舊痾有瘳.)"

長作淸時秉耒民5)　　　언제까지나 맑은 때 쟁기 잡는 백성
장 작 청 시 병 뢰 민　　　되리라.

但祝明時泰慶同　　　다만 밝은 때에 태평 경사 함께하여,
단 축 명 시 태 경 동

消除陰沴驗微躬6)　　　나쁜 기운 삭여 없애 내 몸에 체험하기를.
소 제 음 려 험 미 궁

眼如明鏡心如日7)　　　눈은 밝은 거울 같고 마음은 해와 같아,
안 여 명 경 심 여 일

燭破羣書啓吝蒙　　　여러 서적 밝게 깨쳐 어리석음 열리기를.
촉 파 군 서 계 린 몽

- 337~338쪽

이 정도면 주석이 그다지 부족한 것은 아니다. 그러나 다시 들
여다보니, 두 번째 시에 나오는 "태경(泰慶)"과 "인몽(吝蒙)" 모
두 『주역』의 지천태(地天泰) 괘와 산수몽(山水蒙) 괘와 연관시
킨 설명을 좀 보태는 것이 좋을 것 같다. 태경이라는 말의 용
례를 한국고전종합DB에서 검색하니, 점필재 김종직 선생의 시
에 다음과 같이 나오고, 또 이 말에 대한 주석까지 곁들여져 있
다.〔번역문도 거기서 그대로 인용한다〕

---

5) 병뢰민(秉耒民): 진나라 도연명의 「계묘년 첫봄에 농가에서 옛일을 그리
　워하다(癸卯歲始春懷古田舍)」제2수 - "보습 잡고 제철 일 기뻐하고, 얼굴
　풀면서 농군들 격려하네.(秉耒懽時務, 解顏勸農人.)"
6) 미궁(微躬): 미천한 몸이란 뜻으로, 자기 자신을 낮추어 일컫는 말.
7) 안여~심여일(眼如~心如日):『남조의 역사·도홍경(陶弘景)의 전기』- "도
　홍경의 사람됨은 원만한 데다가 겸손하고 삼갔으며, 관직에 나아가고 물
　러남을 어두움 속에서 깨달았다. 마음은 맑은 거울과 같았으며 사물을 대
　하는 데 편하게 여겼다.(弘景爲人員通謙謹, 出處冥會, 心如明鏡, 遇物便
　了.)"

「계묘년 원일에 상서를 맞이하는 시 상께서 운을 명하였다 (癸卯元日迎祥詩 上命韻)」

龍躔纔易次
용 전 재 역 차
태세의 전차가 겨우 자리 바꾸니,

天地便王春
천 지 편 왕 춘
천지가 문득 왕의 봄이 되었네.

繡闥桃符換
수 달 도 부 환
화려한 문에는 도부8)가 바뀌고,

瑤觴柏葉新
요 상 백 엽 신
옥 술잔엔 백엽주9)가 새롭구나.

喧喧交泰慶
훤 훤 교 태 경
떠들썩한 것은 교태10)의 경사이고,

袞袞發生仁
곤 곤 발 생 인
성대한 것은 발생하는 인이로다.

願配西王母
원 배 서 왕 모
원하건대 서왕모11)와 짝하시어,

千秋保一人
천 추 보 일 인
천추 만세에 군왕을 보호하소서.

이상은 대왕대비전에 올린 시이다.

泰道三陽進
태 도 삼 양 진
형통의 도리로 삼양이 전진하니,12)

---

8) 도부(桃符) : 복숭아나무로 만든 부적(符籍)인데, 예전에 악귀(惡鬼)를 몰아내기 위하여 정월 초하루에 문 위에 붙였다.

9) 백엽주 : 측백나무 잎을 넣어 빚은 술인데, 예전에 사기(邪氣)를 쫓기 위하여 설에 마셨다 한다.

10) 교태(交泰) : 정월은 천지가 교접하여 크게 형통한다는 데서 온 말이다.

11) 서왕모(西王母) : 옛날 곤륜산(崑崙山)에 있었다는 선녀 이름이다.

12) 형통의… 삼양이 전진하니 : 『주역(周易)』 태괘(泰卦)는 정월에 해당하며, 음(陰)이 물러가고 양(陽)이 전진하는 상이므로 이른 말이다.

韶光一夜深
소 광 일 야 심

봄의 경치가 하룻밤에 깊어졌네.

頌花占壽算
송 화 점 수 산

꽃을 송하니 수산을 점치겠고, 13)

生物識天心
생 물 식 천 심

만물을 내니 천심을 알겠도다.

至德承長樂
지 덕 승 장 락

지극한 덕은 장락궁을 계승하였고, 14)

慈功泯大音
자 공 민 대 음

인자한 공은 대음15)처럼 고요하여라.

含飴弄孫子
함 이 롱 손 자

엿 머금고 손자들과 벗하시면은,

萬歲想如今
만 세 상 여 금

만세 후에도 지금과 같으리라.

이상은 인수왕비전에 올린 시이다.

경복궁에 가면 왕비가 거처하던 궁에 '교태전(交泰殿)'이라는 편
액이 크게 붙어 있으며, 실록에 '태경전(泰慶殿)'이라는 궁궐도 있
었다고 한다. 이런 용례를 잘 모르고 있었다는 것이 참 답답하
다고 느껴진다.

"여러 서적 밝게 깨쳐 어리석음 열리기를(燭破羣書啓吝蒙)"라고
풀이한 말도 몽괘(蒙卦) 64의 "곤몽(困蒙)이니 인(吝)하도다. 몽
매함에 막혀 있으니 매우 부끄러움을 당할 것이다."〔정병석 역주

---

13) 꽃을 송하니 : 신년 축사(祝詞)를 뜻함. 유진(劉臻)의 아내 진씨(陳氏)가
    총명하고 글을 잘 지었는데, 일찍이 정월 초하룻날에 초화송(椒花頌)을
    지어 올린 데서 온 말이다.〔『晉書 列女傳』〕

14) 지극한 덕은… 계승하였고 : 한 혜제(漢惠帝) 때부터 이후로는 항상 모후
    (母后)를 장락궁(長樂宮)에 모셨으므로 이른 말이다.

15) 대음(大音) : 『노자(老子)』 41에, "지극히 큰 소리는 들리지 않는다.(大音
    希聲.)"라고 한 데서 온 말이다.

상권 137쪽)와 같은 풀이를 참고하여, "부끄러운 어리석음" 정도로 "인(吝)"자의 뜻도 살리고, 또 이런 말의 출전도 밝히는 것이 좋을 것 같다.

이러한 말을 하자니 필자도 이번 입춘을 계기로 "여러 서적 밝게 깨쳐 부끄러운 어리석음 열리기를" 열망한다.

퇴계 선생의 62세 때 입춘 시를 읽어보았는데, 선생이 지은 또 다른 입춘 시를 소개한다.

「정월 초이틀 입춘에 임자년(正月二日立春 壬子)」

黃卷中間對聖賢 황 권 중 간 대 성 현	누런 책 속에서 성현들을 마주하고서,
虛明一室坐超然 허 명 일 실 좌 초 연	텅빈 밝은 방에 초연히 앉아 있네.
梅窓又見春消息 매 창 우 견 춘 소 식	매화 핀 창으로 또 봄소식을 보나니,
莫向瑤琴嘆絶絃 막 향 요 금 탄 절 현	구슬 장식한 거문고 보고 줄 끊어졌다 탄식하지 말게나.

앞의 입춘 시는 62세 때 지은 것이나 이 시는 그보다 10년 전에 지은 것이다. 첫째 구절의 "누런 책(黃卷)"이라는 말은 "종이의 색깔이 누렇게 변한 고전"이라는 뜻이다. 마지막에 쓴 "절현(絶絃)" 고사는 옛날 중국에 백아라는 악사가 거문고를 연주하면 종자기라는 친구가 그 사람이 무엇을 마음에 두고서 그러한 곡을 연주하는지 다 맞추어 즐거웠는데, 그가 죽자 다시는 거문고를 연주하지 않았다는, "내 마음을 알아주는 사람(지음知音)이 없어진 것"을 비유하는 말에서 나왔는데, 흔히 학문의 전통이 끊어진 것을 비유하기도 한다고 한다.

-『퇴계시 풀이』 권2 150-1쪽 참조.

언젠가 퇴계 종택(宗宅)에 갔더니, "입춘대길, 건양다경" 같은 흔히 보는 문구 대신 이 시 네 구절을 마루 기둥에 나누어 적은 것을 보았다. 그때는 이것이 어디에 나오는 무슨 말인지도 잘 몰랐지만, 막연하게나마 이 구절들이 매우 뜻이 깊으면서도 아름답구나 싶은 생각이 들고, 이러한 우아한 입춘방을 써 붙이는 이 명문가의 품위와 격조가 한결 높게 느껴졌다.

이 52세에 쓴 입춘 시나, 그보다 10년 뒤에 쓴 입춘 시나, 취지는 모두 "공부를 열심히 하자"이다. 62세쯤이면 이미 나라에서도 알아주는 대학자였을 텐데, "여러 서적 밝게 깨쳐 어리석음 열리기를(燭破羣書啓各蒙)"이라 적은 것을 보니 머리가 숙여진다. 필자도 이제부터라도 『대학』, 『중용』, 『주역』 같은 책을 다시 읽고, 『심경』, 『근사록』과 『주자대전』, 『주서백선』, 『자성록』 같은 여러 책을 두루 읽어 어리석음이 열리기를 기약해 보았으면 한다.

7. 퇴계 선생도 처가살이하셨다
- 퇴계 선생의 20대의 거처와 관련된 시

퇴계 선생의 20대의 거처와 관련된 시 2수가 『외집』에 들어있다. 그런데 이 중에서 두 번째 시는 이전에 정리해 둔 『내집』(권1)에 '31세 작'으로 정리되어있고, 내용도 자못 중요하므로 필자는 자주 인용한 적이 있다. 그런데 그보다 5년 전에 썼다는 첫 번째 시를 비록 각운자는 똑같다고 하지만, 내용에서 풍기는 맛이 서로 다른 것 같은데, 어떻게 같은 제목으로 묶어, 연작시(連作詩)라고 할 수 있는지 의문이 들었다.
그래서 이와 관련된 책을 조사했더니, 역시 이 2수를 다른 때 쓴 시로 보는 견해가 두드러진다.

「영지산의 달팽이 집 2수(芝山蝸舍 二首)」

1

高齋瀟灑碧山傍
고 재 소 쇄 벽 산 방

높은 서재는 산뜻하게 짙푸른 산 곁에 섰는데,

祇有圖書萬軸藏
지 유 도 서 만 축 장

다만 도서 만 꾸러미만 감추어 두었구나.

東澗遶門西澗合
동 간 요 문 서 간 합

동쪽 시냇물은 문 앞을 감돌면서 서쪽 시냇물과 합하며,

南山接翠北山長
남 산 접 취 북 산 장

남쪽 산의 비취색은 북쪽 산까지 이어졌구나.

白雲夜宿留簷濕
백 운 야 숙 류 첨 습

흰 구름은 밤에 묵으면서 처마를 축축하게 만들며,

淸月時來滿室涼
청월시래만실량
맑은 달은 때맞추어 와서 온 밤을
서늘하게 해주네.

莫道山居無一事
막도산거무일사
말하지 말라! 산속에 산다고 아무것도
할 일이 없다고,

平生志願更難量
평생지원갱난량
일평생 뜻 세운 소원 다시 이루 다
헤아리기 어렵구나.

2

卜築芝山斷麓傍
복축지산단록방
영지산의 끊어진 기슭 곁에 집 자리
보아 세우니,

形如蝸角祇身藏
형여와각지신장
모습은 달팽이 뿔만 하여 다만 몸 겨우
숨길 만하네.

北臨墟落心非適
북림허락심비적
북쪽으로는 낭떠러지라 마음에 들지 않지만,

南挹烟霞趣自長
남읍연하취자장
남쪽으로는 안개나 노을 끌어안아
운치 스스로 넘치네.

但得朝昏宜遠近
단득조혼의원근
다만 아침저녁 어머님께 문안드리기
가까우니 좋을 뿐,

那因向背辨炎涼
나인향배변염량
어떻게 방향에 따라 춥고 더움을 가리랴?

已成看月看山計
이성간월간산계
이미 달 쳐다보고 산 쳐다보려던 꿈
이루어졌으니,

此外何須更較量
차외하수갱교량
이 밖에 어찌 반드시 잘잘못을 저울질하랴?

제1수는 "왕년 병술년〔24세〕에, 〔동복인 온계〕 형님이 성균관에 유학하러 올라갔을 때 내가 형님의 집에서 어머니를 모시고서 일찍이 「서재음(西齋吟)」이라는 율시 '고재소쇄벽산방(高齋瀟灑碧

山傍)' 1수를 지어 형님께 부쳐드렸더니, 형님 또한 이 시에 화답하셨다."라는 말씀을 다른 시 「김부륜이 이국량이 '방(傍)' 자 운을 쓴 율시에를 보고서 화답한 시에 차운하여 지음(次金敦敍所和李庇遠, 見和傍字韻律詩)」을 지을 때 서문에서 적은 바가 있었으므로, 이 시는 틀림없이 26세에 지은 것이며, 그다음에 보이는 시와는 관계가 없다는 것을 알 수 있다.

그런데, 위에서 인용한 중에서 〔동복〕 형님이 성균관에 유학하러 올라갔을 때 내가 형님의 집에서 어머니를 모시고서"란 말의 원문은 "家兄遊泮宮, 余侍親在兄舍"인데, 이 구절을 가지고서 퇴계에 관한 저술을 많이 낸 고 권오봉 교수(포항공대)는, "이 퇴계 선생이 처가가 있는 영주에 가서 살지 않고 어머니를 모셨다."는 증거로 금과옥조처럼 이 말을 자주 인용하고 있다. 그러나 『논어』 같은 책을 보면, 공자를 제자들이 잠깐씩 모시고 있을 때도 "모시고 서 있다(侍立)"나, "모시고 앉아 있다(侍坐)" 하고, 잠깐씩 모시고 있을 때도 이 시(侍)자를 사용하므로, 이 '시'자 한 글자가 보인다고 해서, 선생이 사뭇 어머니를 계속 모시고 살았다고 보기에는 어려운 점이 있지 않을까 생각한다.

다음에 두 번째 시와 관련하여 쓴 글 『퇴계시 이야기』(서울, 서정시학, 2014, 22-3쪽) 내용 일부를 여기에 수정하여 인용하면서 20대 시절에 퇴계 선생이 어디에, 어떤 모습으로 사셨는지 계속하여 생각해 보기로 한다.

> …「영지산의 달팽이 집(芝山蝸舍)」이라는 시이다. 31세 때 영지(靈芝) 산록(온혜 남쪽)의 양곡(暘谷)에 조그마한 집을 지었는데 이 집을 '양곡당(暘谷堂)'이라고도 한다. 선생은 원래 21세 때 허씨 부인과 결혼하였는데, 그 당시의 관례대로 부인은 친정의 재산이 있는 영주의 초곡(草谷, 푸실)에 그대

로 살다가 맏아들 준(寯)과 둘째 아들 채(寀)를 낳았으나,
둘째 아들을 낳자마자 산고로 퇴계 27세 때 죽었다. 허씨 부
인이 살아 있는 동안에는 퇴계는 영주의 처가에 주로 살고,
예안의 친가는 가끔 내왕하며 살았을 것으로 생각한다.

30세 때 권씨 부인과 재혼하였는데, 이 부인은 정신지체 증
세가 심하여 16년을 퇴계 선생과 함께 살았으나 주부로서의
역할은 거의 하지 못한 것같이 보이며, 선생이 서울에 가서
벼슬할 때 살고 있던 서소문 집에서 해산하다가 역시 산고로
죽었는데, 소생이 없다.

『퇴계연보』에 의하면 31세에, "서자 적(寂)이 났다."라고 되
어있는데, 초취 부인인 허씨가 죽은 뒤부터는 이 집의 살림
은 사실상 적의 어머니인 소실이 주로 맡아서 하고 있었을
것으로 추측해 볼 수도 있다. 이 소실은 창원(昌原)의 관기
출신인데, 한문까지 알았던 것 같다. 그가 언제부터 이 집안
에 들어오게 되었는지 분명하지는 않으나, 아마 퇴계가 처음
상처하고 난 뒤에는 본처의 어린 자식들까지 거두어 키워준
것이 아닐까 짐작된다. 퇴계 선생이 작고할 때까지 사실상
이 집의 주부로서 평생 병약하였던 퇴계를 성심껏 내조하고,
퇴계의 맏아들 내외와 자주 편지도 하고 상의도 해가며, 그
큰 살림살이를 보살폈던 사람은 이 부인이었다고 필자는 생
각한다.

이 '지산와사'에서 퇴계는 46세까지 살았다고 전한다. 이 집
은 뒤에 맏아들 준이 기거하다가, 종손서이며 제자인 이국량
(李國樑)에게 주었는데, 그가 호를 '양곡'이라 하였다고 하
며, 지금은 그 유적지에 이「와사」시를 새긴 유적비가 서
있다고 한다.

위 인용문에서, "허씨 부인이 살아 있는 동안에는 퇴계는 영주

의 처가에 주로 살고, 예안의 친가는 가끔 내왕하며 살았을 것으로 생각한다."라고 한 말은 지금까지 아무도 그렇게 말한 적이 없는데, 필자가 처음으로 매우 과감하게 주장하는 것이다. 왜냐하면 퇴계 선생은 처음부터 처가살이하지 않았다고 말해야 선생이 더욱 청렴하게 보이고, 또 홀어머니를 잘 모신 효자로 보이고, "만권서(萬卷書)를 갖추고 있는" 본가를 떠나지 못하는 학구파로 보이고, 무엇보다도 그러한 고려시대 이래 우리나라의 잘못된 풍습[누습陋習]을 과감하게 떨치고 나선 선각자같이 보일 것이기 때문이다.

그러나 퇴계 선생의 아들, 손자도 모두 처가살이하였고, 또 선생은 손녀들이 혼인한 뒤에도 데리고 살면서 작고한 뒤에는 재산까지 그들에게 남자 손자들과 똑같이 나누어 주도록 하셨으니, 이러한 여러 사실을 고려한다면, 선생만이 애초부터 처가살이하지 않았다고 보는 것은 너무나 사실과 벗어난 억지 주장과 같이 보인다.[이런 이야기를 필자는 최근에 발표한 몇 편 글에서 몇 차례나 거듭 주장하고 있다.]

퇴계 선생이 30세 이후부터 매우 부유한 처가 곁을 떠나 다시 고향마을 근처로 돌아와서 새 터전을 마련하고, 뒤로 갈수록 이 일대를 중심으로 우리나라 유학의 새 기운을 조성한 점을 생각해본다면, 역시 선생은 당시의 습속과는 다른 삶[남자 중심의 종법宗法]을 추구하고자 한 것이라고 볼 수 있다. 이렇게 선생의 20대 삶과 30대 이후의 삶은 조금 달랐던 것으로 생각하게 된다. 그러니 선생도 말하자면 어떤 점에는 당시의 습속을 벗어나지 못한 면도 있고, 또 어떤 점에는 당시의 습속에서 벗어나려고 하였던 과감하고도 독특한 면이 있었던 것이라고 보아야만 할 것으로 생각한다.

선생이 46세 때 서울로 올라가다가 지은 시 중에 다음과 같은 시가 있다.[역주는 『퇴계시 풀이』 권1 307쪽 이하에서 인용한다]

「일이 있어 서울로 돌아가야만 하나, 영주에 이르러 병이
나서 갈 길을 그만두고 푸실 시골집에서 묵다(以事當還都,
至榮川病發輟行, 留草谷田舍)」[1]

少日書紳服訂頑[2]   젊을 때는 띠에다 글을 적어
소 일 서 신 복 정 완   "고루함을 뜯어고친다"고 결심하였으나,

---

[1] 영천(榮川) : 지금의 영주(榮州), 초곡(草谷)은 영주읍에서 10리쯤 남쪽에
있는 마을로 '푸실'이라고 하는데, 퇴계의 초취 부인인 허씨의 외조부인
문경동(文敬同, 호는 滄溪, 청풍군수를 지냄)이 살던 마을이다. 그에게는
아들이 없었으므로 퇴계의 장인[허찬許瓚]이 그 마을에 있던 재산을 절반
쯤 상속하였고, 퇴계도 그 장인으로부터 이 마을에 문씨가 가지고 있었던
원 재산의 4분의 1을 분배받아서, 평소에 식량으로 사용하였다고 함.[권
오봉(權五鳳) 저, 『예던 길』, 93쪽 참조.]
권오봉 박사의 『퇴계가연표(退溪家年表)』에는 퇴계 46세(丙午年, 1546)
에, "4월 10일 병환 때문에 상경을 정지하고 초곡에 머묾."(『별집』에 수
록된 「일이 있어서 서울로 가려다가 병 때문에 푸실에서 묵다(以事將西
行, 病還草谷村庄)」 시의 원주에 "四月十日"이라는 말이 붙어 있음)이라
고 하였는데, 이 시는 바로 이때 지은 것으로 보임.

[2] 서신(書紳) : 선비들이 도포를 입고 허리에 두르는 널찍한 띠를 말함. 요즘
흔히 사용하는 '신사(紳士)'라는 말은 곧 "띠를 두른 선비"라는 뜻임. 『논
어.자장이(子張)』 - "자장이 행함에 대해서 물었다. 공자가 말씀하시기를,
'… 일어서면 그것이 앞에 들어옴을 볼 수 있고, 수레를 타고 있으면 그
것이 멍에에 기대어 있음을 보아야 하니, 대체로 그런 뒤라야 행할 수 있
는 것이니라.'라고 하였다. 자장이 이 말을 띠에다 적었다.(子張問行, 子
曰, '… 立則見其參於前也, 在輿則其倚於衡也, 夫然後行.' 子張書諸紳.)"
정완(訂頑) : 북송(北宋)의 유학자 횡거(橫渠) 장재(張載)가 그의 서재 오른
편에 써 붙인 좌우명(左右銘)의 이름인데, 자기 스스로 어리석어 고루하
게 되기 쉬운 것을 늘 바로잡는다는 뜻임. 뒤에 이천(伊川) 정이(程頤)가
그 이름을 「서명(西銘)」이라고 고쳤는데, 짧은 글이지만 사람이 태어난다
는 것은 기(氣)가 뭉쳐지는 것이요, 사람이 죽는다는 것은 그 뭉쳐졌던
기가 흩어지는 것에 불과하니 천지 만물과 나는 모두 그 기가 통하는 것
이며, 온 세상 사람들은 나의 형제와 부모들이니 늘 서로 사랑하고 아껴
야 한다는 깊은 이치를 담고 있다. 퇴계도 이 글을 좋아하여 「서명고증
(西銘考證)」이라는 「서명」에 대한 상세한 해설을 지었는데, 『퇴계집』 권7
에 수록되어 있다.

至今懜學但慙顔3)
지금 몽 학 단 참 안

아직 학문에 어두우니
다만 얼굴이 뜨겁구나.

狂奔幸脫千重險4)
광 분 행 탈 천 중 험

미친 듯이 벼슬길 달리다가 용하게
빠져나왔구나, 천만 겹의 위험한 곳을,

靜退纔嘗一味閒5)
정 퇴 재 상 일 미 한

고요히 물러나서 겨우 맛보누나,
한결같이 조용한 경지를.

---

3) 몽학(懜學) : "懵"이라고도 쓰며, 밝지 못하다는 뜻임. 한나라 허신(許愼)의 『설문해자』에서는 "밝지 않음이다(不明也)"라 하였다. 『문선(文選)』 남조 송나라 사장(謝莊)의 「달을 읊음(月賦)」 - "바른 글을 모르고 학문에 어두운데도, 외로이 밝은 성은을 받들었다.(昧道懜學, 孤奉明恩).", 『용감수감(龍龕手鑑)』(또는 龍龕手鏡이라고도 함) - "음은 몽이며 혼미하다, (사리에) 어둡다, 부끄럽다는 뜻이다. 상성(上聲)으로도 읽는다(莫登反, 惛也, 悶也, 慙也. 又莫孔反)."

4) 천중험(千重險) : 『요존록』 주자의 「서시」 - "천 겹 파란 속에 물결을 따라서 내려가고, 백척간두에 서서 험난한 길을 조심스럽게 거슬러 올라온다." 『연보』에는, "을사년(1545) 9월에 홍문관(弘文館)의 전한이라는 벼슬을 하였는데, 이때 세도를 잡은 자들이 장난을 잘하여, 조정에 있는 벼슬아치들이 죽임을 당하거나 쫓겨나는 일이 서로 뒤이었다. 이기가 궁중에 들어가서 임금에게 홀로 아뢰어 선생과 정황 등의 벼슬을 삭탈하였다. 그러나 얼마 지나지 않아서 벼슬을 다시 받게 되었다. 병오년(1546) 2월에 휴가를 청하여 고향으로 돌아왔다. 정미년(1547) 가을에 홍문관의 응교 벼슬을 받고 조정으로 돌아갔다(朱公序詩, 千重浪裏隨流去, 百尺竿頭試驗回. 年譜, 乙巳九月拜典翰, 時權好用事, 誅竄相繼. 李芑詣闕, 啓先生與丁熿等削職. 未幾命還職牒. 丙午二月乞假還鄕. 丁未秋授應敎還朝)."
이 주석에 따르면 이 시를 지은 연대가 정미년 봄이 되어 위의 1)에서 이야기한 것보다 1년이 늦은데, 그렇게 볼 수 있을 만한 다른 증거는 없고 『문집』의 편차(編次) 등을 감안할 때, 이보다는 1년 앞서 쓴 것이 맞을 것 같다.
주자의 「서시」 및 그 내용은 주자의 문집에서는 찾을 수 없고, 다만 송나라의 『책부원구(冊府元龜)』를 쓴 진종이(眞從易)의 시 가운데, "천 겹 물결 속을 편안히 지나치니, 백 자나 되는 대나무 끝에서 안온하게 내려오네.(千重浪裏平安過, 百尺竿頭穩下來)."라는 구절이 시화에 전하고 있다.

5) 재(纔) : 겨우.

羈鳥有時依樹木[6] 기 조 유 시 의 수 목	얽매인 새는 때때로 옛날 살던 나뭇가지를 찾아서 의지하고,
野僧隨處著雲山[7] 야 승 수 처 착 운 산	떠돌아다니는 중들도 가는 곳마다 구름 깊은 산속에만 머문다네.
後園花蕚猶爭笑 후 원 화 악 유 쟁 소	뒤뜰의 꽃봉오리들 오히려 다투어 가며 웃는다네.
何必區區病始還[8] 하 필 구 구 병 시 환	하필이면 구구하게 병든 뒤에야 비로소 돌아오느냐고?

이 시를 보면, 이 초취 처가가 있는 영주의 초곡(푸실) 마을로
돌아온 것을 마치 "새가 옛날 깃들었던 나뭇가지로 되돌아가는
것"같이 표현하였고, "뒤뜰의 꽃봉오리들조차도 오히려 다투어 가
며 웃으면서 하필이면 병든 뒤에야 돌아오느냐?"고 물을 정도로
정든 곳으로 표현되어 있다.

선생의 초취 부인의 산소도 이 마을 뒷산에 있는 그 부인의 외
조부 문경동 공의 산소 아래 썼다고 하니, 당시는 친가, 처가,
외가의 구분이 별로 뚜렷하지 않았다고 볼 수가 있다.〔각주 1과

---

6) 기조(羈鳥) : 조롱 속에 얽매여 있는 새. 도연명의 「옛 시골로 돌아와서 살
다(歸園田居)」- "조롱 속에 든 새는 옛날 살던 숲 그리워하고, 못 속에
갇힌 고기는 옛날 살던 큰 연못을 그리워한다.(羈鳥戀舊林, 池魚思故
淵)." 여기서는 퇴계 자신이 벼슬에 얽매인 것을 비유함.

7) 착운산(著雲山) : 이 경우 "著"자의 음은 "착"으로 着자와 같은 뜻임. 어떤
한 장소에 머무르는 것을 편안하게 생각하여 자주 옮기지 않는 것을 '지
착(地着)' 또는 '토착(土着)'이라고 하는데, 지착(地著), 토착(土著)으로도
씀. 〔『대사전(大辭典)』 4,054쪽.〕

8) 『요존록』 - "일찍 들으니 오래지 않아 이러한 속된 곳으로 가는 걸음이
있을 것이라는 말을 듣고서 마당에 있는 꽃들도 오히려 다투어 가면서
웃음을 자아내었다. '하필이면 병들어 앞으로 나아가지 못한 뒤에 가서야
비로소 돌아온다고 하느냐?'고(嘗聞未久作此走俗之行, 園花猶爭呈笑. 何
必病未前進而後, 始還耶)."

같이 권오봉 교수도 퇴계 선생이 경제적으로는 처가의 유산을 많이 받은 것은 인정하고 있다.]

이런 시대에 살면서 퇴계 선생이 당시의 일반적인 관습에 따라서 젊을 때 잠시 처가살이를 하였다고 한들, 그 사실이 선생에게 무슨 큰 흠이 되겠는가? 오히려 그러한 사실을 철저하게 부정하려고 하는 『언행록』이나, 그 책 내용을 당시의 사회·경제적인 여건에 과연 부합하는지 생각하지 않고 곧이곧대로 다 받아들이는 묵시적인 태도는, 필자가 보기에 역사적인 사실과도 맞지 않을 뿐만 아니라, 부자연스러운 억지 주장으로만 들린다.

8. 『퇴계잡영(退溪雜詠)』 3수 감상

가)「새벽에 시내 곁에 있는 집에 이르다 2수. 동파의 '신성
으로 가는 도중에'라는 시의 각운자를 사용하여(晨至溪莊, 二首. 用
東坡'新城途中'詩韻)」

이 시는 원래 『퇴계선생 문집』 권1에도 수록되어 있는데, 거기
에는 제목을 다음과 같이 표시하였다.

「새벽에 시내 곁에 있는 집에 이르러 우연히 소동파가 쓴 "신
성으로 가는 도중에"라는 시가 생각나 그 각운자를 사용하여 2
수(晨至溪莊, 偶記東坡「新城途中」詩, 用其韻, 二首)」

필자와 장세후 박사가 공역한 『퇴계시 풀이』(권1)에는 상세한 해

제가 붙어 있다. 그중에 일부만 인용한다.

> 계(溪)는 퇴계를 말하며, 시내의 본래 이름은 토계(土溪), 또는
> 두계(兜溪)로 불렸으나 선생은 이를 아름답지 못하다 여겨 시내
> 의 이름을 퇴(退)자로 고치고 이를 자신의 호로 삼았음.

이 시는 퇴계의 일생에 있어서 그 자신이 상당한 의미를 부여
한 것 같다. 퇴계의 일생은 대체로 3기로 나누어서 구분하는
데, 33세(1533)까지를 수학기(修學期)로, 49세까지를 출사기(出
仕期)로, 그리고 그 이후를 은퇴·강학기로 본다. 이 시는 퇴
계가 퇴계에서 지은 시들 중 스스로 의미가 있다고 생각하여 손
수 별도로 필사해둔『퇴계잡영(退溪雜詠)』의 첫 번째 시로 "병
오년 여름, 병이 나서 서쪽으로 가려던 일을 그만두고 계장으
로 돌아왔다.(丙午夏, 病罷西行回溪莊)"라고 주석을 붙여서 수록
하고 있다. 여기서 서행은 예안 서쪽에 위치한 서울을 가리킬
것 같은데, 이 시가 지어진 시기를 위의 시기 구분과 연관 지
어 보면 출사기의 말년에 해당된다. 이후로도 퇴계는 한 차례
더 출사하여 단양군수(후에 풍기군수로 옮김)로 나서게 되는데 이
때는 이미 나라에 봉사하겠다는 생각보다는 고향으로 돌아가 강
학이나 하면서 여생을 보내겠다는 결심 쪽으로 생각을 굳힌 것
같다.

그밖에도 자못 상세한 어구 풀이가 주석되어 있지만 여기서는
꼭 필요한 경우를 제외하고는 생략하기로 한다.

시의 제목에 "새벽에 …이르다"라고 하였는데, 이런 여름날 새
벽에 정확히 어디에 계시다가 되돌아오셨는지는 밝히고 있지 않
다. 그러나『문집』을 보면 이 시가 4월 10일에 초취 처가에서
받은 토지와 집이 있는 영주의 푸실〔초곡草谷〕에서 묵고, 4월
25일에는 온혜의 생가에서 가까이 있는 용수사로 내려와서 묵
으면서, 쓴 시들 다음에 이 시가 배열되어 있으니, 이 시는 바

로 용수사에서 묵다가 첫여름 낮 더위를 피하여 새벽에 퇴계
가에 마련한 살림집〔계장溪莊〕으로 내려오신 것이다. 이때 조정
에 올린 〔사복시정, 지제교 겸 춘추관 참교 등〕 사직서가 완전히 수
리되었다는 소식을 들은 뒤에야 비로소 계장이라는 집으로 돌
아오신 것이라고 한다.

가)-1

觸熱朝天病未行	더위 무릅쓰고 임금 뵈러 나갔다가
촉 열 조 천 병 미 행	병들어 나아가지 못하고서,
溪莊回轡趁雞聲	시내 곁의 집으로 말고삐 돌려 닭 우는
계 장 회 비 진 계 성	소리 좇아서 돌아왔네.
雲山正似盟藏券	구름 낀 산들은 똑같네,
운 산 정 사 맹 장 권	나와 함께 살기를 맹세한 듯,
身世渾如戰退鉦	물러난 내 신세 사뭇 닮았네,
신 세 혼 여 전 퇴 정	전쟁에 물러난 징과도.
雨過洞門林氣爽	골짜기 어귀에 비 지나가니 수풀 기운
우 과 동 문 임 기 상	상쾌하고,
風生石竇澗音淸	돌구멍에 바람 생겨나니 산골 물소리 맑네.
풍 생 석 두 간 음 청	
山翁笑問溪翁事	산 늙은이 웃으며 묻네,
산 옹 소 문 계 옹 사	퇴계 늙은이 할 일을,
只要躬耕代舌耕	오직 몸소 밭 가는 것으로써
지 요 궁 경 대 설 경	혀로 밭 가는 것을 대신하겠다고 하겠네.

가)-2

朝從溪上傍溪行 조 종 계 상 방 계 행	아침에 시냇가를 따라서 시내를 끼고 가서,
纔到溪莊聞雨聲 재 도 계 장 문 우 성	겨우 퇴계에 있는 집에 이르니 비 오는 소리 들리네.
里社行誇宰分肉 이 사 행 과 재 분 육	마을 모임에서 자랑하려네 고기를 고루 나눔을 주재함을,
詞壇曾笑將鳴鉦 사 단 증 소 장 명 정	시단에서는 지난 일 우습네, 장수 되어 후퇴하는 징 울렸음이.
寬閒南野麥浪徧 관 한 남 야 맥 랑 편	넓고 한적한 남쪽 들에는 보리 물결 두루 퍼졌고,
翠密西林禽語淸 취 밀 서 림 금 어 청	푸른빛 빽빽한 서쪽 숲에는 새소리조차 맑다네.
聖主洪恩知不棄 성 주 홍 은 지 불 기	착한 임금 크신 은혜 나를 버리지 않았음을 알겠으나,
只緣多病合歸耕 지 연 다 병 합 귀 경	다만 많은 병 때문에 돌아와서 밭 갈이 체질에 맞다네.

2수 모두 은퇴하고 전원생활에 매진하려는 결의를 다짐하고 있다. 둘째 시의 제3, 4행은 보충 설명이 있어야 이해가 빠를 것 같다. 제3행에서는 한(漢)나라 건국 초에 공로를 세운 재상 진평(陳平)이 야인으로 있을 때 마을의 행사에 참여하여 음식을 고루 나누는 것을 보고서 마을 어른들이 그의 능력에 감탄하였다는 것인데, 여기서는 퇴계 선생이 고향으로 돌아와서 나랏일보다는 고향에 살면서 향촌의 질서나 바로잡아보겠다는 결의를 나타낸 말이다. 제4행은 이보다 조금 앞서 조정에서 벼슬할 때

동호 독서당에서 사가독서할 때 뽑혀 들어온 걸출한 당대의 수재들과 더불어 누가 시를 더 잘 짓는지 시합하던 일을 회상하니 우습다는 것이다.

[원운시]

「신성으로 가는 도중에(新城途中)」 - 소식(蘇軾)

신성(新城)은 항주(杭州) 서남쪽 133리 지점에 있는 지명이며, 이 시는 소동파가 38세인 희녕(熙寧) 6년(1073) 2월에 항주 통판(通判, 부지사)으로 있을 때 지은 것이다. 앞의 시는 아침 풍경을 읊은 것이고, 뒤의 시는 정오에 말을 풀어놓고 쓴 것인데, 뒤의 시는 소동파가 지은 작품이 아니고 당시 이 신성 고을의 고을 원(현령)으로 있던 조단우(晁端友)가 소동파가 지은 앞의 시를 보고서 같은 각운자를 사용하여 지은 작품이라는 설도 있다. 그렇게 보면 두 번째 시 제6구에 보이는 "장관(長官)"은 곧 조단우라는 현령이 그보다 윗자리인 통판 자리에 있는 소동파를 일컫는 말이 된다. 이 시에 대해서는 동파의 아우 소철이 같은 운자를 사용하여 지은 시도 전한다.

其一

東風知我欲山行
동 풍 지 아 욕 산 행

동쪽 바람은 알았다네,
내가 산으로 가고자 하는 것을,

吹斷簷間積雨聲
취 단 첨 간 적 우 성

불어 끊었다네,
처마 사이에 줄줄 내리던 빗소리를.

嶺上晴雲披絮帽
영 상 청 운 피 서 모

고갯마루의 맑은 구름은 솜 모자를
벗은 것 같고,

樹頭初日掛銅鉦
수 두 초 일 괘 동 정
나무 꼭지에 처음 솟은 해 징을 걸어 둔 듯하네.

野桃含笑竹籬短
야 도 함 소 죽 롱 단
들 복숭아꽃 웃음을 머금고 대나무 울타리는 짧은데,

溪柳自搖沙水淸
계 류 자 요 사 수 청
시내 버들 저절로 흔들리고 모래 물은 맑네.

西崦人家應最樂
서 암 인 가 응 최 락
서쪽 산기슭에 있는 집들 아마 가장 즐거울 것이니,

煮芹燒筍餉春耕
자 근 소 순 향 춘 경
미나리 볶고 죽순 구워 봄 밭갈이꾼 먹이네.

其二

身世悠悠我此行
신 세 유 유 아 차 행
신세도 유유자적하네 나의 이번 걸음,

溪邊委轡聽溪聲
계 변 위 련 청 계 성
시냇가에 말고삐 풀어놓고서 시냇물 소리 듣고 계시네.

散材畏見搜林斧
산 재 외 견 수 림 부
내 보잘것없는 재주로는 숲을 뒤지는 도끼가 보일까 두렵고,

疲馬思聞卷旆鉦
피 마 사 문 권 패 정
피로한 말은 들을 것을 생각하네, 깃발 거두고 돌아가라는 징 소리를.

細雨足時茶戶喜
세 우 족 시 차 호 희
가는 비 흡족할 때에 차 농사하는 집들 기뻐하고,

亂山深處長官淸
난 산 심 처 장 관 청
첩첩산중 깊은 곳에는 지방장관님 청렴하시네.

人間岐路知多少
인 간 기 로 지 다 소
인간 세상에 갈림길 몇이나 되는지 아십니까?

| 試向桑田問耦耕 | 시험 삼아 상전벽해에 대하여 두 마리 소 |
| 시 향 상 전 문 우 경 | 나란히 끌고 밭 가는 이에게 물어보소서. |

나)「동암에서 뜻을 말하다(東巖言志)」

『퇴계연보』에 의하면 병오년(丙午年, 46세)에 "양진암을 고향[퇴계退溪] 동쪽 바위 위에 지었다.(築養眞庵于退溪之東巖)"하고서, 다음과 같은 주석을 첨가하였다. "이보다 먼저 작은 집을 온계리 남쪽의 지산 북쪽에 지었으나, 인가가 조밀하므로 아늑하고 (자못) 고요하지 못하다 하여, 이 해에 처음으로 퇴계 아래의 두서너 마장 되는 곳에서 임시로 거처하면서, 동쪽 바위 옆에 작은 암자를 짓고, 이름하기를 양진암이라 하였다.…(先是, 舊小舍於溫溪之南, 芝山之北, 以人居稠密, 頗未有寂, 是年, 始假寓退溪之下數三里, 於東巖之旁作小庵, 名曰養眞)."이 양진암 터에는 지금 표석을 세우고 뒷면에다 이 시를 새겨 놓았다.

'동암(東巖)'의 "巖"은 흔히 바위에 생긴 구멍[암혈巖穴]을 뜻하는 경우가 많은데, 속세를 피하여 바위 구멍에 들어가서 사는 선비를 '암혈지사(巖穴之士)'라고 하였다.

'언지(言志)'는 '뜻을 표현한다'는 뜻인데, 선비들이 자기의 호젓한 마음을 글에 담는다는 의미로서, 시의 제목으로 자주 사용하고 있다. 퇴계의 문집 『속집』에도 이와 같은 「동암에서 뜻을 말하다(東巖言志)」라는 제목의 시가 한 수 더 있다.

新卜東偏巨麓頭	새롭게 터를 잡았네,
신 복 동 편 거 록 두	동쪽으로 치우친 큰 기슭 머리에,
縱橫巖石總成幽	세로가로 엉킨 바윗돌 모두
종 횡 암 석 총 성 유	고요함을 이루었네.

烟雲杳靄山間老 연 운 묘 애 산 간 로	안개와 구름 아득히 피어올라 산속에서 머무르고,
溪澗彎環野際流 계 간 만 환 야 제 류	산골짜기 물 빙 둘러서 들판으로 흘러가네.
萬卷生涯欣有托 만 권 생 애 흔 유 탁	만권 책 읽으며 살 나의 생애 흔쾌하게 의탁할 데가 생겼고,
一犁心事歎猶求 일 려 심 사 환 유 구	한 보습의 비 바라는 마음 감복하면서 오히려 구하게 되었네.
丁寧莫向詩僧道 정 녕 막 향 시 승 도	정녕코 말하지 말게나! 시 잘하는 승려에게,
不是眞休是病休 불 시 진 휴 시 병 휴	정말 쉬는 것이 아니라 병들어 쉬는 거라고.

'시승(詩僧)'은 당나라 때 동림사(東林寺)의 승려 영철(靈徹)을 말한다. 송(宋)나라 계유공(計有功)의 『당시기사·위단(唐詩紀事·韋丹)』에 다음과 같은 이야기가 전한다.

강서태수(太守)인 위단은 동림사의 영철 스님과 가까운 친구가 되었는데, 위단이 일찍이 고향으로 돌아가고 싶어 하는 심정을 읊은 절구를 지어서 영철에게 부쳐 말하기를,

나랏일 분분하여 한가한 날이 없고,
부평초 같은 인생 하염없이 흘러가니 구름과 같을 뿐이라네.
이미 장형과 같이 벼슬을 버리고
돌아가서 쉴 계획을 세웠으니,
오로봉의 바위 앞에서 그대가 나에게
그 사연을 들을 날이 있으리라.
王事紛紛無暇日 浮生冉冉只如雲.

已爲平子¹⁾歸休計　五老巖前必共聞.

라고 하였다. 이에 영철이 그 시에 화답하기를,

늙어서 몸 한가로워지니 바깥일 없고,
삼베 옷 걸치고 풀 깔고 지내니
또한 몸 하나 붙이고 살만하네.
서로 만났을 적에 벼슬을 버리고
물러나고 싶은 생각 다 털어놓았으니,
수풀 아래서 무엇 때문에 태수님을
또 만날 필요가 있겠습니까?
年老身閑無外事　麻衣草坐亦容身.
相逢盡道休官去　林下²⁾何曾見一人.

라고 하였다.

시승 영철에 대한 전고는 퇴계 선생이 이전에 쓴 다른 시에도
가끔 보이는데, 선생이 애독하셨다는 시화집 『시인옥설(詩人玉
屑)』(권20, 도산서원 전시실에 전시되어 있음)을 보면 다음과 같은
말이 적혀 있다. "스님 중에서 시를 잘하는 이들도 흔하지만,
흔히 그들의 시를 보면 진기가 빠진, 마치 나물이나 죽순〔소순
蔬筍〕을 넣은 떡고물을 씹는 것 같은 쓴맛〔산함기酸餡氣〕이 감도
는 것이 보통인데, 이 영철 스님의 시는 그런 티가 나지 않는다
…."
또 위단(韋丹)은 중당(中唐)시대에 유명한 장군이며 서예가이
기도 한 안진경(顔眞卿)의 외손자로서, 당대에 제일가는 지방
장관으로 치적이 혁혁하여 『신당서(新唐書)』(권197)에도 열전이

---

1) 평자(平子): 장형(張衡). 후한의 문인·학자, 자가 평자임.
2) 임하(林下): 벼슬을 그만두고 은퇴하였으니.

있을 정도로 명사였다. 신라왕이 즉위할 때(소성왕 1년, 799) 당나라 천자의 축하 특사로 선발된 적도 있으나, 갑자기 신라의 새 임금이 죽어서 신라로 오다가 돌아간 적이 있다고도 한다.

위 시와 같이 위단이 비록 당시에 말은 그렇게 하였으나, 뒤에 태수 벼슬을 내놓지 않고 있다가 끝내 말을 잘 듣지 않던 한 병졸이 무고하여 태수 자리에서 해직되고, 그 억울함을 변명할 기회를 기다리는 동안에 58세로 작고하였으니, 뒤끝이 좋지 못하였다고 할 수 있다. 이러한 이야기가 『신당서』에 전해지고 있다.

퇴계 선생은 이 시에서 끝내 영철 같은 "시 잘하는 중"에게 조롱당하지 않기 위해서라도, 마음을 단단하게 다져야겠다는 결의를 표명한 것이라고 볼 수가 있다.

9. 퇴계 선생이 제자 황준량이 설날에 올린 시에 답한 시 1수

농암 이현보 선생의 손서(孫婿)이기도 하고 퇴계 선생의 가까 운 제자 중의 한 사람이었던 금계 황준량은 40세가 되자 시 2 수를 퇴계 선생에게 올렸다. 그중 첫째 시는 다음과 같다.

餞臘迎春欲曉天
전 납 영 춘 욕 효 천

선달 보내고 봄 맞으니
하늘 밝아 오려는데,

山齋獨坐意茫然
산 재 독 좌 의 망 연

산속 서재에 홀로 앉아 있으니
마음 막막하구나.

行臨蘧瑗知非歲
행 림 거 원 지 비 세

세월 흘러 공자 때 위나라
거백옥(蘧伯玉)이 잘못 알았다는
50세가 되려 하고,

已到鄒軻不動年
이 도 추 가 부 동 년

이미 이르렀구나, 추나라 맹자가 말한
마음이 움직이지 않게 되었다는 나이에.

聖處工夫難下手
성 처 공 부 난 하 수

그러나 저는 성인이 머물렀던 공부는
손을 대기조차 어렵고,

頭邊光景劇奔川
두 변 광 경 극 분 천

이미 백발이 된 내 모습은
냇물 매우 빨리 흐르듯 변하네.

何緣免被他歧惑
하 연 면 피 타 기 혹

어떻게 하여야 기로에서 방황하는
의혹 면하게 될 것인가?

正路前頭試着鞭
정 로 전 두 시 착 편

선생님께서 바른길 앞장서서 시험 삼아
먼저 채찍을 잡고 인도하여 주소서.

이 시는 퇴계 선생 56세(1556) 때, 황준량이 이미 나이 불혹(不惑)이 되었지만, 아직도 공부에 대하여 갈피를 잡지 못하고 있는 자기와 같은 제자를 위하여, "어느 인연으로 다른 길로 빠지려는 유혹 면할 수 있을까? 선생님 같은 분이 바른길을 앞장서서 채찍을 잡고 인도하여 주소서.(何緣免被他歧惑, 正路前頭試着鞭)."라고 하는 말로 끝나는 시를 지은 것이다. 이 시를 받고서 그 시의 각운자(밑줄 친 글자)에 맞추어〔차운〕퇴계 선생은 다음과 같은 회답 시를 썼다.

「황준량이 지은 정월 초하루 시의 각운자를 써서 짓다 병진년(次黃仲擧元日韻 丙辰)」

拙朴由來得自天
졸 박 유 래 득 자 천

나 서툰 것은 본래 하늘로부터 타고난 것이지만,

追尋芳躅每欣然
추 심 방 촉 매 흔 연

선현들의 좋은 자취 좇아서 찾으니 일마다 늘 흔연히 즐거워지네.

聰明此日非前日
총 명 차 일 비 전 일

그러나 늙어가니 듣는 것과 보는 것은 오늘이 전날보다 못하여지지만,

習氣今年似去年
습 기 금 년 사 거 년

다만 나쁜 습관만은 올해나 지난해나 비슷하게 고쳐지지 않는다네.

透得利關聞上蔡
투 득 리 관 문 상 채

명예와 이욕의 관문 투철하게 벗어날 수 있었다는 말씀 사상채 선생에게서 들었고,

驗來學力說伊川
험 래 학 력 설 이 천

배움의 힘으로 고난을 벗어남을 징험하였다고 정이천 선생님은 말씀하셨다네.

吾儕更勉躬行處
오 제 갱 면 궁 행 처

우리 또래 사람들 더욱더 몸소 실행할
것에 힘써야지,

莫向人前枉執鞭
막 향 인 전 왕 집 편

남들 앞에 나서서 함부로 채찍 잡고
말로만 떠들려 하지 말게나.

그런데 황금계 문집에서는 도리어 이퇴계가 먼저 보낸 시를 보
고서 금계가 차운한 것으로 보고 제목을 「퇴계가 정월 초하루
에 부쳐준 시에 차운하다(次退溪元日見寄之作)」로 바꾸어 놓았
다. 마지막에 나오는 두 구절의 내용으로 보아 틀림없이 금계 선
생이 먼저 올린 시를 보고서 이퇴계 선생이 화답한 것으로 보
아야 한다. 그렇게 보는 것이 사제 간의 도리에도 부합된다.

필자가 앞서 『율곡집』에서 퇴계 선생과 주고받은 시 몇 수를
검토한 일이 있는데, 그 책에서도 오히려 퇴계 선생이 먼저 시를
보내 율곡 선생이 그 시를 보고서 응답하는 시가 많은 것같이
제목을 바꾸어 놓은 것을 본 일이 있다. 아마 그렇게 제목을 사
실과 반대로 바꾸어 놓아야 율곡 선생의 위치가 올라가는 것같
이 보이게 하려는 것 같아, 사실과도 부합하지 않을 뿐만 아니
라, 보기에 안타깝다는 생각을 한 적이 있다.

아마 『금계집(錦溪集)』 편집자도 비슷한 심리에서 이렇게 제목
을 사실에 맞지 않게 바꾸어 놓았거나, 퇴계 선생이 쓴 시 내용
과 금계 선생이 쓴 시 내용을 자세히 비교 검토하지 않아서 이
러한 실수를 하였을지도 모른다는 생각이 든다.[1]

금계 선생의 시에 나오는 "거원(蘧瑗)"은 자를 배옥(伯玉, 이 경
우에는 伯자를 배, 또는 패로 읽는 듯함)이라고 하는데, 『논어』에도
나오는 현인이다. 그는 50세가 되자 49세까지의 잘못을 뉘우

---

1) 어떤 사람들은 『금계집』을 퇴계 선생이 직접 편집해 주셨다고도 하나, 위
   의 사례 하나만 보아도 그 말은 별로 믿을 것이 못 된다고 생각한다.

치고 고치려는 훌륭한 사람이었다고 한다.

퇴계 선생의 시에 나오는 사상채(謝上蔡)는 이름은 양좌(良佐)인데, 북송의 도학자인 이천 정이(程頤) 선생의 제자이다. 이천 선생은 역경에 처해서도 오히려 풍채가 평상시보다 나아졌다고 하며, 그러한 스승의 가르침을 받아서 사상채도 속세의 명리를 투철하게 초월할 수 있었다고 전한다.

이렇게 되는 것은 모두 몸소 실천궁행해야 확실히 터득되는 것이지, 누가 말한다고 되는 게 아니라는 것이 퇴계 시 뒷부분의 취지이다.

50세가 되자 학문도 이미 완숙한 경지에 접어들고, 명망도 나날이 높아가고 있지만 아직도 잘못된 구습을 고치지 못하였다고 근심하고, 남에게 무엇을 가르치기보다는 우선 자신이 실천궁행함이 무엇보다도 중요하다고 하신 말씀은, 물론 제자의 가르침에 대한 요청에 대한 겸허한 대답이기도 하지만, 정말 좋은 말씀으로 보인다.   (2020. 1. 7)

10. 퇴계 선생이 도연명의 「음주」 시에 각운자를 맞추어 지은 시 1

「음주 시에 차운하여(飮酒 二十首)」- 열일곱째

其十七

蕭蕭草蓋屋 소 소 초 개 옥	쓸쓸하고 쓸쓸한 풀로 이은 집에,
上雨而旁風[1) 상 우 이 방 풍	위로는 비 내리고 옆으로는 바람 부네.
就燥[2)屢移牀 취 조 루 이 상	마른 곳 찾아 여러 번 책상 옮기고,
收書故篋中 수 서 고 협 중	낡은 궤짝 속으로 책 거두네.
但撫無絃琴[3) 단 무 무 현 금	다만 줄 없는 거문고 어루만지니,
寧知窮與通[4) 영 지 궁 여 통	궁핍과 현달이야 어찌 상관하리오?

---

1) 소소~방풍(蕭蕭~旁風) : 도연명의 「오류선생전(五柳先生傳)」- "사방의 벽은 허전하였으며, 바람이나 햇볕을 가려주지 못했다.(環堵蕭然, 不蔽風日.)"

2) 취조(就燥) : 『주역·문언전(文言傳)』- "물은 축축한 곳으로 흐르고, 불은 마른 곳으로 나아간다.(水流濕, 火就燥.)"

3) 무무현금(撫無絃琴) : 『남조의 역사·도잠의 전기(南史·陶潛傳)』- "도잠은 음악에 능하지는 못했지만 줄 없는 거문고를 하나 가지고 있었다. 술이 적당히 취할 즈음에는 걸핏하면 그것을 타면서 뜻을 의탁하였다.(潛不解音聲, 而畜素琴一張. 每有酒適, 輒撫弄以寄其意.)"

4) 궁여통(窮與通) : 궁핍과 현달을 말함. 『장자·양왕(讓王)』- "옛날의 득도한

誇言笑宋玉
과 언 소 송 옥

호언장담하는 송옥보고 웃는다네,

欲掛扶桑弓5)
욕 괘 부 상 궁

부상 나무에 활 걸고 싶다고 말한.

[도연명의 원운시]

幽蘭生前庭
유 란 생 전 정

그윽한 곳에 피는 난초 앞뜰에서 자라,

含薰待淸風
함 훈 대 청 풍

향기 머금고 맑은 바람 기다리네.

淸風脫然至
청 풍 탈 연 지

맑은 바람 경쾌하게 이르니,

見別蕭艾中
견 별 소 애 중

성긴 쑥 가운데서도 달라 보이네.

行行失故路
행 행 실 고 로

가고 또 가서 옛길 잃어버렸어도,

자들은 궁핍해도 즐거워하였고 현달해도 즐거워하였는데, 즐거워한 것은
궁핍하고 현달한 때문이 아니었기 때문이다. 도덕이 이러한 경지에 이르면
곤궁과 현달은 추위와 더위, 바람과 비가 순환하는 것과 같다.(古之得道
者, 窮亦樂, 通亦樂, 所樂非窮通也. 道德於此, 則窮通爲寒暑風雨之序矣.)"

5) 과언 ~ 부상궁(誇言 ~ 扶桑弓) :『형초고사(荊楚故事)』 – "양왕이 송옥에게 말
하기를, '그대는 호언장담할 수 있는가?'라고 하니, 말하길, '구부러진 활
부상 나무에 걸고 싶고, 긴 칼 하늘가에 기대두겠네.'라고 하였다.(襄王謂
宋玉曰, 女能大言乎, 曰, 彎弓掛扶桑, 長劍倚天外.)"[『고증』에서 재인용]
완적(阮籍)의「마음속을 읊음(詠懷詩) 38」– "구부러진 활 부상 나무에 걸
고 싶고, 긴 칼 하늘가에 기대어 두네.(彎弓掛扶桑, 長劍倚天外.)"
송옥의「대언부(大言賦)」– "초 양왕이 당륵, 경차, 송옥과 함께 양운에 있
는 누대에서 노닐었는데, 왕이 말했다. '누가 과인에게 큰소리 칠 수 있
겠는가?' 그러자 위에 앉아 있던 … 송옥이 말했다. '모난 땅을 수레로
삼고, 둥근 하늘을 지붕으로 삼으며 긴 칼 번쩍번쩍 하늘가에 기대두네.'
(楚襄王與唐勒景差宋玉遊於陽雲之臺, 王曰, 能爲寡人大言者, 上座 … 宋
玉曰, 方地爲車, 圓天爲蓋, 長劍耿耿倚天外.)"

任道或能通 임 도 혹 능 통	진리〔道〕에 내맡기면 어쩌다 통할 수도 있으리
覺悟當念還 각 오 당 념 환	깨닫게 된다면 돌아갈 것 생각해야 하리니,
鳥盡廢良弓6) 조 진 폐 양 궁	새 다 잡고 나면 좋은 활도 버려 버린다니.

〔참고〕

송나라 때의 문인 관료이며 학자였던 탕동간(湯東澗, 시호 문정文靖, 『장자약설莊子略說』과 『절묘고금문선絶妙古今文選』 저자)은 이 시를 다음과 같이 풀어 설명하였다.

난초의 훈향은 맑은 바람이 아니면 분별해 낼 수가 없는데, 어진 사람이 세상에 나감과 은퇴하여 물러나는 뜻은 정말 옳게 아는 사람을 기다려서 알려질 뿐이다. 도연명이 팽택에 근무하고 있던 시절에는 "뜻을 잃고 비분강개함이 있어, 매우 평소에 부끄러워하였다"〔귀거래사 서문에 나오는 말〕라는 말이 있으니, 이 시에서 이른바 '실로(失路)'와 같은 것이다. 다만 도에다가 몸을 맡기고 속세에 이끌리지 않았기에, 능히 끝내 수레를 돌려서 가던 길을 되돌릴 수 있었을 뿐이다. "새가 다 죽자 활을 감추었다"는 말은 대개 옛사람들이 나라를 떠났다는 말을 빌린 것인데. 이 말로써 고향을 떠났다는 뜻을 비유한 것이다.

(蘭薰非淸風不能別, 賢者出處之致, 亦待知者知耳. 淵明在彭澤日,

---

6) 폐양궁(廢良弓): 한신(韓信)이 초왕(楚王)에 봉해진 뒤, 한 고조(漢高祖)에게 사로잡혀 끌려갈 적에, "과연 사람들의 말과 같도다. 꾀 많은 토끼가 죽으면 날쌘 사냥개가 삶겨 죽고, 높이 나는 새가 다 잡히면 좋은 활이 벽장 속에 감춰지고, 적국이 격파되면 모신이 죽는다고 하였는데, 지금 천하가 이미 평정되었으니, 내가 삶겨 죽는 것도 당연한 일이다.(果若人言! 狡兔死, 良狗烹 : 高鳥盡, 良弓藏 : 敵國破, 謀臣亡, 天下已定, 我固當亨.)[『史記 권92 淮陰侯列傳』]"라고 한 데서 온 말이다. - 한국고전종합DB 각주 정보에서 인용.

有悵然慷慨, 深愧平生之語, 所謂失故路也. 惟其任道而不牽於俗, 故
卒能回車復路云耳. 鳥盡弓藏, 蓋借昔人去國之語, 以喩已歸田之志.)
　　　　　　　　　　　　　　　　 - 전자판 사고전서 『도연명집』 주석

〔부연 설명〕

도연명과 이퇴계의 원운시와 차운시 사이에는 단지 각운자만
같이 사용하였을 뿐이지, 내용상 큰 연관은 별로 없어 보인다.
도연명의 원시에서는 진리의 길〔도〕로 통하는 바람은 돌아다닌
다고 얻는 것이 아니니, 부질없이 돌아다니다가 권력자에게 용
도처분 당하는 것보다는 오히려 전원으로 돌아와서 좋은 바람을
즐기는 것이 낫다는 뜻을 담고 있다.

퇴계의 이 차운시는 비록 궁하게 살지만 나에게 다가올 시운이
궁할까 형통할까 하는 생각은 아예 접고, 도연명이 음률의 고저,
장단, 강약 같은 변화를 표현하는 줄이 끊어진 금〔무현금無絃琴〕
을 탄 것같이, 나도 오직 담담함을 즐길 뿐이지, 터무니없는 허
풍을 쳐 보아야 별 볼일 없다는 뜻을 나타내고 있다.

이 두 시가 비록 읊은 구체적인 사항은 다르지만 대체로 본다
면, 놓인 처지를 즐기면서 소박하게 살아가자는 뜻을 담았으
니, 역시 동공이곡(同工異曲)이라고 할 것이다.

도연명은 자기가 사는 곳에 봄이 와서 시원한 바람이 불어와서
난초가 매우 아름답게 자라는 모습을 매우 즐겁게 묘사하고 있
으나, 퇴계 선생의 시 앞부분에서는 자기가 사는 초가집이 비바
람도 가리기 힘들며 책까지도 비 맞아서 다시 정리해 담고 있
다고 매우 궁한 모습을 적고 있다.

퇴계 선생이 이 시를 쓴 시기는 50세인데, 당시에 한서암이라
는, 가족들이 사는 본집과는 다른 별채〔초가집〕를 짓고, 책도 읽
고 시도 짓고 사색도 하고, 또 마음 맞는 손님도 맞이하여 그
곳에서 함께 즐기기도 하였다고 한다. 이 시에서 묘사한 풍경

은 아마 그 초가집 모습일 것이다.

이때 퇴계 선생의 심정은 비바람 맞고 있는 심정이었을 것으로 생각된다. 왜냐하면 높은 벼슬을 하고 있던 형님(온계)은 사화에 몰려서 비명에 죽었고, 자신은 지방 수령 자리까지도 내려놓고서 물러나 아예 별호조차도 "퇴계"라고 사용하기 시작하였을 때이다.

그래도 비바람에 흩어진 책을 다시 책을 주워 담는다는 말은, 도를 탐구하는 일에는 궁통에 관계없이, 또 큰소리치지도 않고, 중단함이 없을 것을 다짐하는 결의를 보인다고도 할 수 있다. 이렇게 보면, 이 시에서 쓴 앞부분의 거처 표현은 부분적으로는 사실일 수도 있지만, 그보다는 훨씬 더 강한 비유일 수가 있다. 그래서 이런 말들이 시가 될 수 있다고 생각한다.

11. 퇴계 선생이 도연명의 「음주」 시에 각운자를 맞추어 지은 시 2

「음주 시에 차운하여(飮酒 二十首)」 - 열여덟째

其十八

酒中有妙理[1]
주 중 유 묘 리
술 속에 오묘한 이치 있으나,

未必人人得
미 필 인 인 득
사람마다 다 깨닫는 것은 아니라네.

取樂酣叫中
취 락 감 규 중
즐거이 거나해져 떠드는 중에,

無乃汝曹惑
무 내 여 조 혹
바로 그대들이 현혹되는 것이 아닌가?

當其乍醺醺[2]
당 기 사 훈 훈
언뜻 얼근히 취하는 때 만나면,

---

1) 주중유묘리(酒中有妙理) : 두보 「그믐날 최즙과 이봉을 찾다(晦日尋崔戢李 封)」 - "탁주 속에 정미로운 이치 있으니, 이로써 어려운 처지를 위로할 만하네.(濁醪有妙理, 庶用慰浮沈.)"

삼국시대 위(魏)나라 상서랑(尙書郞) 서막(徐邈)이 몹시 술을 좋아한 나머 지, 한번은 금주령이 내렸음에도 불구하고 사적으로 술을 마시고 잔뜩 취 했는데, 교위(校尉) 조달(趙達)이 가서 조사(曹事, 담당 부서의 일)를 묻 자, "내가 성인에게 맞았다.(中聖人.)"라고 하므로, 조달이 그 사실을 조조 (曹操)에게 아뢰니, 조조가 매우 진노하였다. 장군 선우보(鮮于輔)가 조조 에게 아뢰기를, "평일에 취객들이 청주를 성인이라 하고 탁주를 현인이라 하는데, 서막은 성품이 신중한 사람인데, 우연히 취해서 한 말일 뿐입니다. (平日醉客謂酒淸者爲聖人, 濁者爲賢人. 邈性修愼, 偶醉言耳.)"라고 해명 했던 데서 온 말이다.[『三國志 권27 魏書 徐邈傳』] - 한국고전종합DB 각 주 정보에서 인용.

2) 훈훈(醺醺) : 술이 얼근히 취하여 기분이 좋은 상태를 말함.

浩氣3) 兩間4)塞　호연지기 천지간에 꽉 차네.
호 기 량 간 색

釋惱而破吝　　번뇌 풀어지고 인색함 없어지니,
석 뇌 이 파 린

大勝榮槐國5)　괴안국의 영화보다는 훨씬 낫다네.
대 승 영 괴 국

畢竟是有待6)　이것도 결국은 기다림 있는지라,
필 경 시 유 대

---

3) 호기(浩氣): 하늘과 땅의 넓고 큰 정기[浩然之氣]를 말함. 『맹자 · 공손추(公
孫丑) 상』 - "(공손추가) '묻건대 선생님은 어디에 뛰어나십니까?'라 하자
(맹자는), '나는 남의 말을 잘 분별하여 들을 수 있고, 나에게 있는 하늘
과 땅의 넓고 큰 정기를 잘 기릅니다.'라 하였다.(敢問夫子惡乎長? 曰,
我知言, 我善養吾浩然之氣.)"

4) 양간(兩間): 하늘과 땅 사이를 말하며, 그 사이에서 거처하는 인간을 가리
키는 말로 쓰임. 한유의 「사람이란 무엇인가(原人)」 - "위에서 형체를 이
루고 있는 것을 하늘이라 하고, 아래에 형체를 이루고 있는 것을 땅이라
하며, 그 둘 사이에서 운명을 받은 것을 사람이라 한다.(形於上者謂之天,
形於下者謂之地, 命於其兩間者謂之人.)"

5) 괴국(槐國): 괴안국(槐安國)을 말하며, 헛된 부귀영화를 형용하는 말로 쓰
임. 당나라 이공좌(李公佐)의 「남가태수전(南柯太守傳)」에 나오는 남가일
몽(南柯一夢)의 고사이다. 순우분(淳于棼)이 술에 취해 집 앞의 오래된 괴
나무 아래에서 잠들었다. 꿈속에 괴안국으로 들어가 부마(駙馬)가 되어
영화를 누리다가 남가태수를 거쳐 재상이 되었다. 그러나 전쟁에 패하고
공주가 죽자 국왕이 그를 고향으로 돌려보냈다. 순우분이 꿈에서 깨니 마
시던 술병이 그대로 있고, 괴나무 뿌리를 파 보니 구멍 속에 큰 개미집이
있었다. - 한국고전종합DB 각주 정보.

6) 유대(有待): 의지하는 것이 있음을 말함. 아무리 도가 통한다 해도 완전무결
한 경지에 이르지 않으면 어떤 일이 있을 때 그래도 의지해서 행해야 한
다는 것의 비유. 『장자(莊子)』 「소요유(逍遙遊)」 - "저 열자는 바람을 타
고 날아다니기를 시원스럽게 잘하다가 15일 후에야 돌아온다. 그는 복
받은 사람으로 희귀한 경우에 해당한다. 그는 비록 걸어 다니는 것은 면
했으나, 오히려 기대는 것이 있다. 만약 천지의 바른 기운을 타고 육기의
변화를 조종하여 무궁한 세계에서 노닌다면 그가 또 무엇을 기댈 필요가
있겠는가. 그러므로 지인은 사사로움이 없고, 신인은 공적이 없고, 성인
은 이름이 없다고 하는 것이다.(夫列子 御風而行, 冷然善也. 旬有五日而
後反. 彼於致福者, 未數數然也. 此雖免乎行, 猶有所待者也. 若夫乘天地

臨風[7]還愧默　바람 맞으니 또한 부끄러워 잠잠히 있네.
임 풍 환 괴 묵

[도연명의 원운시]

子雲[8]性嗜酒　양웅(揚雄)은 성격이 술을 좋아하였으나,
자 운 성 기 주

家貧無由得　집이 가난하여 얻을 도리가 없었다네.
가 빈 무 유 득

時賴好事人　이따금 온정 베풀기를 좋아하는 사람 덕에,
시 뢰 호 사 인

載醪祛所惑　탁주를 싣고 오면 의혹 풀어주었다네.
재 료 거 소 혹

觴來爲之盡　술잔 오면 그대로 다 마셔버리고,
상 래 위 지 진

是諮無不塞　이러한 물음에 대한 대답
시 자 무 불 색　　기대에 차지 않은 적이 없었다네.

　　之正, 而御六氣之辯, 以遊無窮者, 彼且惡乎待哉? 故曰：至人無己, 神人
　　無功. 聖人無名.)" - 한국고전종합DB 각주 정보.
　　이로 보면 열자는 아직도 기다리는 것이 있기[有待, 즉 바람] 때문에, 지
　　인의 경지에는 못 오른 것으로 장자는 보았음.
7) 임풍(臨風)：바람을 맞음을 말함.『초사·구가·소사명(九歌·少司命)』- "미
　　인을 바라나 오지 않음이여, 바람을 맞으며 멍하니 크게 노래하네.(望美
　　人兮未徠, 臨風怳兮浩歌.)"
8) 자운(子雲)：한(漢)나라 성제(成帝) 때의 문장가이며 학자인 양웅의 자(字).
　　성도(成都)에 살았는데, 젊어서부터 문장을 잘하여 이름을 떨쳤고, 특히
　　고자(古字)를 잘 알았다. 양웅이 병들어 집에 있을 적에 가난하여 좋아하
　　는 술을 마실 수가 없었다. 그런데 거록에 사는 후파(侯芭)란 사람이 항
　　상 술을 가지고 와서 양웅에게 어려운 고자를 물었으며,『법언(法言)』·
　　『태현경(太玄經)』등을 배웠다. 후일 양웅이 죽자 후파는 그의 무덤을 만
　　들고 3년 동안 거상(居喪)하였다.[『漢書 권87 揚雄傳』] - 한국고전DB 각
　　주 정보.

有時不肯言 유 시 불 긍 언	그러나 때때로 기꺼이 말을 하고자 하지 않은 것은,
豈不在伐國9) 기 부 재 벌 국	이 어찌 나라를 치는 질문에 있지 않았겠는가?
仁者10)用其心 인 자 용 기 심	유하혜 같은 어진 이와 같이 그 마음을 썼으니,
何嘗失顯默11) 하 상 실 현 묵	어찌 일찍이 드러냄과 감춤 때를 놓친 적이 있었으리?

〔부연 설명〕

도연명 시의 이 마지막 한 연에 대해서는 위와 같이 주석을 달기는 하였지만, 이 구절에 대한 이해가 쉽지 않아 조금 더 생각해보려고 한다. 문제의 핵심은,

1) 양웅(揚雄)이 과연 왕망의 신나라에 대하여 어떤 태도를 지니고 있었는가?

2) 도연명은 과연 왕망을 어떻게 보았는가?

하는 점이다.

양웅의 『법언(法言)』 「문명(問明)」에는, "기러기가 아득히 하늘

---

9) 벌국(伐國) : 나라를 치는 일. 양웅이 살던 시대에 왕망이 전한(前漢)을 치고, 신(新)이라는 나라를 세운 일을 말함.

10) 인자(仁者) : 춘추시대 혼탁한 시대에도 물러나지 않고 벼슬하면서 나라를 바로잡으려 하였다는 유하혜(柳下惠). 앞 도연명 시 [참고]에서 인용한 탕동간(湯東澗)의 이 시 해설 – "이 한 편은 대개 양자운에 의탁하여 자기를 비유한 것이다. 그러므로 유하혜의 고사를 끌어다가 이 한 편을 끝냈다.(此篇蓋託子雲, 以自況. 故柳下惠事終之.)"

11) 현묵(顯黙) : 송나라와 원나라의 경서 주석가들이 이치[理]를 설명할 때 흔히 그것을, "말로 설명한다고 해서 밝힐 수도 없고, 그것을 말로 설명하지 않는다고 해서 그것이 감추어지는 것도 아니다.(語不能顯, 黙不能藏)" 라는 표현을 즐겨 사용하는데, 아마도 도연명이 이 시에서 사용한 이 말을 풀어 쓴 것으로 보임.

높이 날면, 주살을 쏘는 사람이 어찌 잡으랴?(鴻飛冥冥, 弋人何篡焉.)"라고 하였는데, 하늘 높이 나는 기러기는 뛰어난 재능을 품고 세상을 피하여 은거하는 선비를 비유한다고 할 수 있다. 그러면 그는 늙어 죽을 때까지 과연 그렇게 행동하였는가? 일반적인 유가 상식에서는 그렇지 않다고 보고 있다. 그러나 아주 드물기는 하지만 꼭 그렇지만은 않다고 보는 견해도 매우 드물지만 없지는 않은 것 같다. 이러한 두 가지 상반되는 견해를 다음에 소개한다.

> 신(新)은 전한(前漢) 말 외척(外戚) 왕망(王莽)이 유씨(劉氏)를 멸망시키고 세운 나라 이름인데, 전한의 대학자인 양웅이 왕망에게 아부한 것을 온당치 못하게 여겨, 주자(朱子)가 『강목(綱目)』을 저술하면서 특별히 양웅의 죽음에 대하여 "망대부 양웅 죽다.(莽大夫 揚雄死)"라고 폄하(貶下)하여 썼다.
>
> – 한국고전종합DB 각주 정보에서 인용.

> 명나라 때 학자 초횡(焦竑, 1540-1620)이 「양자운시말변(揚子雲始末辨)」을 지어 양웅이 왕망 밑에서 벼슬하지 않았으며, 양웅이 지었다고 전하는 「극진미신(劇秦美新)」도 당시 곡자운(谷子雲)이라는 사람이 지은 것이라고 주장하였다. 「극진미신」은 양웅이 사마상여(司馬相如)의 「봉선문(封禪文)」을 모방하여 지은 글로 알려져 있는데, 진시황(秦始皇)을 비판하고 새로 신(新)나라를 세운 왕망의 공덕을 칭송하는 내용이다.〔성호는 『성호사설(星湖僿說)』에서 초횡의 주장이 허황되다고 보았다. – 『성호사설 권24 焦竑論揚雄』 주석〕
>
> – 한국고전종합DB 각주 정보에서 인용.

위의 시 마지막 각주의 내용을 따르면, 도연명은 이 시에서 양웅의 태도를, 마치 난세를 살아가는 데 백이와 같이 어질기는 하지만, 정세의 변화에 비타협적인 인물이라기보다는, 유하혜와 같이 역시 어질기는 하지만 현실과 타협할 줄 아는 인물로 보고 있다. 도연명의 이러한 판단은 과연 맞는 것인가? 그 시대에는 이러한 견해가 오히려 두드러졌는지. 하여튼 후세의 일반 유가들의 상식과는 일치하지 않는다고 말할 수밖에 없다.

도연명의 이 원운시를 다시 한 번 자세히 풀어본다.
양웅의 성격이 술을 좋아하지만 집이 가난하여 늘 마실 수는 없었으나 다행히 한 제자가 술을 가지고 와서 대접하고, 모르는 것을 물으면 무엇이든지 다 가르쳐 주었고, 묻는 말에 막히는 것이 없었다. 그렇지만 당시에 한(漢)나라를 치고 임금 자리를 차지하게 된 왕망의 신(新)나라 일에 관하여 물으면 자못 함부로 말하기를 꺼렸다.
그것은 마치 옛날 춘추시대에 유하혜 같은 어진 사람이 어떤 시원치 않은 세월을 만나도 함부로 물러나지 않고 잘 협력하여 세상이 더 좋은 방향으로 가도록 노력한 부드러운 태도와 비슷한 것이니, 그것이 어찌 바른 이치를 말로 설명한다고 해도 꼭 밝혀지지는 않고, 말로 설명하지 않는다고 해서 반드시 감추어지지는 않는다는, 그러한 달관한 태도에서 벗어난 것이라고 하겠는가?
대개 이러한 내용을 담은 것이라고 생각한다. 그러면 위 시의 각운자를 빌려서 적은 이퇴계의 시는 어떤 뜻을 담고 있는가?
술 가운데 묘한 이치가 있으나 사람마다 반드시 그 이치를 터득할 수는 없다. 그러나 거나하게 취하는 데서 즐거움을 취하는 것에 현혹되는 사람들도 있다. 그러한 사람들은 얼큰하게 취하기만 하면 그만 호기가 충천한 것같이 되어 번뇌도 없어지고 후회막급할 일도 없어지니, 이쯤 되면 이런 보잘것없는 속세에서 부귀영화를 차지하려고 쩨쩨하게 설치는 것보다야 훨씬 나은 것이다.

아무리 그렇다고 하더라도, 이렇게 술기운을 빌려 호기를 부리는 것도 필경 그 무엇[술]이라는 것을 기다려야 문제가 해결된다고 생각하는 것인즉, 마치 『장자』「소요유」편에 나오는 열자(列子)와 같이 바람을 기다려서 그것을 타고서야 시원스럽게 날아다닐 수 있는 것과 같은 것일 뿐이다. 그러나 그보다도 더 높은 경지에 이르게 되면 사리사욕, 공명심 같은 것이 다 사라지고 마는 경지에 이르게 되니, 아무것도 기다리는 것이 없게 되어 술이나 바람 같은 것을 기다린 뒤에야 무엇이든지 해결된다고 하는 것 자체가 도리어 부끄러운 일이 되고 만다.

이렇게 보면 똑같은 각운자를 사용하여 지은 도연명의 시와 이퇴계 선생의 시 사이에는 내용상의 연관은 없는 것같이 보인다. 비록 두 시가 다 같이 술 마시는 이야기로 시작되기는 하지만 ….

12. 퇴계 선생이 도연명의 「음주」시에 각운자를 맞추어 지은 시 3

「음주 시에 차운하여(飮酒 二十首)」 - 열아홉째

其十九

小少聞聖訓 소 소 문 성 훈	어려서나 젊어서나 성인의 가르침 들으니,
學優乃登仕1) 학 우 내 등 사	학문을 하고도 틈이 나면 벼슬에 나간다 하셨네.
偶爲名所累 우 위 명 소 루	어쩌다 명예욕에 얽히게 되어,
輾轉2)徒失己 전 전 도 실 기	엎치락뒤치락 헛되이 자신을 잃게 되었다네.
龍鍾3)猶强顔4) 용 종 유 강 안	옹종종하게 억지로 버티던 것을,

---

1) 학우내등사(學優乃登仕):『논어·자장(子張)』-"자하가 말하였다. '벼슬을 하다가 여가가 있으면 학문을 하고, 학문을 하다가 여가가 있으면 벼슬을 한다.(子夏曰, 仕而優則學, 學而優則仕)'"'우(優)'는 '~을 하고도 남는 힘이 있음(有餘力)'이란 뜻이다.

2) 전전(輾轉):전전반측(輾轉反側), 곧 어떤 일로 고민하며 누워서 엎치락뒤치락하며 뒤척이는 것을 말함.『시경·주남의 민요·물수리(周南·關雎)』-"그립고 또 그리워, 이리저리 뒤척이네.(悠哉悠哉, 輾轉反側.)"

3) 용종(龍鍾):'용종(隴種)', '용종(躘踵)'과 같이 쓰며, '종용(鍾龍)'이라고도 한다. 첩운어로 쓰이는 뜻이 매우 많은데 시어로는 '일반적으로 노쇠하여 거동이 느린 모양(潦倒失意)'을 형용할 때 많이 쓰인다. 한유의 「취하여 맹교(孟郊)가 떠나감을 만류하다(醉留東野)」-"동야는 벼슬을 얻지 못하고, 흰머리만 옹종종하게 휘날리네.(東野不得官, 白首誇龍鍾.)"[주석(『한창려전집(韓昌黎全集)』同治 을사년[1869] 東雅堂本 참조)]에 "용종(躘踵)이라 해야 한다. … 소악(蘇鶚)의 『연의』에 '용종은 확 피어 위로 들지 못하는 모양으로, 머리털이 많아 헝클어진 것, 느릿느릿하여 영민하지 못한 것과

竊獨爲深恥　　　몰래 홀로 아주 부끄럽게 생각하게 되었다네.
절 독 위 심 치

高蹈5)非吾事　　　멀리 나다니는 것 나의 일 아니어서,
고 도 비 오 사

居然6)在鄕里　　　어느덧 고향마을에 있게 되었다네.
거 연 재 향 리

所願善人多　　　바라기는 착한 사람 많이 나타나는 것이니,
소 원 선 인 다

是乃天地紀7)　　　이는 곧 하늘과 땅의 밑바탕이기 때문이라네.
시 내 천 지 기

같은 따위이다.'라 하였다.(當作躘踵, … 蘇鶚演義, 龍鍾不昌熾不翹舉貌, 如藍鏧拉搭之類.)"『요존록』-「광운」에서는 '대나무 이름'이라 했는데, 연로한 사람들은 대나무의 가지와 잎새처럼 흔들흔들하여 스스로 부지할 수 없음을 이른다.(廣韻, 竹名. 謂年老, 如竹之枝葉, 搖曳有不能自持也.)

4) 강안(強顔) : 낯가죽이 두꺼움, 곧 염치를 모름을 말함. 사마천(司馬遷)의 「소경 벼슬인 임안(任安) 각하께 답하는 편지(報任少卿書)」-"아울러 이 지경에 이르고서도 욕보지 않았다고 말하는 것은, 이른바 염치를 모르는 것일 따름이며, 여기에 무슨 귀히 여길 만한 것이 있겠습니까?(及以至是, 言不辱者, 所謂強顔耳, 曷足貴乎.)" '강안'은 나중에 '또한 억지로 즐거워 하는 척하다'의 뜻으로도 쓰였다.

5) 고도(高蹈) : (벼슬 등을 하러) 멀리 나다님[遠行]을 말함. 『좌전·애공(哀公) 21년』-"노나라 사람들 죄가 있는데도 몇 해가 되도록 깨닫지 못하고 우리에게 멀리 나다니게 하네.(魯人之皋, 數年不覺, 使我高蹈.)" 『십삼경주소(十三經注疏)』에는 멀리 나다님이란 주석을 달고 있으나, 높이 뛰는 모양으로 매우 화가 난 모습이라고 풀이한 주석[楊伯峻의 『左傳譯註』 인용, 왕인지(王引之)의 견해]도 있다.

6) 거연(居然) : 어느덧. 주자가 복건성(福建省) 무이산(武夷山)에 무이정사(武夷精舍)를 이루고 나서 지은 시 「무이정사잡영(武夷精舍雜詠)」 중에 「정사(精舍)」라는 제목으로, "거문고와 책을 벗한 40년에, 몇 번이나 산중객이 되었던고? 하루에 띳집이 이루어지니, 어느덧 나는 산천 자연과 하나가 되었구나.(琴書四十年, 幾作山中客? 一日茅棟成, 居然我泉石.)"라고 읊은 것이 있다.

7) 선인다~천지기(善人多~天地紀) : 선인(善人)은 '도덕 있는 사람', '선량한 사

四時調玉燭[8]   사철에 날씨가 화창하게 조절되고,
사 시 조 옥 촉

萬物各止止[9]   온갖 사물들 제각기 머무를 곳에 머물기를.
만 물 각 지 지

畢志[10]林壑[11]中 숲속 골짜기에서 나의 뜻 다 쏟으려 함은,
필 지 림 학 중

吾君如怙恃[12]   우리 임금을 태산같이 믿고
오 군 여 호 시

람'을 말함. 『논어』에서는 군자란 의미로 쓰였음. 『학림옥로(鶴林玉露)』-
"예장의 여저는 하늘이 항상 착한 사람을 내어서 사람들이 항상 착한 일
을 하기를 바란다고 썼다.(豫章旅邸有書, 願天常生善人, 人常行善事)" [『고
증』에서 재인용.] 『좌전·성공(成公) 15년』-"한궐(韓厥)이 말했다. '극씨네
는 (화를) 면치 못할 것이다. 선량한 사람들은 천지의 도리를 지키는 요
체인데 여러 번 그것을 끊었으니, 망하지 않는다면 무엇을 기다리겠는가?'
(韓獻子曰, 郤氏其不免乎. 善人, 天地之紀也, 而驟絶之, 不亡何待.)"

8) 사시조옥촉(四時調玉燭): '옥촉'은 사철 날씨가 고르고 기후가 화창함을 말
   하며, 태평성세를 형용하는 말임. 『이아·하늘을 풀이함(爾雅·釋天)』-"사
   철 날씨가 온화한 것을 옥촉이라 한다.(四氣和謂之玉燭)" 시교(尸佼)의 『시
   자(尸子)』-"옥으로 만든 초에 촛불을 붙이고, 달콤한 샘 곁에서 마시며,
   긴 바람을 쐬고, … 사철 온화한데 마침 햇빛이 내려쪼이는 것, 이것을 일
   러 옥촉이라 한다.(燭於玉燭, 飲於醴泉, 暢於永風, …四氣和正光照, 此之謂
   玉燭.)"

9) 지지(止止): '止之'와 같이 쓰이며 머물러야 할 곳에 멈추는 것을 말함.
   『장자·인간세(人間世)』-"저 빈 곳을 보면 빈 공간에 흰색이 생겨나니
   좋고 상서로움이 머물 곳에서 머무른다.(瞻彼闋者, 虛室生白, 吉祥止止.)"

10) 필지(畢志): 뜻을 다 기울임. 『수서·문학가 열전 서론(隋書·文學傳論)』-
   "좋은 벼슬에 대한 욕심을 다 버리고, 전원으로 물러나서 지내지만, 숨는
   다고 하여도 친족을 등지지 않으며, 곧곧하게 행동한다고 하여도 세속과
   관계를 끊어버리는 것은 아니니, 자연의 순수한 이치를 터득한 사람이 아
   니면, 그 누구가 이러한 경지에까지 이를 수가 있었겠는가?(忘懷纓冕, │
   │丘園, 隱不違親, 貞不絶俗, 非有自然之純德, 其孰能至于斯乎.)"

11) 임학(林壑): 원래의 의미는 '산골짝의 시내'라는 뜻이지만, 주로 은거의
   비유로 많이 쓰인다.

12) 호시(怙恃): 두 가지 의미가 있는데 첫 번째 의미는 '믿고 의지하다'라는
   뜻이다. 『좌전·양공(襄公) 18년』-"제나라 임금 환은 국토의 험함을 믿
   고 백성의 많음을 등에 업어 우호 관계를 버리고 맹세를 저버려 신을 모

부모님처럼 의지하기 때문이라네.

[보충 설명]

이 시에 관하여 위와 같이 주석을 많이 달고, 또 원문에 번역도 하였으므로, 누구나 이해가 되리라 생각하였다. 그러나 근간에 이 시를 다시 보니, 14구 중 앞부분은 이해할 수가 있으나, 뒷부분으로 갈수록 조금씩 힘들어지면서, 맨 마지막 부분(13, 14행)에 이르러서는 아무리 생각해 보아도 잘 연결되지 않는 것 같은 생각이 들기 시작하였다.

벼슬길에서 물러나서 은거하겠다는 분이, 왜 조정에는 착한 사람이 많아지기를 원하고 사시(四時)와 만물이 바로 되기를 바라며, "우리 임금을 마치 부모와 같이 의지하기 때문이라네"라고 하는가? 그런 것에 관한 희망이 다 사그라들었기 때문에 벼슬길에서 물러나려고 하는 것이 아닌가?

그런데, 이전에는 별로 주목하지 않았던 제13행의 "필지(畢志)"라는 단어를 다시 검색하니 해답의 실마리를 찾을 수 있었다. 위의 주석에서 밝힌 바와 같이 이 말은, "모든 일에 뜻을 다 바쳐 노력한다."라는 매우 긍정적인 의미를 내포한 말로 사용됨을 알 수 있었다. 다음의 다른 『주역(周易)』 주석에도 비슷한 풀이를 찾아볼 수 있다.

39 水山蹇 ䷦ 六二 王臣蹇蹇, 非躬之故
왕의 신하가 어렵고도 어려운 것은 〔국가를 위해서 하는 것이지〕

시는 백성을 괴롭히고 있습니다.(齊環怙恃其險, 負其衆庶, 棄好背盟, 陵逆神主.)" 이 뜻이 인신(引申)되어 '부모'라는 의미로도 쓰인다. 『시경·소아·무성한 다북쑥(蓼莪)』-"아버지가 없으면 누구를 의지할 것이며, 어머니가 없으면 누구를 의지할 것인가?(無父何怙, 無母何恃.)" 여기서는 두 가지 의미가 복합적으로 쓰였다. 한유의 「유모의 묘에 바치는 명문(乳母墓銘)」-"유는 난 지 두 달도 미처 차지 않아 (의지하고 믿을 만한) 부모를 여의었다.(愈生未再周月, 孤失怙恃.)"

자신의 몸을 위해 연고를 두지 않아야 하기 때문이다.〔나의 몸을 위해서 하는 일이 아니다.〕

　　　　　　　　　　　－ 정병석 역주, 『주역』 하, 131쪽

라는 『주역』 원문에 대한 주석에,

제2효와 제5효는 왕과 신하의 상징에 정확하게 서로 호응한다. '건건'은 뜻을 다 기울이고 힘을 다 기울여서, 더욱 어렵지만 더욱 앞으로 나아가서 전혀 자기 몸이 있다는 사실조차도 잊어버린다는 것이다. 그러므로 이같이 자신의 몸을 위하여 연고를 두지 말아야 한다고 한 것이니, 신하의 일에 부끄러움도 없고, 끝내 허물도 없는 것을 비유한 것이다.(二五正應王臣之象, 蹇蹇者, 畢志盡力, 愈蹇愈前, 全不知有身, 故曰匪躬如此, 方于臣子之事, 无愧終无尤也.)

　　　－ 명나라 오계삼(吳桂三)의 『주역상상술(周易像象述)』권5

라는 말이 보인다.

그러므로 이러한 주석들을 참작하여 이 시의 마지막 2구를 풀면, 비록 조정에서 물러나서 숲속 골짜기에 숨어 지내더라도, 사뭇 세상을 등지는 것이 아니고, 계속하여 천하의 질서가 바로잡히고, 사시의 운행이 바로 되고, 나라가 잘되고, 임금이 잘되고, 어진 사람들이 많이 나오도록, 우리 임금을 믿고서 내가 온 힘을 기울여서 노력하겠다는 결의를 다짐하는 말임이 틀림없다.

그렇다면 촌구석에 물러나 앉아서 어떻게 세상을 바로잡겠다는 것인가? 바로 사람들의 마음을 바로잡는 공부부터 착실하게 하시겠다는 말이다. 그런 공부의 결과로 이룩된 것이 바로 거의 20년 뒤에 완성된 『성학십도』 같은 것이 아니겠는가?

이 『성학십도』의 가치야말로 얼마나 대단한가? 여기에서 바로 우리 임금을 마치 부모와 같이 의지하고 믿으며, 사시(四時)와 만물이 바로 되고, 조정에는 착한 사람이 많아질 것에 대한 희망을 찾아낼 수 있는 것이 아니겠는가?

이로 보면, 다음에 소개하는 도연명의 이 시 원운시보다는 퇴계 선생의 차운시가 훨씬 더 밝은 내용이라고 할 수 있다.

도연명에게는 당시 자기가 젊을 때 섬기려고 하였던 나라(동진)는 이미 망하여 버렸고, 다시 들어선 나라(송)에서 비록 높은 벼슬자리를 하나 마련하여 준다고 하였고, 더구나 새로운 나라를 세운 황제(유유劉裕)는 자기가 젊은 시절에 참모로서 모셔본 장군인지라 만약 벼슬길에 나갔더라면 이 새 나라에서 재상 지위까지도 오를 수 있는 가망이 있기도 하였지만, 나중에 어떻게 될지는 도무지 가늠할 수가 없었다.

그러니 이런 난세에 무엇을 해 보고자 한들 길은 자꾸 꼬일 것처럼 생각되었을 것이다. 그래서 부득불 이 혼란한 판국을 피하여 은거하면서, 오로지 천지자연의 변화에 몸을 내맡기고서, 그저 탁주로 이 불합리한 현실을 잠시나마 잊고, 또 벗어나고 싶을 뿐이었을 것이다.

정말 난세에 지식인으로 산다는 것이 얼마나 괴로운 일인가? 그러면서도 속세에 물들지 않고 견디면서, 이런 글을 남긴 도연명을 퇴계 선생은 10여 세부터 읽기 시작하여, 그가 남긴 시 130편 중 100편 정도에 이런 차운시를 남기고 있다.

〔원운시〕

疇昔苦長飢 지난날 오랜 굶주림을 괴로워하여,
주 석 고 장 기

投耒去學仕 쟁기 내던지고 가서 벼슬길 배웠네.
투 뢰 거 학 사

將養不得節 가족 먹여 살리는 일 제대로 되지 않아,
장 양 부 득 절

凍餒固纏己
동 뇌 고 전 기
추위와 굶주림 실로 나를 휘감고 있었다네.

是時向立年
시 시 향 립 년
이때 벌써 서른을 바라보는데도,

志意多所恥
지 의 다 소 치
마음속에 품은 뜻 부끄러움 많았다네.

遂盡介然分
수 진 개 연 분
마침내 굳센 분수 다 발휘하여,

拂衣歸田里
불 의 귀 전 리
옷 털고 고향마을로 돌아왔다네.

冉冉星氣流
염 염 성 기 류
점점 별자리와 절기는 흘러가,

亭亭復一紀
정 정 부 일 기
까마득히 또 열두 해가 되었다네.

世路廓悠悠
세 로 곽 유 유
세상의 길 휑하게 아득하고 또 아득하니,

楊朱所以止
양 주 소 이 지
양주가 그친 까닭이라네.

雖無揮金事
수 무 휘 금 사
비록 소광처럼 돈을 뿌리며 논 일은
없다 하나,

濁酒聊可恃
탁 주 료 가 시
탁주만은 애오라지 믿을 만하다네.

13. 고요한 집[靜室]을 좋아한 명나라의 송잠계(宋潛溪)[1)]와 조선의 이퇴계

「우연히 송렴의 정실 시를 읽다가 그 시의 각운자에 맞추어 지어 아들 준[2)]과 민응기[3)]에게 보이다 2수(偶讀宋潛溪靜

---

1) 송잠계(宋潛溪) : 잠계는 송렴(宋濂, 1310-1381, 자는 경렴景濂)의 호. 원래 금화(金華) 잠계 사람이어서 호를 잠계라고 하였다. 명나라 초기에 유기(劉基)와 더불어 태조[주원장]의 건국 기초를 다지는데 혁혁한 공훈을 이룩한 문인 참모들로, 유기는 시, 송렴은 문장으로 이름을 날렸다고 한다. 『원사(元史)』와 『홍무정운(洪武正韻)』 같은 책의 편수를 주관하기도 하였다. 인물과 인품도 매우 훌륭하며, 오랫동안 황제의 최측근자로 궁중 안에서 가까이서 모시고 지내면서도 한 번도 남의 허물을 황제에게 이야기한 적이 없다고 한다. 벼슬은 황제의 고문 격인 학사(學士), 황제의 명령·문서 초안자인 지제고(知制誥)까지 이르렀다. 나중에 장손인 송신(宋愼)이 당시 재상으로 있다가 반역 음모를 도모한 호유용(胡惟庸)의 일에 연루되어, 그도 죽을 뻔하였는데, 황후와 태자가 구출하여, 일가가 촉 땅인 무주(茂州)로 귀양 가게 되었는데, 송렴은 양자강을 따라서 촉으로 들어가는 입구인 기주(夔州)에서 죽게 되었다고 한다. 그 뒤에 신원되어 문헌(文憲)이라는 시호를 받았으며, 『명사(明史)』(128권)에 전기가 실려 있다. 문집으로는 『송학사집(宋學士集)』이 전한다.

2) 준(寯) : 1523-1571. 자는 정수(廷秀)이며 퇴계의 맏아들이다. 음직으로 벼슬길에 나아가 봉화현감, 안의현감 등을 지냈다. 퇴계 선생이 그에게 보낸 지금까지 내용이 일반인들에게 잘 알려지지 않은 편지가 530여 통쯤 전하는데, 대부분 집안 살림살이에 관련된 내용이 많다.

3) 민응기(閔應祺) : 1530-?. 자는 백향(伯嚮), 호는 경퇴재(景退齋, 『고증』에는 경진재(景進齋)로 되어 있으나 잘못되어 바르게 고침) 또는 우수(尤叟)라고도 했다. 영주(榮州)에 살면서 퇴계 선생의 문하에서 수학하였는데, 선생도 그의 입지가 드물게 훌륭하다고 인정하였다. 윤중사마(倫中司馬), 왕자의 사부(師傅)에 배수되었으며, 『대학요람(大學要覽)』과 『심경석의(心經釋義)』을 지어 바쳤다. -『고증(考證)』

임금이 그에게 매화 분재가 있다는 소리를 듣고 바치라 하니, 그가 말하기를, "옛사람들이 예쁜 국화를 바치고 조롱을 받았으므로 신은 감히 눈과 귀의 노리개를 바칠 수 없나이다."라 하니 임금이 의롭게 여겼다. 현

室詩, 次韻示兒子寯閔生應祺 二首)」

其一

林扉面山開
임 비 면 산 개
숲속의 사립문은 산을 향해 열려 있고,

挿籬村蹊隔
삽 리 촌 혜 격
울타리 꽂혀 마을 길과 막혀 있네.

室中靜圖書
실 중 정 도 서
방안은 고요하게 책과 그림만 꽂혀 있고,

門前閒杖屐
문 전 한 장 극
문 앞에는 한가로이 지팡이와 나막신
놓여 있네.

雨餘暑氣淸
우 여 서 기 청
비 온 뒤라 더운 기운 맑아지고,

溪邊人事寂
계 변 인 사 적
시냇가에는 사람들 일 없어 적막하네.

時時挾冊來
시 시 협 책 래
때때로 책 끼고들 오니,

汝輩留行迹
여 배 류 행 적
너희들 오간 흔적만 남아 있네.

〔원운시〕

「고요한 방(靜室)」- 송렴(宋濂)

其一

靜室似僧廬
정 실 사 승 려
고요한 방 마치 승방과 같아,

령(縣令)을 지냈다. 그의 사후 광해군 때에 좌승지(左承旨)로 추증되었다.

絶與黃塵隔 속세와는 까마득히 떨어져 있다네.
절 여 황 진 격

引雀喜留黍 참새 끌어들이니 남은 낟알에 기뻐하고,
인 작 희 류 서

惜苔懶穿屐 이끼 되는대로 신은 나막신에 끼인 것
석 태 뢰 천 극 안타까워한다네.

有時倚幽軒 이따금 그윽한 난간에 기대니,
유 시 의 유 헌

情境一何寂 정경 그 얼마나 고요한가?
정 경 일 하 적

知有巖花飛 바위에 핀 꽃 날리는 것 알았으나,
지 유 암 화 비

隨風亦無迹 바람 따라 날아가 또한 자취 없어졌다네.
수 풍 역 무 적

其二

幽庭草積翠 그윽한 뜰에는 풀 푸르름 더하여 쌓이고,
유 정 초 적 취

曲渚沙鋪明 굽이진 물가에는 모래 깔려 환하다네.
곡 저 사 포 명

風驅酷暑去4) 바람이 무더위 몰아내니,
풍 구 혹 서 거

---

4) 풍구혹서거(風驅酷暑去) : 북송 소강절 선생의 아들인 소백온(邵伯溫)의 『문
   견전록(聞見前錄)』 - "노국공 범질 대감이 하루는 봉구의 골목에 있는 찻
   집에 앉아 있었는데, 어떤 모습이 괴이하고 남루한 한 사람이 앞으로 오
   더니 읍(선 채로 두 손을 들어 올리고 머리 숙이는 간단한 인사)하였다. 때
   가 매우 더웠던 때라 공이 쥐고 있던 부채에 우연히 '크게 더울 때는 혹
   독한 관리가 왔다 가더니, 맑은 바람 부니 옛 친구 찾아오네.'라는 시 두
   구절을 썼다. 그 사람이 말하기를, '세상에 혹독한 관리며 억울한 옥사(獄
   事)가 어찌 큰 더위에 그치겠습니까.'라 하였다.(范魯公質, 一日坐封丘巷

鳥呼殘夢驚
조 호 잔 몽 경

새 지저귀어 남은 꿈 깨게 되네.

靜居何所修
정 거 하 소 수

조용하게 거처하며 닦는 것 무엇인가?

年光倏遞更
연 광 숙 체 경

세월은 빨리도 번갈아 바뀌어 간다네.

少壯當勉業
소 장 당 면 업

젊을 때 학업에 힘을 써야만 할 것이니,

庶以5)慰老情6)
서 이 위 로 정

그렇게 함으로써 나의 늙은 마음
위로할 수 있으리니.

[차운시]

明月出東山
명 월 출 동 산

밝은 달 동쪽 산에서 떠올라,

照見西林明
조 견 서 림 명

서쪽 숲 밝게 비추어 보이네.

龍蛇布滿地
용 사 포 만 지

용이며 뱀 온 땅에 깔려 있는 것 같아,

欲步還自驚
욕 보 환 자 경

걷고자 하다가 오히려 스스로 놀라네.

茶肆中, 有人貌怪陋前揖. 時暑中, 公所執扇偶書, 大暑酷吏去, 淸風故人來, 詩兩句. 其人曰, 世之酷吏冤獄何止如大暑也)." 이 전고는 송(宋)나라 때의 중인 문형(文瀅)이 지은 『옥호청화(玉壺淸話)』에도 수록되어 전한다.

5) 서이(庶以) : "…함으로써 아무쪼록 …하게 되기를 바란다." 庶는 희망을 나타내는 부사, 以는 그 앞에 나오는 말을 목적어로 취하는 전치사.

6) 노정(老情) : 늙은이의 마음. 진나라 우모(于謨)의 「양병첩(兩兵帖)」 - "사자가 와서 방금 8월 사이에 남겨두신 편지 한 통을 얻게 되어, 늙은 제 마음에 조금이나마 위안이 되기에 흡족합니다.(使來, 方得八月間所留一書, 亦足少慰老情.)"[육예지일록]

試問夜何其	묻노니, 밤 그 얼마나 되었는지?
시 문 야 하 기	
鳥喧似知更	새 시끄럽게 우니 시간이 바뀐 것 알 것 같네.
조 훤 사 지 경	
誰探千載意	누가 천고의 진리 탐색하는가?
수 탐 천 재 의	
寂默乃其情	눈감고 조용히 그 속뜻 명상해 보네.
적 묵 내 기 정	

〔보충 설명〕

퇴계 선생의 이 2수의 시는 선생이 생전에 직접 편집해 둔 시집〔내집〕제1권의 맨 마지막에도 수록되어 있고, 또 퇴계라는 호를 사용하면서 퇴계〔토계〕 마을에 은거하셨을 때 지은 여러 시 중에서 수십 수를 뽑아서 직접 편집해 둔 『퇴계잡영』이라는 선시집 안에도 수록되어 있다. 이 두 가지 책을 필자와 장세후 박사가 모두 공역해 낸 일이 있는데, 지금 다시 살펴보니 그 주석이 산만하고 난해한 곳도 있고, 번역도 약간 잘못된 곳도 있어 조금 고쳐 보았다.

여기 2수의 시는 선생 50세 때 6월에 독서 집필실인 한서암이라는 초가집에서 지은 것이다.〔정석태, 『연표』 제2권 참고〕 아들에게 지어준 것이라 그런지 내용을 파악하는 데 그다지 어려운 점은 없지만, 필자는 이 시를 읽으면서 다음 두 가지 점에 주목하였다.

1) 앞서 살펴본 바와 같이 퇴계 선생은 도연명 시를 많이 읽고, 그 시의 각운자를 이용하여 많은 시를 지었고, 그 이외에 두보, 소동파, 주자 같은 당송시대 인물의 시를 많이 읽었다는 것을 선생이 쓴 시의 제목만 보아도 쉽게 알 수가 있는데, 이렇게 명나라 사람들의 시까지 보고 쓴 시는 매우 보기 힘들었

는데, 과연 선생이 명나라 때의 시까지도 얼마나 섭렵하고, 파악하고 계셨는가이다.

2) 첫째 시 마지막 연에,

때때로 책 끼고들 오니,
너희들 오간 흔적만 남아 있다네.
時時挾冊來　汝輩留行迹.

라는 구절을 보면, 틀림없이 퇴계 선생은 이 한서암에서 책을 읽고 있는데, 아들은 어디서 글을 배우기 위하여 친구와 같이 "오가고 있다." 그러면 그때 그 아들이 살던 집은 과연 어디에 있었는가이다.

1)에 관해서는 선생은 당시까지의 명나라의 사상계 동향에 관해서는 매우 상세한 정보를 가지고 있었으므로, 『송계원명이학통론』이라는 저술도 할 수 있었고, 또 명대의 몇몇 학자들에 대해서는 비판도 가한 글이 문집에 실려 있기도 하다. 그러나 이렇게 명나라 시를 읽고, 또 그런 시에 쓴 각운자까지 빌려다가 시를 지었다는 기록은 별로 보지 못하였다.

그러나 송렴이 살았을 때 간행된 문집을 고려 등 여러 외국 사신들이 남경에 왔을 때, 송렴의 명성을 잘 알고 있었기에 즐겁게 구하여 갔다는 기록도 보이고〔명사 송렴열전〕, 또 한국고전종합DB를 검색하면, 그의 글 몇 가지를 조선 전기 문인들이 읽었다는 기록도 보인다. 이러한 사실과 결부하여 명초 문인의 시문이 퇴계 선생을 비롯하여 조선 전기 문인들에게 얼마나 전파되고, 또 영향을 미쳤는지 하는 것은, 원나라 시에 대한 검토와 더불어 연구해 볼 과제로 생각한다.

2)에 관해서는, 퇴계 선생은 젊을 때 겪었던 영주의 처가살이를 청산하고 친가가 있는 도산으로 돌아와서, 친가 중심의 새

로운 터전을 마련하고 있는데, 아들은 아직도 예안의 오천[외내]에서 처가살이하고 있으면서, 위 시에서 보듯이 아버지 퇴계 선생에게 글을 배우기 위하여 상당히 먼 길을 내왕하고 있었다고 본다. 아마 말을 타고 다니지 않았나 상상해 본다. 퇴계 선생은 몇 년 뒤에 토계 마을에 큰 기와집을 지어, 아들과 손자들을 모두 불러들이는데, 그때도 본 살림집[흔히 계장溪莊이라고 부름] 이외에 조그마하고 조용한 초가로 된 별채의 공간, 정실(靜室)을 계속하여 지니고 있었다.

퇴계 선생의 많은 시와 저술은 모두 이런 정실에서 이루어진 것이니, 아마 이 명나라 초기에 이름 있는 문인 학사가 지은 이 시의 제목이나 내용이 너무나 가깝게 느껴졌을 것이다.

> 고요한 방 마치 승방과 같아,
> 속세와는 까마득히 떨어져 있다네.
> 참새 끌어들이니 남은 낟알에 기뻐하고,
> 이끼 되는대로 신은 나막신에 끼인 것 안타까워한다네.
> 靜室似僧廬　絶與黃塵隔.
> 引雀喜留黍　惜苔懶穿屐.

필자는 북한산 뒤에 있는 조그마한 아파트에서 상처한 뒤로 혼자 지내고 있는데, 요즘 코로나 때문에 외출이 자유롭지 못하다 보니, 베란다에 곡식 낟알이라도 뿌려두면 참새들이 날아와서 먹다 가는 것을 자주 본다.[그 모습을 보는 것은 즐거운 일이나 더러 아무 데나 똥을 싸놓고 가니 좀 성가시다는 생각이 들기도 한다.]

아무튼 6백 년 전 명나라 때 문인이 쓴 시를 보고, 그보다 2백 년 뒤에 난 우리나라의 이퇴계 선생이 좋아하시고, 그보다 또 거의 6백 년 뒤에 살고 있는 필자 같은 현대인도 또 동감하는 바가 있으니, 그래서 시라는 것이 참 좋다는 생각이 든다.

『퇴계시학』3차 개역판 서문

- 다시 『퇴계시학』을 내면서

앞서 서울의 퇴계학연구원과 대구의 중문출판사에서 두 차례나 바꾸어 내었던 이 책을 서울의 명문당에서 다시 내기로 하였다. 아직도 이 책은 이 분야에서 읽힐 만한 가치가 있는 책이기 때문이다.

역자는 2019년 봄에 영남대학교 출판부에서 9권으로 된 『퇴계시 풀이』를 완간하여 2,200수에 가까운 퇴계 시를 역주하여 내었고, 이에 보조를 맞추어 이 『퇴계시학』도 다시 출판하게 되니 매우 즐겁다. 명문당 출판사에서는 역자가 이전에 내었던 『중국시학』 책도 다시 출판한다고 하니 필자가 젊은 시절에 매우 어려운 환경 속에서 저술은 생각도 못 하고, 번역이나마 하여 두었던 책들이 몇 10년이 지나도 아직 살아 있다니 그래도 매우 다행스럽다.

명문당 출판사에서는 또 필자가 15년 전 현직에서 퇴직할 때 후배들이 만들어 준 『중국명시감상』 책도 계속하여 간행하고 있는데, 이 일 역시 매우 흐뭇하고도 감사할 뿐이다.

동양학, 한학 분야 출판에 치중하고 있는 명문당 출판사에 동양 인문 정신의 부흥을 부르짖는 이때, 시운이 깃들기를 빌며 고마움을 표한다.　　　　(2019년 3월 3일 서울 북산서루에서 이장우)

퇴계 선생의 그림으로 알려진 「고목이금도(古木異禽圖)」

– 『퇴계시학』 개정증보판 표지 설명

이전에 나왔던 책에는 표지에 매화를 그려 넣었으나, 이번 책 앞표지에는 퇴계 선생께서 직접 그리셨다고 전하는 「고목이금도(古木異禽圖)」 그림을 넣었고, 뒤표지에는 퇴계 선생의 친필 「수미음(首尾吟)」(송나라 소강절邵康節의 작품)을 넣었다. 이 두 작품을 이 책 첫머리에도 다시 크게 확대하여 실었다.

퇴계 선생이 직접 그린 그림으로는 『활인심방(活人心方)』이라는 양생서에 사람이 여러 가지 운동하는 자세를 그린 그림이 한문 설명문 곁에 여러 장 그려져 있는 것을 볼 수 있으나, 그것은 여러 가지 몸동작의 차이를 붓으로 간단하게 구별하여 그려 놓은 것에 불과하여, 미술 작품이라고는 말할 수는 없다. 그러나 그 그림도 매우 잘 그린 것같이 보인다.

그런데, 당나라 때 두보 같은 시인도 그렇듯이, 퇴계 선생도 남이 그린 그림에 적어준 제시(題詩)는 심심치 않게 보이며, 또 남이 그린 그림을 평하는 시나 문장도 보인다. 이러한 글을 볼 때마다 퇴계 선생도 틀림없이 그림에 대한 감식안이 매우 높았을 것으로 생각한다. 그렇지 않고서야 어떻게 남의 그림을 평할 수 있었겠는가?

이전에 미학을 전공한 공명심이 매우 많은 선배 한 분이 퇴계 선생이 그리신 그림이 적어도 4장 정도는 남아 있다고 하는 말을 그집 종손에게 들었다고 하는 것을, 신문에서 인터뷰 기사같이 낸 것을 본 일이 있었는데, 과연 그 말이 맞는지 늘 의아하게 생각하고 있었다. 그분이 워낙 자기 이름을 나타내는 것을 좋아하셨으니….

최근에 퇴계 선생의 유품을 많이 소장하고 있다가 단국대학교 석주선 박물관에 기증한 물품 도록집 『연민 이가원(李家源) 선생이 만난 선비들』을 보니, 위에서 말한 그림 한 장이 수록되어 있고, 그 도록의 표지도 이 그림으로 장식하고 있다. 이 그림에는 고목에 까치가 두 마리 앉아 있는 것이 보이나, 낙관이나 제자(題字)는 아무것도 보이지 않는다. 화면 난 외에 연민 선생이 이 그림을 설명하는 한자 설명서가 몇 줄 빽빽하게 적혀 있고, 연민 선생은 이 그림의 제목을 「퇴계선생고목이금도」라

▲ 고목이금도(古木異禽圖)

고 하였다. 그러나 이 설명에는 이 그림의 유통 상황만 이야기하고 있지, 퇴계의 그림이라고 추정할 만한 이유는 적어놓지 않고 있다. 만약 이 그림이 과연 퇴계 선생의 그림이 맞는다면 대단히 흥미로운 이야기다.

어찌 되었건 이 그림 자체는 매우 품격이 높은 것으로 보이고, 그런 좋은 그림으로 이 책을 장식하였다는 것은 매우 뜻있는 일로 생각한다.

이번에 『퇴계시학』을 교정하는 데 있어서, 필자가 2019년 봄에 장세후 박사와 공역하여 완간한 『퇴계시 풀이』 9권을 출판사에서 모두 구입하여, 『퇴계시 풀이』의 역주를 참고하여 인용시 역주를 새롭게 고쳤다. 이런 일은 당연히 필자가 미리 알아서 해야 할 일인데도, 출판사에서 이렇게까지 먼저 성의를 베풀어 주어 정말 고마웠다.

필자는 새로 적는 역자 서문에서 이 책의 장점과 미비점을 좀 소상하게 나누어 밝혀 보았다. 역시 한시가 어떤 것인지 잘 알고, 또 그것을 잘 지을 수 있는 사람이 쓴 책이므로, 한국에서 이만한 수준으로 퇴계의 시 2,100여 수를 모두 검토하여 연도별로 어느 해에 어떤 체의 시를 지었는지 일람표를 만들어 낼 수 있는 저자는 매우 드물 것이라는 점을 강조하였다. 그러나 이 저자가 한문만 알지, 한국말이나 일본말을 모르므로, 한국이나 일본에서 나온 여러 가지 관련 자료를 폭넓게 참고하지는 못하여서, 은연중에 나타나는 아쉬운 점 같은 것도 남김없이 두루 지적하였다.

어찌 되었건 이런저런 생각을 담아서, 이 책을 다시 한번 환골탈태시켰다고 생각한다.

주자의 스승에게 바친 제문 한 단락 "편승이철 (鞭繩已掣)"에 대한 퇴계와 우암의 견해 차이

가. 들어가는 말

주자가 35세에 그 스승 연평 이통(李侗) 선생을 애도하여 지은 제문이 주자의 문집(86권)에 전하고 있는데, 그중의 한 단락에 대하여 이퇴계 선생이 제자에게 풀어 설명한 것〔답이강이문목答李剛而問目〕을 보고 송우암(宋尤庵) 선생이 그 설명이 마땅하지 않다고 반론을 제기한 것이〔주자대전차의朱子大全箚疑 중에〕보이고, 그 반론에 대하여 도리어 퇴계 선생의 설명이 맞는 것이라고, 정조 때 문신 김매순(金邁淳) 선생이 자못 상세하게 옹호한 글이〔주자대전차차문목표보朱子大全箚箚問目標譜에〕보여서 자못 재미있어 여기 소개한다.

나. 『성리군서구해(性理群書句解)』의[1) 「제이선생문(祭李先生文)」 전문 소개

---

1) 이 한문 풀이를 달아둔 『성리군서구해』는 조선 초기에 우리나라에서 이미 목판본이 나온 적이 있는 책인데, 초학자를 위해서는 길잡이가 되는 점도 있으나, 그 해석이 그다지 수준 높은 것은 아니라고 『사고전서 해제』에서는 밝히고 있다.

우선 주자의 제문을 소개하는데 그 원문에 대하여, 『성리군서구해』라는 책에서 한문으로 매 구절을 풀어둔 설명도 있어 아울러 소개한다.

「주문공의 스승인 연평2) 이 선생님께 바치는 제문(祭延平李先生文公之師文)」

此篇言二程之道, 傳之龜山, 龜山傳之豫章, 豫章傳之先生, 而文公實受先生之傳.

이 글은 정자 형제의 도가 구산에게 전해지고, 구산에서 예장에게, 예장은 이연평 선생님에게 전하였는데, 주문공은 이 선생의 전함을 실제로 받은 것이다.

道喪千載   도상천재 에
自孟子沒是道, 無人繼其傳已千餘年   맹자 이후부터 이 도가 파묻혀 아무도 계승하지 못한 지 이미 천여 년이 되었는데,
兩程勃興   양정발흥 하야
明道 · 伊川, 上繼孟子不傳之道統   명도 이천 두 분이 위로 맹자가 전하지 못한 도통을 이어 받아서,
有的其緒   유적기서 하니
的傳之緒   그 실마리를 아주 정확하게 전달함이 생겨났으니,
龜山是承   구산3)시승 이라

---

2) 연평(延平) : 송나라 학자 이통(李侗, 1093~1163)의 호. 자는 원중(願中), 시호는 문정(文靖)이며 검남(劍南) 사람이다. 나종언(羅從彦)이 양시(楊時)에게 낙학(洛學)을 전수받았다는 이야기를 듣고 나종언에게 가서 배워 양시와 나종언과 함께 '검남 삼선생(劍南三先生)'으로 불렸다. 이정(二程)의 학문을 주희에게 전해 주는 교량 역할을 하였다. 저서에 주희가 편찬한 『이연평집』이 있다.

3) 구산(龜山) : 북송(北宋)의 성리학자 양시(楊時)로, 자는 중립(中立)이고, 호가 구산이며, 시호는 문정(文靖)이다. 정호(程顥)와 정이(程頤)에게 학문을 배웠으며, 문하에 주희(朱熹) · 장식(張栻) · 여조겸(呂祖謙) 등이 배출되었다.

龜山, 楊中立號也, 實傳其道　구산 양중립 선생이 그 도를 알차게 전하셨도다.

龜山之南　구산지남 은
楊龜山, 南劍人也. 旣歸南劍　남검주 사람인 양구산 선생이 남검주로 돌아오시자
道則與俱　도즉여구 라
程先生有"吾道南矣"之嘆, 所以道與俱徃也　정명도 선생이 "내 도가 남쪽으로 가는구나." 하신 감탄과 같이 그 도도 따라서 함께 가게 되었도다.
有覺其徒　유각기도 하니
龜山以所傳之道, 開悟其徒弟　양구산이 전한 도가 그의 도제를 깨우쳤으니,
望門以趨　망문이추 라
人皆望其門而趨之　사람들 모두 그 문을 바라보면서 허리를 굽히고 나아갔도다.

惟時豫章4) 유시예장4) 이
當是之時, 有豫章先生羅仲素者　오직 그때 바로 예장 나중소 선생이라는 분이 계셔서,
傳得其宗　전득기종 하니
傳授是道之案派　이 도의 계파를 전수받았으니,

저서에 『구산집』·『구산어록(龜山語錄)』·『이정수언(二程粹言)』 등이 있다.
4) 예장(豫章): 송나라의 학자 나종언(羅從彦, 1072~1135)으로, 자는 중소(仲素), 호는 예장이며, 시호는 문질(文質)이다. 복건성(福建省) 남검(南劍) 출신으로, 동향의 선배 구산(龜山) 양시(楊時)의 가르침을 받았으며 흔히 예장선생이라 일컬어진다. 1130년 박라주부(博羅主簿)에 임명되었으나 관직에서 물러난 뒤로는 나부산(羅浮山)에 들어가 온종일 단정히 앉아 학문에 정진하여 마침내 구산 문하의 일인자가 되었다. 정자(程子)의 학문이 바로 양시를 거쳐 나종언에게 전해지고 다시 연평(延平) 이통(李侗)을 거쳐 주자(朱子)에게로 이어져 이학(理學)의 형성과 발전에 중요한 영향을 끼쳤다. 저서에 『예장문집(豫章文集)』·『준요록(遵堯錄)』 등이 있다.

一簞一瓢　일단일표 로

一簞食一瓢飲　일단사와 일표음으로

凜然高風　늠연고풍 이라

雖貧自守凜凜清高　비록 가난하나 늠름하게 청고한 자세를 지
키셨다네.

猗歟先生　의여선생 은

美哉延平　아름답도다 연평 선생님이여!

早自得師　조자득사 로다

早年得親豫章, 而師焉　일찍이 예장 선생님을 스승으로 모셨습
니다.

身世兩忘　신세량망 하고,

身與世俱忘　몸과 세태를 모두 잊고

唯道是資　유도시자 라

唯以道自任　오직 도로써 자임하셨습니다.

精義造約　정의조약 하고

精於義理, 所造者約　의리에 정통하여 지어낸 바가 핵심을 요약
하셨도다.

窮深極微　궁심극미 하시니

窮其深奧, 極其微妙　깊게 파고들어 그 미묘함이 극치를 이루었
도다.

凍解氷釋　동해빙석 하니

脫然穎悟, 猶凍之解, 猶氷之釋　동뜨게 깨치셔서 얼음 녹듯하니,

發於天機　발어천기 라

發於天性　천성에서 나온 바입니다.

乾端坤倪　건단곤예 와

天地之本初　하늘과 땅의 근본 단서와

鬼秘神彰　귀비신창 과

鬼神之幽顯　귀신의 그윽함과 드러냄이 있어

風霆之變　풍정지변　과

風雷之變化　바람과 우레의 변화와

日月之光　일월지광　과

日月之光明　해와 달의 밝음을 파악하셨습니다.

爰暨山川　원기산천　에

及於山川　나아가서 산천에다

草木昆蟲　초목곤충　이라

動植微物　동물 식물과 미물에까지 두루 이르셨습니다.

人倫之正　인륜지정　하고

五倫各得其正　오륜에 있어서도 그 바름을 얻었고,

王道之中　왕도지중　하며

王道之適乎中　왕도정치를 실현함에 있어서도 중도에 맞았습니다.

一以貫之　일이관지　하니

一理貫通其間　한 가지 이치로 그 사이를 관통하니

其外無餘　기외무여　라

此外更無餘者　이 이외에는 다시 미진함이 없었습니다.

縷析毫差　누석호차　하니

絲縷之析, 毫釐之差　실낱같이 쪼개지고 털끝같이 차이 나니

其分則殊　기분즉수5)　라

其分各異　그 나누어짐은 각각 특수합니다.

體用混員　체용혼원　하니

體用兼該　체와 용을 혼연히 포괄하니

隱顯昭融　은현소융　하고

---

5) 분수(分殊) : 이는 '이일(理一)'이 전제된 말로, 보통 '이일분수(理一分殊)'
　로 많이 쓰인다. '이일'이란 우주의 근원은 유일(唯一)의 이치 한 가지라
　는 뜻이고, '분수'란 이 유일의 이치가 나뉘면 천만 가지 현상으로 분리
　되어 각각 다른 형태와 성질을 갖게 된다는 뜻이다.『주자어류 권1 理氣
　上 太極天地上』·『성리대전 권26 理氣 總論』

顯幽明照　드러난 것과 숨은 것을 밝게 융합하였습니다.

萬變並酬　만변병수 하니

應酬萬事之變　만사의 변화에 아울러 대응하니,

浮雲太空　부운태공 이라

所過者化, 猶浮雲之於太空　지나가는 것 변화함이 구름이 저 큰 하늘을 스쳐감과 같습니다.

仁孝友弟　인효우제 는

仁愛孝順, 友弟敬長　인애와 효도, 우애와 손윗사람 존경함 같은 것은

灑落誠明　쇄락6)성명 이요

襟懷灑落, 由誠而明　마음씨, 속에 산뜻하게 녹아들어 정성에서 우러나와 저절로 밝아진 것이요

淸通和樂　청통화락 은

淸明通徹, 和順樂易　정신이 청명하고 통철하니 즐겁고 편안함은

展也大成　전야대성 이라

誠然集是道之大成　정성스럽게 모여져서 이 도가 대성하게 되었습니다.

婆娑丘林　파사구림 하니

幽棲山林　산림에서 그윽하게 쉬고 계시니

世莫我知　세막아지 라

世人無有知我者　세상이 나를 알지 못하나

優哉游哉　우재유재 여

優游自得　느긋하게 노닐면서 스스로 만족을 얻었음이여!

卒歲以嬉　졸세이희 로다

終歲以遊　한 해를 마치실 때까지 즐거우셨습니다.

迨其季年　태기계년 하야

---

6) 쇄락(灑落) : 천리를 온전히 체인하여 마음이 시원해지고 풀리게 되는 경지로, 이통(李侗) 선생이 주자에게 이것을 체험할 것을 자주 강조하였다.

及其季年　그 말년에 이르러서는

德盛道尊　덕성도존 이라

盛德之至, 有道之尊　덕은 성하고 도는 높아져

有來摳衣　유래구의 면

或有來者, 摳趨其旁　더러 찾아와서 배움을 청하는 사람이 있으면

發其蔽昏　발기폐혼 이라

啓發其蒙昧, 昏闇之性　그 몽매하고 혼암한 본성을 개발하여 주었습니다.

侯伯聞風　후백문풍 하고

守帥聞其高風　지방 수령들이 그 소문을 듣고서

擁篲以迎　옹수이영 이면

掃門爭迎 (篲, 音遂)　문밖을 쓸고서 맞아들이면

大本大經　대본대경 을

是道大本, 大經之所在　이 도의 큰 근본과 큰 줄거리를

是度是程　시도시정 이라

以此爲程度則法　수준에 맞추어 규정하여 일러주었습니다.

稅駕云初　탈가[7]운초 에

卜車之始　은퇴하신 초기에

講議有端　강의유단 이나

講明議論, 皆有端緒　의론을 강의하심에 모두 단서가 있었습니다.

疾病乘之　질병괴지 하야

疾病相乘　질병이 잘못되어

---

7) 탈가(稅駕): 이사(李斯)가 진(秦)나라 재상이 되어 부귀가 극에 이르자, "내가 탈가(稅駕)할 곳을 알지 못하노라."라고 한 데서 나온 말. 탈가란 곧 해가(解駕)로, 수레를 풀고 편안하게 휴식하고자 하는 뜻임. 즉 이사가 부귀가 극에 달하였으나, 향후의 길흉이 어떻게 될지 모른다는 뜻으로 한 말임. 전하여 장래의 사태가 어떻게 될지 모른다는 뜻으로 쓰임.

醫窮技殫　의궁기탄 이라

醫不能治, 術止於此　의원도 고치지 못하고 의술도 멈추어 서게 되었습니다.

嗚呼先生　오호선생 이

嗟哉延平　슬프다! 연평 선생이시여!

而止於斯　이지어사 라

數止如此　운수가 여기에서 그치었습니다.

命之不融　명지불융 을

降年不永　타고난 수명이 오래지 못함을

誰實尸之　수실시지 오

誰其主之　그 누가 주관한 것일까요?

合散屈伸　합산굴신 에

氣合而伸則生, 氣散而屈則死　기운이 합하여 펴지면 생겨나고, 기운이 흩어져 굽혀지면 죽나니

消息滿虛　소식만허 가

既消必息, 既盈則虛　흩어지면 반드시 그치고, 차면 곧 비게 되는 것은

廓然大公　곽연대공 이니

洞然大公之道　확실히 크게 공평한 도리니

與化爲徒　여화위도 라

大與造化爲徒　크게 조화를 따랐구나.

古今一息　고금일식 을

古今雖異, 一瞬息爾　고금이 비록 다르다고 하나 순식간인 것을

曷計短長　갈계단장 고

短之與長, 初不必計　짧다는 것과 길다는 것을 처음부터 헤아릴 필요가 없다네.

物我一身　물아일신 이니

物我雖殊, 皆具一身8)　사물과 내가 비록 다르다고 하나, 다 한

몸인 것이니

執爲窮通　숙위궁통 고

窮通又何必論　무엇이 궁하고 무엇이 통한 것인가?

嗟惟聖學　차유성학 이

獨有聖人之學　아아! 오직 성스러운 학문만이

不絶如線　부절여선 이라

其不絶者, 僅一線耳　한 가닥의 실같이 끊어지지 않는구나.

先生得之　선생득지 하사

延平得此　연평 선생이 이것을 얻어서

旣厚以全　기후이전 이라

旣深厚而全備　두텁게 할 뿐만 아니라 온전하게 하셨네.

進未獲施　진미획시 요

進未及施之於時　나아감에 당시에 시행됨을 얻지 못하였고

退未及傳　퇴미급전 이라

退又未及傳之於人　물러남에 전함을 얻지 못하셨구나.

殉身以歿　순신이몰 이

以道殉身而歿(殉, 從也, 殉, 音徇)　도에 몸을 바치고 돌아가심이

孰云非天　숙운비천 고

豈非天耶　어찌 하늘의 뜻이 아니겠는가?

熹也小生　희야소생 이

某乃一小學生　저 주희는 바로 한 보잘것없는 한 학생으로서

丱角趨拜　관각추배 라

總角時, 卽進拜先生之門　총각 때부터 선생님의 문하에 드나들었습니다.

恭惟先君　공유선군 하니

---

8) 이 한문 번역은 잘못된 것 같다. 皆具一身이 아니라 皆爲一身이 되어야 할 것이다.

惟我父韋齋　공손하게 제 아버지를 생각하여 보니

實共源派　실공원파 라

實與先生共其宗派　사실은 선생님과 계통이 같았습니다.

誾誾侃侃　은은간간 하사

誾誾和悅貌, 侃侃溫和淳厚貌　화락하고 순후하게

歛衽推先　염임추선 이라

歛襟推敬先生爲先覺　옷깃을 여미시면서 선생님을 선각자로 생
각하셨습니다.

冰壺秋月　빙호추월9) 로

冰壺之淸秋月之明　얼음 항아리의 맑음과 가을 달의 밝음으로

謂公則然　위공즉연 이라

常言先生如此　늘 선생님을 이와 같이 일러 말씀하셨습니다.

施及後人　이급후인 하니

施我後嗣(施, 音易)　저 같은 후인에게까지 가르침을 옮겨 베푸
시니

敢渝斯志　감유사지 아

敢違越先生之志　감히 이러한 뜻을 어길 수가 있었겠습니까?

從遊十年　종유십년 에

從先生遊, 凡十年　좇아 배운 지 10년 동안에

誘掖諄至　유액순지 라

訓誘諄篤極至　이끌어 도와주심이 지극하게 간절하셨습니다.

春山朝榮　춘산조영 과

春朝山之榮美　봄날 아침 산의 번성함과

---

9) 빙호추월(冰壺秋月) : 주돈이(周敦頤)와 이통(李侗)의 정신 경계를 표상한 말
로, 여기서는 곧 그 사람들을 가리킨다. 황정견(黃庭堅)은 「염계시서(濂溪
詩序)」에서 주돈이의 인품을 '맑은 바람에 씻긴 달[광풍제월光風霽月]'에
비유하였고, 주희는 이통의 인품을 '얼음으로 만든 호리병에 비친 가을
달빛[빙호추월冰壺秋月]'에 비유하였다.

秋堂夜空　추당야공 에

秋夜一堂之空寂　가을밤 마루에서 보는 밤하늘의 공적함은

卽事卽理　즉사즉리 니

卽其事, 卽其理　그 일에 접하여 그 이치를 직감하게 되니

無幽不窮　무유불궁 이라

無幽微而不窮　그윽하고 오묘하여 궁구하지 못할 것이 없습니다.

相期望日　상기망일 이

相期望, 日益深　기대하고 바람이 날로 더욱 깊어지고

見勵彌切　견려미절 이라

見於勉勵者, 尤深且切　면려함이 더욱 절실하여졌습니다.

蹇步方休　건보방휴 에

蹇難之足, 方得休息　절뚝거리는 발걸음을 바야흐로 쉬고 있을 때

鞭繩已掣　편승이철 이라

鞭轡已掣而他之　채찍과 고삐가 이미 더해졌습니다.

安車暑行　안거서행 에

先生安車於暑而行　선생님의 편안한 수레가 여름에 지나갈 때

過我衡門　과아형문 이라

過我衡茅之下　저의 보잘것없는 문 앞에 들리셨지요.

返斾相遭　반패상조 하니

歸途相遇　돌아가시는 걸음에 서로 만난 것이니

凉秋已分　양추이분 이라

已中秋矣　벌써 서늘한 가을날이 분명하였지요.

熹於此時　희어차시 에

某於是時　저 주희는 이때

適有命召　적유명소 하야

適有君命之召　마침 임금님의 부르심이 있어

問所宜言　문소의언 하니

問先生以當今所宜言者　선생님께 임금님께 마땅히 아뢸 말씀을 여쭈어보니,

反覆教詔　반복교조 라

先生反覆其語, 不憚其煩　선생님께서는 번거로움을 꺼리지 않으시고 가르침을 반복하셨습니다.

最後有言　최후유언 은

最末有言　마지막 말씀은

吾子勉之　오자면지 하라

汝其勉力　자네는 힘쓰라.

凡茲衆理　범자중리 를

凡理義之衆　무릇 이 여러 가지 이치를

子所自知　자소자지 라

皆我所自知　그대가 모두 스스로 아는 것이라

奉以周旋　봉이주선 하야

奉此道以周旋　이 도를 받들고 주선하여서

幸不失墜　행불실추 하고.

幸無廢失傾墜　다행스럽게도 큰 실수는 없었습니다.

歸裝朝嚴　귀장조엄 이러니

歸裝晨發而整嚴　돌아오는 짐 아침에 엄숙하게 꾸렸더니

訃音夕至　부음석지 라

訃音夕馳　부음이 저녁에 이르렀습니다.

失聲長號　실성장호 하니

失聲長哭　목을 놓아 길게 우니

淚落懸泉　누락현천 이라

涕淚之落, 如泉之垂　눈물이 떨어짐 마치 샘물이 솟아나는 듯

何意斯言　하의사언 이

豈知相見之一言　어찌 알았으랴? 그때의 한 말씀이

而訣終天　이결종천 고

而爲終生之永別 생을 마감하는 영원한 이별이 될 줄을.

病不擧扶 병불거부 하고
先生病時, 不能擧手扶持 병환에 계실 때 손을 들어 부축해 드리지도 못하고
沒不飯含 몰불반함10) 이라
先生旣沒, 徒至於口不含飯而不可親炙 돌아가셨을 때는 몸소 반함해 드리지도 못하고
奔赴後人 분부후인 하니
奔走赴喪, 又落人後 남들보다 뒤에 분상하였으니
死有餘憾 사유여감 이라
先生之死, 則有餘愧 돌아가심에도 부끄러움이 많습니다.

儀刑永隔 의형영격 하니
典刑隔遠 모습이 멀리 떠나시고 보니
卒業無期 졸업무기 라
願終受業, 今無其時 학업을 마치고자 하나 지금은 그럴 수가 없네요.
墜緖茫茫 추서망망 하니
已墜之緖, 茫茫何求 이미 떨어진 실마리를 어디에서 구할지 망연합니다.
孰知我悲 숙지아비 오
誰知我之悲哀 그 누가 나의 슬픔을 알 것입니까?

伏哭柩前 복곡구전 이라
伏地號哭, 於柩之前 영구 앞에서 엎어져 울 뿐입니다.
奉奠以贄 봉전이지 하니
奉薄祭, 以爲禮 보잘것없는 제물로 조의를 표하오니

---

10) 반함(飯含) : 염습할 때 죽은 사람의 입에 구슬이나 쌀을 물리는 일이나 그 절차.

不亡者存　불망자존 이면

先生雖亡, 有不亡之理存　비록 선생은 가셨어도 사라지지 않는 이치 남아 있으니

鑒此誠意 감차성의 하소서

其將歆我實意　저의 정성 어린 말씀 살펴보소서.

이상 한문 원문과 한문 주석은 전자판 사고전서에서 따왔으나, 인명 표시는 필자가 추가하였다. 이 글이 수록된 『연평답문(延平答問)』(박삼수 역)이나 『주자대전(朱子大全)』(장세후 등 공역)의 한글 번역도 나와 있다. 퇴계학연구원(이광호 교수 주관)에서는 또 다른 『연평답문』 번역을 낼 준비를 하고 있기도 하다.

다. 문제가 되는 단락과 "掣"자

相期望日　見勵彌切
蹇步方休　鞭繩已掣

여기서 어려운 것은 "掣"자다. 이 글자는 "체"라는 발음도 있다고 하지만, 두 줄 위에 나온 "切"자의 발음과 호응하는 각운자로 읽을 때는 "철"로 발음되어야 한다. 이 경우에는 "사무칠 철(徹)"의 뜻과도 같은 뜻으로 해석되는데,[11] 이 철(徹)자가 어떤 때에는 "거둘 철(撤)자"와 비슷한 뜻〔撤除〕을 지니기도 한다고 한다.[12] 왜냐하면 한자는 음이 같으면 뜻이 같을 수도 있기 때문이다. 그러니 이 글자가 어떤 경우에는 "손을 놓고 철수(撤收)한다."라는 뜻이 있을 수도 있고, 어떤 경우에는 그와 정반대로 "철저(徹底)하게〔사무치게〕관여한다."라는 뜻으로 상

---

11) 『강희자전』 권11 이 글자 설명 참고.
12) 왕력 『고한어자전』 300쪽 참고.

반되는 의미를 지니는 것 같다.

그러므로, 후세의 주석가에게 이 글자가 들어간 구절을 놓고 해석하는데, 혼란을 야기한 것 같다. 뒤에 나올 송우암의 견해는 이 글자를 "철수한다"는 뜻으로 본 것이며, 퇴계의 견해는 이 글자를 "철저하게 관여한다"는 쪽으로 본 것 같다.

이 일단에 대한 풀이를 위의 한자 풀이를 참조하면서 보면,

> 제가 만나 뵙기를 바라기를 나날이 더욱 깊게 하였음은,
> 면려하여 주심이 더욱 깊고, 또 절실하였기 때문입니다.
> 무겁고 어려운 발 바야흐로 쉬다 보니,
> 채찍과 고삐가 이미 더하여 달라져 버렸습니다.

라고밖에 풀이되지 않는다. 문제가 되는 "掣"자를 풀이에도 그대로 사용하고 있다. 여기서 이 글자를 "풀리어"라고 해야 할지 "들리어"라고 해야 할지 정말 무슨 뜻인지 분명하게 파악하기 힘들다.

라. 송시열의 『차의(箚疑)』와 김매순의 『표보(標補)』

위에서 인용한 단락의 마지막 구절을 어떻게 보느냐에 대하여 다음과 같은 논란이 있다.

1) 송시열의 『차의』

『퇴계문집』〔답이강이문목〕에 말하기를, "주자께서 스스로 말씀하시기를 내가 배움에 나아감에 힘이 부족하여 잠시 휴식이라도 하게 되면 선생의 교계(教誡)가 이미 더욱 엄독(嚴督)하니 이를 비유하자면 말이 절뚝거리며 걷다가 잠시 휴식하려 할 때, 사람이 편승(鞭繩)을 가하여 말이 앞으로 나아가

도록 촉진하는 것과도 같다. 이는 '내가 잘 배우지 못하였으나 선생의 가르침과 독려에 힘입어 공부를 성취할 수 있었다'라는 점을 말하는 것이다."라고 했다.

내가 살피건대 주자께서는 정축년(1157, 28세) 겨울에 동안에서 후임자와 교대한 후 돌아오셨고, 무인년(1158, 29세)에 사록관(祠祿官)13)에 임명해 주기를 요청하셨으며, 기묘년(1159, 30세)에 나라에서 부르시는 당첩(堂帖, 조정의 호출장)을 받고 나아가 행사(行辭, 임금 앞에서 의견을 발표함)하셨으며, 임오년(1162, 33세)에는 사록관의 임기가 만료되어 다시 청하셨으니, 선생의 행장에서 이른바 "사록관에 봉직하면서 거가(居家)한 지가 거의 2년이다(奉祠居家幾二年者)"라고 하신 것이 이것인데, 바로 여기서 이른바 "절뚝거리는 걸음을 바야흐로 쉰다(蹇步方休)"는 것이다.

연평(延平)의 행장에 따르면, 늦게 〔연평의〕 두 아들이 진사에 올라 이웃 군에서 관리로 출사하여 다시금 모시고 가서 봉양할 것을 요청하니, 연평 선생께서 부득이하여 한번 가셨는데, 건안으로부터 연산으로 가서 소무에서 외가의 형제를 방문하고 무이의 담계에서 그 문제자와 고인을 두루 만나보셨다. 이것이 곧 이른바 "편승이철(鞭繩已掣)"·"과아형문(過我衡門)"이라는 것이다. 그 당시의 사실이 이처럼 뚜렷하니 퇴계의 설은 아마도 잘못인 듯하다.

(『箚疑』退溪文集曰：先生自言, 吾之進學, 力不足而且亟休息, 則先生之敎誡, 已加嚴督, 譬如馬蹇之步, 方纔休息, 而人已以鞭繩, 加之以促其進也. 此言吾不善學, 而賴先生誨督, 而成就云爾 ○按：先生, 丁丑冬, 自同安遞歸, 戊寅丐祠, 己卯被召

---

13) 사록관(祠祿官)：산신 제사 같은 것을 관리하는 벼슬로 실제 상근하는 업무는 없고 봉급만 받는 일종의 유급 명예직.

堂帖, 趣行辭, 壬午祠滿復請. 先生行狀所謂"奉祠居家, 幾二
年者"是也. 此卽所謂蹇步方休也. 按：延平行狀, 晚以二子擧
進士, 試吏旁郡, 更請迎養. 先生不得已爲一行, 自建安如鈆山,
訪外家兄弟於昭武. 過其門弟子·故人于武夷潭溪之上. 此卽所
謂"鞭繩已掣·過我衡門"也. 其時事實歷歷如此, 退溪說恐未然.)

2) 김매순의 『표보』

퇴계의 설이 맞는 것 같다. 이 한 편의 글은 대체로 양운사
구(兩韻四句)[14]를 1절로 하고 있는데, '건보(蹇步)'·'편승
(鞭繩)'과 윗 문장의 '상기(相期)'·'견려(見勵)' 구절은 각각
두 구절 뒤에 각운자를 한번만 사용한 것으로 1절이 되고,
'안거(安車)'·'과아(過我)'는 그 아래 문장인 '반패(返旆)'·'양
추(凉秋)' 구절은 각각 두 구절에 각운자를 한 번만 사용한
것으로 1절이 되니, 그 맥락과 부오(部伍)가 저절로 어지럽
힐 수 없는 점이 있다. 만약 '건보' 운운하는 뜻을 하문(下文)
에 부친다면 '상기(相期)'로 시작하는 1절이 너무 짧고, '안거'
로 시작하는 1절은 너무 길게 되니 문법의 편례(篇例)를 이
루지 못한다. 또 '건보'·'편승'은 모두 말과 관련된 일이다.
퇴계의 설은 '말[馬]로 학(學)을 비유한 것'으로 보는데 그 의
미가 분명하다. 만약 『차의』의 설과 같이 본다면, 선생의 거
가(居家)를 "건보방휴(蹇步方休)"라 한 것은 비유하는 말이
고, 연평의 행차를 "편승이철(鞭繩已掣)"이라 한 것은 실제
를 말한 것이 된다. 그렇게 되면 선생의 거가(居家)와 연평
의 행차는 두 가지 사건이 되는데, 한 건의 말[馬]과 관련된
일을 두 구절로 나누어서, 한 구절은 비유로 이해하고 한 구

---

14) 양운사구(兩韻四句)：매 둘째 구절 끝 글자에 각운을 한 번씩 다는데, 그
런 각운을 두 번씩만 되풀이하여 사용하여 네 구절이 한 단위가 되게 한
뒤에, 다시 다음 구절에서는 또 이러한 구조를 되풀이한다는 뜻임.

절은 실제로 보는 것은 또한 너무 억지스러운 것이 아니겠는
가?

또 혹자는 말하기를, "'건보(蹇步)'는 말의 일〔馬事〕이 아니라,
그저 실제의 인사(人事)를 말한 것으로 이해해야 한다."고
하니 설명이 그럴듯하기도 한 것같이 보일 수도 있을 것이
다. 그러나 나아가 자세히 음미해 보면 '방휴(方休)'·'이철
(已掣)'이 네 글자는 호응이 긴절(緊切)하여 조금의 틈도
허용하지 않는다. 그러나 연평의 행차가 선생의 거가에 대해
긴절한 호응이 있다는 무슨 단서가 있는가? 이것으로 미루
어보건대 이 설은 또한 통하지 않는다.

(『標補』退溪說似得之. 此文一篇, 大率以兩韻四句爲一節. 蹇
步·鞭繩, 與上文相期見勵句, 同韻而爲一節, 安車·過我, 與
下文返旆·涼秋句, 同韻而爲一節, 脈絡部伍, 自有不可亂者.
若以蹇步云云之意, 屬之下文, 則相期一節太短, 安車一節太長,
不成爲文法篇例矣. 且蹇步·鞭繩, 皆馬之事也.

退溪說, 以馬喩學, 其意曉然, 若如『箚疑』說, 則以先生之居
家, 謂蹇步方休, 固亦譬喩語也. 以延平之作行, 謂鞭繩已掣,
此實際語也. 先生之居家, 延平之作行, 自是兩件事, 則以一件
馬事, 分俵兩句, 一作譬喩, 一作實際, 不亦苟艱歌側之甚耶?
或曰: 蹇步, 不作馬事看, 只以人事實際語解之, 其說似矣. 而
詳味方休·已掣四字, 呼應緊切, 間不容髮. 延平之行於先生家
居, 有何緊切呼應之端耶? 以此推之, 其說亦不通矣.)15)

---

15) 위의 번역문은 기본적으로 전남대 철학과에서 시도한 한글 역주 『주자
대전』을 참고하였으나 부분적인 착오와 오자는 필자가 수정 인용하였고,
또 난해한 말은 쉽게 풀거나 각주를 달았다.
이 국역본은 총 20권으로 기획한 것이나, 13책 이하 부분은 아직 종이
책으로 나오지 않았고, 이 제문이 역주된 부분도 미간행된 부분에 수장되
어 있지만(1,666-1,671쪽, 주석은 3,996-4,002), 컴퓨터로 검색하면 내용
열독만은 가능하다. 위에서 인용한 부분도 이미 간행된 부분의 내용을 본

서인 계열의 안동 김씨 가문에 속하는 김매순 선생이 오히려 이
퇴계 선생의 해석을 옹호하고, 송우암 선생의 해석을 이렇게 명
쾌하게 수정하고 있으니 매우 재미가 있다.

그런데 그 책에서 한문으로 풀어둔 관련 구절을 보면, "저에게
대한 기대와 바람이 나날이 더욱 깊어가고, 면려하심이 또 더욱
깊고도 절실하였습니다. 절뚝거리는 발이 바야흐로 휴식을 취
하고 있을 때, 채찍과 고삐를 이미 조여서 딴 데로 옮겨 가게
하였습니다."라는 식으로 보았다. 여기서도 퇴계 선생의 견해나
김매순 선생의 견해가 비슷한 것 같다.

마. "편승이철(鞭繩已掣)"이 보이는 퇴계 및 여러 선비의 시문 번역 주석 소개

"편승이철(鞭繩已掣)"을 전고로 삼은 퇴계 시 시구 및 여러 선
비의 시문 번역 주석을 좀 더 살펴본다.

우선 퇴계 선생의 시에 다음과 같은 표현이 보인다.

> 寸陰莫虛擲　掣鞭方休蹇.
> 我言質而愨　奇辭諤以謇.
> 相待各孳孳　稼寶收耕蔶.
>
> -「기대승〔명언〕이 김취려〔이정〕에게 지어준 시의 각운자를 사용하여
> ·학문을 부지런히 함次韻奇明彦贈金而精·勤學」

필자와 장세후 박사가 공역한 『퇴계시 풀이』 권5(94-5쪽)에서
는 이 구절들을 다음과 같이 번역하였다.

것인데, 주석이 매우 풍부하여 좋은 길잡이가 되기는 하지만, 아직 완전
하게 최종 정리되지 못하여서 그렇겠지만, 그대로 읽어 내려가기에는 손
볼 데가 많은 것 같다.

짧은 시간이라도 헛되이 내던지지 말게나,
채찍 당기어 절룩걸음 쉬게나.
내 말은 질박하고 성실한데,
기군의 말은 곧고 충직하다네.
서로에게 각기 부지런히 대하여,
농사가 보배이니 서로 북돋아 주게나.

둘째 구절에 대하여, 주석은 "절름거리는 발걸음 바야흐로 쉬
려고 하는데, 채찍 이미 끌어 당기셨다네(蹇步方休, 鞭繩已掣)."
라고 달았으나, 번역은 주석과 일치하지 않는다. 그래서 이 구
절을, "막 절룩걸음 쉬고 싶어지거든 채찍으로 치게나"로 고쳐
야 할 것 같다. 이 졸역본에는 글자마다 발음을 표시하였는데,
"掣"의 발음을 "체"라고 적어놓았다. 이 글자의 발음이 "체"가 되
든 "철"이 되든 "취(取)한다", "당긴(挽)다", "든(揭)다"와 같을 수
도 있다고 말하는 사전〔『강희자전』, 교학사 『한한대사전』〕도 있기는
하지만, 주자의 제문 원문에서는 각운자로서 "철"자로 발음해야
맞으므로, 이 발음도 "철"로 고치는 것이 좋을 것 같다.
다음에 같은 전고를 한국고전종합DB로 검색한 것 몇 가지만 소
개한다.

노둔한 몸 채찍질해 주시는 은혜 입었건만,
어찌하여 세월은 그리도 빨리 흘렀던가.
가르침을 길이 거두지 않으셨으련만.
산비탈을 굴러 내리는 탄환 뉘라서 막으랴.
청산의 길을 서글피 바라보노라니,
꿈속에서 생각나 놀라 깨노라.
旣蒙鞭繩以掣蹇兮　又何時日之近究.
鞭繩永不徹　阪丸誰更嬰.

悵望靑山逕　思夢中夜驚.

— 이익의 『성호전집』 제2권 「이외암〔식杙〕 만사李畏巖挽詞」

이 만사에서는 "掣"자를 "徹"자와 동음 동의어로 사용하고 있음이
재미있다.

위에서는 시나 만사 같은 운문에서 이러한 전고를 사용한 예를
들었으나 다음에는 이 전고를 산문에 쓴 예를 하나 더 든다.

매번 억지로 노력한 것이 조금 오래되니 마음은 게을러지고
뜻은 해이해지는데, 그때마다 보내주신 편지를 받으면 며칠
동안은 생각하는 바가 조금 자별함을 느끼겠으니, 이른바 "절
뚝거리며 걷다가 잠시 휴식하려고 하면 채찍으로 독려한다."
라는 것입니까.

(每當勉強稍久, 心懶意闌之際, 得奉來書, 則覺得數日氣味稍別.
所謂蹇步欲休, 鞭繩已**掣**者耶.)

— 임영(林泳)의 『창계집』 제9권 / 書「외숙 조성경 성기님께
드림與趙叔成卿聖期」

이 번역문 뒤에는 다음과 같은 매우 친절하고도 면밀한 주석도
붙어 있다.

절뚝거리며 … 독려한다 : 『주자대전(朱子大全)』 권87 「제연
평이선생문(祭延平李先生文)」에 "절뚝거리며 걷다가 잠시 휴
식하려고 하면 엄한 채찍으로 독려하셨다.(蹇步方休, 鞭繩已
掣.)"라고 하였는데, 『퇴계집』 권21 「답이강이문목(答李剛而
問目)」에 "주자께서 스스로 말씀하기를 '…'"라고 하였다.

이외에도 몇몇 용례가 더 보이지만 여기서 이 소개문을 마무리
하고자 한다.

■ 후 기

1.

책 이름을 『이퇴계 선생의 생활과 시』라고 하였는데, 생활은 주로 아드님과 나눈 집안 살림, 사생활 이야기를 많이 다루었으며, 시는 내용에 있어 별 일관성은 없다.

집안 살림이나 사생활에 관련된 이야기는, 40대 초반부터 돌아가실 때까지 비교적 소상하게 소개하고 분석하였는데, 아마 처음 듣는 생소한 이야기가 많을 것으로 보인다.

시는 40대 초반에 의주, 충청도, 경기도, 강원도 지역에 공무나 어사로 다니면서 쓴 시와, 신재(愼齋) 주세붕(周世鵬)·월천(月川) 조목(趙穆)·서애(西厓) 유성룡(柳成龍)·율곡(栗谷) 이이(李珥) 같은 분들과 관련된 시, 승려들에게 지어준 시, 은일시인 도연명(陶淵明) 시를 보고서 지은 시 같은 것을 좀 풀어보기도 하고 자세하게 살펴보기도 하였다. 어떤 시는 슬쩍 보기에는 알 것 같았으나, 들여다볼수록 깊이 있는 시가 많아서, 읽고 풀이하는 데 고생은 하였으나, 독자들이 동감하게 될지는 두려운 점이 많다.

무엇보다도, 이 책에는 필자가 처음으로 세상에 소개하는 내용이 매우 많으며, 특히 퇴계 선생의 「소장도서목록」 같은 것은 처음으로 공개하는 것이니, 이로써 "만권서(萬卷書)를 읽어가는 삶"을 자처하신 퇴계 선생의 참모습의 일면을 가까이서 살펴볼 수 있는 중요한 근거를 하나 더 찾아낸 것이라고 자부한다.

2.

눈을 밟으면서 들판 길을 걸어가는데,
함부로 되는대로 이리 저리 걸을 수가 없구나.
오늘 나의 이 보잘것없는 발자취가,
모름지기 뒷사람들의 이정표가 될 것이니 ….
踏雪野中去　不須胡亂行.
今日夜行跡　遂作後人程.

백범(白凡) 김구(金九) 선생께서 애송하시던 시다. 필자도 이 시를 자주 읊어 보면서 내가 하는 이러한 힘든 일이 아무쪼록 이 정표까지야 되지 않더라도 '함부로 걷는 걸음걸이〔胡亂行〕'가 되지 않기를 다짐하고 있다.

지금 퇴계학연구원에서는 국가보조금을 확보하여, 지금까지 공개되지 않고, 또 공개하기를 꺼리던 모든 자료를 수합하여 20권에 가까운 『정본(定本) 퇴계전서』를 편집중이고, 또 앞으로 그 정본에 의하여 『신국역 퇴계전서』를 35권이나 발간할 것이라고 한다.

필자는 최근에 이 정본 작업에 자진하여 참여하여, 그 가서와 시 부분의 원문 교열을, 정말 즐겁고 보람차게 수행하고 있다. 어찌 이러한 중요하고도 뜻있는 거국적인 문화 사업에 "함부로 되는대로〔胡亂〕" 참여할 수가 있겠는가?

앞으로 신국역 사업에도 아무쪼록 필자가 애써 다듬어 보고자 하고 있는, 이퇴계 선생의 가서와 시에 관련된 초보적이고 미숙한 작업들이 조금이라도 참조가 되어, 더욱더 잘 다듬어지고, 훌륭한 수준으로 변모되기를 바랄 뿐이다.

3.

이 작업을 마무리하기 전에, 비슷한 공부를 한 선배가 낸 저서가 하나 있어 그 책에는 어떤 이야기가 있는지 다시 한번 살펴보았다. 고 권오봉 교수가 일본의 쓰쿠바(筑波)대학에 제출한 박사 논문을 근년에 한글로 번역한『가서로 본 퇴계의 삶과 사상』(상·중·하 3권, 대구 완락재, 2020. 7)이라는 매우 두껍고도 무거운 책이다.

이분은 퇴계 선생이 쓴 편지를 모아둔 가서 내용을, 퇴계 선생의 제자인 학봉(鶴峯, 김성일金誠一) 선생이 주관하여 만든『퇴계선생언행록』의 체제에 대략 맞추어 항목을 분류하고 그 언행록에서 이야기한 내용을 모두 전적으로 수긍하고 신봉하면서, 그 언행록에서 퇴계 선생에 관하여 보완할만한 이야기만을 가서에서 골라서 보충하는 형식으로, 이 가서 내용을 여기저기 흩어서 인용하고 있다.

그런데,『가서』는 퇴계 선생이 친필로 적은 내용이므로 무엇보다 중요하게 다루어야 할 1차 자료라 하겠고, 언행록은 그 제자나 자손들이 힘을 모아 만든 책이므로 2차 자료라고 할 수 있다. 필자가 듣고 알고 있기로는, 어떤 이야기든 1차 자료를 무엇보다 중시하고, 2차 자료는 1차 자료를 보완하는 정도로 참조하는 것이 통례이다. 그런데, 이 연구는 어찌 된 영문인지 1차 자료보다 2차 자료를 우선시하고 있으니, 매우 독특하고 유별난 사례라고 할 수 있다.

그렇다면, 2차 자료에서 다루지 않은 가서 내용은 별로 다룰 가치가 없다는 말인가? 그런데, 이 책에서는 실제로 그렇게 하고 있으니, 정말 의외이다. 예를 들면, 함부로 공개하기를 꺼리는 집안의 허다한 비사(祕史)나, 수많은 노비에 관련된 여러 불만스러운 이야기, 일상생활에서 나타나는 의식주에 관련된 매우 사소하지만, 매우 구체적인 실화 같은 것 등등이다. 사실 이 가서를 읽는 재미는 이렇게 세상에 잘 알려지지 않은 이야기들을, 이 책을 통해서 읽는 것이 더 흥미로울 수 있다.

또 한 가지 할 이야기가 있다. 일본어로 된 이 두꺼운 논문을 한국어로 번역한다면서, 번역자와 교열자를 합하여 4명의 박사 이름을 나열하였는데, 이미 2차례나 번역하여 세상에 내놓았던 필자의 『가서』 번역문을 자주, 토씨 하나 다르지 않게 그대로 베껴다가 늘어놓으면서, 한마디도 그러한 번역을 필자가 이미 낸 책을 보고 베낀 것이란 이야기를 하지 않고 있으니, 세상에 이런 한심한 지적소유권 침해가 있을 수 있겠는가?

이러한 일이 어찌 '박사들'의 짓이고, '양반'의 짓이라고 할 수 있겠는가? 그렇게 만들어진 책을 보면서도, 이 책이야말로 정말 읽을 만한 값진 책이라고 생각하는 사람들이 적지 않을 것을 매우 민망하게 느낀다. 그 이유를 다음에 좀 구체적으로 차분하게 생각해 보고자 한다.

4.

비록 가서 내용과 다른 점이 많다고 해서, 『언행록』이 아주 무의미한 책은 아니라고 생각한다. 퇴계 선생의 기라성 같은 제자 중에서 학봉 선생이 그 스승의 『언행록』을 만드는 데 주도권을 잡음으로써, 이 학맥이 영남에서 가장 두드러진 학파가 되었음은 주목할 필요가 있다.

왜 그렇게 되었을까?

고려시대의 유풍을 이어 조선 전기에도 계속되어 오던 '처가살이'나 '아들딸 구분 없는 재산분배' 같은 풍속을, 친가 중심의 종법(宗法)으로 바꾸는 것이 당시 유학자들의 과제였을 것인데,

"우리 퇴계 선생같이 훌륭한 선생님이야말로 이러한 구습, 또는 누습(陋習)을 바꾸어 가는 데 선구적인 모범을 보이셨다."고 주장함으로써, 우리나라를 완전한 유교 국가, 유교 사회로 변화시키기를 바란 것이고, 실제로 그 뒤로 점차 '처가살이' 같은 풍습은 자취를 감추게 되었다고 생각한다.

그러므로 학봉 선생이 16세기 말에 꿈꾸던 생각이 학봉 - 경당(敬堂, 장흥효張興孝) - 갈암(葛庵, 이현일李玄逸) - 창설(蒼雪, 권두경權斗經)로 내려가게 되면서, 거의 완전하게 탈바꿈하여 정착되어 갔다고 생각한다. 이 점은 어떻든 큰 성공을 거둔 것이다.

학봉 선생이 주관한 언행록이 창설 선생의 손을 거쳐 간행된 것을 지금 우리들이 접할 수 있다. 창설 선생은 퇴계 선생의 유촉지인 도산의 토계 마을 땅을 분재 받아서 그곳에서 몇 대를 살고 있던, 의성김씨로 출가한 퇴계 선생 둘째 손녀의 후손을 다른 데로 옮겨 가게 하고, 퇴계 선생의 종갓집을 이 마을에 다시 번듯하게 세우는 데, 앞장선 분이기도 하다.

이 일은 그 언행록에서 상정한 친가 중심의 종법 실행 선구자로 본 퇴계상(退溪像)을 실제로 퇴계가 사셨던 마을에서 부흥시킨다는 상징적이요, 선언적인 의미를 구현시킨 것이다.

이런저런 사연이 얼크러지면서, 학봉 선생에서 시작되어 창설 선생과 퇴계 후손에 의해 완결된 『퇴도선생언행통록』 내용은 이때 와서, 퇴계 후손이나 그 제자의 후손에게, 나아가서는 전국의 유림에게 퇴계 선생 이해에 대한 유일하고 독보적인 지침서가 되고, 퇴계 선생에 대한 일반적인 '상식'을 형성하게 하였다고 필자는 생각한다.

이 뒤부터는 이 언행록과 어긋나는 이야기를 하는 사람은 몰상식한 사람이 되었을 것이다. 앞에서 이야기한 권모 교수는 바로 그러한 기준에서 '몰상식'한 사람이 되지 않으려고 하여 편하게 지냈지만, 필자는 그러한 상식을 깨어 보려고 하니 매우 떨린다.

다산 선생은 그의 전집 이름을 『여유당전서(與猶堂全書)』라고 이름 붙였는데, '여유'의 뜻은, "겁이 나서 벌벌 떨면서 머뭇머뭇하다"이다. 천주교 신자로 낙인찍히면 언제 어떻게 될지 모르니 겁이 난다는 것이다. 필자도 퇴계 선생을 모독하는 '사문난적(斯文亂賊)' 소리를 들을까 겁이 난다.

5.

어찌 되었든 언행록은 언행록대로 매우 의미가 깊은 책이기는 하지만, 언행록의 내용과 다른 점이 있다고 해서, 퇴계 선생이 손수 써 남기신 국보급 문화재인 이 가서 내용을 언제까지 숨길 수는 없다고 생각한다. 그런 것은 그 본래 모습 그대로 정확하게 소개할수록 좋은 것이 아닌가?

다시 한 번 더 강조하고 싶다. 요즘같이 많은 자료가 공개되고 있는 정보화 시대에 필자가 설령 언행록 내용과 조금 다른 이 가서 내용을 본대로 번역하고, 느낀 대로 글로 써서 소개한다고 하여 어찌 비난받아야만 되겠는가?

필자는 그렇게만 생각하지는 않는다. 시대가 변하고, 공부하는 환경도 변하므로, 어느 정도 거기에 맞추어, 새롭게 나타난 자료는 새롭게 읽고, 새롭게 이해해 나가야만 된다고 생각한다.

필자는 겁이 많이 나지만 기왕 힘들여 썼던 글이기도 하고, 버리기도 아까운 생각이 들어 이렇게 한데 묶어 보았다. 언행록도 좋지만, 이 가서 내용도 차분하게 살펴보고, 즐겁게 읽어 보기를 빈다.

(2022년 1월 24일 새벽, 서울 진관동에서)

시(詩)·서(書) 찾아보기

찾아보기

이퇴계 선생의 생활과 시

초판 인쇄 – 2022년 3월 21일
초판 발행 – 2022년 3월 30일

저 자 – 이 장 우
발행인 – 金 東 求
발행처 – 명 문 당(창립 1923년 10월 1일)
　　　　서울시 종로구 윤보선길 61(안국동)
　　　　우체국 010579-01-000682
　　　　전 화 (02) 733-3039, 734-4798
　　　　FAX (02) 734-9209
　　　　Homepage　www.myungmundang.net
　　　　E-mail　mmdbook1@hanmail.net
　　　　등록 1977.11.19. 제1-148호

* 낙장 및 파본은 교환해 드립니다
* 불허 복제
* 값 27,000원
ISBN　979-11-91757-41-5　03810